NADIA HASHIMI
Wenn die Nacht am hellsten ist

Weiterer Titel der Autorin:

Hinter dem Regenbogen

NADIA HASHIMI

WENN DIE NACHT AM HELLSTEN IST

Roman

Übersetzung aus dem amerikanischen Englisch
von Ulrike Werner-Richter

Lübbe

Dieser Titel ist auch als E-Book erschienen

Titel der amerikanischen Originalausgabe:
»When the Moon is Low«

Textredaktion: Anja Lademacher, Bonn
Umschlaggestaltung: ZERO Werbeagentur, München
Unter Verwendung eines Motives von © gettyimages/Ian Cumming
Satz: hanseatenSatz-bremen, Bremen
Gesetzt aus der Bembo STD
Druck und Einband: GGP Media GmbH, Pößneck

Printed in Germany
ISBN 978-3-7857-2588-7

5 4 3 2 1

Sie finden uns im Internet unter: www.luebbe.de
Bitte beachten Sie auch: www.lesejury.de

Für Zoran,
der mich zum glücklichsten Mädchen der Welt machte,
als er mir versprach, für immer mein bester Freund zu bleiben.

Der kleine Mann
Baut Käfige für jeden,
Den er
Kennt.
Indes der Weise,
Der den Kopf senken muss,
Wenn der Mond niedrig steht,
Die ganze Nacht Schlüssel fallen lässt
Für die
Schönen
Rauflustigen
Gefangenen.

Hafis, persischer Dichter und Mystiker
des 14. Jahrhunderts

Prolog

Fereiba

Es erfüllt mich mit Freude, dass meine Kinder tief und fest schlafen, doch mein unruhiger Geist kehrt in der Stille ihres Schlummers zurück zu der Reise, die hinter uns liegt. Wie bin ich hierhergekommen, in dieses Hotelzimmer? Zwei meiner drei Kinder liegen neben mir auf einer kratzigen Matratze, so weit entfernt von zu Hause, so weit entfernt von allen bekannten Stimmen.

In meiner Jugend war Europa für uns das Land, aus dem die neueste Mode kam und alle kultivierten Dinge. Aus Europa kamen duftende Lotionen und modisch geschnittene Jacketts. Europa war der Kontinent der berühmten Universitäten. Kabul bewunderte die hellhäutigen Imperialisten von jenseits des Urals. Wir warfen ihnen verführerische Blicke zu und verschmolzen ihre Vornehmheit mit der Exotik unserer Stammeskultur.

Als Kabul dem Zerfall anheimfiel, zerbrachen auch die hochfliegenden Träume meiner Generation. Wir hatten keine Augen mehr für Europas Zierrat, denn wir erkannten unsere eigenen Straßen kaum wieder. Die Rauchschwaden des Krieges waren zu dicht geworden. Als mein Mann und ich beschlossen, aus unserer Heimat zu flüchten, hatte sich Europas Anziehungskraft für uns auf seine einzigartige, begehrenswerteste Eigenschaft verdichtet: Frieden.

Schon längst bin ich keine frisch erwählte Braut oder junge Frau mehr. Ich bin eine Mutter und weiter entfernt von Kabul als je zuvor in meinem Leben. Zusammen mit meinen Kindern habe ich Berge, Wüsten und Ozeane bezwungen, um in diesem feuchten Hotelzimmer anzukommen, in dem nichts zu spüren ist von Kultiviertheit und feinen Essenzen. Dieses Land ist ganz anders, als ich es erwartet hatte. Wie gut, dass all die Dinge, die ich als Jugendliche begehrte, heute keine Bedeutung mehr für mich haben.

Nichts von dem, was ich hier sehe, höre und berühre gehört mir. Meine Sinne verglühen in der Fremdheit, die ich erfahre.

Ich wage es nicht, die Kinder zu stören, obwohl ich mir wünsche, sie würden aufwachen und meinen Gedanken eine andere Richtung geben. Aber ich lasse sie schlafen, weil ich weiß, wie erschöpft sie sind. Wir alle sind müde, manchmal sogar zu kraftlos, um uns ein Lächeln zu schenken. Auch ich würde gern schlafen, doch ich fühle mich verpflichtet, wach zu bleiben und dem nervösen Hämmern in meinem Kopf zu lauschen.

Ich sehne mich danach, Saleems entschlossene Schritte im Flur zu hören.

Mein Handgelenk ist leer, meine goldenen Armreife sind fort und mit ihnen ihr melancholisches Klirren. Saleem trägt sie bei sich und wird sie verkaufen. Es war meine Idee, denn unsere Taschen sind zu leer für die Reise, die noch vor uns liegt. Es ist noch ein langer Weg bis an unser Ziel.

Saleem möchte sich so gerne beweisen. Er ähnelt seinem Vater mehr, als es sein jugendliches Herz wahrhaben will. Er hält sich für einen Mann, und das ist auch meine Schuld, denn ich habe ihm viele Gründe geliefert, das zu glauben. In Wirklichkeit aber ist er noch ein Junge, und die unerbittliche Welt dort draußen wird ihm das eifrig vor Augen führen.

Ich gehe, Madar-jan. Wenn wir uns jedes Mal, wenn wir nervös werden, in einem Zimmer verstecken, kommen wir nie in England an.

Und in gewisser Weise hat er recht gehabt. Ich habe mir bei seinen Worten auf die Zunge gebissen, aber jetzt bestraft mich das nagende Gefühl in meiner Magengrube dafür. Bis mein Sohn zurückkehrt, werde ich auf die kränklich weißen Wände, die Gemälde von Ankern und die verblichenen Seidenblumen starren. Ich werde darauf warten, dass die Wände zerbröckeln, die Anker zu Boden stürzen und die Blumen zu Staub zerfallen. Saleem muss zu mir zurückkommen.

Heute denke ich öfter an meinen Ehemann als damals, als er noch bei mir war. Wie dumm und undankbar sind doch unsere Herzen, wenn wir jung sind.

Ich warte darauf, dass sich die Tür öffnet, mein Sohn eintritt und sich damit brüstet, dass er für die Familie erledigt hat, was ich nicht tun konnte. Ich würde alles dafür geben, dass er nicht so viel riskiert, wie er es tut. Aber das bleibt wohl ein frommer Wunsch. Alles, was ich besitze, liegt ausgebreitet vor mir: zwei unschuldige Seelen, die sich in ihren eigenen bedrückenden Träumen unruhig bewegen.

Immerhin kann ich sie berühren. Und so Gott will, wird Saleem zurückkehren, und dann werden wir als Familie wieder so vollständig sein, wie es möglich ist. Eines Tages werden wir uns nicht mehr furchtsam umblicken oder mit halbgeöffneten Augen auf fremdem Grund schlafen oder beim Anblick einer Uniform erschaudern. Eines Tages werden wir einen Ort finden, den wir unser Zuhause nennen dürfen. Ich werde diese Kinder – die Kinder meines Ehemannes – so weit tragen, wie es mir möglich ist, und dafür beten, dass wir eines Tages diesen Ort erreichen, an dem auch ich in der Stille ihres Schlummers zur Ruhe kommen kann.

Teil eins

Kapitel 1

Fereiba

Mein Schicksal wurde am Tag meiner Geburt mit Blut besiegelt. Während ich darum kämpfte, in diese verrückte Welt zu gelangen, gab meine Mutter ihren Kampf auf und nahm mir damit jede Chance, zu einer guten Tochter zu werden. Die Hebamme durchschnitt die Nabelschnur und enthob meine Mutter damit allen weiteren Verpflichtungen mir gegenüber. Der Körper meiner Mutter erblasste, während ich rosiger wurde, und ihr Atem erstarb, während ich schreien lernte. Ich wurde gebadet, in eine Decke gewickelt und meinem Vater vorgestellt, der meinetwegen nun Witwer war. Er fiel auf die Knie, und alle Farbe wich aus seinem Gesicht. Padar-jan selbst erzählte mir später, dass er drei Tage brauchte, ehe er es über sich brachte, die Tochter in den Arm zu nehmen, die ihm die Ehefrau geraubt hatte. Ich wünschte, ich könnte mir nicht ausmalen, welche Gedanken ihm dabei durch den Kopf gingen, aber leider kann ich es. Ich bin mir so gut wie sicher, dass er, hätte er eine Wahl gehabt, meine Mutter mir vorgezogen hätte.

Mein Vater tat, was er konnte, aber er war seiner Aufgabe nicht gewachsen. Zu seiner Verteidigung muss ich sagen, dass es damals nicht einfach war. Und nicht nur damals. Padar-jan war der Sohn eines Wesirs von einigem lokalen Einfluss. Die Einwohner der Stadt wandten sich in rechtlichen Fragen an ihn, er vermittelte in Streitigkeiten und vergab Kredite. Mein Großvater, Boba-jan, war gelassen, entschieden und weise. Er traf schnelle Entscheidungen und geriet angesichts von Meinungsverschiedenheiten nicht ins Wanken. Ich weiß nicht, ob er immer recht hatte, aber er konnte so überzeugend sprechen, dass die Leute annahmen, dass es so war.

Kurz nach seiner Eheschließung kam Boba-jan durch einen klugen Handel an weitläufige Ländereien. Die Früchte dieses Landbesitzes beherbergten und ernährten unsere Familie über viele Generationen. Meine Großmutter, Bibijan, die zwei Jahre vor meiner tragischen Geburt starb, hatte ihm vier Söhne geschenkt, deren jüngster mein Vater war. Alle vier Söhne genossen die Privilegien, die ihr Vater für sie gesichert hatte. Die Familie wurde in der Stadt respektiert, und alle meine Onkel verheirateten sich gut und erbten ein Stück des Grundbesitzes für ihre eigene Familie.

Auch mein Vater besaß ein Stück Land – einen Obstgarten, um genau zu sein – und arbeitete als städtischer Beamter in unserer Heimatstadt Kabul, der geschäftigen Hauptstadt Afghanistans inmitten von Zentralasien. Die geografische Lage unseres Landes würde allerdings erst später Bedeutung für mich gewinnen. Padar-jan war eine Art blasse Blaupause meines Großvaters, ohne die Willenskraft, um starke Charaktere zu beeinflussen. Er hatte Boba-jans gute Absichten, aber es fehlte ihm an Entschlossenheit.

Er erhielt seinen Anteil am Grundbesitz der Familie, jene Obstplantage, als er meine Mutter heiratete. Fortan widmete er sich dem Garten mit Hingabe, pflegte ihn von morgens bis abends und kletterte auf die Bäume, um meine Mutter mit den saftigsten Beeren und Früchten zu verwöhnen. In heißen Sommernächten schlief er inmitten der Bäume, wie verzaubert von den bemoosten Ästen und dem süßen Duft reifer Pfirsiche. Einen Teil des Obstertrags tauschte er gegen Ware für den Haushalt ein und war offenbar mit dem zufrieden, was er auf diese Weise einbrachte. Er war genügsam und schien darüber hinaus nichts zu vermissen.

Meine Mutter muss nach allem, was ich über sie gehört habe, eine sehr schöne Frau gewesen sein. Über ihre Schultern fielen dichte Locken rabenschwarzen Haars. Sie hatte warme Augen und königliche Wangenknochen. Sie sang bei der Arbeit, trug immer einen grünen Schmuckanhänger und war bekannt für ihr köstliches *aush*, eine Nudelsuppe mit scharf gewürztem Hackfleisch und etwas Joghurtsoße, das in harten Wintern von innen wärmte. Mein Vater sprach nur selten über meine Mutter, aber wenn er es tat, füllten sich seine Augen mit Tränen. Ich gehe daher davon aus, dass ihre kurze Ehe sehr glücklich war. Ich verbrachte viel Zeit damit, alles zusammenzutragen, was ich über meine Mutter in Erfahrung bringen konnte, um mich davon zu überzeugen, dass sie mir wahrscheinlich meine Sünde gegen sie längst vergeben hatte. Zwar würde ich sie nie zu Gesicht bekommen, aber es war mir ein Bedürfnis, ihre Liebe zu spüren.

Etwa ein Jahr nach der Hochzeit brachte meine Mutter einen gesunden Jungen zur Welt. Als mein Vater die robuste Statur seines Sohnes sah, nannte er ihn Asad, der Löwe. Mein Großvater flüsterte den *azaan*, den Gebetsruf, in Asads Neugeborenenohren und machte ihn so zum Muslim. Allerdings bezweifele ich, dass Asad damals anders war als heute. Vermutlich hörte er nicht auf Boba-jans *azaan*, denn schon als Baby war er viel zu übermütig und ignorierte den Aufruf zur Rechtschaffenheit.

Asad schien zu glauben, dass ihm die ganze Welt gehörte. Immerhin war er der erstgeborene Sohn meines Vaters und damit der Stolz der ganzen Familie. Er würde unseren Familiennamen weitergeben, den Landbesitz erben und im Alter für unsere Eltern sorgen. Als ob er wüsste, was ihm bevorstand, nutzte er Mutter und Vater nach allen Regeln der Kunst aus. Er wurde gestillt, bis meine Mutter wund und erschöpft war. Mein Vater stellte unermüdlich neues Spielzeug für seinen Sohn her, plante seine Erziehung und arbeitete hart, um genügend Geld heimzubringen. Seiner Frau, der jungen Mutter, sollte es gut gehen, und sie sollte immer wohlgenährt sein.

Meine Mutter war sehr stolz darauf, ihrem Gatten einen Sohn geschenkt zu haben, der obendrein auch noch kerngesund war. Aus Furcht, Nachbarn oder Familienmitglieder könnten mit Neid reagieren und ihn mit dem bösen Blick, dem *nazar* verfluchen, nähte sie ein Amulett in Form eines kleinen, blauen Steins in die von ihrer Schwägerin übernommene Babykleidung. Dieser Stein schützt vor dem bösen Blick. Meine Mutter kannte ein ganzes Arsenal von Tricks, um den *nazar* zu bekämpfen. Wenn Asad zugenommen hatte oder ein Besucher seine rosigen, dicken Wangen bemerkte, blickte sie auf ihre Fingernägel und kommentierte alle Komplimente mit einem *nam-e-khoda*, einem Lobpreis des Namens Gottes. Arroganz zog nämlich den *nazar* mit der Gewalt eines Blitzschlags auf freiem Feld an.

Tag für Tag wurde Asad von der Muttermilch dicker. Sein Gesicht wurde rund und seine Oberschenkel pummelig. Vierzig Tage nach seiner Geburt atmete meine Mutter erleichtert auf, weil ihr Sohn die gefährlichste Zeit überstanden hatte. Sie hatte miterlebt, wie das Baby einer Nachbarin zwei Wochen nach seiner Geburt steif und von Krämpfen geschüttelt wurde, als hätte eine Woge des Bösen es gepackt. Das Neugeborene starb, ehe es einen Namen bekommen hatte. Erst später erfuhr ich, dass die Nabelschnur mit einem schmutzigen Messer durchtrennt worden war und das Blut des Säuglings offenbar mit schlechten Bakterien vergiftet hatte. Ob das nun stimmte oder nicht – wir Afghanen halten daran fest, unsere Hühner erst vierzig Tage nach dem Ausschlüpfen aus dem Ei zu zählen.

Wie viele andere Mütter auch, baute Madar-jan fest auf die Kraft wilder Rautesamen, die man bei uns *espand* nennt. Sie ließ eine Handvoll der schwarzen Samen über einem offenen Feuer schwelen, wedelte mit der Hand den Rauch über Asads Kopf und sang dabei:

Es bannt das Böse, es ist espand,
Der gute Segen von König Naqshband.
Augen, die leer sind, Augen, die kennen,
Augen, die einen, Augen, die trennen,
Wer dir Böses will, soll in dieser Kohle brennen.

Die Beschwörung hat ihren Ursprung in der vorislamischen Religion der Zoroastrier, aber auch Muslime glauben an ihre Kraft. Mein Vater sah zu und freute sich darüber, wie intensiv seine Frau sich um die Sicherheit seiner Nachkommenschaft bemühte. Und offenbar half die Beschwörung. Der Tod meiner Mutter wirkte sich auf das Leben meines Bruders weit weniger aus als auf meines. Er blieb der Erstgeborene meines Vaters, und er war erfolgreich im Leben, wenngleich meist auf Kosten anderer. Seine Gedankenlosigkeit verletzte seine Mitmenschen – und besonders oft mich –, und doch schien er immer wieder unversehrt aus allem hervorzugehen. In den beiden kurzen Jahren, in denen meine Mutter ihn umsorgte, sammelte er genügend Kraft, um sich seinen Platz in der Welt zu sichern.

Leider starb meine Mutter, ehe sie ein Amulett an meine Kleider nähen, das *nam-e-khoda* flüstern, auf ihre Fingernägel schauen und *espand* über meinen Kopf fächeln konnte. Mein Leben wurde zu einer Folge von Missgeschicken, möglicherweise weil es meiner Mutter verwehrt blieb, den bösen Blick von mir abzuwenden. Meine Geburt wurde durch den Tod meiner Mutter überschattet, und während Boba-jan einen traurigen *azaan* in mein Ohr flüsterte, wurde am ausgelaugten Körper meiner Mutter ein ganz anderes Gebet gesprochen. Der von meinem Großvater gesprochene *azaan* durchdrang mein Innerstes wie ein Faden ein Gewebe und forderte mich auf, meinem Glauben treu zu bleiben. Meine Erlösung war, dass ich darauf hörte.

Meine Mutter wurde auf einem erst kürzlich eröffneten Friedhof in der Nähe unseres Hauses begraben. Ich besuchte ihr Grab nicht häufig, einerseits, weil niemand mich mitnahm, und andererseits wegen meines immer noch lauernden Schuldgefühls. Ich wusste, dass ich sie dorthin gebracht hatte, und die Leute erinnerten mich ständig daran.

Mein Vater wurde zum jungen Witwer mit einem zweijährigen Sohn und einer neugeborenen Tochter. Mein Bruder, den die Abwesenheit meiner Mutter nicht zu stören schien, ging quengelnd weiter seinen Kleinkindaktivitäten nach, während ich instinktiv nach dem Busen meiner Mutter suchte. Mit zwei Kindern begrub mein Vater seine Frau und machte sich sofort auf die Suche nach einer neuen Mutter für seine Kinder.

Mein Großvater beschleunigte den Prozess, weil er wusste, dass ein Neugeborenes in der wenig kundigen Hand eines Mannes nicht gut aufgehoben war. Als Wesir war er mit sämtlichen Familien des Viertels vertraut. Er kannte einen Bauern mit fünf Töchtern, deren älteste im heiratsfähigen Alter war. Boba-jan war sicher, dass der Bauer, auf dem der Unterhalt für seine Töchter bis zu deren Verheiratung lastete, seinen Sohn gern als Bewerber akzeptieren würde.

Mein Großvater suchte den Bauern auf, pries seinen Sohn als großherzigen und vertrauenswürdigen Menschen, dem das Unglück widerfahren war, viel zu früh die Gattin zu verlieren, und handelte die Bedingungen für die Verlobung der ältesten Tochter mit meinem Vater aus. Und da es um das Wohlergehen zweier noch sehr junger Kinder ging, kam der Prozess rasch in Gang. Nur wenige Monate später zog Mahbuba bei uns ein. Wie die meisten Bräute erhielt sie einen »Hausnamen«, denn man sagt, es zeuge von Respekt, eine Frau nicht mit ihrem gewohnten Namen anzusprechen, auch wenn ich persönlich glaube, dass noch mehr dahintersteckt: Auf diese Weise wird die Braut dazu angehalten, nicht zurückzublicken. Und das kann manchmal gut sein.

Als älteste von fünf Schwestern hatte sich KokoGul schon in jungen Jahren um ihre Geschwister gekümmert und war problemlos in der Lage, zwei kleine Kinder zu versorgen. Schnell beschloss sie, nicht im Schatten meiner Mutter leben zu wollen. Sie räumte das Haus um, entledigte sich der Kleidung meiner Mutter und entfernte jegliche Erinnerung an ihre Existenz außer meinem Bruder und mir. Wir waren der einzige Beweis, dass KokoGul nicht die erste Frau meines Vaters war – und das war ein wichtiger Unterschied, auch wenn die erste Frau verstorben war.

Damals nahmen die Männer noch häufig mehrere Frauen, eine Praxis, die auf die vielen Kriege und die damit verbundene Notwendigkeit zurückzuführen war, Witwen zu unterstützen. So jedenfalls hat man es mir berichtet. Natürlich führte ein solches Vorgehen zu Spannungen zwischen den Frauen, denn der Status der ersten Frau konnte von den anderen Frauen nie erreicht werden.

KokoGul wurde der Möglichkeit, eine Erstfrau zu sein, durch eine Frau beraubt, die sie nie kennengelernt hatte und die sie daher auch nicht herausfordern konnte. Stattdessen war es ihre Aufgabe, die Kinder dieser ersten Frau großzuziehen.

KokoGul war keine böse Frau. Sie ließ mich nicht hungern, schlug mich nicht und warf mich nicht aus dem Haus. Sie fütterte mich, badete mich, zog mich an und tat all die Dinge, die Mütter tun. Als ich sprechen lernte, nannte ich sie »Mutter«. Meine ersten eigenen Schritte führten zu ihr, der Frau, die mir bei Fieber und aufgeschlagenen Knien zur Seite stand.

Trotzdem tat sie all dies mit einem gewissen Abstand. Ich brauchte nicht lang, um ihre Missgunst zu bemerken, obwohl es noch Jahre dauerte, ehe ich sie benennen konnte.

Meinem Bruder erging es ähnlich, doch er verhielt sich anders. Schon bald bezeichnete auch er KokoGul als »Mutter« und vergaß, dass dies einst eine andere Frau gewesen war. Um Asad kümmerte sich KokoGul ein wenig eifriger, weil sie wusste, dass er der Schlüssel zum Herzen meines Vaters war. Mein genügsamer Vater zeigte sich recht zufrieden, eine passende Mutter für seine Kinder gefunden zu haben, sofern er zu Hause weilte. Mein mit den Jahren immer klüger werdender Großvater jedoch wachte aufmerksam über uns und war immer präsent.

Ich war keine Waise. Ich hatte Eltern, Geschwister, ein warmes Zuhause und genügend zu essen. Eigentlich hätte es mir an nichts fehlen dürfen.

Aber ein Leben ohne Mutter ist wie nackt in den Schnee geworfen zu werden. Meine größte Angst, die Furcht, die in gleichem Maß wächst wie meine Liebe zu meinen Kindern, ist die, dass ich sie auf die gleiche Weise verlassen könnte.

Und ich frage mich, ob diese Furcht je vergeht.

Kapitel 2

Fereiba

KokoGul war eine hübsche Frau, aber auch jemand, der in einem Raum voller Menschen nicht weiter auffiel. Sie war fast so groß wie mein Vater. Ihr dichtes schwarzes Haar reichte ihr bis zu den Schultern. Es war die Art von Haar, das sofort wieder glatt wurde, sobald man die Lockenwickler entfernte. Sie war zu rundlich, um zierlich zu wirken, und zu dünn, um gebieterisch zu erscheinen. Alles an ihr war mittelmäßig.

Zwei Jahre nach der Hochzeit mit meinem Vater gebar KokoGul ihr erstes Kind. Es war eine Tochter. Und für ihre Enttäuschung hierüber machte sie augenblicklich den Geist meiner Mutter verantwortlich. Meine Halbschwester erhielt den Namen Najiba, nach meiner verstorbenen Großmutter. Najiba hatte KokoGuls rundes Gesicht und dunkle Augen mit dichten, geschwungenen Brauen. Der Tradition gehorchend, umrandete KokoGul die Lider ihrer Tochter mit Kajal, das für gesunde Augen und einen eindrucksvollen Blick sorgen sollte. Während der beiden ersten Monate verbrachte KokoGul viele Stunden mit der Zubereitung eines Tranks aus Fenchelsamen und Kräutern, um Najibas Koliken zu lindern und so ihr dauerndes Schreien zu beenden. Aber solange Najiba sich nicht beruhigen ließ, bildeten Mutter und Tochter ein unausgeschlafenes, zänkisches Gespann.

Nachdem ihre eigene Tochter geboren war, nahm KokoGuls Geduld mit ihren Stiefkindern ab. Nun, da ihr noch bewusster wurde, dass wir nicht ihre Kinder waren, verlor sie schnell die Nerven. Dann schlug sie nach uns wie eine wütende Viper und rief uns mit der Rückseite ihrer Hand zur Ordnung. Wenn mein Vater nicht zu Hause war, gab es nur unregelmäßige Mahlzeiten, die lieblos zubereitet waren. Nur am Abend, wenn er nach Hause kam, aß die ganze Familie zusammen.

Nach Najibas Geburt gewöhnte sich KokoGuls Leib daran, Kinder auszutragen. Während der folgenden vier Jahre gebar sie drei weitere Mädchen. Mit jeder Schwangerschaft verlor sie schneller die Geduld, und mein Vater, der sich nach Frieden im Haus sehnte, aber ihn nicht einzufordern verstand, wurde immer distanzierter. Ein Jahr nach Najiba kam Sultana zur Welt. KokoGul machte sich keine Mühe, ihre Enttäuschung zu verbergen, denn im Gegensatz zu meinem seltsam desinteressierten Vater hatte sie sich einen Sohn gewünscht. Während ihrer dritten Schwangerschaft fast zwei Jahre später betete sie, gab widerwillig Almosen an die Armen und aß jedes Lebensmittel, das angeblich männliche Nachkommenschaft versprach. Mauriyas Geburt enttäuschte sie erneut, und sie glaubte, dass der Geist meiner Mutter einen mächtigen Fluch auf ihren Leib gelegt hatte. Als schließlich meine vierte Schwester Mariam geboren wurde, war KokoGul weder enttäuscht noch überrascht. Sie gab meiner toten Mutter die Schuld und beschloss, keine Kinder mehr zu bekommen. Und so blieb Asad der einzige Sohn meines Vaters.

Meine früheste Erinnerung sollte eigentlich etwas mit der Schule oder einer Lieblingspuppe zu tun haben, doch meine Kindheit war anders. KokoGul lag im Wohnzimmer auf einem Kissen. Neben ihr ruhte die neugeborene, eng in einen Gebetsschal gewickelte Mauriya. Ich war sechs Jahre alt.

»Fereiba!«, bellte KokoGul. Mauriyas kleines Gesicht

verzog sich. Sie war so eng gewickelt, dass sie sich nicht anders äußern konnte.

»Ja, Madar-jan.« Ich stand nur wenige Schritte entfernt. KokoGul, die sich noch von der Geburt erholte, sollte nichts anderes tun als das Baby stillen. Ich wusste es, weil sie mich häufig daran erinnerte.

»Fereiba, deine Tante hat uns etwas Hühnereintopf auf dem Feuer dagelassen, aber es ist zu wenig für uns alle. Geh doch bitte und hole uns ein paar Kartoffeln, damit wir alle satt werden.«

Das bedeutete zweierlei. Erstens würden heute Abend nur mein Vater und mein Bruder Hühnchen zu essen bekommen. Wir anderen würden uns mit gekochten Kartoffeln begnügen müssen. Und zweitens musste ich in den eisigen Garten hinaus und nach den Knollen graben. Im Herbst hatten wir große Mengen an Kartoffeln, Rettich, Karotten und Rüben hinter dem Haus vergraben, wo sie in der Erde kühl lagerten.

»Madar, könntest du nicht Asad bitten, die Kartoffeln zu holen?« Draußen war es kalt, und ich sah mich bereits mit der Schaufel kämpfen.

»Er ist nicht da, und wir brauchen die Kartoffeln jetzt, damit sie bis zum Abendessen fertig sind. Zieh den Mantel an, den dein Vater dir gekauft hat. Es dauert doch nur ein paar Minuten.«

Ich wollte nicht gehen.

»Mach schon, Liebes. Du willst deiner Mutter doch helfen.«

Ihre Schmeicheleien waren wie Puderzucker auf verbranntem Brot. Ich biss hinein.

Ich erinnere mich daran, wie ich mit einer Schaufel kämpfte, die fast so groß war wie ich. Schließlich gab ich es auf und holte eine Kelle, mit der ich besser zurechtkam. Mein Atem schien in der eisigen Luft zu Kristall zu gefrieren, und meine Finger wurden trotz der Handschuhe sofort taub. Hastig sammelte ich vier Kartoffeln ein und wollte das Erdloch gerade wieder schließen, als ich ein paar Rettiche entdeckte. Aus einem mir heute nicht mehr erfindlichen Grund nahm ich auch die Rettiche mit. Ich steckte sie in meine Taschen, weil ich die Hände voll hatte.

»Ich habe sie, Madar-jan«, rief ich ihr aus der Küche zu.

»Gutes Mädchen, Fereiba. Gott segne dich. Jetzt wasche und schäle sie und lege sie in den Topf, damit sie in der Tomatensoße garen können.« Mauriya hatte inzwischen angefangen, zu wimmern.

Ich tat, was KokoGul gesagt hatte, und schnitt die Kartoffeln so, wie sie es mich gelehrt hatte. Dabei gab ich acht, mir nicht in die Finger zu schneiden. Dann wusch ich auch die Rettiche, schnitt sie klein und legte sie aus einer kulinarischen Eingebung heraus ebenfalls in den Topf. Ich rührte einmal um, legte den Deckel auf den Aluminium-Topf und ging zu meinen anderen Schwestern.

»Was ist das für ein schrecklicher Geruch? Fereiba! Was hast du getan?« KokoGuls Stimme raste durch unsere Wohnung, als hätte sie Beine und einen eigenen Willen. Auch ich hatte den Geruch bereits wahrgenommen, ihn aber in der Sorglosigkeit einer Sechsjährigen nicht weiter beachtet.

Mir war nicht bewusst, dass ich etwas mit den seltsamen Dünsten zu tun haben könnte, bis KokoGul sich aufrappelte, in die Küche ging und den Deckel hob. Eine stechend riechende Dampfwolke erfüllte den Raum. Ich bedeckte meine Nase mit der Hand und war überrascht, dass ich das nicht eher gerochen hatte.

»Fereiba, du Dummkopf! Wie kann man nur so dumm sein!«, rief KokoGul kopfschüttelnd und stützte ihre Hand ins Kreuz.

Die roten Rettichwürfel hatten mich verraten. An diesem Tag lernte ich, dass die harten, roten Knollen einen schrecklichen Geruch verströmen, wenn man sie kochte, einen Geruch, den ich nie vergessen werde.

Auf jede Geburt folgte das gleiche Ritual. Die Augen der Babys wurden mit Kajal umrandet, wir kauften Süßigkeiten, wenn sie die ersten vierzig Tage überlebt hatten, und ihr Kopf wurde rasiert, weil ihr Haar dicht und lockig werden sollte. Mir hingegen blieb nichts als der Kummer darüber, dass mich später einmal die Sehkraft und das Glück im Leben verlassen würden und mein Haar niemals voll würde. Denn all dies hatte für mich niemand getan.

Als die Zeit kam, dass ich zur Schule gehen konnte, überzeugte KokoGul Padar-jan davon, dass ich ihr im Haus mit den jüngeren Kindern helfen sollte. Mein Vater, der sich keine Haushaltshilfe leisten konnte, ließ sich überreden, mich ein Jahr zurückzustellen. Denn auch wenn ich noch sehr jung war, konnte ich mich nützlich machen, indem ich Besorgungen machte und kleinere Aufgaben im Haushalt erledigte. Und auch als meine Schwestern heranwuchsen, hörte ich diese Argumente noch.

Glücklicherweise entging unserem Großvater Boba-jan nichts. Er besuchte uns häufig, und in seiner Anwesenheit verhielt sich KokoGul völlig anders. Boba-jan lud Asad und mich zu Spaziergängen ein. Seine Taschen waren immer voller Münzen und Bonbons. Es gab keinen Besucher, auf den wir uns mehr freuten als auf Boba-jan. Er forderte uns auf, unsere Gebete zu sprechen, während er unsere Kleidung überprüfte und uns in die Arme kniff, um zu sehen, ob wir gut genährt waren. KokoGul beobachtete ihn aus dem Augenwinkel. Sie spürte sein Misstrauen und ärgerte sich insgeheim darüber.

Allerdings änderten Boba-jans Besuche nicht viel für mich. Als meine Schwestern älter wurden und KokoGul sich die Zeit damit vertrieb, sie zu betreuen, übernahm ich nach und nach immer mehr Aufgaben im Haushalt. Ich fütterte die Hühner, versorgte die Ziege und holte viele Eimer Wasser von der Quelle. Jeden Tag klopfte ich die Teppiche und passte auf die kleineren Mädchen auf. Als Najiba das

Schulalter erreichte, argumentierte KokoGul, es sei mehr zu tun, als sie allein schaffen könne. Mein Vater gab nach, und ich wurde ein weiteres Jahr zurückgestellt. Meine jüngeren Schwestern verließen das Haus, um Rechnen und das Alphabet zu lernen, während ich mich im Kochen übte. Meine Hände waren wund und aufgesprungen, weil ich Essensflecken aus schmutzigen Kleidern entfernen musste. Aber schmerzlicher als diese Wunden war die Tatsache, dass ich in die Küche verbannt war, während alle anderen sich eifrig für die Schule ankleideten.

KokoGuls Hang zum Aberglauben verschlimmerte die Situation noch. In unserer Kultur gibt es viel Aberglauben, aber KokoGul übertrieb es mit ihrem Eifer. Zum Beispiel durften wir nicht mit Socken schlafen, weil uns ansonsten Blindheit drohte. Wenn jemand Besteck fallen ließ, musste ich sofort das gesamte Haus putzen, weil Gäste zu erwarten waren. Wenn sie beim Essen oder Trinken husten musste, verfluchte sie die Menschen, die zweifellos irgendwo schlecht über sie sprachen. Ich glaube, die Überzeugung, dass andere eifersüchtig auf ihr recht privilegiertes Leben sein könnten, trieb sie am meisten um.

Als ob der gängige Aberglauben noch nicht genug wäre, erschuf KokoGul zudem noch viele eigene Auslegungen. Zwei Vögel, die über sie hinwegflogen, bedeuteten einen Streit mit einer engen Freundin. Wenn ihr die Zwiebeln auf dem Feuer anbrannten, schmähte jemand ihre Kochkünste, und wenn sie mehr als zweimal nieste, war sie zum Spielball böser Geister geworden. Padar-jan sagte nichts dazu, verriet uns aber heimlich, welche Interpretationen sie erfunden hatte, damit wir sie nicht anderen weitererzählten. Das hätte er sich auch sparen können. KokoGul gehörte nicht zu denen, die mit ihren Gedanken hinter dem Berg hielten. Ihre fantastischen Theorien waren der gesamten Nachbarschaft vertraut.

In einer Ecke unserer Obstplantage stand eine Gruppe

bemerkenswerter Maulbeerbäume. Ihre schweren Äste hingen herab und brachten kleine Früchte hervor, die in Reichweite unserer Arme hingen. Die Bäume waren sehr alt und hatten dicke, tief wurzelnde Stämme. Die Rinde eines der Bäume in der Mitte der Gruppe war so knotig und knorrig, dass KokoGul Stein und Bein schwor, in den hölzernen Windungen das Gesicht eines bösen Geistes zu erkennen. Sie erstarrte in Angst vor dem Rindengesicht, aber sie liebte die Maulbeeren, die auf den Zweigen darüber wuchsen. Wann immer KokoGul Lust auf Maulbeeren verspürte, schickte sie mich hinaus.

»Fereiba-jan«, rief sie dann freundlich und holte eine Keramikschüssel aus dem Schrank. »Ich brauche ein paar Beeren aus dem Garten. Nur du verstehst es, sie so vorsichtig zu pflücken. Wenn ich jemand anderen schicke, bekomme ich bloß Brei.«

Ihre Schmeichelei war unnötig, und das Wissen, dass KokoGul zu große Angst hatte, um selbst hinauszugehen, brachte mich zum Lächeln. Als dünne Neunjährige mit strähnigen Haaren fürchtete ich KokoGul mehr als das geheimnisvolle Baumlabyrinth draußen im Garten. Vielmehr war der Garten bei Tageslicht, wenn das Haus voll von Leuten und ihren Forderungen an mich war, eine Art Refugium.

Eines Abends an einem Wochentag, als meine Schwestern über ihren Hausaufgaben brüteten, überkam KokoGul plötzlich ein großes Verlangen nach Maulbeeren. Gehorsam schlich ich mit einer leeren Schüssel in den Garten und ging auf den vertrauten Baum zu, dessen verkrümmte Rinde im Mondlicht die Zähne zu fletschen schien. In der Dämmerung musste ich meine Finger vorsichtig durch die Blätter gleiten lassen, um die Beeren zu finden. Ich hatte kaum zwei oder drei gepflückt, als ich hinter mir wie ein zärtliches Flüstern eine sanfte Brise spürte.

Ich drehte mich um und erkannte eine leuchtende männliche Gestalt unmittelbar hinter mir. Ich wagte kaum zu atmen. Der Mann legte eine Hand auf meine Schulter. Die Berührung war so leicht, dass ich sie kaum spürte.

Ich blickte ihn an. Er war alt. Ein kurzer weißer Bart bedeckte sein Kinn, und Falten durchzogen sein Gesicht. Seine dichten weißen Brauen hingen schwer über seinen graublauen Augen und ließen nur schmale Schlitze erkennen. Ich wusste sofort, dass er mir freundlich gesinnt war. Mein wild pochendes Herz beruhigte sich beim Klang seiner Stimme.

»Fereiba-jan. Wenn du im Finstern gehst und den Boden unter deinen Füßen nicht erkennst, wenn deine Finger nur Nacht berühren, dann bist du nicht allein. Ich bin bei dir wie das Mondlicht, das sich im Wasser spiegelt.«

Ich blinzelte, und er war verschwunden. Ich blickte mich um, weil ich erwartete, ihn zwischen den Bäumen davongehen zu sehen, aber da war nichts. Ich lauschte dem Echo seiner Stimme und wiederholte seine Worte. Leise flüsterte ich sie vor mich hin, damit sie noch ein wenig verweilten. Selten hatte jemand meinen Namen mit mehr Liebe ausgesprochen.

»Fereiba!« KokoGul rief mich vom Haus aus. Sie war ungeduldig geworden.

Hastig sammelte ich so viele Maulbeeren wie möglich. Meine Finger trieften von ihrem roten Saft. Ich huschte zurück zum Haus, blickte mich aber noch einmal um, ob der alte Mann vielleicht zurückgekehrt war. Mit zitternden Händen stellte ich die Schüssel vor KokoGul, die meine Schwestern dabei beaufsichtigte, wie sie eifrig in ihre Hefte schrieben. Sie begann zu essen. Ich blieb unbeweglich vor ihr stehen.

»Was ist los? Was ist passiert?«, wollte sie wissen.

»Madar-jan, ich war draußen unter dem Maulbeerbaum.«

»Und?«

»Ich habe dort einen alten Mann gesehen. Er kam aus

dem Licht, aus *roshanee*. Er nannte meinen Namen und sagte, er würde mir folgen und Licht auf meinen Weg bringen. Er sagte auch, er wolle über mich wachen.« Während ich die Worte aussprach, hörte ich seine Stimme in meinem Kopf.

»Ein alter Mann? Aber wo ist er hingegangen?« KokoGul lehnte sich vor und blinzelte mich an.

»Er ist verschwunden. Er kam ganz plötzlich. Ich habe seine Hand auf meiner Schulter gespürt. Als er alles gesagt hatte, ist er wieder verschwunden. Ich konnte nicht sehen, wohin er gegangen ist – er hat sich einfach in Luft aufgelöst. Ich weiß nicht, wer er war.« Ich war außer Atem, hatte aber keine Angst. Ich wartete darauf, dass KokoGul meine Vision interpretierte.

»B'isme-Allah!«, rief KokoGul. Gelobt sei Gott. »Du hast einen Engel gesehen! Es war ein Engel, du dummes Kind! Wie kann man nur einen Engel nicht erkennen, der einem auf die Schulter tippt und verspricht, einen zu beschützen!«

Ein Engel? War das möglich? Großvater hatte uns von Engeln und ihrer Macht erzählt, als er mit uns Suren rezitierte. Wie blind könne man sein, einen Engel nicht zu erkennen, wenn er unmittelbar vor einem stehe!, zeterte KokoGul weiter, weil ich die überirdische Erscheinung nicht erkannt hatte. Meine Schwestern starrten mich aus großen Augen an. KokoGuls schneidende Stimme verklang, als ich mir die Worte des Engels wiederholte.

Er würde über mich wachen. Mein Schutzengel würde mir *roshanee* bringen auf meinem Weg. Ich wäre niemals allein.

Am folgenden *Jumaa*, dem Freitag, warteten wir auf die Rückkehr meines Vaters aus der Moschee. KokoGul hatte meinen Vater beauftragt, dafür zu beten, dass auch sie und ihre Töchter ein Schutzengel besuchen möge. Mein Vater hatte nicht viel zu meiner Begegnung gesagt. Ich wusste nicht, was oder wie viel er davon glaubte.

KokoGul und ich glaubten jedenfalls beide daran. In dieser Sache waren wir uns einig. Sie bemerkte kleine Veränderungen bei mir, und ich sah, was diese Veränderungen bei ihr bewirkten. Ich ging aufrechter. Ich gehorchte ihr, aber ich zuckte nicht mehr vor ihr zurück wie zuvor. Kühn betrat ich die Obstplantage bei Tag und Nacht und wartete immer darauf, dass mein Engel wieder erschien und mir sanfte Trostworte zuflüsterte.

KokoGul war außer sich. Vor ihren Freundinnen brüstete sie sich damit, dass ich, ihre Tochter, von einem Engel besucht worden war. Der Besuch verhieß Glück, und sie hoffte, auch ein wenig von diesem Licht beschienen zu werden. Eifrig überwachte sie ihre Träume und prüfte sie auf Hinweise darauf, dass der Himmel auch mit ihr Verbindung aufnahm. Ich hörte ihre Bitten, wenn sie zu Hause betete. Sie sprach sanfter mit mir und streichelte mir dabei mit der Hand über den Kopf.

Meine Schwestern verfolgten die Angelegenheit mit großer Neugier, verstanden aber nicht, warum sich KokoGul so nach dem Mann sehnte, den ich im Obstgarten getroffen hatte. Vor allem für Najiba, die mir altersmäßig am nächsten stand, war KokoGuls Verhalten rätselhaft.

»Wie sah der Engel aus, Fereiba? Hattest du Angst vor ihm?«, fragte sie interessiert. Wir saßen im Schneidersitz auf dem Boden und pulten Erbsen.

»Er sah aus wie ein alter Mann. Wie ein Großvater.« Meine Worte hörten sich viel zu einfach an, aber ich wusste nicht, was ich sonst antworten sollte.

»Wessen Großvater? Unserer?«

»Nein, nicht wie jemand, den wir kennen. Einfach nur ein Großvater.« Ich hörte auf zu sprechen, denn ich wollte ihm gerecht werden. »Er hat geleuchtet, und er kannte meinen Namen.« Ich warf eine Handvoll Erbsen in die Schüssel zwischen uns.

Najiba überlegte schweigend. »Weißt du, eigentlich bin

ich froh, dass ich ihn nicht gesehen habe. Ich glaube, ich hätte mich gefürchtet«, sagte sie schließlich.

Vielleicht wäre es mir ebenso ergangen, hätte ich nicht seine blaugrauen Augen gesehen. Seine freundliche Stimme hatte die Dunkelheit erfüllt und keinen Raum für Furcht gelassen. Trotzdem gaben mir Najibas Worte das Gefühl, mutig gewesen zu sein.

KokoGul sah das nicht ganz so. Nach und nach vereinnahmte sie meine Erfahrung, so als wäre der Engel ihr erschienen. Eines Tages hörte ich sie mit zwei Freundinnen beim Tee darüber sprechen.

»Und dann verschwand er? Einfach so?«

»Was erwartest du? Dass er mit Pferd und Kutsche abgeholt wird?«, entgegnete KokoGul in der ihr eigenen, scharfzüngigen Art, die ihre Freundinnen sehr unterhaltsam fanden, wenn sie nicht gerade selbst die Zielscheibe ihres Sarkasmus waren.

»Sie muss wohl unter dem ganz besonderen Schutz Gottes stehen, dass er ihr einen Engel schickt«, erklärte eine der beiden.

»Ach, weißt du, die arme Kleine. Der Geist ihrer Mutter im Himmel wacht über sie. Bestimmt hat es damit zu tun«, sagte die andere mitfühlend.

Die Erwähnung meiner Mutter spornte KokoGuls Fantasie an. »Ich hatte ihr an diesem Abend den Auftrag gegeben, in den Garten zu gehen. Es passiert mir selten, dass ich derartige Gelüste auf Maulbeeren verspüre, aber plötzlich überkam mich etwas Geheimnisvolles. Meine Zunge sehnte sich nach den süßen Beeren. Zunächst versuchte ich, nicht darauf zu achten, aber ich konnte nichts dagegen tun. Es war, als hätte mich etwas zu diesen Bäumen gelockt. Am liebsten wäre ich hinausgerannt, aber ich half den Mädchen bei ihren Hausaufgaben und bat so Fereiba, mir ein paar Beeren zu holen. Sie ist eine wirklich gute Tochter und ging hinaus in den Garten. Ich weiß also nicht, wen der Engel eigentlich treffen sollte. Vielleicht war das Verlangen seine Art, mich zu rufen. Da ich aber stattdessen Fereiba-jan geschickt habe, werden wir es wohl nie erfahren.«

Die beiden Frauen schienen von dieser Theorie nicht allzu beeindruckt zu sein, forderten KokoGul aber nicht weiter heraus. Ich betrat den Raum. Mit einer Hand balancierte ich ein Tablett mit drei Tassen heißen Tees, in der anderen hielt ich die Zuckerschale.

»Die afghanischen Teppiche wurden eigens für Fereiba-jan erfunden«, verkündete KokoGul. »Ihre rote Farbe verbirgt, wie viel Tee hier schon verschüttet wurde.« Die Frauen lachten leise. Höflich lächelnd und mit gesenktem Kopf stellte ich eine Tasse vor jede Frau und bot Zuckerwürfel an. Man beobachtete mich genau.

»Afareen, dokhtar-jan«, sagte KokoGul. *Gut gemacht, Tochter.* Ich kehrte mit dem leeren Metalltablett in die Küche zurück. An diesem Tag war ich ihre Tochter.

Und tatsächlich war ich an den meisten Tagen ihre Tochter. Denn ich ging nicht zur Schule, sondern verbrachte viel Zeit zu Hause mit KokoGul. Der Haushalt lastete fast ausschließlich auf meinen Schultern, und wenn ich etwas nicht richtig machte, tadelte sie mich scharf. Aber ich war ständig mit ihr zusammen. Wir verbrachten viele gemeinsame Stunden damit, zu kochen, das Haus zu putzen und die Tiere zu versorgen. Ihre scharfe Zunge brauchte ein Publikum – oder ein Ziel. Ich liebte es, mit ihr zum Basar zu gehen. So inspizierte sie zum Beispiel aufgeplatzte Tomaten und fragte den Verkäufer, ob sich seine dicke Frau versehentlich daraufgesetzt habe. Oder sie erkundigte sich beim Haushaltwarenhändler, ob seine viel zu teuren Teller aus der Privatsammlung des Königs stammten. KokoGuls Geistesblitze verstimmten die Menschen, oder sie führten zu einem Grinsen und einem Preisnachlass.

Wir waren Verbündete, wenn wir um die Dinge feilschten, die wir brauchten – Fleisch, Gemüse oder Schuhe. Ich imitierte KokoGuls unverschämtes Verhalten und handelte den bestmöglichen Preis aus. Sie pflegte dann zustimmend zu nicken. Auf dem Markt und in Haushaltsdingen konnten meine jüngeren Schwestern mir nicht das Wasser reichen.

»Jetzt schau dir das mal an, Najiba«, beschwerte sich KokoGul. »Bei diesem Hemd wird das Wasser immer noch braun. Wie kannst du nur glauben, dass es sauber ist? Hast du gesehen, welch schönen Schaum deine Schwester macht? Wie oft habe ich euch schon gesagt, dass ihr nicht erwarten könnt, dass das Hemd sich selbst reinigt. Gott sei gedankt, dass ich zumindest eine Tochter habe, die mir im Haus zur Hand gehen kann.«

Dies waren die Momente, in denen ich mich der Frau verbunden fühlte, die meine Mutter war, ohne es in Wahrheit zu sein.

Kapitel 3

Fereiba

Jeden Abend machten mein Bruder und meine Schwestern ihre Hausaufgaben mit dem Bleistift in der rechten und dem Radiergummi in der linken Hand. Sie stützten die Ellbogen auf den Tisch und legten das Kinn in die Hände, während sie lasen, auswendig lernten, addierten und subtrahierten. Zunächst taten sie sich noch schwer mit den Schriftzeichen, doch dann lernten sie, wie jeder Buchstabe mit schwungvollen Linien mit seinem Nachbarn verbunden wurde und wie Punkte und Striche an den richtigen Stellen Worte zum Leben erweckten. Dann schrieben sie kurze, einfache Sätze über die täglichen Aufgaben gehorsamer Jungen und Mädchen. Und als sie schließlich anfingen, das komplexe Arabisch des Korans zu erlernen, wurde ich wirklich neidisch. Zwar hatte ich die Gebete unter Anleitung meines Großvaters auswendig gelernt, aber den Text konnte ich nicht lesen.

Sie spielten mit Zahlen. In lustigen, gesungenen Versen lernten sie das kleine und große Einmaleins. Ich hörte zu. Auf dem Papier arbeiteten sie mit Zahlen und Symbolen, sie lernten Rechnen und verliehen den Zahlen so ihren Sinn.

Außerdem lernten sie viele Erzählungen kennen, die Geschichte unseres Landes. Den Aufstieg der Könige und ihrer Söhne. Mein Bruder beherrschte als Erster unsere Nationalhymne und sang sie mit grüßend erhobener Hand.

Meine Schwestern lernten Spiellieder von ihren Klassenkameradinnen. Hand in Hand gingen sie, beschwingt und sorgenfrei im Rhythmus der Worte.

Kuckuck, Kuckuck, Ahornblatt,
Mädchen sitzen da und lachen,
Essen sich an Äpfeln satt.
Könnte ich ein Täubchen sein,
Das hoch und frei am Himmel fliegt,
Ich flög' hinab zum Fluss, so rein,
Tränk' heiliges Wasser, das nie versiegt.

Morgens sah ich zu, wie meine Schwestern in ihre stahlgrauen, schlichten Schuluniformen schlüpften. Sie zogen ihre Strümpfe hoch und schnürten hastig ihre Schuhe, weil sie Angst hatten, zu spät zu kommen, und noch mehr Angst, ungepflegt zu erscheinen. Beides wurde von den Lehrerinnen äußerst ernst genommen. Jeden Tag verspürte ich einen heimlichen Groll, weil sie das Haus verlassen durften, während ich daheimbleiben musste. Ich beneidete sie um ihre Taschen voller Hefte und Bleistifte und um ihre Geschichten und wusste, dass ich mindestens so intelligent war wie sie – vielleicht sogar intelligenter.

Mein Bruder war ein guter Schüler. Nicht unbedingt Klassenbester, aber immerhin so gut, dass mein Vater und Großvater keinen Grund zur Klage hatten. Ich bin sicher, dass er hervorragend gewesen wäre, hätte er es nur versucht, aber er beeilte sich mit seinen Hausaufgaben, um andere Dinge tun zu können – mit den Nachbarsjungen Fußball spielen, auf Bäume klettern oder auf der Straße vor unserem Haus Fahrrad fahren. Das Teenageralter war wohl die unangenehmste Zeit für ihn. Er bekam Pickel und konnte sich nicht mehr auf seine Stimme verlassen. Als er jedoch darüber hinaus war, war seine Stimme die eines selbstbewussten Mannes, den es in die Welt hinauszog.

Ich hatte schon öfter mit meinem Vater über das Thema Schule gesprochen. Bisher hatte er immer nur müde geantwortet, dass KokoGul meine Hilfe mit den jüngeren Kindern brauchte, doch inzwischen verfing dieses Argument nicht mehr. Meine jüngste Schwester Mariam war sieben Jahre alt und ging bereits in die Grundschule. Es gab keine Babys mehr im Haus.

Nachdem wir abends den Tisch abgeräumt hatten, wendete ich mich wieder einmal an meinen Vater. Ich war dreizehn Jahre alt und wild entschlossen. Ich wusste, dass Mädchen, die keine Schule besucht hatten, üblicherweise früher heirateten, aber ich wollte nicht heiraten. Und jedes Jahr ohne Schule brachte mich dem Dasein als Ehefrau einen Schritt näher.

»Padar-jan?« Er blickte auf, lächelte freundlich und schaltete das Radio aus, weil die Abendnachrichten vorbei waren. Ich stellte eine Tasse grünen Tee vor ihn hin. Die beiden Zuckerwürfel lösten sich schnell auf. Seinen Abendtee trank er immer gern süß.

»Danke, Liebes. Genau das, was ich nach einem so köstlichen Abendessen gebraucht habe«, sagte er, tätschelte sich den Bauch und atmete tief aus.

»Noosh-e-jan«, antwortete ich, wünschte ihm, dass sein Appetit befriedigt sein möge. »Padar-jan, ich möchte dich etwas fragen.«

Mein Vater hob eine Augenbraue und nippte vorsichtig an seinem Tee.

»Padar-jan, ich möchte zur Schule gehen wie meine Schwestern.«

»Ach, das schon wieder«, seufzte er. KokoGul beugte sich über ihre Häkelnadeln, hörte auf zu arbeiten und lauschte.

»Ich kann trotzdem zu Hause helfen, es dauert doch nur ein paar Stunden. Alle anderen Mädchen gehen hin, und im Haus sind keine kleinen Kinder mehr. Ich möchte die Dinge lernen, die meine Schwestern lernen.« Mehr bekam ich nicht heraus, ehe ich in Tränen ausbrach. Ich senkte den Kopf, ärgerte mich über mich selbst und wartete darauf, dass ich wieder ruhiger atmen konnte oder mein Vater etwas sagte, denn ich wusste nicht, was eher geschehen würde.

»Fereiba-jan, ich dachte, dass du dich inzwischen nicht mehr für die Schule interessierst. Deine Schwestern haben alle angefangen, als sie noch jünger waren. Du bist inzwischen eine junge Frau und warst noch nie in der Schule.« Er wurde nachdenklich. Seine Brauen zogen sich zusammen. Ich schob die Unterlippe vor.

»Ich weiß«, sagte ich schlicht. KokoGul nahm ihre Häkelarbeit wieder auf. Sie schien zufrieden, dass sich das Resultat des heutigen Gesprächs nicht von allen früheren unterschied.

»Geht es darum, lesen zu lernen? Vielleicht könnte Najiba dir dabei helfen. Oder Sultana – sie schreibt sehr gut und liest gern Poesie.«

Nie war ich so wütend auf meinen Vater gewesen. Sein Vorschlag verletzte mich, und ich ärgerte mich über sein warmes Lächeln. Ich wollte nicht, dass meine jüngeren Schwestern mir das Lesen beibrachten. Sie kamen jeden Tag heim und zitierten ihre Lehrerin. Ihre Stimmen brachten genau das zum Ausdruck, was ich vermisste.

»*Moallim-sahib* sagt, dass sich meine Handschrift verbessert hat. *Moallim-sahib* sagt, wir sollten jeden Tag ein Glas Milch trinken, um gesund und stark zu werden.«

Ich wollte meine jüngere Schwester nicht als meine *moallim*. Sie wäre vielleicht in der Lage, mir die Grundlagen des Alphabets und die Aussprache von Wörtern beizubringen, aber sie wäre keine echte Lehrerin, die vor der Klasse stand und mich dazu brachte, das Einmaleins zu lernen, und die meine Fortschritte überwachte. Ich wollte mehr.

»Nein, Padar-jan.« Ich spürte, wie ich wieder freier atmete und meine Stimme mit neuer Entschlossenheit zurückkehrte. »Ich will nicht von einer Schülerin lernen. Ich will von einer Lehrerin lernen.«

Meine Antwort musste ihn überrascht haben. Vermutlich dachte er, dass meine Ansprüche kindisch und wirklichkeitsfremd wären. Oder er dachte, dass ich es nur auf die Schuluniform abgesehen hatte und meinen Aufgaben im Haushalt entkommen wollte. Ich aber wollte sehr viel mehr, als ich in Worte fassen konnte. Und ich wusste, dass mir die Zeit davonlief. Mein Vater beobachtete mich genau. Seine Mundwinkel senkten sich.

»Es würde nicht leicht für dich. Du müsstest ganz von vorn in einer Klasse mit kleinen Kindern anfangen.«

»Er hat recht. Du wärst wie ein Riese, der zwischen Babys sitzt. Eine dumme Idee. Wie ein Huhn, das sich bemüht, ins Ei zurückzukriechen«, warf KokoGul ein.

»Das würde mich nicht stören«, sagte ich.

Eine Notlüge. Immerhin war es das erste Mal, dass mein Vater meinen Wunsch tatsächlich in Erwägung zu ziehen schien.

»Ich werde mit dem Schulvorsteher sprechen und sehen, was er dazu sagt. Aber ich bin sicher, dass deine Mutter dich hier tagsüber sehr vermissen wird.«

»Ist das nicht eine ziemlich unvernünftige Idee? Warum sollte sie sich jetzt noch mit der Schule belasten? Hier zu Hause hat sie doch alles, was sie braucht.« Die Wendung des Gesprächs hatte KokoGul offenbar überrascht.

»Ich verspreche nichts. Lass mich zunächst mit der Schule reden und sehen, was man dort davon hält.« Wie immer legte sich mein Vater nicht fest und ließ sowohl KokoGul als auch mich voller Hoffnung zurück.

Zu seiner größten Überraschung und zu KokoGuls Enttäuschung war die Schule bereit, mich aufzunehmen, vorausgesetzt, ich finge bei den Erstklässlern an. Und so kam ich mit acht Jahren Verspätung ins erste Schuljahr. In der Nacht vor meinem ersten Schultag bügelte ich die strenge

Schuluniform, um bei meiner *moallim-sahib* einen guten Eindruck zu machen. Mauriya und Mariam, meine beiden jüngsten Schwestern, amüsierten sich köstlich, als sie mich zum ersten Mal in Schuluniform sahen. Wir verließen das Haus gemeinsam.

Najiba und Sultana, die beiden Älteren, schienen ein wenig besorgter darüber zu sein, was die anderen sagen würden, wenn eine Heranwachsende in eine erste Klasse ging. Auf dem Schulweg versuchte Najiba, mich darauf vorzubereiten.

»*Moallim-sahib* wird zunächst überprüfen, ob du ein Heft und einen Bleistift dabeihast. Außerdem wird sie dich bitten, dich in die letzte Reihe zu setzen, weil du größer bist als die anderen Schülerinnen.«

Mir gefiel die rücksichtsvolle Art, mit der Najiba sich ausdrückte. Sultana nickte und stimmte ihr weit weniger diplomatisch zu.

»Genau. Sonst kann keiner über deinen Kopf hinwegsehen.« Najiba warf ihr einen unmissverständlichen Blick zu, sodass Sultana sich auf ihre Schuhspitzen konzentrierte und ein wenig langsamer ging.

»Du kommst sicher bald in die nächste Klasse. Das Alphabet kennst du ja größtenteils. Von dort bis zum Lesen ist es nicht mehr weit.«

Ich lächelte Najiba dankbar an. Wir standen uns nicht sehr nah, aber in ihren Worten lag eine Ehrlichkeit, die ich an diesem Tag ganz besonders brauchte.

»Wenn Sultana es gelernt hat, wird es mir sicher nicht schwerfallen.«

Sultana reagierte beleidigt, starrte geradeaus und beschleunigte ihren Schritt wieder. Dabei hatte ich es gar nicht böse gemeint. Beschämt wandte ich mich zu Mauriya und Mariam um, die Hand in Hand mit ihren Taschen über den Schultern hinter uns herzuckelten.

Meine Schwestern lenkten mich von der Beklommenheit vor meinem ersten Schultag ab. Nachdem wir das Eisentor der Schule passiert hatten, zeigte mir Najiba den Weg zu meinem Klassenzimmer. Sultana verschwand hastig in ihrer eigenen Klasse. Mauriya und Mariam winkten mir fröhlich zu.

Langsam betrat ich den Raum und blickte mich um. Ich war nicht sicher, ob ich mir direkt einen Platz suchen oder lieber zunächst zur Lehrerin gehen und mich vorstellen sollte. Weitere Schülerinnen trafen ein und gingen eifrig zu ihren Plätzen. Ich beschloss, dass es besser wäre, mich vorzustellen, ehe die Lehrerin mich bemerkte und sich aufregte. Immerhin war ich eher eine Frau als ein Mädchen, das hier neben den Kindern sitzen würde. Ich hätte ihr Kindermädchen sein können, hier aber war ich ihnen gleichgestellt.

»Willkommen, meine Liebe. Ich habe bereits gehört, dass du zu uns kommst. Setz dich bitte ans Ende der letzten Reihe – es ist der letzte Platz, der noch frei ist. Hier, nimm dieses Buch. Aus dem lernen wir ab jetzt. Kennst du die Buchstaben schon?«

Meine erste Lehrerin war eine strenge, aber freundliche Frau, die mich glücklicherweise sofort in ihr Herz schloss. Sie behandelte mich ein wenig anders als meine jungen Klassenkameradinnen und ersparte mir auf diese Weise viel Peinlichkeit. Ich war dankbar und entschlossen und arbeitete fleißig. Weil ich immer zugehört hatte, wenn meine Schwestern das Alphabet lernten, gingen mir die Buchstaben relativ schnell über die Zunge.

Innerhalb von zwei Monaten wurde ich in die zweite Klasse versetzt. Einerseits freute ich mich, so schnell voranzukommen, aber es machte mich traurig, meine Lehrerin zurückzulassen. Und das bereits, ehe ich meine nächste Lehrerin kennenlernte. Der Lehrerin der zweiten Klasse schien die überdimensionierte Schülerin in ihrer Klasse nämlich nicht zu gefallen. Sie rief mich häufig zum Vorlesen auf und lauschte schadenfroh, wie ich mich mit einzelnen Wörtern abmühte. Wenn meine Klassenkameradinnen kicherten, schalt sie sie nur scherzhaft aus.

»Genug jetzt. Lasst euch von Fereibas Größe nicht täuschen. Sie ist noch ganz neu in der zweiten Klasse.«

Ich arbeitete noch härter, und nachdem ich eine Aufnahmeprüfung abgelegt hatte, blieb ihr nichts anderes übrig, als mich in die dritte Klasse zu überstellen. Wenn ich nachmittags aus der Schule kam, erledigte ich zunächst die Hausarbeit, der ich nicht entkommen konnte. Ich hatte KokoGul versprochen, ihr auch weiterhin zu helfen, und wollte auf keinen Fall riskieren, dass sie sich bei meinem Vater über meinen mangelnden Eifer beklagte. Nach wie vor klopfte ich die Teppiche, wusch unsere Wäsche und versorgte die Tiere im Hinterhof. Erst, wenn der Haushalt erledigt war und die Familie gegessen hatte, setzte ich mich an meine Hausaufgaben und arbeitete bis tief in die Nacht. Padar-jan bemerkte das.

»*Dokhtar-jan*, du arbeitest härter als deine Schwestern. Man sieht es an deinen Noten. Schaffst du dein Pensum?«

»Ja, Padar-jan. Ich will so schnell wie möglich den Stand erreichen, den ich eigentlich haben sollte.«

»Und was ist mit deinen Mitschülerinnen? Kommst du mit ihnen zurecht?« Ich wusste, was er meinte. Er wollte wissen, ob ich als Heranwachsende in der zweiten Klasse nicht zu viel negative Aufmerksamkeit erregte.

»Sie sind nett. Sie lassen mich in Frieden und außerdem hoffe ich, schon bald in die nächste Klasse zu kommen.«

Zufrieden überließ er mich meinen Schularbeiten. Solche Gespräche führten wir immer wieder, bis ich in die fünfte und sechste Klasse kam, in denen der Lehrstoff mehr Aufmerksamkeit und intensiveres Lernen erforderte. Das Lesenlernen fiel mir leicht, aber Mathematik war eine ganz andere Sache.

Einfache Mathematik hatte ich auf dem Markt gelernt. Wenn der Verkäufer mir den Preis für einen Meter Stoff sagte, wusste ich, wie viel ich für fünf Meter zu bezahlen hatte. Ich konnte auch den Preis für zweihundertfünfzig Gramm oder ein Pfund Trauben errechnen, wenn ich den Kilopreis kannte. Geometrie und Algebra jedoch fielen mir schwer, aber ich schaffte es dennoch.

Bei Kerzenlicht lernte ich auswendig und wiederholte das Gelernte, während ich Staub wischte. Während des Essens zeichnete ich unsichtbare Wörter und Ziffern mit den Fingern auf mein Knie. Ich stahl mir die Momente, in denen ich rekapitulieren konnte, was ich zu lernen hatte.

Und tatsächlich machte ich große Fortschritte. Mit sechzehn saß ich in der elften Klasse zusammen mit Mädchen meines Alters und würde im darauffolgenden Jahr den Abschluss machen. Ich war sehr stolz auf mich, genau wie mein Vater. Jedes Zeugnis studierte er sorgfältig, blätterte durch die Bemerkungen und blickte zu mir auf. In seinen Augen sah ich, was er nicht aussprechen konnte. Seine Mundwinkel hoben sich zu einem leichten Lächeln, während er sich bemühte, sein Lob möglichst gleichmütig klingen zu lassen.

»Gut gemacht.«

Mein Großvater saß mit einem Kissen im Rücken in der Ecke, ließ die Perlen seines *tasbeh*, der Gebetskette, durch die Finger gleiten und hörte zu. Sein Gesicht verriet mir, dass er nicht im Mindesten überrascht war.

Kapitel 4

Fereiba

Trotz des Fastens vom Sonnenauf- bis zum Sonnenuntergang war der Ramadan ein fröhlicher Monat. Normalerweise nahmen Schule und Hausarbeit mich so in Anspruch, dass die hungrigen Tage schnell und schmerzlos vergingen. Tagsüber knurrten unsere Mägen, aber nach Sonnenuntergang genossen wir das Essen, das wir den ganzen Tag über vorbereitet hatten, besondere Gerichte, die uns für unsere Ausdauer belohnten.

Während der Nachmittagsstunden im Ramadan war mein Bruder Asad oft übellaunig und boshaft. Im Jahr zuvor war Asad ins Wohnzimmer gekommen, als ich Boba-jan gerade ein Kissen hinter den Rücken stopfte. Wortlos warf er mit einem seiner Hemden nach mir. Überrascht drehte ich mich um.

»Asad! Was soll das?«, fragte ich. Es war ein langärmeliges Hemd, das ich erst kürzlich gewaschen hatte.

»Asad, *bachem*. Warum hast du das getan?«, schimpfte Boba-jan.

»Ich brauche ein sauberes Hemd, aber auf diesem hier ist immer noch ein Fleck, Boba-jan. Sie hätte den Fleck auswaschen müssen.«

»Was für ein Fleck?«, erkundigte er sich.

»Maulbeersaft.«

»Ah, jetzt verstehe ich. Maulbeersaft lässt sich nicht auswaschen. Und wisst ihr auch, warum?«

»Warum, Boba-jan?« Ich hatte ebenfalls keine Ahnung.

»Setzt euch, dann erzähle ich es euch. Es ist eine gute Möglichkeit, die Stunden bis zum *iftar*, dem Fastenbrechen, und der damit verbundenen Unruhe zu verbringen. Es war einmal ein hübsches, junges Mädchen ...«

Er erzählte von dem Mädchen und dem Bogenschützen, die einander im Dschungel begegneten. Als das schöne Mädchen das Knurren eines Tigers hörte, bekam sie große Angst und Nasenbluten. Sie floh vor dem wilden Tier, ließ dabei aber ihr blutbeflecktes Kopftuch zurück. Ihr Liebster fand das Tuch, entdeckte den Tiger und befürchtete das Schlimmste. Mit gebrochenem Herzen jagte er hinter dem Tiger her, um seine Liebste zu rächen. Der Tiger aber tötete ihn unter einem Maulbeerbaum. Als das junge Mädchen den Mut fand, in den Dschungel zurückzukehren, schrie sie beim Anblick ihres leblosen, zerfleischten Liebsten auf und brach in ihrer abgrundtiefen Trauer tot zusammen. Und so vereinte sich ihre Seele unter dem Maulbeerbaum mit der ihres Liebsten, um sich auf den Weg in die nächste Welt zu begeben.

»Seit diesem Tag trägt der Maulbeerbaum Früchte, deren Saft Flecken von der Farbe des Blutes verursacht, das die Herzen dieser beiden Liebenden vereinte. Diese Flecken kann keine Lauge der Welt auswaschen.«

Asad hatte aufmerksam zugehört, aber als Boba-jan die Geschichte beendet hatte, war er enttäuscht, dass er niemandem die Schuld für die dauerhaften Flecken auf seinem Hemd mehr geben konnte. Missgelaunt hob er es vom Boden auf.

»Es ist ohnehin schon alt. Ich habe bessere Hemden.«

Diese Geschichte ging mir auch ein Jahr später noch durch den Kopf, als ich über den Basar lief, um leckere Datteln für unser *iftar* zu besorgen. Mein Schritt war beschwingt, denn ich freute mich darauf, zu Hause die gute Nachricht mitzuteilen: Ich hatte in einer Mathematikarbeit die zweitbeste Note bekommen. So laut, dass alle es hören konnten, hatte die Lehrerin verkündet: »Fereiba hat fast die volle Punktzahl erreicht und musste sich nur Latifa geschlagen geben. Sehr gut!«

Ich wusste, dass Boba-jans Augen vor Stolz auf eine Weise glitzern würden, die mehr sagte als alle Worte. Jetzt wollte ich nur noch die Datteln erstehen und dann schnell heimgehen, um meinem Großvater die freudige Nachricht zu überbringen.

Sheraga besaß einen Laden für Gewürze und Trockenfrüchte: Bei ihm bekam man Walnüsse, Mandeln, Kardamom, Steinsalz, leuchtend gelbes Kurkumapulver und feurige Pfeffersorten. Sein Laden war herrlich bunt und verführerisch für alle Sinne, auch wenn Sheraga selbst das kaum zu bemerken schien. Sein Gang war langsam und schwerfällig. Er war so dick wie zwei Männer, und seine Stirn glänzte sogar im kältesten Winter vor Schweiß. Selten gelang es mir, seine Preise herunterzuhandeln, aber an diesem Tag schien er großzügig zu sein. Mit gesenktem Kopf nahm ich die Datteln entgegen und achtete darauf, Sheragas dicke, haarige Finger nicht zu berühren.

Ehe ich mich auf den Heimweg machte, rückte ich den *chadar* auf meinem Kopf zurecht und zählte die Münzen in meinem Geldbeutel. KokoGul wäre sicher beeindruckt. So zufrieden war ich über meinen Erfolg, dass ich nicht bemerkte, wie mir ein Schatten in die schmale Seitenstraße folgte. Zwei Münzen fielen aus meiner Hand auf die staubige Straße. Ich bückte mich, um sie aufzuheben, als ich Schritte hinter mir hörte. Jemand zischte schmutzige Worte, die meine Wangen zum Glühen brachten. Als ich mich aufrichtete und umdrehte, fielen mir die Münzen wieder aus der Hand. Unmittelbar vor mir stand ein anzüglich grinsender Junge vom Marktplatz. Ich trat einen Schritt zurück und warf ihm einen wütenden Blick zu. Sein langes Haar hing ihm in die Stirn, und seine dunklen Augen standen eng beieinander. Er grinste und enthüllte dabei ein gelbes, lückenhaftes Gebiss.

»Wohin so eilig? Bleib doch ein wenig bei mir. Ich habe Kichererbsen. Du kannst etwas davon bekommen.« Er öffnete seine Tasche so weit, dass ein paar der getrockneten Kichererbsen herausfielen.

»Be-tarbia!«, *Wüstling*, schrie ich, drehte mich um und rannte davon. Während ich auf die Hauptstraße zulief, hoffte ich, dass das Leder meiner alten Sandalen durchhalten würde. Der Junge hinter mir lachte.

Schwitzend platzte ich in die Küche herein. KokoGul war dabei, Fleisch zu schneiden und in einen Topf mit brutzelnden Zwiebeln zu werfen.

»Oh, *dokhtar!*«, rief sie mit einem überraschten und gleichzeitig warnenden Blick. Mit dem Messer deutete sie in die Küchenecke, wo etwas stand, das in eine grobe, grüne Decke gehüllt war. Sie machte gerade Joghurt, dessen Kulturen für ihre Entwicklung absolute Ruhe brauchten. »Du hast manchmal die Grazie eines Elefanten.«

»Entschuldige«, keuchte ich.

»Was ist los? Du siehst ganz aufgelöst aus.«

Ich schämte mich, ihr zu erzählen, was geschehen war.

»Ich hatte befürchtet, ich würde zu spät für die Vorbereitungen zum Abendessen kommen.«

»Du kommst wirklich zu spät. Es ist fast fertig. Aber du kannst wenigstens noch abwaschen und den Salat vorbereiten. Mein Rücken fängt an, mir weh zu tun. Hast du die *khormaa* mitgebracht?«, fragte sie, als sie daran erinnerte, was sie mir am Morgen aufgetragen hatte.

»Ja, habe ich.« Ich holte die Datteln aus meiner Schultasche und gab ihr das übriggebliebene Wechselgeld zurück. Sie zählte die Münzen. Das Geld, das mir auf den Boden gefallen war, hatte ich bei meiner Flucht zurückgelassen.

»Die Früchte sehen frisch aus. In welchem Laden warst du?«

»Bei Sheraga. Er war noch schlechter gelaunt als sonst«, sagte ich, weil ich hoffte, so den hohen Preis für die Datteln erklären zu können. KokoGul schnalzte mit der Zunge und stellte die Tüte mit den Datteln beiseite.

»Mit seinen Bärenklauen rafft er, was er bekommen kann. Geh jetzt ins Wohnzimmer. Dein Großvater wartet schon auf dich.«

Aber ich ging nicht ins Wohnzimmer, sondern erledigte zunächst den Abwasch, denn ich war überzeugt, dass mein Großvater mich sofort durchschauen würde, was KokoGul nie gelang. Meine Wangen waren immer noch vor Scham gerötet, so konnte ich ihm nicht entgegentreten.

Später, dachte ich und nahm die Mathematikarbeit mit in mein Zimmer.

Kapitel 5

Fereiba

Während meines letzten Schuljahres zog mich die Obstplantage mehr denn je in ihren Bann. Die Äste, die sich unter den Früchten bogen, lockten mich wie mit knorrigen Fingern, einzutreten. Ich lag in der Astgabel eines Pfirsichbaums wie in einer Wiege, lutschte das gummiartige, bernsteinfarbene Harz vom Stamm des Baumes und dachte darüber nach, wie es nach meinem Abschluss weitergehen sollte. Einige Mädchen gingen zur Universität. Andere hatten vor, Lehrerinnen zu werden. Viele wollten heiraten. Ich wusste nicht, was ich wollte, aber ich hatte kein Interesse an einer Ehe und dem Haushalt, der damit verbunden war.

Sobald ich die Hausarbeiten erledigt hatte, ging ich mit einem Buch in den Garten. Das Gras unter meinen Füßen fühlte sich kühl an, und die Halme kitzelten meine Fußsohlen. Ich lehnte mich mit dem Rücken an einen Maulbeerbaum oder legte mich auf den Bauch und las. Meine Schwestern wollten wissen, warum ich mich so zu den Maulbeerbäumen hingezogen fühlte, und ich antwortete ihnen, dass ich dort am besten träumen konnte.

»Wovon träumst du?«, fragten sie mich.

»Von der Zukunft.«

»Was geschieht in der Zukunft?«

»Ich weiß es nicht. Ich erinnere mich nie, aber ich wache mit dem Gefühl auf, dass es wunderbar wird. Eine Geschichte, die man anderen erzählen sollte.«

In jenem Sommer wurde mein Großvater krank. Er litt unter einem bösen, unbarmherzigen Husten. Tagelang lag er im Bett und trank Kräutertee, der die Krankheit aus seinem Körper verbannen sollte. Ich sah, wie schwer er atmete. Auf seiner Oberlippe bildeten sich Schweißperlen. Padar-jan ließ schließlich einen Arzt kommen, der Großvater eine Spritze gab und zwei Fläschchen mit Pillen daließ. Ich hielt ihm das Wasserglas an die Lippen, damit er die trockenen Tabletten schlucken konnte.

Fast täglich besuchte ich ihn und hoffte auf ein Anzeichen von Besserung. Aber sein Gesicht wurde trotz des brennenden Fiebers immer blasser. Bei meinem vierten Besuch machte ich ihm Suppe und süßen Tee. Er nippte nur kurz an beidem, ehe er darum bat, dass man ihn in Ruhe ließe.

Erneut riefen wir den Arzt. Boba-jan sah schmal und zerbrechlich aus in seinem Bett. Ich sehnte mich danach, ihn aufstehen, nach seinem Gehstock greifen und in die Küche gehen zu sehen. Mein Vater und ich saßen an seinem Bett, sprachen aber nicht über seine Schwäche. Überhaupt sagte Padar-jan nur wenig, aber das war seine Art – als hätte er Angst vor der eigenen Stimme.

»Fereiba-jan!«, rief mein Großvater plötzlich.

»Ja, Boba-jan?«

»Meine süße Enkelin. Du bist fast mit der Schule fertig, nicht wahr?«

»Ja, Boba-jan. Es ist mein letztes Jahr.«

»Gut. Und was willst du nach der Schule machen?«

»Ich weiß es noch nicht, Boba-jan. Ich habe über das College nachgedacht, aber …« Seine Augen waren halb geschlossen. Ich sprach nicht weiter, weil ich dachte, er wäre eingeschlafen. Aber das war nicht der Fall.

»Warum nicht?«

Ich hatte keine Antwort. Ich zuckte die Schultern und wischte seine Stirn mit einem kühlen Tuch ab.

»Fereiba, du hast deinen Vater in der Plantage gesehen, nicht wahr? Dort liegen seine Talente. Als er ein Junge war, lehrte ich ihn alles, was ich wusste. Als er jedoch zum Mann wurde, erkannte ich, dass mehr in ihm schlummerte, als er mir zeigen konnte. Er ist ein Meister darin, Bäume zu kultivieren und zu pfropfen.«

Das stimmte. Eines Wintertags hatte ich zugesehen, wie mein Vater mit großer Sorgfalt ein Pfropfreis an einem Apfelbaum aussuchte. Anschließend folgte ich ihm zum Rand der Plantage, wo er einen gesunden Baum ausgesucht hatte, der Äpfel mit einer leuchtend roten Schale trug. Summend streichelte er die Rinde und ging um den Stamm herum auf der Suche nach der perfekten Stelle für das Pfropfreis. Mit der Präzision eines Chirurgen schlitzte er an einer Verzweigung die Rinde auf. Es entstand eine Lippe, die er zurückklappte. In diese Öffnung steckte er das keilförmige Ende des Pfropfreises und brachte die feuchten Oberflächen in direkten Kontakt – die Schnittstelle zweier Spezies. Immer noch summend umwickelte er die Kontaktstelle mit langen Stoffstreifen. Über die Spitze des Pfropfreises mit den drei Knospen stülpte er eine Papiertüte, um es vor Austrocknung durch die Luft zu schützen. Im Frühling erhielten wir eine neue Apfelsorte von einem jungen Trieb, der eigentlich hätte verwelken müssen. Aber stattdessen vereinten sich die beiden lebendigen Spezies zu einer neuen, einzigartigen Frucht in unserer Plantage. Einer Frucht, die mein Vater erschaffen hatte.

»Ich wünschte, dein Vater könnte seine Talente auch in seinem Heim einbringen, aber sie scheinen ihn an der Schwelle zu verlassen. Jetzt liegen sie in deinen Händen, Fereiba-jan.« Boba-jan schüttelte den Kopf. Ich wollte ihm widersprechen und ihm sagen, dass mein Vater nicht so war wie KokoGul, aber er sprach weiter.

»Auch dein Bruder hat seinen Weg gefunden, ohne seiner Familie allzu sehr verbunden zu sein. Ich weiß nicht, wen die Schuld trifft. Er hat den Körper eines Pferdes, aber den Geist eines Esels.«

»Du hast dich immer um mich gesorgt«, sagte ich und hielt seine Hand fest in meiner.

»Vielleicht urteile ich so hart über deinen Vater, weil er mir so ähnlich ist. Du bist anders. Eher wie deine Mutter, möge Allah ihr Frieden schenken. Sie war in der Lage, über ihre Nase hinauszublicken. Bei ihr wäre dein Vater anders geworden. Es ist zu schade. Sie hätte sicher einen Mann aus ihm gemacht.«

Langsam wurden meine Beine vom langen Sitzen taub, aber ich wagte nicht, mich zu bewegen. Ich wollte jedes seiner Worte in mich aufnehmen.

»Es nützt nichts, über solche Dinge zu reden. Du bist ein intelligentes Mädchen. Verlass dich auf deine innere Stimme, um herauszufinden, was das Beste für dich ist.«

»Du weißt, was das Beste für mich ist, Boba-jan. Ich kann immer noch dich fragen.«

»Es ist besser, nicht von den Alten abhängig zu sein. Wir sind Gott zu nah, als dass man sich auf uns verlassen könnte«, seufzte er müde.

Er war erschöpft, daher wechselte ich das Thema und sprach über die Rosen, die vor seinem Haus blühten. Ich erzählte auch von dem Geflügelhändler, der seinen Hühnern über die gesamte Marktstraße nachgelaufen war, weil ein Kind den Riegel am Käfig geöffnet hatte. Mein Großvater lächelte und nickte. Allmählich schlossen sich seine Augen, und er schlief ein.

Ich küsste seine Hände und versprach ihm, am nächsten Morgen wiederzukommen, aber irgendwann zwischen diesem Augenblick und Sonnenaufgang verließ uns Boba-jan und ging zu Gott und zu meiner Mutter. Ich fragte mich, ob der Engel aus der Plantage ihn abgeholt hatte. Zwei Wochen lang weinte ich um ihn, wenn mein Vater, KokoGul und meine Geschwister es nicht sahen. Ich wollte dabei so allein sein, wie ich mich fühlte, und der einzige Ort, wo ich ungestört weinen konnte, war in der Tiefe des Obstgartens.

Vierzig Tage nach dem Tod meines Großvaters ging ich in die Plantage. Boba-jans Tod hatte mich wieder an den Engel aus meiner Kindheit erinnert, obwohl ich längst überzeugt war, dass es nur meine kindliche Fantasie gewesen war, die mir einen Streich gespielt hatte. Trotzdem ließ mich der Gedanke nicht los, dass ich ihn, falls ich ihn sähe, gern nach meinem Großvater und meiner Mutter fragen würde.

Hinter einer Reihe von Maulbeerbäumen befand sich die Obstplantage des Nachbarn, die von unserem Garten durch eine hohe Lehmmauer getrennt war. Je mehr Zeit ich im Schatten der Maulbeerbäume verbrachte, desto intensiver spürte ich, dass ich nicht allein war. Aber es war anders als damals, als ich meinen Schutzengel gesehen hatte. Dieses Mal war die Erscheinung von dieser Welt. Dieses Mal nieste sie.

Verlegen setzte ich mich auf. Ich klappte mein Buch zu, strich meinen Rock glatt und blickte mich um. Doch nicht einmal ein Vogel war zu sehen. Ich lief unter den Bäumen entlang, als ich gleich hinter der Grundstücksmauer erst Blätter rascheln und dann einen dumpfen Schlag hörte, gefolgt von sich hastig entfernenden Schritten. Jemand hatte mich beobachtet.

In den folgenden Tagen wusste ich nicht recht, ob ich in jene Ecke des Gartens zurückkehren sollte. Doch der Maulbeerbaum hatte mir immer Glück gebracht, und daher wagte ich mich nach einigen Tagen wieder dorthin, ging aber möglichst geräuschlos und lauschte aufmerksam. Eine Woche später schlich ich an der Mauer entlang, spähte hinauf in die Bäume des Nachbarn und war überrascht, zwei Beine von einem dicken Ast herabbaumeln zu sehen.

Es musste der Besitzer dieser Beine gewesen sein, da war ich mir sicher. Ich versuchte, ihn genauer unter die Lupe zu nehmen, aber ich sah nur seine Hosenbeine. Ledersandalen hingen locker an seinen baumelnden Füßen.

Es musste der Sohn der Nachbarsfamilie sein. Er war ein paar Jahre älter als ich, aber gesehen hatte ich ihn noch nie. Hätte sich meine Schulzeit nicht so verzögert, hätte ich ihn vielleicht in der Schule kennengelernt. Aber was machte dieser Junge, oder eher junge Mann, dort auf dem Baum?

Dreist trat ich auf dem Weg zu meinem Maulbeerbaum absichtlich auf kleine Äste und stieß einen Stein mit dem Fuß an, ehe ich meinen üblichen Platz im kühlen Schatten einnahm. Ein Blick nach oben zeigte mir, dass die Beine verschwunden waren. Er versteckte sich! Ich nahm mein Buch und starrte die Seite an, aber die Buchstaben verschwammen vor meinen Augen, und ich fragte mich, warum ich hergekommen war. Nach einer schier endlosen Zeit völliger Stille stand ich auf und kehrte zum Haus zurück. Hoffentlich sah man mir nicht an, wie verängstigt ich mich fühlte.

Wenn man heranwächst, hat man die verrücktesten Ideen. Wenn man heranwächst, handelt man, ohne den Sinn des eigenen Handelns infrage zu stellen. Und so kehrte ich jeden Tag an die Stelle zurück, schlich zwischen den Bäumen umher, hielt Ausschau nach den Ledersandalen und nahm meinen Platz unter dem Maulbeerbaum ein. Allmählich wurde es zur Gewohnheit: Schule, Haushalt, Obstgarten. Nachts blieb ich lange wach, um meine Hausaufgaben zu machen, weil ich mich in der Plantage nicht richtig konzentrieren konnte. Nach zwei Wochen, in denen nichts geschah, beschloss ich, den Fremden wissen zu lassen, dass ich ihn gesehen hatte. Die Ungewissheit zerrte an meinen Nerven.

Auf dem Heimweg von der Schule versuchte ich, mich zu wappnen. Als ich an diesem Nachmittag in die Plantage kam, fühlte ich mich so kühn, dass ich mich selbst kaum wiedererkannte. Ich verursachte beim Gehen Geräusche und stellte mich an die Mauer. Als ich sicher war, dass er mich hören konnte, sagte ich laut, aber doch nicht zu laut: »Ich halte es nicht für sehr höflich, dort oben zu lauern. Es wäre respektvoller, *salaam* zu sagen.«

Ich hörte keine Antwort. Nicht ein einziges Wort. Hatte ich mir alles nur eingebildet? War er an diesem Tag gar nicht dort? Oder – und das wäre noch schlimmer – hielt er mich für schamlos, dass ich so zu einem Fremden sprach? Ich verbrachte meine gesamte Zeit entweder in einer Mädchenklasse oder zu Hause. Die einzigen Jungen in meinem Alter, die ich kannte, waren meine Vettern. Sich draußen mit einem Jungen abzugeben war ein Tabu, das wusste ich genau. Ich war in einem Alter, in dem ich auf mein Betragen achten musste, aber ich war in unserer Plantage, und ich war unsichtbar. Daher nahm ich mir die Freiheit.

Dass er meinen Schritt, die Linie zu überschreiten und mit ihm in Verbindung zu treten, so vollständig ignorierte, enttäuschte und ärgerte mich. Ich stürmte ins Haus.

Am nächsten Tag war meine Neugier wieder so stark, dass ich in den Garten zurückkehren musste. Trotzig setzte ich mich unter den Baum, als ich plötzlich eine Stimme hörte:

»*Salaam*.«

Ich richtete mich auf und errötete, denn nun hatte ich die Bestätigung, dass ich zu weit gegangen war. Plötzlich schämte und fürchtete ich mich. Ich stand auf, grüßte, ohne aufzublicken, hastig zurück und verschwand im Haus.

Bald folgten unbehagliche Zeiten. Seit zwei Wochen sprach KokoGul heiter davon, dass eine angesehene Familie uns einen Besuch abstatten wolle. In dieser Familie gab es einen Sohn, einen gut aussehenden jungen Mann, der eines Tages in die Fußstapfen seines Vaters treten würde. Mein Vater hatte Agha Firooz, den Vater des jungen Mannes, bereits hier und da bei offiziellen Anlässen getroffen. Agha Firooz erkannte das Potenzial einer möglichen Verbindung mit meinem Vater, der Boba-jans Einfluss in der Gemeinde geerbt hatte. Die Aussicht auf einen gewissen Wohlstand und größeren Einfluss führte Agha Firooz' Frau zu uns.

Ich bekam es mit der Angst zu tun. Wie jedes andere Mädchen träumte auch ich davon, Verehrer zu haben, die von meiner Familie abgelehnt wurden, bis eines Tages der Richtige kommen würde. Die Brautwerbung und das Gefühl, von einer ganzen Familie gewollt zu werden, waren verlockend, ganz zu schweigen von den verschwenderischen Feierlichkeiten und den Geschenken, die man bei einer Verlobung erwarten konnte.

Aber in diesem Fall fühlte sich irgendetwas nicht richtig an. Das Interesse der Familie wirkte verschwörerisch und zu geschäftsmäßig. An einem Freitag, als mein Vater bei den *Jumaa*-Gebeten war, kam KokoGul zu mir. Sie trug ein frisch gebügeltes Kleid und ihren hübschesten *chadar*, ein langes Kopftuch aus mauvefarbenem Chiffon mit etwas dunklerer Spitze. Summend betrat sie die Küche, wo ich gerade einen Imbiss aus Fladenbrot und Walnüssen zubereitete.

»Die Frau und die Tochter von Agha Firooz kommen heute Nachmittag vorbei. Warum bürstest du dir nicht das Haar und ziehst etwas Hübsches an – zum Beispiel das lila Kleid? Wenn sie da sind, kannst du uns Tee und Salzgebäck bringen. Auf keinen Fall Süßigkeiten, denke daran. Ich weiß zwar noch nicht genau, worum es bei diesem Besuch geht, aber wir wollen uns keinesfalls blamieren.«

Süßigkeiten wurden der Familie des Bewerbers als Zeichen der Zustimmung serviert, sozusagen als stillschweigendes Einverständnis, dem jungen Mann die Hand der Tochter zu gewähren. Es wäre peinlich übereilt, den Gästen gleich beim ersten Besuch gebrannte Mandeln und Schokolade zu kredenzen.

»Wenn du mich nach ›Tee‹ rufen hörst, bedeutet das,

dass du ihn ins Zimmer bringen und unsere Gäste bedienen sollst. Mehr hast du nicht zu tun. Sie sollen keinesfalls zu viel von dir sehen. Es geht nur darum, ihnen einen kleinen Vorgeschmack zu gönnen. Du stellst ihnen die Tassen hin, bietest das Gebäck an und ziehst dich höflich wieder in die Küche zurück. Hörst du mich aber nach ›Gebäck‹ rufen, soll eine deiner Schwestern das Tablett bringen. Dann betrittst du das Wohnzimmer nicht.«

Das Ganze war ein Strategiespiel, und KokoGul wollte ihre Karten nicht offenlegen, ehe sie nicht wusste, was ihre Gegenspieler auf der Hand hatten.

Mein Appetit war verflogen. Ich verließ die Küche, um mich herzurichten. Lange stöberte ich in meinem Schrank herum, suchte nach einer Möglichkeit, diesem taktischen Besuch zu entgehen, und fragte mich, wieso ich mich so wenig über etwas freute, das sich doch jedes Mädchen wünschte. Am liebsten wäre ich in den Obstgarten geflüchtet.

Als es am Tor klopfte, ging Najiba hinaus, um die Besucher zu begrüßen. Sie führte sie durch unseren bescheidenen Hof und den Garten. KokoGul wartete gespannt am Hauseingang. Vom Fenster im Obergeschoss aus beobachtete ich, wie die beiden Frauen ihre bestickten Umschlagtücher fast zeitgleich zusammenfalteten und über ihre Arme legten. KokoGul und die andere Frau küssten sich auf die Wangen und tauschten scherzhafte Bemerkungen aus, ehe sie das Empfangszimmer betraten. Auf Zehenspitzen schlich ich zum Treppenabsatz, um zu lauschen.

Die Frau von Agha Firooz war klein, vierschrötig und hatte ein unschönes Muttermal über der linken Augenbraue. Ihre etwas verzogene Unterlippe verlieh ihr eine unfreiwillig unzufriedene Miene. Ihre Augen wanderten umher und verglichen unser Zuhause mit ihrem eigenen. KokoGul führte die Gäste zu dem handgeschnitzten Sofa, das Boba-jan meinen Eltern zur Hochzeit geschenkt hatte.

Agha Firooz' Tochter verhielt sich wie ihre Mutter, obwohl sie äußerlich keinerlei Ähnlichkeiten hatten. Sie war fast fünfzehn Zentimeter größer und höchstens halb so dick wie ihre Mutter. Sie hatte dichte, geschminkte Augenbrauen über mit Kajal betonten Augen, und ihr auffällig fuchsiafarbener Lippenstift passte haargenau zu ihrem Kleid. Sie wirkte fast hübsch, bis ich sah, wie sie KokoGul anlächelte. Selbst von meinem verborgenen Standort aus konnte ich ihre lückenhaften, unschönen Zähne erkennen. Bei ihrem Lächeln stieg eine Übelkeit in mir auf, die ich mir nicht vollständig erklären konnte.

Ich kannte KokoGul gut genug, um zu wissen, wie sie Agha Firooz' Tochter taxierte und insgeheim mit mir verglich. Ihre Augen bewegten sich ebenso schnell wie die von Agha Firooz' Frau, während sie überlegte, was die Familie von meinem Anblick halten würde. Ich sah zwar nicht umwerfend aus, aber ich hatte die helle, ebenmäßige Haut meiner Mutter und ihr schwarzes Haar. Ich wusste, dass KokoGul sich schon auf ein zusätzliches Einkommen freute, falls Agha Firooz und Padar-jan sich zusammentaten. Wenn mein Vater Agha Firooz dabei half, seinen Textilhandel zu vergrößern, hätten sicher beide einen ansehnlichen Gewinn davon. KokoGul wirkte rastlos. Im Geiste gab sie bereits Geld aus, mit dem sie schon fest rechnete.

»Fereiba-jan, würdest du bitte ›Tee‹ für unsere lieben Gäste bringen? Sie müssen ja halb verdurstet sein bei diesem Wetter. In den letzten Tagen war es ziemlich warm, nicht wahr?«, säuselte KokoGul selbstsicher.

Ich eilte die knarrenden Stufen hinunter, ging in die Küche, arrangierte KokoGuls Porzellantassen und -teller auf einem Silbertablett und brachte alles ins Empfangszimmer. Meine Wangen brannten, als sich alle Blicke auf mich richteten. Ich hielt meinen Blick auf das Tablett gesenkt und fasste die Henkel so fest, dass ich meine Knöchel weiß werden sah.

»*Salaam*«, sagte ich leise, während ich eine Tasse Tee vor Agha Firooz' Frau absetzte.

»*Wa-alaikum*, liebes Mädchen«, antwortete sie mit einem gierigen Lächeln. Ich ließ meinen *chadar* über meine Wange fallen, um mein errötendes Gesicht zu verbergen. Ich bemühte mich, nicht zu zittern, während ich die zweite Tasse vor der Tochter abstellte und den beiden Frauen das Gebäck reichte. Grinsend nahm sich Agha Firooz' Tochter zwei Kekse. Auch dieses Mal ließ mich ihr Lächeln erschaudern, aber jetzt wusste ich, woran es lag.

Sie hatte das gleiche Grinsen wie der lüsterne Junge vom Markt.

Meine Hände begannen derart zu zittern, dass ich froh war, die Teetassen bereits abgesetzt zu haben. Ich hielt den Kopf gesenkt, als ich eilig aus dem Empfangszimmer verschwand. Dabei hörte ich, wie die Frau von Agha Firooz KokoGul ungezwungen vorschlug, mich auf eine Tasse Tee hereinzuholen. KokoGul jedoch winkte ab und begann, meine Tugenden zu loben. In der Küche stand Najiba und trank ein Glas Wasser. Sie wirkte neutral und gelassen wie immer und interessierte sich nicht für das, was um sie herum vorging.

»Könntest du bitte hierbleiben, Najiba, und dich darum kümmern, wenn Madar-jan noch etwas braucht? In ein paar Minuten kannst du hineingehen und ihre Teetassen wieder auffüllen. Mir ist schwindelig, und ich muss mich hinlegen.«

Najiba blickte mich an. »In Ordnung, Ferei«, sagte sie warmherzig.

Ich gab ihr einen Kuss auf die Wange, verließ die Küche durch die Hintertür und schlich so leise wie möglich die Treppe hinauf.

Mit pochendem Herzen lehnte ich mich an die Wand und betete, dass die Abgesandten von Agha Firooz sich möglichst bald verabschiedeten.

Kapitel 6

Fereiba

Die Brautwerbung und die Geschenke verloren ihre Romantik, als ich plötzlich mit der Realität der Ehe konfrontiert wurde. Ich konnte mir nicht vorstellen, ein Teil der Familie von Agha Firooz zu werden. Aber wie sollte ich Padar-jan mitteilen, was ich empfand? Und KokoGul war noch stärker von dieser Familie eingenommen als mein Vater. Dank ihrer beiläufigen Kommentare wusste ich, dass Padar-jan sich bereits mit den Geschäftsvorschlägen von Agha Firooz beschäftigte. Meinen Schwestern und meinem Bruder konnte ich meine Sorgen auf keinen Fall beichten. Es gab so viel, worüber ich gerne gesprochen hätte, aber niemanden, mit dem ich reden konnte.

KokoGul freute sich bereits auf den zweiten Besuch von Agha Firooz' Frau. Eine seriöse Brautwerbung war wie ein langsamer, verschämter Tanz zweier Familien. KokoGul übte bereits für den nächsten Besuch, bei dem sie Überraschung und Zögern darzustellen hatte. Mir gegenüber war sie während der folgenden Wochen besonders nachsichtig. Viele meiner häuslichen Aufgaben wurden mir erlassen, eine Hätschelei, auf die ich eher argwöhnisch als dankbar reagierte.

»Um die Töpfe brauchst du dich heute nicht zu kümmern, Fereiba-jan. Das viele Schrubben schadet deinen weichen Händen. Deine Schwester kann dir helfen«, rief KokoGul. Ich legte das Spültuch beiseite und drehte meine

Handflächen nach oben. In den vielen Jahren, in denen ich die Kleidung der Familie mit der Hand gewaschen und angebrannte Töpfe sauber gescheuert hatte, waren meine Finger schwielig geworden. Ich trocknete meine Hände ab. Die Obstplantage schien nach mir zu rufen.

Als ich mich dem Maulbeerbaum näherte, hörten die Sandalen sofort auf zu baumeln. Ich bemühte mich sehr, einen Blick auf das Gesicht des Jungen zu erhaschen, aber alles außer den Beinen wurde wie üblich durch die Blätter verborgen. Er hingegen konnte mich von seinem Standort aus sehen. Ich hielt das zwar für ungerecht, wagte jedoch keinen Protest. Ich musste auf meine Sittsamkeit achten.

»*Salaam*.« Ein vorsichtiger Gruß.

»*Salaam*«, gab ich zurück. Während des Schweigens, das folgte, fiel mir das Atmen wieder leichter. In der Nähe dieses Unbekannten, geschützt von den Mauern der Obstplantage, fühlte ich mich wohler. Ich wartete, während der Nachbarsjunge seine Worte zu überdenken schien. An diesem Tag herrschte eine sanfte Spannung zwischen uns.

»Sie haben heute kein Buch mitgebracht.«

»In letzter Zeit habe ich keine Lust zu lesen«, bekannte ich.

»Sie haben Sorgen.«

Wie viel konnte ich preisgeben? Ich fühlte mich so einsam. Niemand aus meiner Familie wusste, wie es in mir aussah. Und niemand wusste, warum das so war. Etwas saß in meiner Kehle, und ich konnte es weder herunterschlucken noch ausspucken.

»Ich komme immer in den Garten, wenn ich vor etwas fliehen will. Oder wenn ich über etwas nachdenken muss. Etwas Privates …« Gegen Ende wurde seine Stimme leiser. Ich richtete meine Augen auf das Gras. Ich musste sein Gesicht nicht sehen. In diesem Augenblick genügte es mir, zu hören, wie sich seine Stimme unsicher hob und senkte. Es war alles, was ich brauchte.

»Mein Vater liebt die Plantage so sehr, dass er hier sogar seine Gebete verrichtet«, sagte ich. »Er glaubt, dass seine Gebete die Bäume ernähren, aber vermutlich ist es genau andersherum. Er erleichtert sein Herz in Gegenwart dieser Bäume, ihrer Zweige und ihrer Wurzeln, und im Gegenzug verwöhnen sie ihn mit der Süße ihrer Früchte. Nachmittags gehört die Plantage mir. Meine Geschwister haben zu große Angst, sich so weit zwischen die Bäume zu wagen.«

»Manche Menschen fürchten sich vor Dingen, die sie nicht sehen können.«

»Ich weiß«, erwiderte ich. »Aber es gibt hier nichts, wovor man sich fürchten müsste. Ich fürchte mich eher vor den Dingen jenseits des Gartens.« Wieder entstand eine Pause.

»Das letzte Mal lasen Sie Ibrahim Khalil.«

Ich war überrascht. Der Junge hatte recht. Inzwischen beschäftigte ich mich mit den Werken zeitgenössischer afghanischer Dichter.

»Das ist richtig.«

»Warum?«

Warum? Diese Frage konnte ich nicht sofort beantworten. Die Klarheit und Prägnanz dieser Dichtung hatte etwas Kraftvolles an sich. Ich fand es bewundernswert, tiefste Gedanken auf wenige Zeilen zu verdichten, sie zu reduzieren und in eine gereimte Form zu bringen. Ich liebte es, diese Formen zu zerpflücken und die Zeilen zu entziffern und auszupacken wie ein Geschenk, das nur für mich allein gedacht war.

»Er ist für mich wie ein Kompass«, sagte ich schließlich. »Es gibt Tage, da wache ich auf und fühle mich gefangen in einem Dilemma. Sosehr ich auch nachdenke, ich kann oben und unten nicht voneinander unterscheiden. Aber wenn ich dann seine Worte lese, ist es mir schon mehr als einmal passiert, dass … Wie soll ich es sagen? Es ist, als hätte er Antworten auf Fragen geschrieben, die ich ihm nie gestellt habe.«

»Hm.«

Ob er lächerlich fand, was ich sagte?

»Zumindest sehe ich es so«, fügte ich errötend hinzu.

»Darf ich Ihnen eines meiner Lieblingsgedichte vorlesen?«, fragte er.

Ich nickte. Er räusperte sich und begann. Sofort erkannte ich das Gedicht. Es bedeutete mir besonders viel.

Musst du auf dem Weg zum Tempel deiner Sehnsucht
Auch hundert steile Berge überwinden,
Bezwinge jedes Hindernis und jede noch so tiefe Schlucht,
Um dein Ziel schließlich doch zu finden.

Ja, dachte ich. Ich betrachtete die fernen Berge und die hundert steilen Gipfel, die Kabul vom Rest der Welt trennten. Diese einfachen Worte ließen den Abstand zwischen uns klein und bedeutungslos erscheinen. Die Verse, die er ausgesucht hatte, vermittelten mir das Gefühl, dass er jeden Gedanken kannte, den ich nicht mit anderen zu teilen wagte. Es war, als hätte er sanft den Arm um mich gelegt. Es war meine erste Erfahrung mit Intimität, und sie wühlte mich auf und ängstigte mich.

»Ein wundervolles Gedicht«, sagte ich schließlich. »Danke.« Ich wünschte ihm einen guten Tag und kehrte langsam zum Haus zurück. Mir schnürte sich die Kehle zu, und ich wollte nicht, dass er mich weinen sah. Für heute hatte ich genug preisgegeben.

Als ich hastig die Treppe hinauflief, traf ich auf KokoGul. Sie säumte gerade einen Rock und blickte kaum auf.

»Wenn du stürzt und dir ein Bein brichst, wirst du schon sehen, ob dich jemand herumträgt«, rief sie mir nach. »Benimm dich, wie es deinem Alter entspricht!«

Einige Tage später fiel die von KokoGul so sehnsüchtig erwartete Entscheidung, die Familie von Agha Firooz formulierte ihre Absichten ganz offiziell. KokoGul war so entzückt, als werbe man um sie und nicht um mich.

»Ich wusste es. Ich wusste, dass ein einziger Blick auf das Gesicht meiner Tochter genügen würde, um zu erkennen, dass sie die hübscheste Braut ist, eine *aroos*, wie sie sich eine Mutter für ihren Sohn wünschen kann. Diese Frau hat großes Glück, dich zur Schwiegertochter zu bekommen, und inzwischen weiß sie es auch. Du bist viel schöner als irgendein Mitglied dieser Familie, und obendrein hat unsere Familie einen guten Ruf. Dein Padar-jan wird ebenso respektiert wie früher Boba-jan, möge Gott ihm ewigen Frieden schenken. Agha Firooz wird uns beweisen müssen, dass seine Familie unserer Tochter würdig ist. Und wir werden es ihnen nicht leicht machen – das ganz bestimmt nicht! Ich werde diese Frau zwingen, uns so oft zu besuchen, dass sie wegen der vielen Blasen an ihren Füßen auf deiner Hochzeit nicht mehr tanzen kann – und dabei ist mir völlig gleich, wie viel Geld sie haben.«

Ich wusste, dass das nicht stimmte. In den Tagen nach dem ersten Besuch der Familie hatte sich KokoGul in Schätzungen ergangen, wie viel der Stoff ihrer Kleider gekostet haben mochte. Sie hatte die Näharbeiten und das Muster genau begutachtet und war zu dem Schluss gekommen, dass nur Kabuls allerbeste Näherin dieses Kleid hergestellt haben konnte, das selbst eine so stämmige Frau weiblich wirken ließ.

Erleichtert erfuhr ich, was KokoGul für den zweiten Besuch plante. Sie wollte, dass ich mich beim nächsten Treffen nicht blicken ließ, und das kam mir sehr entgegen.

»Deine Schwestern werden Tee und Gebäck bringen. Immerhin hat sie dich beim letzten Mal gesehen, jetzt machen wir ihnen den Mund ein wenig wässrig.«

»Madar-jan, ein Mädchen sollte doch mehrere *khastgaar*

haben, nicht wahr? Du hast schon oft gesagt, dass ein *khastgaar* den nächsten Verehrer und vielleicht noch einen dritten anzieht. Für uns sähe das doch besser aus, nicht wahr? Vielleicht solltest du diese Familie ablehnen.«

Aber KokoGul gefiel meine Argumentation nicht.

»Ein zweiter und sogar dritter *khastgaar?* Du hältst dich wohl für unwiderstehlich. Ist dir der Sohn von Agha Firooz etwa nicht gut genug? Ein gebildeter Junge aus einer reichen, ehrbaren Familie ist dir nicht gut genug? Hör zu, Mädchen, bloß weil eine Familie um dich wirbt, heißt das noch lange nicht, dass auch andere es tun. Kabul ist voller Mädchen.«

Jetzt waren ihre Argumente ganz anderer Natur.

»Ich dachte doch nur …«

»Du solltest dankbar sein, dass überhaupt jemand anfragt. Ein Mädchen, das ohne eigene Mutter aufgewachsen ist, entspricht nicht unbedingt der Art von Ehefrau, die eine Familie mit offenen Armen empfängt.«

Ohne Mutter. Ihre Worte hätten eigentlich nicht derart schmerzen dürfen. Ich hatte mein Leben als KokoGuls Stieftochter verbracht und war mir bei jedem Atemzug bewusst gewesen, dass ich weder Najiba noch einem der anderen Mädchen das Wasser reichen konnte. Ich war ein Erbstück, eine Außenseiterin im Haus meines Vaters. Am liebsten hätte ich alles zurückgenommen – dass ich über ihre Scherze gelacht hatte, dass ich gelernt hatte, die von ihr bevorzugten Mahlzeiten zuzubereiten, dass ich ihr den schmerzenden Rücken massiert und sie mein Leben lang Madar-jan genannt hatte. KokoGuls Herz war ein begrenzter Raum, ein Behältnis mit festgelegten Dimensionen, in dem jeder Zentimeter bereits von meinen Schwestern und meinem Vater belegt wurde. Ich blickte sie an und durch sie hindurch. Plötzlich und noch viel unerwarteter als beim ersten Mal hatte ich erneut meine Mutter verloren.

»Eine lächerliche Vorstellung. Ich werde die Angelegenheit schon regeln. Du bist noch viel zu jung, um zu wissen, was gut für dich ist.«

Ihr Lapislazuli-Ring schlug gegen die Teetasse, es klirrte laut. Sie war eine hitzköpfige Frau mit ausgeprägten Gefühlen für alles und jedes. Aber immer wenn sie mich umarmt, mit mir gesprochen oder mich angesehen hatte, war es nie mehr als eine laue Wärme gewesen. Ich stellte mir mein Zuhause ohne mich vor – meine Schwestern, die in den Fluren lachten, mein Bruder an der Seite meines Vaters und KokoGul, die mit auf die Hüften gestemmten Händen stolz über all das herrschte.

Warum hatte meine Mutter sterben müssen?

Es war nichts Besonderes an jenem Nachmittag vorgefallen. Die wenigen Worte, die gefallen waren, hatten sich nicht einmal von den Worten anderer Tage unterschieden, und doch war es ein sehr privater, unheilvoller Augenblick, als ich die Frau vor mir plötzlich mit ungetrübtem Blick betrachtete.

»Sie kommen früher, als ich erwartete hatte«, sprach KokoGul ihre Gedanken laut aus. »Aber ich finde einen Weg, sie weiter zu ködern.«

Sie machte sich selbst den Mund wässrig.

Und ich sah hundert steile Berge, die ich überwinden musste.

Kapitel 7

Fereiba

Die Familie von Agha Firooz billigte mich. Ich hätte mich geschmeichelt fühlen müssen.

Stattdessen überlegte ich, ob ich bei ihrem ersten Besuch etwas hätte tun können, um die Aufmerksamkeit von mir abzulenken.

Aber die Mutter kam zurück. Dieses Mal brachte sie ihren Sohn mit. Mir war es verboten, mich blicken zu lassen. Ich blieb unsichtbar. Nur einmal wagte ich mich vor, um einen Blick zu erhaschen, der meinen Verdacht bestätigte. Es war der Junge vom Markt, der da neben seiner Mutter saß und sich wie ein Prinz gebärdete. Heimlich schlich ich mich wieder davon.

Ich setzte mich auf mein Bett und ließ den Kopf gegen die Wand sinken, das alles widerte mich an.

Ich konnte KokoGuls Singsang-Stimme hören, mit der sie lustige Geschichten zum Besten zu geben pflegte. Sie war eine meisterhafte Erzählerin, die mit dem Rhythmus ihrer Stimme Spannung zu erzeugen wusste. Die allgemeine Aufmerksamkeit brachte ihre Augen zum Glänzen. Sie konnte Stimmen und Gesichtsausdrücke imitieren, bis sich ihre Zuhörer vor Lachen bogen.

Die Leute liebten sie. Ich liebte sie.

Seit Boba-jans Tod hatte sich mein Vater zunehmend in sich zurückgezogen. Einmal, als er gerade las, stellte ich eine Schale mit getrockneten Aprikosen und Walnüssen neben ihn. Erschrocken blickte er von seiner Zeitung auf. Ein leises Murmeln und ein Kopfschütteln verrieten mir, dass er mich nicht gesehen hatte, als er aufblickte. Ebenso wie ich trauerte er noch immer um meine Mutter. Er sprach nie über sie – aber seine melancholischen Augen verbargen nichts. Nur selten erkundigte er sich nach meinen schulischen Erfolgen, und wir wechselten nur wenige Worte miteinander.

Trotzdem wollte ich ihn bitten, diesen Bewerber abzulehnen.

Aber mein Vater sah die Dinge wie KokoGul. Das tat er immer. Nicht so sehr weil sie seine finanziellen Interessen im Auge behielt, sondern einfach um des lieben Friedens willen. Es machte ihm einfach das Leben leichter, wenn er KokoGul zustimmte.

Ich verbrachte immer mehr Zeit im Obstgarten. Das Haus war voller Menschen, aber ich fühlte mich einsam. KokoGul jedoch zeigte sich von ihrer fröhlichsten Seite. Sie verbrachte die Vormittage beim Stoffhändler und die Nachmittage mit der Näherin. Ihr Kleiderschrank füllte sich mit neuen Spitzensäumen, einem zarten Kopftuch und einem weißen, herrlich golden und grün bestickten Umhang.

Die Brautwerbung nahm ihren Lauf. Inzwischen sprachen die Damen frei aus, dass sie auf der Suche nach einer Frau für den Sohn von Agha Firooz waren, und sie wollten sich nicht länger hinhalten lassen. Er sei ein gebildeter junger Mann, der eines Tages das Geschäft seines Vaters erben würde. Doch KokoGul gefiel es nicht, dass die Familie so rasch eine Antwort wollte, der Tanz hatte für sie gerade erst begonnen.

»Sie müssen wissen, Fereiba-jan ist eine hart arbeitende junge Frau. Schon oft hat mein Mann mir vorgeschlagen, Dienstboten für die Hausarbeit einzustellen, aber Fereiba und ich gemeinsam schaffen alles auch so. Außerdem mag ich es nicht, wenn Fremde im Haus sind. Also habe ich abgelehnt.«

Ich schüttelte den Kopf. Bei KokoGul war es schwierig, Wahrheit und Lüge zu unterscheiden, und manchmal hatte ich den Verdacht, dass auch ihr der Unterschied nicht immer bewusst war.

»Wie gut für Sie, eine hart arbeitende Tochter großgezogen zu haben«, meinte die Frau von Agha Firooz, »meine Töchter mussten im Haus nie viel tun, weil ich befürchtete, dass sie sonst später in den Häusern anderer Leute als Dienstboten missbraucht würden. Eine Braut zu haben, die einen Haushalt führen kann, wäre da eine wahrhaft willkommene Veränderung.«

»In der Tat. Meine anderen Töchter arbeiten übrigens aus den gleichen Gründen ebenfalls wenig im Haus.«

KokoGul tanzte weiter. Ihr mit Lapis beringter Finger wirbelte durch die Luft, während sie den Gedankenaustausch choreografierte.

»Wirst du wirklich heiraten, Ferei?«, kicherte Sultana, während ich mich bemühte, meine Hausaufgabe in Literatur zu erledigen.

Ich ignorierte die Neugier meiner jüngeren Schwestern und sprach, aß und schlief sehr wenig. Die Arbeit für die Schule war die einzig wirksame Ablenkung. Sobald ich Zeit hatte, kehrte ich in den Obstgarten zurück, um in Ruhe zu schmollen.

Derweil kümmerte sich KokoGul in aller Stille bereits um mein *shirnee*, das symbolische Tablett mit Süßigkeiten, das man der Familie des Bräutigams als formelles Einverständnis mit der Brautwerbung zu präsentieren hatte. In einer Schublade ihrer Kommode warteten bereits ein versilbertes Tablett, Goldtüll und eine Schachtel mit Süßwaren aus Kabuls bester Konditorei. Trotz des betörenden Tanzes, den sie mit der Gattin von Agha Firooz aufführte, hatte KokoGul es offenbar eilig, mich mit Bändern herauszuputzen und in ein neues Zuhause zu schicken. Ich starrte die

Utensilien an, die sie erstanden hatte, legte die frisch gewaschene Unterwäsche in ihre Kommode und kämpfte gegen die Versuchung an, den Tüll zu zerreißen, die Süßigkeiten zu zerquetschen und KokoGul nichts als einen Haufen goldenen Einwickelpapiers zu hinterlassen.

»Warum sind Sie unglücklich?«

Ich war ganz in meine Gedanken versunken und hatte nicht gehört, wie die Blätter unter den Schritten meines Nachbarn knisterten. Solange die Mauer mein Gesicht verbarg, hatte ich nichts gegen die anonyme Gesellschaft. Ich berührte die Mauer. Meine Finger strichen über die raue Oberfläche. Ein Stück Lehm löste sich, und als ich fester rieb, fiel noch mehr Lehm zu Boden. Ich drehte mich um und lehnte mich gegen die Mauer. Bräunlicher Staub klebte an meinen Fingerspitzen.

»Da ist eine Familie … mit einem jungen Mann.« Ich versuchte, mir die Worte zurechtzulegen, aber die richtige Erklärung wollte mir nicht über die Lippen kommen.

»Ihr Bräutigam?«

Obwohl er mich nicht sehen konnte, nickte ich.

»Sie wissen davon?«, erkundigte ich mich.

»Meine Mutter und meine Schwestern haben darüber gesprochen. Sie haben die Familie bei Ihnen ein und aus gehen gesehen, und KokoGul erwähnte auch etwas, als sie diese Woche bei uns hereinschaute.«

»Sie war bei Ihnen?« Während der beiden letzten Wochen hatte ich mich nur wenig darum gekümmert, wo KokoGul sich aufhielt.

»Ja«, sagte die Stimme leise. »Ich muss sagen, der junge Mann gefällt mir nicht besonders.«

»Kennen Sie ihn?«

»Nicht sehr gut. Ich sehe ihn manchmal, aber nur von Weitem. Wir haben die gleiche Schule besucht.«

»Und dennoch haben Sie sich diese Meinung gebildet?«

»Manche Dinge werden mit etwas Abstand klarer. Ich weiß nicht, ob ich weiter darüber reden sollte.«

»Was immer es ist, Sie sollten es aussprechen. Niemand sonst sagt mir etwas, das sich anzuhören lohnt.«

Er berichtete mir vom Mutwillen des jungen Mannes. Er stellte Mädchen nach, prügelte sich mit Klassenkameraden und hatte schlechte Schulnoten. Außerdem kursierten Gerüchte über ihn, die mein Vertrauter sich weiterzugeben weigerte. Seit er die Schule abgeschlossen hatte, hofften seine Eltern, dass er durch eine Heirat endlich die Reife erreichen würde, die seinem Alter entsprach.

Ich zog die Knie hoch und seufzte verzweifelt.

»Es tut mir leid«, sagte die Stimme. »Ich wollte Ihnen keine Angst einjagen, aber ich finde, Sie sollten es wissen. Ihre Familie sollte es wissen.«

Aber wie sollte meine Familie davon erfahren? Ich konnte doch nicht Dinge zum Besten geben, die ich von einem Fremden erfuhr, den ich heimlich im Obstgarten traf.

»Ich weiß nicht, was ich tun soll«, flüsterte ich. »Meine Mutter glaubt, dass unsere Familien gut zueinander passen. Und mein Vater … selbst wenn er mit uns im gleichen Zimmer ist, ist er irgendwie nicht anwesend. Er überlässt gern alles meiner Mutter. Ich habe versucht, ihr zu sagen, dass ich noch nicht heiraten will, aber sie interessiert sich nicht für das, was ich möchte. Sie würde mir nicht glauben, wenn ich ihr etwas über diesen jungen Mann erzählte. Sie würde mir höchstens sagen, dass ich nicht jedes Geschwätz glauben sollte.«

»Ich verstehe.«

Mein Verhalten war unverzeihlich. Ich hatte einem Nachbarssohn, einer gesichtslosen Stimme hinter einer Mauer meine privatesten Gedanken und unsere Familienangelegenheiten anvertraut. Wo blieb mein Ehrgefühl? Und konnte ich überhaupt davon ausgehen, dass er unsere Gespräche für sich behielt? Plötzlich bekam ich Angst.

»Bitte entschuldigen Sie. Ich hätte das alles nicht sagen und Sie nicht in diese Sache hineinziehen dürfen. Vergessen Sie bitte, was ich gesagt habe.« Ich straffte meine Schultern und bemühte mich, mir meine Erregung nicht anmerken zu lassen.

»Machen Sie sich keine Sorgen, und denken Sie vor allen Dingen nicht, dass Sie sich unangemessen verhalten haben …«

»Aber das habe ich. Bitte, behalten Sie diese Dinge für sich. Ich hatte nicht erwartet, so offen …«

»Ich gebe Ihnen mein Wort, dass ich niemandem etwas sagen werde. Aber ich möchte, dass Sie Folgendes wissen: Ich mache mir ebenso große Sorgen wegen dieses Bewerbers wie Sie.«

Der Obstgarten schien den Atem anzuhalten. Die Worte des Jungen hingen in der Luft über der Mauer zwischen uns, außer unserer Reichweite, und so konnte er sie nicht zurücknehmen und ich sie nicht einfordern. Aber dass sie davonflogen, wollte ich auch nicht.

»Was beunruhigt Sie an diesem Bewerber?«

Er antwortete nicht. Ich wiederholte meine Frage, aber er hörte mich offenbar noch immer nicht.

»Sind Sie noch da?«

»Ich bin hier.«

»Sie haben nicht geantwortet.«

»Nein, habe ich nicht.«

Sein Schweigen hing schwer in der Luft. Ich musste mich zurückhalten, die Stille nicht mit meiner Fantasie zu füllen. Ich wollte nur seine Worte hören. Plötzlich wurde mir klar, warum ich Tag für Tag an diesen Ort zurückkehrte. Mit zitternden Händen berührte ich die Mauer.

»Ich gehe wieder ins Haus. Guten Tag.«

»Fereiba-jan.«

Er kannte meinen Namen? Wie vom Donner gerührt blieb ich stehen und bekam eine Gänsehaut.

»Für heute sollte es genügen, zu wissen, dass die Nachricht über Ihren Bewerber mich bedrückt. Kommen Sie morgen wieder, dann überlegen wir, wie wir die Lage verändern können. Gott hat Erbarmen.« Ich hörte seine Schritte, als er davonging, und stellte mir vor, wie sich das Gras unter seinen Ledersandalen neigte. Meine Augen hingen an der Mauer, an dieser Barriere, die uns zwar trennte, aber auch zusammenhielt, denn ohne sie wäre ich längst verschämt davongelaufen. Die Mauer war meine *purdah*, mein Schutz.

An diesem Abend kam mein Vater nach Hause und traf mich in der Küche an, wo ich die violetten Karotten schälte, die er in seinem Gemüsegarten geerntet hatte. Ich stand auf, begrüßte ihn und gab ihm einen Kuss auf die Wange. Er nickte stumm. Er wirkte, als fechte er einen inneren Kampf aus, als wollte er etwas sagen, konnte es aber nicht aussprechen.

»Wo ist KokoGul? Ruht sie sich aus?«

»Sie ist mit Najiba und Sultana auf dem Markt. Sicher kommen sie bald zurück.«

Er verließ die Küche, ging zwei Schritte, zögerte und drehte sich um.

»Und du? Wie geht es dir?«

»Mir, Padar-jan? Mir geht es gut.«

»Wirklich?«

»Ja,« bestätigte ich bescheiden. An seiner Stimme erkannte ich, dass er eigentlich mehr wissen wollte. Ich wusste, dass er mich ebenso liebte wie meine Geschwister. Aber hätte ich ihm nicht meine Mutter genommen, hätte er mich vielleicht mehr geliebt.

»Du bist eine große Hilfe für uns alle hier im Haus und hast immer hart gearbeitet.«

Ich lauschte mit respektvoll gesenktem Kopf.

»Möge Allah dich am Leben und gesund erhalten, meine Tochter.«

»Dich auch, Padar-jan.«

»Du wirst ihr jeden Tag ähnlicher. Jeden Tag.« Ebenso wie die Worte, die im Obstgarten in der Schwebe gehalten worden waren, schwebten auch diese Worte über uns. Sie waren stets ungesagt geblieben, und jedes Mal, wenn mein Vater mir ins Gesicht geschaut hatte, als schmerze ihn der Anblick, gehörten sie stillschweigend dazu. Es waren zärtliche Worte, die KokoGul veranlasst hätten, zu schreien.

Eigentlich sollte es schwierig sein, um eine völlig Fremde zu trauern, aber ich wusste es besser. Und nie hätte ich geglaubt, dass ich es ein Leben lang tun würde.

Wie gern hätte ich einen Stuhl für meinen Vater herangezogen und ihn gebeten, mir alles über meine Mutter zu erzählen, damit ich die Frau, um die ich trauerte, wenigstens ein wenig kennenlernte. Wie gern hätte ich gewusst, wie es war, als er sie zum ersten Mal sah, wie ihre Stimme geklungen hatte, was sie gern aß und wie ihre Finger geformt waren. Ich wollte die Augen schließen und sie vor mir sehen können, und ich wollte wenigstens ein einziges Mal hören, wie sie meinen Namen aussprach. Aber der Versuch, meine Mutter heraufzubeschwören, war wie der Versuch, ein Lied zu singen, das ich noch nie gehört hatte.

Padar-jan ging hastig davon, als wüsste er, was ich ihn fragen würde, falls er bliebe. Ich hörte seine eiligen Schritte im benachbarten Zimmer und starrte auf meine Hände, die von den Karotten, die mein Vater in seinem Garten aus Setzlingen zog, in einem traurigen Violett gefärbt waren.

Mit Sicherheit hatte KokoGul mit meinem Vater über den Sohn von Agha Firooz gesprochen, aber aus seinem Verhalten konnte ich nicht schließen, wie er dazu stand. Ich erwartete nicht, dass er mit mir über die Werbung sprach – über solche Dinge reden Väter und Töchter nicht miteinander. Es waren die Mütter, die sich darum kümmerten, die Kontakte pflegten, Informationen einholten und sie so deuteten, wie es ihnen für ihre Zwecke nützlich schien.

Und KokoGul hatte den Sohn von Agha Firooz vermutlich so angepriesen, als sei er ihr eigenes Fleisch und Blut.

Aber wollte Padar-jan überhaupt, dass ich heiratete und das Haus verließ? Gab es eine Chance, dass er die Bewerbung ablehnte?

Ich blieb mit meinen Überlegungen allein.

Stattdessen dachte ich über die Gespräche in der Obstplantage nach. Als die Stimme meinen Namen aussprach, hatte ich die Fassung verloren, und jetzt gehörte die Anonymität des Obstgartens der Vergangenheit an. Ich fühlte die Erregung und die Schutzlosigkeit. Ich wollte wissen, wem die Stimme gehörte.

Am folgenden Nachmittag kehrte ich unter die Maulbeerbäume zurück. Ich errötete bereits, noch ehe meine Füße das Gras berührten. Es war ein gefährliches Spiel, dem ich mich da hingab. Aber uns traf ebenso wenig Schuld wie zwei Drachen, deren Schnüre sich bei einem zufälligen Windstoß ineinander verfangen hatten, oder?

In der leichten Brise hörte ich ein Pfeifen. Ich lächelte und atmete durch. Er war da. Ich räusperte mich, um meine Anwesenheit zu signalisieren. Er bemerkte es.

»*Salaam*«, sagte er.

»*Salaam.*«

»Wie geht es Ihnen heute?«

»Mir geht es gut. Und Ihnen?« Allmählich wurde ich bei unseren Gesprächen kühner.

»Gut.«

Ein paar Sonnenstrahlen drangen durch die dichten Zweige der Maulbeerbäume und erwärmten mein Gesicht. Ich blinzelte, blieb aber stehen, wo ich war. Das Licht beruhigte meine Nerven. Ich fragte mich, ob er etwas Ähnliches verspürte.

»Ich habe heute Morgen Ihren Bewerber gesehen.«

Sofort hatte er meine volle Aufmerksamkeit.

»Wirklich? Wie kam es dazu?«

»Ich hatte in der Bäckerei Teig für meine Mutter geholt und sah ihn mit einigen Freunden vorübergehen. Sie vertrieben sich die Zeit auf ihre übliche Weise.« Er wählte seine Worte maßvoll und vorsichtig, doch der Ton sagte alles, was er nicht aussprach. »Sie können von Glück sagen, dass Sie erst später eingeschult wurden. Seine Lehrer waren nie in der Lage, ihn zu bändigen. Ich habe gehört, dass sie den Tag feierten, an dem er die Schule verließ.«

Er war also auch über meinen schulischen Werdegang informiert. Warum wusste er so viel über mich, während er mir völlig unbekannt war?

»Sie scheinen sehr vertraut mit meinem Leben zu sein. Ich hingegen weiß gar nichts über Sie, abgesehen davon, dass sie gern ihren Nachbarinnen nachspionieren, auf Bäumen sitzen und Gedichte lesen.«

Er kicherte.

»Die Höhe verleiht mir die richtige Perspektive. Aber vermutlich haben Sie recht. Was möchten Sie gern über mich wissen?«

»Was studieren Sie?« Ich pflückte einen Grashalm und versuchte, mir sein Gesicht vorzustellen.

»Ingenieurwissenschaften. Ich bin bald fertig. Vielleicht nehme ich deshalb gern die Vogelperspektive ein. Mit einem gewissen Abstand ist es einfacher, zu erkennen, wie bestimmte Dinge funktionieren und wie das Wasser von oben nach unten fließt.«

»Das hört sich an, als gefiele es Ihnen.«

»Es gefällt mir tatsächlich.«

»Ich würde auch gern zur Universität gehen.«

»Was möchten Sie denn studieren?«

Schon vor vielen Monaten hatte ich über diese Frage nachgedacht, aber bisher noch keine Antwort gefunden. Plötzlich fiel mir auf, dass ich in den letzten Wochen aufgehört hatte, mir meine Zukunft vorzustellen. Auch dachte ich nicht mehr darüber nach, was ich gern tun würde. Boba-jan wäre sicher enttäuscht gewesen, und mein Engel aus dem Obstgarten, sofern er überhaupt existierte, hätte den Kopf geschüttelt. Was wollte ich mit meinem Leben anfangen?

Die Antwort sprudelte aus mir heraus, als ob ich mich schon vor Jahren entschieden hätte. Und es war ein völlig natürlicher Entschluss.

»Ich möchte Lehrerin werden. Für mich ist Lehren das Wichtigste überhaupt. Natürlich sind auch Ingenieure wichtig, aber selbst Ingenieure brauchen Lehrer.«

»Sie haben recht. Lehrer sind wie die Hefe, die den Teig aufgehen lässt. Ich glaube, Sie wären eine großartige Lehrerin.«

»Aber ich weiß nicht, ob ich Gelegenheit dazu bekomme«, sagte ich leise.

»Hat Ihre Familie denn schon entschieden?«

»Nein, aber ich glaube, ich würde es ohnehin erst erfahren, wenn alles bereits beschlossen ist. Trotzdem fühle ich mich, als wäre ich schon nicht mehr Teil der Familie. Meine Mutter und meine Schwestern gehen ganz in der Frage nach Gästen, Geschenken und Feierlichkeiten auf. Alles geschieht um mich herum, aber ich bleibe unsichtbar – das Mädchen, das früher einmal in diesem Haus gewohnt hat.« Meine Stimme versagte.

»Sie sind nicht unsichtbar. Ich kann meine Augen schließen und Sie mir vorstellen. Ich kann Ihre Stimme hören, wenn ich alleine bin. Sie sind vieles, aber keinesfalls unsichtbar.«

Diese Worte waren eine Offenbarung, die nicht missverstanden werden konnte. Seine Stimme war die einzige, die ich zu hören wünschte, denn er war der einzige Mensch, der mit mir über mich sprach. Es war, als hätte er die Lehmmauer zwischen uns eingerissen und mir gestattet, den Kopf auf seine Schulter zu legen.

»Solche Dinge sollten Sie lieber nicht sagen«, meinte ich leise. Ich musste mich schützen.

Er verstand.

»Vielleicht sollten wir gemeinsam etwas tun. Wie wäre es mit einem Gebet? Was halten Sie davon?«

Beten war mir keineswegs fremd. Sobald der *azaan* vom nächstgelegenen Minarett erklang, verspürte ich einen großen Frieden. Fünfmal am Tag hatte ich Gelegenheit, meine Gedanken mit Gott zu teilen, um Vergebung zu bitten und darum zu beten, dass Allah meine Mutter und meinen Großvater in seinen friedvollen Gärten aufnahm. Vielleicht würde Gott zwei Stimmen mehr Gehör schenken als nur meiner allein.

»Einverstanden«, stimmte ich zu und ließ ihn beginnen.

»Bismilla ir Rahman ir Rahim …«

»Bismilla ir Rahman ir Rahim …«

Er sprach ein einfaches Gebet, das ich leise und mit geschlossenen Augen wiederholte. Er schloss mit einer einzigen Bitte.

»Allah, ich bitte dich um eine Lösung der Probleme meiner Nachbarin. Hilf ihr, dass sie den Weg nicht beschreiten muss, den andere für sie und ihren Bewerber auswählen. In den vergangenen Wochen konnte sie nicht ruhig atmen, und du weißt besser als wir alle, dass sie es mit diesem Bewerber keinesfalls leichter haben wird. Bitte finde einen Weg, ihr ein Zuhause zu schenken, in dem sie nicht als Selbstverständlichkeit angesehen wird. Bitte finde einen Weg, ihr eine eigene Entscheidung zu ermöglichen, und hilf ihrer Familie, eine Entscheidung zu treffen, die ihrem Interesse entspricht. Bitte schenke ihr die Freiheit, ihr Studium zu absolvieren und Lehrerin zu werden, damit sie im Gegenzug anderen helfen kann. Bitte lass nicht zu, dass jemand sie von ihren Zielen abbringt.«

Er legte eine kurze Pause ein.

»Und bitte hilf auch mir, meine Ziele zu erreichen, sowohl in der Ausbildung als auch im Leben. Bitte schenke uns beiden eine hoffnungsvollere Zukunft.«

Hätte ich in die Zukunft sehen können und erfahren, auf welche Weise unser Gebet erfüllt wurde, frage ich mich, ob ich mitgebetet hätte. Und ich frage mich, ob er diese Worte ausgesprochen hätte. Ich fürchtete mich vor dem Gedanken an das, was wir bekommen würden, und noch mehr fürchtete ich mich vor dem, was hätte geschehen können, wenn wir nicht gebetet hätten.

In der folgenden Nacht dachte ich in meinem Bett an Rabia Balkhi, die legendäre afghanische Dichterin des zehnten Jahrhunderts. Sie war eine Prinzessin und führte ein verschwenderisches Dasein in einem Palast mit vielen Dienern. Als ihr Vater starb, wurde ihr Bruder zu ihrem Beschützer. Rabia lebte in luxuriöser Einsamkeit und füllte ihre leeren Tage, indem sie dichtete.

Aber Liebe kann auch an Orten entstehen, an denen es kaum genügend Luft zum Atmen gibt. Rabia verliebte sich in einen gut aussehenden jungen Mann namens Baktash, mit dem sie heimlich Liebesbriefe und Gedichte austauschte. Dies wurde von Rabias Bruder entdeckt. Er ordnete an, seine Schwester ins Badehaus zu bringen, wo man ihr im heißen Bad die Pulsadern öffnete.

Mit ihrem eigenen Blut schrieb Rabia ihr letztes Gedicht an die Wand des Badehauses und erklärte darin ihre unsterbliche Liebe zu Baktash.

Über Liebe konnten wir nicht sprechen. Wir erfuhren davon lediglich aus Gedichten, Liedtexten oder importierten Bollywood-Filmen, in denen die Liebe umso tiefer wurde, je tragischer sich die Geschichte entwickelte. Das war es, was wir lernten, wenn auch meist zufällig. Die tote Mutter, der unerwünschte Bewerber, der junge Mann im Obstgarten – alles waren Requisiten, durch die sich mein Leben in eine dieser Liebesgeschichten verwandelte. Mein jugendliches Herz brannte vor nervöser Aufregung in Erwartung des nächsten Tages.

Mit geschlossenen Augen bemühte ich mich, Rabias letztes Gedicht zu rekapitulieren, aber ich erinnerte mich nur noch an die letzten Zeilen.

Auch in den schrecklichsten Dingen
Kann man das Schöne entdecken,
Selbst wenn du Gift isst,
Lass es wie Zucker dir schmecken.

Kapitel 8

Fereiba

KokoGul stand an der Haustür, als ich aus meinem Zimmer kam. Ihre Stimme, die durch den Flur schallte, wurde immer lauter und schlug schon bald in Hysterie um.

Sie lief an mir vorbei. Ich streckte die Hand aus, um die Teetassen zu sichern, die gefährlich auf dem Tisch klirrten.

»Bleib hier. Pass auf deine Schwestern auf und bete, dass die Nachricht nicht wahr ist! Ich gehe und versuche, mehr herauszubekommen. So etwas habe ich ja noch nie gehört … Wenn es eine Lüge ist, werde ich dem Wichtigtuer einen Fluch auf den Hals schicken. Guter Gott, das kann doch nicht wahr sein!«

Sie warf sich den *chadar* über den Kopf und die Schultern. Die Tür knallte hinter ihr ins Schloss, ehe ich sie fragen konnte, wohin sie ging und um was für eine schreckliche Nachricht es sich handelte. Ich widmete mich meinen Aufgaben im Haus mit einem unguten Gefühl im Magen. Meine Schwestern machten ihre Schularbeiten, sie wussten sicher auch nicht mehr, als ich bereits aufgeschnappt hatte. Ich musste auf KokoGuls Rückkehr warten.

Nachdem zwei Stunden vergangen waren, wuchs meine Sorge. Ich ging durch den Hof und öffnete das Tor, doch der Anblick unserer ruhigen Straße lieferte mir keine Antworten. Ein paar Kinder jagten einen ausgehungerten Köter und bewarfen ihn mit Müll. Ein älterer Mann mit Krücke humpelte vorüber. Alles sah aus wie immer.

Padar-jan kam früher als sonst nach Hause. Ich war gerade dabei, den Staub aus den Kissen im Wohnzimmer zu klopfen, weil ich nicht stillsitzen konnte.

»Wo ist deine Mutter? Sag mir bitte nicht, dass sie schon wieder auf den Markt gegangen ist.«

»Nein, Padar-jan, ich glaube, sie ist bei einer Freundin. Sie hat nicht viel gesagt – nur, dass sie eine schlimme Nachricht erhalten hat, von der sie hofft, dass sie nicht stimmt.«

»Eine schlimme Nachricht?« Er wirkte beunruhigt, sowohl wegen KokoGuls hastigem Aufbruch als auch wegen der Angst in meiner Stimme. »Hat sie etwas über die Art der Nachricht gesagt?«

Ich schüttelte den Kopf.

»Sie hatte es sehr eilig und ging ohne weitere Erklärung.«

Mein Vater seufzte und fragte mich, ob ich mich um das Abendessen gekümmert hätte. Er hatte beschlossen, sich nicht aufzuregen, ehe wir wussten, worum es tatsächlich ging. Mein Vater hätte lächelnd einen Löffel voll Salz heruntergewürgt, wenn er so den Frieden im Haus wahren konnte.

Weil Padar-jan hungrig war, rief ich meine Schwestern und deckte den Tisch. Dabei fragte ich mich, ob KokoGul noch vor dem Essen zurückkehren würde. Kümmeldüfte stiegen aus der heißen Reispfanne empor, als sie ins Zimmer wirbelte und wütend ihren *chadar* über einen Stuhl warf. Ihre Stimme dröhnte durch den kleinen Raum.

»Oh Gott, barmherziger Allah, welch schreckliche Neuigkeiten!« Sie setzte sich neben meinen Vater und schüttelte den Kopf. »Welch tragisches, unerwartetes Ereignis! Ich kann es immer noch nicht fassen!«

Padar-jan runzelte die Stirn. Der dramatische Prolog ging ihm auf die Nerven.

»Sag einfach, was los ist, KokoGul. Was ist passiert?«

Aber KokoGul ging nicht auf ihn ein und erzählte die Geschichte in ihrer eigenen Geschwindigkeit.

»Ich habe mich heute Morgen um die Hausaufgaben der

Mädchen gekümmert. Hinzu kam ein Berg Wäsche und die Kocharbeit – kurz und gut, ich hatte alle Hände voll zu tun.«

Padar-jan seufzte, und ich überlegte, wann KokoGul zum letzten Mal auch nur eine Socke gewaschen oder in einem Topf gerührt hatte.

»Habiba-jan klopfte an die Tür, um sich Mehl auszuborgen – manchmal denke ich, wir könnten reich werden, wenn wir ihr all das lieferten, was sie immer im Laden einzukaufen vergisst – egal, ich gab dem verrückten Weib, was sie wollte. Da begann sie von einer unglücklichen Familie zu schwatzen, die sich auf eine in zwei Tagen stattfindende *fateha* für ihren jungen Sohn vorbereitete, und wie traurig die ganze Sache doch sei. Ich erkundigte mich, wer seinen Sohn verloren habe, und sie sagte, es handele sich um diese reiche Familie vom anderen Ende der Stadt, Agha Firooz.«

Meine Finger krallten sich um die Tischkante. Ich spürte, wie mir alles Blut aus dem Gesicht wich, und wartete auf die Fortsetzung ihres Berichts.

»Als sie den Namen aussprach, drehte sich alles um mich herum, und ich wäre beinahe ohnmächtig geworden. Aber ich nahm mich zusammen und fragte sie, ob sie wisse, um welchen der Jungen es sich handele und wie es passiert sei. Aber sie wollte mit ihrem Mehl nach Hause und wusste auch nicht mehr zu berichten. Da ging ich zu Fatana-jan, deren Schwager ein Nachbar der Familie Agha Firooz ist. Fatana ist besser informiert als der KGB, und sie erzählte mir, was geschehen war. Mein Gott, für uns ändert das alles! Noch vor zwei Tagen …«

»Um Gottes willen, Weib, komm endlich auf den Punkt. Was ist geschehen?«

»Unglaublich, einfach unglaublich. Die ganze Sache ist unvorstellbar. Der Junge von Agha Firooz war mit seinen Freunden auf dem Heimweg vom Kino. Wisst ihr, sie haben uns erzählt, dass er Ingenieurwissenschaften studiert, aber Fatana sagt, dass er seit der Schulzeit überhaupt nichts mehr gemacht hat und dass er ohne eine ordentliche Portion Schmiergelder von seinem Vater nicht einmal den Abschluss geschafft hätte.«

KokoGul genoss jede Einzelheit ihrer Geschichte. Tragisch oder nicht – sie wollte nichts auslassen. Es war das erste Mal, dass sie sie erzählte, und also eine Art Generalprobe, denn sie würde sie mit Sicherheit noch viele Male zum Besten geben.

»Er war also mit seinen Freunden auf dem Heimweg. Sie machten einen Umweg über den Basar, um *nakhod*, geröstete Kichererbsen, zu kaufen. Nachdem sich jeder eine Tasche voll *nakhod* besorgt hatte, gingen sie weiter. Plötzlich begann der Junge sich an ein paar roten Pickelchen am Arm zu kratzen. Schon an der nächsten Ecke ging es ihm schlechter. Er hustete und hatte Mühe, den anderen zu folgen. Die Jungen hatten keine Ahnung, was ihm fehlte, und beschlossen, ihn schnell nach Hause zu bringen. Dort angekommen konnte er nicht mehr laufen. Sie legten ihn im Wohnzimmer auf ein Sofa.

Seine Mutter war daheim. Sie betrat den Raum und brauchte nur einen einzigen Blick auf ihren Sohn zu werfen, um zu wissen, was geschehen war. In seiner Jugend bekam er immer rote Pickel, wenn er Walnüsse aß. Sie rief seinen Freunden nach, dass sie ihr helfen sollten, ihn zum Arzt zu bringen, aber die Jungen waren bereits fort. Fatana ist der Ansicht, dass sie irgendetwas im Schilde führten und Angst vor Ärger hatten. Bis die Mutter einen Diener geholt und den Jungen zum Arzt gebracht hatte, atmete er schon nicht mehr. Es war vorbei.«

KokoGul bedeckte ihr Gesicht mit den Händen, atmete tief durch und legte dann ihre Hände flach auf den Tisch. Ihre Stimme klang tieftraurig.

»Natürlich sind sie außer sich vor Trauer und Entsetzen. Und während wir hier reden, bereiten sie sein Begräbnis vor, anstatt sich um seine Hochzeit zu kümmern.«

Padar-jan lehnte sich mit leicht geöffnetem Mund zurück. Meine Schwestern blickten mich an. Ich verbannte jeden Ausdruck aus meinem Gesicht. Ich war mir meiner Gefühle nicht sicher und wollte meine Gedanken für mich behalten.

»Möge Allah ihm alle Sünden vergeben. Einen Sohn zu verlieren! Einen so jungen Mann!« Padar-jan schüttelte den Kopf und beobachtete KokoGul, die mich lediglich mit einem kurzen Blick streifte, um meine Reaktion abzuschätzen.

»Ein Jammer! So ein Jammer. Gerade waren wir dabei, die Familie besser kennenzulernen. Sie schienen wirklich sehr nett zu sein und hatten einen ausgeprägten Geschäftssinn. Außerdem ging es ihnen besser als den meisten anderen in Kabul. Sie haben zwar noch einen Sohn, aber der ist bereits verheiratet. Unsere Chance ist dahin.« KokoGul konnte ihre ehrliche Enttäuschung nicht verbergen.

Padar-jan blickte sie an und seufzte. Zwar hatte er sich schon seit Langem mit KokoGuls Art abgefunden, was ihn allerdings nicht daran hinderte, darauf zu hoffen, dass sie eines Tages damit aufhören könnte, jedes noch so kleine Ereignis auf sich zu beziehen. Er räusperte sich und erklärte, dass er sich um *fateha* und *jenaaza*, die Totenwache und das Begräbnis, kümmern würde.

»Natürlich werden wir der Familie unseren Respekt erweisen. Und jetzt sollten wir endlich das essen, was Fereiba für uns vorbereitet hat. Es soll doch nicht umsonst gewesen sein.« Er wurde nachdenklich. »Wir schicken ihnen ein Gericht.«

»Ein Gericht? Sie haben bereits einen Koch, der die Gerichte für sie zubereitet. Es ist schon schwierig genug, die vielen Mäuler hier zu stopfen.«

»Wir schicken ein Gericht und erweisen ihnen unseren Respekt. Wir haben glückliche Zeiten mit ihnen verbracht und sollten ihnen auch in ihrem Leid zur Seite stehen«, erklärte Padar-jan langsam und entschlossen. Dabei blickte er KokoGul aus schmalen Augen an. Sie schmollte angesichts seiner Mahnung.

Zwar trauerte eine Familie um ihren Sohn, aber ich musste beschämt zugeben, dass ich mich so erleichtert fühlte, als hätte man ein Joch von meinem Nacken genommen. Das Gewicht der Misere, der ich entkommen war, wurde jedoch durch düstere und schwere Gedanken ersetzt.

Ich verzehrte mein Essen mit versteinertem Gesicht. Meine Kiefer bewegten sich zwar, doch ich schmeckte nichts.

Es konnte kein Zufall gewesen sein.

Ich senkte meinen Kopf über den Teller, aber meine Gedanken waren so laut, dass ich befürchtete, meine Familie könne sie hören und erkennen, was für ein Mensch ich war. Unsichtbar war ich gewiss nicht mehr.

Im Obstgarten hatte ich meine Hände gefaltet, mein Gesicht zur Sonne erhoben und zu Gott gebetet. Als mein Nachbar das schicksalhafte Gebet beendete, hatte ich *Ameen* geflüstert. Ich hatte seine Worte zu Allah geschickt, als ob es ganz normal wäre, mit einem Fremden zu beten. Seine Worte, unsere Worte, drehten sich in meinem Kopf.

Allah, ich bitte dich um eine Lösung der Probleme meiner Nachbarin. Hilf ihr, dass sie den Weg nicht beschreiten muss, den andere für sie und ihren Bewerber auswählen. In den vergangenen Wochen konnte sie nicht ruhig atmen, und du weißt besser als wir alle, dass sie es mit diesem Bewerber keinesfalls leichter haben wird.

Ruhig atmen. Eine Lösung.

Bitte lass nicht zu, dass jemand sie von ihren Zielen abbringt.

KokoGul konnte nichts essen. Ich versteckte mich hinter ihren schweren Seufzern. Meine Schwestern warfen einander seltsame Blicke zu. Sie hatten es eilig, dem unheimlichen Schweigen zu entkommen und miteinander zu reden, ohne dass mein Vater sie hören konnte.

Panik erfasste mich. Ich hielt es für durchaus möglich,

dass mich eine Mitschuld am Tod dieses Jungen traf. Vielleicht war ich sogar mehr als eine bloße Komplizin. Vielleicht war ich ganz allein verantwortlich dafür, dass Gott ihm das Leben genommen hatte.

Ich kaute sehr sorgfältig, weil ich Angst hatte zu ersticken. Allahs Laune war wankelmütig.

Ich fragte mich, ob mein Nachbar die Nachricht bereits gehört hatte, und hinterfragte plötzlich seine Absichten und die Worte, die er gen Himmel gesandt hatte.

Verbissen kämpfte ich gegen das Bedürfnis an, aus dem Haus in den Obstgarten zu rennen, ihn aufzusuchen und ihm zu erklären, was geschehen war.

Aber ich würde warten müssen.

Abgesehen vom Tod meiner Mutter war ich immer davon überzeugt gewesen, dass die Welt sich drehte, ohne dass meine Existenz irgendeinen Einfluss auf sie hatte. Aber vielleicht stimmte das ja gar nicht.

Zwei Tage später war zu Hause wieder alles beim Alten. Meine Schwestern akzeptierten, dass ich zum Tod des jungen Mannes nichts sagen wollte, KokoGul hatte sich damit abgefunden, dass ihr Haushalt weiterlaufen würde wie immer, und Padar-jan ging zu Agha Firooz und bezeugte ihm sein Beileid. Diese Art von Gespräch hatte keiner der beiden Väter kommen sehen.

In meinem gepeinigten Gemütszustand begann ich, Wäsche zu waschen, und stellte erst nach einer Weile fest, dass ich die Seife vergessen hatte. Als ich sie holen ging, fiel mir ein, dass das Fleisch noch mariniert werden musste. Stunden später fand ich die vergessene Wäsche dann klatschnass vor.

Mit zentnerschwerem Herzen machte ich mich schließlich auf den Weg in den Obstgarten. Jeder Schritt fühlte sich an wie eine Sünde. Die Äste, die mich früher willkommen geheißen hatten, schienen jetzt mit anklagenden Fingern auf mich zu zeigen, weil sie Zeugen meiner Tat geworden waren.

Ich hüstelte verstohlen.

»*Salaam*«, rief er leise.

»Ich war mir nicht sicher, ob Sie hier wären.«

»Wie schön, Sie sind es!«, sagte er fröhlich. »Ich war mir ebenfalls nicht sicher.«

Ich empfand seine heitere Stimme als Blasphemie.

»Wissen Sie nicht, was passiert ist?«, flüsterte ich.

»Was denn?« Seit Ton wurde ernster.

»Mit dem jungen Mann. Wissen Sie es wirklich nicht?«

»Aber nein. Sie klingen so verstört.«

»Er ist gestorben, möge Gott seiner Seele vergeben.«

»Was? Soll das ein Witz sein, Fereiba?«, flüsterte er. In seinem Ton lag eine Schärfe, die mich überraschte.

»Über solche Dinge würde ich nie scherzen«, sagte ich. Und dann berichtete ich ihm das, was ich schon herausschreien wollte, seit KokoGul uns die Nachricht überbracht hatte. »Es ist wahr. Er ist tot, und mir kommt es vor, als hätten wir darum gebetet. Aber das haben wir nicht, oder? Was haben wir erfleht? Welche Sünde haben wir begangen?«

»Sprechen Sie nicht so laut«, warnte er. »Dann war das also tatsächlich Ihr Ernst. Natürlich haben wir nicht darum gebeten. Wie kommen Sie auf diesen verrückten Gedanken. Erzählen Sie mir, was geschehen ist.«

Ich berichtete alles, was ich von KokoGul erfahren hatte. Ich hatte mir die Ereignisse in meinem Kopf so oft ausgemalt, dass es mir fast so schien, als hätte ich meinen Bewerber in seinen letzten Stunden begleitet. Ich sah ihn vor mir, wie er nach Luft rang, mit hochrotem Gesicht nach seiner Brust griff und wie sich ein wütender Sturm einen Weg durch seine Kehle suchte.

»Hören Sie zu, Fereiba-jan. Das sind schockierende Neuigkeiten, die sich angesichts unserer Gespräche wirklich seltsam ausnehmen, aber Sie müssen mir glauben, dass ich ihm wirklich nichts Böses antun wollte. Es war ein Gebet zu Gott und kein Fluch. Was geschehen ist, lag nicht in unseren Händen.«

»Aber wir haben gebetet …«

»Mehr aber auch nicht. Wir wollten niemandem etwas Böses, das weiß ich ganz sicher. Wir haben lediglich dafür gebetet, dass Ihnen dieses Elend erspart bleibt, das wissen Sie doch.«

Der Obstgarten atmete sanft aus. Es war wie eine leichte Brise, als sich der Knoten in meiner Brust löste. Er hatte recht. Eigentlich wusste ich, dass wir mit unseren Wünschen niemandes Tod gemeint hatten. Seit unserem ersten Gespräch wusste ich, dass die Stimme im Obstgarten ein gutes Herz hatte. Dieser Junge hatte sich als Freund erwiesen, als es niemand anderen gegeben hatte, dem ich meine persönlichsten Gedanken anvertrauen konnte. Und auch jetzt noch war er mein einziger Freund an einem Ort und in einer Zeit, in der es keine Freundschaften zwischen Jungen und Mädchen gab. Es gab Brüder und Schwestern, Onkel und Tanten, Ehemänner und Ehefrauen – aber keine Freunde.

Ich konnte mich nicht dazu durchringen, ihn direkt anzusehen oder seinen Namen auszusprechen. Aber Intimität ist mehr als Namen und Gesichter. Mit diesem Fremden hatte ich viel geteilt, und ich spürte, wie warm mir beim Gedanken an das Vertrauen wurde, das ich ihm in diesen hässlichen Tagen entgegengebracht hatte.

»Sie haben recht. Es war ein so schreckliches Gefühl, zu denken …«

»So dürfen Sie aber nicht denken. Sie wurden durch einen seltsamen und traurigen Umstand befreit. Ich möchte nicht schlecht über Tote reden, aber Sie und ich wissen, was für eine Art Mensch er war. Doch Sie haben nichts damit zu tun, und auch ich nicht. Lasten Sie es uns also nicht an.«

Ich wagte nicht, ihn zu unterbrechen, als er genau das aussprach, was ich hören wollte. Im Nachhinein frage ich mich, ob nicht alles ein wenig zu perfekt klang. Möglicherweise hatte ich mir in meiner Einsamkeit einen Freund aus einem Schatten erschaffen und ihn zum Leben erweckt, weil ich ihn brauchte. Manchmal spielt einem die Fantasie gefährliche Streiche.

»Fereiba-jan? Sagen Sie etwas. Sagen Sie, dass Sie mir zustimmen.«

Als er meinen Namen aussprach, bestand für mich kein Zweifel mehr. In diesem Augenblick war er so echt, so real und so fürsorglich, wie ich ihn brauchte. Ich konnte nicht fortgehen. Eine von mir selbst geknüpfte, unziemliche Verbindung fesselte mich an ihn.

Kapitel 9

Fereiba

»Sie glauben, du seist schuld an seinem Tod. Zumindest habe ich das gehört«, sagte KokoGul. Mein Nacken wurde heiß. Ich war gerade dabei, die Teller abzutrocknen. Aber das Geschirrtuch hing schlaff in meiner Hand.

»Ich? Wie kommen sie denn darauf?«

»Sie sagen, dass er ein vollkommen gesunder junger Mann war und dass er ihnen nur einen Tag vor deiner *shirnee* genommen wurde. Natürlich erzählt Agha Firooz' Frau jetzt überall herum, dass du verflucht sein musst. Zuerst deine Mutter, dann dein Großvater und jetzt der Bewerber, der nur Stunden später dein Bräutigam hätte werden sollen.«

Meine Augen füllten sich mit Tränen. Ausgerechnet die Menschen aufzuzählen, deren Verlust mich am meisten schmerzte, war grausam.

»Da gibt es nichts zu weinen«, wies KokoGul mich zurecht. »Diese Überlegung drängt sich schließlich auf. Sie trauern, sind hin und her gerissen und kennen deine Geschichte. Wahrscheinlich sollte ich froh sein, dass ich noch lebe«, kicherte KokoGul.

Vielleicht hatte sie sich das alles nur ausgedacht. Das konnte man bei ihr nie wissen. Manchmal glaubte sie so fest an ihre eigene Version der Wahrheit, dass sie die ursprüngliche Geschichte selbst nicht mehr erkannte. Ich trocknete weiter ab, sie redete weiter.

»Ich bin zu seiner Mutter gegangen, um ihr mein Beileid auszusprechen. Kaum sah sie mein Gesicht, brach sie in Tränen aus und erklärte mir, meine Tochter sei ein Fluch. Sie sagte, dass es für die Familie schlecht liefe – seit sie angefangen hätten, um dich zu werben. Ein paar der anderen Frauen, die dort saßen, könnten es gehört haben. Aber es waren nicht viele.«

Oh Gott! In der Stille der Totenwache hatte vermutlich jede Frau in Kabul sie gehört. Ich würde in Kabul zur Unperson werden, und man würde über mich flüstern und mich mit erhobenen Augenbrauen beobachten.

»Was hast du ihr gesagt?«, erkundigte ich mich zögernd.

»Was sollte ich einer trauernden Mutter schon sagen? Dass ich zu Gott bete, damit die junge Seele ihres Sohnes Frieden und ewige Ruhe im Himmel findet.«

»Nein, ich meine meinetwegen. Weil ich angeblich verflucht sein soll.«

»Fereiba, eine *fateha* ist weder der richtige Ort noch die richtige Zeit für Widerspruch. Ich sagte nur, ich hoffe, dass es nicht wahr sei.« KokoGul nahm ein Glas und schenkte sich Wasser ein. »Übrigens heißt es ja, man solle über Tote nicht schlecht reden, aber ich habe gehört, dass er ein ziemlicher Unruhestifter gewesen sein soll. Er hatte keinen Respekt und bestahl die eigene Familie. Homaira-jan hat mir erzählt, er hätte ihren Sohn einmal so verprügelt, dass er eine Woche lang auf einem Auge nicht sehen konnte.«

»Wann hast du denn Homaira-jan getroffen?«, erkundigte ich mich beiläufig, ohne meinen Blick von den Tellern zu erheben.

»Irgendwann vor einigen Wochen auf dem Basar. Sie ist von ihrer Reise nach Indien zurück und musste natürlich jedem ihre neuen goldenen Armreifen vorführen.«

Und trotzdem hatte KokoGul mein *shirnee* vorbereitet.

Mutter. Mein ganzes Leben lang hatte ich KokoGul mit diesem strahlenden, hoffnungsvollen Wort bezeichnet und mich nach der Weichheit von Lammwolle auf meiner Wange gesehnt, doch oft genug bekam ich nur einen kühlen Luftzug.

»Die Frauen haben sich während der *fateha* unterhalten. Agha Firooz dachte, eine Ehe würde den Jungen zur Vernunft bringen und ihm den Mutwillen austreiben. Monatelang haben sie nach einer passenden Frau für ihn gesucht. Aber wer braucht schon so etwas? Wir geben doch unsere Mädchen nicht als zweite oder gar dritte Option her.«

Ich klatschte das Geschirrtuch auf die Schrankecke. »Aber du warst trotzdem bereit, ihm meine *shirnee* zu geben? Warum behandelst du mich so anders?«

Mein Ton war scharf. Durch meinen offen eingestandenen Schmerz entstand plötzlich so etwas wie Ehrlichkeit zwischen KokoGul und mir.

Sie blickte mir in die Augen.

»Meine Liebe, zwischen dir und Najiba gibt es einen Unterschied. Es überrascht mich, dass du ausgerechnet jetzt danach fragst. Mit Najiba werde ich es leicht haben. Sie ist ein hübsches Mädchen – hübsch genug, dass man auf sie aufmerksam wird. Sie entstammt einer guten Familie, und sie ist intelligent und höflich.«

»Und ich?«

»Ja, du«, sagte KokoGul, und ihre Worte stachen wie Finger in meine Magengrube. »Bei dir muss ich besser achtgeben. Ja, du hast gute Manieren und bist auch nicht gerade hässlich, aber jeder weiß, dass du deine Mutter verloren hast. Und genau das ist der Unterschied. Und ehe du mich jetzt wieder so böse anschaust, halte dir lieber vor Augen, dass es nicht mein Fehler ist, dass du keine Mutter mehr hast, und auch nicht mein Fehler, dass die Leute über dich reden. Aber ich bin dafür zuständig, den besten Weg für dich zu finden, Fereiba. Und wenn du unbedingt auf dem Mond tanzen willst, wirst du vielleicht nie tanzen.«

»Du liebst mich weniger als die anderen.«

»Und du liebst mich weniger als deinen Vater. Oder deinen Großvater. Glaube nicht, dass ich das nicht weiß.«

Ich schwieg, denn natürlich hatte sie recht.

Die Umstände interessierten sie nicht, KokoGul fühlte sich persönlich beleidigt, weil ihr Bemühen vergeblich gewesen war.

»Es tut mir leid, dass sie ihren Sohn verloren haben, aber vor allem tut es mir leid, dass ich meine Zeit damit verschwendet habe, ihnen Tee und Gebäck zu servieren.«

Padar-jan schwieg zu den Ereignissen. Er kam und ging und fragte uns freundlich nach der Schule, verlor aber nie ein Wort über Agha Firooz oder seinen Sohn. Ich hätte es gerne gesehen, dass mein Vater sich ein wenig anders verhalten hätte, aber so war er nun einmal. Obwohl mir der Bräutigam erspart geblieben war, wunderte ich mich noch immer darüber, wie bereitwillig meine Familie mich weggegeben hätte, und fragte mich, wann es das nächste Mal so weit wäre.

Mein Nachbar war mein Ruhepol. Er deklamierte Gedichte und beklagte sich darüber, dass er in der letzten Prüfung zu wenig Punkte bekommen hatte. Er sprach begeistert über seine Pläne nach dem Examen. Er hatte vor, ins Ausland zu gehen und für ein ausländisches Unternehmen zu arbeiten, und er wollte die Welt kennenlernen. Ich hörte ihm gern zu, wenn er über die Universität sprach. Er beschrieb die Gebäude und seine Professoren so genau, dass ich die Augen schließen und mir vorstellen konnte, selbst dort zu sein.

Eines Tages sagte er etwas, das er noch nie zuvor gesagt hatte.

»Es wäre nett, Sie und Ihre Familie kennenzulernen, ohne dass eine Mauer zwischen uns steht.«

Meine Wangen wurden warm. Ich lächelte und bewegte meine Zehen im Gras.

»Aber das wäre … Ich meine, es ist nicht …«

»Ich will keinesfalls unhöflich sein. Ich wollte Ihnen lediglich mitteilen, dass ich finde, unsere Familien sollten sich einmal miteinander unterhalten …«

»Ist Ihnen klar, was Sie da sagen?«, fragte ich verlegen. »Reden Sie nicht über Dinge, die sie nicht meinen.«

»Das würde ich nie tun, Fereiba. Glauben Sie mir, *qandem.*« *Meine Süße.* Meine Haut prickelte, als er meinen Namen aussprach, und das delikate, etwas gewagte *qandem* klang in meinem Ohr wie ein sanfter Kuss. »Wissen Sie, was ich jeden Tag gern tun würde?«

Ich ließ mich ins Gras zurücksinken und starrte hinauf in die Zweige. Die grünen, tränenförmigen Blätter flirrten in der Sonne, und die weißen, roten und schwarzen Früchte in den verschiedenen Reifestadien schimmerten. Das Licht kitzelte meine Augen.

»Was ist es?«

»Ich spiele jeden Tag mit dem Gedanken, über die Mauer zu steigen. Ich würde Sie gern einmal sehen, mit Ihnen durch den Obstgarten Ihres Vaters spazieren, mit Ihnen reden und dabei Musik im Radio hören.«

Ich hielt den Atem an. Das Gefühl in meiner Magengrube, als würde ich zitternd von einer Klippe stürzen, war mir neu. Ich fand es seltsam, dass ich sofort erkannte, was ich bisher nie erlebt oder verspürt hatte. Es musste die von den Dichtern beschriebene Liebe sein – daran bestand kein Zweifel.

»Aber je länger ich darüber nachgedacht habe, desto klarer wurde mir, dass ich nicht verbotenerweise in den Garten Ihres Vaters eindringen möchte. Ich möchte willkommen sein und durch das Haupttor eintreten. Ich möchte mit Ihnen Hand in Hand gehen können, ohne dass eine Mauer zwischen uns steht und ohne dass wir unsere Stimmen vor dem Rest der Welt verbergen müssen.«

Eine Träne stahl sich aus meinem Augenwinkel, lief über

meine Wange und fiel zu Boden. So viele Jahre lang hatte ich nichts weiter bekommen als den wässrigen Aufguss der Liebe meiner Geschwister, KokoGuls verbitterte Großmut und die wohl gehütete Zuneigung meines Vaters. Die reifen und vollkommenen Worte meines Nachbarn füllten eine Leere, die ich mein ganzes Leben lang empfunden hatte.

»Fereiba.«

»Ja?«

»Sie sagen ja gar nichts.«

»Ich weiß nicht, was ich sagen soll.«

»Sagen Sie einfach, was Sie denken.«

Ich setzte mich auf und bedeckte mein Gesicht mit den Händen. Mit Gottes Sonne auf dem Gesicht konnte ich die Worte nicht aussprechen.

»Das wünsche ich mir auch«, flüsterte ich gerade laut genug, dass er es hören konnte.

Zwei Tage später klopfte es an unserem Haupttor. Glücklicherweise steckte ich bis zu den Ellbogen in einem Zuber mit Kleidung, Socken und Seifenlauge, daher öffnete KokoGul. Kurz darauf kehrte sie zurück und sah zu, wie ich den Kragen eines der Hemden meines Vaters schrubbte.

»Auf Schatten folgt Licht. Wasche mein dunkelrotes Kleid bitte auch. Wie es aussieht, haben wir Donnerstagnachmittag Gäste.«

»Wer kommt denn?«

»Bibi Shireen, die Frau von Agha Walid«, antwortete sie mit bedeutungsvollem Blinzeln. »Unsere Nachbarn scheinen etwas mit uns besprechen zu wollen. Du solltest auch Najibas olivfarbenes Kleid waschen. Oder nein, wenn ich es mir recht überlege, lieber das gelbe. Das grüne macht zu breite Hüften.«

Ich antwortete nicht, sondern nickte nur. KokoGul würde sich wundern, wenn sie erfuhr, dass es in diesem Gespräch nicht um Najiba, sondern um mich ging. Meine zwei Jahre jüngere Schwester war zu einer hochgewachsenen, jungen Frau herangereift. Ihr glattes, schwarzes Haar ringelte sich an den Enden wie bei einem kleinen Mädchen. Ihre Haut war milchweiß, und sie hatte einen rosa Schmollmund. KokoGul behauptete, dass Najiba nach ihr kam, aber es fiel mir schwer, eine Ähnlichkeit zu entdecken.

Das benachbarte Grundstück mit Haus und Obstgarten gehörte Agha Walid, einem angesehenen Denker und Ingenieur. KokoGul hielt große Stücke auf ihn, aber nicht, weil sie ihn für einen guten Ingenieur hielt, sondern weil andere ihn schätzten. In Kabul war es immer so: Gerüchte verbreiteten sich wie von selbst. Das hatte Vor- und Nachteile.

KokoGul legte denselben Eifer an den Tag. Wieder eine Brautwerbung, eine neue Runde choreografierter Schmeichelei und Prahlerei.

Ich blieb dem Obstgarten fern und half KokoGul, das Empfangszimmer für Donnerstagnachmittag vorzubereiten. KokoGul suchte das Kleid für Najiba aus, ein schmeichelhaftes Kleid, das ihre Figur betonte, aber trotzdem den Anstand wahrte. Unmittelbar bevor der Besuch kam, zog auch ich ein hübsches Kleid mit besticktem Ausschnitt an. KokoGul hob eine Augenbraue, als sie mich in einem Kleid sah, das ich sonst nur zu besonderen Gelegenheiten trug.

»Du solltest es lieber schonen«, warnte sie mich. »Vielleicht braucht Najiba dieses Kleid in den nächsten Monaten.«

Ich wusste nicht, wie KokoGul oder Najiba reagieren würden, wenn sie herausfanden, dass die Brautwerbung meinetwegen stattfand. Najiba war sehr nervös gewesen, als sie von dem Besuch erfuhr. Die erste Werbung um mich hatte sie auf den Geschmack gebracht, und sie freute sich darauf, selbst einmal im Mittelpunkt zu stehen.

Ich öffnete Bibi Shireen, der Mutter meines Obstgarten-Freundes das Tor. Sie hatte ihre Schwester mitgebracht. Ich begrüßte sie leise, weil ich fürchtete, meine Zunge könne sich verknoten, wenn ich mehr als nur einige Worte sagte, und wollte sie eben ins Wohnzimmer führen, als KokoGul im Flur auftauchte. Strahlend öffnete sie die Arme und hieß unsere Nachbarin herzlich willkommen. Sie küssten sich drei Mal auf die Wangen und lächelten sich voller Wärme an. KokoGul machte mir ein Zeichen, den Tee für die Gäste zu bringen.

Ich beobachtete Bibi Shireen, weil ich mich fragte, wie ihr Sohn wohl aussehen mochte. Ob er ihr ähnelte? Ihre sanften braunen Augen lächelten mich an und beruhigten meine Nerven. Die Mutter anzuschauen war so, als erhielte ich eine Nachricht von meinem Freund im Obstgarten.

Alles wird gut, ließ er mir ausrichten. *Sie ist hier, um alles zu arrangieren.*

Ich bereitete kleine Teller mit gelben Trauben, Pinienkernen und Pistazien vor. Als ich ins Wohnzimmer zurückkehrte, hörte ich, wie Bibi Shireen KokoGul versicherte, welche Ehre es sei, eine so nette Familie zu Nachbarn zu haben.

»Vielen Dank, meine Süße«, sagte sie, als ich ihr und ihrer Schwester den Tee vorsetzte. Ich hoffte inständig, dass sie nicht bemerkt hatte, wie laut die Tasse auf der Untertasse klapperte.

»Gerne«, murmelte ich, ehe ich hastig wieder in die Küche verschwand. Ich fragte mich, wie viel mein Freund ihr über mich oder unsere Gespräche erzählt hatte.

Aus meinem Versteck heraus lauschte ich. Bibi Shireen fuhr fort, unsere Familie zu loben. Danach begann sie, über ihre eigene zu sprechen. Ihr Sohn, so berichtete sie, würde in wenigen Monaten sein Ingenieurstudium beenden und befände sich im richtigen Alter, eine Familie zu gründen.

»Schon bald wird er auf eigenen Füßen stehen, was mich als Mutter ganz besonders freut. Wir sind sehr stolz auf ihn.«

»Das können Sie auch sein. Er kommt wohl nach seinem Vater, dem ehrenwerten Agha Walid.«

»In der Tat«, bestätigte die Tante. »Er war immer ein leuchtendes Beispiel für seine jüngeren Geschwister und seine Vettern. Das gilt auch für meinen eigenen Sohn.«

»Verstehe.«

»KokoGul, wir kommen heute im Namen meines geliebten Sohnes, dem Juwel unseres Hauses und unserer großen Familie. Gelobt sei Allah, ich wurde mit einem intelligenten, hart arbeitenden und liebevollen Sohn gesegnet und möchte sicherstellen, dass er eine Frau bekommt, die ihn glücklich macht. Es ist an der Zeit für ihn, eine Familie zu gründen. Als Mutter ist es mir eine der wichtigsten Aufgaben, ihm die richtige Frau zur Seite zu stellen. Ihre Familie ist ehrenwert, vertrauenswürdig, und – gelobt sei Allah – es ist eine prachtvolle Familie.«

»Sie sind sehr freundlich«, sagte KokoGul, die steif und hoch aufgerichtet mit im Schoß gefalteten Händen dasaß. Sie sonnte sich in Bibi Shireens Lob.

»Wir glauben, dass Ihre älteste Tochter gut zu meinem Sohn passen könnte.«

»Nun«, erklärte KokoGul und legte eine Hand auf die Brust, »meine Familie fühlt sich geehrt, das zu hören, aber bisher haben wir noch nicht daran gedacht, sie zu verheiraten. Sie ist noch sehr jung.«

»Mag sein, aber sie ist im perfekten Alter, um über eine Hochzeit nachzudenken. Gerade in diesem Alter wächst eine junge Liebe schnell, finden Sie nicht?«

Ihre Schwester Hakima stimmte ihr zu.

»Richtig, die beiden jungen Leute sind im besten Alter, einander kennenzulernen und gegenseitiges Vertrauen aufzubauen.«

»Ich denke auch, dass sie wunderbar zueinander passen. Unsere beiden Familien respektieren sich bereits seit Jahren als Nachbarn. Jetzt sind unsere Kinder herangewachsen, und als Mütter obliegt uns die Verantwortung, an ihre Zukunft zu denken.«

Ich konnte das Klirren der Teetassen hören, während die Damen darüber nachdachten, was als Nächstes zu sagen war.

»Wir werden Ihren Vorschlag eingehend erwägen. Noch mag ich kaum daran denken, die Hand meiner Tochter zu versprechen. Auch wir fühlen uns geehrt, eine Grundstücksgrenze mit Ihrer Familie zu teilen, aber im Augenblick ist es mir unmöglich, mehr zu sagen. Als Mutter können Sie mich sicher verstehen.«

»Aber selbstverständlich, liebe KokoGul. Wir haben unsere Gespräche ja gerade erst begonnen. Ich möchte jedoch, dass Sie wissen, dass unser Interesse keinesfalls oberflächlich ist. Jedes Wort, das ich gesagt habe, habe ich auch so gemeint. Ich weiß, dass Ihre Familie unseren Vorschlag erst prüfen und in Ruhe darüber nachdenken muss. Aber ich bin auch sicher, dass Sie tun werden, was das Beste für Ihre Tochter ist, und hoffe, dass auch Sie meinen Sohn als beste Partie für Ihre Tochter Najiba-jan ansehen.«

Najiba?

Beinahe hätte ich aufgeschrien.

»Najiba ist meine liebe Tochter, eine gute Schülerin und eine großherzige Schwester. Wie auch für alle meine anderen Kinder habe ich für sie gebetet, dass ihr *naseeb* einen guten Menschen und Lebenspartner für sie bereithält, der sie und ihre Familie ehrt.«

»Sie sind eine liebevolle Mutter, KokoGul. Ihre Kinder können von Glück sagen, Sie und Agha-sahib als Eltern zu haben.«

Sie wollten Najiba, nicht mich.

Kapitel 10

Fereiba

KokoGul hatte recht behalten: Unsere Nachbarn warben um meine Schwester Najiba. Nachdem sie gegangen waren, flüchtete ich auf mein Zimmer. Najiba fand mich dort. Ich saß auf dem Boden und trug nur einen Slip. Auf meinem Schoß, zu meinen Füßen und hinter mir lagen Stofffetzen. Ich hatte mein Kleid in tausend Stücke zerschnitten. Meine Schwester nahm mir die Schere ab und schrie nach KokoGul. Sie kam, schaute sich die Szene vom Türrahmen aus an und beschwor sofort Gründe für meinen Zustand herauf.

»Nimm ihr die Schere fort, und lass sie in Ruhe. Ich weiß nicht, was das hier zu bedeuten hat, Fereiba, aber wir haben keinen Platz für Wahnsinn und Zerstörung in diesem Haus.«

Najiba blickte mich besorgt an. Ich wartete nur darauf, dass sie mein Zimmer verließen. Draußen hörte ich KokoGul mit Najiba flüstern.

»Sie hatte einen Bewerber, und du weißt ja, was aus ihm geworden ist. Eifersucht bringt die Seele zum Gerinnen wie ein Tropfen Essig die Milch. Bibi Shireen kennt Fereibas Geschichte ebenso gut wie alle anderen Nachbarn. Die Leute wollen ehrenwerte Mädchen als Ehefrauen für ihre Söhne. Fereiba ist die Tochter deines Vaters, und ich will nichts Böses über sie sagen, aber die Leute sehen sie als Waise, als Mädchen ohne Familie. Und die einzige Chance, in eine geachtete Familie einzuheiraten, hat sie verloren.«

»Aber sie hat doch eine Familie, Madar-jan«, protestierte Najiba leise.

»Das ist nicht das Gleiche, mein Liebling«, sagte Koko-Gul. »Ich habe mich bemüht, sie genauso als meine Tochter zu betrachten wie dich und deine Schwestern, aber sie hat sich immer abgesondert. Sie kümmert sich lieber um die Arbeit im Haus, als Zeit mit uns zu verbringen.«

Mein ganzes Leben lang hatte KokoGul mir den Eindruck vermittelt, dass das stimmen könnte. Es gab Tage, da umarmte sie mich ebenso warm wie meine Schwestern und streichelte mein Haar, als wäre ich ihre eigene Tochter. Es gab Tage, da saßen wir zusammen, erledigten die Hausarbeit und lachten über etwas, das Mauriya angestellt hatte. Und es hatte so viele solcher Momente gegeben, dass ich mich fragen musste, ob es nicht wirklich meine Schuld war, ob ich die Familie nicht tatsächlich auf Armeslänge Abstand hielt.

Ich wusste, dass mein Liebster am Boden zerstört sein musste, vorausgesetzt, er wusste überhaupt, was seine Mutter getan hatte. Es geschah öfter, dass Mütter die Entscheidungen für ihre allzu unbesonnenen Söhne trafen. Ein Junge dachte nur an das Heute, aber Mütter zogen auch das Morgen in Betracht. Mein Liebster jedoch war nicht wie andere Jungen. Er war ein Intellektueller. Er war mein geduldiger Vertrauter und der Hüter meiner Geheimnisse. Er und ich würden kämpfen müssen, um zusammen sein zu können. Mir wurde klar, dass ich nichts anderes hätte erwarten dürfen.

Bibi Shireen hatte uns einer unschuldigen Freundschaft beraubt. Sie hatte dem Universum die Möglichkeit genommen, wiedergutzumachen, dass es mir liebevolle Eltern und eine Kindheit wie die meiner Geschwister versagt hatte. Die Mutter meines Freundes hatte sittsam gelächelt, mir gestattet, sie zu bedienen, und mir dann den Boden unter den Füßen weggezogen. Angetrieben vom Feuer der Jugend verliebte ich mich noch inniger in den Mann, den ich noch nie gesehen hatte.

Tagelang wartete ich unter dem Maulbeerbaum, aber er kam nicht. Stundenlang lehnte ich am Stamm, bis sich das Muster der Rinde als Zeichen meiner Hingabe in meinen Rücken prägte. Bibi Shireen kehrte zu einem zweiten und dritten Besuch in unser Haus zurück und gab sich beharrlich und drängend. Sie wollte unbedingt, dass KokoGul ihre Zustimmung zu Najibas Hochzeit geben sollte, als liefe ihr die Zeit davon. Ihre Hartnäckigkeit bewies mir, dass mein Freund von alledem nichts wusste. Bibi Shireen hatte von den Gerüchten über mich gehört und hoffte, ihren Sohn vor der Ehe mit Kabuls Unperson, der verwaisten Tochter und Dienerin von nebenan, zu bewahren.

Najiba schlich auf Zehenspitzen um mich herum. In klareren Momenten tat sie mir leid. Was eine fröhliche, aufregende Brautzeit hätte sein sollen, wurde ihr durch mein verbittertes Verhalten verdorben. Ich sprach nur wenig und lächelte nicht oft. Stattdessen bemühte ich mich, einen Weg zu finden, mit meinem Liebsten zu kommunizieren, ohne unser Geheimnis zu verraten.

Eines Abends schrieb ich Rabia Balkhis blutiges Gedicht auf ein Stück Papier, zerknüllte es und schlich mich bei Einbruch der Dunkelheit aus dem Haus. Vorsichtig tastete ich mich an den Kirschbäumen entlang, duckte mich unter den Weinreben hindurch und ging zu der Gruppe von Maulbeerbäumen an der Mauer. Dort lauschte ich. Als ich nichts weiter als das entfernte Quaken eines Froschs hörte, warf ich das Papierknäuel über die Mauer in der Hoffnung, dass mein Freund es fände und so erfahren würde, dass meine Hingabe trotz der widrigen Umstände nicht gelitten hatte.

Ich träumte davon, nun auch kleine Botschaften auf meiner Seite der Mauer zu finden, und stellte mir die unterschiedlichsten Möglichkeiten vor, wie er mir eine Nachricht zukommen lassen würde. Ich träumte noch, als KokoGul schon längst die Rolle mit Goldtüll und das Silbertablett, die immer noch in ihrer Kommode lagen, dazu benutzte, Najibas *shirnee* vorzubereiten. Und ich träumte noch, als sie das Tablett in unserem Wohnzimmer einer begeisterten Bibi Shireen vorsetzte und meine Schwestern in stummer Erregung zusahen, wie Najiba den Raum betrat. Sie blickte zurückhaltend zu Boden. Bibi Shireen küsste ihre Wangen und umarmte sie fest. Najiba küsste die Hand ihrer zukünftigen Schwiegermutter.

Wie hätte ich den Verlobten meiner Schwester nicht anstarren sollen? Ich konnte meine Augen einfach nicht von ihm wenden, von diesem Mann, der mir vorgegaukelt hatte, ich würde ihm etwas bedeuten. Er war wirklich ein schöner Mann, was die Sache noch schlimmer machte. Er hatte kastanienbraunes Haar und sanfte, dunkle Dichteraugen. In seinem kaffeebraunen Anzug mit dem breiten Revers wirkte er ein wenig verunsichert. Seine Augen wanderten umher, und er ließ sie auf Gästen und Verwandten gerade so lange ruhen, dass er ihre Anwesenheit zur Kenntnis nahm. Nicht ein einziges Mal schaute er Najiba oder mich an. Darauf achtete ich genau, und ich deutete, was ich gesehen hatte, mit großer Kreativität.

Endlich befand sich keine Mauer mehr zwischen uns. Das hatten wir schließlich gewollt. Er küsste meinem Vater und KokoGul die Hände. Mein Vater hieß ihn mit einer herzlichen Umarmung willkommen. Als er dann an die Seite seiner Mutter zurückkehrte, blickte er auf und schenkte seiner Braut ein scheues Lächeln. Ich beobachtete alles. Ich ging sogar herum und bot den wenigen geladenen Gästen bunt eingewickelte Schokolade an. Bibi Shireens Schwester. Bibi Shireens Ehemann. Meinen Tanten und Onkeln.

KokoGul hatte Sultana beauftragt, den Gästen Tee zu servieren, weil mein launisches Verhalten sie verunsicherte.

Möglicherweise hatte sie recht, mir nicht über den Weg zu trauen.

»Najiba«, jauchze Bibi Shireen unter Tränen, »von heute an bist du meine Tochter. Jetzt hast du zwei Mütter, meine Hübsche. Du hast unserer Familie großes Glück gebracht.«

Mein Geliebter. Ich errötete, wenn ich an unsere heimlichen Gespräche dachte. Ich fühlte mich klein und dumm. Vermutlich hatte er mein Liebesgedicht gelesen und den Kopf über mein verrücktes Verhalten geschüttelt. Wahrscheinlich hatte er darüber lachen müssen, wie weit er die Dinge zwischen uns vorangetrieben hatte, und vielleicht schämte er sich auch, dass er mich, die mutterlose Stiefschwester, überhaupt als Ehefrau in Erwägung gezogen hatte.

Am liebsten wäre ich aus dem Zimmer gerannt. Am liebsten hätte ich diesen ganzen Tüll zerrissen und eine Szene gemacht, sodass man gezwungen gewesen wäre, mich anzuhören. Am liebsten hätte ich meinen Schmerz über alle Wände vergossen.

Aber ich starrte nur stur vor mich hin, und mir wurde klar, dass KokoGul recht gehabt hatte. Meine Eifersucht hatte die Liebe zu meiner Schwester zum Gerinnen gebracht. Heute war ihr Glückstag. Sie verband sich mit einem gut aussehenden jungen Mann aus einer liebevollen Familie. Ich aber konnte wegen der düsteren Gedanken in meinem Kopf ihre Freude nicht teilen.

Einer dieser Gedanken rumorte noch lauter als alle anderen: Najiba hatte jetzt zwei Mütter, und ich hatte keine.

Kapitel 11

Fereiba

Sein Name war Hameed. Da er nun nicht mehr mir gehörte, konnte ich ihn aussprechen, ohne zu erröten. In gewisser Weise war ich froh, dass ich ihn nie über die Lippen gebracht hatte. Inzwischen war er ohnehin nichts mehr als eine leere Abfolge von Lauten. Auch sein Gesicht berührte mich nicht. Ich hatte keine Erinnerung an seine Augen, und seine Hände hatte ich nie gesehen. Eigentlich war Hameed ein völlig Fremder für mich.

Auslöser für meinen Liebeskummer und meine Wut waren der Duft des Obstgartens, der Klang seiner Stimme und der Klang seiner sich nähernden Schritte gewesen.

Nie mehr würde ich so blind sein.

Das frisch verlobte Paar verbrachte Zeit miteinander und spazierte für alle sichtbar durch das Viertel, sie hatten ein scheues Lächeln auf den Lippen und sprachen leise miteinander. Wenn Najiba heimkehrte, errötete sie. Ich wusste, warum. Ich hätte ihr von unseren Gesprächen und den leeren Versprechungen erzählen können, die ihr Verlobter mir gemacht hatte, aber ich biss mir auf die Zunge. Eine noble Tat, versuchte ich mir selbst einzureden.

Wochenlang sah ich dem Paar zu, wie es kam und ging. KokoGul strahlte und beschäftigte sich mit den Hochzeitsvorbereitungen. Mit Bibi Shireen verbrachte sie viele arbeitsreiche Nachmittage. Sie waren beinahe so voneinander eingenommen wie Braut und Bräutigam. Ich behielt meine Gefühle für mich. KokoGul entschuldigte mein Verhalten, ging der Sache aber nicht weiter nach. Auch sagte sie meinem Vater nichts von dem zerschnittenen Kleid.

Einmal begegnete ich Hameed im Hof. Er wartete auf Najiba, die ins Haus zurückgekehrt war, um einen Schal zu holen. Es war Herbst, und die Nachtkühle setzte sich bis in den Morgen fort. Hinter mir fiel die Haustür ins Schloss. Hameed drehte sich um. Sein jungenhaftes Lächeln erlosch, als er mich sah. Ich erkannte die Anspannung in seinen Armen und Beinen. Jede Faser seines Körpers trachtete danach, mir zu entkommen. Unser Innenhof musste sich für ihn anfühlen wie ein zu kleiner Käfig. Er hätte ebenso gut nur wenige Zentimeter von meinem Gesicht entfernt stehen können.

Er murmelte einen kurzen Gruß und wandte sich ab. Seine Hände verschwanden tief in seinen Taschen.

Ich zögerte. Am liebsten wäre ich mit dem Korb voll nasser Wäsche ins Haus zurückgekehrt, aber der Ausdruck in seinem Gesicht verlieh mir Kraft. Verschämt wandte er die Augen ab und zog die Schultern zusammen, als wollte er sich zusammenfalten.

»Salaam«, sagte ich laut und deutlich, was mich selbst überraschte. Hameed zuckte zusammen.

Langsam ging ich an ihm vorüber. Ich war mir jedes Atemzugs bewusst und zählte die Schritte zwischen uns. Ich trug meinen Korb an die Seite des Hauses, wo ich in Sichtweite damit begann, die Wäsche aufzuhängen. Ich schüttelte die Nässe aus jedem Teil, ehe ich es über die Leine hängte. Es würde Stunden dauern, ehe die Wäsche in der kühlen Luft trocknete.

Aus dem Augenwinkel beobachtete ich Hameeds unruhige Bewegungen.

Wie gerne hätte ich ihn gehasst.

»Fereiba …« Seine Stimme war nur der Hauch eines Flüsterns.

Ich stand mit dem Rücken zu ihm und schloss die Augen. Zwei Wassertropfen fielen aus dem feuchten Hemd meines Vaters und landeten auf meinen Zehen.

»Es war eine Familienangelegenheit. Ich hatte es nie selbst in der Hand.«

Ich hörte zu.

»Und jetzt wünsche ich mir, dass Sie glücklich werden. Lassen wir die Angelegenheit auf sich beruhen, um unserer Familien willen.«

Sein Ton war herablassend. Meine Verlegenheit verwandelte sich in Empörung.

»Was sollen wir auf sich beruhen lassen?«, fauchte ich.

»Wollen Sie das alles wirklich? Sie wissen, dass ich Ihnen keine Probleme bereiten wollte.«

»Ich weiß gar nichts über Sie. Und Najiba weiß noch viel weniger.«

Er ärgerte sich. Ich drehte mich um und begegnete seinem angespannten Blick.

»Wenn Sie irgendetwas erzählen, würde das ziemlich schlecht für Sie aussehen, das wissen Sie selbst«, zischte er.

»Wenn ich etwas sage? Das bereitet Ihnen Sorgen? Ich habe keinerlei Interesse daran, den großen Tag meiner Schwester zu verderben«, erklärte ich, obwohl das nicht ganz stimmte. »Sie tut mir leid, weil sie sich auf jemanden einlassen muss, der vorgibt, sein Herz in einem Baum zur Schau zu stellen.«

»Sie haben doch keine Ahnung, was Sie da sagen.«

»Ach, wirklich nicht?«

Er blickte rasch über seine Schulter und trat zwei Schritte auf mich zu.

»Ich habe meine Mutter gebeten, um die Hand der ältesten Tochter der Nachbarn anzuhalten. Glauben Sie wirklich, ich wäre nicht überrascht gewesen, als sie zurückkam und mich mit Najiba verlobt hatte? Doch hätte ich etwas gesagt, hätte ich Schande über unsere beiden Familien gebracht.«

Ich schaute ihn ausdruckslos an. Es gibt Wahrheit und

Lüge, und es gibt Dinge dazwischen – trübe Gewässer, in denen sich das Licht bricht. Ich kannte sein Gesicht nicht gut genug, um zu erkennen, ob er wirklich meinte, was er sagte. Die Bewegung seiner Lippen und die Schatten hinter seinen Augen konnte ich nicht entziffern. Wollte er, dass ich verstand, oder wollte er, dass ich ihm glaubte? Und falls ich ihm glaubte, würde es reichen, um den Rest unserer Geschichte zu ändern?

Najiba kam zurück. Um ihren Hals hatte sie einen von Sultanas Schals geschlungen. Sie lächelte. Längst war sie nicht mehr das schüchterne Mädchen, das kaum die Augen hob. Hameeds Anwesenheit war ihr angenehm, und sie durfte neben ihm gehen, ohne dass es sich ungehörig anfühlte. Ich konnte ihr die Freude darüber ansehen.

Hameed und ich sprachen nie mehr über unsere kurze Vergangenheit. Ich erfuhr nie, ob er wirklich mehr für mich empfunden hatte als spielerisches Interesse oder ob er in eine Ehe geschlittert war, die er nicht gewollt hatte. Die Ungehörigkeit unserer Tage im Garten hing weiter über uns, und es kam selten vor, dass unsere Augen sich trafen. Den Schatten zwischen uns spürte Najiba nie, oder sie sagte zumindest nichts dazu. An ihrer Stelle hätte ich vermutlich das Gleiche getan.

In den Tagen nach der Hochzeit meiner Schwester besuchten Bibi Shireen und ihre Schwester KokoGul erneut. Dieses Mal war Bibi Shireens Schwester Khanum Zeba auf Brautschau.

Khanum Zeba kam meinetwegen.

KokoGul hatte gelacht, aber ich kannte meine Stiefmutter gut genug, um mich nicht darüber zu ärgern. Aber ich war nicht bereit zu heiraten, nicht etwa, weil ich zu jung oder zu unreif war, sondern weil mein Herz sich verhärtet hatte. Ich hatte die Illusion von Liebe kennengelernt, aber nie das wahre Gefühl. Für mich gab es keinen Grund mehr, an die Existenz von Liebe zu glauben.

Khanum Zeba war die netteste Frau, die ich je getroffen hatte. Ich konnte mir vorstellen, dass meine Mutter sie geschätzt hätte. Ich starrte auf das verschlungene Muster des Teppichs in unserem Wohnzimmer und hörte sie Dinge über mich sagen, die noch nie jemand ausgesprochen hatte.

»Sie ist alles, was ich mir für meinen Sohn wünsche.

Als ich sie das erste Mal sah, wusste ich, dass sie in unsere Familie gehört.«

Ich musste sie anschauen. Ihre Worte gaben mir den Mut, meinen Blick zu heben und ihr ins Gesicht zu sehen. Die Haut um ihre klaren braunen Augen legte sich in winzige Fältchen, während sie der sehr neugierigen KokoGul erklärte, warum sie ausgerechnet mich ausgesucht hatte.

»Vor vielen Jahren träumte ich einmal vom Hochzeitstag meines Sohnes. Als ich aufwachte, erinnerte ich mich an jedes Detail, als hätte ich die Zeremonie am Abend zuvor tatsächlich besucht. Besonders blieb mir das Gesicht der Braut im Gedächtnis, als wir bei der *nikkah* den grünen Schleier hoben. Als ich Ihr Haus betrat und Fereiba kennenlernte, habe ich sie wiedererkannt.«

»Wie gut, dass Sie nicht von der Tochter des Bäckers geträumt haben«, entgegnete KokoGul. »Ihre Haut ist so braun wie das Brot, das er zu lang im Ofen lässt.«

Während alle anderen ihr Lächeln hinter vor den Mund erhobenen Händen verbargen, kam der Scherz bei meiner zukünftigen Schwiegermutter nicht gut an.

»Ihre Tochter ist ein ganz besonderes Mädchen. Sie verdient ein Leben voller *roshanee*, voller Licht, das so warm ist wie sie.«

Khanum Zebas Worte waren wie ein hell scheinender Mond in dunkler Nacht. KokoGul war bestürzt und schickte mich aus dem Zimmer, aber Khanum Zeba kam zu mir, legte ihre Hand auf die meine und beruhigte mich.

Ich wollte ihr glauben.

Kapitel 12

Fereiba

Während meiner Jahre in Afghanistan erlebte ich viele Veränderungen, angefangen mit dem Tod meiner Mutter und der Wiederheirat meines Vaters. Einige Veränderungen waren schwieriger zu verkraften als andere.

Khanum Zeba wurde für mich zu Khala Zeba, nachdem KokoGul mein *shirnee* vor sie hingestellt und so meiner Eheschließung zugestimmt hatte. Ihren Sohn Mahmood hatte ich zuvor noch nie gesehen. In gewisser Weise war es Khanum Zeba gewesen, in die ich mich verliebt hatte. Ihr Sohn war lediglich ihre ausgestreckte Hand.

Als ich Khanum Zeba erzählte, dass ich gern Lehrerin wäre, bestand sie darauf, dass ich meinen Plan in die Tat umsetzte. Auch sie selbst war Lehrerin gewesen. Ich schrieb mich ein und absolvierte meine Kurse mit Unterstützung einer Familie, deren Teil ich gerade erst geworden war. Mein Vater und KokoGul waren zufrieden, dass ich meine Ausbildung fortsetzte.

»Schule, immer nur Schule«, neckte mich KokoGul. »Dein Mann wird dich demnächst mit Kreide und Heften beschenken, wenn du nicht klarstellst, dass du auch andere Dinge magst.«

Mahmood und ich heirateten 1979, ein Jahr nach unserer Verlobung und genau zu dem Zeitpunkt, als die ersten kindergesichtigen Soldaten der Sowjetunion ihre schweren Stiefel auf afghanischen Boden setzten. Nachdem ich stolz meine Lehrerinnenprüfung abgelegt hatte, erwachte ich jeden Tag mit neuer Energie und nahm meine Arbeit in einer Grundschulklasse auf. Die Schüler waren so eifrig wie flugunfähige, frisch geschlüpfte Vögel in einem Nest. Mir oblag es, ihr Interesse zu nähren, ihnen Worte und Zahlen beizubringen und ihnen das Rüstzeug zu vermitteln, damit sie eines Tages selbstständig ihre Flügel ausbreiten konnten.

Nur zwei Monate nach unserer Hochzeit erhielt Mahmood die Nachricht, dass die Familie seines Onkels samt den vier Kindern bei einem Raketenangriff der Sowjets im Panjshir Valley ums Leben gekommen waren. Die nächsten beiden Monate als Jungvermählte verbrachten wir in Trauer. Ich hörte, wie Mahmoods Tanten und Vettern mit den Zungen schnalzten über den unpassenden Anblick einer jungen Braut bei einer düsteren *fateha*, zu der Besucher kamen, um der Familie der Toten ihr Beileid zu bekunden.

»Man hat uns gewarnt«, flüsterte man sich zu. »Sie trägt einen Unglücksfluch in sich … Und jetzt gehört sie zu uns. Ihre eigene Familie hat uns zur Vorsicht ermahnt …«

Die Gerüchte wurden uns zugetragen. Meine Schwiegermutter Khala Zeba spottete darüber. Sie sagte nichts, als Mahmood den schmerzlichen Entschluss traf, sich von dem Klatsch in der Familie zu distanzieren. Er schützte mich vor Verwandten mit misstrauischen Blicken und solchen, die vor lauter Angst ihre Kinder fernhielten.

»Müßige Frauen sind gefährlich. Umgib dich lieber mit deinen Kolleginnen, Frauen, die sich mit ihrem Heim und ihrer Arbeit beschäftigen, so wie du. Und gib nichts auf das Gegacker aus dem Hühnerhaus«, warnte Mahmood.

Ich war erleichtert und überrascht, dass mein Ehemann sich nicht um die Verunglimpfungen kümmerte. Es machte mich stolz, zu hören, wie er mich sogar der eigenen Familie gegenüber verteidigte. Mahmood und Khala Zeba erinnerten mich an meinen Großvater, dessen moralische Stärke und unbeugsame Liebe KokoGuls schmerzhafte Worte oft an mir abgleiten ließen. Mahmood sorgte dafür, dass der Boden unter meinen Füßen nicht mehr bebte. Er schenkte mir ausreichend Raum und Gründe, ihn zu lieben.

Und ich tat das, was er vorgeschlagen hatte. Dann und wann verbrachte ich den Nachmittag mit einer anderen Lehrerin, mit der ich mich angefreundet hatte. Meine Arbeit machte mir Spaß. Ich erwartete viel von meinen Schülern. Sie arbeiteten hart. Sicher war ich weniger streng als die anderen Lehrerinnen, aber ich bemühte mich um die Zuneigung meiner Schüler ebenso, wie sie sich um meine bemühten.

Meine Kleidung war mir wichtig, und ich tat mein Bestes, mich hübsch anzuziehen. Als ich noch bei meinem Vater wohnte, trug ich Jeans, wadenlange Röcke und Poloshirts wie alle jungen Mädchen. In meinem neuen Zuhause kleidete ich mich weiblicher. Ich bevorzugte schmale Röcke, Blusen und Pumps und eine Handtasche. Mit Mahmood führte ich meinen eigenen Haushalt und konnte selbst entscheiden, wie ich mein Gehalt ausgab. Ich kleidete mich nicht extravagant, aber so elegant, dass mein Mann stolz war, wenn wir das Haus verließen, um uns mit Leuten zu treffen oder Verwandte zu besuchen. Er schaute mich an, als gäbe auch ich ihm ausreichend Raum und Gründe, mich zu lieben.

Mahmood war ein Romantiker. Eines Tages begab er sich auf eine Reise durch das ganze Land. Zwei Wochen war er unterwegs und kehrte mit vierzehn Briefen zurück, die er mir geschrieben hatte, einem dicken Packen voller Gedanken über unser erstes Zusammentreffen, die Zukunft seines Berufs und seinen Lieblingsfilm aus Indien.

»Deine armen Ohren, Ferei. Wenn ich schon so viel zu schreiben hatte, stell dir bloß vor, wie viel ich reden müsste!«

Zumindest waren wir nicht alleine und konnten uns in jenen Tagen gegenseitig ein Lächeln schenken. Das Land litt unter unermesslichen Verlusten beim Tauziehen zwischen der Sowjetunion und den Mudschahedin, den afghanischen Freiheitskämpfern. Immer mehr Mütter mussten ihre Söhne begraben. Immer mehr Kinder humpelten zur Schule, weil sie ihre Gliedmaßen durch Minen verloren hatten, die als Spielzeug oder Dollarnoten getarnt waren. Mahmood und ich saßen zusammen auf dem Sofa und hörten Nachrichten. Sein Arm lag um meine Schulter, oder ich lehnte mit dem Rücken an seiner Brust. Verärgert schüttelte Mahmood den Kopf, weil Afghanen vor dem Gemetzel auf dem Land in die Hauptstadt flüchteten.

Sechs Jahre lebten wir zufrieden als Mann und Frau. Unser einziger Kummer war, dass ich nicht schwanger wurde. Offen sprachen wir nicht darüber, aber als ich sagte, dass ich gern Mutter wäre, war Mahmood einverstanden, dass ich einen Arzt aufsuchte. Ich ging zu den renommiertesten Frauenärzten in Kabul und schluckte nicht nur alle Pillen, die sie mir verschrieben, sondern auch die merkwürdigen Tränke, die eine ältere Frau weiter unten in der Straße für mich zusammenbraute. Trotzdem kam meine Regel Monat für Monat. Eines Tages, als ich mich gerade für die Schule zurechtmachte, brach ich zusammen und schluchzte an Mahmoods Schulter, dass ihm wegen meiner Unfruchtbarkeit die Vaterschaft nicht vorenthalten bleiben solle. Er nahm mich so fest und zärtlich in die Arme, wie ich es höchstens einer Mutter zugetraut hätte, und flüsterte mir ins Ohr, dass er nie wieder solche Worte von mir hören wolle. An diesem Tag lernte ich etwas Wichtiges.

Liebe wächst am besten in den Gärten der Bedrängnis.

Kurz darauf kündigte sich Saleem an. Es war eine wundervolle Überraschung, die den Klatsch wieder aufleben ließ. Ihr seht ja, wie es um diese Ehe steht, hatten die Leute in den Jahren geflüstert, als wir noch kein Kind hatten. Nach der Geburt wandelten sich die Gerüchte. Die Leute behaupteten, ich hätte schwarze Magie angewendet, um meinen Fluch zu bannen. Meine Kolleginnen hingegen freuten sich mit mir, und obwohl viele Familien in Kabul in diesen turbulenten Zeiten zu kämpfen hatten, kratzten sie alles zusammen, was sie hatten, um Geschenke für das Baby zu besorgen. Handgestrickte, unglaublich winzige Pullöverchen, weiche Kuscheldecken und ein Tablett voller süßer Rosenwasserkekse. Khala Zeba feierte mit uns und verwöhnte uns und ihren Enkel mit ihren Kochkünsten und ihrer Fürsorge, während ich mich von einer schweren Geburt erholte.

Als wir meine Familie besuchten, bemerkte ich, dass KokoGul sich verändert hatte. Sie behandelte mich wie eine entfernte Verwandte und wusste nicht, wie sie mit mir umgehen sollte, seitdem ihre Scharfzüngigkeit keine Wirkung mehr bei mir zeigte. Najiba und mein Bruder Asad wohnten nicht mehr zu Hause, und mein Vater hatte sich noch mehr aus der Welt zurückgezogen, seit ich das Haus verlassen hatte. Ohne ihre Zuhörer fühlte sich KokoGul einsam. Während es nach außen so wirkte, als hätte sie sich endlich für mich erwärmt, spürte ich, dass sie mich in Wahrheit kühler behandelte. Ich kam häufig nach Hause, um meine jüngeren Schwestern zu besuchen, aber KokoGul blieb auf Distanz.

Als Saleem vier Jahre alt wurde, zogen sich die letzten Sowjettruppen aus Afghanistan zurück. Es war 1989. Wir beteten um Ruhe.

Doch dazu sollte es nicht kommen. Die Situation in Kabul wurde immer schlimmer, während Mahmood und ich über ein weiteres Wunder staunten, das wir Samira nannten. Mit einem Sohn und einer Tochter sehnten wir uns nur noch mehr nach Frieden in Afghanistan.

Es regnete Raketen auf unsere Stadt, als rivalisierende Gruppierungen versuchten, die Hauptstadt einzunehmen.

Saleem hätte gern das Leben eines ganz normalen Jungen geführt. Eines Tages bat er mich, den Nachmittag bei einem Freund am anderen Ende der Stadt verbringen zu dürfen. Ich erlaubte es ihm nicht.

»Aber warum nicht, Madar-jan?«, jammerte er. »Qasim ist mein bester Freund, und ich bin auf jeden Fall vor dem Abendessen zurück.«

»Ich habe Nein gesagt, Saleem-jan. Dein Vater und ich haben mit dir darüber gesprochen. Dieses Viertel zieht Raketen geradezu magnetisch an.«

Ich sprach so ernst wie möglich, um keinen Raum für Diskussionen zu lassen. Es machte mir keine Freude, Saleem davon abzuhalten, so zu spielen, wie die Jungen seines Alters gespielt hatten, als wir noch Kinder waren, aber wir lebten in einer anderen Zeit. Er schmollte den ganzen Nachmittag und ging ohne Abendbrot ins Bett, was für uns beide eine Strafe war.

Am nächsten Morgen kam unser Nachbar Rahim auf einen Plausch mit Mahmood vorbei. Raketen hatten in der Nacht mehrere Wohnhäuser zerstört und mindestens zwei Kinder getötet. Ich hörte zu, während ich Tee und Brot für das Frühstück zubereitete. Nach dem Frühstück las ich im Koran. Wie sonst hätte ich uns schützen sollen.

Saleem erfuhr in der Schule, was ich später über einen Freund hörte. Sein Freund Qasim hatte den Angriff zwar überlebt, aber seine dreijährige Schwester war unter dem Schutt erstickt, obwohl die Familie mit bloßen Händen nach ihr gegraben hatte. Saleem sprach nicht mit mir darüber, und ich hatte keine Worte für ihn. Ich glaube, das war ein Fehler. Ich hätte nicht glauben dürfen, dass Schweigen uns vor der grauenhaften Wahrheit beschützen konnte.

Das neue Regime der Taliban verfügte, dass sich Frauen bescheiden zu kleiden hatten und den blauen *chadri* tragen mussten, der ihren ganzen Körper bedeckte. Die Männer mussten sich Bärte wachsen lassen, wie es die islamische Tradition verlangte. Jeden Tag erließen sie neue Gesetze und bestraften diejenigen, die nicht gehorchten. Als Frau durfte ich nicht mehr an der Schule unterrichten. Mädchen wurde der Schulbesuch verboten.

Es ängstigte und schmerzte mich. Die Geschichte der traurigen Jahre, in denen man mich am Schulbesuch gehindert hatte, wurde zur Geschichte aller Mädchen. Was würde passieren, wenn man so dumm war, diese alte Wunde wieder aufzureißen? Der Gedanke an so viele leere Klassenzimmer machte mich krank.

Die Taliban waren brutale religiöse Gewalttäter. Wir sahen sie vom Fenster aus, und wir hörten ihre Reden. Und obwohl sie unfreundlich und ignorant waren, wurden sie von einigen Nachbarn unterstützt, nur damit der Streit endlich ein Ende hätte.

Wir alle sehnten uns verzweifelt nach Frieden, und den versprachen sie uns.

Saleem kam in die Grundschule. Ich saß zusammen mit einer Gruppe Lehrerinnen, die aus der Schule verbannt worden waren, im Wohnzimmer beim Tee. Mahmood und ich blieben nächtelang auf und redeten. Dabei hofften wir, dass unsere Kinder unsere gedämpften, ängstlichen Stimmen nicht hörten. Onkel und Tanten verabschiedeten sich tränenreich von uns, ehe sie Afghanistan verließen. Saleem fragte uns, wo sie hingingen, und sah uns ratlos an, als wir ihm die Liste der Länder nannten: Pakistan, Ungarn, Deutschland.

Eines Tages brach Khala Zeba beim Einkauf auf dem Markt zusammen. Als Mahmood und ich davon erfuhren, machten wir uns sofort auf den Weg zu ihr. Sie war ohne Bewusstsein. Im Krankenhaus erklärte uns ein Arzt, sie hätte einen Schlaganfall gehabt und man sähe keine Möglichkeit mehr, ihr zu helfen. Falls sie sich überhaupt erholen würde, dann nur aus eigener Kraft. Wir brachten sie nach Hause. Drei Tage lang saß ich neben ihr, kühlte ihre Stirn und träufelte ihr Brühe zwischen die Lippen. Mahmood und ich beteten an ihrem Lager und ließen die Perlen ihrer

Gebetskette durch unsere Finger gleiten. Ich sprach auch mit ihr, obwohl sie nicht reagierte. Mein Mann wanderte im Zimmer auf und ab und küsste ihre Hände. Dabei plagte ihn das Gefühl, eigentlich mehr tun zu wollen. Doch es gab nicht mehr zu tun. Meine Schwiegermutter verließ dieses Leben mit der gleichen Grazie, mit der sie gelebt hatte.

Ich hätte längst empfindungslos sein müssen, war es aber nicht. Ich fühlte mich einer gerade erst gefundenen Mutter beraubt. Sie war die erste Frau, die mich wirklich wie ihre Tochter behandelt hatte. Die Gespräche mit ihr fehlten mir. Sie hatte mir gezeigt, wie ich Saleem wickeln musste und wie ich seine Koliken beruhigen konnte. Sie hatte sich um den Kleinen gekümmert, als ich Samira zur Welt brachte, und ihm Reis mit Mungbohnen gekocht. Wenn ich meine Kinder ansah, musste ich sofort an sie denken. Ich suchte nach einer Zerstreuung.

Einige Monate lang gab ich den Töchtern der Nachbarn zu Hause in einem provisorischen Klassenzimmer Unterricht. Als die Taliban jedoch innerhalb einer Woche drei Leute exekutierten, weil sie eine geheime Schule betrieben hatten, zogen unsere Nachbarn es vor, ihre Töchter zu Hause zu behalten. Unser einst so fröhliches, helles Zuhause wurde stickig und düster. Auch Mahmood wurde immer verbitterter und schweigsamer, während er widerwillig den vorgeschriebenen Bart sprießen ließ. Zumindest hatte unter dem neuen Regime der Raketenbeschuss nachgelassen.

Saleem und Samira fanden Wege, zu Hause zu spielen und zu lachen. Wenn ich ihnen vom Nachbarzimmer aus zuhörte, glaubte ich fast, dass unser Leben ganz normal verlief.

Saleem kam in die siebte Klasse. Die Taliban verhafteten ein paar Europäer, die in einem Krankenhaus für Frauen in Kabul Fotos gemacht hatten. Als Saleem uns danach fragte, sagten Mahmood und ich nur wenig dazu.

»Die Taliban finden, dass es nicht dem Islam entspricht, Menschen zu fotografieren«, war alles, was Mahmood ihm erklärte. Wir durften nicht riskieren, dass Saleem seinen Klassenkameraden gegenüber etwas Verfängliches äußerte.

Wäre ich Europäerin gewesen, ich hätte niemals im Leben mein Land verlassen, um nach Kabul zu kommen. Nicht in diesen Zeiten. Ich wäre in Polen, England oder Italien geblieben, wo es keine Raketen gab, wo man jederzeit Fleisch und Gemüse in Hülle und Fülle kaufen konnte und wo Frauen keine Angst haben mussten, ihr Haus zu verlassen. Wie konnte man ein solches Paradies verlassen und nach Kabul kommen?

Im folgenden Jahr wurden Fernseher und Videogeräte verboten, und Musik. Mahmood war voller Hass, aber nur im engsten Freundeskreis wagte er, sich über die Zerstörung unserer Gesellschaft zu beschweren. Er arbeitete nach wie vor als Ingenieur im Wasser- und Energieministerium. Ursprünglich war es seine Aufgabe gewesen, auch die Außenbezirke von Kabul mit sauberem Wasser und Strom zu versorgen, aber unter den neuen Machthabern veränderte sich sein Arbeitsschwerpunkt. Jeden Tag erfanden die Taliban neue Gesetze und Strafen dafür, was in Kabul gebaut werden durfte und was nicht.

»Wie lange können wir ohne Fortschritt und Neuerungen durchhalten? In diesem Land wird die Uhr zurückgedreht.« Ich erkannte meinen Ehemann kaum wieder. Seine Schultern hingen, als lastete das Gewicht der ganzen Welt auf ihnen. Er war nur noch die bärtige Hülle seines alten Ich, und ich fragte mich, ob ich je den hochgewachsenen, stolzen Mann wiedersehen würde, der seine Kinder in der Luft herumwirbelte, bis sie entzückt jubelten.

1997 hätte Samira aufgeregt ihren Schulranzen packen und sich auf die Schule freuen sollen. Wir konnten Samira nicht erklären, warum sie nicht zur Schule gehen durfte wie ihr Bruder. Ich sagte ihr, es spiele keine Rolle, und setzte meine ganze Energie ein, um sie zu Hause zu unterrichten. Es tat gut, wieder zu lehren und den Erlass auf meine Weise zu umgehen.

1999 rundete sich mein Leib trotz all der widrigen Umstände erneut. Wir hätten uns freuen müssen, doch ich fühlte mich wie kurz vor dem Ersticken. Jedes Mal, wenn ich mit Mahmood über die Zukunft sprach, musste ich gegen die Tränen ankämpfen.

»Jetzt setzen wir also noch ein Kind in diese Welt? In dieses Kabul, das weder du noch ich wiedererkennen? Wozu? Wenn es ein Junge wird, wird er aufwachsen, ohne etwas anderes als Bärte und Furcht kennenzulernen. Und Gott behüte, wenn unser Kind das traurige Schicksal trifft, ein Mädchen zu sein! Ich glaube, ich könnte es nicht ertragen. Schon jetzt schäme ich mich, dass Samira mit ansehen muss, was aus mir geworden ist. Ich musste mich unter die Knute dieser turbantragenden Tyrannen ducken, während sie mir meine Karriere, meine Freunde und meine Bewegungsfreiheit raubten. Welche Zukunft gibt es hier noch für eine Tochter?«

Mahmood fühlte sich ebenso niedergeschlagen wie ich.

»Du hast recht, Ferei, es ist Zeit, zu gehen. Alle Hoffnungen, die ich für dieses Land hatte, sind zerschlagen. Jeden Tag wird es schlimmer. Ich werde nach einer Möglichkeit suchen, wie wir hier herauskommen, und ich bete, dass wir es schaffen, ehe dieses Kind geboren wird. Gott, ich wünschte, ich wäre mit den anderen gegangen. Wir könnten wie deine Schwester und mein Vetter längst in England sein. Nie hätte ich mir vorstellen können, dass ich einmal meine Tochter nicht zur Schule schicken könnte.«

Ich war erleichtert, unsere Flucht zu planen, aber gleichzeitig hatte ich Angst davor, mein Zuhause zu verlassen. Ohne Khala Zeba jedoch empfand ich keine Verpflichtung mehr, zu bleiben. Mahmood traf sich mit Rahim, der einen Regierungsbeamten kannte – ein Titel, der jeden Tag weniger bedeutete. Wir gaben die Hälfte unserer mageren Ersparnisse für gültige afghanische Pässe aus. Rahim erhielt als Vermittler ebenfalls einen Umschlag mit Scheinen.

Selbst mit Pässen war es ein gefährliches Unterfangen, die Grenze zu überqueren. Rahim riet uns, auch ausländische Pässe zu besorgen, weil wir mit den afghanischen Papieren nicht weit kommen würden. Er kannte einen Fälscher, der »Botschafter« genannt wurde. Dieser listige Mann hatte früher als Abteilungsleiter eines Zeitungsverlags in Kabul gearbeitet. Als die Taliban den Betrieb stilllegten, hatte der Botschafter heimlich eine Schreibmaschine nach Hause geschafft, Flaschen mit unterschiedlichen Tinten in seine Manteltasche gestopft und die Zukunft seiner Familie in die Hand genommen. Genau wie Mahmood und ich hatte er eine qualifizierte Ausbildung, durfte aber seinen Beruf nicht mehr ausüben.

Und doch gab es einen Unterschied zwischen uns. Während der Botschafter zu viel Angst hatte, Kabul zu verlassen, hatten wir zu viel Angst, zu bleiben. Noch war nicht klar, wer die weisere Entscheidung getroffen hatte.

Kapitel 13

Fereiba

Zwei Monate vor dem voraussichtlichen Geburtstermin meines dritten Kindes schickte ich Saleem auf den Markt, um Salz zu kaufen. Mein Rücken schmerzte, und Mahmood würde sicher bald nach Hause kommen und essen wollen. Ohne Salz aber schmeckte das beste Essen nicht.

Mein abenteuerlustiger Sohn vergaß manchmal die Zeit. Ich blickte auf die Uhr und tröstete mich damit, dass er vermutlich Freunde getroffen hatte. Langsam ging die Sonne hinter den Bergen unter. Saleem war inzwischen schon zwei Stunden unterwegs. Normalerweise hätte er für die Besorgung höchstens zwanzig Minuten gebraucht.

Ich saß auf einem Stuhl und massierte meinen Rücken. Meine Nerven waren bis zum Zerreißen gespannt. Als ich hörte, wie das Haupttor geöffnet wurde, lief ich ins Wohnzimmer. Ich wollte meinen Sohn wegen seiner Trödelei zur Rede stellen, war aber gleichzeitig froh, ihn wieder daheim zu haben. Doch es war Mahmood, der ein wenig früher als üblich heimkam. Er warf einen forschenden Blick in mein Gesicht und legte seine Aktentasche auf das Sofa. Seine Augen suchten das Zimmer nach einem Hinweis ab.

»Was ist passiert, Fereiba? Wo ist Saleem?«

Ich brach in Tränen aus. Jetzt, wo Mahmood zu Hause war, konnte ich meinen Gefühlen endlich freien Lauf lassen. In der letzten Woche hatte ich nicht gut geschlafen und fühlte mich sehr erschöpft. Meine Beine und mein Rücken schmerzten. Die Sorge um Saleem hatte das Fass zum Überlaufen gebracht. Aber ich war mit Samira allein zu Hause, die immer sehr feinfühlig auf meine Stimmungen reagierte. Aus diesem Grund hatte ich mich bemüht, ein fröhliches Gesicht aufzusetzen.

Mahmood nahm mich in die Arme und erinnerte mich daran, dass Saleem an der Straße vorüberkam, auf der seine Freunde Fußball spielten, und dass unser Sohn nur selten den direkten Weg nahm, wenn man ihn zu einer Besorgung schickte. In dieser Hinsicht waren Mahmood und ich sehr verschieden. Ich machte mir zu schnell Sorgen, er sorgte sich zu spät.

Mein Mann schlug vor, dass wir uns zum Abendessen setzen sollten. Ich breitete das Tischtuch im Wohnzimmer aus. Samira, die sich immer besonders bemühte, uns zu Gefallen zu sein, wenn ihr Bruder uns Sorgen bereitete, stellte Schalen hin und legte Besteck aus. Das Essen schmeckte niemandem, was nicht allein am fehlenden Salz lag. Mein Herz setzte einen Schlag aus, als wir schließlich das Tor ins Schloss fallen hörten. Mahmood legte seine Hand auf die meine.

»Lass ihn zu uns kommen, *janem*«, sagte er leise. Ich nickte und stocherte im Reis auf meinem Teller. Ein Blick auf Samira zeigte mir, dass ihre dunklen Augen beim Klang der Schritte ihres Bruders funkelten.

Kleinlaut betrat Saleem das Wohnzimmer.

»*Salaam*«, murmelte er.

Mahmood blickte ihn ruhig an.

»Saleem, geh und wasch dich erst einmal. Du bist ja ganz schmutzig. Ich hoffe, das Fußballspiel war es wert, dass deine Mutter sich Sorgen gemacht hat.«

Saleem senkte den Kopf. Er legte die Tüte mit Salz auf die Kommode und murmelte etwas, das einer Entschuldigung ähnelte. Bis er wieder zurückkam, hatten wir alles bis auf eine kleine Schüssel Reis abgeräumt. Verlegen, aber hungrig setzte sich Saleem mit gekreuzten Beinen an das

Tischtuch. Samira und ich spülten ab. Mahmood saß im Sessel und las wie jeden Abend.

Ich lugte um die Ecke und sah, dass Saleem sein Essen in Windeseile heruntergeschlungen hatte und ausdruckslos auf den Teppich starrte. Ich spürte seine Furcht. Die Erwartung einer Ermahnung war immer schlimmer als die Ermahnung selbst.

»Saleem, gibt es nichts, was du uns sagen möchtest?«, begann ich und trocknete meine Hände ab. Saleem ließ den Kopf hängen. Sein ganzer Körper schien sich zu entschuldigen, aber er brachte es nicht über sich, die Worte auszusprechen.

Mahmood setzte die Lesebrille ab und legte sein Buch fort. Er las die Gedichte von Ibrahim Khalil, dem überaus produktiven Dichter aus Kabul, der in der Familie Waziri gern gelesen wurde. An der Universität hatten Mahmood und Hameed ein Seminar besucht, das von Khalil gegeben worden war. Ich liebte seine Verse, musste aber immer an Najibas Mann denken, wenn ich sie hörte. Ich schämte mich in Grund und Boden, dass ich dem Vetter meines Ehemannes einmal gestattet hatte, mir ein Gedicht von Khalil vorzutragen. Dann und wann versuchte Mahmood, mich mit einem Vierzeiler herauszufordern, aber diese Gedichte waren etwas, das ich nicht mit meinem Gatten teilen konnte. Es fühlte sich falsch an.

»Schau mich an, *bachem*«, sagte Mahmood.

Saleem saß mit gekreuzten Beinen vor seinem Vater und hob langsam den Kopf. Mahmood schwieg einen Moment und dachte nach.

»Ich möchte dir etwas vorlesen«, sagte er schließlich und nahm das Buch wieder zur Hand.

Du sollst wissen, dass dein Glück nicht zerrinnt.
Die beste Milch hast gesaugt du als Kind.
Das Schmerzlabyrinth, in dem du heut kauerst,

Hat deine eigene Fantasie dir gemauert.
Der Allmächtige straft nicht, unterbricht dich auch nicht,
Wird niemals dich stören, führt dich nie hinters Licht.
Auf deinen Schultern die Last, im Herzen die Qual
Sind nichts als die Ernte deiner eigenen Wahl.

»Verstehst du, was diese Worte bedeuten?«

»Ja, Padar-jan.«

»Dann sag mir doch bitte, Saleem-jan, was sie für dich bedeuten.«

»Dass ich mich nicht wie ein Kind benehmen soll.«

»Saleem-jan, es tut mir leid, dass du eine solche Welt sehen musst, wenn du morgens wach wirst. Es tut mir leid, dass es dieses Kabul und dieses Afghanistan ist, das du siehst. Ich wünschte, du hättest deine ersten Schritte machen können, ohne dass Raketen über deinen Kopf hinweggeschossen werden. Es ist kein Ort für ein Kind. Aber umso mehr musst du einen Weg finden, auch aus dieser Situation etwas Gutes zu machen und eine prächtige Ernte einzufahren.«

Ich sah die Wut in Saleems Gesicht. Alles, was er zu hören bekam, war Nein. Schon mehrfach hatte er mich darauf angesprochen. Aber es gab tatsächlich nur Weniges, was er tun konnte, während die Liste der verbotenen Dinge schier endlos war. Doch Saleem biss sich auf die Lippen und begehrte nicht gegen die Ungerechtigkeit auf, die selbst Mahmood zugeben musste.

»Saleem-jan, mein Sohn, es wird Zeit, dass du lernst, die Folgen deines Handelns selbst einzuschätzen. Deine Mutter und ich behüten dich zwar noch, aber du wirst mit jedem Tag ein wenig erwachsener.«

Manchmal stritt ich mit Mahmood darüber, dass er strenger mit den Kindern sein sollte. Ich verstand nicht, warum sie sich vor seinen Strafen fürchteten, denn meist ermahnte er sie nur und musterte sie mit enttäuschten Blicken. Aber die Kinder brachten ihm Respekt entgegen, genau wie ich. Häufig drängten wir uns abends um ihn und konkurrierten um den besten Platz, um seine Geschichten anzuhören. Dann legte er seine Arme um uns alle und hielt uns fest.

In solchen Momenten vergaß ich mich ganz und liebte meinen Mann, wie ich es mir nie hätte vorstellen können. Noch immer vermisste ich Khala Zeba. Ich wünschte, ich könnte ihr dafür danken, dass sie mich für ihn ausgesucht hatte.

In dieser Nacht, als die Kinder friedlich neben uns schliefen, massierte mir Mahmood den schmerzenden Rücken.

»Saleem wird einmal ein guter Mann. Er hat den Mut eines Löwen in seinen jungen Augen«, flüsterte er mir zu. »Ehe wir uns versehen, wird er einen eigenen Haushalt und eigene Kinder haben. Weißt du, worum ich bete, *janem?* Dass dieser Tag weder zu früh noch zu spät kommt.«

Ich nahm Mahmoods Hände von meinem Rücken und legte sie um meinen Körper.

»Und ich bete dafür, dass es mein *naseeb* ist, diesen Tag zu erleben.«

»Mit Gottes Beistand erleben wir beide diesen Tag«, presste ich hervor, denn meine Kehle zog sich zu.

Kapitel 14

Fereiba

Einen Monat später feierten wir *Eid*, das Fest des Fastenbrechens. Entfernte Verwandte und Freunde kamen vorbei und absolvierten trotz der düsteren Stimmung in der Stadt den üblichen Besuch. Als es am Tor klopfte, dachten wir an nichts Böses. Mahmood öffnete, und ich setzte automatisch frisches Teewasser auf.

Die Leute an der Tür waren jedoch weder Freunde noch Familie.

Finster dreinblickende Männer drängten sich in den Hof und gingen schnurstracks zum Haus.

»Das ist also das Haus des Ingenieurs«, höhnte einer von ihnen geringschätzig.

Ich schnappte nach Luft, als ich die Stimmen der Männer in unserem Haus hörte. Der Wasserkessel fiel scheppernd zu Boden. Eine Wasserpfütze bildete sich.

Saleem und Samira hockten zu meinen Füßen und malten. Ich warf ihnen einen hastigen Blick zu und wies nach oben. Verängstigt huschten sie ohne den geringsten Protest die Treppe hinauf.

Ich warf meinen blauen *chadri* über und ging ins Wohnzimmer.

Drei Männer schlenderten im Raum umher und unterzogen unsere Habseligkeiten einer genauen Inspektion. Sie trugen lockere Kaftane und khakifarbene oder graue Pumphosen. Die tristen Farben hoben ihre schwarzen Bärte und die Maschinengewehre hervor, die sie lässig über der Schulter trugen. Der größte der drei ließ Mahmoods *tasbeh*, die Gebetskette, durch seine Finger gleiten. Als sie meine azurblaue Erscheinung an der Tür entdeckten, schickten sie mich zurück in die Küche.

Mahmood wirkte beunruhigt, aber gefasst. Er hatte sich sofort vor mich gestellt und warf mir einen ruhigen, aber flehenden Blick zu, ihrem Befehl zu folgen.

Ich hatte große Angst, meinen Mann mit diesen Männern allein zu lassen, die in unser Heim eingedrungen waren, aber ich musste auch an meine beiden Kinder, die sich oben befanden, denken und an das Ungeborene unter meinem *chadri*. Ich senkte den Kopf und kehrte in die Küche zurück. Ich blieb unsichtbar, aber in Hörweite.

»Sie sind also Ingenieur.«

»Ja«, bestätigte Mahmood mit beherrschter Stimme.

»Und Sie arbeiten für das Wasser- und Energieministerium«, stellte er fest. Ein leises Klirren zeigte mir, dass einer der Männer seine Aufmerksamkeit dem Teeservice aus Porzellan zugewendet hatte, das in unserer Glasvitrine stand. Es war ein Hochzeitsgeschenk von Khala Zeba gewesen. Die Tassen waren hauchdünn und mit zarten, pastellfarbenen Blumen bemalt, die Henkel mit Blattgold belegt. Gott sei Dank besaßen wir weder Fotos noch Fernseher oder Radio. Ich hoffte, dass sie verschwinden würden, sobald sie festgestellt hatten, dass es in unserem Haus keine Schmuggelware gab.

»Das ist richtig. Kann ich Ihnen irgendwie behilflich sein?«

»Wir suchen nach einem Mahmood Waziri, einem Ingenieur, der für das Wasser- und Energieministerium arbeitet. Dieser Mann steht im Verdacht, unsere islamischen Gesetze zu missachten.«

Mein Herz raste. Ich blickte die Treppe hinauf und sah die Schatten zweier Köpfe, die um die Ecke lugten. Ich scheuchte sie fort.

»Missachten? Aber ich habe mir nichts zuschulden …«

»Sie kommen jetzt mit. Dann erklären wir Ihnen ganz genau, was man Ihnen zur Last legt.«

»Zur Last legt? Brüder, das muss ein Missverständnis sein.« Ich vernahm ein leichtes Beben in Mahmoods Stimme, aber nichts im Vergleich zu meinem Zittern.

»Es ist durchaus kein Missverständnis.«

»Aber so hören Sie mich doch bitte nur für einen Moment an. Ich habe mein Bestes getan, alle Dekrete zu erfüllen, die man an uns weitergeleitet hat …«

»Das wollen wir hier nicht besprechen, es sei denn, Sie wünschen, dass wir Ihre Frau und Ihre beiden Kinder ins Wohnzimmer holen und Sie vor ihren Augen mit Ihren Verbrechen konfrontieren.«

Mahmood seufzte. »Nein, das ist nicht nötig. Ich gehe mit Ihnen.«

»Mahmood!«, schrie ich auf. »Bitte, nehmen Sie ihn nicht mit. Er ist unschuldig.« Meine Stimme klang schrill und nervös. Ich lag auf den Knien.

Einer der Männer kam auf mich zu, aber Mahmood schaltete sich ein.

»Bitte!«, sagte er mit eindringlicher Stimme, ehe er sich an mich wandte. »Fereiba-jan, lass mich bitte mit diesen Leuten sprechen. Ich bin sicher, dass wir das Missverständnis aufklären können. Du wirst *hier* gebraucht.«

Seine Hand lag auf meiner Schulter. Er half mir auf, und ich blickte durch die Maschen meines *chadri*. Als wir heirateten, wusste ich nichts über meinen Mann. Mit der Zeit lernte ich, dass er geduldig und prinzipientreu war und gut für mich sorgte. Im ersten Monat unserer Ehe wagte ich nicht, ihn direkt anzusehen, aber dank der Wärme und seiner freundlichen Art schmolzen alle Vorbehalte dahin. Nicht lange nach unserer Hochzeit, als ich über einen Witz lachen musste, den er schon einmal erzählt hatte, spürte ich, dass ich diesen Mann liebte.

Fereiba, weißt du, was in unserer Sprache das schönste Wort für Ehepartner ist?

Welches denn?

Hamsar. »Vom gleichen Geist.« Das sind wir, oder?

So war Mahmood. Er nahm angestaubte, müde Wörter – Dinge, die man zueinander sagte, ohne etwas dabei zu empfinden – und verwandelte sie. Er entstaubte sie und versah sie mit einem so tiefen Sinn, dass man sich schämte, ihn übersehen zu haben.

Er stellte mir Fragen und lauschte meinen Antworten. Er hatte das große Herz seiner Mutter und die geistige Wendigkeit seines Vaters. Er fürchtete Gott nicht, weil er nicht glaubte, dass ein barmherziger Gott uns erschaffen hatte, um uns für triviale, irdische Vergehen zu strafen. Mahmood war logisch und zielstrebig. Er liebte seine Kinder. Er rief sie zur Ordnung, später aber grinste er über ihren Übermut. Er streichelte meine Stirn, ehe wir zu Bett gingen. Seine Berührung war so sanft, dass meine Lider schwer wurden, aber feurig genug, dass ich mir wünschte, wach zu sein. Er wünschte sich, durch seine Arbeit Spuren in Afghanistan zu hinterlassen, auf die auch seine Kinder noch stolz sein konnten.

Weil wir in den ersten Jahren unserer Ehe keine Kinder hatten, die uns ablenkten, lernte ich meinen Mann sehr gut kennen. Ich konnte Mahmoods Gedanken lesen, wenn ich in seine Augen schaute.

Er war mein *hamsar.*

Während die Männer ihn unsanft aufforderten, ihnen zu folgen, schaute ich in Mahmoods Gesicht. Nur das blaue Gitter meines *chadri* war zwischen uns, in einem der wertvollsten, innigsten Momente unseres Ehelebens. Seine Augen flüsterten mir etwas zu, wie nur ein *hamsar* es konnte.

Pass gut auf die Kinder auf, janem. *Ich werde tun, was in meiner Macht steht, um das hier zu regeln. Es tut mir leid, dass ich uns in Schwierigkeiten bringe, und ich würde alles dafür geben, bei dir bleiben zu können.*

Mein Mann wurde in die schwärzeste Nacht unseres Lebens abgeführt. Die Männer ließen hinter ihm die Tür ins Schloss krachen. Zwei Porzellantassen rutschten vom Regal und zerschellten am Boden zu weißen und pastellfarbenen Splittern.

Oben hörte ich rasche Schritte und wusste, dass Saleem zum Fenster gelaufen war. Ich habe ihn nie gefragt, was er sah. Wenn ich meinen Mann richtig einschätze, wusste er, dass seine Kinder ihm hinterherschauten. Er tat sicher nichts, um diese Nacht noch schrecklicher für sie zu machen. Denn auch so prägte sie sich für immer in ihr Gedächtnis ein.

Kapitel 15

Fereiba

Saleem kam auf Zehenspitzen zu mir. Ich hatte den *chadri* abgestreift und auf den Boden fallen lassen. In einiger Entfernung wurde ein Auto angelassen. Sie hatten Mahmood mitgenommen. Mein Sohn setzte sich neben mich, während Samira aus sicherer Entfernung zuschaute. Als Saleem die Stille nicht länger ertrug, brach er das Schweigen.

»Madar-jan …«, flüsterte er.

Ich ließ ihn nicht weiterreden, denn ich hatte keine Antworten.

»Geh mit deiner Schwester hinauf, mein Sohn, und lege dich schlafen. Ich warte auf euren Vater.«

Ich wusste, dass er Angst hatte, und ich wusste auch, dass er sich nützlich machen wollte. Er hätte gern etwas getan, damit Mahmood stolz auf ihn wäre.

Samira war in jener Nacht erst fünf Jahre alt. Sie war ein Spiegelbild meiner Seele. Ihre Laune folgte meinen Befindlichkeiten wie Ebbe und Flut dem Mond folgen. Wenn ich grübelte, wurde Samira schweigsam und runzelte die Stirn. War ich glücklich, hüpfte sie neben mir her. An diesem Abend schwieg sie und zitterte. Sie ballte ihre kleinen Hände zu Fäusten, und ihr Kopfkissen färbte sich dunkel von Tränen.

Saleem erwachte im Morgengrauen und fand mich auf der Couch im Wohnzimmer. Ich saß da, lehnte den Kopf gegen die Wand und will mir nicht vorstellen, wie ich auf ihn gewirkt haben muss.

»Madar-jan?«

Er musste mich zweimal rufen.

»Ja, Saleem?« Meine Kehle war rau und trocken.

Saleem wusste nicht, was er sagen sollte. Er fühlte sich einfach nur verpflichtet, das Schweigen zu brechen und zu verstehen.

»Hast du geschlafen, Madar-jan?«

Ich saß da und hatte die Hände auf meinen gerundeten Leib gelegt. Meine geschwollenen Füße reichten kaum bis zum Boden.

»Ja, mein Sohn.«

Er musterte mich zweifelnd und bot mir an, mir Tee zu bringen. Ich sah, wie er hinter seinem Rücken verzweifelt die Hände rang. In sein Gesicht stand die Angst geschrieben. Es wurde Zeit, dass ich mich wieder wie eine Mutter verhielt.

»Es ist noch sehr früh«, sagte ich. »Vielleicht wäre es gut, für deinen Vater zu beten.«

Wir machten uns nicht die Mühe, das Wasser für die Waschungen zu erwärmen.

»Im Namen Gottes …«, flüsterte ich und begann, Hände, Mund und Nase zu reinigen. Das Wasser war eisig. Ich biss die Zähne aufeinander, um keine Schwäche zu zeigen. Ich wusch mein Gesicht, die Stellen hinter den Ohren und meine Füße.

Im immer wiederkehrenden Rhythmus standen, knieten und verbeugten Saleem und ich uns, während wir die Sätze murmelten, die wir schon sehr früh im Leben auswendig gelernt hatten. Als ich über die vergangene Nacht nachdachte, spürte ich, wie mir Tränen in die Augen stiegen.

Ich wusste nicht, ob mein Mann je zurückkehren würde.

Die Zeit schien einzufrieren, während wir auf ein Zeichen warteten.

Saleem half mir im Haushalt, und obwohl er noch sehr

jung war, schickte ich ihn zum Markt, um die wichtigsten Nahrungsmittel zu erstehen. Ich war sehr isoliert. Meine Geschwister und KokoGul waren längst aus Afghanistan geflohen. Nur mein Vater war zurückgeblieben und kümmerte sich um die Obstplantage. Unsere Wohnung lag eine Stunde von meinem Elternhaus entfernt. Auch Mahmoods Familie war weit verstreut. Seine Schwestern lebten in Australien. Lediglich ein paar entfernte Vettern waren uns geblieben. Ebenso wie wir kämpften auch sie darum, ihre Familien zu ernähren und Kabuls neue Ordnung zu überleben. Ich informierte unsere Familien. Sie waren bestürzt, aber außerstande, uns zu helfen. Mahmoods Schwestern baten mich, sie zu informieren, sobald ich etwas von ihrem Bruder hörte.

Raisa, die Frau von Abdul Rahim, besuchte uns oft, nachdem sie die Nachricht von Mahmoods Verschwinden erhalten hatte. Manchmal schickte sie uns Butter oder Reis. Raisa war immer eine gute Freundin gewesen, aber nach Mahmoods Verschwinden fürchtete ich ihre Besuche. Ihre mitleidigen Augen erinnerten mich an all das, was geschehen war.

Sie war matronenhaft weich und hatte einen großen Busen, der dazu verführte, sich an sie zu lehnen und sich in den Schlaf wiegen zu lassen, als wäre man eines ihrer vielen Kinder. An jenen düsteren Tagen kam Raisa oft zu kurzen Besuchen. Sie putzte rasch die Küche und kochte nebenher noch schnell ein Gericht aus dem, was sie gerade im Schrank vorfand, wobei sie ununterbrochen redete.

»Etwas gehört, Fereiba-jan?«, fragte sie dann.

»Noch nicht, aber sicher bald«, antwortete ich und glaubte daran. Mahmood war ein Wunder, und es gab keinen Grund, weniger von ihm zu erwarten.

»Gut, aber wenn ihr irgendetwas braucht …«

Ich nahm mich zusammen. Ich bemühte mich, das Haus in Ordnung zu halten und meinen Kindern die Möglichkeit zu geben, nachts gut zu schlafen. Tagsüber war Samira so ruhig wie ich und spiegelte so meine Bemühungen, die Normalität aufrechtzuerhalten, aber nachts klebten ihre Haare am kalten Schweiß auf ihrer Stirn. Im Schlaf jammerte und klagte sie. Ich wusste nur allzu gut, wie sie sich fühlte, aber ich selbst weigerte mich, diesem Gefühl nachzugeben.

Ich fand Saleems Notizbuch. Auf der Rückseite sah ich die Striche, mit denen er die Tage zählte, die seit jener Nacht vergangen waren. Es waren siebenundvierzig.

Wir waren eine Familie ohne Oberhaupt, die Kabuls wilde Tiere sofort zu zerfleischen pflegten. Eines Tages bekam ich heftige Schmerzen und musste feststellen, wie isoliert wir ohne einen Mann im Haus waren. Stundenlang wandte ich mein Gesicht der Wand zu, wenn der Schmerz mich überwältigte. Die Kinder sagten nichts. Jeder von uns spielte seine Rolle in der Scharade der Normalität.

Die schmerzliche Angst jedoch, mein Ungeborenes zu verlieren und Mahmood bei seiner Rückkehr ohne sein Kind entgegentreten zu müssen, trieb mich ohne die vorgeschriebene Begleitung aus dem Haus. Ich warf meinen *chadri* über, nahm Saleems Hand und ließ Samira in der Obhut von Raisa-jan zurück, die meine Tochter an ihren Busen zog und nickte. Mehr konnte sie mir nicht anbieten.

»Saleem-jan, verzeih mir, wenn ich deine Hand zu fest drücke, *bachem*.« Der Schmerz war so heftig, dass ich mich krümmte.

»Bist du sehr krank, Madar-jan?«, fragte Saleem leise, nachdem wir unsere Straße verlassen hatten.

»Nein, *bachem*. Sicher ist es nichts Schlimmes. Wenn euer Vater nach Hause kommt, wird sowieso alles wieder gut.«

Saleem blickte mich zweifelnd an. Mein Selbstvertrauen ließ mich mehr und mehr im Stich. Auch Samira hatte das bereits bemerkt, denn sie zog sich jeden Tag ein Stück mehr in sich zurück.

»Kommt das Baby?« Saleems Fragen waren praktischer

Art. Er ähnelte seinem Vater sehr. Mir war kaum aufgefallen, wie groß er im vergangenen Jahr geworden war.

»Hoffentlich nicht, *bachem*. Es ist noch zu früh. Babys brauchen neun Monate und neun Tage«, sagte ich und hörte in Gedanken meine Schwiegermutter sprechen. Sie hatte mir viel beigebracht, ehe sie uns verließ. Ein ganzes Leben als Mutter hatte sie in ein paar kurze Jahre gepresst. Als ich mit Saleem und Samira in den Wehen lag, war sie es gewesen, die die Hebamme geholt hatte, und sie hatte mir die Hand gehalten, während ich ihre Enkel auf die Welt brachte. Je näher die Zeit für das nächste Kind kam, desto mehr vermisste ich sie.

Mit einer Hand auf dem Bauch und gesenktem Blick bemerkte ich die drei Männer an der Ecke nicht. Wir befanden uns noch rund hundert Meter vom Eingang des Krankenhauses entfernt. Ich hatte keinen *mahram*, und ohne einen männlichen Begleiter durfte eine Frau nicht auf die Straße gehen.

»Wo bleibt Ihre Selbstachtung, Frau? Wo ist Ihr *mahram?*« Ein Speichelklecks landete vor meinen Füßen. Ich wich einen Schritt zurück. Mein Sohn drückte meine Hand noch fester. Ich stellte mich vor ihn.

»Das ist mein Sohn. Er begleitet mich zum Krankenhaus. Ich habe starke Schmerzen und bin … in einem gewissen Zustand.«

Waren es die Männer, die Mahmood abgeholt hatten? Wussten sie etwas über seinen Verbleib? Ehe ich zu fragen wagte, krachte ein Stock auf meine Schulter. Mit der Hand über dem Bauch krümmte ich mich zusammen.

»Aufhören!«, schrie Saleem und warf sich über mich.

»Nur lockere Weibsbilder sprechen offen über solche Dinge! Schämen Sie sich denn nicht vor Ihrem Sohn? Wo ist der Vater? Oder gibt es etwa keinen?«

Ich zitterte vor Wut, sagte aber nichts. Ich musste jetzt praktisch denken.

»Ich bitte um Vergebung. Lassen Sie uns bitte weitergehen«, bat ich mit zusammengebissenen Zähnen.

»Gehen Sie nach Hause. Nehmen Sie Ihren Jungen und versuchen Sie, sich wie eine ehrenwerte muslimische Frau zu betragen. Sie brauchen kein Krankenhaus. Behalten Sie ihre Frauenangelegenheiten für sich, und ersparen Sie Ihrem Sohn die Schande, mit Ihnen gesehen zu werden.«

Ein scharfer Schmerz durchfuhr mein Becken und meine Schulter, aber ich kam wieder auf die Beine, nahm meinen verwirrten Sohn an die Hand und kehrte um. Nach einem Schritt spürte ich einen Schlag gegen meinen Rücken. Noch zweimal legten sie als Zugabe nach. Ich drückte Saleems Hand, weil ich seine Reaktion vorhersah.

»Madar!« Er war wütend.

»Sag nichts, *bachem*«, flüsterte ich. »Gehen wir. Ich bin in Ordnung.«

Saleems Gesicht brannte vor Wut. Es schmerzte ihn, nichts tun zu können, auch wenn es das war, was ich von ihm verlangte. Indem ich ihn als meinen Begleiter mitnahm, verlangte ich von ihm, der Mann in unserer Familie zu sein. Als ich ihn aber bat, nichts zu tun, degradierte ich ihn wieder zum Jungen. Er stützte mich, als ich nach Hause wankte. Für einen Afghanen ist es schwieriger, seinen Stolz herunterzuschlucken als einen Sack Nägel.

Unterwegs mussten wir mehrmals stehen bleiben, damit ich mich gegen eine Mauer lehnen konnte, um wieder zu Atem zu kommen. Der Heimweg war viel länger, als ich ihn in Erinnerung hatte.

Drei Tage blieb ich im Bett und flehte Gott an, mich und mein Kind zu schützen. Der Schmerz kam und ging. Raisa blieb bis zum Anbruch der Nacht im Haus und kochte für die Kinder. Sie kühlte meine Stirn mit feuchten Tüchern und ließ mich Wasser aus einer Kupferschale trinken, auf der eine Sure aus dem Koran eingraviert war. Saleem und Samira waren düster und unzertrennlich. Sie hingen aneinander wie zwei verirrte Wanderer, die sich in einer bitterkalten Nacht gegenseitig warm hielten.

Am dritten Tag kam Raisa mit frischer Entschlossenheit zu uns. Sie zog eine kleine Tüte aus der Tasche, schüttete eine Handvoll winziger dunkler Samen in eine Schüssel und übergoss sie mit kochendem Wasser. Dabei murmelte sie Gebete in den duftenden Dampf. Sie setzte sich mit dem Rücken zur Wand hinter mich, bettete mich in ihren Schoß wie ein Kind und hielt mir die Schale an die aufgesprungenen Lippen. Ich hatte nicht die Kraft, sie zu fragen, was sie mir einflößte, sondern ließ die Wärme meine Kehle hinunterrinnen.

Raisa kochte etwas zu essen aus altem Brot und streckte die Fleischbrühe, die wir seit vier Tagen tranken, noch ein wenig mit Wasser. Zwar hatten wir Geld, aber auf den Märkten gab es nichts mehr zu kaufen. Zwei Tage Raketenbeschuss hatten die Straßenverkäufer und Ladenbesitzer in Verstecke getrieben. Die Stadt saß mit knurrendem Magen hinter verdunkelten Fenstern.

In der Nacht erwachte ich. Auf meinem Gesicht lag ein Mondstrahl. Ich atmete tief durch und spürte, wie mein Baby sich bewegte. Der Schmerz in Rücken und Flanken war abgeklungen. Ich setzte mich auf. Der zunächst einsetzende Schwindel ließ rasch nach.

Ich dankte Gott.

Saleem blickte mich mit vorsichtigem Optimismus an. Er traute den Dingen nicht, und ich fand keine Worte, seinen Glauben wieder zu beleben. Aber vielleicht fehlte mir auch mehr als nur die richtigen Worte.

Ich schickte Saleem nach nebenan zu Raisa-jan, um ihr für ihre Hilfe zu danken und sie wissen zu lassen, dass sie sich nun wieder ohne Sorge ihrer eigenen Familie widmen könne. Saleem kehrte mit der Nachricht zurück, dass Abdul Rahim und Raisa uns gleich besuchen kommen würden.

Ich setzte Teewasser auf und suchte im Schrank nach etwas, das ich ihnen vorsetzen konnte. Ohne die Freundlichkeit dieser Leute hätten wir die vergangene Woche nicht überlebt.

Sie klopften leise an. Ich ging ihnen in den Hof entgegen und führte sie ins Wohnzimmer, weil ich Raisa beweisen wollte, wie gut es mir schon wieder ging.

»Sie sollten sich noch ausruhen, Fereiba-jan«, tadelte sie mich.

»Möge Allah Ihnen und Ihrer Familie viele glückliche Jahre schenken.« Ich nahm sie fest in die Arme und küsste ihre Wangen. »Ich weiß gar nicht, wie ich Ihnen für alles danken soll. Sie haben mich wieder auf die Beine gebracht und sich um meine Kinder gekümmert, obwohl Sie einen eigenen Haushalt haben. Mahmood und ich werden Ihnen das nie vergessen.«

Raisa blickte drein, als hätte sie gerade in etwas Ekelhaftes gebissen und wollte es so schnell wie möglich wieder ausspucken.

»Fereiba-jan, setzen wir uns doch und reden miteinander«, sagte Abdul Rahim. »Saleem-jan, würdest du dich bitte eine Weile um deine Schwester kümmern, *bachem?*«

Als Abdul Rahim, der freundliche Riese von nebenan, Saleem *bachem, mein Junge,* nannte, wusste ich Bescheid. Alles, was ich wissen musste, steckte in diesem simplen Kosewort, jenem Wort, das er instinktiv benutzt hatte, um eine schreckliche Leere zu füllen. Als liebevoller Vater kannte Abdul Rahim die Bedürfnisse eines jungen Mannes. Ein junger Mann braucht jemanden, der ihm das Haar zaust, ihm eine Hand auf die Schulter legt und ihm zusieht, wie er an einer defekten Uhr herumwerkelt.

Ein junger Man muss jemandes Junge sein.

Bachem.

Kein Wunder, dass Mahmood unsere Nachbarn so hoch in Ehren gehalten hatte. Er hatte ihre Güte erkannt, noch ehe sie sie zeigen mussten.

Mein Sohn hatte keinen Vater mehr. Meine Kinder hatten keinen Vater mehr.

Saleem, mein gehorsamer Sohn, ging zu Samira. Ich wusste, dass er heimlich lauschen würde, unternahm aber nichts dagegen. Ich konnte uns nicht vor der Realität schützen. Ich setzte mich und ließ Abdul Rahim sagen, was er zu sagen hatte.

»Mein Bruder arbeitet für … vor zwei Wochen … von den Taliban mitgenommen … nicht einverstanden mit ihrem Handeln … ein Mann voller Ideale … mutig … Arbeiter fanden eine Leiche … Verzeihen Sie, dass ich es Ihnen einfach so sage …«

Raisa umarmte mich. Sie schluchzte, ihr schwerer Busen wogte. Ich wusste es schon seit Wochen, aber es gibt Wahrheiten, die ausgesprochen werden müssen, ehe man sie glaubt.

Mahmood würde nie mehr zurückkehren. Unsere letzten gemeinsamen Augenblicke hatten wir fast an der Stelle erlebt, wo ich jetzt gerade saß. In diesem letzten Moment hatte er mir alles gesagt, was er sagen musste. Sein Schicksal stand ihm ins Gesicht geschrieben. Er hatte es gewusst, als die Männer unser Haus betreten hatten.

Saleem kam zurück ins Wohnzimmer und ging zu Abdul Rahim, der mit zusammengesunkenen Schultern dasaß und die Hände zwischen den Knien gefaltet hatte.

»Kaka-jan?«, sagte er.

Abdul Rahim blickte ihn an.

»Mein Vater kommt nicht mehr zurück?«

Es war nicht die Frage eines kleinen Jungen. Es war die Frage eines jungen Mannes, der wissen wollte, was er vom nächsten Tag zu erwarten hatte und was der nächste Tag von ihm erwartete.

Kapitel 16

Fereiba

Ich musste meine Familie aus Kabul herausbekommen.

Nachdem Mahmood tot war, blieb hier nichts mehr für uns. Sobald kein Geld mehr da war, würden wir mit Sicherheit verhungern. Die bevorstehende Geburt meines dritten Kindes verkomplizierte alles.

Seit dem Besuch von Raisa und Abdul Rahim hatte Samira kein Wort mehr gesprochen. Ihre Antworten bestanden aus Nicken und Gesten. Ich sprach sanft mit ihr und versuchte, ihr Worte abzuschmeicheln, aber Samira blieb stumm.

Ich fand Saleem in unserem Schlafzimmer. Er betrachtete die Habseligkeiten seines Vaters. Er wusste nicht, dass ich ihn beobachtete. Er strich über die Hosen, schmiegte seine Wange an eines der Hemden und legte schließlich die Kleidungsstücke auf den Boden, als ob er versuchte, sich seinen Vater darin vorzustellen. Schließlich nahm er Mahmoods Armbanduhr vom Nachttisch und begutachtete sie von allen Seiten. Er streifte sie über sein Handgelenk und zog den Ärmel darüber. Es war ein sehr privater Augenblick zwischen Vater und Sohn, und ich zog mich in den Flur zurück, ehe er bemerkte, dass ich ihm zusah.

Mein Sohn glaubte, dass ich zu sehr in meine eigene Trauer vertieft wäre, um zu bemerken, wie er litt, aber ich beobachtete ihn genau. Ich sah, wie er den Baum hinter unserem Haus so lange mit Füßen trat, bis er tränenüberströmt zusammensank und seine Zehen so abgeschürft und geschwollen waren, dass er eine Woche lang nur humpeln konnte. Ich nahm ihn in die Arme, wenn er es zuließ, aber wenn ich zu sprechen begann, lief er davon. Es war noch zu früh.

Ebenso wie ich an mein letztes Gespräch mit Mahmood dachte, tat es auch Saleem. Ich sah die Verzweiflung in seinem Gesicht ebenso deutlich, wie ich sie im Herzen spürte. Saleem hätte viele Dinge anders gemacht als ich, und wir würden noch viel miteinander zu besprechen haben.

Nach allem, was Abdul Rahim gehört hatte, wollten die örtlichen Taliban an Mahmood Waziri ein Exempel statuieren. Den Rest der Familie würde man, so glaubte er, in Ruhe lassen, aber letztendlich konnte es niemand mit Sicherheit sagen. Selbst am helllichten Tag gab es in Kabul nur wenig Sicherheit, aber der Mantel der Nacht machte alles möglich.

Ich ertrug es nicht, wenn ich meine Kinder nicht sehen konnte. Nur, wenn es wirklich nicht anders ging, schickte ich Saleem zu Besorgungen auf den Markt. Genau einen Monat nach der Nachricht von Mahmoods Ermordung begann mein Bauch zu schmerzen. Zunächst dachte ich, die milde Winterluft wäre verantwortlich für die Krämpfe, doch während ich durch die Zimmer ging, wurden die Schmerzen vertrauter.

Mit zusammengebissenen Lippen wanderte ich langsam hin und her.

»Neun Monate, neun Tage … Neun Monate, neun Tage …«, wiederholte ich leise.

Wenige Stunden später holte Raisa mein drittes Kind auf die Welt. Ich nannte ihn Aziz.

»Saleem und Samira«, gelang es mir, hervorzupressen, »darf ich euch den Sohn eures Vaters vorstellen?«

Aziz würde noch etwas zunehmen müssen, ehe wir Kabul verlassen konnten. Während ich ihn stillte, nahm sein Gesicht die Züge seines Vaters an: das Blinzeln seiner Augen, das Grübchen im Kinn, die Form seiner Ohren.

Abdul Rahim hielt ein wachsames Auge auf die verwitwete Familie Waziri. Er lud Saleem ein, nach der Schule zu ihm zu kommen. Ich weiß nicht, worüber sie redeten, aber Saleem kam immer sehr nachdenklich heim. Ich war dankbar, dass mein Sohn sich an Abdul Rahim wenden konnte.

Abdul Rahim und Raisa glaubten ebenfalls, dass es für uns das Beste wäre, das Land zu verlassen. Wir hatten keine Familie, die uns helfen konnte. Ich befürchtete, dass sich die Taliban meines Sohnes bemächtigen könnten, und als Frau konnte ich so gut wie nichts tun, unser Überleben zu sichern.

»Wir gehen«, sagte ich zu meinen Nachbarn. »Ich habe keine andere Wahl, als meine Kinder aus Kabul fortzubringen. Ihre Mägen sind leer, ihre Lippen aufgesprungen. Für uns gibt es hier keine Zukunft.«

Raisa nickte zustimmend.

»Niemand weiß, ob und wann es besser wird. Vielleicht wird es sogar noch schlimmer. So ungern ich Sie auch gehen lasse, ich kann es kaum ertragen, Sie so dahinvegetieren zu sehen. Wäre Mahmood-jan, Gott gebe ihm Frieden, noch hier, wäre es vielleicht anders. Aber so, wie die Dinge liegen, ist Kabul für Sie schlimmer als ein Gefängnis.«

»Ich werde Ihre Hilfe brauchen.«

Abdul Rahim nickte. Er hatte dieses Gespräch erwartet.

Drei Monate nach der Geburt von Aziz packte ich zwei kleine Taschen mit den Dingen, von denen ich annahm, dass wir sie brauchen würden: Kleidung, ein Umschlag mit Familienfotos und alles Essen, was wir noch hatten. Bis zwei Tage vor unserer Flucht sagte ich den Kindern nichts. Saleem ärgerte sich, dass ich ihn im Dunkeln gelassen hatte.

Wir lebten in der gleichen Wohnung, hatten die gleichen trostlosen Gedanken, und dennoch ärgerten wir uns meist über die anderen. Wir waren eine Familie ohne Oberhaupt und waren ins Trudeln geraten.

»Und wenn sie merken, dass wir gehen?« Saleems Stimme klang ganz leise vor Angst.

»Sie werden es nicht merken«, versprach ich. Ich konnte nicht anders antworten. Saleem hielt meinem Blick ein paar Sekunden zu lang stand. Er hatte mich durchschaut.

Ich sagte mir, dass alles besser würde, wenn wir die vergiftete Luft Kabuls erst hinter uns gelassen hatten.

Meinem Vater schrieb ich, dass wir nach Herat fahren würden. Ich wollte ihn gern noch einmal sehen, ehe wir aufbrachen. Aber Padar-jan war ein Mann, der lieber im Komfort der Vergangenheit lebte und sich über die Zukunft etwas vormachte. In dem Brief, den ich von ihm erhielt, stand genau das, was ich von ihm erwartete. Die Obstplantage sei in einem so desolaten Zustand, dass ich sie kaum wiedererkennen würde, schrieb er. Ganze Armeen von Schädlingen hätten sich durch das Holz gegraben. Er sei dazu übergegangen, die Nächte im Garten zu verbringen, weil er hoffe, seine Gegenwart würde sie verscheuchen, aber sie schienen recht hartnäckig zu sein. Der letzte Winter sei sehr hart gewesen und er müsse noch einiges tun, wenn er dieses Jahr auch nur einen einzigen Korb Aprikosen ernten wolle. Diese Früchte seien zarter als kleine Kinder. Er sei traurig, dass er nicht mehr für uns tun könne, aber er freue sich, uns nach unserer Rückkehr zu sehen.

Menschen verabschieden sich auf sehr unterschiedliche Weise, vor allem, wenn es für immer ist.

Einige Wochen zuvor hatte Abdul Rahim an unser Tor geklopft und mir einen großen Umschlag überreicht. Raisa war bei ihm. Die Tränen in ihren Augen straften ihr ermutigendes Lächeln Lügen.

Die Pässe, die Mahmood besorgt hatte, waren fertig. Auch sein eigener. Ich berührte sein Foto, das die Größe meines Daumens hatte, und empfand erneut einen heftigen Schmerz darüber, dass er die Reise nicht mit uns antreten würde. Trotz meiner Trauer entschloss ich mich, Abdul Rahim zu bitten, dem »Botschafter« den Pass für einen Preis zu verkaufen, den er erübrigen konnte. Für Sentimentalität war kein Platz. Es war Zeit, zu gehen.

»Zieht euer festestes Schuhwerk an. Wir reisen heute. Und denkt immer daran: Sollte euch jemand fragen – wir besuchen unsere Tante in Herat. Sprecht noch ein Gebet. Wir sind auf Gottes Schutz angewiesen.«

Als Saleem in den Schrank griff, um seine Wintermütze herauszuholen, sah ich Mahmoods Uhr an seinem Arm. Ich öffnete meinen Mund, um etwas zu sagen, entschloss mich dann aber, es auf sich beruhen zu lassen. Dies war eine Sache zwischen Vater und Sohn, und dabei wollte ich es belassen.

Es gab vieles, das wir nicht mitnehmen konnten: Saleems Fußball, Samiras Puppen, das Teeservice von meiner Schwiegermutter. Ich betrachtete meine vom Feuer geschwärzten Töpfe und Pfannen. Den handgewebten Teppich im Wohnzimmer, der miterlebt hatte, wie wir von Braut und Bräutigam zu einer vollständigen Familie wurden, und der Zeuge unserer Trennung geworden war. In sein Muster hatten sich Tränen der Freude und der Trauer gemischt. Ich ließ alles für Raisa zurück, all die Bruchstücke unseres zertrümmerten Lebens. Unser Haus würde sicher nicht lange leer bleiben. Wenn Mahmoods Vettern von unserer Flucht erfuhren, würde sicher einer von ihnen Anspruch erheben. Kabul spielte die »Reise nach Jerusalem«. Hausbesetzer, Kämpfer und Verwandte rissen Häuser an sich, ehe jemand anderes Ansprüche anmelden konnte.

Nervös blickte Abdul Rahim auf seine Uhr. Wir hatten

einen engen Zeitplan. Unsere Nachbarn hatten uns angeboten, uns zum Busbahnhof zu begleiten. Sollten wir angehalten werden, würde Abdul Rahim sagen, er wäre mein Bruder. In einer Hand trug ich meine Tasche. Aziz steckte unter meinem *chadri*. Saleem hatte einen Rucksack auf dem Rücken und hielt Samiras Hand. Er ging hinter Abdul Rahim, aber vor mir. Sowohl er als auch Samira blickten sich häufig um, als hätten sie Angst, dass ich in eine andere Richtung abbiegen könnte.

Der Busbahnhof war eine verbreiterte Straße, in der Busse in planlosen Reihen parkten. Vor jedem Bus stand ein Mann und rief den Bestimmungsort aus. Wir fanden unseren Bus und sahen, dass er sich rasch füllte.

»Wie lang dauert die Fahrt, Madar-jan?«

»Sehr lang. Versuche zu schlafen, dann geht die Zeit schneller vorbei.«

Ich stellte mich mit den Kindern an. Mit Samira und Aziz setzte ich mich nach hinten in den Bereich für Frauen, während Saleem einen leeren Platz im Männerbereich weiter vorn hinter dem Fahrer fand. Aziz lag auf meinem Schoß, Samira saß neben mir. Es gab nicht genügend Sitzplätze. Einige der jüngeren Frauen sahen sich gezwungen, im Stehen zu reisen.

Der Bus holperte auf die Hauptstraße. Erste Gespräche kamen in Gang. Die *chadris* hoben sich wie Theatervorhänge.

In der zweiten Stunde schlief Samira trotz der Bocksprünge ein, die der Bus auf der unebenen Straße vollführte. Auch Aziz und ich dösten ein paar Minuten und wachten erst wieder auf, als das Schnattern lauter wurde. Erst da bemerkte ich, dass der Bus nicht mehr fuhr.

Mein rechtes Bein war eingeschlafen und prickelte schmerzhaft.

Nach drei Stunden Basteln und Fluchen schaffte es der Busfahrer, den Motor wieder zu starten. Zwar ging es weiter, allerdings im Schneckentempo. Noch zwei weitere Male musste der Busfahrer aussteigen und den Motor fluchend zum Anspringen zwingen.

Drei Tage später erreichten wir endlich unser Ziel. Mürrisch forderte der Busfahrer uns auf, unser Gepäck zusammenzusuchen und auszusteigen.

Wir waren in Herat.

»Euer Vater reiste jedes Jahr ein paarmal im Auftrag des Ministeriums hierher«, erzählte ich meinen Kindern. »Er leitete eines der Projekte in dieser Region.«

Saleem stieg aus dem Bus und trat missmutig gegen einen Brocken Erde.

»Warum hat er mir nie davon erzählt?«

»Weil es schon lange her ist.«

Wie Abdul Rahim es uns gesagt hatte, warteten wir. Eine Stunde nach unserer Ankunft kam ein Paar auf uns zu. Der kleine, etwa fünfzigjährige Mann flüsterte meinen Namen wie eine Frage.

»Khanum Fereiba?«

»Ja«, bestätigte ich erleichtert.

»Abdul Rahim und Raisa-jan haben mir gesagt, dass ich Sie erwarten soll.« Er machte seiner Frau, die einen *chadri* trug, ein Zeichen, näher zu kommen.

Ich wies meine Kinder an, vor mir herzugehen, und wir folgten Asim und Shabnam in ihr Haus. Shabnam war Raisas Schwester. Ihre Stimme und ihre matronenhafte Figur ähnelten Raisas sehr. Wir sollten nur eine Nacht bei ihnen verbringen, denn bereits am folgenden Tag fuhr der Bus zur afghanisch-iranischen Grenze. Saleem und Samira waren enttäuscht, vor allem, nachdem sie die Kinder des Paares kennengelernt hatten. Samira spielte mit den Mädchen. Saleem hielt Aziz in den Armen und hörte zu, wie Asim uns vor dem gefährlichen Weg warnte, der uns bevorstand.

»Sie müssen bei den Leuten, die Sie unterwegs kennenlernen, sehr vorsichtig sein«, erklärte er ernst. Er ließ die Teeblätter in seinem Glas kreisen und fuhr fort wie ein Prophet: »Herat ist das Tor zum Iran, daher bekommen wir viel mit vom Grenzverkehr. Die Taliban sind sehr präsent und nehmen jede Gelegenheit wahr, Exempel zu statuieren. Selbstverständlich kennen Sie die Gesetze zur *mahram*-Begleitung. Die Taliban wissen natürlich auch, dass viele Leute versuchen, in den Iran zu fliehen. Halten Sie also die Augen offen, und versuchen Sie, keine Aufmerksamkeit zu erregen.«

Asim und Shabnam lebten in einem Drei-Zimmer-Haus, das die Raketenangriffe nicht ganz unbeschadet überstanden hatte. Teile des Dachs waren nur notdürftig repariert und die Fenster mit Holzlatten vernagelt. Ohne den *chadri* fiel Shabnams Ähnlichkeit mit Raisa noch mehr ins Auge. Saleem und Samira lächelten, als sie das vertraute Gesicht sahen. Ich hörte aufmerksam zu, als Asim fortfuhr:

»Sie werden in einem kleinen Lieferwagen reisen. Normalerweise sind die Transportfahrzeuge brechend voll, und es gibt kaum Luft zum Atmen. Behalten Sie die Kinder in Ihrer Nähe. Sie werden sicher nervös. Der Fahrer soll Sie über die Grenze in den Iran bringen. Zwar steht der Preis für den Transport bereits fest, aber er wird versuchen, mehr aus Ihnen herauszuholen. Verstecken Sie Ihr Geld und Ihre Wertsachen gut. Blicken Sie möglichst widerwillig drein, und geben Sie ihm eine Kleinigkeit. Lassen Sie den Fahrer glauben, dass es das Letzte ist, was Sie besitzen.«

Ich blickte zu Saleem hinüber und wollte ihm sagen, er solle spielen gehen, damit ihm dieses Gespräch erspart bliebe. Andererseits verdiente er es vielleicht, zu erfahren, was uns bevorstand.

»Denken Sie daran, dass der Lieferwagen Sie nur bis zur Grenze bringt. Auf die andere Seite müssen Sie zu Fuß gehen. Die Schleuser bringen Sie im Schutz der Nacht hinüber. Auf iranischer Seite wartet ein anderer Lieferwagen auf Sie, der Sie nach Maschhad bringt. Ich glaube, Abdul Rahim hat Ihnen die Adresse des dortigen Kontakts gegeben. In Maschhad leben viele Afghanen, die Ihnen, *inshallah*, helfen werden, Ihren Weg zu finden. Soweit ich informiert bin, wollen Sie nach Europa. Der Weg, der vor Ihnen liegt, ist schwierig, aber viele haben ihn bereits hinter sich gebracht.«

Ich seufzte schwer. Saleem bemerkte es.

»Ich bete, dass Gott uns zu denjenigen gehören lässt, die diesen Weg erfolgreich hinter sich bringen. Es ist der einzige Weg, den ich für meine Kinder sehe, und ich hoffe, dass ich die richtige Entscheidung getroffen habe.«

Shabnam nickte mitfühlend.

»Sie sind eine Mutter, und das Herz einer Mutter leitet seine Kinder nie auf den falschen Weg«, tröstete sie mich und drückte meine Hand mit ihren pummeligen Fingern.

Die Kinder waren von der langen Busfahrt so erschöpft, dass sie tief schliefen. Ich selbst nickte zwar immer wieder ein, wachte aber auch oft wieder auf. Ich war immer noch in Herat und konnte kaum glauben, dass ich mich mit drei kleinen Kindern tatsächlich auf diesen gefährlichen Weg gemacht hatte. In dem dunklen Zimmer mitten in der Nacht fragte ich mich immer wieder, ob ich die richtige Entscheidung getroffen hatte.

Wie hatte noch der Engel im Obstgarten vor vielen Jahren gesagt?

Wenn du im Finstern gehst und den Boden nicht unter den Füßen siehst, wenn deine Finger nur Nacht berühren, dann bist du nicht allein. Ich bin bei dir wie das Mondlicht, das sich im Wasser spiegelt.

Ich schloss die Augen und betete, dass er mich nicht vergessen hatte.

Kapitel 17

Fereiba

Mir blieb keine Zeit, meine Meinung zu ändern. Hätte ich einen Tag mehr gehabt, hätte ich vielleicht die Nerven verloren. Die Wüste, die vor uns lag, machte mich schwindelig vor Angst.

Aziz trank nicht gut. Er schlief sehr viel und quengelte, sobald er wach wurde. Die Reise nach Herat war nicht leicht gewesen, und wir waren alle erschöpft.

Am Nachmittag beugte ich mich über meine schlafenden Kinder, küsste sie auf die Stirn und flüsterte ihnen zu, dass die Zeit dränge, die Augen zu öffnen. Die Nacht nahte, jene Zeit, zu der die Grenze durchlässig wird. Löcher öffneten sich, und verängstigte, verzweifelte Menschen krochen hindurch. Während der Krieg einige Afghanen in Löwen verwandelt hatte, waren viele von uns zu Mäusen geworden.

Shabnam gab uns Proviant für die Reise mit. Asim begleitete uns zum Treffpunkt. Saleem und Samira folgten ihm Hand in Hand. Es wurde dämmrig. Am wolkenlosen Himmel hing ein klarer Halbmond. Vor einer Werkstatt blieben wir stehen und warteten. Es konnte Minuten oder Stunden dauern, hatte Asim schulterzuckend gesagt, aber der Lieferwagen würde ganz sicher kommen.

Vierzig Minuten später war er da. Aziz wand sich in meinem Arm und murrte unzufrieden. Ich schob die Kinder hinter mich und drückte sie gegen die Werkstattwand. Der Lieferwagen hielt unmittelbar vor uns an.

»Einsteigen«, zischte der Fahrer. »Schnell.«

Es war Mahmoods Plan, rief ich mir ins Gedächtnis, während ich meine Kinder in den Wagen scheuchte. *Vertraue ihm, dass wir das Richtige tun.*

Im Wagen saßen noch zwei andere Familien, jede mit vier oder fünf Kindern. Ich begrüßte sie flüsternd und führte meine Familie in eine Ecke des leeren Transporters.

Wir sprachen nicht miteinander. Schwerwiegendere Dinge lasteten auf uns. Die Stille wurde nur von Aziz' rasselndem Atem durchbrochen, der mit dem Röhren des rostigen Motors wetteiferte.

Kaum hatten wir Herat hinter uns gelassen, als der Fahrer anhielt und sich über den Sitz nach hinten lehnte.

»Von hier aus durchqueren wir die Wüste, und anschließend geht es über die Grenze. Entweder, Sie zahlen, oder ich lasse Sie hier zurück«, teilte er uns in einem nüchternen Tonfall mit.

Er stieg aus, öffnete die Heckklappe und zeigte auf den Mann mir gegenüber, der hinauskroch und die Kosten für seine Familie aushandelte. Seine Frau und seine Kinder starrten ihn ängstlich an. Schon ein Abstand von wenigen Metern zu ihrem Vater machte sie nervös.

Dann war der Vater der anderen Familie an der Reihe. Ich beobachtete meine Kinder und sah, wie sie die Väter ungeniert musterten.

Ich muss alles für sie sein, dachte ich.

Ich stieg aus, um mit dem Fahrer zu reden. Aziz ließ ich auf Saleems Schoß zurück. Ich reichte dem Mann einen kleinen Umschlag und wartete, während er mit flinken Fingern die Scheine zählte.

»Sie reisen allein mit Ihren Kindern.«

Ich nickte.

»Das ist ein Problem. Ich fürchte, ich kann Sie nicht mitnehmen.

Ich bemühte mich, mit fester Stimme zu sprechen.

»Wo liegt das Problem? Ich habe Ihnen das Geld gegeben.«

»Sie wissen, wie es ist. Ich nehme Risiken auf mich, wenn ich Leute hinüberbringe. Aber Sie sind eine unbegleitete Frau … Sie verstehen? So ist das Risiko für mich sehr viel größer, das kann ich für diesen Preis nicht auf mich nehmen. Er wäre nicht angemessen.«

Obwohl Asim die Reaktion des Fahrers vorhergesagt hatte, machte mich seine Begründung wütend. Schließlich würde ich alleine den Preis dafür zahlen, wenn wir tatsächlich angehalten würden. Aber ich war vorbereitet und ging auf sein Spiel ein.

»Ich bitte Sie, haben Sie Mitleid mit mir und den Kindern. Wir haben nichts mehr. Wie sollen wir uns ernähren?«

»Wir alle fragen uns, wo wir etwas zu essen herbekommen, Schwester. Auch ich habe Kinder. Sehe ich etwa aus wie ein König? Wer hat Mitleid mit mir?«

Die Grenze war so nah, dass ich sie fast spüren konnte.

»Das hier ist alles, was ich noch besitze«, sagte ich und zog einen goldenen Ring mit einem Türkis vom Finger. »Es ist ein Hochzeitsgeschenk von meiner verstorbenen Schwiegermutter, möge Gott ihr Frieden schenken. Und jetzt bete ich, dass ich eine Möglichkeit finde, meine Kinder zu ernähren.«

»Gott ist groß, meine Schwester«, sagte der Fahrer und warf einen prüfenden Blick auf den Stein, ehe er ihn einsteckte. »Ihren Kindern wird es an nichts fehlen.«

Jenseits der Stadtgrenzen von Herat wurde die Straße holpriger. Als der Lieferwagen stehen blieb, hielten wir alle den Atem an. Ich legte meine Hand auf die von Saleem.

»Wir sind an der Grenze«, verkündete der Fahrer. »Der gesicherte Übergang liegt zehn Kilometer in diese Richtung. Es gibt einen Weg durch die Berge. Ich führe Sie hinüber. Es ist nicht einfach, aber schon viele haben es vor Ihnen geschafft. Behalten Sie Ihre Kinder nah bei sich, und verhalten Sie sich still. Achten Sie auf den Weg. Lose Steine, Skorpione und Schlangen können Ihnen gefährlich werden. Folgen Sie dem Schein meiner Taschenlampe.«

Saleem und Samira pressten sich an mich. Die Warnungen des Fahrers hatten ihnen Angst gemacht. Ich spürte Aziz' feuchten, schnellen Atem unter meinem *chadri*. Und auch ich war nervös.

Vorsichtig folgten wir dem gelben Licht der Taschenlampe. Als ich ein Zischen hörte, schob ich die Kinder hastig und wortlos weiter. Sie hatten ohnehin schon Angst genug, ich musste der Gefahr keinen Namen geben. Stundenlang stolperten wir durch die Dunkelheit, fielen hin, schürften uns die Knie auf und knickten um. Wie die anderen Frauen auch, hatte ich meinen *chadri* zurückgeschlagen und ließ ihn hinter mir herwehen. Aziz hatte ich mit einem langen Tuch um meinen Oberkörper gebunden. Samira ging zwischen mir und Saleem, wir hielten ihre Hände und bemühten uns, darauf zu achten, wo wir unsere Füße hinsetzten.

Doch plötzlich glitt Samiras Hand aus meiner. Ich hörte einen erstickten Aufschrei.

»Samira? Was ist los? Wo bist du?« Ich strengte meine Augen an.

»Sie ist hingefallen, Madar«, sagte Saleem ruhig. »Ich habe sie.« Selbst als Samira umknickte, hatte er ihre Hand nicht losgelassen.

Samira wimmerte leise in der Dunkelheit.

»Kannst du stehen, Liebes?« Ich sah, wie sich der Abstand zwischen uns und den anderen vergrößerte.

»Bringen Sie sie auf die Beine«, zischte der Fahrer. »Wir müssen weiter.«

Ich tastete nach Samiras Knöchel und spürte warme Feuchtigkeit. Wahrscheinlich hatte sie sich an einem scharfen Stein geschnitten. Ich betete, dass es nicht zu schlimm war, nahm einen Schal aus unserer Kleidertasche und wickelte ihn um ihr Fußgelenk.

Voller Angst beobachtete ich, wie der Strahl der Taschenlampe schwächer wurde.

Meine Tochter lief weiter, aber ich merkte, dass sie humpelte. Saleem half ihr nach Kräften, doch auch er musste aufpassen, wohin er trat.

Gott vergib mir, dass ich ihnen das zumute.

Eine Stunde später glitt die Mutter der Familie vor uns aus. Sie hielt einen Zweijährigen auf dem Arm. Ihre Schreie gellten durch die Nacht.

Der Strahl der Taschenlampe richtete sich auf sie. Das Gesicht der Mutter spiegelte schieres Entsetzen.

»Was habe ich getan?« Ihr Mann stand neben ihr und versuchte ihr aufzuhelfen. Der Arm des Babys stand in einem grotesken Winkel zwischen Ellbogen und Handgelenk ab. Er war gebrochen.

Die Familie war völlig verzweifelt, und ich hätte gern geholfen, wusste aber nicht, wie.

Der Kleine schrie auf, als sein Vater versuchte, seinen Arm zu berühren. Der Fahrer stand vor ihnen, seufzte und spuckte in die Dunkelheit aus.

»Hören Sie, hier können Sie absolut nichts für ihn tun. Wenn Sie irgendetwas Süßes haben, geben Sie es ihm. Vielleicht beruhigt es ihn. Wir müssen weiter. Er wird sicher gleich einschlafen.«

Das Stöhnen des Kleinen hielt bis in den Tag hinein an. Seine Mutter hielt ihn vorsichtig und tat ihr Bestes, den Arm möglichst wenig zu berühren.

Bei Tagesanbruch wurde es einfacher, zu laufen, aber schwieriger, die Kinder anzuschauen. Ihre Augen waren schwer, ihre Füße voller Blasen und blutig und ihre Lippen aufgesprungen.

Wir machten nur eine halbstündige Pause. Bald würde

die Sonne aufgehen. Ich rationierte unseren Proviant, gab den Kindern ein paar Bissen von Raisas Gebäck und tröpfelte Wasser in Aziz' Mund, doch er blieb teilnahmslos. Als ich ihn unter meinem *chadri* stillte, trank er zwar, aber nur schwach.

Saleem und Samira rollten sich nebeneinander zusammen und schliefen binnen Sekunden ein. Samiras Knöchel war angeschwollen und violett. Auf der kleinen Wunde bildete sich bereits Schorf. Der Gedanke, dass sie so mit uns mitgehalten hatte, schmerzte mich.

Im Morgengrauen kam der Iran in Sicht. Am Ende des Pfades wartete ein dunkler Lieferwagen auf einer kleinen Seitenstraße. Unser erster Fahrer forderte uns erneut auf, ihm zu folgen. Im Laufschritt lief er auf den Van zu und öffnete die Tür. Wir drängten uns hinein. Es roch nach Schweiß und schlechtem Atem, aber meine zögernde Erleichterung spiegelte sich in den Gesichtern der anderen wider. Bis hierher hatten wir es geschafft, aber wir waren noch sehr nah an der Grenze. Wenn der Wagen gestoppt wurde, könnte man uns zum Checkpoint zurückschicken und an Afghanistan ausliefern.

Unser Führer setzte sich neben den Fahrer des Lieferwagens. Die beiden unterhielten sich leise und zeigten auf die Straße.

Ich beobachtete die staubige Landschaft durch das Fenster, und obwohl der Iran die gleichen Farben und Gerüche hatte wie Afghanistan, fühlte es sich fremd und anders an. Wir waren weit fort von zu Hause.

Der kleine Junge stöhnte wie Aziz. Sein gebrochener Arm lag geschwollen, verdreht und violett über seiner Brust. Seine Mutter sah ihn hilflos an und wischte seine Tränen fort. Ihr Mann wendete sich an den Fahrer.

»Entschuldigen Sie, meine Freunde, aber wir müssen meinen Sohn zu einem Arzt bringen. Sein Arm ist in einem schrecklichen Zustand, und er hat starke Schmerzen.«

»Die Kontaktpersonen am Ziel werden Ihnen helfen, einen Arzt zu finden.«

»Aber der Arm ist schon so lange gebrochen. Es wird mit jeder Minute schlimmer.«

»Ich weiß nicht, wo hier Ärzte sind. Und falls Sie es vergessen haben sollten: Sie halten sich illegal in diesem Land auf. Wenn Ihnen Ihre Sicherheit wichtig ist, müssen Sie warten, bis Ihre Kontaktpersonen Sie irgendwo hinbringen.«

Glücklicherweise hatte sich der Zustand von Samiras Knöchel nicht verschlimmert. Er war zwar noch geschwollen, aber der Schnitt heilte bereits.

Die ersten Häuser und Straßen kamen in Sicht. Die Schleuser setzten uns vor einem Apartmenthaus in der Grenzstadt Tayyebat ab. Es war ein vierstöckiges Gebäude mit schmutzigen Fenstern.

»Nehmen Sie die *chadris* ab, und ziehen Sie das hier über.« Der Fahrer warf uns drei lange, schwarze Umhänge zu, *chadors*, wie sie von den iranischen Frauen getragen wurden.

Man schickte uns zu einer Wohnung im zweiten Stock.

»Möge Gott mit Ihnen sein«, sagte ich zu der Mutter des kleinen Jungen, als wir uns von den anderen verabschiedeten. »Ich bete darum, dass der Arm Ihres kleinen Jungen schnell heilt.«

»Möge Gott auch mit Ihnen sein, meine mutige Schwester«, sagte die Frau mit gebrochener Stimme. »Gebe Allah, dass Ihre Reise gesund und sicher verläuft.«

Die Reise von Afghanistan in den Iran war größtenteils schweigend verlaufen. Es war nicht die richtige Zeit, um neue Freunde zu gewinnen. Ich hatte kaum genügend Kraft für meine eigenen Kinder und konnte es mir nicht leisten, mich mit Fremden anzufreunden, die mir vielleicht den letzten Rest meiner Kraft nahmen.

Schließlich öffnete sich eine Tür, und eine Frau geleitete uns in eine Zwei-Zimmer-Wohnung. Ich war dankbar für die Zuflucht. Dies war ein Weg für mitfühlende Iraner, afghanischen Flüchtlingen ein Dach über dem Kopf zu bieten und dabei gleichzeitig etwas Geld zu verdienen. In Gegenwart der fremden Frau fühlte ich mich besser als in Gesellschaft der verschlagenen Männer, die uns begleitet hatten. Sie setzte uns eine einfache Mahlzeit aus Brot und Joghurt vor, und zum ersten Mal seit vielen Tagen schliefen wir wirklich fest.

Nach einer Nacht brachte man uns zu einem Bus und schickte uns in eine ähnliche Wohnung in Maschhad, einer größeren Stadt, wo wir bleiben konnten, bis wir so weit waren, den nächsten Abschnitt unserer Reise in Angriff zu nehmen. Während der Zeit in Maschhad ging es uns recht gut. Bei unseren Gastgebern handelte es sich um eine andere afghanische Familie, die ein paar Monate zuvor aus Kabul geflohen war. Sie hatten ebenfalls den heimtückischen Wüstenpfad benutzt und waren im Iran nur knapp der Entdeckung entkommen. Inzwischen lebten sie als Flüchtlinge von wenig Geld, verhielten sich aber anderen gegenüber großzügig.

Für einen bescheidenen Obolus bekamen wir ein Zimmer und ein warmes Bad. Die Kinder wurden satt, und Samiras Knöchel nahm wieder seine ursprüngliche Form und Farbe an. Aziz gluckste zufrieden – ein Geräusch, das mich fröhlich stimmte. Wir kamen wieder zu Kräften.

Der Iran hatte seine Tore geöffnet und ganze Heerscharen von Afghanen als Flüchtlinge ins Land gelassen. Zahllose andere lebten in der Illegalität. Aber der Iran war nicht das Ziel in dem Plan, den Mahmood und ich uns zurechtgelegt hatten. Viele Afghanen beklagten sich, im Iran unfreundlich behandelt zu werden, außerdem gab es hier zu wenige Möglichkeiten. Wenn ich meinen Kindern eine echte Chance bieten wollte, musste ich weiterreisen. Und je länger wir warteten, desto schwerer würde es uns fallen.

Einen Monat lang plante ich unseren Weg in die Türkei. Ich buchte Busfahrscheine in die Hauptstadt Teheran und mischte mich in meinem langen, schwarzen *chador* unerkannt unter die Bauern, die in der Hoffnung auf ein besseres Leben durch das Land reisten. Meine erschöpften Kinder folgten mir.

Von Teheran aus nahmen wir einen weiteren Bus, der uns über die Grenze in die Türkei brachte. Dieses Mal benutzten wir die Pässe, die Abdul Rahim für uns besorgt hatte. Der Beamte betrachtete mich, inspizierte anschließend mein Bild im Pass, stempelte ihn ab und reichte mir den Ausweis. Dabei strich er mir leicht über das Handgelenk, was ich jedoch angesichts unserer gefälschten Visa geflissentlich ignorierte.

Wieder hatten wir eine Grenze hinter uns gebracht – einen weiteren Puffer zwischen uns und das Leben, das wir zurückgelassen hatten. Die Türkei ähnelte Afghanistan weniger als der Iran. Die Sprache, der Boden, das Essen – alles war ein wenig fremder. Genau genommen waren wir die Fremden. Wir bewegten uns in einem Land, in dem wir nicht willkommen waren. Bei jedem Schritt hatten wir Angst, wieder zurückgeschickt zu werden. Selbst den Gedanken an diese Möglichkeit ertrug ich nicht.

Ich führte meine Kinder in eine unbekannte Welt, und was immer uns oder ihnen geschah, lag in meiner Verantwortung. Natürlich wäre es einfacher, die Augen zu schließen und sich in Luft aufzulösen, als für ihre nächste Mahlzeit verantwortlich zu sein oder dafür, dass sie sicher die nächste Grenze überquerten. Aber diese Geschöpfte hingen von mir ab, auch Saleem, der manchmal schon wie ein Erwachsener vor sich hinbrütete und meine Entscheidungen infrage stellte. Auf seiner Oberlippe zeigte sich der erste Schatten. Die Art, wie er unser Gepäck schulterte und wie er die Armbanduhr genommen hatte, zeigte mir, dass Saleem sich für einen Mann hielt. Sosehr ich ihn auch als solchen gebraucht hätte, so sehr sorgte ich mich um ihn, denn derjenige ertrinkt als Erster im Fluss, der glaubt, er könne schwimmen.

In einer Tasche, die ich in mein Kleid genäht hatte, bewahrte ich das Geld auf, das ich mit dem Verkauf verschiedener Dinge aus unserem Haushalt hatte erwirtschaften können. Dahin waren unser Geschirr, ein versilbertes Tablett und eine Uhr mit Schlagwerk. In der gleichen Tasche bewahrte ich auch meinen Schmuck auf. Mehr hatten wir nicht, um unsere Reise nach England zu finanzieren. Mahmood hatte sich für England entschieden, weil bereits Familienmitglieder dort lebten. Ich hatte es nicht unbedingt für die beste Entscheidung gehalten, aber Mahmood war davon überzeugt gewesen.

Ich wollte mich unseren Verwandten in England nicht aufdrängen, zumal Mahmood nicht mehr an meiner Seite war. Aber ich hatte an unserem Ziel festgehalten, denn ich wollte mein Herz nicht stärker an die Dinge aus einer vergangenen Zeit hängen als notwendig. Ich konnte es mir nicht leisten, dem materiellen Besitz Gefühle entgegenzubringen, aber Gefühle für meinen Ehemann konnte ich mir unbegrenzt leisten. Ich würde an unserem Ziel festhalten. An dem Plan, den Mahmood für richtig gehalten hatte. In gewisser Weise war es so, als wären unsere Finger noch immer ineinander verschränkt, wenn ich seinen Ideen folgte.

Und ich hatte keinen besseren Plan. Wir würden nach London gehen.

Kapitel 18

Fereiba

Wir landeten in der kleinen türkischen Stadt Intikal, einem niedlichen, von Landwirtschaft umgebenen Dorf. Die Luft war sauber, und die grüne Landschaft erinnerte mich an die Obstplantage meines Vaters. Am ersten Nachmittag machten wir uns daran, ein Obdach zu finden. Glücklicherweise hatte Mahmood Saleem so viel Englisch beigebracht, dass wir zumindest mit einigen Leuten sprechen konnten. Das Englisch meines Sohnes war jedenfalls deutlich besser als meines.

»Komm, Saleem, lass uns diesen Mann dort fragen«, sagte ich und zeigte auf eine Gruppe von Männern, die gerade die Moschee verließen. Ich zog mein Kopftuch fester. Den schwarzen iranischen *chador* hatte ich abgelegt, um mich an das neue Land anzupassen. Es fühlte sich angenehm an, ein einfaches Kopftuch zu tragen. Ein wenig war es, als kehrte ich in meine Vergangenheit zurück.

»Warum wartest du mit den Kleinen nicht hier, Madar-jan? Es ist sicher besser, wenn ich allein mit ihm rede, und außerdem sprichst du nicht sehr viel Englisch.«

Ich wollte es ihm ausreden.

»Ich kann das, Madar«, sagte Saleem und blickte mir direkt in die Augen.

Ich nickte.

Saleem ging von einem Mann zum nächsten, aber alle schickten ihn mit einem Kopfschütteln, einem finsteren Blick oder einem Schulterzucken weiter. Ich sah, wie er mit der Uhr an seinem Handgelenk spielte, einen kurzen Blick darauf warf und eine Gruppe beobachtete, die am Seiteneingang der Moschee stand.

Ein älterer Mann erschien. Er trug einen Anzug, dem man den häufigen Gebrauch ansah. Sowohl Saleem, als auch mir fiel der Mann sofort auf. Seine Statur, das grau melierte Haar und das Lächeln – hätte mein Mann noch zwanzig Jahre leben dürfen, hätte er wahrscheinlich so ausgesehen. Ich wusste nicht, ob Saleem den gleichen Gedanken hatte oder ob ihn etwas anderes zu diesem Mann hinzog, jedenfalls näherte er sich ihm vorsichtig. Der Mann neigte den Kopf, hörte Saleem zu und blickte dann blinzelnd in unsere Richtung.

Er hieß Hakan Yilmaz. Mit seiner Frau Hayal lebte er in einem bescheidenen Haus ein kleines Stück außerhalb des Dorfzentrums. Viele Jahre hatte er als Professor für Politikwissenschaft gearbeitet, Hayal war Grundschullehrerin gewesen. Zusammen hatten sie zwei Jungen großgezogen, die inzwischen erwachsen waren und mit ihren eigenen Familien lebten. Als das Paar in den Ruhestand ging, zog es zurück nach Intikal, um näher bei Hakans Schwestern und Brüdern zu sein. Die beiden waren warmherzige, anspruchslose Menschen und viel welterfahrener, als ihr bescheidenes Haus im Dorf vermuten ließ. Sie waren die Art von Menschen, die eine afghanische Mutter sahen, die allein mit ihren Kindern reiste, und sofort die Geschichte errieten, die dahintersteckte.

Saleem hatte Hakan erklärt, dass wir ein Obdach suchten und gerne für einen kurzen Aufenthalt bezahlen würden. Hakan legte Saleem eine Hand auf die Schulter und brachte uns zu seinem Haus, wo wir seine Frau Hayal kennenlernten. Hayal, eine zierliche Frau mit sanften Augen, freute sich, ein brabbelndes Baby im Haus zu haben. Obwohl sie schon lange im Ruhestand war, hatte sie noch die Präsenz einer Lehrerin. Ihr braunes Haar war zu einem Knoten geschlungen, und sie trug ein einfaches, dunkelblaues Baumwollkleid mit einem braunen Gürtel. Samira fühlte sich sofort zu ihr hingezogen.

Sie zeigten uns ein kleines, leeres Zimmer mit eigenem Ausgang. Sie sagten, dass wir die Küche mitbenutzen dürften, und fragten nicht, wie lang wir bleiben wollten.

Obwohl wir unterschiedliche Sprachen benutzten, fand ich in Hayal eine Verbündete. Mit Worten und Gesten, die sie vermutlich nicht verstand, versuchte ich ihr zu erklären, dass auch ich in Afghanistan Lehrerin gewesen war, bevor die Taliban gekommen waren, und dass die Kinder trotz meiner Anstrengungen zu Hause nicht auf dem schulischen Stand von Gleichaltrigen waren.

Fast hätte ich vor Freude gesungen, als wir gut gesättigt unsere Köpfe auf weiche Kissen betten konnten und die Freundlichkeit unserer Gastgeber uns Wärme schenkte.

Am folgenden Morgen brachte uns Hayal eine Kiste mit Mathematikbüchern für Grundschüler und Bücher mit englischen Geschichten. Samiras Augen weiteten sich vor Begeisterung, was mich gleichzeitig faszinierte und schmerzte. Ich erklärte Hayal, dass Samira ein sehr intelligentes Mädchen sei, aber seit dem Tod ihres Vaters nicht mehr gesprochen hatte. Hayal schien zu begreifen. Sie blickte Samira an und klopfte auf den leeren Stuhl neben sich. Samira setzte sich, und Hayal schlug die erste Seite auf.

Im Nachbarzimmer hörte ich Saleem. Obwohl ich nur eine Handvoll englischer Vokabeln beherrschte, verstand ich, dass Saleem mit Hakan darüber sprach, sich einen Job zu suchen. Er versprach, hart zu arbeiten.

Noch nie hatte ich mit Saleem über Arbeit gesprochen. Ich überließ Samira und Hayal sich selbst und trat ans Fenster. Hakan erklärte Saleem, dass es in der Nähe große Bauernhöfe gebe, wo Migranten Arbeit finden konnten. Ich hätte sie unterbrechen wollen, aber ich tat es nicht.

Meine Gedanken schweiften ab.

Als man Mahmoods Hand in meine gelegt hatte, hatte ich nicht geahnt, wie viel er mir eines Tages bedeuten würde. Unter den wenigen Fotos, die ich mitgenommen hatte, befand sich eines von unserer Hochzeit. Es war eine einfache Zeremonie gewesen. Mein Kleid war smaragdgrün, mit Faltenrock und spitzenbesetzter Schulterpartie. Eine von KokoGuls Freundinnen hatte sich um mein Make-up gekümmert. Meine Augenlider und Lippen waren schwer von Farben. So würde ich mich nie wieder schminken. Mahmood trug einen schwarzen Anzug mit Hemd und hatte sich eine rote Rose in die Brusttasche gesteckt. Er blickte offen ins Objektiv der Kamera, während ich meinen Blick auf den Boden richtete.

Als ich das Bild anschaute, hätte ich am liebsten die Zeit zurückgedreht, um mich ermahnen zu können, meinen frischgebackenen Ehemann anzusehen. Ich hätte der Braut gesagt, dass sie, ebenso wie die Gäste, die sich auf ein üppiges Fest freuten, diese Verbindung genießen solle.

Mahmood war viel mehr als ein Ehemann gewesen. Unsere Liebe brauchte einige Zeit, um zu wachsen, aber sie tat es – mal schneller, mal langsamer, genährt von dem Guten und dem Bösen der uns umgebenden Welt. Jedes gehaltene Versprechen, jeder Händedruck, jedes heimliche Lächeln, das wir tauschten, und jedes weinende Kind, das wir trösteten – all diese Augenblicke hatten die Distanz zwischen uns verringert. In jener Nacht, dieser schrecklichen Nacht, in der Mahmood aus unserem Leben gerissen wurde, war dieser Abstand nicht mehr vorhanden gewesen. Nicht die Ehe, sondern die Harmonie unserer Herzen hatte uns aneinandergeschmiedet – eine Frau und einen Mann.

Der Tod konnte uns nicht trennen, das hatte ich inzwischen gelernt. Mein *hamsar* war immer noch bei mir. Mein geliebter Ehemann würde über uns wachen, wenn wir in unsere Zukunft aufbrachen.

Das Schicksal wird alles richten, aber erst, wenn die Arbeit getan ist, die Tränen vergossen und die schlaflosen Nächte überwunden sind.

Ich wollte ihm glauben.

Wenn meine Familie in ein neues Leben finden wollte, würde ich mich auf Saleem verlassen müssen. Ich würde zugeben müssen, dass er kein Kind mehr war. Mahmood war besser darin gewesen, Saleem einen Raum zu lassen, in dem er seine Schwingen entfalten konnte. Ich verhätschelte meine Kinder und war ständig in Sorge, eine unzulängliche Mutter zu sein. Ich wollte all das für sie tun, was man für mich nicht getan hatte. Ich wollte ihnen das Gefühl vermitteln, dass man sich um sie sorgte, sie liebte und ihnen Sicherheit schenkte. Aber ich versagte kläglich.

Saleem betrachtete mich inzwischen mit anderen Augen. Das jungenhafte Glitzern war dahin, dieser vertrauensvolle Blick, der mir sagte, dass ich nichts Falsches tun könnte. Er lief nicht mehr hinter mir her, sondern stand mir zur Seite. Es war an der Zeit, dass ich ihm den Raum gab, den er brauchte.

Ich hatte uns weit gebracht – von Kabul durch den Iran bis in die Türkei. Es war meine Reise gewesen. Meine Geschichte.

Was aber in Zukunft geschehen würde, wäre sowohl Saleems als auch meine Geschichte. Ich kann seine Geschichte nicht für ihn erzählen. Ich bleibe seine Mutter, auch wenn ich seine Hand loslasse und ihm ermögliche, auf eigenen Füßen zu stehen. Wäre nur Mahmood bei mir, um mir zu sagen, dass ich das Richtige tue, dass ich auch dann mütterlich handele, wenn ich Saleem weniger bemuttere.

Plötzlich konnte ich die Stimme meines Mannes hören. Ich spürte, wie er seine Hände auf meine Schultern legte. Als ich die Augen schloss, konnte ich sogar seinen Kuss auf meiner Stirn fühlen.

Lass ihn sprechen, Ferei. Du hast deine Geschichte erzählt, nun lass Saleem seine erzählen.

Kapitel 19

Saleem

Am nächsten Morgen ging Saleem mit Hakan zum Rand des Dorfes, wo sich Menschen mit gegerbten Gesichtern in Gruppen versammelt hatten. Es waren Männer und Frauen aller Altersgruppen sowie ein paar Kinder, die sich an die Röcke ihrer Mütter klammerten. Hakan erklärte ihm, dass Lastwagen die Arbeiter abholen und auf die nahegelegenen Felder bringen würden, wo immer viel zu tun sei.

Saleem spürte, dass Hakan sich unbehaglich fühlte, als er ihn allein ließ, aber er schien zu wissen, dass seine Anwesenheit keine Hilfe für Saleem wäre. Also ging er davon, um seine Schwester zu besuchen, die ganz in der Nähe wohnte.

Es war Frühling, und schon am frühen Morgen sehr warm. Saleem berührte sein Gesicht und befühlte die weichen Härchen auf seiner Oberlippe. Von diesem Tag an würde es einen neuen Saleem geben. Er war entschlossen und bereit, wie ein Mann behandelt zu werden. Selbst seine Mutter hatte ihn an diesem Morgen anders angesehen, so als hätte sie die Veränderung in ihm gespürt.

Das Nomadenbaby Aziz begann gerade, nach Dingen zu greifen, die sich vor ihm bewegten. Dabei gurrte er. Bald schon würde er anfangen zu krabbeln, hatte Madar-jan gesagt. Saleem sah zu, wie sein kleiner Bruder wuchs, und wünschte, dass sich seine Metamorphose zum Mann mit der gleichen Geschwindigkeit vollzöge. Er wünschte sich Haare im Gesicht, auf der Brust und überall dort, wo es sprießen sollte. In der Intimität des Badezimmers beobachtete er sich ganz genau und erkannte Veränderungen, die nur er selbst sah. Er wünschte sich, dass seine Arme kräftiger würden und das Muster aus Adern zeigten, die er auf den Armen seines Vaters gesehen hatte. Seine Stimmlage wechselte häufig und wurde unstet, daher sprach er wenig. Bald schon, so hoffte er, würde seine Stimme ihn einholen.

Die Verantwortung, die er für seine Familie empfand, und der Respekt, den Hakan ihm entgegenbrachte, riefen in ihm das Gefühl hervor, ein Mann zu sein, obwohl sein Körper noch nicht so weit war. Saleem bewegte sich durch die Menge und hielt Ausschau nach freundlichen Gesichtern. Hakan kannte keinen der Bauern und hatte nicht viel mehr tun können, als Saleem zum Treffpunkt zu begleiten. Saleem wusste nicht, wie es auf dem Bauernhof weitergehen würde, und hielt Ausschau nach jemandem, der ihm helfen konnte.

Die meisten der insgesamt etwa dreißig Wartenden waren schon älter. Sie blinzelten in die Morgensonne und rauchten Zigaretten. Die Frauen hielten sich ein wenig abseits. Einige trugen bunte Stoffdreiecke als unter dem Kinn geknotete Kopftücher zu ihren langärmeligen Oberteilen und wadenlangen Röcken. Alle zusammen waren sie eine bunte Truppe, ein Mosaik aus vielfältigen Mustern, die die Augen verwirrten.

Am liebsten hätte sich Saleem den Frauen angeschlossen, aber er hielt sich zurück. Wenn er wie ein Mann behandelt werden wollte, musste er sich auch so benehmen. Er atmete tief durch, setzte sich auf den Bordstein neben einen Mann, der etwa in den Vierzigern zu sein schien, und rieb seine Handflächen an der Hose trocken, während er überlegte, wie er am besten ein Gespräch beginnen sollte. Der Mann räusperte sich umständlich und spuckte einen dicken, gelben Schleimballen auf den Bürgersteig. Eine zugeschlagene Tür wäre einladender gewesen.

Saleem drehte sich der Magen um. Er stand auf und blickte auf seine Uhr, berührte das Zifferblatt und fuhr mit dem Finger über das Lederband. Weiter hinten in der Menge standen drei Männer, die etwa Ende dreißig sein mochten. Sie unterhielten sich zwanglos. Saleem gab seinem Herzen einen Stoß und trat zu ihnen. Als er sich jedoch näherte, hörten sie sofort auf zu reden.

»Hallo, arbeiten Sie auch auf einem Bauernhof?«, fragte er, wobei seine Stimme bei dieser Gelegenheit eine ganze Oktave durchlief. Er spürte, wie sein Gesicht vor Scham heiß wurde.

Die Männer blickten ihn fragend an. Einer, der ein hellgrünes Hemd und dunkelblaue Hosen trug, nickte. Er schien der Älteste der drei zu sein. Überrascht registrierte Saleem, dass er auf Paschtu antwortete.

»Bist du Afghane?«

In der Familie Waziri wurde zwar Dari gesprochen, aber Saleem war in der Lage, einem einfachen Gespräch auf Paschtu zu folgen und sich zu beteiligen. Er nickte.

»Ja, das bin ich«, bestätigte er auf Dari.

»Bist du zum Arbeiten gekommen?«, erkundigte sich einer der Männer amüsiert.

»Ja. Wir sind erst ein paar Tage hier.« Saleem antwortete halb Dari, halb Paschtu, aber die Männer schienen ihn zu verstehen.

»Dann bist du also nicht alleine unterwegs?«

»Nein, mit meiner Familie, meiner Mutter, meiner Schwester und meinem Bruder.«

Einer der Männer nahm eine halb gerauchte Zigarette aus dem Mund und zündete sie wieder an. Er hob die Brauen.

»Wo kommt ihr her?«

»Aus Kabul. Wir sind über Herat in den Iran geflohen, und von dort in die Türkei, aber eigentlich wollen wir nach England.« Saleem war erleichtert, Afghanen getroffen zu haben. Sie erschienen ihm wie ein Wegweiser, der ihm die richtige Richtung anzeigte.

»England? Soso.« Alle drei lachten. »Mit deiner Mutter und zwei weiteren Kindern? Allein ist es schon schwierig genug. Wenn du schlau bist, bleibst du hier und versuchst, dich durchzuschlagen, ohne verhaftet zu werden. Auf mehr kannst du nicht hoffen.«

Saleem gefiel ihr Pessimismus ganz und gar nicht, und er beschloss, das Thema zu wechseln.

»Wie findet man Arbeit auf den Bauernhöfen?«

»Das wirst du schon sehen und dir wünschen, du hättest nie gefragt. Du wirst mit einem Lastwagen zu einem Hof gebracht, der größer ist als alles, was du bisher gesehen hast. Du gehst von Haus zu Haus und fragst, welcher Bauer bereit ist, für einen Tag Arbeit zu bezahlen. Man wird dir eine Bezahlung anbieten, die schlimmer zum Himmel stinkt als der Mist, den du wegkarren musst.«

»Wie viel bezahlen sie denn?«

»Als ob das eine Rolle spielte! Verhandelt wird nämlich nicht. Wenn du auf dem Hof etwas zu essen bekommen kannst, schlag zu. Nach Geld ist es die nächstbeste Bezahlung.«

Nun endlich meldete sich auch der Mann mit der Zigarette zu Wort.

»Wo ist denn der Rest deiner Familie?«, fragte er. »Etwa auch hier?«

»Wir wohnen bei einer türkischen Familie, einem Mann und seiner Frau. Sie haben uns ein Zimmer überlassen, allerdings weiß ich nicht, für wie lange.«

»Und du hast einen Bruder und eine Schwester?«

»Ja, und meine Mutter.«

»Wie heißt deine Schwester, mein Freund?«, fragte der Mann augenzwinkernd.

Saleem biss die Zähne zusammen. »Vielen Dank für die Information«, murmelte er, nickte dem Mann in Grün zu und ignorierte die beiden anderen. Er wandte sich ab, weil er sich über die Art ärgerte, wie die eigenen Landsleute mit ihm umsprangen. Als wäre er nicht in der Lage, die Ehre der eigenen Familie hochzuhalten! Außerdem schalt er sich, gegenüber völlig Fremden so mitteilsam gewesen zu sein.

Er ging um eine Ecke und ertappte sich dabei, in das Schaufenster eines Keramikladens zu starren, dessen Glas so verschmiert war, dass es ihm vorkam, als schaue er in eine andere Zeit. Drinnen wischte ein etwa vierzigjähriger Mann gemächlich den Boden.

Wo immer Saleem hinschaute, sah er seinen Vater.

Sogar in Hakan hatte er ihn gesehen. Etwas in der Art, wie er aus der *masjid* getreten war, wie sich der Frieden des Gebets noch auf seinem Gesicht zeigte, hatte ihn an Padarjan erinnert. Sein Vater war überall und nirgends.

Ein Motorengeräusch holte Saleem in die Gegenwart zurück. Er schloss sich der Gruppe an und zwängte sich in einen der drei Lastwagen, die an der Ecke vorgefahren waren. Dabei bemühte er sich, den Afghanen, die er hier kennengelernt hatte, möglichst fernzubleiben.

Die Höfe waren so, wie der Mann sie beschrieben hatte. Jedes Haus stand auf einem eigenen Grundstück, das von den Nachbarn durch viele Morgen grüner Pflanzenreihen getrennt war. Als die Lastwagen anhielten, stiegen die Passagiere mit ihren kleinen Taschen aus und verteilten sich auf die verschiedenen Höfe. Saleem blieb verunsichert auf der unbefestigten Straße stehen und sah zu, wie sich die kräftigen Arbeiter zerstreuten. Eine ältere Frau humpelte die Straße hinunter. Sie benutzte eine Krücke und schien ein heruntergewirtschaftetes, gelbes Haus zum Ziel zu haben. Saleem folgte ihr.

Vor dem Haus bürstete ein Junge, der nicht älter als acht oder neun Jahre sein konnte, die staubigen Flanken eines Esels. Das weitläufige Haus schien in einem schlechteren

Zustand als die Häuser der Nachbarn zu sein, war aber von mehreren Morgen üppiger Pflanzen umgeben. Rings um das Gelände stand ein hoher Zaun. Vielleicht konnte man hier, wo nur die alte Frau hinging, helfende Hände gebrauchen.

Saleem ließ sie vorausgehen. Auf halber Strecke blickte sie sich plötzlich um, ohne stehen zu bleiben. Sie war rundlich und blickte unwirsch drein. Saleem ging schneller, bis er nah genug war, die Züge ihres verwitterten Gesichts deutlicher zu erkennen, räusperte sich und wünschte ihr einen guten Tag. Sie sah nicht afghanisch aus, sondern hatte struppiges, schwarzes, fast männlich kurz geschnittenes Haar und trug ein Kleid mit Blumenmuster, dessen Stoff so steif war, dass er beim Gehen ihre Beine nicht berührte.

Sie blickte Saleem an und murmelte eine Antwort. Saleem zeigte auf das gelbe Bauernhaus und fragte, ob man dort vielleicht noch Hilfe benötigte. Sie runzelte die Stirn und schüttelte den Kopf. Saleem, der nicht sicher war, ob sie seine Frage überhaupt verstanden hatte, ging weiter.

In seinem besten Englisch bot er schließlich dem schlaksigen Bauern, den er antraf, seine Dienste an. Er musterte Saleem von oben bis unten, zuckte die Schultern und wies ihn in seine Arbeit ein.

Am Ende des ersten Tages wartete er darauf, dass der Bauer ihn für seine Arbeit entlohnen würde. Aber der Mann, von dem er inzwischen wusste, dass er Polat hieß, schüttelte nur den Kopf. Er war nicht bereit für die Einarbeitung zu bezahlen, forderte Saleem aber auf, am nächsten Tag zurückzukommen und sich sein Geld zu verdienen. Saleem biss sich auf die Lippen, bis er sich bei Sonnenuntergang wieder auf der unbefestigten Straße befand. Dort erst trat er wütend in die Luft und spuckte auf den Boden. Während sie auf die Lastwagen warteten, die sie zum Dorf zurückbringen würden, griff Saleem in die Tasche und streifte sich die Armbanduhr wieder über das Handgelenk. Wie sollte er Madar-jan erklären, dass er ohne Entlohnung von morgens bis abends gearbeitet hatte?

Und so arbeitete Saleem fast eine Woche lang ganze Tage für ein Stück gebratenes Huhn zwischen zwei dünnen Brotscheiben als einziger Bezahlung. Er erntete Tomaten, bis sein Rücken schmerzte und die Finger taub wurden. Inzwischen hatte er herausgefunden, dass auch noch eine Frau auf dem Hof arbeitete, die Armenierin war. Und obwohl sie kein Englisch sprach, hatte Saleem von ihr inzwischen zwei wichtige Dinge erfahren: Wie man reife Tomaten anhand ihres Fruchtfleischs und ihres Gewichts von unreifen unterschied und dass Polat ihn eines Tages schon bezahlen würde. Saleem beschwerte sich nicht über die unbezahlte Woche, weil er keine andere Möglichkeit sah und befürchtete, eine weitere Probewoche hinter sich bringen zu müssen, wenn er es bei einem anderen Hof versuchte.

Am Ende der Woche drückte Polat Saleem ein paar zerknitterte Scheine in die Hand, ohne Diskussion oder Verhandlung. Saleem starrte seinen Lohn an, der kaum der Rede wert war, und nickte. Das Geld reichte nicht einmal, um seiner Familie eine vernünftige Mahlzeit zu kaufen.

Von diesem Tag an wurde Saleem am Ende eines jeden Arbeitstages bezahlt. Der Betrag wechselte und hatte nichts damit zu tun, wie viele Eimer Tomaten er auf den Feldern füllte. Als die Armenierin sah, dass Saleem unglücklich seinen Lohn zählte, murrte auch sie in ihrer Sprache.

Bald splitterten Saleems Nägel und blieben auch nach dem Waschen schmutzig. Er bekam Hornhaut auf den Handflächen. Sein Gesicht war salzig vor Schweiß, aber er fühlte sich gut, denn er arbeitete wie ein Mann – so, wie es sein Vater vielleicht getan hätte. Er verdiente nicht viel Geld, aber das wenige überreichte er voller Stolz seiner Mutter.

Hakan fragte Saleem nicht nach seinem Lohn. Hayal akzeptierte die wenigen Scheine, die Madar-jan ihr stumm jede Woche in die Hand drückte, verwendete sie aber immer auf das Essen, das die Yilmaz sich mit den Waziris teilten. Das Ehepaar schien glücklich zu sein, Kinder im Haus zu haben, und Madar-jan tat, was sie konnte, um alles sauber und ordentlich zu halten. Sie wischte die Böden, spülte und kümmerte sich um die Wäsche, während sich Hayal mit der schweigenden, aber wissbegierigen Samira beschäftigte. Wenn sie ihre Rechenaufgaben löste, klopfte sie mit dem Stift auf den Tisch und blickte Hayal an.

Es ging ihnen gut in Intikal. Trotzdem machte Saleem sich Sorgen.

»Madar-jan, wir werden endlos lang brauchen, ehe wir das Geld für die Reise nach Griechenland zusammenhaben. Könnten wir nicht jemanden von der Familie um Geld bitten? Wir könnten doch in England anrufen.«

Madar-jan trocknete sich die Hände an der Schürze ab und seufzte.

»Mein Sohn, daran habe ich auch schon gedacht. Ich werde versuchen, sie anzurufen, aber ich glaube kaum, dass sie uns viel schicken können. Als wir das letzte Mal miteinander telefoniert haben, sagte dein Onkel, dass sie kaum in der Lage wären, für die Schulbücher ihrer Tochter aufzukommen. Aber vielleicht ist es ja inzwischen besser geworden. Ich sehe jedenfalls auch keine andere Möglichkeit.« Fereiba begann, laut nachzudenken. »Vielleicht sollten wir nicht nach London gehen. Vielleicht sollten wir irgendwo anders neu anfangen.«

Aber wohin sollten sie gehen? Der Rest der Familie hatte sich nach Indien, Kanada und Australien verstreut. Indien bot wenige Möglichkeiten für ein besseres Leben, während Kanada und Australien ohne Visa schlicht unerreichbar waren.

Madar-jan lehnte sich an die Anrichte und starrte an die Decke. Am Tag zuvor hatte sie begonnen, auf Empfehlung Hayals in den Häusern der Nachbarn zu putzen, aber auch das genügte nicht, um Saleem zu Hause zu halten. Sie blickte ihren Sohn an.

»Es ist schlimm dort, oder? Ich meine auf dem Bauernhof?«

Nach dem zweiten Arbeitstag hatte er begonnen, ihr von seiner Arbeit zu erzählen, aber ihr Gesichtsausdruck hatte ihn dazu veranlasst, auch gleich wieder damit aufzuhören. Er hatte gelächelt, den Kopf geschüttelt, und ihr Gesicht hatte sich wieder entspannt. So würden sie überleben – indem sie einander weismachten, die Dinge stünden besser, als es in Wirklichkeit der Fall war.

Kapitel 20

Saleem

Herr Polat sorgte dafür, dass Saleems Vierzehn-Stunden-Tage lang und hart waren. Im August strebte die Tomaten-Saison ihrem Höhepunkt entgegen. Es gab viel zu tun, sogar auf dem maroden Hof der Polats, wo der Boden steiniger war als bei den Nachbarn.

Saleem lernte, anhand des Sonnenstandes die Zeit abzuschätzen. Schon am Morgen wünschte er sich, dass sein Schatten länger würde und der Arbeitstag sich dem Ende zuneigte. Wenn Polats Frau die Brote brachte, stand ihm eine viertelstündige Pause zu. Jeden Tag gab es ein dünnes Sandwich und ein Glas lauwarmes Wasser. Auch wenn es immer das Gleiche war, beruhigte die Mahlzeit seinen knurrenden Magen, und das Wasser besänftigte seine brennende Kehle.

Herr Polat und seine Frau hatten vier Kinder. Der kleine Junge, den Saleem am ersten Tag beobachtet hatte, hieß Ahmet und war das mittlere Kind. Nach ihm kamen etwa dreijährige Zwillingsmädchen. Das älteste Kind hieß Ekin und war ein Mädchen. Ihr Name bedeutete ›Ernte‹.

Ekin war in Saleems Alter, schlaksig wie ihr Vater, und sie hatte ähnliche Gesichtszüge. Selbst auf einen behüteten männlichen Jugendlichen wirkte sie unattraktiv. Sie hatte eine sommersprossige Haut und wilde, strähnige Locken.

Ekin beobachtete Saleem, wenn sie mit ihrer Mutter hinter dem Haus Wäsche aufhängte. Ende August hatte sie Schulferien und lungerte auf dem Hof herum. Weil sie sich langweilte, verbrachte sie viel Zeit mit Saleem und der Armenierin. Besonders liebte sie es, herumzuschlendern, wenn Saleem den Stall säubern musste.

Es war eine neue Aufgabe, die Herr Polat Saleem zugewiesen hatte, weil sie mehr Kraft erforderte, als eine Frau aufzubringen vermochte. Der Stall beherbergte zwei Esel, drei Ziegen und einige Hühner. Die Luft war schwer und gesättigt vom Geruch nach Mist und feuchtem Fell. Saleem hatte sich zuvor noch nie um Tiere gekümmert. Die Ausdünstungen versengten ihm schier die Nase. Er fürchtete die Tage, wenn Herr Polat ihm auf die Schulter tippte und mit dem Rechen in der Hand auf den Stall zeigte. Polat bedeutete ihm dann kurz, was zu tun war, und ging davon.

Saleem harkte feuchtes Heu und Erdreich zusammen, packte es in einen Schubkarren und brachte es in eine Ecke des Hofs, wo sich der Mist irgendwann in Kompost verwandelte. Der Gestank hing in seinen Kleidern und klebte an seiner Haut. Auf dem Heimweg hielt er sich von den anderen fern, weil er wusste, dass der Geruch fremde Nasen belästigte.

Während sich Saleem bemühte, nur durch den Mund zu atmen, schlenderte Ekin immer wieder durch die geöffneten Stalltüren. Im Vorübergehen räusperte sie sich. Bald schon setzte sie sich auf eine Kiste in der Ecke und beobachtete ihn. Saleem wunderte sich, dass der Geruch sie nicht zu stören schien. Eines Tages sprach sie ihn auf Englisch an.

»Das ist nicht gut«, sagte sie. »Es ist noch schmutzig.«

»Ich bin noch nicht fertig«, erwiderte Saleem, ohne aufzublicken. Er bezweifelte, dass sich ein türkischer Vater von einem afghanischen unterschied, wenn es um seine Tochter ging, und er wollte sich keine Probleme mit Polat einhandeln. Ekin hatte ein Glas Wasser in der Hand. Sie nahm einen geräuschvollen Schluck.

Der Staub im Stall hatte Saleems Zunge und Luftwege

ausgetrocknet. Das Geräusch machte ihn wütend, aber er sagte nichts.

»Wie heißt du?« Als Ekin keine Antwort bekam, wiederholte sie ihre Frage lauter und ärgerlich. »Ich habe dich gefragt, wie du heißt.«

»Saleem«, murmelte er.

»Saleem?« Ekin spielte mit ihrem strähnigen Haar, sie wickelte es um ihre Finger, bis Knoten entstanden. »Bist du so alt? Das ist ein Name für einen alten Mann.«

Saleem presste die Lippen zusammen.

»Warum machst du hier nicht sauber? Es stinkt sonst und die Tiere werden krank. Das macht meinen Vater traurig.«

Mit immer noch fest zusammengepressten Lippen beendete Saleem seine Arbeit, so schnell es ihm möglich war, und kehrte auf das Feld zurück, wo die Armenierin eine Augenbraue hob und in Richtung des Stalls nickte. Als er verärgert den Kopf schüttelte, lächelte sie. Allmählich begannen sie, einander zu verstehen.

Eine Woche später sah Ekin, wie Saleem zum Stall ging. Sie folgte ihm, drehte eine Kiste um, setzte sich und streckte ihre Beine aus.

»Der Sommer ist zu heiß. Ich bin den ganzen Tag zu Hause. Es ist langweilig. Schule ist besser, dort habe ich Freunde.«

Saleems Schweigen schien sie nicht abzuschrecken.

»Hier ist nichts. Meine Freunde sind nicht hier. Ich bin allein.« Sie machte eine Pause. »Du gehst wohl nicht in die Schule, was? Bist du früher in die Schule gegangen?«

Saleem harkte schneller.

»Ich weiß, dass die Arbeiter nicht in die Schule gehen. Mein Vater und meine Mutter sagen, dass ich in die Schule gehen und lernen muss, damit ich nicht wie die Arbeiter werde. Ich soll mich wie ein ordentliches Schulkind benehmen, dann werde ich auch ein gutes Leben haben. Hey, warum sagst du nichts? Du hast Glück, dass du nicht in die Schule gehst. Da muss man nämlich sprechen.«

Sie lachte und bohrte ihre Absätze in den strohbedeckten Boden.

Frau Polat rief. Ekin stand mit einem schweren Seufzer auf, wischte die Strohhalme von ihrem Hosenboden und verließ den Stall. Auf dem Weg zur Tür warf sie Saleem einen merkwürdigen Blick zu. Saleem war dankbar für die Begnadigung. Die wenigen Minuten mit Ekin waren anstrengender als sein gesamter Vierzehn-Stunden-Tag. Ehe er jedoch die Stille wieder genießen konnte, kehrte sie mit seinem Pausenbrot in der Hand zurück.

»Hier«, rief sie von der Tür aus, blickte das Sandwich an und hob es so nah an ihr Gesicht, dass Saleem sehen konnte, wie sie das Hähnchenfleisch mit der Nase berührte. »Es ist gut. Wir können es zusammen essen.«

Sie setzte sich auf die Kiste. Als Saleem eben hinübergehen und sein Brot abholen wollte, brach sie es in zwei Teile und reichte ihm die eine Hälfte. Wütend musste Saleem zusehen, wie die andere Hälfte zwischen ihren Zähnen verschwand.

»Das ist mein Brot«, wandte er ein.

»Aber wir essen es zusammen«, antwortete Ekin verwirrt. »Wie sind doch Freunde, oder?«

»Nein. Nein. Nein. Das ist nicht okay.« Saleems Rücken schmerzte, seine Fingerspitzen brannten, und sein Magen knurrte wütend.

Seine Reaktion schien Ekin zu überraschen. Nach einer Weile stand sie auf, griff in die Tasche und förderte ein Päckchen mit zwei kleinen Zuckerplätzchen zutage. Sie warf das Päckchen auf die Kiste und ging ohne ein weiteres Wort hinaus. Saleem war wütend. Er konnte an nichts anderes denken, als dass er nun den ganzen restlichen Tag über hungrig sein würde. Das halbe Brot, das sie ihm gelassen hatte, genügte ihm nicht. Er ließ den Rechen fallen und schlang das halbe Sandwich hinunter. Dann begutachtete er die Plätzchen, fragte sich, was sie wohl zu bedeuten hatten, und aß sie ebenfalls auf.

Auf die Felder wagte sich Ekin nicht, aber Saleem spürte, wie sie ihn aus sicherer Entfernung bei der Tomatenernte beobachtete, während sie vorgab, ein Buch zu lesen. Auch die Armenierin bemerkte Ekins Anwesenheit, schnalzte missbilligend mit der Zunge, legte zwei Finger auf ihre Lippen und schüttelte den Kopf. Dann zeigte sie auf die sechs noch abzuerntenden Tomatenreihen und tätschelte ihre Tasche.

Sag nichts, versuchte sie ihm mitzuteilen. *Mach dich an deine Arbeit, und verdiene dein Geld.*

Saleem wusste, dass es ein kluger Ratschlag war. Als Kind hatte er sich nie um Geld sorgen müssen. Wenn er überhaupt daran dachte, dann höchstens weil er sich fragte, ob er genug Geld bei sich hatte, um sich auf dem Markt eine Süßigkeit oder eine Limonade zu kaufen. Sie waren zwar nicht reich gewesen, aber Padar-jan hatte immer dafür gesorgt, dass es ihnen nie an etwas fehlte. Nach seinem Tod hatte Madar-jan die Ersparnisse rationiert und nur für Essen und absolut notwendige Einkäufe Geld abgezweigt. Saleem wusste, dass nicht viel da war, aber nie hätte er sich träumen lassen, dass sie eines Tages ihre Rücklagen vollständig aufgebraucht haben könnten. Seit er jedoch seiner Mutter seinen Lohn überließ, begriff er, dass sie sich in einer äußerst prekären finanziellen Situation befanden.

Wir sind zu viele, dachte er auf dem Rückweg nach Hause. Er erinnerte sich an den dicken Umschlag, den seine Mutter Abdul Rahim für die Dokumente überlassen hatte. Die Pässe, das Essen, das Geld für die Schleuser und das alles multipliziert mit vier hatten die Reserven der Familie Waziri erschöpft. Samira war noch zu jung, um zu bemerken, wie hart Saleem jeden Tag arbeitete. Sie blieb zu Hause und half Madar-jan im Haushalt, aber nur, wenn Hayal ihr keinen Unterricht erteilte. Und Aziz stellte noch höhere Anforderungen.

Saleem bereute seine Gedanken. Er liebte seine Schwester und seinen Bruder sehr, aber Frustration und Erschöpfung begannen, ihren Tribut zu fordern.

Jeden Tag brauchte seine Mutter ihn nötiger. Saleem unterdrückte sein Bedürfnis, sich in ihre Arme zu flüchten. Die Zeit der Kindheit war vorüber. Noch immer trauerte Saleem um seinen Vater, aber oft dachte er auch, dass es Padar-jan*s* Entscheidung gewesen war, die sie in Lebensgefahr gebracht hatte. Andererseits beklagte Saleem in schlaflosen Nächten seinen Mutwillen als Kind und die Enttäuschungen, die er seinem Vater bereitet hatte. Wenn es um seine Eltern ging, konnte er seine Gefühle kaum einordnen.

Und nun war Saleem der Ernährer der Familie. Je mehr er darüber nachdachte, desto mehr fühlte er sich als Familienoberhaupt und desto weniger war er bereit, Befehle von anderen anzunehmen. Herr Polat konnte sein aufbegehrendes Ego unterdrücken, aber gegenüber seiner Mutter wurde Saleem aufsässiger. Er sagte Dinge, die er noch ein Jahr zuvor nicht zu äußern gewagt hätte. Er warf ihr Blicke zu, von denen er wusste, dass sie sich nicht gehörten. Er arbeitete hart, ernährte die Familie und wünschte, dass seine Ansichten respektiert wurden.

Als er ins Haus der Yilmaz zurückkehrte, putzte seine Mutter die Küche. Samira und das Baby schliefen bereits.

»Geht es ihnen gut?«, erkundigte er sich und ließ sich in den Sessel fallen.

»Bestens. Aber Aziz hält immer Ausschau nach dir«, sagte sie mit einem schwachen Lächeln. Sie stellte ihm den Teller mit seinem Abendbrot hin und sah zu, wie er aß. Nichts war bestens, das wusste Saleem ganz genau, aber Fereiba würde ihren Sohn nicht mit ihren Sorgen belasten. Sie wusste, dass ihn die Arbeit schon genug forderte.

Wie angenehm war es doch, wenn sich jemand um einen kümmerte, dachte Saleem, ließ sich auf seine Matratze fallen und schloss die Augen.

Kapitel 21

Fereiba

»Warum ist er immer krank?«, fragte Saleem. Er war dazugekommen, als ich seinen kleinen Bruder badete. Aziz sah blass aus, wimmerte und hatte sich schon zweimal übergeben.

Ich wickelte Aziz in ein Handtuch und legte ihn sanft auf den Boden. Saleems Frage konnte ich nicht beantworten.

»Vielleicht liegt es an den vielen Veränderungen. Die Luft, das Essen – alles ist hier anders. Und er ist noch so klein. Sein Körper hat sicher Schwierigkeiten, sich umzustellen.« Ich träufelte Olivenöl in meine Handflächen und rieb sie aneinander, um sie zu erwärmen. Aber auch während der sanften Massage seiner Brust und seines Bäuchleins schien sich Aziz nicht wohl zu fühlen. »Vielleicht braucht er Vitamine, die ihn stärken.«

Seit unserer Ankunft in der Türkei hatte Aziz kaum zugenommen. Ich probierte alles Mögliche aus. Mit den wenigen Worten Türkisch, die ich inzwischen gelernt hatte, kaufte ich auf dem Markt Obst und Gemüse. *Havuc, bezelye, muz* – Karotten, Erbsen und Bananen. Wenn meine Sprachkenntnisse mich im Stich ließen, versuchte ich es mit Zeichensprache. Ich durchforstete die Kräuterbündel, suchte diejenigen heraus, von denen ich wusste, dass sie heilende Kräfte besaßen, brühte sie auf und träufelte den Tee löffelweise in Aziz' Mund. Ich fütterte ihn mit dem grünsten Spinat, den saftigsten Birnen und Hackfleisch mit extra viel Fett, aber nichts schien zu wirken.

Saleem ging in die Küche. Ich hörte ihn seufzen und die Küchenstühle auf dem Linoleum herumschieben. Mein Erklärungsversuch hatte uns beide nicht befriedigt.

»Morgen bringen wir ihn zum Arzt, Saleem«, hörte ich Hayal sagen. »Und nun iss. Ein leerer Magen macht alles nur schlimmer.«

Auch Samira war in der Küche. Sie hatte sich sofort darangemacht, Saleems Abendessen vorzubereiten, als sie ihn an der Tür gehört hatte. Alles, was sie für ihren Vater empfunden hatte, ließ sie jetzt Saleem zukommen. Es war eine tiefe Bewunderung, die jedoch auch Erwartungen und Bedürfnisse mit sich brachte. Samira war wie ein dicker Wintermantel, der ihren Bruder zwar wärmte, aber auch seinen Schritt verlangsamte.

Samira half, wo es ging. Sie pürierte Obst und Gemüse für Aziz. Sie passte auf das Baby auf, während ich in der Nachbarschaft putzte oder andere Dinge erledigte. Wenn ich zurückkehrte, sah sie immer angestrengt aus.

»Aziz ist nicht einfach, *janem*«, sagte ich dann, »aber bei mir ist er auch nicht anders.«

Doch Samira schien mir nicht zu glauben.

Zusammen mit Hayal ging ich die lange Dorfstraße entlang zu Doktor Özdemir, der sich vor vielen Jahren schon um ihre Söhne gekümmert hatte. Der Arzt praktizierte noch immer, inzwischen unterstützt von seinem Sohn. Die Praxis befand sich am anderen Ende des Dorfs, unmittelbar neben dem Wohnhaus der Familie. Sie war einfach, aber gemütlich ausgestattet. Die Frau des Arztes kam vorbei und brachte Gebäck.

Ich war viel zu nervös, um etwas zu essen. Frau Özdemir bemerkte meine Unruhe. Ich konnte sehen, dass sie gern etwas gesagt hätte, aber wir sprachen nicht die gleiche Sprache. Nachdem sie einige Worte mit Hayal gewechselt hatte, legte sie mir tröstend die Hand auf die Schulter.

Ich schaute meinen Sohn an und sah ihn für den Bruchteil einer Sekunde mit den Augen von Frau Özdemir. Haarsträhnen klebten an seiner verschwitzten Stirn. Sein Kopf war allmählich viel zu groß für seinen Körper. Er wirkte alles andere als gesund, und es war lange her, dass ich ihn das letzte Mal hatte lächeln sehen. Ich konnte mir nicht vorstellen, wie es uns ohne die unglaubliche Freundlichkeit von Hakan und Hayal ergangen wäre, und fragte mich, ob ich mich bei diesen völlig fremden Leuten jemals angemessen für das würde bedanken können, was sie für uns getan hatten.

Aziz krümmte und wand sich in meinem Schoß, um eine bequemere Stellung zu finden. Er lag nicht gern. Ich kannte ihn gut, aber ich wusste nicht, was ihn quälte. Er war ganz anders als meine anderen Kinder, und das machte mir Angst.

Doktor Özdemir trat ein. Sein warmes Lächeln erlosch, als sich unsere Augen begegneten. Mir wurde bewusst, wie verzweifelt ich ausgesehen haben musste, und ich stand auf, um ihn zu begrüßen. Der Arzt hatte eine graue Haarmähne und einen dicken Bauch. Sofort vertraute ich ihm und seinem Silberhaar und wusste, dass es gut gewesen war, hierherzukommen. Er grüßte mit einem Nicken, bedeutete mir, ich solle mich wieder setzen, zog einen Stuhl hinter seinem Schreibtisch hervor und setzte sich mir gegenüber.

Wir verständigten uns in einem einzigartigen Gemisch aus Türkisch, Englisch und Dari. Wenn uns die Worte fehlten, behalfen wir uns mit Gesten und Mimik. Auf Bitten des Arztes legte ich Aziz auf den Behandlungstisch und zog ihn aus. Doktor Özdemir schürzte bestürzt die Lippen, noch ehe er das Baby berührt hatte. Aziz war eingeschlafen, aber als er erwachte, bewegte sich sein kleiner Brustkorb krampfhaft auf und ab. Er kämpfte und wand sich, um sich aufzusetzen, schaffte es aber nicht.

Doktor Özdemir zupfte an Aziz' Bauchhaut und hörte

ihn eine gefühlte Ewigkeit lang ab. Mit einer Lampe und einem Holzspatel blickte er in Aziz' Mund, drückte seine Finger auf Aziz' runden Bauch und arbeitete sich zentimeterweise über seinen ganzen Körper. Mein Herz raste.

»Doktor-*sahib*«, unterbrach ich ihn schließlich respektvoll, »gibt es ein Problem?«

Nervös blickte ich zu Hayal hinüber und hoffte, dass der Arzt mich verstanden hatte.

Doktor Özdemir seufzte tief, nahm das Stethoskop ab und wickelte Aziz in seine Decke, ehe er ihn wieder in meine Arme legte. Ich richtete ihn in meinem Schoß auf und wandte mich wieder dem Arzt zu, der langsam und betont zu sprechen begann. Ich bemühte mich, die fremden Worte zu begreifen. Nur das Wort »Problem« erkannte ich – das einzige, das er zu bestätigen schien.

»Was für ein Problem? Braucht er Antibiotika? Oder Vitamine?«

Der Arzt wiederholte die Worte »Antibiotika« und »Vitamine« und schüttelte jedes Mal den Kopf. Diese Worte bedurften keiner Übersetzung vom Türkischen ins Dari.

Doktor Özdemir deutete auf Aziz' Brust in Höhe seines Herzens und wiederholte die einzigen Worte, die ich bisher verstanden hatte.

»*Problem. Kalp.*«

»*Kalp.*« Dasselbe Wort wie in Dari. Und es bedeutete Herz. Ich spürte, wie meine Arme schwach wurden.

Der Arzt stand auf und nahm ein Buch vom Schreibtisch. Es war ein Buch mit weichem Einband, das offenbar schon öfter wieder zusammengeklebt worden war. Er blätterte durch die Seiten, um ein Bild zu suchen, mit dem er seine Diagnose erklären konnte, verlor aber schnell die Geduld und warf es wieder zurück auf den Schreibtisch. Stattdessen nahm er Papier und Bleistift und begann zu zeichnen.

Ich schob meinen Stuhl näher heran. Er zeichnete ein Herz und begann, seine Faust rhythmisch zu öffnen und zu schließen. Anschließend zeichnete er zwei Formen und atmete übertrieben ein und aus. *Lunge*, dachte ich. Herz und Lunge. Ich nickte, und der Arzt wandte sich wieder seiner Skizze zu. Er zeigte auf das Herz und öffnete und schloss erneut seine Faust, dieses Mal jedoch langsamer. Dann zeigte er auf die Lungenflügel und begann, die untere Partie zu schattieren. Irgendetwas blockierte Aziz' Lunge. Erneut begann Doktor Özdemir, übertrieben zu atmen, dieses Mal jedoch schneller, mit viel Mühe und angestrengt verzogenem Gesicht.

Ich dachte, ein Baby – mein Baby – wäre noch viel zu jung, um Herzprobleme zu haben. Eine unendliche Hoffnungslosigkeit überkam mich. Wie könnten wir sein Herz behandeln?

Doktor Özdemir sah, dass seine Botschaft angekommen war. Er tippte mit dem Stift auf die Zeichnung in seinem Schoß. Intikal war ein kleines Dorf. Hier gab es keine Möglichkeit, die Behandlung vorzunehmen, die er für notwendig hielt. Röntgen- oder Bluntersuchungen waren hier nicht möglich. Aziz brauchte ein Krankenhaus. Aber ich hatte kein Geld, um die Behandlungen zu finanzieren, die mein Baby brauchte. Doktor Özdemir schüttelte den Kopf.

Der Arzt, der meine Welt auf eine Bleistiftzeichnung reduziert hatte, rieb sich die Stirn, zog ein Stück Papier aus der Tasche seines weißen Kittels und schrieb etwas auf. Das Rezept gab er Hayal. Mit ihrer Hilfe informierte er mich, dass das Medikament Aziz vorläufig Erleichterung verschaffen konnte, dass sein Zustand sich aber langfristig verschlimmern würde.

In Hayals Augen standen Tränen. Es fiel ihr schwer, die Worte des Arztes zu übersetzen.

An jenem Tag war es nicht die Sprache, die unserer Kommunikation im Weg stand. Selbst wenn er in fließendem Dari gesprochen hätte, ich hätte nicht fassen können, was er über die Chancen für meinen Sohn zu sagen hatte. Der Arzt sah mich an, und an seinem Blick las ich ab, dass meine Reaktion ihn nicht überraschte. Er wusste, dass ich mich weigern würde, die Krankheit zu akzeptieren, wie so viele Mütter es bis zum bitteren Ende taten.

Ich schob alles beiseite, was man mir sagte, und hielt mich an das, was ich selbst tun konnte. Ich brauchte etwas Greifbares, um mich über Wasser zu halten.

»Ich gebe ihm diese Medizin«, erklärte ich. »Wie oft am Tag? Und wie lange?«

Sie verstanden mich. Doktor Özdemir malte mit dem Zeigefinger Kreise in die Luft. Immer wieder. *Hafta* bedeutete Woche, sowohl auf Türkisch als auch auf Dari. Jede Woche, machte er mir verständlich. Ich nickte.

»Kommen Sie in zwei Wochen wieder«, sagte er. Hayal nickte, dankte dem Arzt und fragte ihn etwas, das ich nicht verstand. Doktor Özdemir schüttelte freundlich den Kopf und winkte ab. Ehe er ging, berührte er meinen Ellbogen und strich Aziz über die Stirn.

Ich war wie betäubt. Hayal schob mich aus der Praxis. Sie hatte nur den kleinen Zettel in der Hand.

Ich wusste nicht, wie viel die Medizin kosten würde. Schweigend machten wir uns auf den Heimweg. In der Apotheke zog ich Geldscheine aus meiner Börse, um für die Flasche mit Medizin zu bezahlen, die der Apotheker zubereitete. Weil ich keinesfalls länger warten wollte, zog ich die Decke von Aziz' Gesicht und zeigte auf seinen Mund. Hayal wandte sich an den Apotheker, der nickte, die Flasche öffnete und einige Tropfen der dunklen Flüssigkeit auf einen Plastiklöffel gab, die ich Aziz einflößte.

Das Herz meines Kindes war gebrochen, mehr noch als meines. Ich begrub die Wut auf meinen Mann, die ich verspürte, weil er sich dazu entschieden hatte, uns hierherzubringen. Aber nicht alles war sein Fehler, und wenn ich ruhig darüber nachdachte, war mir das auch klar. Wenn meine

Schultern jedoch unter dem Druck nachzugeben drohten, überkamen mich finstere Gefühle für ihn. Ich sah Starrsinn statt Beharrlichkeit, Stolz anstelle von Prinzipien und Leugnung statt Entschlossenheit. Das Strahlen unserer Ehe wurde schwächer. Ich betete darum, meinen Mann auch im Tod so innig lieben zu können, wie ich es zu seinen Lebzeiten getan hatte.

Im Namen Gottes, des Gnädigen und Erbarmers, schrie mein schweres Herz.

Kapitel 22

Saleem

Saleem hatte schweigend zugehört, als Madar-jan ihm von der Diagnose des Arztes berichtet hatte. Sie bewahrte Haltung, sprach in präzisen Sätzen und wies beruhigend darauf hin, dass die Medizin bereits zu einer Verbesserung geführt habe. Die Wahrheit jedoch lag zwischen ihren Worten, in den Schweigesekunden, die Saleem und Samira inzwischen kannten und fürchteten. Samira blickte ihren Bruder an. In ihrem Gesicht zeichnete sich das Gewicht all dessen ab, das sie nicht aussprach.

Saleem hatte die Augen nicht von seinem kleinen Bruder wenden können. Das Baby schlief behaglich, und sein Atem war ruhiger. Als Hayal ihrem Mann von der Neuigkeit berichtete, hatte Hakan den Kopf geschüttelt und geseufzt. Auf Saleem hatte der Blick seines Gastgebers mitleidig gewirkt, und das nahm er ihm übel. Jeden Tag schuftete er auf Polats Feldern, damit man ihn nicht bemitleidete. Der Ausdruck auf Hakans wohlmeinendem Gesicht und die Hand auf seiner Schulter – Saleem hatte einfach nur davonlaufen wollen.

Und jetzt saß Saleem hier am Rand des Fußballplatzes der Schule und riss Grashalme aus. Nach dem Sonnenstand zu schließen, würde die Schule bald zu Ende sein. Er spürte fast, wie die Schüler unruhig auf ihren Stühlen herumrutschten, den Minuten beim Verstreichen zusahen und sehnsüchtig darauf warteten, dass ihre Lehrer sie endlich gehen ließen. Vor langer, langer Zeit in einem fernen Land war Saleem ebenso gewesen – er hatte sich auf den Augenblick gefreut, in dem er Hefte und Stifte einpacken und zur Tür hinauslaufen durfte.

Aber das waren eine andere Zeit und ein anderer Saleem gewesen. Der neue Saleem sehnte sich nach einer Schule mit Klassenkameraden und Freunden. Er sehnte sich nach einem normalen Leben. Im Gegensatz zu Kabul war das normale Leben hier so nah, dass er es berühren konnte, und doch war es unendlich weit entfernt. Die Sehnsucht hatte ihn zu diesem schattigen Grasplatz an der Schule geführt. Jeden Tag auf dem Weg zu dem Lkw, der ihn in die Felder brachte, kam er hier vorbei und musste daran denken, wie anders alles hätte kommen können.

Morgens war Saleem zum Hof gefahren und hatte Polat verständlich gemacht, dass er an diesem Tag früher gehen müsse. Dabei hatte er eine Halbwahrheit über seinen Bruder gemurmelt. Der Bauer hatte gemurrt und Saleem ahnte, dass er ihm den Lohn kürzen würde. Aber Saleem wusste auch, dass Polat keine anderen Hilfskräfte hatte und er ihn morgen mit offenen Armen empfangen würde.

Wenn er schon kein normales Leben führen durfte, dann wollte er es wenigstens beobachten. Nur ein paar Stunden wollte er seine Füße im kühlen Gras spüren. Er brauchte einen Nachmittag ganz für sich allein, weit fort von der anstrengenden Arbeit.

Saleem versuchte, sich Aziz' Herz vorzustellen. Er spürte, wie sein eigenes in seiner Brust klopfte und manchmal heftig pochte. Einmal hatte er Tierherzen gesehen. Damals war er mit seinem Vater auf den Markt gegangen, um ein Huhn zu kaufen – einen selten gewordenen Leckerbissen zu *Eid* am Ende der langen Fastenzeit. Das Haushaltsbudget war schmaler geworden, seit Padar-jans Gehalt nicht mehr regelmäßig ausgezahlt worden war.

Saleem hatte zugesehen, wie der Metzger seine blutigen Hände mit einem Tuch abwischte, auf seinen Vater zuging und mit ihm redete. Sie scherzten einige Minuten miteinander, ehe Padar-jan nach einem schönen Huhn fragte. Der Metzger hob eine Augenbraue, und Saleem, der kleine Sohn, fühlte sich unendlich stolz. Die Waziris waren keine Durchschnittskunden, die nach dem billigsten Stück Fleisch fragten. Sie waren gekommen, um das Beste zu kaufen.

Während sein Vater und der Metzger um den Preis feilschten, sah sich Saleem in der Auslage um. An einem Haken hing ein gehäutetes Lamm. Die Fleischstücke und glänzenden Innereien, die dort aufgereiht nebeneinanderlagen, faszinierten Saleem und stießen ihn gleichzeitig ab. Er erinnerte sich, wie er am Ärmel seines Vaters gezupft hatte.

»Was ist das dort, Padar-jan?«, flüsterte er, weil er keinesfalls die Aufmerksamkeit des Metzgers auf sich ziehen wollte, andererseits jedoch seine Neugier kaum bezähmen konnte.

»Das sind Hühnerherzen.«

Padar-jan und der Metzger mussten grinsen, als Saleem mit einer Hand an seine Brust griff und seine Augen nicht von den aprikosengroßen Herzen in der Auslage abwenden konnte.

Das Schultor öffnete sich und die Schüler strömten lärmend hinaus. Saleem beneidete sie um ihre Schultaschen, ihre Hefte und darum, dass sie keine Verantwortung zu tragen hatten. Acht oder neun Jungen in seinem Alter stürmten auf den Fußballplatz. Als sie näher kamen, blickte Saleem vorsichtshalber auf seine Uhr. Er wollte keinesfalls unangenehm auffallen. In der vergangenen Nacht war die Uhr stehengeblieben. Er hatte noch einmal versucht, sie aufzuziehen, auch wenn er nicht glaubte, dass es funktionieren würde. Es handelte sich um eine Ingenieursuhr mit einem geheimnisvollen zweiten Zifferblatt im Zifferblatt. Vermutlich hätte Padar-jan sie reparieren können. Aber Saleem legte die Uhr nicht ab, weil er insgeheim hoffte, dass sie spontan wieder zum Leben erwachen könnte.

Einer der Jungen, der schlaksigste in der Gruppe, förderte aus seiner Tasche einen Fußball zutage. Saleem kribbelte es in den Füßen. Er brachte es nicht übers Herz, aufzustehen und zu gehen.

Vermutlich bemerken sie mich nicht einmal, dachte er. Er drehte sich so, dass er den Jungen, die inzwischen zu spielen begonnen hatten, das Profil zuwandte. Sie dribbelten über den Platz und riefen einander vermutlich eher unfreundliche Kommentare in einem Slang zu, den Saleem nicht verstand.

Kurz darauf versammelten sie sich auf dem Platz. Zwei der Jungen blickten zu Saleem hinüber. Er fühlte sich ertappt, stand auf und klopfte sich den Hosenboden ab. Er wollte gerade gehen, als einer der Jungen ihm etwas zurief. Er drehte sich um. Der schlaksige Junge rief erneut. Weil Saleem ihn nicht verstand, zuckte er nur mit den Schultern.

»No Turkish«, sagte er auf Englisch.

»No Turkish?« Der Junge lachte und schaltete auf Englisch um. »Möchtest du mit uns Fußball spielen, oder liegst du lieber im Gras herum?«

Saleem wusste nicht, wie ihm geschah. Er folgte dem Jungen zu den anderen, die sich bereits in zwei Mannschaften aufgeteilt hatten. Eine Mannschaft hatte einen Spieler zu wenig.

»Du spielst mit denen«, erklärte der Schlaksige und musterte Saleem von oben bis unten. »Hast du auch einen Namen?«

Saleem wusste nicht recht, ob er sich über ihn lustig machte.

»Saleem«, sagte er schließlich, nahm die Uhr ab und steckte sie in die Tasche.

»Saleem? Du sprichst langsam. Ich hoffe, du bewegst dich schneller.«

In Kabul hatte er viele Jungen wie diesen kennengelernt. Saleem ging zu seiner Mannschaft und begrüßte die Jungen mit einem raschen Nicken. Sie musterten ihn kurz, ehe sie ihre Positionen auf dem Spielfeld einnahmen.

Sofort fühlte er sich in seinem Element. Er war wieder in Kabul und nahm noch ein schnelles Match mit, ehe es dunkel wurde. Er lief, rannte, brachte den Ball vor Jungen in Sicherheit, für deren Namen er sich nicht interessierte, dribbelte, schoss Pässe zu seinen Teamgefährten. Unter anderen Umständen hätten diese Jungen ihn vielleicht gemieden. So aber war er kein Außenseiter. Saleem hielt Ausschau nach Verteidigern und bemühte sich, immer vor den anderen zu bleiben.

Zwar verlor seine Mannschaft mit einem Tor Rückstand, aber Saleem hatte sich den Respekt der anderen erspielt. Der keuchende und schwitzende Junge betrachtete ihn lange.

»Wo kommst du her?«, erkundigte er sich schließlich, während er sich die Stirn mit dem Handrücken abwischte.

»Afghanistan«, antwortete Saleem zögernd. Der Junge schien nicht weiter beeindruckt.

»Ich heiße übrigens Kemal.«

Kemal und Saleem wurden Freunde, soweit ein Einheimischer und ein Flüchtling in Intikal überhaupt Freunde werden konnten. Von diesem Tag an traf sich Saleem einmal in der Woche mit den Jungen zu einem Match. Dazu nahm er eigens für eine oder zwei Stunden den langen Fußmarsch vom Hof der Polats nach Intikal auf sich. Manchmal kehrte er sogar nach dem Spiel noch einmal auf den Hof zurück, um seine Arbeit zu beenden. An solchen Tagen war er todmüde und wurde von Heißhunger geplagt, aber das Gras unter seinen Füßen, das Schulterklopfen der anderen und der Wind im Gesicht waren es wert. Polat verzog zwar das Gesicht, tolerierte Saleems kleine Fluchten jedoch, weil er seine Arbeit auch so erledigte.

Zu Hause verschwieg Saleem seine neuen Aktivitäten. Er konnte sich nicht dazu durchringen, seiner Mutter zu gestehen, dass er sich eine Stunde in der Woche frei fühlte, denn wenn er heimkam, blickte er in das ängstliche Gesicht seiner Mutter. Sie verbrachte jede Minute damit, sich um Aziz zu kümmern oder um Arbeit zu betteln, die ihnen ein wenig einbrachte. Samira sprang ein, wo sie konnte, und passte entweder auf Aziz auf, wenn Madar-jan arbeitete, oder half Hayal und Hakan im Haus. Obwohl er sich unehrlich vorkam, erzählte Saleem nichts von seinen Verabredungen auf dem Fußballfeld.

Saleem war nicht schlagfertig genug, um auf die üblichen Scherze der Jungen auf dem Spielfeld zu antworten. Er hoffte, dass sein Schweigen als cooles Desinteresse ausgelegt wurde. Kemal machte dennoch seine Späße mit ihm und schien nicht allzu enttäuscht zu sein, wenn er nicht darauf reagierte.

Abends trafen sich die Jungen manchmal im Städtchen, um irgendwo eine Limo zu trinken und die spärlich bekleideten Damen in der Zeitschriftenwerbung zu bewundern. Saleem gesellte sich nur dann und wann zu ihnen. Seine verschwitzte Arbeitskleidung und die von der Feldarbeit wunden Hände waren ihm peinlich. Weil er seiner Mutter jedoch nicht alles verschweigen konnte, erzählte er ihr, dass er ein paar nette Jungen kennengelernt hatte und sich mit ihnen auf ein Glas Mineralwasser treffen wolle. Sie unterstützte ihn sofort, was ihm ein noch viel schlechteres Gewissen verursachte, weil er ihr so viel verschwieg.

Kemal hatte Saleem einmal nach Hause begleitet und wusste, wo er wohnte. Trotzdem überraschte es Saleem, dass er seinen Freund eines Abends beim Heimkommen mit Hakan in der Küche antraf. An diesem Abend erfuhr Saleem, dass Kemal sich anpassen konnte wie ein Chamäleon. Er bewunderte diese nützliche Fähigkeit.

»Gut, dass du kommst, Saleem. Du hast Besuch«, verkündete Hakan lächelnd.

»Hallo Saleem«, sagte Kemal fröhlich und stand auf.

»Wir haben uns gerade ein wenig unterhalten. Es ist schön, dass du dich mit ein paar Jungen aus dem Viertel angefreundet hast. Zufällig kenne ich Kemals Vater.«

»Hallo.« Saleem war ziemlich überrascht und nicht sonderlich begeistert, dass Kemal zu ihm nach Hause gekommen war. »Sie … kennen seinen Vater?«

»Ja, Saleem, ist das nicht lustig? Ich hatte ja keine Ahnung, dass der geschätzte Herr Hakan hier wohnt.«

»So ist es eben in Intikal. Jeder kennt jeden. Aber Kemal habe ich nicht mehr gesehen, seit er ganz klein war – er konnte damals kaum über den Tisch schauen«, lachte Hakan, und Kemal grinste.

»Ich habe gerade erfahren, dass mein Vater und Herr Hakan an derselben Universität gelehrt haben«, erklärte er.

»Richtig, allerdings ist Kemals Vater deutlich jünger als ich. Er war damals noch ganz neu bei uns – ein sehr kluger Professor. Die Studenten mochten ihn sofort. Ich bin sicher, sein Sohn vermisst seinen Vater während des Semesters.«

Es war kaum zu übersehen, wie überrascht Saleem war, offensichtlich wusste er noch ziemlich wenig über Kemal. Hakan stand auf, stellte seine Teetasse in die Spüle und fuhr Kemal auf dem Weg dorthin mit der Hand durchs Haar. Wenn er sich konzentrierte, verstand Saleem das meiste von ihrem Gespräch. Kemals Türkisch war eine bereinigte Variante dessen, wie er sonst zu sprechen pflegte.

»So, Jungs, amüsiert euch. Kemal, grüße bitte deinen Vater von mir, wenn du ihn siehst, und sage ihm, dass ich seinen Besuch erwarte, sobald er wieder zurück ist. Es wäre schön, am Ende des Semesters ein paar Neuigkeiten zu erfahren.«

»Aber gern doch, Herr Hakan. Ich werde alles ausrichten und bin sicher, dass er sich sehr freut, von Ihnen zu hören. Es sind nur noch ein paar Wochen, bis er heimkommt.«

Nachdem Hakan die Küche verlassen hatte, schlug Kemal Saleem freundschaftlich auf die Schulter.

»Los, Mann. Nun schau doch nicht so finster drein. Und wisch dir den Schweiß aus dem Gesicht.«

Saleem grinste verlegen und ging, um sich die Spuren der Arbeit von Gesicht, Hals und Armen zu waschen. Madar-jan, Samira und Aziz hielten sich im Hinterzimmer auf. Aziz schlief schon, und Madar-jan flocht Samiras Haar. Saleem begrüßte sie und beugte sich hinunter, um seiner Mutter einen Kuss auf die Wange zu geben. Sie hatte Kemal kennengelernt, sagte, sie sei froh, dass Hakan die Familie zu kennen schien, und fand den jungen Mann sehr nett.

»Das ist er auch«, antwortete Saleem. »Macht es dir etwas aus, wenn ich noch ein Stück mit ihm spazieren gehe? Ich bin bald wieder zurück.«

»In Ordnung, *bachem*. Sei vorsichtig, und bleib nicht zu lang fort. Auch eine Mutter möchte manchmal etwas von ihrem Sohn haben.« Saleem versprach, nicht zu spät heimzukommen, und ging nach draußen, wo Kemal bereits ungeduldig auf ihn wartete. An seiner Unterlippe klebte eine Zigarette.

Saleem und der Professorensohn gingen zum Markt und freuten sich darauf, ein wenig Spaß zu haben. Die Lebensfreude fühlte sich so herrlich normal an, dass Saleem am liebsten auf die Knie gefallen wäre, um darum zu beten, dass es für immer so bleiben solle.

Kapitel 23

Saleem

Kemal, Hakan und Hayal sorgten dafür, dass sich Saleem Tausende Meilen von »zu Hause« durchaus wohl fühlte. Er wollte nicht darüber nachdenken, dass Intikal nur eine Zwischenstation auf ihrem Weg nach England war.

Aziz' Zustand hatte sich leicht verbessert. Noch immer hatte er wenig Appetit und war zu dünn, aber er schien sich nicht mehr so schlecht zu fühlen. Madar-jan verabreichte ihm seine Medizin genau nach Vorschrift und war froh über seine Fortschritte. Für ihren zweiten Besuch bei Doktor Özdemir hatte Madar-jan eine Platte mit besonderen *mantu*-Teigtaschen vorbereitet, um ihm ihre Dankbarkeit zu zeigen. Auch dieses Mal verzichtete er auf eine Bezahlung.

Obwohl alles gut zu laufen schien, wusste Saleem, dass sie bald ihre nächste Reise planen mussten, wenn sie wirklich nach England wollten. Zwar hatte Madar-jan die Familie in England mehrfach anzurufen versucht, war aber nicht ein einziges Mal durchgekommen.

Es widerstrebte ihr, es erneut zu probieren, aber Saleem wusste, dass die Verwandtschaft in England die einzige Hoffnung für die Waziris war. Die Medizin für Aziz war eine zusätzliche Belastung für ihre mageren Einkünfte. Es gab nichts, was Saleem vor den brutal langen Arbeitstagen auf dem Hof der Polats retten konnte, und ohne die Freundlichkeit von Hakan und Hayal säßen sie mit Sicherheit längst auf der Straße.

Kemal und Saleem verbrachten nun öfter auch außerhalb des Spielfelds Zeit miteinander. Die Verbindung zwischen Kemals Vater und Hakan sorgte dafür, dass Madar-jan sich wirklich über die Freundschaft der Jungen freute. Sie wünschte sich, dass er Gesellschaft hatte und seine karge Freizeit genoss. Als Kemal Saleem zur Hochzeit einer seiner Vettern einlud, zögerte Saleem jedoch. Er war sich nicht sicher, wie der Rest von Kemals Familie ihn aufnehmen würde – ihn, den Flüchtling, den Landarbeiter mit den schmutzigen Fingernägeln. Madar-jan jedoch ermutigte ihn.

In Kabul waren Hochzeiten große gesellschaftliche Ereignisse gewesen, was sich erst in den letzten Jahren unter den harten Restriktionen der Taliban geändert hatte. Madar-jan hatte es immer genossen, sich hübsch zu kleiden und sich an den Banketts, der Musik und dem Anblick von Braut und Bräutigam zu erfreuen, die gemeinsam in ein neues Leben aufbrachen. Obwohl sie nur selten über ihre eigene Hochzeit gesprochen hatte, wusste Saleem doch so viel, dass sie damals zum ersten Mal im Mittelpunkt der allgemeinen Aufmerksamkeit gestanden hatte und dass dieses Ereignis das Ende ihrer nicht ganz leichten Kindheit gewesen war – und er wusste auch von dem mit Blumen und Bändern geschmückten Auto, dem Trommler, der den Festzug angeführt hatte, und der Musik, die bis vier Uhr morgens gespielt hatte.

»Also, was könntest du anziehen, Saleem? Lass uns mal schauen …« Sie räumte in seinem Seesack herum, zog eine Hose heraus und wühlte weiter. »Hier ist dein gutes Hemd. Das müsste gehen. Warum probierst du es nicht mal an?«

»Madar-jan, die Hochzeit findet erst in drei Tagen statt.«

»Aber was ist, wenn es nicht mehr passt? Besser, wir wissen es jetzt als am Tag selbst.«

Die Hose war eindeutig zu kurz, und das Hemd hing lose um seine Schultern. Madar-jan ließ den Hosensaum heraus und sorgte dafür, dass Saleems Knöchel nicht vollständig zu sehen waren. Aber Hemd und Hose würden reichen müssen.

Am Freitagabend machte sich Saleem mit feuchten Händen zu Fuß zu Kemals Haus auf. Während des Rückwegs vom Bauernhof hatte er sich vorgestellt, wie es wohl wäre, als völlig Fremder an der privaten Feier einer türkischen Familie teilzunehmen. Ihm waren große Zweifel gekommen, aber weil er Kemal nicht enttäuschen wollte, hatte er seine Ängste beiseitegeschoben.

Saleem sollte Kemal und zwei seiner Vettern treffen und gemeinsam mit ihnen zur Hochzeit fahren. Der Rest der Familie war bereits unterwegs. Die Feier fand in einem Bauernhof außerhalb des Städtchens statt, und die Jungen wollten unbedingt vor dem Abendessen dort sein.

Kemals Vettern waren bereits in den Zwanzigern und damit etwas älter als die Jungen, aber sie waren beide aus dem gleichen Holz geschnitzt. Beide rauchten ununterbrochen und erzählten gern schlüpfrige Witze, kehrten aber jeden Abend an den Herd ihrer Mami heim. Als sie Saleem sahen, hoben sie kaum eine Augenbraue, so wenig interessierten sie sich für ihn. Sie parkten den Wagen und stürmten ins Haus in der Hoffnung, die religiöse Zeremonie versäumt zu haben, aber pünktlich zu Essen und Musik zu kommen.

Sie hatten den richtigen Zeitpunkt getroffen. Die Familien von Braut und Bräutigam schüttelten einander die Hände und gratulierten sich gegenseitig. Der Duft nach gebratenem Fleisch und gebackenem Käse lag in der Luft. Bis das Essen serviert werden würde, blieb den Gästen noch Zeit, ein wenig umherzuschlendern, und die Verwandten konnten den neuesten Klatsch, alte Geschichten und Klagen über das ungewöhnlich heiße Wetter austauschen.

Saleem nahm alles in sich auf. *Das hier könnte auch eine afghanische Hochzeit sein*, dachte er. Es gab kaum Unterschiede. In einer Ecke saßen die Männer und schwatzten. In einer anderen Ecke lachten Frauen miteinander. Türken und Afghanen waren sich ähnlicher, als er geglaubt hatte.

Das Essen war köstlich. Da Saleem nach der Arbeit keine Zeit mehr gehabt hatte, etwas zu essen, knurrte ihm schon seit der Ankunft der Magen.

Einige Mädchen hatten seine Aufmerksamkeit erregt, und er versuchte, sich nicht dabei erwischen zu lassen, wie er sie anstarrte. Zwar waren sie dezent gekleidet, aber unter den wadenlangen Röcken ließen sich ihre jugendlichen Kurven erahnen. Eines der Mädchen hatte kastanienbraunes Haar, die Locken ringelten sich um ihr Gesicht und reichten bis zu ihren Kirschlippen. Saleem musste sich sehr beherrschen, nicht ständig in ihre Richtung zu blicken.

»Möchtest du noch etwas essen?«, erkundigte sich Kemal, knuffte Saleem mit dem Ellbogen und stand auf. »Ich hole mir noch einen Nachschlag. Oder hast du Angst, dass dir die Hose platzt?«

»Nein, ich komme mit. Für diesen Kebab setze ich gerne meine Hose aufs Spiel.« Sie gingen zu dem langen Tisch, auf dem die Platten mit dem Essen aufgebaut waren. In einer Ecke standen Braut und Bräutigam und plauderten mit einigen Gästen.

»Die Familie hat lange auf diese Hochzeit gewartet«, erklärte Kemal. »Die Braut ist meine Cousine, der Bräutigam stammt aus einer Familie in der Nachbarschaft, die einen Bauernhof besitzt. Er liebt sie schon seit Jahren. Es gab da aber eine andere Familie, die gern gehabt hätte, dass meine Cousine ihren Sohn heiratet, damit die Felder zusammengelegt werden könnten. Doch meine Cousine war nicht interessiert, und ihr Vater kann die Leute ohnehin nicht leiden.«

Genau wie in Kabul, dachte Saleem.

Sie füllten ihre Mägen, lauschten der Musik und sahen zu, wie die Männer mit vorrückender Stunde immer rauflustiger wurden. Man klatschte, Füße und Ellbogen bewegten sich im Takt der Musik, die aus der Stereoanlage dröhnte. Der Rhythmus und die Instrumente erinnerten an die Musik aus Kabuls Vergangenheit. Tee und mit Sirup getränktes Gebäck wurden herumgereicht. Saleem, der sich nicht erinnern konnte, je so satt gewesen zu sein, lehnte trotzdem weder die köstliche Baklava noch den mit Pistazien bestreuten Nugat ab, den man ihm anbot. Könnte er doch dieses Festmahl mit seiner Familie teilen! Er leckte sich die klebrigen Finger und überlegte, ob es eine Möglichkeit gab, sich unbemerkt etwas in die Tasche zu stecken.

»Komm, wir gehen eine rauchen. Es ist viel zu heiß hier drin, findest du nicht?«, schlug Kemal vor. Saleem stimmte zu und folgte dem Freund hinter das Haus. Seine Ohren brummten. Tief atmete er die frische Luft ein, streckte die Arme aus und lächelte. Kemal musterte ihn amüsiert.

»Dir gefällt es, nicht wahr?«, fragte er und holte Zigaretten und Streichhölzer aus der Tasche.

»Es ist lang her, dass ich das letzte Mal auf einer Party war. Sehr lang.«

»Tja, hier in Intikal ist jeder Tag ein Fest«, entgegnete Kemal sarkastisch. Seine Zigarette zeichnete eine orange Glutspur in die Nacht. Sie gingen ein paar Schritte, als plötzlich ein lauter Knall die Nacht zerriss. Menschen schrien auf.

Sofort meldete sich Saleems Instinkt. Er packte Kemal an den Schultern und riss ihn zu Boden.

»Bleib unten«, brüllte er. Auf allen vieren krochen sie in die Deckung einer Scheune, von wo aus sie einen Blick auf das Haus werfen konnten. Kemal gehorchte Saleem blind. Wieder knallte es. Irgendwo zersplitterte Glas.

»Was ist passiert?«, schrie Kemal mit Panik in der Stimme. Für Saleem klangen die Schreie vertrauter als die Schüsse. Es waren die Schreie von Menschen, die angegriffen wurden.

»Meine Eltern«, schrie Kemal. Seine Stimme überschlug sich.

»Still!«, warnte Saleem und legte seinem Freund den Arm um die Schultern, um ihn zum Schweigen zu bringen. »Sei bitte eine Minute lang ganz still.«

Drei Schatten rannten aus dem Haus, sprangen in ein Auto und fuhren mit aufjaulendem Motor davon. Kaum war das Auto verschwunden, als Saleem und Kemal aufsprangen und ins Haus liefen. Die Schreie hatten sich in Klagelaute verwandelt.

Blut. Bei dem Geruch von Schießpulver und Metall revoltierte Saleems Magen. Menschen drängten sich in zwei Ecken des Raums. Ihr Stöhnen übertönte den Klang der festlichen Musik und sorgte für makabre Missklänge. Zwei Frauen hatten die Vorhänge von den Fenstern gerissen, um Bandagen daraus zu machen. Eine von ihnen war Kemals Mutter, die dabei laut nach ihrem Sohn rief.

»Mutter!« Kemal lief zu ihr. Sie ließ den Stoff fallen und packte seine Schultern.

»Ist dir nichts passiert? Alles in Ordnung? Oh, Gott sei Dank!«

»Mir geht es gut! Aber wo ist Vater?«

»Er hilft dort drüben deinen Vettern.« Sie griff nach dem Vorhang und lief zu einer Gruppe, die sich über eine Frau beugte.

Saleem stand wie vom Donner gerührt.

Schreiende Menschen liefen um ihn herum, als wäre er gar nicht da. Er sah, wie sich ihre Münder bewegten, und hörte den Klang der Stimmen von verängstigten und verletzten Leuten. Er sah sie rennen. Arme und Beine bewegten sich rings um ihn und schoben ihn manchmal einfach beiseite. Er konnte sich nicht bewegen.

Saleem war wieder in Kabul. Er hörte Raketen, er sah, wie Menschen ihre Kinder begruben und Familien ihre verschwundenen Väter beweinten. Sein Atem verlangsamte sich, seine Sicht verschwamm.

Es gab kein Entkommen. Das Blutvergießen war ihm

nach Intikal gefolgt. Wie naiv er doch gewesen war, als er gedacht hatte, all das hinter sich gelassen zu haben. Es tanzte um ihn herum, es verhöhnte ihn, es stupste ihn in die Rippen. Es war ihm die ganze Zeit gefolgt und hatte nur darauf gewartet, dass er selbstzufrieden wurde. Als kleiner Junge hatte Saleem den Kopf unter einem Kissen vergraben, um das Geräusch der Raketen nicht hören zu müssen. Jetzt hielt er sich die Ohren zu, um die Schreie zu ersticken.

Eines der Opfer war der Vater der Braut. Saleem sah, dass sein weißes Hemd blutrot war. Alle Farbe war aus seinem Gesicht gewichen. Seine Tochter hatte sich über ihn geworfen und schrie.

Und wo immer er sich hinwendete, sah Saleem seinen Vater.

Kapitel 24

Saleem

Als Saleem sich mit immer noch wild pochendem Herzen ins Schlafzimmer schlich, bewegte seine Mutter sich kaum. Er hörte Samiras leisen Atem. Während er nach seiner Matratze tastete, versuchte er, seine Augen an die Dunkelheit zu gewöhnen.

»Gut, dass du wieder zu Hause bist«, flüsterte Madar-jan. »Es muss furchtbar spät sein. Schlaf ein wenig, Saleem-jan.«

»Ja«, war alles, was Saleem hervorpressen konnte, ohne dass seine Stimme schwankte. Er ging ins Bad, ließ Wasser über seine Hände laufen und legte sie an sein Gesicht.

Schlaf ein wenig, hatte Madar-jan gesagt. *Schlaf ein wenig.*

Saleem schlüpfte aus Hemd und Hose und glitt unter das Laken. Er starrte nach oben und versuchte, den Rissen an der Decke mit den Augen zu folgen, um so zu vergessen, was er gesehen hatte. Aber alles kehrte zurück. Die Braut, deren Kleid mit dem Blut ihres Vaters befleckt gewesen war. Ihr Bruder, dem man ins Bein geschossen hatte, der lebte, aber schrecklich schrie, als man ihn in ein Auto verfrachtete und in die Klinik fuhr. Zwei weitere Personen hatten mehr Glück gehabt, sie hatten nur Streifschüsse am Arm abbekommen.

Glück ist relativ, dachte Saleem.

Eine Dreiviertelstunde lang hatte Chaos geherrscht. Einige der Gäste hatten einen kühlen Kopf bewahrt, die Kontrolle übernommen und Befehle gerufen. Jemand hatte die untröstliche Braut in ein Hinterzimmer gebracht. Der frisch vermählte Ehemann, der während des Durcheinanders vor Angst wie gelähmt gewesen war, hatte seinen Körper nach Verletzungen abgetastet, aber keine gefunden. Einer der Schützen hatte direkt auf ihn gezielt und abgedrückt, das Gewehr hatte eine Ladehemmung gehabt.

Glück.

Saleem ertappte sich dabei, dass er seine Gebete murmelte, als läge die Hand seines Vaters auf seiner Schulter, um ihn vom Fenster wegzuziehen und wieder zu erden. Er berührte die leblose Uhr an seinem Handgelenk, deren leises Ticken ihn sonst immer in den Schlaf gelullt hatte.

Kemals Vater hatte sie nach Hause gefahren und ihnen berichtet, was genau geschehen war. Drei Männer hatten sich gewaltsam Zugang zum Haus verschafft. Alle hatten sie erkannt. Es waren die Söhne der benachbarten Bauernfamilie gewesen, die die Braut für ihren eigenen Clan hatten gewinnen wollen. Wütend und gedemütigt, wie sie sich fühlten, hatten sie sich entschlossen, am Hochzeitstag der jungen Leute Rache zu nehmen.

Sie hatten den Brautvater, den Bräutigam und die Brüder der Braut ins Visier genommen. Die Gäste waren davongerannt und hatten Deckung unter den mit Süßigkeiten beladenen Tischen oder in den Nachbarräumen gesucht. Der Braut krümmten die Angreifer kein Haar, denn gerade das war bereits eine harte Strafe.

Und Kemal hatte noch nie etwas Schlimmeres gesehen als eine blutige Nase nach einer Rauferei auf der Straße.

Außerhalb der Stadtgrenzen tickten die Uhren offensichtlich anders. Wenn jemand sich entehrt fühlte, nahm er die Vergeltung selbst in die Hand.

Es dauerte endlos, bis die Polizei schließlich kam. Die Beamten schüttelten die Köpfe und gingen von einem zum anderen, um den Schaden aufzunehmen. Sie machten sich fleißig Notizen, aber wie sie gegen die Angreifer vorgehen wollten, blieb offen. Kemals Vater hatte beschlossen, die Jungen nach Hause zu fahren. Kemals Mutter fuhr mit seinen Tanten und Vettern in einem anderen Auto.

Während er darüber nachdachte, was Kemals Vater gesagt hatte, gelang es Saleem schließlich einzuschlafen:

Die Missgunst stirbt nie – Menschen schon.

Er erwachte unsanft, als Madar-jan laut aufschrie und ihm das Bettlaken fortzog. Mit halb geöffneten Augen setzte er sich auf. Ihre Hände betasteten seinen Körper und sein Gesicht.

»Was ist passiert? Warum ist Blut an deinen Kleidern? Bist du verletzt?«

Erneut kehrten die Ereignisse der Nacht zurück. Saleem lehnte den Kopf zurück und bedeckte die Augen mit den Händen.

»Ich bin nicht verletzt.« Samira war inzwischen ebenfalls hellwach und starrte ihn erschrocken an. »Es hat eine Schießerei gegeben, Madar-jan. Es war schrecklich.«

»Eine Schießerei? Was um Gottes willen redest du da?«

Noch immer war Madar-jan nicht überzeugt, dass ihr Sohn unversehrt war, und suchte seinen Körper weiter nach verborgenen Verletzungen ab.

Saleem schob ihre Hände von sich, stand auf und schüttelte die Schläfrigkeit ab. Er hatte seine blutverschmierte Kleidung in der Nacht einfach auf den Boden fallen lassen – ein schrecklicher Anblick am frühen Morgen. Mit leiser Stimme erzählte er ihr alles und hoffte, dass Samira sich nicht allzu sehr fürchtete. Er berichtete seiner Mutter, wie er geholfen hatte, den Bruder der Braut in das Auto zu heben, das ihn ins Krankenhaus bringen sollte.

Hätte er etwas länger schlafen dürfen, hätte er vielleicht die blutrünstigsten Passagen ausgelassen. Zum Schluss kamen ihm die Tränen, weil er sich vorwarf, so lang untätig gewesen zu sein. Ungläubig hörte Madar-jan ihm zu. Auch Samira war näher gekommen und lauschte mit der Aufmerksamkeit einer Erwachsenen. Madar-jan flüsterte ein Dankgebet, dass Gott ihren Sohn verschont hatte.

Sie nahm ihren ältesten Sohn in die Arme und wiegte ihn, wie sie sonst Aziz wiegte. Er ließ es zu und genoss den mütterlichen Duft, den Trost ihrer Arme und ihre Küsse auf seiner Stirn. Madar-jan bat Samira, Wasser aufzusetzen und sich um das Frühstück für Hakan und Hayal zu kümmern. Gehorsam stand Samira auf.

»Was ist mit deinem Freund Kemal? Ist er auch unverletzt geblieben?«

»Ja, Madar-jan. Wir waren zusammen draußen. Es geht ihm gut.«

»Und seine Eltern?«

»Sind beide wohlauf.«

Als Hakan und Hayal zum Frühstück herunterkamen, wiederholte Saleem die ganze Geschichte noch einmal. Sein Türkisch war erheblich besser geworden, seit er sich öfter mit Kemal und den anderen Jungen traf. Zwar musste er nach einigen Worten noch suchen, aber es gelang ihm, seinen Gastgebern von den Ereignissen der Nacht zu berichten. Hakan und Hayal saßen mit versteinerten Gesichtern da. Instinktiv legte Hayal ihre Hand auf Fereibas. Saleem jedoch erschien die Gewalt der vergangenen Nacht immer unwirklicher, eher wie eine Geschichte als wie etwas, das tatsächlich geschehen war.

Madar-jan suchte in den Gesichtern von Hakan und Hayal nach einer Erklärung. Wie hatte so etwas in Intikal passieren können? Hakan stand auf und erklärte, er wolle zu Kemals Haus gehen, um den Vater des Jungen zu sprechen. Innerhalb weniger Minuten hatte er sich angekleidet und war verschwunden.

»Ich komme zu spät zur Arbeit, Madar-jan. Ich sollte längst auf dem Hof sein«, sagte Saleem und blickte instinktiv auf seine Uhr. »Ich kriege eine Menge Ärger, wenn ich so spät aufkreuze.«

»Saleem, *bachem*, du gehst heute nicht zur Arbeit. Nach allem, was letzte Nacht geschehen ist, kommt das nicht infrage. Ich will dich in meiner Nähe haben.«

Saleem blickte auf seine Hände hinunter und stellte fest, dass sie zitterten. Er ahnte, dass er aussah wie der leibhaftige Tod, und empfand plötzlich das Bedürfnis, ein Bad zu nehmen und die Erlebnisse der Nacht mit heißem Wasser abzuwaschen.

Hayal machte ihm einen Tee mit Honig und brachte ihm einen Teller mit Brot und Käse. Saleem aß schweigend. Stumm wie immer blieb Samira ständig in seiner Nähe. Sie machte eine Flasche Milch für Aziz warm und nahm das Baby auf den Schoß, damit es ebenfalls frühstücken konnte. Zum ersten Mal seit langer Zeit sah es so aus, als ob das Baby der Waziris mit seinem gebrochenen Herzen in besserer Verfassung war als der Rest der Familie.

Saleem ging ins Bad, drehte das Wasser so heiß wie möglich auf und ließ es über seinen Kopf, sein Gesicht und seine Schultern laufen. Er schloss die Augen. Wieder sah er die Braut mit ihren blutverschmierten Wangen vor sich und hörte das Stöhnen ihres Bruders. Hastig öffnete Saleem die Augen wieder, doch das Bild schien sich in seine Netzhaut eingebrannt zu haben. Er schrubbte sich, bis seine Haut rot und wund war. Seine Schläfen pochten. Er drehte das Wasser ab. Das raue Handtuch schmerzte auf seiner geschundenen Haut.

Madar-jan saß im Schlafzimmer auf dem Bettrand und starrte traurig vor sich hin.

»Madar-jan?«, sprach Saleem sie zögernd an.

»Ich dachte, hier wären wir in Sicherheit«, flüsterte sie. »Ich dachte, es wäre hier anders als zu Hause.«

Saleem setzte sich neben sie.

»Ich habe uns an diesen Ort gebracht, weil wir dachten,

hier wäre es sicherer«, fuhr sie fort. »Wir dachten, es wäre besser für euch. Was habe ich bloß getan?«

Padar-jan war nicht hier, und so konnte sie die Reue, die sie darüber empfand, sie nach Intikal geführt zu haben, mit niemandem teilen. Saleem lehnte die Stirn gegen ihre Schulter.

»Wir konnten nicht in Kabul bleiben, Madar-jan. Wir hatten nichts mehr. Wir wären verhungert – oder Schlimmeres …«

»Aziz ging es dort besser. Er war in Ordnung, bis wir abgereist sind.« Ihre Augen glänzten. Sie verlor sich in einem rosigen Gestern, das nur in ihrer Einbildung existierte. »Samira musste nicht das schmutzige Geschirr fremder Leute waschen und ihre Wäsche falten. Du musstest nicht von Tagesanbruch bis in die Abenddämmerung schuften, bis deine Hände blutig waren. In Kabul ging es uns gut, aber ich habe uns hergebracht.«

Saleem wusste, dass Fereiba nichts anderes im Sinn gehabt hatte, als ihre Kinder gesund, satt und in Sicherheit zu sehen. Sie hatte nicht gewollt, dass sie wie Sklaven arbeiten mussten. Aber nun musste es ihr vorkommen, als hätte sie in allen Bereichen versagt.

»In Kabul ging es uns nicht gut, Madar-jan.« Saleem hockte sich vor sie. Es erschütterte ihn, dass seine Mutter zwar über ihn, aber nicht zu ihm sprach. »Erinnerst du dich nicht mehr? Wir hatten Angst. Wir hatten kein Geld, und wir konnten das Haus nicht mehr verlassen. Man hat uns dort kaum Luft zum Atmen gelassen.«

»Ich wollte, dass meine Kinder Kinder sein dürfen«, fuhr Fereiba wie in Trance fort. »Ich wollte, dass sie lachen und spielen können. Dass sie etwas lernen! Ich wollte, dass sie all das tun, was ich als kleines Mädchen gern getan hätte. Wie weit müssen wir noch gehen? Wie schnell müssen wir rennen?«

Saleem fand keine Worte, sie zu trösten oder ihr Erleichterung zu verschaffen. Es brach ihm fast das Herz, seine Mutter so sprechen zu hören und an ihren Gedanken teilzunehmen, die sie normalerweise vor ihren Kindern zu verbergen versuchte. Ihr Lachen und ihre Heiterkeit – hatte sie die nur aufgesetzt, um alle anderen zu beruhigen? In Wirklichkeit waren ihre Augen tränenleer. Alle echten Gefühle waren versiegt. Was übrig blieb, waren die dunklen Gedanken, die sie quälten, die sich herleiteten aus der Beobachtung dessen, was sie umgab. So sah es wahrhaft in ihrem Innersten aus.

»Es wird bestimmt klappen, Madar-jan, du wirst schon sehen. Das Schlimmste haben wir hinter uns. Ehe wirs uns versehen, sind wir in England, und dann wird alles gut.« Saleems Stimme brach. Aber er merkte, dass er längst nicht so zuversichtlich wirkte, wie seine Mutter es sonst immer getan hatte.

Doch der Gesichtsausdruck seiner Mutter veränderte sich sofort, als hätte Saleem einen Schalter umgelegt. Sie presste die Lippen zusammen, und in ihren Augen zeigte sich wieder Entschlossenheit. Sie straffte die Schultern und erwiderte Saleems hoffnungsvollen Blick.

»Ja, mein Sohn. Genau das werden wir tun. Wir gehen nach England.« Saleem fühlte sich erleichtert, dass seine Mutter aus ihrem tranceartigen Zustand erwacht war. Er nickte eifrig.

»Ja, Madar-jan. Wir müssen nur noch ein wenig Geld zur Seite legen.«

»Nein. Wir müssen uns auf den Weg machen. Wir verlassen Intikal. Wir verlassen die Türkei.«

»Wir verlassen die Türkei? Aber Madar-jan, wir haben doch kein …«

»Gott hätte uns kein deutlicheres Zeichen senden können. Wir werden uns bei Hakan und Hayal für ihre Gastfreundschaft bedanken, unsere Schulden bezahlen und unsere Habseligkeiten zusammenpacken. Mit jedem Tag, den wir noch hier verbringen, graben wir uns tiefer in ein Loch ein. Wenn wir jetzt nicht gehen, gehen wir vielleicht nie.«

Madar-jan glaubte daran, dass man nach vorne schauen musste. Das hatte sie in Wahrheit immer getan.

Kapitel 25

Saleem

Es war deutlich zu sehen, dass Hakan und Hayla ihre Tränen kaum zurückhalten konnten, als die Waziris sich verabschiedeten. Fereiba wollte die Miete für den letzten Monat bezahlen, aber Hayal lehnte freundlich ab. Mit erstickter Stimmte sagte sie, Fereiba solle das Geld lieber für ihre Kinder verwenden, und überreichte ihr eine Tasche mit genügend Nahrungsmitteln, um die ersten Tage zu überstehen. Die beiden Mütter umarmten sich herzlich. In den Monaten des Zusammenlebens waren sie gute Freundinnen geworden. Hayal war Gottes Raunen in Fereibas Ohr, das ihr sagte, dass Wunder manchmal in unerwarteter Form geschahen. Saleem dachte daran, wie Fereiba sich manchmal durch die Umstände verwirren ließ und diese Stimme in ihrem Ohr nicht immer erkannte, sondern sie für ihre eigene hielt. Aber als treue Freundin richtete Hayal Fereiba immer wieder auf, ohne dass sie Wert auf Dank legte.

Samira klammerte sich geradezu an Hayal. Sie wollte ihre Lehrerin, die Freundin, die Frau, die ihr Sicherheit bot, nicht verlassen.

Saleem beobachtete, wie Hakan dem Ganzen bedrückt zuschaute. Er hatte immer eine angemessene Distanz zu Fereiba und den Kindern gewahrt. Er hatte gewusst, wie verwaist und verletzlich sie waren, und war nie in ihre Privatsphäre eingedrungen, wie viele andere es vielleicht getan hätten. Was sie durchgemacht hatten und noch durchmachen würden, konnte er nicht ändern. Er hatte ihnen Schutz unter seinem Dach angeboten, und das hatte er getan, weil er es für richtig hielt.

Saleem spürte, dass Hakan für ihn fast den Stolz eines Vaters empfand. Er legte dem Jungen einen Arm um die Schulter und drückte ihn an sich. Saleem war inzwischen ein gutes Stück größer als an dem Tag vor vielen Monaten, als er Hakan vor der Moschee angesprochen hatte. Er biss sich auf die Lippen, weil er das Gefühl hatte, seinen Vater zu verraten, wenn er sich Hakans väterlicher Geste hingab, und doch gaben ihm solche Momente auch Kraft.

»Saleem, vor deiner Familie liegt eine lange und gefährliche Reise. Gott sieht alles, was du für deine Angehörigen und für dich selbst getan hast, und ich bin sicher, dass dein Vater sehr stolz wäre – sowohl auf dich als auch auf den Mann, der du einst sein wirst. Wir werden für euch beten. Hab Vertrauen, sei vorsichtig, und lass dich niemals entmutigen.«

Saleem nickte feierlich. Hakans Worte überraschten und demütigten ihn. Er hatte Fußball gespielt und behauptet, auf dem Hof zu arbeiten. Er hatte Zigaretten geraucht und Süßigkeiten aus dem Kiosk stibitzt, wenn der Eigentümer ihm den Rücken zuwandte. Er hatte sich über die Ansprüche seines kleinen Bruders geärgert und auch über Padar-jan, weil er die Familie in Afghanistan zurückgehalten hatte, bis es zu spät gewesen war. Niemand kannte diese Seite von Saleem. Er war nicht mehr unschuldig, er hatte seine Geheimnisse. Und dabei wäre er doch so gern die Persönlichkeit, die Hakan beschrieben hatte.

Er blickte seinem Gönner ins Gesicht. Noch immer frappierte ihn die Ähnlichkeit mit seinem Vater, aber mit jedem Tag verblasste die Erinnerung daran ein bisschen mehr. Manchmal lag Saleem nachts wach und versuchte, sich Padar-jans Bild, Stimme und Geruch ins Gedächtnis zurückzurufen, doch jeden Tag versank das Gestern ein wenig weiter in der Dunkelheit. Jeden Tag musste er ein wenig tiefer graben, um seinen Vater zu finden. Saleem klammerte sich an die Bilder, die er vor sich sah, weil er ihr Verblassen fürchtete. Und auch dafür schämte er sich.

Er war nicht mehr auf den Hof der Polats zurückgekehrt, obwohl man ihm dort noch fünf Tage Lohn schuldete. Er wusste, dass Polat ihn ohnehin nicht bezahlen würde, wenn er erfuhr, dass sein Erntehelfer nicht mehr wiederkommen würde. Ekin, die ihn weiter bedrängt hatte, würde nun wohl einen anderen Zeitvertreib finden müssen. Sich von Kemal zu verabschieden war schwierig. Ihre Freundschaft hatte sich auf eine kindliche Leichtigkeit und Jungenspiele ohne große Konsequenzen gegründet. Die blutige Hochzeit und Saleems Weiterreise lasteten schwer auf ihnen. Keiner der Jungen hatte das erwartet oder gewollt. Kemal machte sich nicht die Mühe, sich das Haar aus der Stirn zu streichen, obwohl es seine Augen verbarg, und wünschte Saleem nur leise eine gute Reise. Saleem kehrte seinem ersten Freund außerhalb Afghanistans den Rücken und wusste, dass sie nie wieder miteinander sprechen würden.

Die Waziris verließen Intikal mit einem Bus in Richtung Westküste, wo es Häfen und Schiffe gab, sodass man gut nach Griechenland gelangen konnte. Mit den belgischen Pässen, die Abdul Rahim ihnen besorgt hatte, brauchten sie keine Schleuser. Und falls diese Pässe sie durch den Zoll brachten, hätte sich der hohe Preis, den Madar-jan dafür bezahlt hatte, gelohnt.

Die Busreise war lang, holprig und stumm. Wortlos sahen die Waziris die grüne türkische Landschaft an sich vorbeiziehen. Und so ließen sie ein Leben hinter sich, das sie lieben gelernt hatten, und Tage, die wie im tröstlichen Rhythmus eines Trommelschlags vergangen waren. Erneut führte Madar-jan sie ins Ungewisse.

Izmir an der türkischen Westküste war eine Tagereise

entfernt. Als sie sich dem Hafen näherten, nahm Saleem die salzige Luft wahr – ein neuer Geruch für ihn, der immer nur im Landesinneren gelebt hatte. Er blickte zu den anderen hinüber, in deren Augen sich das schimmernde, türkisgrüne Wasser spiegelte. Die Reflexionen auf dem Meer ließen das Licht mal hier, mal dort aufblitzen, auf einem Schiffsrumpf oder auf den Flügeln einer Möwe. Samira lächelte. Die Sonne wärmte ihr Gesicht. Fereiba streichelte das Haar ihrer Tochter. Es war ein kurzer Augenblick der Freude – ein Augenblick, der sie antrieb, ihren Plan weiterzuverfolgen.

Saleem ging zu einem Schalter und kaufte Tickets für die ganze Familie. Der Verkäufer schwatzte mit dem Mann am Nachbarschalter und warf kaum einen Blick auf ihre Pässe. Als sich Saleem nach einem Fahrschein für Aziz erkundigte, winkte der Schalterbeamte ab.

Mit ihren Tickets in der Hand schauten sie erneut in die blaue Weite hinaus und bewunderten die riesenhaften Schiffe, die dort vor Anker lagen. Noch nie hatten sie ein Gewässer gesehen, das breiter war als ein Fluss.

»Wasser ist *roshanee*. Es ist Licht. Von so viel Wasser umgeben zu sein …« Tief atmete Fereiba die Seeluft ein. »Es muss etwas Gutes für uns bedeuten.«

Ihre Familie war auf das Licht des Glücks angewiesen.

Der Ticketverkäufer hatte auf ein dunkelblaues Fährschiff gezeigt, das wie ein Haus auf dem Wasser aussah. Saleem empfand eine geradezu kindliche Erregung, als er seine Mutter und die Geschwister auf das Schiff führte. Der Wind sprühte Gischttröpfchen in ihre Gesichter und kühlte ihre Wangen. Samiras Haar flatterte. Kichernd versuchte sie, es nach hinten zu streichen. Saleem und seine Mutter hielten inne. Es war unendlich lange her, dass sie dieses Kichern gehört hatten.

Wellen plätscherten an den Schiffsrumpf. Saleem und Samira lehnten sich über die Reling, um dem Meer näher zu sein. Die Überfahrt war viel zu kurz, sie hätte noch ewig dauern können, als ihre Ankunft auf der griechischen Insel Chios angekündigt wurde, von wo aus die Waziris die nächste Fähre nach Athen nehmen mussten.

Inmitten von Touristen in Shorts und griechischen Pendlern schulterten die Waziris ihr Gepäck und versuchten, möglichst unauffällig zu wirken. Denn auf jedem Abschnitt ihrer Reise konnten sie kontrolliert werden, und ihre wild pochenden Herzen und ihre gefälschten Dokumente konnten sie verraten.

Nach Griechenland einzureisen stellte sich jedoch als erheblich leichter heraus, als sie gedacht hatten. Und schon bald befanden sie sich auf dem nächsten Fährschiff. Die Überfahrt von Chios nach Athen dauerte länger und bot Fereiba mehr Gelegenheit, sich an der Weite des Meeres zu erfreuen und darum zu beten, dass es ein Vorbote für glücklichere Tage sein möge. Acht Stunden später erreichten sie Piräus, und die Nervosität stieg. Samira war an Saleems Schulter eingeschlafen. Madar-jan biss sich nervös auf die Lippen, als sie sich dem Hafen näherten.

Die uniformierten Männer am Pier machten der Familie Angst. Saleem und seine Mutter starrten mit unbewegten Gesichtern vor sich hin. Saleems Magen rebellierte, als ob er unter seinem Hemd einen prall gefüllten Ballon trüge, der bei der kleinsten Bewegung platzen könnte, sodass seine Verfehlungen aller Welt offenbart würden. Aber man scheuchte sie einfach mit der übrigen Menge von Bord. Saleem hatte das Gefühl, dass sich fremde Augen in seinen Rücken bohrten, aber nichts geschah. Und plötzlich standen sie inmitten hektischer Taxis im Hafen von Athen.

Die Türkei steht mit einem Fuß in Asien und mit dem anderen in Europa. In Griechenland ist alles ganz anders, hatte Hakan sie gewarnt. *Dort seid ihr endgültig nicht mehr in der Welt der Muslime.*

Saleem und seine Mutter wussten, dass Pakistan, der Iran

und Indien unter der Last der vielen Flüchtlinge aus Afghanistan ächzten. In Europa oder Amerika war dies weniger der Fall. Menschen, die nach Europa geflohen waren, sprachen niemals von Rückkehr. Berichte von ihrem glücklichen, neuen Leben verbreiteten sich wie der Duft reifer Pfirsiche mit dem Sommerwind. Europa, so sagte man, empfand Sympathie für die von Kriegen gebeutelten Bürger Afghanistans und bot ihnen eine ausgestreckte Hand.

Hakan hatte sich große Sorgen gemacht, weil Saleem so hohe Erwartungen an das Leben in England gehabt hatte. Er hoffte, dort wieder die Schule besuchen zu können, und war sicher, dass seine Mutter wieder als Lehrerin arbeiten könnte. Hakan jedoch hatte gesagt, dass es den Immigranten – unter ihnen viele Tausend Türken – in Europa oft nicht gut gehe. In Europa gebe es Menschen, so hatte er gesagt, die es den Waziris vermutlich übel nehmen würden, dass sie mit gefälschten Papieren eingereist waren, von den Wohltaten ihres Landes profitieren wollten und auch, dass sie anders aussahen. Trotzdem sei es die beste Möglichkeit für sie als afghanische Flüchtlinge.

Saleem hatte Hakans Warnungen sofort in den Wind geschlagen. Also schlenderten sie durch das Hafenviertel und fragten sich, ob es ihnen gelingen würde, als Griechen durchzugehen. Gleich nach der Abreise aus Intikal hatte Madar-jan die *chadri*, die ihr von den Taliban aufgezwungen worden war, zusammengefaltet und tief unten in ihrer Tasche verstaut. Sie freute sich, dass sie es nicht mehr brauchte. In Griechenland konnte sie sich kleiden wie im Kabul ihrer Jugend. Fereiba fuhr sich mit den Fingern durch ihr offenes Haar und fühlte sich wie neu geboren.

In drei Hotels erkundigten sie sich nach den Zimmerpreisen, die jedoch viel zu hoch für ihre schmale Geldbörse waren. Schließlich erbarmte sich eine Empfangsdame und wies Saleem den Weg zu einem kleineren, billigeren Hotel einen halben Kilometer weit entfernt. Sie zeichnete ihm den Weg auf einer Papierserviette auf, ehe sie ihre Aufmerksamkeit wieder dem kleinen Fernseher unter dem Tresen zuwandte.

Das *Attica Dream* war das Beste, was sie sich leisten konnten. Saleem handelte den Preis von vierzig Euro auf zwanzig Euro pro Nacht herunter und versprach dafür, besonders sauber und sehr ruhig zu sein. Die Angestellte, eine Frau in den Fünfzigern, sah Madar-jan mit den drei Kindern und den vier Gepäckstücken, wandte sich dem ledergebundenen Gästebuch zu und tippte mit dem Stift auf Namen und Daten. Das *Attica Dream* hatte Jahrzehnte ohne Renovierung überlebt, und die Eigentümer schien es nicht zu kümmern, dass kaum jemand ihre Pension aufsuchte. Auch dass das kleine Haus längst von neueren Hotels umringt war, schien sie nicht zu stören. Sie wollten das Geschäft aufgrund ihres Alters schon bald aufgeben, wenn nicht der Mangel an Gästen schon früher dafür sorgte.

Die Angestellte seufzte schwer, nickte zustimmend und tat so, als wäre es ein großes Opfer, das Zimmer für so wenig Geld zu vermieten. Saleem bezahlte für eine Nacht mit den in Chios eingetauschten Banknoten. Die Frau nahm den Schlüssel aus einer Holzkiste. Über knarrende Stufen ging es hinauf in ein Zimmer mit zwei Betten. Die Matratzen waren alt und durchgelegen, aber die Waziris waren froh, endlich die Beine ausstrecken und sich ausruhen zu können.

Saleems Beine pochten, als er sich hinlegte. Er schloss die Augen und dachte darüber nach, wie weit sie gekommen waren. Vielleicht war es ja wirklich die richtige Zeit gewesen, Intikal zu verlassen, und vielleicht hätten sie schon viel früher aufbrechen sollen. Die nächste Phase ihrer langen Reise sei angebrochen, hatte Madar-jan gesagt.

Jetzt sind wir also in Griechenland, dachte Saleem, während er versuchte, einzuschlafen. *Und wie geht es jetzt weiter?*

Kapitel 26

Saleem

Die Stunden vergingen im Schneckentempo. Saleem konnte nicht schlafen und lauschte den fernen Geräuschen von Unterhaltungen und Schritten auf der Straße unter seinem Fenster. Athen war rund um die Uhr wach. Irgendwann sickerten die ersten Sonnenstrahlen durch die dünnen Vorhänge. Samira reckte die Arme und bog mit geschlossenen Augen ihren Rücken durch. Aziz drehte sich auf den Bauch, und Fereiba schwang ihre Füße aus dem Bett. Sie rieb sich die Augen und stand auf. Saleem fühlte sich sehr erwachsen, als er seiner Familie beim Wachwerden zusah, so als wäre seine Schlaflosigkeit ein Zeichen für Reife.

In einem Bad, das so winzig war, dass Saleem mit ausgestreckten Armen alle vier Wände berühren konnte, spritzten sie sich kaltes Wasser ins Gesicht. Sie legten den letzten Rest des Essens, das Hayal ihnen mitgegeben hatte, auf ein Stück Papier und teilten es.

Anschließend duschte Saleem und ging hinaus, um etwas zu essen aufzutreiben und nach Möglichkeiten zu suchen, nach Italien zu gelangen. Athen war deutlich teurer als Intikal, und selbst das heruntergekommene Hotel würde ihre Ersparnisse bald plündern. Saleem steckte seinen Pass und ein paar Euros tief in die Jeanstasche.

Die Angestellte war am Morgen noch ebenso desinteressiert wie am Abend zuvor gewesen, hatte Saleem aber geraten, mit der U-Bahn nach Omonia zu fahren, wenn er etwas zu essen kaufen wolle. Und hier stand er jetzt.

Der silbrige Zug brauste in die Station und verschwand mit einigen neuen Passagieren an Bord wieder im Tunnel. Saleem sah zu, wie die anderen sich verhielten, und machte es genauso, bestieg den Zug in nervöser Erregung. Er tastete nach dem Zettel, auf dem die Angestellte ihm den Namen der Haltestelle notiert hatte, und verglich ihn mit dem Schriftzug auf den Wänden der Station. Er spielte mit dem Armband der Uhr an seinem Handgelenk und wunderte sich, dass ihm offenbar niemand Aufmerksamkeit schenkte, während er völlig eingenommen war vom Summen des Zuges, dem bitteren Kaffeegeruch und dem Rascheln von Zeitungen.

Hakan hatte Saleem erzählt, dass es in Griechenland viele Immigranten gäbe. Genau die wollte er finden und sich nach der besten Reisemöglichkeit nach Italien und billigem Essen erkundigen. Nachdem er ausgestiegen war, hielt er die Augen auf den Stadtplan geheftet, den er sich besorgt hatte, und duckte sich in die Menschenmenge, als Uniformierte vorübergingen. Er wanderte über Plätze und durch ein Labyrinth aus weitläufigen Gebäuden und gepflasterten Straßen. Die Männer waren gekleidet wie in der Türkei, die Frauen jedoch sahen ganz anders aus. Sie trugen enge Röcke und stellten tiefe Ausschnitte zur Schau, die seinen jugendlichen Blick unwiderstehlich anzogen. Um ihn herum bewegten sich nackte Arme und Beine, die es nicht störte, wenn er sie anstarrte. Durch die Straßen wanderten Menschen aller Formen und Farben. Viele hatten Kameras und kleine Bücher bei sich und blieben dann und wann stehen, um ein Foto zu machen.

Saleem hatte seinen leeren Rucksack mitgenommen und hoffte, ihn füllen zu können, um damit ins Hotel zurückkehren zu können. Er erreichte einen Kreisverkehr – viel größer als alles, was er in Kabul je gesehen hatte – mit einem Bordstein, Ampeln und sehr viel Verkehr. Von diesem Kreisel aus erstreckten sich kleinere Straßen voller Geschäfte wie die Finger einer Hand in alle Richtungen.

Männer, deren Haut schwarz wie die Nacht war, hockten auf den Bürgersteigen und boten Geldbörsen an, die sie in Jutesäcken transportierten. Unablässig blickten sie nach rechts und links und sprachen im Flüsterton Passanten an, um ihre Ware unter die Menschen zu bringen. Diese Männer sahen noch fremdartiger aus als er selbst, dachte Saleem, aber er war zu unsicher, um sie anzusprechen.

Ein Stück weiter verkauften zwei Männer Marionetten, die zu Radiomusik tanzten. Saleem staunte, dann erinnerte er sich an seine ursprüngliche Absicht, und er betrachtete die beiden Männer näher. Sie waren nicht ganz so dunkel wie die Börsenverkäufer und sahen aus, als stammten sie aus Indien. Eine blonde Frau zog ihr Kind von den Spielsachen fort. Ihr Haar reflektierte das Licht. Einer der Männer verstärkte seine Bemühungen und ließ die Puppe auf sie zutanzen. Die Frau schüttelte den Kopf, nahm ihr protestierendes Kind auf den Arm und eilte die Straße hinunter.

Der andere Verkäufer saß mit gekreuzten Beinen auf dem Bürgersteig, sah unendlich gelangweilt aus und hatte kaum einen Blick für Saleem übrig.

»Sprechen Sie Englisch?«, erkundigte sich Saleem vorsichtig.

Der Mann nickte fast unmerklich. Saleem fuhr fort.

»Woher kommen Sie?«

Der Mann blickte Saleem an, als hätte er das von Saleem auch gerne gewusst.

»Bangladesch«, antwortete er schließlich, hob die Augenbrauen und deutete auf Saleem.

»Ich? Aus Afghanistan.«

Der Mann nickte, als hätte er sich schon so etwas gedacht. Er sei bereits seit einem Jahr in Griechenland, erzählte er Saleem.

»Ich bin mit meiner Familie hier«, berichtete Saleem, »wir wollen nach Italien …«

»Viele, viele kommen aus Afghanistan …«, kommentierte der Straßenverkäufer abwesend.

Saleem blickte ihn fragend an.

»Hier? Arbeiten hier Afghanen?« Saleems Begegnungen mit Afghanen in der Türkei hatten zwar einen schalen Geschmack zurückgelassen, aber es war doch immer wieder tröstlich, Menschen zu finden, die aus dem eigenen Land stammten.

»Wo? Ich suche nach Afghanen. Können Sie mir helfen?«

»Afghanische Leute …« Der Mann aus Bangladesch legte den Kopf zur Seite und deutete in die Ferne. »Nicht hier. Weiter weg. Essen, schlafen zusammen.«

»Wo denn. Bitte, sagen Sie es mir.«

»Weit, weit weg.« Der Mann wedelte mit den Händen und schüttelte den Kopf. »Metro. Nicht laufen.«

Attiki Square, sagte er schließlich. Der Platz war so weit entfernt, dass Saleem ihn nicht auf seinem Metroplan finden konnte, aber bei den hohen Preisen wunderte Saleem sich nicht, dass sich die anderen Afghanen außerhalb des Stadtzentrums niedergelassen hatten. Der Bengale hob die Augenbrauen und blickte Saleem erwartungsvoll an. Dann zeigte er auf seine unberührten Marionetten und scheuchte ihn schließlich davon.

Saleem beschloss, zunächst nach etwas zu essen zu suchen. Er berührte die Scheine und Münzen in seiner Tasche. Es war nicht viel. Er ging an einem Kiosk vorüber, der Getränke und Zeitschriften verkaufte. Die Sonne stand bereits hoch am Himmel. Samira würde sicher bald hungrig werden, es aber bestimmt nicht zeigen.

Nervös berührte Saleem seine Uhr. Aus einem großen, grauen Gebäude in der Nähe strömten viele Menschen mit schweren Plastiktüten. In einigen der Tüten erkannte er Brotlaibe. Saleem betrat das Gebäude durch die Glastüren.

Innen sah es aus wie ein riesiger Hangar – so groß, dass er das Ende nicht erkennen konnte und den Kopf weit in den Nacken legen musste, um die Decke zu sehen. In drei Reihen säumten Stände die Gänge. Saleem sog mit bebenden Nasenflügeln die Luft ein. Es roch nach Salzlake, Fisch und Zwiebeln. Er wandte sich nach links und ging los. Ein starker Zuckergeruch machte ihm den Mund wässrig. Saleem ließ sich treiben.

Er wanderte durch die Gänge. Mit großen Augen betrachtete er Obst, Gemüse, Käse, Gebäck und Oliven. Die aufgesteckten Preise zeigten ihm jedoch, dass es wenig Hoffnung gab, sich etwas von diesen Köstlichkeiten leisten zu können.

Mit pochendem Herzen schmiedete er einen Plan.

Niemand beachtet dich. Genau wie in Intikal. Suche dir in aller Ruhe etwas aus, und achte darauf, wo die Ausgänge sind.

Saleem schlenderte zu einem Stand im ersten Gang. Der Mann hinter dem Tresen unterhielt sich lachend mit zwei Kunden, die seine Trockenfrüchte genau begutachteten. Saleem griff nach zwei Päckchen mit getrockneten Aprikosen und drehte sie langsam um. Seinen Rucksack hatte er von der Schulter gleiten lassen und geöffnet. Vorsichtig blickte Saleem nach rechts und links.

Niemand beachtet dich.

Verstohlen ließ er eines der Päckchen in seinen Rucksack fallen, während er sich vorbeugte und das andere Päckchen in die Auslage zurücklegte. Der Besitzer streifte ihn mit einem Blick, bemerkte, dass er die Aprikosen zurücklegte, und widmete sich wieder dem griechischen Paar.

Langsam ging Saleem weiter, wobei sein ganzer Körper unter Spannung stand, sodass er sofort lossprinten konnte, wenn es auch nur das geringste Anzeichen dafür geben sollte, dass er entdeckt worden war. Aber nichts geschah, und so schaute er sich weiter um. An einem Stand am Ende des Ganges, kaum zehn Meter vom Ausgang entfernt, sah er Brotlaibe, Fladenbrot und Käse. Saleems Magen knurrte ermutigend, während er im Geiste kalkulierte, wie man die Portionen aufteilen konnte. In einem der Käsestücke steckte ein Preisschild. Viel zu teuer! Saleem trat näher und sah ein zopfartig geflochtenes, dickes, mit Sesam bestreutes Brot.

Noch einmal schätzte Saleem den Abstand zwischen Stand und Tür ab. Wäre er erst einmal draußen, würde er nach links abbiegen und in Richtung des Hotels laufen.

Um die Auslage des Brotladens drängten sich sechs oder sieben Leute, die sich allerdings mehr für die benachbarte Abteilung mit Kuchen und Gebäck interessierten. Saleem nahm ganz beiläufig einen der dicken, geflochtenen Brotlaibe in die Hand und betrachtete ihn. Dann griff er nach einem großen runden Fladenbrot, begutachtete es und verdeckte damit den Brotzopf, der sich direkt über seinem geöffneten Rucksack befand. Während er mit der Linken die beiden Brote festhielt, griff er mit der Rechten nach einem großen Stück Käse.

Plötzlich wurde die Stimme des Verkäufers lauter. Die Kunden drängten sich näher an den Stand. Saleem spürte, wie ihm das Blut in die Wangen schoss. Er blickte auf und sah, dass der Verkäufer, ein älterer Mann mit grauem Haar und weißer Schürze, eines seiner vor Sirup triefenden Gebäckstücke aufgeschnitten hatte und den Kunden kleine, mundgerechte Stücke davon anbot. Niemand hatte Saleems Trick bemerkt.

»*Ela, ela!*« Gerade hatte Saleem dem Stand den Rücken gekehrt. Er blieb wie angewurzelt stehen und überlegte, ob er sich umdrehen oder sofort davonrennen sollte. Sein Mund war staubtrocken.

Der Mann mit der Schürze sagte etwas auf Griechisch und schob das Metalltablett mit den Gebäckstücken in Saleems Richtung.

Wollte er ihn auf die Probe stellen?

Der Bäcker nickte dem Jungen ermutigend zu. Saleem stellte sich so, dass der Mann seinen auffallend dicken Rucksack nicht sehen und Verdacht schöpfen konnte.

»Dokimase!« Der Bäcker zwinkerte. Saleem nahm ein klebriges Stück Kuchen vom Tablett. Der Mann nickte freundlich und wendete sich einer Frau mittleren Alters und ihrem Mann zu, die auf die Auslage zeigten und dabei die Glasscheibe verschmierten. Saleem schulterte seinen Rucksack und machte sich so ruhig wie möglich auf den Weg zum Ausgang. Der Rucksack, der inzwischen recht schwer war, drückte ihm in den Rücken.

Eine leichte Brise kühlte den Schweiß in seinem Nacken.

Kauen, befahl er sich. Der süße Sirup klebte an seinem Gaumen. Er schluckte, ohne etwas zu schmecken. Wie in Trance bewegte er sich durch schmalen Gassen und meinte überall vorwurfsvolle Blicke zu sehen. Immer wieder bog er ab, um den Markt und seine Kunden möglichst rasch hinter sich zu lassen. Innerhalb weniger Minuten hatte er sich verlaufen.

Keuchend lehnte er sich an eine Mauer. Auf der anderen Straßenseite entdeckte er das Metro-Zeichen. Das nette Lächeln des Brotverkäufers kam ihm in den Sinn.

Tut mir wirklich leid, dachte er. Und das war die Wahrheit.

Aber er fühlte auch noch etwas anderes – etwas, das er eigentlich nicht empfinden sollte. Er hob seinen schweren Rucksack hoch. Es war ein Erfolg – viele Pfund Erfolg. Mit seiner Beute konnte er seine Familie eine ganze Zeit lang ernähren, ohne die kostbaren Euros anzutasten. Jeder Bissen, den sie aßen, und alles, was sie taten, berechnete er nach Arbeitstagen in Tomatenernte oder Putzdiensten.

Irgendwer – das Schicksal, das Universum oder Gott – schuldete den Waziris eine Pause, dachte Saleem. Er spürte Abdul Rahims Hand auf seiner Schulter. Hakan stand vor ihm, und Padar-jans Stimme klang ihm in den Ohren.

Saleem-jan, mein Sohn, fahr eine prächtige Ernte ein.

Im Hotelzimmer breitete Saleem seine Beute auf Zeitungspapier aus.

»Wäre dein Vater hier, er wäre unendlich stolz auf dich«, seufzte Madar-jan und brach Brot und Käse in Stücke. »Gott segne dich für alles, was du tust, um die Familie am Leben zu erhalten. So viel zu essen! Wie viel hat das alles gekostet?«

Saleem nannte eine so unwahrscheinliche Summe, dass es ihn fast ärgerte, dass seine Mutter nicht nachhakte.

Sie aßen schweigend, wie sie es meistens taten. Es war einfacher, die Dinge, die sie dachten, nicht auszusprechen. Samira kaute langsam. Sesamsaat knackte zwischen ihren Zähnen. Sie strich sich eine Haarsträhne hinter das Ohr und blickte ihren Bruder an. Saleem wandte sich hastig ab. Sie hatte so viele Nächte nicht mehr als eine Armeslänge von ihm entfernt geschlafen, dass sie es sofort ahnte, wenn er etwas zu verbergen hatte.

»Es gibt einen Stadtteil, in dem alle Afghanen leben«, berichtete er. »Morgen gehe ich hin und rede mit den Leuten. Vielleicht kann ich ja etwas Nützliches von ihnen erfahren.«

»Ein afghanisches Viertel so weit weg von zu Hause! Gott schütze diese Menschen …«

Obwohl sie ständig für andere beteten, bezweifelte Saleem, dass irgendwer auch für sie betete.

»Ich versuche, herauszufinden, wie man aus Griechenland wegkommt. Und vielleicht kann man mir dort ja auch sagen, ob es hier irgendeine Möglichkeit gibt, Geld zu verdienen.«

Er berichtete seiner Mutter von dem Bengalen, der tanzende Marionetten verkaufte, von der Metro und wie er seine Fahrkarte gekauft hatte. Er beschrieb den Markt, die Straßen und den Kreisverkehr, der ihn an Kabul erinnerte. Samira und Aziz hörten zu. Saleem übertrieb ein wenig, machte die Häuser höher und die Leute freundlicher, und so erschuf er ein Zerrbild seines Tages. So hörte es sich interessanter an, meinte er.

Mit vollem Magen wuchs die Zuversicht, und sie machten Pläne für den nächsten und die darauf folgenden Tage.

»Du musst beharrlich und entschlossen vorgehen«, sagte Madar-jan. »Und ich glaube, das schaffst du. *Inshallah, bachem.*« Madar-jan seufzte, während sie dankbar das gestohlene Essen kaute. *So Gott will.*

Kapitel 27

Saleem

Am folgenden Morgen verließ Saleem das Hotel voller Selbstvertrauen, das er aus dem Erfolg des Vortags schöpfte. Der Hotelbesitzer war einverstanden, dass die Familie eine weitere Woche in seinem Etablissement verbrachte und einen geringeren Preis zahlte. Im Gegenzug würde Madar-jan ihm in der Küche und bei den Putzarbeiten helfen. Samira blieb im Zimmer und passte auf Aziz auf, während Madar-jan unten im Hotel Hausarbeit verrichtete.

Inzwischen hatte sich Saleem nach dem Weg zum Attiki Square erkundigt, der viel näher lag, als der Bengale ihn hatte glauben lassen. Er suchte sich einen Weg durch die Gassen und zwischen Geschäften hindurch. Die Straßen waren weniger belebt als am Tag zuvor, aber es war auch deutlich früher.

Saleem trat vor einen Kiosk. Die Frau im Innern war damit beschäftigt, die Regale mit Zigarettenpäckchen zu bestücken. Saleem tat so, als überflöge er die Zeitungen. Er blätterte sie durch, als könne er etwas davon lesen.

Neben den Zeitschriftenregalen standen Flaschen mit Limonade. Da sich außer ihm niemand auf der gepflasterten Straße aufhielt, ließ Saleem eine Flasche in seinen Rucksack gleiten, ohne den Rücken der Frau aus den Augen zu lassen. Als sie sich umdrehte, griff er nach einem Kaugummipäckchen, legte es auf den Tresen und kramte eine Handvoll Münzen aus seiner Hosentasche. Sie nahm sich, was er ihr schuldete. Er nickte dankbar, warf sich seinen Rucksack über die Schulter und ging weiter.

Nachdem er ein paarmal abgebogen war, setzte er die Flasche an den Mund und trank einen großen Schluck. Die süße Flüssigkeit kribbelte auf seiner Zunge, schmeckte aber längst nicht so gut, wie er es erwartet hatte. Auch den Nervenkitzel des Vortags empfand er nicht mehr. Er trank die Flasche aus, so schnell er konnte, weil er sie gern loswerden wollte.

Dann wanderte Saleem weiter. Der Himmel war klar. Er bewunderte die Hochhäuser mit ihren verschnörkelten Fassaden und den bunten Dächern. Diese Stadt hier lebte und hatte nichts von der Eintönigkeit Maschhads oder auch Intikals. Frauen mit nackten Beinen lachten, flirteten und lächelten auf offener Straße. Manche hatten geschminkte Augenlider oder Lippen und sahen aus wie die Frauen auf den Titelseiten der Magazine, die Saleem und seine Freunde an den Zeitschriftenständen in Intikal bestaunt hatten. Hier gab es sie tatsächlich, und sie waren so nah, dass man sie einfach ansprechen konnte. Junge Männer und Frauen schlenderten völlig ungeniert gemeinsam durch die Straßen. Saleem ertappte sich dabei, wie er sie anstarrte. Manche Passanten bemerkten es und beschleunigten ihren Schritt, um Abstand zwischen sich und den Jungen zu bringen, aber die meisten waren viel zu vertieft in ihre Gespräche.

Ein Stück weiter die Straße hinunter entdeckte Saleem drei junge Männer um die zwanzig, die an einer Skulptur lehnten und sich freundschaftlich miteinander unterhielten. Sie alle hatten dunkle Augen, dichte Augenbrauen und ausgemergelte Züge. Flüchtlinge ähnelten ihrer Kleidung: Sie waren verbrauchte, ausgefranste Versionen ihrer früheren Persönlichkeit. Saleem hatte gelernt, sie auf den ersten Blick zu erkennen.

»Hallo«, begrüßte er sie zögernd, obwohl er sich nicht sicher war, dass es sich um Afghanen handelte.

Die Männer blickten ihn erstaunt und neugierig an. Auch sie waren in der Lage, Menschen auf der Flucht zu erkennen, und erwarteten nun, mehr von Saleem zu hören.

»Ihr seid Afghanen, nicht wahr?«, erkundigte er sich.

Die drei Männer grinsten breit.

»Woran hast du uns erkannt? An unserem leeren Magen oder unserem schamlos guten Aussehen?« Sie lachten. Saleem spürte, wie er sich entspannte. Diese drei vermittelten ihm ein gutes Gefühl.

»Schön, endlich wieder einmal mit Landsleuten reden zu können. Ich habe das Gefühl, dass meine Zunge monatelang gefesselt war«, sagte Saleem.

»Wirklich? Dann lass sie los. Befreie deine Zunge«, grinste einer von ihnen. Er war der Kleinste in der Gruppe. »Ich heiße Abdullah. Wie hat es dich hierherverschlagen?«

»Ich komme aus der Türkei.«

»Schön für dich. Dann hast du das Meer also überlebt. Wir haben gehört, dass in der letzten Woche einigen Leute dieses Glück nicht zuteilgeworden ist. Sie sind ertrunken. Gott hat dich gerettet«, sagte Abdullah.

»Da hat er recht, du hast viel Glück gehabt«, fügte sein Freund hinzu. Der junge Mann war größer, hatte ein rundliches Gesicht und einen etwas dürftigen Schnurrbart. »Das Boot, mit dem ich gekommen bin …«

Seine Freunde stöhnten gutmütig und bereiteten sich darauf vor, seine Geschichte zum hundertsten Mal zu hören.

»Das Boot, mit dem ich gekommen bin, sah aus, als hätte man es aus Pappe und Sperrholz zusammengezimmert. Eigentlich gab es nur Platz für acht Leute, aber diese Schweine … Du weißt ja, wie sie sind. Und es gab schreckliche Wellen in dieser Nacht. Bei Tag sieht das Meer schön aus, aber bei Nacht frisst es Menschen mit Haut und Haaren.«

Saleem empfand tatsächlich große Dankbarkeit.

Gott, ich danke dir für die Pässe, die uns diesen Albtraum erspart haben.

»Seit wann bist du hier?«, erkundigte sich Abdullah und fuhr gleich darauf fort: »Das ist übrigens Jamal, und unser Freund dort heißt Hassan. Wie heißt du?«

»Saleem. Ich bin erst seit zwei Tagen hier. Ein Mann aus Bangladesch hat mir erzählt, dass die Afghanen alle hier in dieser Gegend sind.«

»Oh, dann bist du ja ganz neu hier in der Stadt. Gut, wir heißen dich herzlich willkommen in Griechenland, weil das sonst sicher niemand anders tut.« Seine Freunde kicherten.

»Ja, ich denke, du wirst es hier lieben – genau wie wir, oder?« Über Hassans Unterarm schlängelte sich eine lange, dicke Narbe. Saleem bemühte sich, nicht hinzuschauen.

»Und wie lang seid ihr schon hier?«, fragte er das Trio.

Hassan antwortete als Erster. »Seit zwei Jahren. Diese beiden kamen ein halbes Jahr nach mir. Und du bist wirklich erst seit zwei Tagen da? Wo schläfst du?«

»In der Nähe des Hafens. Wir bleiben nicht hier. Ich habe eine Tante und einen Onkel in England, und wir versuchen, uns dahin durchzuschlagen.«

»Wir? Dann bist du nicht allein?«, wollte Jamal wissen.

»Äh, nein.« Saleem zögerte und ermahnte sich, nicht gleich alles auszuplaudern. »Ich bin mit meiner Familie hier.«

»Du Glücklicher! Du hast es von Afghanistan bis hierher mit deiner Familie geschafft! Wie viele seid ihr?« Jamal starrte ihn mit großen Augen an und wirkte beeindruckt.

»Wir sind zu viert«, antwortete Saleem einfach. Er wollte nicht noch einmal so unliebsame Aufmerksamkeit erregen wie in der Türkei.

»Du hast wirklich Glück«, meinte Abdullah. »Die meisten Afghanen, die du hier um den Attiki Square findest, sind so wie wir – Einzelkämpfer. Viele Jungen sind in deinem Alter. Jeder hofft, einen Asylantrag stellen zu können, aber Griechenland nimmt keine Flüchtlinge auf. Wir sind zwar hier, aber eigentlich will man uns hier nicht.«

»Aber man wird uns weniger leicht los als die Läuse in Hassans Haar«, scherzte Jamal. Hassan versetzte ihm einen freundschaftlichen Knuff. Saleem dachte sehnsüchtig an Kemal und die Jungen in Intikal, aber es tat wirklich gut, endlich einmal wieder jedes Wort zu verstehen. Es war ein Gespräch ohne Anstrengung. »Du hast gesagt, dass du auf der Suche nach Afghanen bist. Wir zeigen dir, wo du sie findest.« Sie gingen mit Saleem ein paar Blocks weiter und bogen schließlich hinter einem mit Graffiti beschmierten Gebäude ab. Die Gegend sah auffällig anders aus als das Viertel, das Saleem am Vortag erkundet hatte. Es gab hier weder Läden noch Touristen.

Auf einem großen Stück Brachland hinter den Häusern war die Dreiergruppe, die Saleem gerade kennengelernt hatte, plötzlich nicht mehr alleine. Überall waren Männer und Jungen. Sie lagen vor selbstgemachten Zelten oder saßen auf umgedrehten Eimern. Um zwei kleine Lagerfeuer hatten sich Menschen versammelt, die Wasser aus Fünf-Gallonen-Behältern zapften und aus der hohlen Hand tranken.

Hier war es so schmutzig wie in den am schlimmsten getroffenen Vierteln in Kabul. Saleem befand sich auf der düsteren Seite von Athen, in der geheimen Welt von Menschen, die eigentlich nicht existierten. Sie waren weder Immigranten noch Asylanten. Sie besaßen keine Dokumente, und man konnte sie nicht verfolgen. Sie waren wie Schatten, die in der Sonne verschwanden.

Hassan und Jamal machten sich auf die Suche nach etwas Essbarem. Sie hatten vor, hinter nahegelegenen Restaurants weggeworfene Lebensmittel zu stibitzen. Abdullah warnte sie, sie würden nur ihre Zeit vergeuden, und machte mit Saleem die Runde, um ihm andere Leute vorzustellen.

»Wir sind zwar hier unter Landsleuten – trotzdem solltest du vorsichtig sein, mit wem du redest. Siehst du den Typ dort in der Ecke im gelben T-Shirt?«

Ein Mann saß an einem Baum und lehnte den Rücken an den Stamm. Saleem fiel auf, dass sich die Leute ringsum zu Gruppen zusammengefunden hatten. Dieser Mann jedoch war allein.

»Klar sehe ich den.«

»Das ist Saboor. Von dem solltest du die Finger lassen.«

»Und warum?«

Abdullah senkte die Stimme und begann eine Geschichte zu erzählen, die wahrscheinlich im Camp ständig die Runde machte.

»Der Mann ist eine Schlange. Er bestiehlt seine eigenen Landsleute, also Menschen, denen es keineswegs besser geht als ihm. Wir können hier natürlich nichts abschließen, und so verstauen alle ihre Habseligkeiten in Taschen oder Plastiktüten, und unser wertvollster Besitz sind Lebensmittel. Wie dem auch sei – irgendwelche Leute sind nachts wach geworden und haben ihn dabei erwischt, dass er herumschnüffelte wie eine Ratte und ihre Tüten durchwühlte. Hier und da fehlten plötzlich Kleinigkeiten. Wenn du ohnehin nichts besitzt, sind Kleinigkeiten manchmal viel wert. Vor zwei Wochen hatte einer unserer Jungs – er heißt Kareem, ist ziemlich nett und stammt aus Mazar – eine Kartoffel ergattert. Er aß sie zur Hälfte und hob die andere Hälfte auf. Als er morgens wach wurde, stellte er fest, dass die halbe Kartoffel fort war. Und was mussten wir sehen? Klar, drüben am anderen Ende des Parks lief Saboor mit der halb gegessenen Kartoffel herum. Kareem war natürlich stinksauer. Er ging geradewegs auf Saboor zu – das hatte sich bisher noch niemand getraut – und beschuldigte ihn, die Kartoffel gestohlen zu haben. Saboor behauptete mit unbewegtem Gesicht, er habe die Kartoffel bei einer Kirche bekommen, die Essen austeilt. Dabei hatte es die ganze Woche über dort nichts gegeben. Kareem ließ nicht locker. Er forderte seine Kartoffel zurück und verlangte, dass Saboor sich für alles entschuldigte, was er schon gestohlen hatte. Saboor blickte Kareem direkt in die Augen und sagte: ›Wenn irgendwer Lust hat, Ärger zu machen wie dieser kleine Bastard hier, dann kann ich euch nur warnen. Ihr alle habt Familien in Afghanistan. Ich kenne eure Namen. Meinen Freunden zu Hause macht es nichts aus, den Leuten, die ihr Zuhause zurückgelassen habt, einen Besuch abzustatten. Versucht es nur, ihr werdet schon sehen, was dann passiert.‹ Seit diesem Tag gehen wir ihm aus dem Weg.«

»Wenn er wirklich so mächtige Freunde hat, warum ist er dann geflohen?«, fragte Saleem und wandte sich instinktiv von dem Mann ab.

Abdullah zuckte die Schultern. »Vermutlich lügt er, aber niemand will es genauer wissen. Halte dich einfach fern von ihm.«

Dann führte Abdullah Saleem zu einer Gruppe von sechs Jungen, die Karten spielten. Einige der Jungen waren noch sehr jung, kaum älter als Samira. Als Neuankömmling wurde Saleem herzlich begrüßt, und jeder war bereit, seine Flüchtlingsweisheiten mit ihm zu teilen.

Sie waren zusammen angekommen – eine Gruppe von fünfzehn jungen Männern. Man schickte sie zum »Ministerium«. Vom Ministerium wurden sie zu einem Büro weitergeschickt, das sich »Griechischer Flüchtlingsrat« nannte, sich aber überhaupt nicht für die Jungen interessierte. Man erklärte ihnen nur, dass sie Asyl beantragen könnten, sobald sie einen Job gefunden hätten, gleichzeitig aber warnte man sie, dass niemand einen Flüchtling einstellen würde. Außerdem sagte man ihnen, dass niemand für ihr Essen und ihre Unterkunft aufkommen würde.

Die jungen Männer und einige Familien waren von einer Insel namens Lesbos gekommen und sprachen diesen Namen nur sehr geringschätzig und kopfschüttelnd aus. Auf Lesbos, einer der vielen idyllischen griechischen Inseln, gab es ein Auffanglager. So, wie die Jungen es beschrieben, handelte es sich um ein riesiges Gefängnis. Es war überfüllt mit Flüchtlingen, die alles riskiert hatten, um ihr Land zu verlassen und jetzt in Griechenland festsaßen. In dem Lager hielten sich dreimal mehr Menschen auf, als es eigentlich fassen konnte. Manche der Bewohner kamen tagelang nicht an die frische Luft. Auf jede Toilette kamen mindestens hundert Benutzer.

Kein Flüchtling erfuhr, wie schlimm es dort zuging, ehe es zu spät war. Für manche Bewohner war es auf Lesbos so verstörend gewesen, dass sie bei der bloßen Erwähnung des Auffanglagers zu stöhnen begannen.

Als unbegleitete Jugendliche würden die Jungen nach Lesbos zurückgeschickt werden, und sie wollten auf keinen Fall noch einmal in dieses Gefängnis. Jamal, Hassan und Abdullah hatten beschlossen, sich mit neun weiteren Jugendlichen eine Wohnung zu teilen. Sie hatten davon geträumt, nach Deutschland zu gehen, denn sie hatten gehört, dass das Land allen Flüchtlingen Asyl garantierte und ihnen Essen und eine Unterkunft zur Verfügung stellte. In Griechenland jedoch wurden sie von der Polizei an der Weiterreise gehindert und hätten Papiere vorweisen müssen.

»Aber Papiere sind nicht alles«, erklärte Jamal. »Auf Lesbos haben sie Papiere für uns ausgestellt und uns angewiesen, sie immer bei uns zu tragen. Sei vorsichtig mit der Polizei hier. Selbst mit Papieren sind wir für sie nicht mehr wert als Straßenköter. Selbst vor manchen Kirchen, wo Essen ausgegeben wird, lungert die Polizei herum. Und Asyl bekommst du hier nicht.«

Saleem verbrachte den ganzen Tag damit, den Berichten zu lauschen. So schön und anmutig Griechenland auch war, so feindselig gab sich das Land. Viele der jungen Afghanen, die Saleem kennenlernte, bereuten Geld ausgegeben zu haben, um die griechische Küste zu erreichen.

In den folgenden Tagen kehrte Saleem immer wieder nach Attiki zurück. Die Jungen erklärten ihm, wo er besser nicht hingehen sollte, und zeigten ihm die Kirchen, wo Lebensmittel und Wasser ausgeteilt wurden.

Nachdem er von den Zuständen in dem Lager auf Lesbos erfahren hatte, scheute sich Saleem, Madar-jan, seine Schwester und den kleinen Bruder allein aus dem Haus gehen zu lassen. Sie hatten nur gefälschte Pässe, und das konnte auffallen. Er wollte keinesfalls riskieren, dass seine Familie in die Türkei oder – noch schlimmer – nach Afghanistan deportiert würde.

Saleem stahl weiterhin Lebensmittel und Dinge, die sie für den Alltag benötigten, wie Seife, aber er litt darunter, es tun zu müssen, und wurde fast verrückt darüber. Trotzdem musste er das Risiko eingehen, wenn sie genügend Geld sparen wollten, um England erreichen zu können.

Von Zeit zu Zeit kam eine griechische Menschenrechtsorganisation zum Attiki Square. Ehrenamtliche Helfer sprachen mit den Flüchtlingen, halfen ihnen mit den Dokumenten und gaben Lebensmittel und Wasser aus. Auch eine Krankenschwester war dabei, die kleine Wunden versorgte und Antibiotika verteilte. Aber die Geldmittel dieser Gruppe waren ebenfalls begrenzt. Bei den Mitgliedern handelte es sich hauptsächlich um junge Idealisten, die sich darüber empörten, dass ihre Regierung den Flüchtlingen derart menschenunwürdige Bedingungen zumutete. Ihnen lag es am Herzen, sich offen zu verhalten, und häufig waren sie die einzig zuverlässige Quelle für Informationen und etwas zu essen.

Einige der jungen Männer auf dem Platz vertrauten nicht einmal den Hilfsorganisationen. Zu ihnen gehörte auch Saleem. Er vermied jeden Augenkontakt mit den jungen Menschen, die in ihren violetten T-Shirts mit dem Logo der Organisation im Park ausschwärmten. Für seinen Geschmack fragten sie zu viel und wollten sogar manchmal Fotos machen.

Saleem fühlte sich sicherer, wenn er ihre Motive infrage stellte. Es machte ihn stolz, wenn er das Gefühl hatte, die Ehrenamtlichen austricksen zu können, und er hielt sich für schlauer als die anderen Jungs, die es zuließen, dass man ihre Geschichte auf kleine Blöcke schrieb oder aufnahm. Am liebsten ging er ihnen völlig aus dem Weg.

Bis er Roksana sah.

Kapitel 28

Saleem

»Wir können so nicht mehr weitermachen, Saleem-jan«, flüsterte Madar-jan, nachdem Samira und Aziz eingeschlafen waren.

»Wie meinst du das?«

»In ein paar Tagen ist das Geld alle, und wie haben noch einen langen Weg vor uns. Wir können nicht auf ein Wunder warten.«

»Ich weiß.«

»Glücklicherweise hast du wenigstens eine Möglichkeit gefunden, für Essen zu arbeiten.«

Dankbar dafür, dass es bereits dunkel war, biss sich Saleem auf die Lippen. Er hatte seiner Mutter erzählt, dass er in einem Café in der Stadt die Böden wischte und Kisten auslud und dafür Lebensmittel erhielt. Die Erklärung war plausibel, vor allem, wenn man es glauben wollte. In Wahrheit würde niemand ihn einstellen. Saleem war noch mehrmals in die Markthalle zurückgekehrt, hatte andere Stände erkundet und Dinge mitgenommen, die seine Familie brauchen konnte. Er empfand es als eine Sünde, zu der er gezwungen war. Um diese Sünde zu sühnen, aß er nur so viel, um seinen ärgsten Hunger zu stillen. Es war nicht einfach.

»Ich kann den Job jederzeit verlieren«, meinte Saleem. »Wir müssen uns nach England aufmachen, ehe das Geld alle ist.«

»Das ist richtig. Außerdem brauchen wir bald neue Medizin für deinen Bruder. Aber hier kann ich ihn nicht zum Arzt bringen oder ihm Medikamente verschreiben lassen. Es ist zu teuer – und jemand könnte uns bei der Polizei melden.«

»Du hast recht, Madar-jan«, nickte Saleem.

Es war nicht leicht zu entscheiden, wann sie den nächsten Teil der Reise in Angriff nehmen sollten, und es war so oder so ein Glücksspiel.

»Wir müssen das Richtige tun. Ich denke, mit dem Zug wäre es am besten – das hat auch Hakan gesagt. Auf Flughäfen wird zu viel kontrolliert. Auf dem Landweg sind die Chancen größer, durch die Maschen zu schlüpfen.«

»Morgen suche ich den Bahnhof, und dann frage ich die anderen Afghanen, was sie über die Züge wissen.«

»Da ist noch etwas, Saleem. Wir müssen ein paar harte Entscheidungen treffen, und ich habe lange darüber nachgedacht. Wir können nicht länger hier im Hotel bleiben. Selbst der niedrige Preis, zu dem sie uns hier wohnen lassen, ist noch zu hoch. Unser Geld geht schneller zur Neige, als ich angenommen hatte.«

Das einfache Zimmer mit den über Putz liegenden Leitungen, dem aufgesprungenen Putz und dem jämmerlichen Waschbecken, das ständig tropfte, war für Saleem fast ein Palast. Wenn er Attiki verließ und in dieses Hotel kam, wenn er sich auf das Bett legte und sich die Federn in seinen Rücken bohrten, wenn er auf das zweite Bett blickte und seine Mutter und seine Schwester sechzig Zentimeter über dem Boden anstatt im Freien schlafen sah, fühlte er sich wie ein König. Hier musste er morgens nicht voller Hoffnungslosigkeit aufstehen wie die Jungen von Attiki. Es gab ihm einen Grund, daran zu glauben, dass das Schicksal mehr für seine Familie bereithielt als ein klappriges Schiff, das auf offener See sank. Dieses Zimmer aufzugeben bedeutete, sehr viel aufzugeben. Hierzubleiben bedeutete allerdings, langsam auszubluten und keine Kraft mehr zu haben, um die Zukunft zu erreichen, auf die sie hofften.

»Das wird nicht leicht. Wir brauchen einen sicheren Ort, vor allem nachts.« Saleem wusste, dass manche der Jungen in Attiki nur wenige Stunden schliefen, weil sie nach Sonnenuntergang angesichts der zunehmenden Gefahr nicht mehr wagten, ihre Augen zu schließen.

»Du siehst aus, als könntest du einen Schluck Wasser brauchen. Hier«, sagte sie in perfektem Englisch. Roksana, die ehrenamtlich für die Hilfsorganisation arbeitete, hielt ihm eine Plastikflasche hin. Saleems Blick folgte der Hand bis zu dem schlanken Gelenk und dem graziösen Arm, von dem an aufwärts der Anblick noch besser wurde.

Sie trug ein violettes T-Shirt, das sie lose in ihre engen Jeans gesteckt hatte. Ihr glattes, schwarzes Haar fiel geschmeidig zur Seite, als sie den Kopf neigte. Sie sah aus, als wäre sie ungefähr so alt wie er – vielleicht sechzehn. Ein Wimpernaufschlag ihrer mit Kajal umrahmten Augen zog seine Aufmerksamkeit auf sich. Sie lächelte nicht und zeigte auch keinerlei Anzeichen von besonderer Sympathie.

»Danke«, sagte Saleem und nahm die Flasche an.

»Gerne«, erwiderte sie. »Wie heißt du?« Obwohl ihr Gesicht zu einer höchst romantischen Liebesballade auf Dari hätte inspirieren können, war ihr Tonfall völlig geschäftsmäßig. Sie war ein so umwerfendes Mädchen, dass sie sich schon aus reiner Notwendigkeit eines härteren Umgangstons bedienen musste – besonders an einem Ort wie Attiki.

»Saleem«, antwortete er. *Und mehr erfährt sie nicht*, mahnte er sich. Als er jedoch in ihre Augen blickte, spürte er, wie alle Vorbehalte fielen.

»Gut, Saleem. Ich habe dich noch nie hier gesehen. Wie lang bist du schon da?« Er wünschte sich, sie würde seinen Namen noch einmal aussprechen.

»Schon einige Wochen … aber ich wohne nicht hier.« Plötzlich schämte er sich, weil sie vielleicht dachte, dass er im Park schliefe. Er trank einen Schluck Wasser.

»Nicht? Wo denn sonst?«

Er trank noch einen Schluck, während er fieberhaft nachdachte. Gute Frage, dachte er, ehe er dem Gespräch eine andere Wendung gab.

»Und wie heißt du?«, erkundigte er sich freundlich. Sie antwortete nicht sofort, sondern blickte auf ihr Clipboard. Seine Frage gefiel ihr offenbar nicht.

»Roksana.«

»Rokshaana?«

»Nein, es heißt Rok-sa-na«, wiederholte sie mit deutlicher Betonung.

»Aber das ist ein afghanischer Name … Rokshaana«, wiederholte er lächelnd.

»Aber es ist mein Name – mein griechischer Name«, entgegnete sie und presste die Lippen aufeinander.

»Du kennst doch sicher Iskander … äh, Alexander den Großen. Er hat eine Afghanin geheiratet. Ihr Name war Rokshaana. Es ist der gleiche Name«, erklärte Saleem. Es tat ihm gut, ihr zu zeigen, dass er sich in Geschichte ein wenig auskannte. Sie sah aus, als bereue sie, sich ihm genähert zu haben. Dann fuhr sie geduldig fort:

»Ich bin aber nicht sie. Mein Name ist Roksana. Genug dazu. Sag mir doch bitte, Salem: Willst du in Griechenland bleiben oder weiterreisen?«

»Niemand will in Griechenland bleiben«, sagte Saleem leise.

Roksana, die weniger naiv war als die meisten Mädchen ihres Alters, wunderte sich keineswegs über Saleems Antwort.

»Und wo willst du hin?«

»Nach England«, seufzte Saleem. Als er es laut aussprach, kam es ihm auf einmal unerreichbar vor. »Meine Tante lebt dort.«

»Ah, England.« Roksana nickte und blickte zu den anderen Flüchtlingen hinüber. »England ist sehr beliebt.«

»Griechenland ist wunderschön, aber Griechenland will uns nicht.«

»Wir sind ein kleines Land, und die Regierung hat nicht genügend Geld, um allen zu helfen.«

»Aber ihr – ihr habt doch Lebensmittel und helft uns.«

»Wir sind ganz normale Leute und nicht die Regierung.« Roksana ließ sich weder über ihre Ideologie noch über eine Motivation aus. Sie war nicht gekommen, um ihre Beweggründe darzulegen, aber ihre Anwesenheit verriet Saleem bereits alles über ihre Einstellung. In ihrer Nähe fühlte Saleem sich wenig beredt.

»Dann bist du mit der Regierung also nicht zufrieden?«, erkundigte er sich besorgt. Dort, wo er herkam, war es äußerst gefährlich, sich den Ansichten der Machthaber entgegenzustellen. Roksana war jung und mutig. Saleems Vater hätte sie sicher gemocht.

»Wir glauben, dass man alle Menschen anständig behandeln sollte. Wir wissen, wie es den Menschen geht, die nach Griechenland kommen, und wir denken, dass es so nicht laufen sollte.«

»Man kann hier kein Asyl beantragen. Warum ist das hier so anders als in anderen Ländern?«

Zunächst hatten die Geschichten über Griechenland, die er von den Jungen in Attiki gehört hatte, Saleem in Angst versetzt. Er hatte gefürchtet, dass es im Rest Europas ähnlich sein würde, eine Art Todeszone, in der seine Familie für immer umherirren und Angst haben musste, nach Afghanistan zurückgeschickt zu werden. Das Leben in einem solchen Übergangszustand zehrte physisch und geistig an ihnen. Aber die Afghanen, die er kennengelernt hatte, erzählten auch von anderen Ländern. Länder wie Deutschland, die Niederlande oder Schweden trugen die Nase nicht so hoch wie Griechenland und die Türkei. In diesen

Ländern bot man Afghanen die Chance auf einen Neustart in ein besseres Leben.

»Die meisten Leute verstehen unser System nicht. Wie bist du hergekommen?«

Darauf wollte Saleem nicht antworten. Er schraubte den Verschluss der Wasserflasche wieder zu und zuckte heiter die Schultern. Sein fröhliches Ausweichen brachte Roksana zum Lachen.

»Erzähl mir lieber, was hier vorgeht«, sagte Saleem stattdessen.

»Schon gut, vergiss die Frage. Die meisten Leute, die herkommen, reagieren so. Sie werden festgenommen und von der Polizei in Lager gebracht. Eigentlich sollten es saubere und sichere Aufenthaltsorte sein, aber es sind einfach zu viele Menschen. Es gibt nicht genügend Platz. Die Leute vergleichen die Lager mit Gefängnissen, in denen auch Kinder untergebracht werden. Sie sagen, es ist schlimmer als in den Ländern, aus denen sie gekommen sind, und manchmal müssen sie monatelang dortbleiben. Aber irgendwann wird die Tür geöffnet, und sie bekommen Papiere, in denen steht, dass sie einen Monat haben, um Griechenland zu verlassen. Einige bekommen sogar eine Fahrkarte nach Athen, damit sie von dort aus abreisen können.«

»Aber was ist mit Asyl? Warum bekommt man hier kein Asyl?« Wieder einmal war Saleem dankbar für die falschen Pässe, die verhindert hatten, dass sie in Piräus angehalten worden waren. Sie waren ohne Probleme durch alle Kontrollen gekommen. Nach allem, was Roksana ihm da erzählte, war ihre Geschichte eine Ausnahme.

»Hier Asyl zu erhalten ist kompliziert.« Sie zeigte auf den Park. »Die Behörden arbeiten langsam und unzuverlässig. Verstehst du?«

»Warum reden deine Freunde hier mit den Flüchtlingen und schreiben alles auf?«

»Wir arbeiten ehrenamtlich. Wir tun das aus Überzeugung und werden nicht dafür bezahlt. Wir kommen, weil wir helfen wollen.«

Saleem betrachtete Roksana und fragte sich, wie er sich wohl an ihrer Stelle verhalten würde. Er versuchte, sich seine Situation als Gymnasiast in einem friedlichen Kabul auszumalen, der zu seinem Vater und seiner Mutter heimkommt. Würde er sich der Sache völlig fremder Menschen annehmen? Würde er so viel Interesse dafür aufbringen, wie diese Menschen behandelt wurden, dass er sich Zeit nähme, Lebensmittel zu verteilen oder Anträge für sie auszufüllen?

Er hoffte, dass es so war. Aber es war auch gut möglich, dass er gar nichts täte.

Allein darüber nachzudenken war schon schmerzlich. Möglich, dass er nie wieder zu der Person werden würde, die er früher einmal gewesen war – einem Menschen, der lachen und träumen konnte und der eine Heimat besaß. Möglich, dass diese Person, genau wie sein Vater, in einem namenlosen Grab irgendwo in Afghanistan lag.

Bei ihrem zweiten Treffen, am Tag nachdem Saleems Familie das Attica Dream verlassen hatte, fragte Roksana direkter nach.

»*Ela*, willst du nun Asyl beantragen oder nicht?« An diesem Tag redete Roksana Klartext. Sie saßen auf den Betonstufen, die zum Park führten. Saleem wollte sie fragen, ob sie einen Ort wusste, wo seine Familie unterkommen konnte. Sonst würden sie in dieser Nacht, so wie bereits in der Nacht zuvor, auf der Straße übernachten müssen.

»Warum fragst du, Roksana? Ich will nicht in Griechenland bleiben, sondern meine Familie nach England bringen. Außerdem hast du mir gesagt, dass die Griechen kein Asyl bieten. Wozu dann die Papiere?« Saleem fand sein Englisch ziemlich unzureichend, aber er war dankbar, dass sie sich zumindest verständigen konnten. Hätte er Dari mit ihr sprechen können, hätte er sehr viel mehr zu sagen gewusst, und vielleicht hätte sie ihn dann mit anderen Augen betrachtet.

»Doch, es kommt vor, dass Asylanträge positiv beschieden werden. Manchmal. Es hängt von der Vorgeschichte der Person oder der Familie ab, jede ist anders.« Nachdenklich blickte sie über den Park. »Ich denke, du hast eine Geschichte.«

»Wie meinst du das: eine Geschichte?«

»Nun, eine Geschichte. Der Grund, weswegen du mit deiner Familie Afghanistan verlassen hast. Manche sind fortgegangen, weil es keine Arbeit gab oder weil sie kriegsmüde waren, aber ich habe das Gefühl, dass es bei euch ein wenig anders war. Du möchtest vielleicht nicht darüber reden, aber ich könnte mir vorstellen, dass für euch eine Möglichkeit besteht, Asyl zu beantragen.«

»Wir sind aus vielen Gründen geflohen.«

Roksana blickte ihn an und wartete geduldig. Nach einer langen Pause begann Saleem schließlich mit tonloser Stimme zu sprechen.

»Es gab tatsächlich keine Arbeit, und der Krieg war schrecklich. Die Leute waren zum Warten verdammt. Sie warteten auf Frieden oder darauf, zu sterben.« Saleem blickte auf die Straße und die hohen Gebäude. Noch nie hatte er mit jemandem über Kabul und die Dinge gesprochen, die er dort erlebt hatte. Er wollte sich nicht noch öfter an die dunklen Zeiten erinnern, als er es ohnehin schon tat. Es war ein Gefühl, als tropfte ein Wasserhahn in seinem Kopf, ein gnadenloses Geräusch, das die Stille verstärkte. Trotzdem sprach er weiter.

»Meine Schwester durfte nicht zur Schule gehen, meine Mutter durfte nicht als Lehrerin arbeiten. Meine Tanten, Onkel, Cousins und Cousinen hatten das Land längst verlassen. Aber meine Familie blieb. Wir hörten Raketen über den Himmel pfeifen und beteten, dass sie nicht auf unsere Betten fielen. Es gab keine Musik mehr. Wir mussten leben, wie die

Taliban es befahlen. Manchmal dachten wir, es wäre vielleicht besser, die Taliban zu akzeptieren, als immer weiterzukämpfen. Aber wer weiß – möglicherweise hätten die Taliban den Kämpfen Einhalt geboten, doch danach wären die Probleme sicher noch größer geworden. Meine Mutter durfte ohne einen Mann an ihrer Seite das Haus nicht verlassen. Nur ich war da. Ich musste auf den Markt gehen und einkaufen. Wir hatten nur wenig Geld. An einen Job war nicht zu denken. Irgendwann begriffen wir, dass wir eines Tages weder Geld noch Essen und schon gar kein Leben mehr haben würden.«

Roksana hörte ihm aufmerksam zu, wobei sie ihren Blick auf den Boden richtete.

Schweigend wanderte Saleem durch seine zerbrochenen Erinnerungen. Er war damals nicht älter als dreizehn oder vierzehn Jahre gewesen. Aber erst jetzt im Rückblick erfasste er, wie verzweifelt ihre Situation seither geworden war – vor allem, seit die Last, seine Familie zu ernähren, allein auf seinen Schultern lag.

»Saleem«, erkundigte sich Roksana fast flüsternd, »was ist mit deinem Vater?«

Saleem spielte mit der Uhr an seinem Handgelenk.

»Mein Vater ...«, begann er und spürte, wie seine Brust eng wurde, »mein Vater war Ingenieur. Er arbeitete für das Wasser- und Energieministerium. Er hatte hauptsächlich mit Wasser zu tun.«

Wie ungerecht es doch war, dass ihm die Worte fehlten, um die Arbeit seines Vaters genauer beschreiben zu können! Saleem fühlte sich unzulänglich.

»Mein Vater hielt einige Dinge für sehr wichtig für sein Land, aber andere Leute ... Eines Abends kamen drei Männer zu uns nach Hause. Ich habe gehört, wie sie mit meinem Vater redeten. Nach diesem Abend sah ich meinen Vater nie wieder.«

Saleem ballte Fäuste, um nicht in Tränen auszubrechen. Er hielt den Kopf gesenkt.

»Das tut mir leid«, flüsterte Roksana und legte ihm eine Hand auf die Schulter. »Ich wollte dich nicht …«

»Nein, nein«, wehrte Saleem ab. Ihre Hand und das Mitleid in ihrer Stimme ärgerten ihn. Er atmete tief durch und sprach beherrscht weiter. »Schließlich haben wir Kabul verlassen, weil wir befürchten mussten, dass die Männer zurückkommen würden. Außerdem wären wir auf Dauer verhungert.«

»Saleem, ich würde dir gern bei dem Asylantrag helfen. Deine Familie verdient es, dass diese Geschichte bekannt wird. Ihr hättet gute Aussichten.«

»Aber hier gibt es keine Hilfe für uns. Wir besitzen nichts. In England haben wir Familie. In anderen Ländern würde man uns unterstützen. Meine Mutter, meine Schwester und mein kleiner Bruder brauchen etwas zu essen und ein Zuhause.«

Roksanas Augen wurden weich. Sie widersprach ihm nicht.

»Was willst du in England machen?«

»Was ich machen will?« Saleem lachte und entspannte sich ein wenig. »Ich will ein rotes Auto fahren, im Restaurant essen und mir Filme anschauen.«

Roksana antwortete nicht. Saleems Lächeln erlosch, als er darüber nachdachte, was er sich wirklich wünschte. Er wollte mit seiner Schwester zur Schule gehen. Er wollte Aziz zu einem Arzt bringen. Er wollte, dass seine Mutter wieder als Lehrerin arbeiten konnte.

Er wandte sich an Roksana und verspürte einen leisen Stich angesichts ihres privilegierten Lebens.

»Was machst du eigentlich hier? Du gehst doch sicher zur Schule, oder?«

Roksana besuchte eine Internationale Schule mit Schwerpunkt Englisch. Ihre Eltern wollten gerne, dass sie unterschiedliche Nationalitäten kennenlernte.

»Warum kommst du hierher, Roksana? Du gehst auf

eine tolle Schule, du könntest in deiner Freizeit etwas mit deinen Freunden oder deiner Familie machen. Warum kommst du zu uns Afghanen in diesen schmutzigen Park? Du bist Griechin. Für uns ist es anders. Wir sind Afghanen, die Afghanistan verloren haben.«

Roksana wandte sich ab, um seinem bohrenden Blick auszuweichen.

»So unterschiedlich sind wir gar nicht, Saleem.«

Kapitel 29

Saleem

Als Saleem aufwachte, kribbelte sein Bein. Es dauerte einen Augenblick, ehe ihm bewusst wurde, was genau er da fühlte. Er hatte höchstens ein oder zwei Stunden geschlafen. Meistens hatte er wach gelegen, weil er zu viel Angst gehabt hatte, die Augen zu schließen.

Roksana hatte ihm von dem Spielplatz erzählt, der zwischen Häusern lag, die von der Athener Mittelschicht bewohnt wurden. Am Abend war die Gegend sehr ruhig. Der Spielplatz lag abseits der geschäftigen Straßen, und wenn die Läden geschlossen hatten, zeigten sich dort kaum noch Fußgänger. Die Waziris stellten ihre Taschen hinter eine Häuserecke, damit man sie nicht direkt als Flüchtlinge erkannte, und Saleem schubste Samira auf der Schaukel an, bis es dunkel genug war. Seine Mutter hatte eine Decke aus dem Hotel mitgenommen und sie alle, so gut es eben ging, damit zugedeckt.

Madar-jan ruhte im Sitzen und hatte ihren Kopf an eine Wand des Spielhauses gelehnt. Zwar waren ihre Augen geschlossen, aber an ihrem Atem bemerkte Saleem, dass sie wach war. Als sie spürte, wie er sich bewegte, öffnete sie die Augen.

»Entschuldige, Madar-jan«, flüsterte Saleem. »Ich wollte dich nicht wecken.«

»Guten Morgen, *bachem*«, sagte sie. Es war ein schöner Morgen. Der schwarze Himmel färbte sich allmählich dunkelblau. »Ich hoffe, du hast wenigstens ein bisschen geschlafen.«

»Ich denke schon.« Als er den Kopf drehte, fuhr ihm ein scharfer Schmerz durch den Nacken. Er rieb den verkrampften Muskel. Samiras Kopf lag auf Madar-jans Seite, das Bündel aus Stoffschichten, unter denen sich Aziz verbarg, hielt die Mutter in ihren Armen. Es sah aus, als hätte sie sich die ganze Nacht nicht bewegt.

Sie würde sich nie beklagen, dachte Saleem. Madar-jan lehnte sich zu ihm hinüber.

»*Bachem*, ich setze mich auf eine Bank neben den Schaukeln und lasse dich und Samira noch eine Weile schlafen. Wenn die ersten Leute kommen, wecke ich euch.«

Saleem nickte. »Ich gehe mit dir, Madar-jan.«

»Nein, bleib lieber hier. Samira wird sich besser fühlen, wenn sie aufwacht und ihr Bruder bei ihr ist. Du hast nicht viel geschlafen. Strecke deine Beine aus, und versuche, dich noch ein wenig auszuruhen.«

Saleem war viel zu müde, um ihr zu widersprechen. Seine schweren Lider fielen zu. Es fühlte sich an, als hätte er nur wenige Minuten geschlafen, als seine Mutter sie flüsternd weckte. Die Leute aus den Häusern brachten ihre Kinder zur Schule. Die Familie hatte ihre erste Nacht auf der Straße verbracht, und Saleem fragte sich, wie viele Nächte noch folgen würden, ehe sie wieder ein festes Dach über dem Kopf hätten.

Früh am Morgen konnte Saleem nicht viel tun. Er brauchte die Deckung der Menschenmenge für seine verbotenen Unternehmungen. Roksana war in der Schule. Sie hatte versprochen, ihn nachmittags in Attiki zu treffen. Das Mädchen war seine einzige Hoffnung.

Als sie schließlich kam, erkannte er an ihrem Gesichtsausdruck sofort, dass sie keine guten Nachrichten für ihn hatte.

»Ich konnte kein Zimmer für euch finden. Es gibt noch eine letzte Möglichkeit, aber da weiß ich noch nichts Näheres. Wie war die Nacht?«

»Ganz okay – ruhig und nicht zu kühl. Auf jeden Fall besser als jeder Ort, den ich hätte finden können.« Solange man sie nicht in Handschellen abführte, hatte Saleem keine größeren Ansprüche.

»Na, Saleem-jan, wie geht's? Hast du Besuch von deiner Freundin?«, fragte Jamal auf Dari. Roksanas Augen wurden schmal, und sie warf ihm einen eisigen Blick zu. Verwundert schaute Saleem zu Jamal hinüber, der ihre Reaktion ebenfalls sofort registrierte.

»Ich finde es sehr nett, dass sie ihre Freizeit damit verbringt, Leuten wie uns zu helfen. Wir sollten ihr ein wenig Respekt entgegenbringen.« Saleem hatte nicht beabsichtigt, Jamal zurechtzuweisen, aber er mochte es nicht, wenn man so über Roksana sprach, auch wenn es nicht wirklich böse gemeint war.

»Saleem, der große Verteidiger der Ehre!«, lächelte Jamal. »Hallo, Roksana, wie geht es dir heute?«, fügte er in überkorrektem Englisch hinzu.

»Gut. Du solltest dir lieber ein paar Sandwichs von Niko besorgen, ehe sie alle sind.« Ihr Tonfall war kühl.

Jamal war hungrig, und so kümmerte er sich nicht weiter darum, ob Roksana verstanden hatte, was er über sie gesagt hatte. Eilig huschte er zu Niko hinüber, der mit einem großen Karton auf dem Platz stand. Es dauerte eine Weile, ehe Roksana das Gespräch wieder aufnahm.

»Die beste Möglichkeit für euch ist der Zug. Innerhalb Europas finden keine Passkontrollen statt. Die Grenzen sind offen. Wenn du möchtest, gehe ich mit dir zum Bahnhof, die Tickets kaufen.«

»Sehr gern. Das würde mir sehr helfen.«

»Wann wollt ihr aufbrechen?« Ihr Augen-Make-up war verwischt und verlieh ihrem Gesichtsausdruck eine gewisse

Sprödigkeit. Und dennoch strahlten ihre Augen eine weiche Wärme aus, wenn sie es zuließ.

Weil er weder genügend Geld noch den Pass dabeihatte, den der Schalterbeamte würde sehen wollen, bat er Roksana, sich am folgenden Tag mit ihm am Bahnhof zu treffen. In der Zwischenzeit wollte sie weiter nach einer besseren Unterkunft für die Familie suchen.

»Gib nicht auf«, sagte sie zu ihm, »alles wird gut.«

In der nächsten Nacht regnete es. Es begann mit einem leichten Nieseln, doch dann wurden die Tropfen dicker und drangen durch die Holzlamellen in das Spielhaus. Saleem wachte auf und sah, wie Madar-jan Aziz und Samira mit allem bedeckte, was sie finden konnte, um zumindest ihre Köpfe trocken zu halten. Zehn erbarmungslose Minuten vergingen. Samira war hellwach. Regentränen liefen über ihre Wangen, und ihre Locken klebten an ihrem Gesicht. Nur Aziz blieb trocken, weil Madar-jan eine Plastiktüte über ihn hielt.

»Könntest du mich bitte bei Aziz ablösen, Saleem-jan?«, sagte sie. »Ich werde nachsehen, ob ich nicht etwas Besseres finden kann. Wir müssen trocken bleiben.«

»Ich gehe, Madar-jan«, bot Saleem an. »Lass mich etwas suchen.«

»Nein, *bachem*«, entgegnete sie vorsichtig, streckte die Beine aus und kletterte aus dem Miniaturhaus. »Ich brauche dich hier bei ihnen. Ich bleibe nicht lang fort.«

Dass sie fortging, war eine Qual. Saleem betrachtete seine Geschwister. Jetzt war er ganz allein für sie verantwortlich. Das Gefühl überforderte ihn. Ob Madar-jan sich auch immer so fühlte? Oder war es für sie als Mutter anders? Wenn sie sich jemals überfordert gefühlt haben sollte, hatte sie es jedenfalls kaum je gezeigt.

Was, wenn Aziz Probleme bekommt? Oder Samira zu weinen anfängt? Oder jemand kommen würde, um uns mitzunehmen?

Der gesamte Ärger, den er darüber empfunden hatte, dass er ganz allein für die Ernährung der Familie sorgen musste, während Madar-jan sich um die jüngeren Kinder kümmerte, fiel in sich zusammen und verwandelte sich in eine unendliche Sehnsucht, dass Madar-jan bald zurückkommen möge.

Saleem hielt durch das Plastikfenster des Spielhauses Ausschau nach ihr, aber er konnte in dieser Dunkelheit und bei dem Regen nichts erkennen. Minuten verrannen.

Als sie schließlich zurückkam, klebte ihr das Haar am Kopf und die völlig durchnässte Kleidung am Körper. Sie hatte auf dem Spielplatz Steine gesammelt, um damit eine Schicht Plastiktüten auf dem Dach des Spielhauses zu beschweren und so den Regen abzuhalten. Es funktionierte.

Obwohl es nach einer Stunde aufhörte zu regnen, waren ihre Kleider und ihr Brot durchnässt. Lange vor Sonnenaufgang faltete Madar-jan die Plastiktüten zusammen und brachte die Steine zurück in die Blumenbeete. Die Tüten bewahrte sie für den nächsten Regen auf.

In einer öffentlichen Toilette zogen sie sich um. Saleem kaufte für ein paar der kostbaren Euros frisches Brot und Saft. Stumm und erschöpft von der anstrengenden Nacht aßen sie schweigend.

Saleem und Madar-jan zählten das verbliebene Geld und legten den Betrag beiseite, den die Zugfahrkarten nach Roksanas Einschätzung kosten würden. Saleem stopfte das Geld und seinen belgischen Pass, so tief es ging, in die Tasche und machte sich auf den Weg. Er wollte die Tickets unbedingt noch an diesem Nachmittag kaufen und war froh, dass Roksana versprochen hatte, ihn am Bahnhof zu treffen.

Manchmal wünschte er sich, etwas mehr so zu sein wie Roksana – cool und voll Selbstvertrauen. Saleem wusste, dass ihre Eltern viel reisten, aber nicht, was sie arbeiteten. Roksana war Einzelkind, und ihre Eltern ließen ihr viel

Freiheit für ihr Alter. Aber jedes Mal, wenn er versuchte, mehr über sie zu erfahren, wich sie seinen Fragen aus und sprach wieder über seine Situation.

Roksana wühlte Saleem auf. Er empfand etwas für sie, das er hätte unterdrücken können, doch das wollte er nicht. Es fiel ihm schwer, sie nicht anzusehen, aber er hoffte, dass sie es nicht bemerkte. Manchmal überwältigte ihn das Bedürfnis fast, seine Arme um ihre Taille zu schlingen und sein Gesicht an ihrem Hals zu bergen, doch dem durfte er nicht nachgeben. Sie schien sich in seiner Gegenwart nicht unwohl zu fühlen, daher bezweifelte er, dass sie seine Gefühle erriet. Vielleicht ahnte sie etwas, kümmerte sich aber nicht weiter darum. Saleem konnte hierüber endlos nachdenken.

Saleem stand vor dem Bahnhof, um auf Roksana zu warten, und versuchte, sich so unauffällig wie möglich zu verhalten. Er hatte ein Schaufenster als Spiegel benutzt und sein Haar so ordentlich wie möglich mit den Fingern gekämmt. Schließlich entdeckte er sie auf der anderen Straßenseite. Sie hatte sich einen Rucksack über die Schulter geworfen. Saleem richtete sich auf. Roksana trug eine körperbetonte schwarze Bluse mit bis zu den Ellbogen aufgerollten Ärmeln und eine enge Jeans, die ein zartes Dreieck erahnen ließ.

»Hey. Wie war die Nacht?«

»Ganz gut«, antwortete er und zuckte lächelnd die Schultern.

»Und der Regen? Seid ihr trocken geblieben? Ich habe erst heute Morgen gemerkt, dass es geregnet hat, und musste den ganzen Tag an deinen kleinen Bruder denken.«

Da war es! Wieder ein Hinweis, dass sie mehr in ihm sah als in den anderen Flüchtlingen. Er nahm den Satz in sich auf wie all die anderen ähnlichen Bemerkungen, die ihm während ihrer Unterhaltungen aufgefallen waren. Darüber nachdenken würde er später.

»Alles in Ordnung. Klar, es war feucht, aber wir haben uns … zugedeckt. Aziz geht es gut.«

»Das freut mich. In der Zeitung steht, dass für den Rest der Woche kein Regen mehr erwartet wird. Dieses Problem ist also erst einmal aus der Welt.«

»Das ist gut.«

»Okay, dann wollen wir dir jetzt die Tickets besorgen, ja?« Roksana ging voraus. Gemeinsam blickten sie auf die Anzeigetafel, wo die Zugfahrpläne aufgelistet waren. »Weißt du schon, welche Strecke ihr nehmen wollt?«

»Ja, wir fahren nach Patras und nehmen dort die Fähre nach Italien.«

Roksana nickte zustimmend.

»Ja, ich glaube, das ist wirklich die beste Möglichkeit. Hast du das Geld dabei?«

Saleem kramte seinen Pass und die zusammengefalteten Geldscheine aus der Tasche. Roksana sagte ihm, er solle es bereithalten, blickte sich nach einem freien Schalter um und bedeutete Saleem, ihr zu folgen. Am Schalter begann sie mit besonders freundlicher Stimme einen Plausch mit der Beamtin, einer Frau mittleren Alters, an die Saleem sich sicher nicht gewendet hätte. Roksana lachte, schüttelte den Kopf und streckte ihre Hand nach hinten aus. Er reichte ihr Pass und Geld, ohne dass die Frau am Schalter etwas bemerkte.

Mit den Zugfahrkarten nach Patras verließen sie den Bahnhof. Roksana plauderte ungezwungen mit ihm, und Saleem konnte sich nicht erinnern, wann er sich das letzte Mal derart wohl gefühlt hatte. Manchmal kam es ihm vor, als wäre sein ganzes Leben, jede seiner Bewegungen ständig von Angst überschattet. Zwar hatte das Ungeheuer im Lauf der Jahre Form und Farbe gewechselt, aber es befand sich immer nur wenige Schritte hinter ihm.

Heute war Mittwoch. Sie hatten beschlossen, Freitagmorgen abzufahren, weil am Wochenende mehr Leute reisten und die Chance, in der Menge unterzugehen, größer sein würde. Madar-jan hatte beschlossen, dass es an der Zeit war, einiges von ihrem Schmuck zu verkaufen, und Saleem würde einen Tag brauchen, um eine Möglichkeit zu finden, ihre Armreife zu dem Geld zu machen, das sie für Lebensmittel und Fahrkarten brauchten.

»Ich habe übrigens gute Neuigkeiten«, sagte Roksana, als sie die Straße erreichten. »Ich wünschte, es hätte schon früher geklappt, aber ich habe einen Ort gefunden, wo du mit deiner Familie übernachten kannst. Ich weiß, dass ihr bald abreist, aber bis dahin lebt ihr wenigstens nicht auf der Straße. Es ist ein Zimmer in einem ziemlich alten Hotel, das von Freunden meiner Großeltern betrieben wird – einem älteren Ehepaar. In zwei oder drei Wochen wird das Hotel verkauft, weil die Leute in den Ruhestand gehen, und es ist in keinem guten Zustand. Aber sie haben ein Zimmer. Sie werden euch bitten, ihnen bei ein paar Arbeiten behilflich zu sein, weil sie schon recht alt sind. Aber sie sind nett. Ich habe ihnen eure Situation erklärt, und sie meinten, wenn ihr bei den Umzugsvorbereitungen helft, verlangen sie kein Geld von euch.«

»Danke! Gern!«, stimmte Saleem begeistert zu. Er konnte sein Glück kaum fassen. Vielleicht hatte Madar-jan ja wirklich recht gehabt, und der Regen der vergangenen Nacht hatte wieder *roshanee* gebracht. Roksana reichte ihm ein Stück Papier mit der Adresse.

»Bedanke dich nicht bei mir, sondern bei ihnen. Viel Glück, Saleem. Ich weiß, es wird sicher nicht leicht, vor allem mit einer ganzen Familie, aber ich hoffe, dass das restliche Europa euch gut behandelt.« Sie blickte auf ihre Uhr. »Ich muss jetzt gehen, aber Freitagmorgen vor eurer Abreise bin ich hier und sehe zu, dass ihr im richtigen Zug landet. Außerdem schreibe ich euch auf, welche Fähre ihr von Patras aus nehmen müsst. Dort gibt es übrigens ein großes Flüchtlingslager, in dem sich noch mehr Afghanen befinden als in Attiki. Die Situation dort ist alles andere als gut. Sieh zu, dass ihr nicht dort landet. Nach allem, was ich gehört habe, ist es eine Sackgasse.«

Saleem nickte und sah zu, wie sie ihren Rucksack schulterte und über die Straße ging. Er würde sie nur noch einmal wiedersehen, aber er war heute einfach noch nicht bereit gewesen, sich von ihr zu verabschieden.

Die bevorstehende Abreise erfüllte ihn mit Furcht, weil er sich nicht vorstellen konnte, was ihnen im Zug oder in Patras bevorstand. Auf dem Rückweg vom Bahnhof besuchte er ein paar Märkte und nahm mit, was er bekommen konnte. Den Gedanken an Roksana schob er beiseite und dachte an ihre immer dürftiger werdenden Mittel. Als er zu Hause ankam, war es fast dunkel, und Madar-jan schien erleichtert, ihn zu sehen.

Inzwischen verstand er ihre Gefühle ein wenig besser. Aber er verstand nicht alles, was in ihr vorging – ebenso wenig wie sie seine Gedanken erraten konnte. Es gab Dinge, die sie laut aussprachen, Dinge, die sie mit verkniffenem Gesicht flüsterten, und Dinge, die sie stoisch verschwiegen. Mutter und Sohn trennte ihr Alter, die Rolle, die sie spielten und der Wunsch, einander zu beschützen. Denn auch wenn sie es nie zugegeben hätten, dienten ihre Geheimnisse dazu, sich selbst und ihre Beziehung zu schützen. Es gab Dinge, die sie nicht voneinander hätten wissen wollen, selbst wenn es ihnen möglich gewesen wäre. Einige der Geheimnisse zwischen ihnen retteten sie.

Saleem leerte seine Tasche, und Madar-jan teilte die Vorräte in das auf, was sie an diesem Abend noch essen würden, und das, was sie für die Reise aufbewahren wollte. Er gab ihr die Fahrkarten und den Pass, die sie im Brustbeutel unter ihrer Bluse verstaute.

»Aziz hatte heute wieder einen Anfall«, berichtete sie leise.

Aziz war deutlich blasser als am Tag zuvor. Mit einem

Kissen im Rücken lag er auf dem Bett. Seit sie in der Türkei neue Medikament gekauft hatten, hatte er etwas zugenommen und angefangen zu laufen und die ersten Worte zu stammeln. Manchmal lachte er sogar. Saleem sah ihn nicht häufig, und wenn er ihn sah, hielt er Abstand. Doch mit Samira verhielt es sich ganz anders. Er liebte ihre Nähe und genoss es, wenn sie ihren Kopf an seine Schulter lehnte und zuhörte, wenn er von seinem Tag berichtete. Aziz hingegen war ein kleines Kind, das ihn erwartungsvoll anblickte und so unglaublich viel brauchte. Damit konnte Saleem nicht umgehen und wandte sich beschämt über die eigene Feindseligkeit meist ab.

»Wir müssen ihn unbedingt in England zu einem Arzt bringen. Das Medikament wirkt nicht mehr. Die Farbe seiner Haut ist nicht gut, und er ist immer so müde.« Madar-jan wirkte wie zerschlagen. Saleem fragte sich, wie seinem Bruder die bevorstehende Reise bekommen würde. »Morgen rufe ich deine Tante an und erzähle ihr von unseren Plänen. Vielleicht geht es ihnen inzwischen besser.« Sie unterbrach sich und wählte die folgenden Worte mit großer Vorsicht. »Saleem-jan, wir können uns nicht von ihnen abhängig machen. Es ist wichtig, sich das immer vor Augen zu halten.«

»Warum? Sie haben doch immer gesagt, wir sollen nach London kommen. Haben sie nicht versprochen, uns zu helfen, sobald wir da sind?«

»Es ist so, dass Leute manchmal helfen wollen, dann aber nicht können, weil die Dinge sich verändern. Ich will, dass wir darauf vorbereitet sind, uns selbst durchzuschlagen, wenn wir England erreichen.«

»Mach dir darüber keine Sorgen, Madar-jan. Wir haben heute ein Zimmer für die Nacht, das dieses Mädchen von der Flüchtlingshilfe für uns organisiert hat. Dort sollten wir hingehen, ehe es zu spät wird. Der Regen in der letzten Nacht war vielleicht *roshanee*, wie du immer sagst.«

Madar-jans Gesicht leuchtete auf. Hastig suchten sie ihre Sachen zusammen und gingen zum Hotel Kitrino, dem Gelben Hotel. Die Besitzer, ein grauhaariges Paar, streichelten freundlich Aziz' Wange und begleitete die Familie zu ihrem Zimmer. Als Madar-jan sich erkundigte, ob sie mit ihrer Arbeit direkt anfangen könnten, bedeuteten sie ihr, sie solle sich erst einmal ausschlafen.

Am Donnerstag streifte Madar-jan die goldenen Armreife ab, die ihr Vater ihr zur Hochzeit geschenkt hatte, und überreichte sie Saleem. Er wusste, dass sie bei der Hochzeit ihrer Eltern das Handgelenk ihrer Mutter geziert hatten und ihr Vater sie bis zu Fereibas eigener Hochzeit vor ihr verborgen hatte. Es war alles, was sie von ihrer Mutter besaß. Saleem wusste auch, dass sie es liebte, ihr leichtes Klirren zu hören, wenn sie in eine Schublade griff, spülte oder eine Buchseite umblätterte. Immer wenn sie auf ihr Handgelenk blickte, sah sie fünf Goldringe, die bei jeder ihrer Bewegungen leise tanzten – fünf wunderbar runde Umarmungen ihrer Mutter, die sie nie gesehen hatte. Seine Mutter hatte ihm erzählt, wie ihr Vater die Samttasche geöffnet, die Reifen in ihre Hand gelegt und ihre Finger mit einer einzigen, stummen Bewegung darüber geschlossen hatte.

Und so konnte er die Gedanken seiner Mutter erahnen, als er die Armreife entgegennahm, und er sah, dass sie dabei nicht glücklich wirkte.

»Ich fühle mich heute so ruhelos und sähe es lieber, wenn du sie erst morgen ins Pfandhaus bringen würdest. Wir können auf dem Weg zum Bahnhof dort vorbeigehen – wir alle zusammen.«

»Es ist nicht weit, und wir haben nicht mehr viel Geld übrig, Madar-jan. Wer weiß, was Patras für uns bereithält. Wir brauchen Geld für das Essen und die Fähre, sonst stranden wir dort.«

»Aber heute …«

»Ich gehe, Madar-jan. Wenn wir uns jedes Mal, wenn wir nervös werden, in einem Zimmer verstecken, kommen wir nie in England an.«

Fereiba biss sich auf die Zunge. Sie begann, Aziz anzuziehen, und bat Samira, einige Kleidungsstücke zu waschen. Sie selbst wollte sich um die Bedürfnisse der Hotelbesitzer kümmern. Als Saleem die Armreife in seine Tasche steckte und diese zuknöpfte, um den Schmuck nicht zu verlieren, wandte sie sich ab.

Sie bemerkte sein Zögern nicht – jene Sekunde, als er über die Bedenken seiner Mutter nachdachte und beschloss, sie zu ignorieren, weil er mutiger sein wollte als sie.

»Ich gehe jetzt zum Pfandhaus«, sagte er. »In zwei Stunden bin ich zurück. Versprochen.«

Es war ein Versprechen, das er nicht halten würde.

Teil zwei

Kapitel 30

Saleem

Ein ganzes Leben kann sich an einem Nachmittag verändern. Der Rest der Welt dreht sich weiter, ohne die stumme, einsame Katastrophe wahrzunehmen, die nur wenige Schritte entfernt stattfindet. Links von Saleem stand ein Polizist und spielte mit einem Schlüsselbund. Die ausgestreckte Hand eines zweiten Beamten stützte sich auf die Betonmauer oberhalb von Saleems rechter Schulter. Saleem konnte den Atem des Beamten auf seiner Wange spüren.

»Wo wohnst du?« Der Knoblauchdunst in seinem Atem drehte Saleem fast den Magen um, aber er wagte nicht, wegzuschauen, sondern starrte auf die Karikatur seiner selbst in der Sonnenbrille des Beamten. Seine Augen waren angstvoll aufgerissen, sein jugendliches Gesicht zeigte noch keine männliche Kantigkeit. Auf seiner Oberlippe lag ein dunkler Schatten, mehr nicht.

»Bitte noch einmal.« Saleem spürte, wie seine Stimme zitterte. In den wenigen Wochen, die er in Griechenland war, hatte er zwar einige Sätze aufgeschnappt, aber nicht genug, um überzeugend zu wirken.

»Wo schläfst du? Wo bist du zu Hause?«

Die Beamten fühlten sich durch den leeren Blick des Jungen beleidigt. Ihre Haut war heller als die von Saleem, dessen olivfarbener Teint durch die vielen Monate Arbeit unter freiem Himmel noch dunkler geworden war. Der

Beamte mit den Schlüsseln gab schließlich nach und versuchte es auf Englisch.

»Wo wohnst du hier?«, fragte er verärgert.

Saleem dachte fieberhaft über eine möglichst plausible Geschichte nach. Keinesfalls durfte er die Beamten zu seiner Familie führen.

»Ich wohne nicht hier. Ich bin zu Besuch und will shoppen«, erklärte er kleinlaut und zeigte auf die Geschäfte weiter unten in der Straße. Die Beamten kicherten.

»Einkaufen? Was hast du denn so gekauft?«

»Bisher noch nichts.« Saleem wollte, dass sie das Interesse verloren.

»Noch nichts? Okay. Wo ist dein Pass? Deine Papiere?«

Saleems Magen zog sich zusammen. »Meinen Pass habe ich nicht bei mir.« Der Besitzer des Pfandhauses öffnete die Tür, sah die beiden Beamten, die bei seinem letzten Kunden standen, und zog sich sofort wieder in seinen Laden zurück.

»Kein Pass?« Die beiden Beamten wechselten einen Blick, den Saleem nicht interpretieren konnte.

»Mein Pass ist … bei meinem Freund.«

»Wie heißt du?«

»Saleem.«

»Wo kommst du her?«

Saleems Herz pochte bis in seinen Hals. Sollte er einfach losrennen? Unmöglich. Er stand mit dem Rücken zur Wand in einem belebten Markt. Touristen besuchten Läden. Türglocken klingelten. Ein dunkelhäutiger Straßenhändler verstaute mit gesenktem Blick seine Marionetten in einem Sack. Passanten gingen vorüber – sie interessierten sich kaum für das, was da geschah. Lediglich ein grauhaariger Mann, der Mais röstete, schien ein wenig Mitgefühl zu haben. Er wischte sich die Hände an seiner Schürze ab und schob die leeren Maishülsen mit der Schuhspitze zu kleinen Haufen zusammen.

Es war so heiß, dass man auch im Schatten schwitzte. Saleem war durstig und hatte seit dem Abend zuvor nichts gegessen. Wenn er fortrannte, würden sie ihn vermutlich sofort einholen. Die Beamten trugen blaue Uniformen mit Baskenmützen und ordentlich in die dunkelblauen Hosen gesteckten Hemden. Saleem starrte auf ihre schweren Gürtel mit Funkgeräten, Handschellen und … Pistolen. Es erschien ihm in diesem Moment schlichtweg unmöglich, einfach wegzurennen. Oder ihre Fragen nicht zu beantworten.

»Ich komme aus der Türkei.« Saleem hatte diesen Satz schon oft mit seiner Mutter geübt und für sich allein noch viel öfter. Andere Flüchtlinge hatten ihn vor den Fragen gewarnt, und er hoffte, dass ihre Ratschläge weise gewesen waren.

»Türkei?«, wiederholte der Beamte abweisend und warf dem Mann mit dem Schlüssel einen wissenden Blick zu. »Und wie bist du hergekommen?«

Saleem nickte. »Mit dem Flugzeug.«

»Wer ist mit dir hier?«

Saleem schüttelte den Kopf. »Niemand. Ich bin allein.« Er betete, dass seine Stimme und seine Augen ihn nicht verrieten.

»Allein? Wie alt bist du?«

»Fünfzehn.«

»Fünfzehn? Und wo ist deine Mama? Oder dein Papa?«

Saleem zuckte die Schultern.

»Sind sie nicht hier?« Der ältere Beamte verlor allmählich die Geduld und hakte seine Daumen in den Gürtel. Saleem schüttelte den Kopf. Die beiden Männer wechselten ein paar Worte auf Griechisch. Ihr wütender Gesichtsausdruck benötigte keine Übersetzung. Zwar wusste Saleem, dass Minderjährige nach internationalem Recht ein Anrecht auf Asyl hatten, aber er hatte auch erfahren, dass auf der Straße diese Gesetze ungefähr so viel Schutz boten wie ein kaputter Regenschirm bei einem Hurrikan.

Die Polizisten musterten ihn vom Scheitel bis zur Sohle. Unbehaglich trat Saleem von einem Fuß auf den anderen, während er spürte, wie ihr Blick auf seinem schwarzen Poloshirt mit den weißen Streifen an Kragen und Schultern verweilte. Seine Jeans waren so oft mit billiger Seife gewaschen worden, dass sie fadenscheinig und verblichen waren. Zu Hause hatte die Kleidung ihm noch gepasst, aber inzwischen, viele Monate später, hing sie lose an seinem Körper. Die dünn gewordenen Gummisohlen und schmutzigen Schnürsenkel seiner Sneakers zeugten von seiner brutalen Reise. Der Englisch sprechende Beamte befestigte die Schlüssel an seinem Gürtel und versetzte Saleems Schulter einen Stoß, der ihn zwang, sich umzudrehen. Er tastete den Jungen kurz ab, ehe er seinem Kollegen etwas zuflüsterte.

»Dreh dich um!« Saleem gehorchte, ohne die Augen zu heben. »Kein Pass? Keine Papiere?«

Erneut schüttelte Saleem den Kopf. Sein dreihundert Dollar teurer belgischer Pass befand sich in seinem Rucksack im Hotel. Er hatte ihn dort gelassen, um ihn vor dem nächsten Reiseabschnitt nicht zu verlieren.

»Komm mit.« Die Aufforderung war leicht verständlich. Saleem hatte ein Gefühl, als explodierte seine Brust. Er konnte nicht mit den Polizisten gehen! Was würde aus seiner Mutter werden? Saleem sah die Beamten an und warf einen verstohlenen Blick auf die gepflasterte Straße, die vor Einheimischen und Touristen nur so wimmelte. Gab es irgendetwas, das er ihnen sagen könnte, um sie von ihrer Absicht abzubringen? Konnte er irgendwie aus dieser Sache herauskommen? Wenn er ihnen folgte, käme er mit Sicherheit ins Gefängnis, und möglicherweise schickte man ihn sogar zurück.

Er war schnell. Er war schon immer schnell gewesen, aber in den letzten Monaten war er möglicherweise noch schneller geworden. Auf jeden Fall war er leichter und vermutlich auch stärker, so häufig, wie er seine Geschwister und ihr bescheidenes Gepäck getragen hatte. Und obwohl er gerade noch geglaubt hatte, dass eine Flucht unmöglich wäre, nahm seine Überzeugung zu, es tun zu können, je länger er darüber nachdachte. Nicht nur konnte, sondern musste. Wenn er mit den Beamten ginge, gab es niemanden mehr, der sich um seine Mutter und seine Geschwister kümmerte.

Fast ohne sein Zutun erwachten Saleems Füße zum Leben. Er duckte sich unter dem Arm des Beamten hindurch und rannte wie von Sinnen. Er lief am Pfandhaus und an dem Maisröster vorbei und rempelte verblüffte Touristen an. Er hörte die Beamten hinter sich schreien. Abseits der Fußgängerzone öffnete sich ein vielversprechendes Labyrinth aus verschlungenen Seitensträßchen. Saleem wandte sich nach links in eine Gasse mit kleineren Läden und weniger Leuten. Sie endete nach wenigen Metern. Er konnte sich nach rechts oder links wenden. Er entschied sich für links, denn er wollte möglichst viel Abstand zwischen sich und die Beamten bringen, ohne sie zum Hotel zu führen.

Saleem rannte um eine weitere Ecke. Ein schlafender Straßenhund hob neugierig den Kopf, als Saleem keuchend seine Möglichkeiten einschätzte. Wohin sollte er sich wenden? Dieses Viertel Athens war schrecklich verwinkelt. Es gab nichts, woran Saleem sich orientieren konnte, aber er wusste, dass nur wenige Blocks entfernt eine Hauptverkehrsstraße verlief. Er bog um die nächste Ecke und rannte direkt in ein eng umschlungenes Paar. Sie stolperten und schimpften. Saleem gewann sein Gleichgewicht zurück und hob entschuldigend die Hand. Die Gasse öffnete sich auf einen Platz mit einer alten Kirche in der Mitte, einem Relikt aus der Vergangenheit, umringt von schicken, modernen Geschäften. Hastig suchte er die Kreuzung nach der nächsten Möglichkeit ab, wieder in das Labyrinth einzudringen. Hier konnte ihn jeder sehen.

Die Metro, schoss es Saleem durch den Kopf.

Aber wo war der nächste Eingang? Mit dem Rücken gegen eine Wand gedrückt, suchte Saleem nach einem Hinweis. Die Straße führte bergab, und soweit er sich erinnerte, lag die Metrostation unterhalb des Marktareals. Seit dem ersten Tag hatte er die Metro nicht mehr benutzt, weil er kein Geld verbrauchen wollte, solange seine Füße ihm gute Dienste leisteten. Saleem holte tief Luft und lief weiter, während er die Umgebung nach blauen Uniformen absuchte. Er sah keine. Mit gesenktem Kopf schlängelte er sich durch die Menge und hoffte auf menschliche Deckung. Er musste an die Stimme seiner Mutter denken. Die Erinnerung an ihr Gespräch beflügelte seine Beine.

Ich fühle mich heute so ruhelos und sähe es lieber, wenn du sie erst morgen ins Pfandhaus bringen würdest. Wir können auf dem Weg zum Bahnhof dort vorbeigehen – wir alle zusammen.

Es ist nicht weit, und wir haben nicht mehr viel Geld übrig, Madar-jan. Wer weiß, was Patras für uns bereithält. Wir brauchen Geld für Essen und die Fähre, sonst stranden wir dort.

Aber heute …

Ich gehe, Madar-jan. Wenn wir uns jedes Mal, wenn wir nervös werden, in einem Zimmer verstecken, kommen wir nie in England an.

Saleem wusste, dass er es bereuen würde, so kurz angebunden gewesen zu sein, aber daran durfte er jetzt nicht denken, denn in einiger Entfernung tauchte das Metrozeichen auf. Saleem beschleunigte seinen Schritt. Am Torbogen des Eingangs, wo die Treppe zu den Gleisen hinunterführte, hielt er kurz an. Seine Oberschenkel brannten. Er lauschte auf das Rumpeln eines herannahenden Zuges. Er bemühte sich, so ruhig wie möglich auszusehen, und wünschte, er könnte sich besser verstecken, aber er musste in der Nähe des Eingangs bleiben.

Durch seine dünnen Sohlen spürte er die Vibration. Er warf einen verstohlenen Blick auf das Häuschen innerhalb des Eingangsbereichs und überdachte zum letzten Mal seinen Plan. Wenn der Zug einfuhr, würde er über das Drehkreuz springen, einsteigen, ehe ihn jemand anhalten konnte, und dann bis zur Endstation fahren. Oder besser noch: Er würde später umsteigen und so lange im unterirdischen System bleiben, bis er sicher sein konnte, dass die Beamten seine Spur verloren hatten.

Als er Anlauf nahm, um über das Drehkreuz zu springen, und sich dabei schwor, von jetzt an immer auf das Gespür seiner Mutter zu hören, gruben sich wütende Finger in seine Schulter und rissen ihn zurück. Saleem wirbelte herum. Er breitete die Arme aus, aber es gab nichts, woran er sich festhalten konnte.

Der Zug war sowohl bei der Einfahrt als auch bei der Ausfahrt so laut, dass er Saleems Schreie übertönte.

Kapitel 31

Fereiba

Vielleicht muss es so sein. Eine Frau ohne Ehemann. Kinder ohne Vater. Vielleicht ist »Unvollständigkeit« die wahre Definition für eine normale Familie. Wieso hatte ich überhaupt so hochfliegende Erwartungen gehabt? Afghanistan ist schließlich das Land der Witwen und Witwer, der Waisen und des Verlusts. Des Verlusts eines rechten Beins, eines linken Arms, eines Kindes oder einer Mutter. Jeder hatte etwas verloren, als hätte sich mitten im Land ein schwarzes Loch aufgetan, das die Einzelteile von allem und jedem in seinen harten Bauch saugte. Irgendwo unter unserer rostfarbenen Erde liegt alles, was wir je verloren haben. Ich habe gehört, dass ergraute, in fernen Ländern lebende Afghanen sagten: »Begrabt mich nach meinem Tod in Afghanistan. Bringt mich zurück in das Land, aus dem ich stamme.« Angeblich geht es um Vaterlandsliebe, aber vielleicht hoffen sie auch nur darauf, sich mit allem wieder vereinigen zu können, was sie dort verloren haben. Andere wiederum lehnen es dickköpfig ab, Afghanistan zu verlassen – ganz gleich, was auf unseren Straßen geschieht. Vielleicht denken sie, dass sich die Erde eines Tages auftut und alles zurückgibt, was ihnen gestohlen wurde.

Ich glaube nicht an solche Dinge.

Was fort ist, ist fort und kommt nicht mehr zurück. Wenn die Erde etwas verschlingt, verschlingt sie es für immer, und wir bleiben zurück, taumeln dahin und leiden unter dem Mangel. Es ist die Last, die uns auferlegt ist.

Mein Sohn ist verhärtet. Er wird zum Mann ohne die Führung eines Vaters. Ich lasse ihn mit Jungen herumlaufen, weil er nicht immer nur mit Frauen zusammen sein soll. Ich kann ihn nur das lehren, was ich weiß. Er muss die Art der Männer lernen, und ich bete, dass er in Sicherheit ist, während er dies tut, und dass ich ihn zurückholen kann, wenn er sich zu sehr verläuft. Er wird mich umso mehr ablehnen, je weniger Raum ich ihm lasse. Seine Worte und seine anklagenden Augen sind bereits die eines Mannes, während sein Gesicht und sein Körper noch zu einem Jungen gehören. Aber er ist nicht mehr der gleiche Junge wie noch vor einem Jahr.

Ich vermisse den übermütigen und neckischen Jungen, der Saleem einst war. Ich vermisse sein Lachen. Ich vermisse seine Arme um meinen Hals. All das ist zu Hause im Land des Verlusts zurückgeblieben. Selbst wenn wir England erreichen und uns in einem neuen Leben einrichten, wird Saleem nie wieder dieser Junge sein. Was fort ist, ist fort.

Meine Kinder haben das Unglück einer verlorenen Kindheit von mir geerbt, als ob die Zeit unter meinem Herzen sie mit dem *naseeb* des Elends befleckt hätte.

Jetzt warte ich darauf, dass Saleem vom Pfandhaus zurückkehrt. Meine goldenen Armreife, das Einzige, was ich noch von meiner Mutter besaß, sind nun fort. Ich kann sie zu den Verlusten hinzuzählen. Es hat mir widerstrebt, sie fortzugeben, aber wie hätte ich sie behalten können, solange meine Kinder arbeiten müssen oder hungrig sind? Was Saleem dafür bekommt, wird das Geschenk meiner Mutter an meine Kinder sein. Es wird weder glitzern noch klingen wie ein Windspiel, aber es wird sein wie ihr sanfter Kuss auf die Wangen der Kinder.

KokoGul hatte nie von den Armreifen erfahren, denn sonst hätten sie wohl nie meine Handgelenke geziert.

»Was hast du sonst noch vor mir verborgen, liebster Gatte?«, hatte sie halb im Scherz gefragt. »Vielleicht gibt es innerhalb dieser vier Wände noch jede Menge verstaubter Schätze. Warum durfte ich diese Armreife nicht an einem sicheren Ort verwahren?«

»Welcher Platz könnte sicherer sein als einer, den du nicht kennst?«, hatte mein Vater geantwortet.

»Nun, dann lass sie mich wenigstens anschauen, ehe sie dieses Haus für immer verlassen.« KokoGul hatte mich zu sich gerufen, und ich hatte den Arm ausgestreckt, weil ich die Reife nicht einmal für eine Sekunde ablegen wollte. »Hm, aus der Entfernung sahen sie dicker aus. Also eigentlich sind sie ziemlich dünn und leicht. Als wären sie nur vergoldet.«

Bei jedem Knarren im Flur zieht sich mein Herz zusammen. Ich hoffe, Saleem kommt bald zurück. Er hatte von zwei Stunden gesprochen, aber inzwischen ist schon viel mehr Zeit vergangen. Ich sollte mir keine Sorgen machen. Wenn er zurückkommt, wird er mir erzählen, dass er mit Freunden Fußball gespielt und dabei die Zeit vergessen hat, und sein Gesicht wird von der Nachmittagssonne glühen. Ich werde zwar den Kopf schütteln, aber ich werde mich auch für ihn freuen. Wenn sein Vater ihn nur sehen könnte, unseren eigensinnigen Jungen, der für seine Familie sorgt. Mein Mann würde seinen Arm um mich legen und grinsen wie damals, als der einjährige Saleem seine ersten triumphierenden Schritte machte.

In England wird alles besser. Ganz gleich, was ihr Mann sagt – ich weiß genau, dass Najiba uns hilft. Wir können uns auf sie verlassen, während wir unseren eigenen Weg finden, und es wird, so Gott will, nicht für lange sein. Wir sind so weit gekommen, dass wir uns auch in jedem anderen Land ein Leben aufbauen können. Wir brauchen nur eine Chance. Irgendwo auf der Welt muss es einen Platz geben, wo wir wie eine lang vermisste Schwester willkommen geheißen und nicht mit Steinen verjagt werden wie eine Schlange im Garten.

Bitte, komm schnell zurück, Saleem. Es ist schon spät, und mein Glaube ist zu schwach, um mich noch lang zu trösten. Bitte, komm bald.

Kapitel 32

Saleem

Die Fahrt zum Gefängnis schien eine Ewigkeit zu dauern. Saleem spürte, wie ihm der Schweiß den Rücken hinunterrann. Das Fenster war nur einen Zentimeter weit geöffnet – gerade genug, um sich zu wünschen, er könnte es weiter herunterlassen.

»Bitte, Sir, ich muss jetzt gehen. Ich verlasse Griechenland morgen früh. Ich stelle sicher kein Problem dar, und ich brauche auch keine Hilfe.«

»Du reist morgen? Einfach so?«

Sein Sarkasmus war in jeder Sprache verständlich.

Sie erreichten die Außenbezirke, in die sich nie ein Tourist verirrte. Saleems Wangen waren tränennass. Das Auto passierte die schmale Straße, die zum Gelben Hotel führte – dem zitronenfarbenen Gebäude mit dem wenig fantasievollen Namen. Saleem blickte verzweifelt auf die Straße hinaus, sah aber niemanden. In einer Stunde würde die Sonne untergehen und Madar-jan anfangen, sich Sorgen zu machen.

Im Gefängnis wurde Saleem an vielen Schreibtischen vorbeigeführt. Die meisten Beamten blickten kaum auf. Man brachte ihn in den hinteren Bereich des Gebäudes, wo zwei Afrikaner und ein Grieche in einer Zelle saßen. Saleem wäre am liebsten zum nächsten Ausgang gerannt, aber mit jeder Minute, die verging, verließ ihn seine Kühnheit ein bisschen mehr. Der ältere Beamte forderte einen Polizisten auf, die Zelle für Saleem zu öffnen.

»Rein mit dir!«

Denk nach, sagte sich Saleem. *Dir muss etwas einfallen, damit sie Mitleid mit dir haben. Etwas, das sie dazu bringt, dich laufen zu lassen.*

»Bitte, ich möchte nach Hause. Lassen Sie mich bitte gehen, Sir«, flehte Saleem.

»Du wirst gehen, aber hier hinein!«

Mit diesen Worten wurde Saleem unsanft in die Zelle geschoben und blieb mit hängenden Schultern stehen. Die anderen Gefangenen musterten ihn mit dem vagen Interesse, das aus Langeweile entsteht. Saleem schlurfte zur hintersten Ecke der ungefähr vier mal vier Meter großen Zelle und fühlte sich wie ein gefangenes Tier. Er lehnte sich mit dem Rücken an die kalte Wand und ließ sich mit angewinkelten Knien langsam zu Boden gleiten.

Saleem wusste, dass Madar-jan Aziz in Samiras Obhut zurücklassen und nach ihm suchen würde. Vielleicht versuchte sie, das Pfandhaus zu finden, und möglicherweise erzählte der Ladenbesitzer ihr, dass Saleem von der Polizei festgehalten worden war. Ob sie ohnmächtig würde? Oder hysterisch? Saleem überdachte die Ereignisse des Nachmittags und wurde wütend auf sich selbst, weil er sich so sorglos verhalten hatte. Der einzige Mann in der Familie saß nutzlos in einer Gefängniszelle. Bei dem Gedanken, dass seine Mutter und seine Geschwister nun ganz auf sich gestellt waren, hätte er sich ohrfeigen können. Das Geld aus dem Verkauf der Armreife seiner Mutter steckte in seiner linken Socke, wo es ihnen absolut keine Hilfe war.

Saleem verbrachte die Nacht im Gefängnis.

In der Einsamkeit der vollen Zelle hatte er Zeit, nachzudenken. Monatelang hatte er immer wieder über seine Schulter geblickt, weil er genau vor diesem Ereignis Angst gehabt hatte – in einer Gefängniszelle festzusitzen. Nun brauchte er sich darüber keine Sorgen mehr zu machen.

Die Angst hatte sich verflüchtigt, aber neue Befürchtungen waren an ihre Stelle getreten.

Nachdem er ein wenig zur Ruhe gekommen war, beobachtete er die anderen Männer in der Zelle. Die Afrikaner saßen nebeneinander und murmelten dann und wann etwas, ohne sich dabei in die Augen zu schauen. Der Grieche beäugte sie und grunzte mit unfreundlich verzogenem Gesicht. Saleem wurde von den Männern weitestgehend ignoriert. Er ließ seine Gedanken schweifen.

Das Leben wäre anders, wenn mein Vater noch lebte.

Der Gedanke war keineswegs neu, aber wurde plötzlich laut und konkret, während Saleem sich fragte, was nun aus seiner Familie werden solle. Er spürte das Bedürfnis, dem Gedankenkarussell zu entfliehen, stand auf und lief dicht an der Wand entlang einmal durch die Zelle. Aber es half nichts. Seine Gedanken waren ebenso gefangen wie er selbst.

Im Lauf der Nacht nickte Saleem mehrmals kurz ein. Wenn er aufwachte, hatte er ein steifes Genick und seine Beine kribbelten. Immer wieder veränderte er seine Haltung und begann, den Geruch des Zementbodens zu hassen.

Soll ich ihnen die Wahrheit sagen? Hätten sie dann Mitleid mit mir? Wenn sie wüssten, was geschehen ist, schicken sie mich sicher nicht nach Afghanistan zurück. Aber wenn doch …

Am folgenden Morgen wurde Saleem mit knurrendem Magen zum Verhör in einen anderen Raum gebracht. Man setzte ihn an einen leeren Tisch. Gegenüber nahm ein neuer Beamter Platz, der sich mit einem Namen vorstellte, der mit dem Buchstaben G zu beginnen schien, aber für Saleems Zunge zu fremdartig und schwierig auszusprechen war. Der Beamte blies eine dichte Wolke Zigarettenrauch über den Tisch. Saleem hielt den Atem an und atmete langsam aus, weil er nicht wollte, dass der

Rauch dieses Mannes in seine Lungen eindrang, als hätte er jedes Recht dazu.

Der Beamte unterschied sich von den beiden, die ihn am Vortag hergebracht hatten. Er war ein wenig älter und etwas zierlicher gebaut. Er trug ein graues Hemd, aber die gleichen dunkelblauen Hosen mit dem schweren Gürtel wie die beiden, die ihn festgenommen hatten. In seiner Brusttasche steckte ein Päckchen Zigaretten. Das grau melierte Haar, das sein gegerbtes Gesicht umrahmte, war so kurz geschnitten, dass es abstand. Seine Augenbrauen und sein Schnurrbart hingen herab, sodass sein ganzes Gesicht wie erschlafft wirkte.

Der Beamte sprach sehr gut Englisch und schien es keineswegs eilig zu haben. Er dachte ausgiebig nach, ehe er Saleem seine Fragen stellte. Saleem überlegte kurz, ob der Mann vielleicht Mitleid mit ihm hatte und ihm erlauben würde, zu gehen.

»Wie alt bist du?« Blinzelnd saugte G am Filter seiner Zigarette. Seine Zähne waren von vielen Jahren Nikotin und Kaffee ganz gelb geworden.

»Fünfzehn«, gab Saleem zurück. Er hatte beschlossen, die gleichen Antworten zu geben wie am Tag zuvor.

»Fünfzehn, aha. Also fünfzehn.« Der Beamte machte eine Pause. »Und wo kommst du her?«

In der Nacht hatte Saleem lange über diese Frage nachgedacht. Gestern hatte er den Beamten erzählt, er käme aus der Türkei. Würde er ihnen jedoch verraten, wo er tatsächlich herstammte, würden sie ihn vielleicht dorthin zurückschicken, und eine Rückkehr nach Afghanistan ganz allein würde er wahrscheinlich nicht überleben.

»Aus der Türkei.«

»Aus der Türkei?«

Saleem nickte.

»Dann bist du also Türke, hm. Warum bist du nach Athen gekommen?«

»Ich möchte gern studieren«, erwiderte Saleem ehrlich.

»Studieren? Kannst du denn nicht in der Türkei studieren?«

Saleem antwortete nicht.

G zog ein Blatt unter seinem Block hervor und schob es über den Tisch. »Lies das.«

Saleem blickte auf das Blatt. Er erkannte die türkische Schrift. Die Buchstaben waren die gleichen wie im englischen Alphabet, aber mit Punkten und gebogenen Akzenten, die ihn an Dari erinnerten. Zwar hatte er einige Grundlagen der türkischen Sprache erlernt, sodass es für eine Unterhaltung ausreichte, aber er wusste, dass er kläglich versagen würde, wenn er zu lesen versuchte. Er saß in der Falle. Er befeuchtete seine Lippen und rief sich ins Gedächtnis, dass der Beamte auch kein Türke war und den Text vielleicht selbst nicht lesen konnte.

»Könnte ich bitte einen Schluck Wasser haben?«

Der Beamte neigte den Kopf und stand auf. »Wasser? Aber selbstverständlich.« Er verließ den Raum und kehrte mit einem kleinen Pappbecher zurück, der höchstens einen Schluck enthielt – kaum genug, um den Mund zu befeuchten. Saleem nahm ihn an und spürte, wie seine Hoffnung auf Mitleid schwand. Er blickte auf das Blatt vor ihm und begann, die Worte mit so viel Selbstvertrauen wie eben möglich auszusprechen. Anschließend sah er den Beamten an.

»Und jetzt bitte übersetzen«, sagte G leichthin, fischte die nächste Zigarette aus seiner Brusttasche und benutzte die letzte, um sie anzuzünden.

Saleems gesamter Körper erstarrte. Spielten diese Leute mit ihm? Sein Atem beschleunigte sich und in seiner Kehle bildete sich ein dicker Kloß. Er wünschte sich zurück auf den kalten grauen Betonboden der Zelle. Der Beamte wartete.

»Du kommst nicht aus der Türkei«, sagte er schließlich,

nachdem er eine Weile zugesehen hatte, wie Saleem sich auf seinem Stuhl wand. »Ich frage dich noch einmal: Wo kommst du her?« Er sprach die Worte klar und deutlich aus, damit keine Missverständnisse hinsichtlich der Frage und ihrer Wichtigkeit entstanden.

Saleem wusste, dass er verloren hatte.

»Afghanistan.«

»Ah, Afghanistan. Und wie bist du hergekommen?«

»Über die Türkei.«

»Mit dem Schiff?«

Saleem schüttelte den Kopf. »Nein, mit dem Flugzeug.«

»Ohne Pass?«

»Ich habe einen Pass, aber der ist bei meinem Freund.«

»Seit wann bist du hier?«

»Seit einer Woche«, log Saleem verunsichert. Er stellte sich vor, dass der Mann umso ärgerlicher werden würde, je länger Saleem sich illegal in Griechenland aufgehalten hatte.

»Willst du in Griechenland bleiben?«

Saleem schüttelte den Kopf.

»Wo willst du hin?«

»Nach England.«

»England.« Er dachte eine Weile über Saleems Antwort nach, ehe er die nächste Frage stellte.

»Wie alt bist du?«

»Fünfzehn«, sagte Saleem.

»Fünfzehn?« Der Beamte bezweifelte diese Antwort ebenso wie alle anderen.

»Ja.«

Wenn er die finsteren Bedingungen kannte, die in Kabul herrschten, würde selbst der hartherzigste Beamte Mitleid mit einem einsamen Jugendlichen bekommen, versuchte Saleem sich einzureden. G verließ den Raum und kehrte mit einer Dose Orangenlimonade zurück, wie Kinder sie liebten. Er öffnete sie, schob sie über den Tisch und zündete sich eine neue Zigarette an.

»Du befindest dich in einer miserablen Situation«, erklärte er schlicht. Saleem blickte ihn an. Der Mann hatte unbestreitbar recht. »Und wenn du uns nicht die Wahrheit sagst, wird es nur noch schlimmer für dich.«

Fern von seiner Familie hatte Saleem nichts zu verlieren. Erschöpft und verzweifelt hörte er, wie der Tonfall des Beamten weicher wurde – wie der eines Vaters, der seinem Sohn die Leviten liest. Er trank einen großen Schluck Limonade. Der warme Sprudel kribbelte in seinem Mund und erfüllte seine Kehle mit tröstlicher Süße. Seine Schultern entspannten sich.

»Ich erzähle es Ihnen«, sagte Saleem leise. »Ich erzähle Ihnen meine Geschichte.«

Der Beamte lehnte sich in seinem Stuhl zurück, zog an seiner Zigarette, inhalierte tief und nickte, während Saleem zu der Nacht zurückkehrte, die schwärzer war als die Sünde.

Kapitel 33

Saleem

»Bleib hier, gleich kommt ein Arzt.« Saleem blickte G verständnislos nach, als dieser den Raum verließ. Ein Arzt? Saleem fühlte sich nach der schlaflosen Nacht wie gerädert und hatte Schwierigkeiten, sich zu konzentrieren.

Eine Stunde später kam ein Mann in Hemd und Freizeithosen herein. Über seinem Arm hing ein weißer Kittel, und in der Hand hielt er eine braune Ledertasche. Er war so dick, dass seine Hemdknöpfe aussahen, als könnten sie jeden Moment abreißen. Sein Gesicht war rund, und seine Wangen hatten den Kampf gegen die Schwerkraft aufgegeben. Er sah aus wie eine russische Cartoon-Figur, die Saleem vor einiger Zeit auf einem Video vom Schwarzmarkt gesehen hatte.

Der Arzt murmelte etwas Unverständliches, legte den Kittel auf den Tisch, stellte die Tasche ab und nahm ein Stethoskop, eine kleine Stablampe und ein Paar Latexhandschuhe heraus. Er setzte sich auf den Stuhl, den G zuvor benutzt hatte, und winkte Saleem zu sich herüber. Saleem stand auf und ging zu ihm.

Der Arzt begutachtete ihn von oben bis unten und ging dann zur Untersuchung über. Mit der Lampe leuchtete er in Saleems gerötete Augen und in seinen trockenen Mund, ehe er den Jungen aufforderte, sein Hemd auszuziehen. Als Saleem die Arme hob, konnte er seinen eigenen Schweiß riechen. Dem Arzt schien das nichts auszumachen. Er hielt sein Stethoskop an Saleems Brust und lauschte, während er ausdruckslos auf den Boden starrte. Anschließend untersuchte er gründlich Saleems Unterarme, ehe er sich wieder auf den Stuhl fallen ließ und auf Saleems Hosenbund deutete.

»Zieh sie aus«, sagte er. Saleem spürte, wie er rot wurde.

»Nein!«, stieß er hervor, wich ein paar Schritte zurück und brachte den Tisch zwischen sich und den Arzt.

Der Arzt stieß einen erschöpften Seufzer aus.

»Zieh sie aus. Ich muss dich untersuchen«, sagte er, blickte auf seine Uhr und sah Saleem erwartungsvoll an. Saleem verschränkte die Arme. Seine Haut kribbelte vor Wut. Der Arzt trommelte mit den Fingern auf den Tisch und wartete. Nach einer Weile wurde sein Gesicht ernst, und seine Augen schossen Pfeile.

»AUSZIEHEN!«

Seine Stimme ließ keinen Zweifel daran, dass es für Saleem keine andere Möglichkeit gab. Er fühlte sich unglaublich einsam und klein. Dann atmete er ein paarmal tief ein, ehe er gehorchte. Nervös fummelten seine Finger an Knopf und Reißverschluss herum, dann ließ er langsam die Hose bis zu den Knöcheln fallen. Seine Unterhose hing lose um seine Hüften. Saleem betrachtete angelegentlich die Zimmerdecke.

»Ausziehen.« Der Arzt berührte den Bund der Unterhose und zog die Latexhandschuhe über. Saleem wurde heiß. Wonach suchte dieser Arzt?

Saleems Atem schmeckte so bitter wie seine Demütigung. Er zog seinen Slip bis zu den Knien hinunter. Der Arzt rückte seine Brille zurecht und begutachtete interessiert das Gebiet zwischen Saleems Beinen. Schließlich holte er ein Maßband aus Papier aus der Tasche und benutzte es, um beurteilen zu können, ob Saleems Körper eine andere Antwort auf die Altersfrage lieferte.

Seit er ein kleines Kind war, hatte sich Saleem nicht

mehr nackt vor anderen gezeigt. Ein Teil von ihm hätte dem Arzt am liebsten die geballte Faust auf die Brille geschmettert, während ein anderer Teil sich am liebsten verkrochen und geweint hätte. Aber die Untersuchung war beendet, ehe Saleem etwas unternehmen konnte.

»Okay, wir sind fertig.« Der Arzt bedeutete Saleem, Slip und Jeans wieder hochzuziehen, während er etwas auf einen Notizblock kritzelte, der ohne Problem in seine Handfläche gepasst hätte. »Irgendwelche gesundheitlichen Probleme?«, erkundigte er sich bei dem Jungen.

»Nein, keine Probleme.«

»Wie alt bist du?«, wurde er erneut gefragt. Saleem dämmerte, dass diese Frage der Anlass für die Untersuchung gewesen war. Sie erklärte auch den besonderen Fokus auf das Gebiet zwischen seinen Schenkeln, jenem Teil von ihm, der sich in den letzten Jahren am meisten verändert hatte.

»Fünfzehn«, antwortete Saleem demütig.

»Hm.« Der Arzt hielt kurz inne, sah Saleem ins Gesicht und schrieb weiter. Schließlich packte er seine Instrumente zusammen, griff nach seinem weißen Kittel und verließ das Zimmer, ohne noch etwas zu sagen.

Saleem begann, auf und ab zu wandern. Seine Wut wurde durch seine Erschöpfung noch angefacht. Schließlich stieß er einen kurzen Schrei aus, der von Wand zu Wand schallte. Er schrie erneut. Dieses Mal länger und lauter.

Er hieb seine Handflächen und die Stirn gegen die Wand. Es fühlte sich kalt und sehr real an, viel wirklicher als alles andere in seiner Situation. Ein zweites Mal schlug er zu, dieses Mal fester.

Und dann wieder und wieder und immer fester. Saleem klatschte mit den Händen gegen die kalte Wand, während die vergangenen vierundzwanzig Stunden durch seinen Kopf wirbelten: der Polizist, der ihn am Ellbogen gepackt hatte, als er das Pfandhaus verließ, der Zigarettenrauch, der ihm ins Gesicht geblasen worden war, der Arzt, der seine Genitalien intensiver unter die Lupe genommen hatte als der Zollbeamte ihre Reisedokumente, seine Mutter, die vermutlich völlig außer sich im Hotel wartete oder die Straßen absuchte, die verängstigte, schweigende Samira, sein Vater, der ihn anblickte und enttäuscht den Kopf schüttelte, Aziz' winzige Brust, die sich nur mit Mühe hob und senkte. All das brach über ihn herein wie Raketen, die über seinem Kopf explodierten – und er konnte nichts dagegen tun und sich nirgends in Sicherheit bringen.

Außer sich vor Wut und schreiend bearbeitete Saleem die Wand mit beiden Händen. Er bemerkte nicht, wie sich die Tür hinter ihm öffnete.

»Hey, hey!« Saleem spürte eine Hand auf seiner Schulter. Sie gehörte dem Beamten G, dem eine Zigarette gefährlich an der Unterlippe baumelte. »Spinnst du?«

Erschöpft von seinem Ausbruch sank Saleem zu Boden. Er hatte seit dem Nachmittag des Vortags nichts mehr gegessen. Als ob der Beamte diesen Umstand geahnt hätte, verließ er das Zimmer und kehrte mit einem Teller mit Hühnchen-Kebab und Pitabrot zurück, den er ohne große Umstände auf den Tisch stellte.

»Iss was.«

Saleems Atem beruhigte sich. Seine Handflächen pochten und schmerzten. Besiegt kehrte er an den Tisch zurück, setzte sich und begann zu essen. Es schmeckte nach gar nichts. Er starrte auf den Teller und bemühte sich, seine Muskeln zu entspannen. Der Beamte beobachtete ihn wie ein seltenes Insekt in einem Glas. Er zog diejenigen, die ihn festgesetzt hatten, in seinen Bann.

Saleem aß, ohne aufzublicken oder ein Wort zu sagen. Vielleicht könnte er einen Weg finden, dem Schlamassel zu entrinnen, wenn sein Magen nicht mehr so knurrte. Vielleicht könnte er eine Möglichkeit finden, zu seiner Mutter zurückzukehren.

Kapitel 34

Saleem

Zwei türkische Polizisten blickten auf Saleem und ein Dutzend weitere erfolglose Flüchtlinge hinunter, die man wie Vieh auf ein Schiff verladen und nach Izmir zurückgeschickt hatte. Die türkischen Offiziellen waren nicht gerade davon angetan, die Flüchtlinge zurücknehmen zu müssen, aber so waren nun einmal die Gesetze. Die Regelung führte zu ständigem Ärger zwischen Griechenland und der Türkei.

Saleem sah, wie die griechischen Beamten grinsten, als sie einen Stapel Papiere überreichten und ihre Fracht auf türkischem Boden abluden. Die beiden Seiten wechselten nur wenige Worte, aber es war nicht zu übersehen, was sie fühlten.

Nicht mehr unser Problem, las er auf den Gesichtern der Griechen.

Erwartet bloß keinen Dank, war die sarkastische Antwort, die in den Gesichtern ihrer türkischen Amtsbrüder zu erkennen war.

Die Türken ließen ihren Ärger an den Flüchtlingen aus, packten die Leute am Arm und schoben sie unsanft in einen am Hafen wartenden Lieferwagen. Es war sehr eng. Das winzige Fenster ganz hinten reichte kaum aus, um den vollgestopften Lieferwagen mit Luft zu versorgen. Einige der Flüchtlinge hatten viele Tage, Wochen und sogar Monate in griechischen Abschiebezellen verbracht.

Bei jedem Schritt auf diesem Weg hatte Saleem hoch und heilig versprochen, dass er Griechenland sofort verlassen würde, wenn man ihn freiließe. Aber sein Flehen verhallte ungehört. Zu oft schon hatten die griechischen Behörden Ähnliches von Flüchtlingen gehört, denen die Ausweisung drohte.

Saleem wollte die Ausnahme von der Regel sein. Er wünschte sich, auf diesen Augenblick zurückblicken und sich daran erinnern zu können, wie kurz er vor der Ausweisung gestanden hatte, wie kurz davor, völlig von seiner Familie getrennt zu werden. Aber alles – der Sitz unter ihm, der Geruch um ihn herum und die Leute, die sich über ihm drängten – zeigte ihm, dass er sich in keiner Weise von dem Gesindel im Lieferwagen unterschied.

Unter den Passagieren befanden sich Afrikaner und auch einige Türken. Andere Afghanen waren nicht dabei, was ihn einerseits erleichterte, andererseits aber einsamer machte. Zum Reden hatte er keine Lust – es würde ohnehin nicht helfen.

Was mag Madar-jan wohl denken, wo ich geblieben bin? Ob sie das Pfandhaus gefunden hat? Vielleicht sind sie zum Bahnhof gegangen und warten dort auf mich. Vielleicht sind sie sogar in den Zug eingestiegen, weil sie dachten, dass ich noch käme. Inzwischen konnten sie wer weiß wo sein. Ach, Madar-jan, du musst außer dir sein. Wie kann ich euch wiederfinden? Was kann ich tun?

Saleems Gedanken rasten. Die seltenen friedlichen Momente wurden immer wieder von Furcht und Reue unterbrochen.

So viel zu *roshanee*.

Er spielte mit seiner Uhr. Seit seiner Festnahme waren zwei Tage vergangen.

Ich sähe es lieber, wenn du sie erst morgen ins Pfandhaus bringen würdest. Wir können auf dem Weg zum Bahnhof dort vorbeigehen – wir alle zusammen.

Ich gehe, Madar-jan. Wenn wir uns jedes Mal, wenn wir ner-

vös werden, in einem Zimmer verstecken, kommen wir nie in England an.

Saleem ließ den Kopf hängen. Schon tausend Mal hatte er sich dieses Gespräch durch den Kopf gehen lassen.

Warum war ich so schnippisch? Bitte, Gott, lass es nicht das letzte Mal gewesen sein, dass ich mit ihr sprechen durfte.

Er dachte an seinen letzten Abend mit Padar-jan. Erinnerungen an Dinge, die er bereute, je ausgesprochen zu haben, reihten sich aneinander wie die Perlen eines *tasbeh.*

Die Fahrt war lang und beengt. Es war eine Erlösung, als man sie endlich aus dem Auto in ein düster aussehendes Gebäude scheuchte. Man brachte sie in einen großen Raum, in dem jeder sofort versuchte, ein Stückchen des Betonbodens für sich in Anspruch zu nehmen. Saleem stellte sich an und fand ein Plätzchen an einer Mauer aus Schlackenbeton. Er berührte seinen Knöchel. Hoffentlich beobachtete ihn niemand. Das Geldbündel war noch da, wo er es hingesteckt hatte. Er betete, dass man ihn nicht durchsuchte. Würde das Geld konfisziert werden, hätte er wirklich gar nichts mehr.

Stunden vergingen. Für die Notdurft gab es nur eine Latrine in einer Ecke. Scharfer Ammoniakgeruch lag in der Luft. Zwei Männer schluchzten, versuchten dabei nicht einmal, ihre Gesichter zu verbergen. Ihre Würde hatten sie längst verloren.

Saleem schloss die Augen. Allein oder zu zweit wurden die Flüchtlinge aus dem Sammelraum geholt und zum Verhör gebracht. Manche kamen zurück, andere nicht. Saleem hatte keine Ahnung, auf welche der beiden Möglichkeiten er hoffen sollte. Als ein Wärter auf Saleem zeigte, stand er auf und folgte ihm durch den Flur. Man wies ihn an, sich an einen kleinen Tisch zu setzen. Der Polizist ihm gegenüber blickte von Saleem zu der Akte auf dem Tisch.

Bleib bei deinen Antworten. Erinnere dich daran, was du ihnen in Griechenland gesagt hast.

Die Befragung begann. Inzwischen war Saleem vertraut mit den Vorgängen.

Wo kommst du her? Warum hast du die Türkei verlassen? Was hast du in Griechenland gemacht? Wer ist mit dir gereist? Wie alt bist du? Wie alt bist du wirklich?

Ich komme aus Afghanistan. Ich möchte nicht als Flüchtling in der Türkei oder Griechenland leben. Ich reise allein. Ich bin fünfzehn.

Saleem war in der Lage, die meisten Fragen auf Türkisch zu beantworten, den Rest erledigte er auf Englisch. Dieser Umstand schien den Beamten zu amüsieren.

»Fünfzehn? Hm!« Immer wieder dieses argwöhnische Grinsen. »Warum hast du dein Land verlassen?«

Saleem beschloss, dann und wann auch offen zu antworten.

Ich möchte nach England. In meinem Land regieren die Taliban. Sie sind gefährlich. Wir hatten kein Geld, keine Schule und keine Arbeit. Außerdem töten sie Menschen.

Ob sie sich überlegten, ihn zurückzuschicken? Er konnte nicht zurückkehren. Auf sich selbst gestellt würde er dort nicht überleben.

»Bist du Soldat?«

»Soldat? Nein. Ich war Schüler, und mein Vater war Ingenieur. Sie haben meinen Vater abgeholt … und ihn getötet.«

Saleems Herz brach fast bei diesen Worten. Der Beamte betrachtete ihn zweifelnd. Man hatte Saleem mit anderen zusammengetrieben und ihn behandelt wie Vieh, aber sie gaben keine Ruhe.

»Du willst also nicht in der Türkei bleiben?«

Saleem schüttelte den Kopf.

»Aber du sprichst doch Türkisch.«

Saleem nickte. Er war sich nicht sicher, ob ihm das half oder schadete.

»Kennst du jemanden in der Türkei? Hast du schon einmal hier gelebt?«

Die Fragen wurden verzwickter. Saleem erklärte dem Beamten, dass er ein paar Jungs kennengelernt hatte, aber nicht wisse, wo sie jetzt seien. Dass er in einer kleinen Stadt gelebt und auf einem Bauernhof gearbeitet habe, sich aber an den Namen der Stadt nicht erinnern könne. Er versicherte, nicht dorthin zurückkehren zu wollen.

Der Beamte ging fort und kehrte mit einem anderen Mann zurück. Vor der Tür blieben sie stehen und sprachen leise miteinander. Saleem konnte nicht hören, was sie besprachen, und in ihren Gesichtern konnte er ebenfalls nicht lesen. Hatte er etwa Fehler bei seinen Antworten gemacht? Glaubten sie ihm nicht? Worüber beratschlagten sie?

Sein Herz war schwer. Die Mischung aus menschlichen Ausdünstungen, Hunger und Zigarettenrauch verursachte ihm einen bohrenden Kopfschmerz. Er war unendlich müde und spürte jeden Knochen.

Die beiden Männer betraten den Raum jetzt gemeinsam.

»Du musst die Türkei verlassen.«

Saleem nickte.

»Du darfst nie wieder in die Türkei zurückkehren. Falls du irgendwo aufgegriffen wirst, darfst du niemals sagen, dass du in der Türkei warst. Vergiss dein Türkisch. Du sprichst ein wenig Englisch, das sollte genügen.«

Saleem wusste nicht recht, was ihre Warnungen zu bedeuten hatten. Es hörte sich beinahe an, als wollten sie ihm die Augen verbinden, ihn ein paarmal um die eigene Achse drehen und ihn dann ins Ungewisse schicken. Würden sie ihn zurück nach Griechenland bringen? Oder in den Iran? Dem Beamten hatte Saleems Zurückhaltung nicht gefallen.

Plötzlich trat einer der Beamten auf Saleem zu und schlug ihm mit der flachen Hand ins Gesicht.

Saleem ergriff Panik.

»Sollte man dich noch einmal in der Türkei aufgreifen, wird das ziemlich unangenehm für dich werden.«

Ein weiterer Schlag ins Gesicht. Saleems Ohr pochte. Er hielt den Kopf gesenkt.

»Verstehst du, was ich dir sagen will? Du sprichst doch Türkisch, oder? Warum antwortest du nicht?«

»Ich verstehe«, presste Saleem schließlich hervor.

Der Beamte packte ihn am Ellbogen und zerrte ihn eilig durch die Flure zu einer Tür. Saleem stolperte, taumelte und versuchte, Schritt zu halten.

Die Sonne blendete ihn. Instinktiv hob er eine Hand.

In diesem Augenblick bekam er einen heftigen Tritt und fand sich auf dem Boden wieder. Der nächste Tritt traf seinen Brustkorb. Er schmeckte Erde im Mund.

»Vielleicht bist du ja wirklich erst fünfzehn. Du fällst jedenfalls wie ein Junge, nicht wie ein Mann.«

Der Beamte lachte.

»Lass dich nie wieder in der Türkei blicken. Sieh zu, wie du hinausfindest, und komm bloß nicht zurück.«

Vorsichtig stand Saleem auf und nickte. Man hatte ihn freigelassen! Der Beamte knallte die Tür hinter ihm zu. Saleem war draußen. Er wartete, weil er unsicher war, ob es sich um eine Falle oder einen Test handelte. Eine Weile verging. Die Tür wurde nicht wieder geöffnet, und niemand kam um die Ecke.

Vorsichtig entfernte sich Saleem vom Gebäude. Immer noch geschah nichts – er rannte los. Er konnte entkommen! Er lief durch ruhige Seitenstraßen und verbarg sich dann und wann hinter Häuserecken. Weder wusste er, wo er sich befand, noch wo er hinlief. Er wusste nur, dass er sich so schnell wie möglich von der Polizeiwache entfernen wollte, falls die Beamten ihre Meinung wieder änderten.

Saleem stützte die Hände auf die Knie und rang nach Luft. Sein Mund war trocken und sandig. Vergebens bemühte er sich, die Erde auszuspucken, die noch an seiner Zunge klebte. Sein Magen revoltierte, und er erbrach sich an einer Mauer. Ein heftiger Schmerz schoss durch seine linke Seite. Er atmete tief ein und wartete, bis es vorüberging.

Hinter sich hörte er keine Schritte. Kein Polizist verfolgte ihn. Sie suchten nicht nach ihm, hatten ihm aber sehr deutlich gemacht, dass er sich nicht finden lassen durfte. Er musste diese Stadt so schnell wie möglich verlassen. Geld hatte er. Ob er auch ohne Reisedokumente nach Griechenland zurückkehren konnte?

Was soll ich tun? Bitte, Madar-jan, sag mir, was ich tun soll!

Saleem versuchte, sich wieder zu beruhigen. Er spürte, wie sich seine Gedanken in immer größeren Kreisen bewegten.

Konzentrier dich. Denk nach. Du schaffst das.

Er versuchte, einen klaren Gedanken zu fassen, und nachdem sich das Chaos in seinem Kopf ein wenig gelichtet hatte, hörte er die Stimme seiner Mutter.

Suche dir einen sicheren Ort. Besorge dir etwas zu essen. Gehe zurück nach Griechenland.

Saleem blickte sich um. Hier gab es weder Läden noch Verkaufsstände. Keine Menschenseele war zu sehen. Niemand, den er ansprechen konnte. Jetzt war er wie einer der Jungen von Attiki. Er war aus seiner eigenen Geschichte heraus- und in ihre hineingetreten. Er hatte seine Privilegien verloren, seinen Pass und seine Familie. Er besaß nichts, was er verkaufen konnte. Nur die versteckten Geldscheine würden ihm dabei helfen, durchzukommen. Er musste an die Fluchtrouten denken, von denen er in Attiki gehört, und an die Überlebenden, die er getroffen hatte.

Langsam wurden seine Gedanken klarer. Mit dem Handrücken wischte er sich den Mund ab.

Ich muss furchtbar aussehen.

Saleem machte sich auf den Weg in ein belebteres Viertel, wo er die Dinge finden würde, die er jetzt brauchte: etwas zu essen, eine Unterkunft und die Möglichkeit, zurück nach Intikal zu finden.

Intikal war der einzige Ort, wohin zu gehen infrage kam. Dort konnte er sich an Hakan und Hayal wenden. Sie würden ihm helfen, seine Mutter wiederzufinden. Die Vorstellung, zu ihnen zurückzukehren, schenkte ihm Trost.

Etwas zu essen aufzutreiben war einfach. Er hatte Hunger und war so müde, dass er bereit war, für sein Essen zu bezahlen. Für den weiteren Weg würde er Kraft brauchen. Der Ladenbesitzer verzog zwar angeekelt den Mund, nahm aber die verschwitzten Euros an, die Saleem aus seiner Socke gezogen hatte.

Geröstetes Sesambrot war das Billigste, was er finden konnte, und es beruhigte seinen aufgebrachten Magen. Es war Nachmittag. Saleem spürte, wie er angestarrt wurde und dass man über ihn flüsterte. Tausend winzige Trommeln in seinem Kopf flehten um Schlaf.

Saleem suchte eine öffentliche Toilette auf, wusch sich den Schmutz vom Gesicht und ließ Wasser in seine Hände laufen, um seinen ganzen Körper zu erfrischen. Seinen linken Arm konnte er nur vorsichtig bewegen, weil sein Brustkorb schmerzte.

Die Jungen in Attiki hatten von ihren Überfahrten nach Griechenland erzählt. Einige waren mit kleinen, von Schleusern bereitgestellten Booten gekommen. Andere hatten sich unter Lastwagen versteckt, die auf die Fähren fuhren. Beide Wege waren gefährlich. Jeder der Jungen kannte Geschichten von Leuten, die ertrunken oder im Fahrgestell eines Lasters ums Leben gekommen waren. Saleem hatte nicht die geringste Ahnung, wo man Schleuser fand. Es war also das Beste, sich auf den langen Weg nach Intikal zu machen, sich neu zu organisieren und einen vernünftigen Plan auf die Beine zu stellen.

Der Entschluss fiel ihm schwer, aber als Saleem die Toilette verließ, stand er fest. Er fragte sich zum Busbahnhof durch. In sechs Stunden würde ein Bus nach Intikal fahren. Saleem kaufte eine Fahrkarte und wartete.

Als der Bus losrumpelte, schlief Saleem sofort ein. Zumindest würde es zwischen dieser Haltestelle und Intikal keinen Checkpoint und keine Polizeikontrolle geben. Und außerdem konnte er sich in diesem Land mehr oder weniger gut verständlich machen. Bei jedem Schlagloch rollte sein Kopf auf der starren Kopfstütze hin und her. Er träumte, dass Madar-jan, Samira und Aziz neben ihm saßen und dass sie mit einer Tasche voller Schmuck, die unter dem Sitz verstaut war, gemeinsam nach Intikal fuhren.

Die Reise dauerte länger, als er es in Erinnerung hatte, aber Intikal sah unverändert und einladend aus. Dort drüben war die Moschee, vor der er Hakan kennengelernt hatte. Der Anblick erfreute ihn.

Er kam an dem Laden vorbei, wo er mit Kemal Zigaretten und Süßigkeiten stibitzt hatte. Der Ladenbesitzer hatte dem Schaufenster den Rücken zugewendet und füllte seine Regale mit Keksdosen. Saleem steckte die Hände tief in die Hosentaschen und ging weiter.

Es war früher Abend. Schon von Weitem sah Saleem, dass im Haus von Hakan und Hayal Licht brannte. Am liebsten wäre er bis zu ihrer Tür gerannt, um auf der Schwelle einfach zusammenbrechen zu können, aber er wollte die beiden nicht beunruhigen. Langsam ging er auf das Haus zu und überlegte, was er sagen sollte. Sein Atem beschleunigte sich, und seine Hand zitterte, als er klopfte.

Hakan öffnete. Erschrocken musterte er den Jungen, den er kaum wiedererkannte.

»Saleem!«

»Herr Yilmaz …«, begann Saleem. »Ich weiß nicht, wo ich sonst hinsoll …«

»Komm erst einmal herein.« Hakan reckte den Hals und blickte auf die Straße hinaus. »Was ist mit …«

»Sie sind nicht bei mir«, sagte Saleem einfach.

Kopfschüttelnd führte Hakan Saleem in die Küche und

rief nach Hayal, die den Jungen zunächst entsetzt anblickte, ihn dann aber herzlich umarmte. Saleem schloss die Augen. Er genoss ihre Wärme, aber weil er sich so schmutzig fühlte, zog er sich schnell wieder zurück. Sofort begann Hayal, Tee zu kochen und etwas zu essen aufzuwärmen. Hakan und Saleem setzten sich an den Küchentisch.

»Wo ist deine Mutter? Und wo sind deine Geschwister? Geht es ihnen gut?«

»Ich weiß es nicht. Ich hoffe es, aber ich weiß es nicht. Vielleicht haben sie den Zug genommen. Vielleicht warten sie aber auch in Griechenland auf mich. Ich weiß nur nicht, wie ich dorthin zurückkommen soll.«

Seine Antworten kamen abgehackt. Saleem klang so angespannt, wie er sich fühlte. Hakan und Hayal wechselten einen besorgten Blick.

»Iss erst mal was, mein Junge. Du siehst aus, als hättest du seit Tagen nichts mehr bekommen.« Während Hayal ihn bemutterte, versuchte Hakan zu verstehen, was geschehen war, nachdem die Familie Intikal verlassen hatte.

»Ihr seid also mit der Fähre nach Athen gefahren? Ihr alle zusammen? Und wo habt ihr gewohnt?«

Saleem war zu erschöpft, um darüber nachzudenken, was genau er ihnen erzählte. Er berichtete von ihrem ersten Hotel und dann von den Afghanen, die er am Attiki Square getroffen hatte. Er sprach von ihrem Entschluss, das Hotel zu verlassen, um das Geld für die Reise zu sparen, und von den unruhigen Nächten auf dem Spielplatz.

Hayal schauderte, als er erzählte, wie Fereiba und die Kinder im kalten Regen schlafen mussten. Saleem fuhr fort. Er sprach vom Gelben Hotel und von den Zugfahrkarten, die sie gekauft hatten. Schließlich erzählte er vom Pfandhaus und von der Polizei. Seine Stimme begann zu stocken. Hayal legte eine Hand auf die seine. Die Polizeiwache in Griechenland. Die Polizeiwache in der Türkei. Und dann die einzige Möglichkeit, die ihm eingefallen war: das Haus der Yilmaz in Intikal. Seltsam, aber in diesem Augenblick waren Hakan und Hayal ihm näher als seine Familie, als seine Tanten und Onkel. Wüsste Madar-jan, dass er bei ihnen war, würde sie das sicher sehr trösten.

Hakan lehnte sich auf seinem Stuhl zurück. Er war selbst Vater und hatte den gleichen Gedanken. Es gab nur eine Möglichkeit: Man musste im Gelben Hotel anrufen. Aber Saleem hatte keine Telefonnummer.

»Mit einem Computer könnten wir die Nummer ausfindig machen«, sagte Hakan.

»Ein Computer? Kemals Familie hat einen!«

»Saleem, nach diesem Vorfall bei der Hochzeit ist Kemals Familie fortgezogen. Sie wohnt nicht mehr hier. Aber ich habe einen Freund ganz in der Nähe, der vielleicht helfen kann. Ich gehe gleich hin, aber zuerst musst du mir alles über dieses Hotel erzählen, was du weißt.«

Saleem schrieb den Namen des Hotels und den Straßennamen auf. Während Hakan sich auf den Weg zu seinem Bekannten machte, ließ Hayal das dringend benötigte Bad für Saleem ein.

Das warme Wasser entspannte zwar seinen Nacken, nicht aber seine Gedanken. Hier konnte er nicht für immer bleiben. Er musste zurück nach Griechenland.

Hayal hatte ihm abgelegte Kleider ihrer Söhne zurechtgelegt, die Saleem anzog. Und dann kam Hakan mit guten Nachrichten zurück. Er hatte die Telefonnummer des Hotels im Internet ausfindig gemacht. Saleem, der auf dem Sofa schon fast eingenickt war, wurde plötzlich wieder lebendig.

»Ich muss da anrufen. Am besten jetzt gleich. Vielleicht sind sie ja noch da!«

»Sicher«, lächelte Hakan, zögerte aber kurz. »Ich habe eine Telefonkarte. Wir können die Nummer gern anrufen, aber … Saleem, dir ist klar, dass sie vielleicht doch den Zug genommen haben. Wenn sie nicht dort sind, muss das nicht unbedingt etwas Schlimmes bedeuten.«

Saleem nickte, glücklich, dass er bei diesem Anruf nicht allein sein musste. Ganz gleich, ob er seine Mutter erreichte oder nicht – er brauchte jemanden, mit dem er reden konnte, nachdem er aufgelegt hatte.

Hakan wählte die lange Nummer und wartete. Als die Verbindung stand, reichte er den Hörer an Saleem weiter. Die Fingerknöchel des Jungen wurden weiß, während er dem Klingeln am anderen Ende der Leitung lauschte.

Es klickte. Jemand räusperte sich und meldete sich undeutlich.

Saleem erkannte die Stimme des Hotelbesitzers.

»Ich möchte bitte meine Mutter sprechen. Ist meine Mutter da?« In seiner Aufregung sprach er Englisch, Türkisch und Farsi durcheinander. Es war wie ein Kurzschluss zwischen Gedanken und Worten.

»Wer spricht da?« Die Stimme des Mannes klang verwirrt und misstrauisch. Hakan legte eine beruhigende Hand auf Saleems Ellbogen. Immer mit der Ruhe, bedeutete er ihm. Saleem atmete tief durch und konzentrierte sich auf Englisch.

»Bitte, mein Name ist Saleem. Ich habe mit meiner Mutter in Ihrem Hotel gewohnt. Ich muss mit ihr sprechen. Sie ist mit meinem Bruder und meiner Schwester da.«

»Ah, der Sohn. Deine Mutter sucht dich. Sie ist in ihrem Zimmer. Könntest du später noch einmal anrufen? Ich habe zu tun.«

»Nein, ich kann nicht noch einmal anrufen. Bitte, ich muss unbedingt mit meiner Mutter sprechen.« Der alte Mann erkannte die Verzweiflung in seiner Stimme.

»Okay, okay.« Er murmelte etwas auf Griechisch, das Saleem nicht verstand.

Ein schier endloses Schweigen folgte. Hakan und Hayal beobachteten ängstlich Saleems Gesicht.

Schließlich ertönte Fereibas Stimme aus dem Hörer. Saleem sprang auf die Füße und wanderte wie ein gefangenes Tier hin und her.

»Saleem? Saleem, *bachem?* Bist du das?« Ihre Stimme zitterte.

»Ja, Madar-jan. Ich bin es.«

»*Bachem*, wo bist du? Gott sei Dank. Wir haben uns solche Sorgen gemacht.«

»Ich bin in Intikal bei Kaka Hakan und Khala-jan. Ich bin von der Polizei aufgegriffen worden und wurde in die Türkei zurückgeschickt.«

»Von der Polizei? Oh Gott, du bist in der Türkei?« Madar-jans Gedanken wirbelten wild durcheinander. »Bist du gesund? Haben sie dir wehgetan?«

»Alles in Ordnung, Madar-jan. Ich werde einen Weg zurück nach Griechenland finden, aber ich weiß nicht, wie lange es dauert.«

Die schmerzliche Entscheidung musste nicht mehr getroffen werden, denn das war bereits ohne ihr Zutun geschehen. Saleem sprach es als Erster aus.

»Madar-jan, ihr habt Pässe und Zugfahrkarten. Du solltest mit Samira und Aziz so bald wie möglich nach England aufbrechen. Ich muss erst eine Möglichkeit finden, zurückzukommen. Weil ich keine Papiere habe, dauert es vielleicht länger. Wenn ihr aber auf mich wartet, geht es Aziz vielleicht schlechter.«

»Ich kann dir deinen Pass schicken. Ich schicke ihn an Hayal-jans Adresse.« Aus Madar-jans Stimme klangen Schuldgefühle. »Was ist mit dem Geld, Saleem-jan? Hat die Polizei dir alles abgenommen?«

»Nein, ich habe das Geld aus dem Pfandhaus noch. Wenn du mir den Pass schickst, komme ich auf dem gleichen Weg nach und bin im Handumdrehen bei euch in England.« Ein Teil von ihm wünschte sich, dass sie ablehnte und in Griechenland auf ihn wartete, damit sie alle zusammen nach

England aufbrechen konnten. Vermutlich wünschte sie sich das Gleiche, aber sie mussten an das kranke Herz von Aziz denken.

»Oh, mein Sohn. Möge Gott dich vor Unheil bewahren. Gib mir Hayals Adresse. Ich schicke den Pass. Deine Freundin Rokshaana war am Bahnhof. Sie hat uns dort gesehen und wusste sofort, wer wir sind. Sie ist so freundlich und hat gesagt, sie wolle später noch einmal wiederkommen. Sie kann mir helfen, dir den Pass zu schicken.«

Madar-jan hatte Roksana getroffen? Saleem setzte sich wieder, stützte seine Stirn in die Hand und schloss die Augen. Eine Woge der Dankbarkeit erfasste ihn.

Danke, Roksana. Danke.

Hakan tippte auf seine Uhr. Die Karte war fast aufgebraucht.

»Madar-jan, ich kann nicht viel länger sprechen.« Er wandte sich an Hakan, erkundigte sich nach der genauen Adresse und gab sie so schnell weiter, wie Hakan sie auf ein Blatt Papier kritzeln konnte.

»Saleem-jan, *bachem*, ich schicke dir deine Zugfahrkarte und den Pass. Sei mir nicht böse, aber wir nehmen jetzt einen Zug. Vielleicht schon morgen. Aziz muss dringend zu einem Arzt. Bitte, sei vorsichtig. Sprich bei jedem Schritt ein Gebet, und halte die Augen offen. Glaub mir, mein Schatz, ich wollte, ich müsste nicht …«

Die Verbindung brach ab. Saleem behielt den Hörer in der Hand. Mit dem Verstummen der Stimme seiner Mutter begann für Saleem eine neue Reise. Er war jetzt auf sich selbst gestellt. Diese Nacht würde die letzte sein, in der die Familie Waziri einigermaßen friedlich schlafen konnte, weil jeder wusste, wo sich der andere befand und wie es ihm ging. Saleems Familie hatte Roksana kennengelernt, die seiner Mutter bei den nächsten Schritten helfen würde. Fereiba würde sich getröstet fühlen, weil sie Saleem bei Hakan und Hayal wusste. In dieser Nacht würden sie alle

Ruhe finden, sofern sich ihre Gedanken nicht mit dem folgenden Tag beschäftigten.

Saleem kroch auf die vertraute Matratze und schlief binnen weniger Sekunden ein.

Als er am nächsten Morgen aufwachte, sah er als Erstes den rissigen Gips, den er monatelang angeschaut hatte. Er betrachtete erneut die Risse, die Stellen, an denen die Farbe abblätterte und der Putz zu sehen war. Saleem fuhr sich mit den Fingern durchs Haar und an den Armen entlang. Als er seine linke Seite berührte, zuckte er zusammen. Ihm war, als hätte auch er Risse und Stellen, die von seiner schweren Bürde wundgerieben waren, sodass unter der Haut seine wahre Natur sichtbar wurde.

Das erste Morgenlicht sickerte durch die dünnen Baumwollvorhänge. Der Nebel lichtete sich. Saleem hatte die ganze Nacht durchgeschlafen und erwachte mit einer klareren Sicht auf die Dinge.

Er würde auf seinen Pass warten, was gut und gern zwei Wochen dauern konnte. Zwei Wochen ohne Einkommen. Da gab es nur eine Lösung. Saleem stand auf und zog sich an. Er würde auf den Bauernhof zurückkehren.

Herr Polat feixte und spuckte aus, aber er brauchte Hilfe und befahl Saleem, auf das Feld zu gehen und mit der Arbeit zu beginnen. Die Armenierin kicherte bei seinem Anblick, als hätte sie bereits gewusst, dass er zurückkommen würde. Sie schüttelte den Kopf und widmete sich weiter ihrer Arbeit. Dabei murmelte sie etwas, das Saleem auch dann nicht verstanden hätte, wenn sie es ihm zugerufen hätte.

Und doch begriff er, was sie meinte.

Wozu das Ganze? Du hast deine Tasche gepackt, dich auf ein Schiff gesetzt und ständig gebetet – aber wozu? Nichts hat sich verändert, weil sich nie etwas ändert. Du hast versucht, dich aus den Ranken zu befreien, aber jetzt wachsen sie nur noch enger um dich.

Saleem sagte nichts, aber für einen Moment stand er mit dem Rücken zur Sonne. Sein Schatten zeichnete sich zwischen den Tomatenpflanzen ab. Die Frau irrte sich. Alles hatte sich verändert, seit er zuletzt auf diesem Hof gearbeitet hatte. Er war zu einem echten Flüchtling geworden. Einem, der das Meer gesehen hatte. Er hatte das Rauschen der Wellen gehört und die salzige Seeluft geschnuppert. Jeder Schritt seiner Reise hatte ihn verändert und seinen inneren Code unwiderruflich umgeschrieben. Einmal hatte er das Wasser bereits überquert, und er würde es wieder tun – zwar nicht in Begleitung seiner Familie, aber gestärkt durch die winzigen Veränderungen seines Wesens, die ihm die Kraft verliehen, es ganz alleine zu tun.

Kapitel 35

Fereiba

Ich wünsche keiner Mutter, dass sie jemals vor einer solchen Entscheidung steht. Es gibt nichts Schlimmeres.

Meine Schuld liegt so schwer auf meinen Schultern, dass ich alle Kraft brauche, um einen Fuß vor den anderen zu setzen und weiterzumachen.

Wie Saleem den Weg zurück nach Intikal gefunden hat, werde ich wohl erst erfahren, wenn ich meinen Sohn wiedersehe. Ich hätte nie erlauben dürfen, dass er das Hotel verlässt. Als seine Mutter hätte ich meine Stimme erheben und mich gegen ihn durchsetzen müssen. An dem Tag, als er davon sprach, zum Markt zu gehen, prickelte meine Haut. Kann eine Mutter eine größere Sünde begehen, als nicht auf ihr Gespür zu achten? Aber ich bin ihm nicht gefolgt, weil ich meinem Sohn den Raum geben wollte, den er brauchte, um ein Mann zu werden. Sein Vater glaubte daran.

Mahmood hatte nicht in allem recht. Heute sehe ich das so klar wie den wolkenlos blauen Himmel. Er entschied mit dem Kopf und stand für das ein, was er für richtig, logisch und gut hielt – romantische Begriffe, die es in unserem Land nicht gab. Kabul war kein Ort für Ideale, und das wusste ich und sagte es ihm auch. Ideale und Schutzengel sind Kindern und Friedenszeiten vorbehalten. In dieser Welt ist kein Platz dafür. Wir hätten Kabul viel früher verlassen und meinen Geschwistern zu sichereren Orten folgen sollen, wo die Welt noch in Ordnung war. Ich habe zugelassen, dass Mahmood keine Rücksicht auf mein Gespür nahm und Gottes Warnungen in den Wind schlug.

Ihn dafür jedoch zu hassen wäre nur eine weitere Form von Blasphemie.

Er ist nicht hier, und ich kann den Weg nicht mehr ändern, den wir gemeinsam beschlossen haben. Ich kann auch die Gespräche nicht ändern, die wir führten. Ich stand hinter ihm, weil ich ihn liebte und ihm vertraute und weil ich der Entscheidung, die wir getroffen hatten, Ehre widerfahren lassen wollte. Mahmoods Güte, der Nektar, den er dieser Welt bot, zog erst eine, dann zwei und dann einen ganzen Schwarm Bienen an. Sie umkreisten ihn summend, bis sie schließlich ihr Gift freisetzten. Auch als Mahmood nicht mehr da war, hörte ich ihr Summen noch. Jetzt umkreisen sie meine Familie. Und das ist meine Schuld, denn ich ließ meinen Erstgeborenen Saleem aus der Tür gehen, hinaus in eine unversöhnliche Welt. Und jetzt weine ich, weil er nicht zurückgekehrt ist. Ich bin die Mutter, die ich niemals sein wollte.

Aber ich habe Gründe für meine Entscheidung. Aziz sieht schrecklich aus. Er hat nicht mehr zugenommen, und ich erkenne die Anstrengung in seinem blassen Gesicht, an der kleinen blauen Ader, die über seiner Schläfe verläuft und an den Knochen seiner Wirbelsäule, die wie aufgereihte Perlen aussehen. Ich muss Hilfe finden, wenn ich will, dass er lange genug lebt, um seinen Bruder wiederzusehen. Er ist so leicht in meinen Armen. Er ist mein letztes Kind, das Kind, das ich tragen werde, solange es mir möglich ist. Wenn Aziz wach ist, beobachte ich seine Bewegungen und erkenne Saleem wieder. Er ähnelt seinem älteren Bruder sehr – er ist ebenso stark und belastbar. Jeder kämpft auf seine Weise, aber Saleem kann auf eigenen Füßen stehen. Als ich seine Stimme hörte, die aus der Sicherheit des Heimes von Hakan und Hayal kam, wusste ich, dass er seinen Weg finden wird.

Ich habe eine Entscheidung getroffen. Wir haben in Athen den Zug bestiegen. Hätte ich anders handeln können? Vielleicht. Aber mein Gespür sagt mir, dass Aziz sonst auf der Strecke bleiben wird. Vergib mir, Saleem, aber wir konnten nicht auf dich warten. Es ging um deinen Bruder, den Bruder, von dem ich weiß, dass du ihm grollst, ihn aber auch vergötterst. Seinetwegen musste ich den Weg fortsetzen.

Es gibt nichts Schlimmeres, als zwischen zwei Kindern wählen zu müssen. Wenn ich zwischen meinem rechten und meinem linken Arm zu wählen hätte, würde ich einen hergeben. Aber mein Herz zerspringt in tausend Stücke bei dem Gedanken, zwischen meinen Kindern wählen zu müssen. Kinder sind Geschöpfe des Himmels, und jeder Atemzug, jedes Lachen und jede Berührung sind wie ein Schluck Wasser für den Wanderer in der Wüste. Als Kind wusste ich das noch nicht, aber ich habe es gelernt, als mein Herz für jedes meiner Kinder wuchs, sich verbog und zerbrach.

Samira beobachtet mich schweigend. Sie ist kein Mädchen mehr. Ihr Körper zeigt bereits die grazilen Kurven einer jungen Frau. Glücklicherweise scheint sie sehr viel verständiger zu sein, als ich es in ihrem Alter war. Ich war naiv. Ich muss daran denken, wie leichtgläubig ich Menschen gegenüber war – dem Jungen in der Obstplantage, Koko-Gul. Ich könnte mir vorstellen, dass meine Tochter schweigt, weil sie weiß, dass Worte nichts bedeuten und nichts vollbringen. Seit wir Kabul verlassen haben, zeigt sie die schweigende Stärke einer Frau und kümmert sich ebenso sehr um ihren kleinen Bruder wie ich. Sie wiegt ihn während seiner verschwitzten Anfälle, sie füttert ihn geduldig, wenn er nicht essen will, und sie hat unser Gepäck getragen, wenn ich dazu nicht in der Lage war. All dies bedeutet mehr als jedes Wort, das sie aussprechen könnte, obwohl ich mich danach sehne, ihre Stimme wieder zu hören. Vor allem aber würde ich sie gern wieder lachen hören.

Sie vermisst Saleem. Ohne ihn ist sie nicht vollständig, und sie wird sicher nicht sprechen, solange er nicht zurückkommt – bis diese Welt, die immer nur nimmt, ihr endlich etwas schenkt. Ihr Herz ist ein Spiegelbild meines Herzens, und um ihretwillen halte ich meine Tränen zurück. Ich habe es satt. Ich will nicht mehr in der Falle sitzen. Aber jeden Morgen, wenn ich aufwache und feststelle, dass sich nichts verändert hat, fürchte ich, dass ich nicht mehr weiterkann.

Ginge es nicht um meine Kinder, ich würde aufgeben, aber um ihretwillen muss ich weitergehen.

Vielleicht finde ich Saleem eines Tages wieder. Vielleicht darf ich meine Arme um ihn schließen, seine Stimme hören, ihn erneut im Schoß der Familie begrüßen. Aber selbst wenn mir dieses Glück widerfährt, werde ich nie mehr die Gleiche sein. Ich werde immer die Mutter sein, die ihren Sohn zurückließ. Das ist die Hölle, in der ich jetzt lebe und die ich nie mehr verlassen werde.

Der Zug ist abgefahren. Wir sind unterwegs. Leute sehen uns an, aber niemand fragt nach unseren Fahrkarten oder den Papieren. Manch einer würde das vielleicht Glück nennen, aber Glück ist relativ.

Samira schaut aus dem Fenster. Aziz schmiegt sich an ihre Seite. Zweifellos denkt sie an ihren älteren Bruder und fragt sich, ob ihre Mutter die richtige Entscheidung getroffen hat. Ich kann es ihr nicht erklären. Es ist etwas, das man nicht in Worte fassen kann.

Kapitel 36

Saleem

Jeden Tag beeilte Saleem sich, nach der Arbeit zu Hayal und Hakan zurückzukehren, um nachzuschauen, ob sein Pass und die Zugfahrkarte endlich angekommen waren. Eine Woche nach seiner Rückkehr hatte er Hakan schüchtern einige Geldscheine hingehalten, um für sein Zimmer und das Essen zu bezahlen. Aber Hakan schüttelte nur den Kopf und bat Saleem, nie wieder über Geld zu sprechen. Saleem biss sich auf die Lippe und nickte. Hakan verstand seine stumme Dankbarkeit.

Zehn Tage vergingen. Noch immer war kein Umschlag von Saleems Mutter eingetroffen. Auch Ekins Interesse, das seit seiner Rückkehr neu erwacht war, verdüsterte Saleems Laune. Entweder hielt sie sich hinter dem Haus auf und gab vor zu lesen, oder sie tat so, als kümmere sie sich um den Kräutergarten, den Polats Frau hinter der Küche angelegt hatte. Immer legte sie es darauf an, gut sichtbar zu bleiben, beobachtete Saleem aus dem Augenwinkel und sagte Dinge, die er nicht hören wollte.

»Wo hast du gesteckt?«, lachte Ekin. »Mein Vater hat zwei Tage lang geflucht, als du nicht mehr kamst. Du kannst von Glück reden, dass er dich noch hier arbeiten lässt.«

Von Zeit zu Zeit scheuchte Polat sie zurück ins Haus, doch ihr Interesse für Saleem schien er nicht zu bemerken. Es waren einseitige Gespräche. Das Mädchen redete, und Saleem hörte zu. Er befürchtete, dass ihm jedes Wort falsch ausgelegt werden könnte, und biss die Zähne zusammen, wenn sie über die Schule, Radiosendungen und andere Dinge sprach, die er nicht kennen konnte.

Sechzehn Tage. Noch immer war der Pass nicht da. Saleem schlief schlecht. Hakan hatte versucht, das Hotel erneut anzurufen, aber der Besitzer sagte, dass die Familie schon lange abgereist sei. Saleem konnte nur hoffen, dass sie – vielleicht mit Roksanas Hilfe – in den richtigen Zug gestiegen waren. Vielleicht hatten sie England längst erreicht. Allerdings wusste Saleem nicht, ob Madar-jan einen Plan hatte, wie sie von Italien nach England weiterreisen wollte.

Der Pass war ein ganz anderes Problem. Saleem hatte keine Möglichkeit, in Erfahrung zu bringen, ob die Dokumente überhaupt abgeschickt worden waren. Vielleicht war der Brief ja auch falsch adressiert oder konfisziert worden. Jedenfalls würde er weiter warten. Das wertvolle Büchlein mit dem Foto, auf dem er so grimmig dreinblickte, und dem erfundenen Geburtsdatum war die einzige Möglichkeit, die tödlichen Fallen zu umgehen, von denen die Jungen in Attiki so oft gesprochen hatten. Er erinnerte sich an die düsteren Gestalten, die seine Familie und ihn über die Grenze in den Iran gebracht hatten. Er hatte gehört, wie der eine Mann seine Mutter um mehr Geld angegangen hatte. Und von anderen hatte er noch viel schlimmere Geschichten gehört. In der Welt des Untergrunds gab es keine Gesetze und kein Sicherheitsnetz. Manche Leute schafften es, andere nicht. Niemand wusste, was in der Schattenwelt der Schlepper wirklich geschah – abgesehen von einigen Geschichten, die heimlich die Runde machten.

Eines Montagnachmittags schlenderte Ekin hinter dem Haus entlang, wo Saleem den Boden für die nächste Ernte umgrub und sich fragte, was er tun sollte, falls der Pass nicht bis zum Ende der Woche eintraf.

»Jede Wette, dass das Wasser schwarz wird, wenn du badest«, grinste sie.

Saleem hielt den Kopf gesenkt und trieb die Hacke kräftig in den Boden. Sie überlegte, warum er nicht gelacht hatte.

»Du bist sehr wortkarg. Ich frage mich, warum du nicht sprichst. Hast du in deiner früheren Heimat auch auf einem Bauernhof gearbeitet? Ich lebe schon immer hier, aber ich glaube, du pflückst an einem Tag mehr Tomaten als ich in meinen ganzen bisherigen Leben.«

Unter anderen Umständen hätte Saleem vielleicht bemerkt, dass sie ihm schmeicheln wollte, aber in seiner Anspannung wirkte sie auf ihn so wohltuend wie Schmirgelpapier.

Ekin trug einen wadenlangen Faltenrock und eine Bluse. Sie lehnte sich ans Geländer und begann, an ihren Strümpfen herumzuspielen. Erst zog sie einen, dann den anderen bis zu den Knien hoch. Saleem musste an Roksana denken. Wie unterschiedlich die beiden Mädchen doch waren!

»Arbeitet deine Mutter auch?«

»Nein.«

»Und was ist mit deinem Vater?« Sie war hartnäckig. Saleem umklammerte fest den Stiel der Hacke. Er schüttelte den Kopf.

»Ich arbeite.« Seine Worte klangen unwirsch und heftig. Ekin kümmerte sich nicht darum.

»Ich weiß. Du bist ein guter Arbeiter, deshalb hat Baba dich auch wieder eingestellt. Er sagte, dass du nicht so bist wie die anderen.« Ekin schürzte die Lippen. »Ich habe gehört, dass einige Immigranten Drogen mitbringen. Baba sagt, dass sie aus diesem Grund so faul und langsam sind.«

»Lass mich in Frieden, Ekin! Ich arbeite!«, fuhr Saleem das Mädchen an. Er konnte sie nicht mehr ertragen. Ekin starrte ihn an.

»Du schreist mich an?« Sie klang verblüfft.

»Du hast keine Ahnung von meiner Familie und warum ich hier auf dem Hof arbeite. Ich mag dir nicht mehr zuhören.«

»Ich weiß offensichtlich mehr als du«, verteidigte sie sich. »Du scheinst jedenfalls nicht zu wissen, wie man mit jemandem spricht, der nur nett sein will. Dich interessieren wohl nur Tomaten und Tierkot. Wenigstens gehe ich zur Schule und stinke nicht ständig. Vielleicht solltest du erst noch das ein oder andere lernen, bevor du mich anschreist.«

»So klug bist du also? Gar nichts weißt du! Ich bin auch zur Schule gegangen, aber die Schulen machten zu, als unsere Häuser mit Raketen beschossen wurden. Wir sind geflüchtet und hier in dieses Land gekommen, wo ich für einen Hungerlohn arbeiten muss. Ich arbeite, um zu meiner Familie gehen zu können und um etwas zu essen zu haben. Weißt du, was es bedeutet, allein zu sein? Niemanden zu haben, der einem hilft?« Saleems Stimme versagte. Nach wie vor hielt er die Hacke in der Hand und bearbeitete den Boden mit konzentrierter Wut. Fast hatte er vergessen, dass Ekin immer noch dort stand. Sie interessierte ihn nicht.

»Ich weiß nicht, wo meine Familie jetzt ist«, sagte er leise wie zu sich selbst. »Dein Vater glaubt wahrscheinlich, er bezahlt mir zu viel, aber ich habe viele Tage ganz ohne Lohn gearbeitet. Und jetzt arbeite ich wieder hier, weil ich keine andere Wahl habe.«

Ekin schwieg. Endlich.

Saleem schluckte seinen Ärger hinunter, konzentrierte sich auf seine Arbeit und machte sich nicht die Mühe, aufzublicken und den Ausdruck auf Ekins Gesicht zu betrachten. Er sah nicht, dass ihr Tränen in die Augen stiegen und sie sich auf die Lippen biss. Er sah auch nicht, wie sie zitternd davonschlich. Ausholen, hacken. Ausholen, hacken. Er schwang die Hacke, weil das alles war, was er tun konnte.

Nach diesem Tag sah er Ekin eine ganze Woche lang nicht mehr. Sein Ausbruch hatte sie vertrieben, aber er verspürte keine Reue. Mit jedem Tag wurde er reizbarer. Inzwischen waren fast drei Wochen seit dem Gespräch mit seiner Mutter vergangen, und er war sich nicht sicher, wie lange er die Hoffnung weiter aufrechterhalten konnte, dass der Pass doch noch kommen würde.

Und dann kehrte Ekin zurück. Es war früh am Morgen. Saleem war auf dem Weg zum Stall, nachdem er Polat kurz begrüßt hatte, der mit dem Pflug zu einem weiter entfernten Feld wollte. Herr Polat blieb meistens für sich. Er arbeitete viel, aber nie in der Nähe von Saleem oder der Armenierin.

Saleem ging in den Stall, überprüfte die Futtertröge und suchte einen Eimer, um frisches Wasser zu holen.

»Saleem«, flüsterte Ekin kleinlaut.

»Hm«, grunzte er. Er drehte sich nicht um, sondern suchte weiter nach einem Kübel.

»Es tut mir leid.« Sie stand unmittelbar hinter ihm. Er spürte, wie ihre Finger seine Schulter berührten, und erstarrte. Eine Entschuldigung? Damit hatte er nicht gerechnet.

»Ich wollte dir nicht …«

Er nickte mit gesenktem Kopf. Sie klang ehrlich, und er war zu erschöpft, um ihr noch böse zu sein. Ihre Entschuldigung bedeutete ihm mehr, als er gedacht hätte. Plötzlich fühlte er sich ein kleines bisschen menschlicher als seit langer Zeit, und seine Stimmung wurde sanfter.

Ekins Finger glitten langsam, aber sicher von seiner Schulter in seinen Nacken. Wie gelähmt wartete er. Was hatte sie vor? Er hatte Angst, sich zu bewegen. Ihre Berührung war überraschend weich – weicher, als jedes ihrer Worte. Sie kam noch näher. Er konnte ihren warmen Atem im Genick spüren.

Was macht sie da? Ich sollte fortgehen. Ich sollte …

Ihre Finger glitten in sein tintenschwarzes Haar, zausten seinen Schopf und kehrten zu Hals und Schultern zurück. Auch ihre andere Hand berührte jetzt seine Schulter und verweilte auf seinem Arm. Als er sich nicht zurückzog, lehnte sie sich an ihn und barg ihr Gesicht zwischen seinen Schulterblättern. Die Berührung rief etwas in Saleem hervor. Er schloss die Augen.

Sanft schob Ekin ihn in den Stall, bis sie nicht mehr im hellen Sonnenlicht standen. Heu knisterte unter ihren Füßen. Saleem bewegte sich unter ihrer Führung, aber er drehte sich nicht zu ihr um, weil er wusste, dass er ihren Anblick nicht ertragen würde. Im Stall war es dämmrig. Nur die Öffnungen im Bretterdach ließen ein wenig Licht herein.

Warum tut sie das?

»Ich wollte nur mit dir reden«, flüsterte sie so leise, dass er nicht sicher war, ob er es wirklich gehört oder sich nur eingebildet hatte.

Langsam drehte er sich um. Sein neugieriger Körper reagierte, ohne nachzudenken. Sie standen einander gegenüber. Die schwache Beleuchtung schmeichelte ihr. Ekin berührte Saleems Wange. Plötzlich fiel es Saleem ganz leicht, die unerfreulichen Gespräche zu vergessen. Der Augenblick fühlte sich zärtlich, erregend und unwiderstehlich an. Wie von selbst bewegten sich seine Hände, berührten ihre schmale Taille und wanderten über ihre Hüften weiter nach oben. Mit den Lippen berührte sie flüchtig seine Wange. Er wendete ihr das Gesicht zu. Ihre Münder trafen sich ungeschickt und feucht. Saleem spürte, wie ein anderer Teil von ihm ängstlich zu wachsen begann. Aber so lang er die Augen geschlossen hielt, konnte er die Welt ignorieren.

Ihre Füße scharrten im Stroh.

»Saleem …«, wisperte sie. Er öffnete die Augen und zog sich so hastig zurück, als hätte er sich verbrannt.

Tausend Gedanken rasten durch seinen Kopf. Wenn Herr Polat jetzt hereinkäme! Und wieso berührte er das Mädchen überhaupt? Er trat einen Schritt zurück und prallte gegen die Wand. Überrascht von seinem plötzlichen Sinneswandel wich Ekin ein Stück zurück.

»Ich sollte … du solltest jetzt besser gehen«, sagte er schlicht. Sie blickte ihn kurz an, drehte sich um und stürmte aus dem Stall. Saleem blieb zurück und fragte sich, ob er ein Nachspiel zu erwarten hätte. Wenn ihr Vater und ihre Mutter etwas bemerkten … Schon bei dem bloßen Gedanken daran raste sein Herz.

Saleem lief rastlos im Stall auf und ab und überlegte, ob er vielleicht lieber verschwinden sollte, ehe Polat ihm an die Gurgel ging. Er wartete und lauschte. Nichts. Langsam näherte sich Saleem der Stalltür und spähte hinaus. In der Ferne entdeckte er Polat mit seinem Pflug. Seine Frau hängte hinter dem Haus Wäsche auf. Ekin war verschwunden.

Saleem beendete seine Arbeit wie vorgesehen, aber es dauerte Stunden, ehe sich sein Puls wieder normalisierte. Während der Arbeit blickte er sich immer wieder um, um nicht überrascht zu werden. Bei Sonnenuntergang verließ er den Hof müde und verschwitzt nach einem besonders anstrengenden Tag.

Am folgenden Morgen saß Saleem wieder im Lkw und fragte sich, ob er geradewegs in eine Falle lief. Angespannt und vorsichtig näherte er sich dem Bauernhof, doch wie am Vortag begrüßte Polat ihn nur knapp. Saleem verhielt sich den ganzen Tag über wachsam, aber glücklicherweise ließ sich Ekin nicht blicken. Er hatte lang über die Ereignisse im Stall nachgedacht. Was das Mädchen getan hatte, verwirrte ihn. Er verstand ihre Motive nicht.

Welches Mädchen berührt einen Jungen? Wie schamlos!

Er fragte sich, warum sie sich an ihn herangemacht hatte. Ihre herablassende Art und ihre gehässigen Kommentare … war das alles nur Fassade gewesen?

Und seine eigene Reaktion hatte Saleem noch mehr überrascht. Er hatte sich nicht zurückgezogen.

Sein Körper hatte mit seinen eigenen Bedürfnissen auf Ekin reagiert. Noch immer spürte er ihre Haut unter seinen Fingerspitzen und ihre noch nicht ganz ausgereiften Kurven unter seinen Händen. In der Nacht hatte er wachgelegen und seinen Nacken so berührt, wie Ekin es getan hatte. Das Gefühl erregte ihn.

Er fragte sich, ob sie sich nicht blicken ließ, weil sie ihm böse war oder weil sie sich schämte.

Dann und wann hatte er den Eindruck, dass Ekin ihn vom Fenster oder der Seitentür aus beobachtete. Aber sie blieb unsichtbar, und Saleem war ihr dafür dankbar. Er hätte nicht gewusst, was er ihr hätte sagen sollen.

Tage vergingen. Noch immer war der Pass nicht angekommen. Sogar bei den Nachbarn hatte Saleem sich bereits erkundigt, ob der Brief vielleicht an die falsche Adresse zugestellt worden war. Aber auch nach einem Monat tat sich nichts. Und auch wenn sich Hakan und Hayal noch immer optimistisch gaben, wusste Saleem, dass sie ebenfalls allmählich die Hoffnung verloren.

Irgendwann brach Ekin ihr Schweigen. Die Sonne ging unter, und Saleem hatte soeben einen Sack Saat ausgebracht, den Polat ihm in die Hand gedrückt hatte. Die Zeit für die Winterbepflanzung nahte, und Polat hatte sich für Zuckerrüben entschieden. Saleem hatte die Geräte in die Scheune gebracht, sie in eine Ecke gestellt und seinen Rücken gereckt, als er hinter sich etwas hörte. Er drehte sich um. An der Tür stand Ekin. Sie kam nicht näher.

»Bist du fertig?«, erkundigte sie sich leise. Sie sah ihn nicht an und wirkte verlegen. Saleem spürte ihr Unbehagen und empfand Mitleid.

»Ja«, erwiderte er, blieb aber stehen, wo er war. Der Abstand zwischen ihnen würde sie schützen.

»Du arbeitest nicht gern hier.« Es war eine Feststellung, keine Frage. Was immer sie ihm sagen wollte – sie hatte es sich genau überlegt. Er konnte sich vorstellen, wie sie ihn von weitem beobachtet und sich ihre Worte zurechtgelegt hatte.

»Ich dachte, du … Ich wollte dich nicht wütend oder traurig machen. Ich hatte doch keine Ahnung. Bitte nimm das hier und komm nicht wieder zurück. Es wäre besser, wenn du nicht mehr zurückkommen würdest.« In ihrer ausgestreckten Hand hielt sie etwas, das sie in ein Blatt aus einem Schulheft gewickelt hatte.

»Was ist das?«

»Nimm es einfach, und dann geh. Bitte. Geh.« Ihre Stimme klang angestrengt, wie die eines Kindes vor einem Trotzanfall. Sie ging einige Schritte auf ihn zu, hielt aber Abstand, als wäre Saleem ein Feuer, das sie verbrennen würde, wenn sie ihm zu nah kam.

Saleem nahm das Päckchen. Zwar war Ekin unberechenbar, aber ihr Verhalten hatte sich verändert. Saleem spürte, dass sie ihn nicht mehr zum Narren hielt, und was immer sie ihm da gab – die Entscheidung war ihr nicht leichtgefallen.

Kaum hielt er das Päckchen in der Hand, drehte Ekin sich um und lief davon. Saleem sah ihr nach, ehe er das Päckchen vorsichtig auswickelte. Vor ihm lag ein dickes Bündel Geldscheine. Er riss die Augen auf. Es waren Banknoten in allen möglichen Nennwerten.

Saleem spürte, wie ihn Panik erfasste. Er faltete das Bündel zusammen und stopfte es in seine Hosentasche. Er lauschte, aber niemand näherte sich. Wo mochte Ekin das Geld herhaben? Als wirklich niemand kam, verkroch er sich im Innern der Scheune und holte das Geld aus der Tasche. Beim ersten Durchzählen beschleunigte sich sein Herzschlag, und er geriet ins Schwitzen.

Darf ich das annehmen?

Nach all den Monaten, in denen er jede Lira hart erarbeitet hatte, nachdem er Madar-jans letzten Schmuck für ein paar Euro verkauft, nachdem er gestohlen hatte, damit seine Familie etwas zu essen bekam, sah Saleem keine andere Möglichkeit. Er brauchte dieses Geld und war überzeugt, dass es ihm zustand. Er stopfte das Bündel in seine Tasche, strich das Hemd darüber glatt, atmete tief durch, verließ die Scheune und überquerte den Hof. Dann trat er hinaus auf die schmale Straße. Er blickte sich weder um, noch blieb er stehen, um zu sehen, ob die Armenierin ihm folgte.

Im Lkw setzte er sich ganz nach hinten, presste seine Tasche gegen die Seitenwand, hielt den Kopf gesenkt und blickte auf dem staubigen Heimweg zurück in die Stadt niemanden an.

In seiner Tasche befand sich ein Bündel Hoffnung. Er könnte einen Schleuser bezahlen, der ihn über das Meer nach Griechenland bringen würde. Die Hoffnung, dass der Pass irgendwann doch noch einträfe, hatte er inzwischen aufgegeben. Und er betrachtete jeden Tag, den er noch in Intikal verbrachte, als einen verlorenen Tag. Längst könnte er mit seiner Familie vereint sein. Das Geld in seiner Tasche drängte ihn, die Entscheidung zu beschleunigen, die er treffen musste.

Saleem wusste, dass Ekin das Geld ihrem Vater gestohlen hatte, und er würde nicht mehr zum Hof der Polats zurückkehren können.

Ich brauche dieses Geld. Ich habe mich immer gefügt, wenn Herr Polat mir dieses oder jenes befahl und ich es nach getaner Arbeit wiederholen musste, weil es ihm nicht gut genug war. Ich konnte mich nicht wehren, wenn er mir den Lohn verweigerte. Mit diesem Geld kann ich hier raus und zu meiner Familie zurückkehren. Welche Rolle spielt es da schon, warum Ekin es getan hat?

Als er das Haus der Yilmaz durch die Seitentür betrat, stand sein Entschluss fest. Er hörte Hayal in der Küche. Von dem Geld würde er seinen Gastgebern nichts erzählen, denn er hätte es nicht erklären können. Er musste sofort zum Hafen aufbrechen und ein Schiff nach Athen finden. Es war die einzige Möglichkeit.

Nachdem Hakan und Hayal sich zurückgezogen hatten, zählte Saleem das Geld so oft, bis er sicher war, dass er nicht träumte und dass es genug war, um seine Reise fortzusetzen. Es war erheblich mehr, als das Pfandhaus für die Armreife seiner Mutter bezahlt hatte.

Saleem hatte seine Mutter nie ohne die goldenen Armreife gesehen, und er wusste, dass sie früher seiner Großmutter gehört hatten – ein Geschenk an die Tochter, die sie nie kennengelernt hatte. Er berührte die Uhr seines Vaters an seinem Handgelenk. So ähnlich musste Madar-jan für ihre Armreife empfunden haben. Sie waren die einzige Verbindung zu ihrer Mutter gewesen.

Obwohl er keine Ahnung hatte, wo sie sich aufhielt, konnte Saleem seine Mutter inzwischen besser hören und sehen als in all den Monaten, in denen sie zusammen gereist waren, sich Seite an Seite in Busse und Fähren gedrängt, im gleichen Zimmer geschlafen und sich um Samira und Aziz gekümmert hatten. Endlich hob sich der Nebel, und seine Mutter erschien ihm als reale Persönlichkeit. Im Dunkeln schloss Saleem die Augen, schmiegte sich in die tröstende Umarmung seiner Mutter und betete um eine neue Chance.

Kapitel 37

Saleem

Dieses Mal fiel es Saleem schwerer, sich von Hakan und Hayal zu verabschieden. Zwar hatte er Geld und genügend Mut, aber ihm fehlten die Dokumente, um die Landesgrenzen zu überqueren.

Seine freundlichen Gastgeber zeigten sich zwar überrascht über den plötzlichen Entschluss, versuchten aber nicht, ihn davon abzubringen. Hayal organisierte Nahrungsvorräte, zwei Paar Wollsocken, einige T-Shirts und einen Anorak für Saleem. Die Kleidung rollte er zusammen und steckte sie in den kleinen Rucksack, den er über seine Schulter schwang. Ein frischer Wind kündigte die bevorstehende kalte Jahreszeit an, und die zusätzlichen Schichten konnten ihn retten.

Das Geldscheinbündel trug er in der Tasche nah am Körper, wo er es fühlen konnte. Wenn man ihn erwischte, würde man das Geld natürlich finden, aber Saleem konnte sich nicht dazu durchringen, es anderswo zu verstecken.

Er fuhr zurück, wie er gekommen war: mit dem Bus zur Küste. Als sie die Polizeiwache in Izmir passierten, wo man ihm einen ziemlich ruppigen Abschied bereitet hatte, kribbelte seine Haut.

Seine Handflächen schwitzten. Er war allein, und es gab nicht viel, was er tun konnte, um sich auf das Kommende vorzubereiten. Er erinnerte sich an die Worte, die seine Eltern in sorgenvollen Momenten flüsterten.

Bismilla ir Rahman ir Rahim …

Im Namen Gottes, des Allerbarmers, des Barmherzigen …

Saleem hatte über die beiden ihm bekannten Möglichkeiten nachgedacht, nach Griechenland zu gelangen. Er konnte Ausschau nach einem Schleuser halten. Das aber würde viel Geld kosten, vor allem, wenn der Schleuser Saleems Verzweiflung spürte. Und wenn er sein Geld verbrauchte, hätte er nichts mehr, um von Griechenland nach Italien zu reisen.

Die Jungen in Attiki hatten erzählt, das manche Flüchtlinge auf den Frachtfähren zwischen der Türkei und Athen übersetzten, indem sie sich unter den Lkws versteckten, die im Hafen auf die Fähren geladen wurden. Was Jamal ihm berichtet hatte, war sehr anschaulich und alles andere als angenehm gewesen:

Zunächst versteckst du dich im Fahrgestell des Lastwagens, wenn niemand hinschaut. In den Häfen ist viel los. Tu es also, wenn die Fahrer und die Wachleute abgelenkt sind. Dann musst du regungslos in deinem Versteck ausharren, bis der Lkw auf das Schiff geladen wird. Auch auf dem Schiff darfst du dich nicht rühren, ganz gleich, wie lang die Überfahrt dauert. Am schwierigsten ist es im Ankunftshafen, wo du irgendwie vom Schiff herunterkommen musst, ohne dass dich jemand bemerkt.

Irgendwo zwischen Intikal und der Hafenstadt hatte Saleem beschlossen, dass er auf eigene Faust versuchen würde, das Meer zu überqueren. Schleuser waren zu riskant. Er konnte es sich nicht leisten, all sein Geld zu verlieren, weil er damit noch viel weiter kommen wollte.

Saleem stieg aus dem Bus und verschwand sofort in einer schmalen Seitenstraße, um sich zu orientieren. Vorsichtig suchte er die Umgebung nach Uniformen ab. Zunächst musste er zum Hafen. Es war bereits Nachmittag, und damit war es unwahrscheinlich, dass er sich an diesem Tag noch auf einem Lkw verstecken konnte. Aber vielleicht fand sich ja irgendwo in der Nähe ein sicherer Platz, wo er die Nacht verbringen konnte.

Er erkundigte sich in einem Laden nach dem Weg zum Hafen, und man nannte ihm einen weiteren Bus. Der Stadtbus brachte ihn schließlich ans Meer. In den Docks lagen große Ozeanriesen. Kleinere Schiffe dümpelten am Pier. Viele Menschen waren unterwegs. Überall hielten sich Passagiere, Schiffscrews und Sicherheitsleute auf. Sich dort irgendwo zu verstecken war unmöglich.

Denk nach. Sei besonders vorsichtig.

Saleem stand an einer großen Straße unmittelbar gegenüber vom geschäftigen Hafen, die zwischen den Docks und dem Stadtgebiet verlief. Jenseits der Tore befanden sich viele, bunte Container, die an den Seiten beschriftet waren. Saleem sah zu, wie einige auf ein Schiff verladen wurden.

Wie kann man herausfinden, wann ein solcher Container verladen wird und was sein Bestimmungsort ist?

Saleem verbrachte den Abend damit, sich die Schiffe genau anzuschauen, sich ihre Formen zu merken und die Verladearbeiten zu beobachten. Auch die Piers prägte er sich ein. Wichtig war, die Lücken zu finden, durch die er sich unbemerkt nähern konnte.

Ein Stück weiter befand sich ein Pier, wo Passagierfähren anlegten und sich daher immer viele Leute aufhielten. Von diesem Pier waren die Waziris nach Athen aufgebrochen. Wie anders war diese Reise doch gewesen! Zwar hatten sie auch auf dieser Fahrt in der ständigen Angst gelebt, erwischt zu werden, aber zumindest waren sie zusammen gewesen und hatten den Anblick und die Geräusche des Meeres genossen.

Wir hatten ja keine Ahnung, wie vergleichsweise einfach es damals war.

Saleem lief weiter, bis er eine abgelegene Wiese auf der Hafenseite der großen Straße erreichte. Sie befand sich unmittelbar hinter einer Baustelle. Die Arbeiter packten gerade ihre Utensilien zusammen und gingen zur Straße hinauf. Von hier aus hatte man einen guten Blick auf die Hafenanlage. Saleem benutzte seinen Rucksack als Kissen, lehnte sich an einen Baum und beobachtete. Es war kurz vor Sonnenuntergang, sodass er weniger gut sehen konnte, aber er strengte seine Augen an, um möglichst viel mitzubekommen. Eine Stunde später ging die Sonne in einer herrlichen Sinfonie aus Rot und Orange im Meer unter. Innerhalb von Minuten wurde es stockfinster, und Saleem war ganz allein.

Er griff nach seinem Rucksack und ging vorsichtig zu einem kleinen Haus in der Nähe, an dem noch gebaut wurde. Er spähte überall durch die staubigen Fenster, und konnte niemanden entdecken. Überall lag Werkzeug, die Wände waren noch nicht verputzt, und die Rohre lagen frei. Die Türen waren verschlossen. Saleem ging um das Gebäude herum und drückte gegen die Fenster. Er hatte Glück, eines der Fenster war unverschlossen. Durch dieses Fenster kroch er in das Haus und landete mit einem Plumps im Skelett eines Zimmers, dessen Wände nur Ständerwerk waren. Bei jedem Knarren und Ächzen überlief ihn eine Gänsehaut. Er zog ein zweites Hemd an, schloss seinen Anorak und legte sich auf eine zusammengefaltete graue Plane.

Stimmen schreckten ihn aus dem Schlaf. Langsam öffnete er die Augen.

Die Bauarbeiter! Es war Morgen, und sie kehrten zu ihrer Arbeit zurück. Saleem schnappte sich seine Tasche und kroch aus dem Fenster, ehe sie das hintere Zimmer erreichten. Zwar hörte er Stimmen, die hinter ihm herriefen, doch er rannte weiter, ohne sich umzudrehen. Zwischen Autos hindurch überquerte er die Stadtautobahn und versteckte sich hinter einem Wohnhaus. Er keuchte. Seine Zunge fühlte sich dick und trocken an, als wäre sie mit dem weißen Staub bedeckt, den er sich hastig aus Kleidern und Haaren geklopft hatte. Als er sich schließlich vergewissert hatte, dass niemand hinter ihm her war, betrat er einen kleinen Laden an der Ecke, kaufte sich eine Flasche Saft und machte sich wieder an die Arbeit.

Das Stückgut wurde auf Laster und von dort auf die Schiffe verladen. Saleem näherte sich dem Containerlager, aber soweit er erkennen konnte, waren die Container abgeschlossen und sahen nicht aus, als könne man sie öffnen. Große, fünfachsige Schwerlaster fuhren im Schritttempo rückwärts in die Fähre, während die Passagiere im Gänsemarsch die Gangway hinaufgingen. Allmählich nahm Saleems Plan Formen an.

Er ging zu einem der Ticketschalter und bat um einen Fahrplan. Die Frau am Schalter reichte ihm ein Heftchen, mit dem er sich in die Außenbereiche des Hafens zurückzog, um es zu studieren.

Am späten Vormittag hatte Saleem drei Schiffe ankommen sehen, die entladen wurden und mit neuer Ladung wieder ablegten. Allmählich wurde er hungrig, doch dann geschah dort unten plötzlich etwas. Ein dunkelhäutiger Mann, der nur wenig älter wirkte als Saleem selbst, schlenderte am Zaun entlang um das Containerlager herum. Zwar bemühte er sich, möglichst unauffällig zu wirken. Er war bestimmt eins achtzig groß und blickte sich in kurzen Abständen nach rechts und links um. Saleem erkannte sofort, wie nervös er war.

Plötzlich kletterte der junge Mann geschickt und schnell über den Metallzaun auf den Lagerplatz. Saleem reckte den Hals, um besser sehen zu können. Der Afrikaner wand sich zwischen den Stückgutcontainern hindurch bis zu der Stelle, wo die Lkws rückwärts auf die Schiffe fuhren, duckte sich hinter einen roten Container und verharrte dort einige Minuten, ehe er auf einen wartenden Laster zustürmte. Er kroch in die Lücke zwischen Fahrerhaus und Anhänger und suchte nach einer Stelle, wo er sich verstecken konnte. Saleem hielt unwillkürlich die Luft an.

Zwei Männer liefen auf den Flüchtling zu. Man hatte den jungen Mann entdeckt.

Saleem wagte sich ein paar Schritte vorwärts. Er wollte unbedingt wissen, was nun passierte.

Der Afrikaner hörte das Geschrei, sprang wieder vom Wagen hinunter und rannte zwischen den Containern hindurch.

Saleem biss sich auf die Lippen.

Das hätte ich sein können.

Leichtfüßig kletterte der junge Mann wieder über den Zaun und entkam über die Stadtautobahn. Als er nur noch wenige Meter von Saleem entfernt war, konnte dieser sehen, dass die Hand des Schwarzen blutete. Der Junge schien seine Verletzung nicht zu bemerken.

»Hey!«, rief Saleem. »Hallo!« Der junge Mann nahm ihn erst wahr, als er langsamer wurde, um Atem zu schöpfen. Misstrauisch blickte er Saleem an.

»Deine Hand!« Der Afrikaner war höchstens noch fünf Meter entfernt. Seine Stirn glänzte. Zunächst wirkte er verunsichert, aber dann erkannte er wohl, dass Saleem auch ein Flüchtling sein musste.

»Deine Hand!«, wiederholte Saleem und zeigte auf seine eigene Linke.

Unbeeindruckt betrachtete der Mann seine Hand, nickte Saleem zu und ging weiter die Straße entlang. Dabei verbarg er die verletzte Hand, so gut es eben ging.

Saleems Angst verstärkte sich. Es war eine Sache, den Geschichten der Jungen von Attiki zu lauschen, aber eine ganz andere, am Hafen zu stehen und zuzusehen, wie Menschen gejagt wurden. Er konnte sich vorstellen, was geschehen wäre, wenn man den Afrikaner erwischt hätte.

Saleem schlief zwei weitere Nächte auf der Baustelle und verließ sie erst, wenn die Bauarbeiter morgens zurückkehrten. Er gab so wenig Geld wie möglich für Nahrung aus und kaufte gerade genug, um seinen Körper mit ausreichend Energie zu versorgen. Seine Tage verbrachte er damit, den Hafen zu beobachten. Einmal sah er den Afrikaner zurückkehren und nach anderen Möglichkeiten suchen. Seine verletzte Hand hielt er eng am Körper. Sie war in ein Stück Stoff gewickelt. Aber er machte keinen weiteren Versuch und schien auch nicht daran interessiert zu sein, mit Saleem zu sprechen.

Am dritten Tag beschloss Saleem, das Hafengelände zu betreten. Mittags sollte eine Fähre nach Athen ablegen. Eine halbe Stunde vor der Ankunftszeit des Schiffes fuhren drei Lastwagen auf das Gelände und stellten sich rückwärts an die Rampe. Die Fahrer stiegen aus, unterhielten sich miteinander und holten sich etwas zu essen.

Und so begann Saleems Flirt mit der Gefahr. Er warf sich den Rucksack über die Schulter und ging wie beiläufig in die Nähe der Trucks. Die ersten Passagiere kamen. Sie zogen Rollkoffer hinter sich her oder hatten Rucksäcke dabei. Saleem hoffte, dass er hier nicht weiter auffiel.

Minuten später löste er sich aus der Gruppe und ging hinüber zur Rampe, wo die Lkws mit laufenden Motoren warteten. Dichte Rauchwolken drangen aus ihren Auspuffen. Als Saleem sah, dass niemand ihm Aufmerksamkeit schenkte, trat er noch näher. Zwei der Fahrer wendeten ihm den Rücken zu. Sie standen vor einem der Lkws. Saleem war noch knapp zehn Meter entfernt. Wenn er es schaffte, hinter das Fahrerhaus zu gelangen, konnte er mit etwas Glück in die Lücke schlüpfen und sich einen Platz unter dem Fahrgestell suchen. Dazu aber musste er schnell sein.

Einer der Fahrer deutete auf etwas in der Ferne. Saleem setzte sich in Bewegung, ehe ihm Zweifel kommen konnten. So leichtfüßig wie möglich rannte er auf den Wagen zu. Die Fahrer unterhielten sich auf der gegenüberliegenden Seite. Saleem hielt Ausschau nach etwas, woran er sich festhalten konnte, wenn er hinter dem Führerhaus war. Er sah Rohre und spiralförmig gedrehte Kabel, aber keinen Platz, wo er hinunterschlüpfen und sich festhalten konnte. Er duckte sich und griff nach etwas, das so heiß war, dass er instinktiv zurückzuckte. Dann fand er eine Stange, die von den Vorderrädern über die gesamte Länge des Chassis nach hinten verlief. Sie war zwar dünn, konnte ihn aber eventuell tragen. Saleem trug seinen Rucksack jetzt auf dem Bauch. Als er nach der Stange griff, löste sich ein Teil davon und schepperte zu Boden. Die Fahrer erschraken und schauten genau in dem Moment unter den Lkw, als Saleem sich aufrappelte.

Rennen. Einfach losrennen.

Fluchend liefen sie ihm hinterher.

Rennen.

Die Jungen zu Hause hätten sicher auf Saleem gesetzt. Sie hätten gewettet, dass Saleem den Lkw-Fahrern entkommen würde, ohne dass sie eine Chance hätten, ihn zu berühren. Er war auf dem Fußballplatz ein so guter Läufer gewesen, dass er sogar noch Zeit gehabt hatte, sich umzudrehen und den direkt hinter ihm Laufenden, der atemlos schnaufte und die Hand nach ihm ausstreckte, anzugrinsen.

Das aber war ein anderer Saleem gewesen. Ein Junge, der einen Vater und eine Mutter gehabt hatte, zu denen er nach Hause zurückkehren konnte. Ein Junge, dessen Bauch mit den Produkten der Kochkünste seiner Mutter gefüllt war und der neue Turnschuhe trug. Diesen Jungen gab es nicht mehr.

Der Junge, der vor den Lkw-Fahrern davonlief, war hungrig und einsam und hatte nur die Kräfte, die man brauchte, um sich über Tomatensträucher zu bücken oder Tierkot zu harken, wenn jemand hinter ihm stand.

Dieser Saleem war leicht zu fangen.

Sie erwischten ihn am Kragen und zerrten ihn zurück. Seine Füße, die sich immer noch bemühten, vorwärtszukommen, wurden in die Luft katapultiert, als sie ihn auf den Boden warfen. Sein Gesicht schlug auf dem Asphalt auf. Ein sengender Schmerz fuhr durch seinen Kieferknochen.

Der restliche Saleem erinnerte sich nur bruchstückhaft an das, was diese Männer mit seinem Körper anstellten – Männer, die es leid waren, dass sie immer wieder von Flüchtlingen missbraucht wurden, und die es satthatten, ständig vom Zoll gefilzt zu werden. Er erinnerte sich an braune Stiefel und wütende Worte.

Verzweifelt versuchte er, wieder auf die Beine zu kommen. Er taumelte.

Ein Adrenalinstoß.

Rennen.

Sie schrien hinter ihm her.

Die Stimmen wurden schwächer, je mehr Abstand Saleem zwischen die Männer und sich brachte.

Sein Rucksack schlug heftig gegen seine Brust. Als er außer Sichtweite war, lehnte er sich an ein Backsteingebäude. Nachdem das Adrenalin versiegt war, begann er wieder etwas zu fühlen. Seine Rippen pochten, und seine Beine fühlten sich an, als würden sie jeden Moment nachgeben. Sein Hemd war zerrissen, seine Hose verschmutzt. Sein Puls hämmerte in seinen Ohren, aber nicht laut genug, um ihre Schreie zu übertönen.

Seine Lippe blutete. Saleem lief durch schmale Seitengassen und hielt sich fern von den Passanten. Am liebsten wäre er unsichtbar gewesen. Schließlich stolperte er in ein leeres Lagerhaus und wartete, bis sich seine Augen an die Dunkelheit gewöhnt hatten. Er kauerte sich an eine Wand, schloss die Augen und bemühte sich, nicht an den Schmerz zu denken.

Bitte, Gott, lass mich zur Ruhe kommen.

Er fühlte sich wie zerbrochen und wusste nicht, wie viel er noch ertragen konnte.

Kapitel 38

Saleem

Zwei Tage lang schlief Saleem die meiste Zeit. Der Unterschied zwischen Tag und Nacht verschwamm. Jedes Mal, wenn er langsam erwachte, zwang ihn sein Körper, weiterzuschlafen, weil er die Kraft für einen neuen Tag mit weiterem Hunger nicht aufbrachte.

Am dritten Tag ließ sich sein Magen nicht mehr mit der halben Flasche Saft besänftigen, die Saleem aus seinem Rucksack holte, er schrie nach Essen. Saleem berührte seine Lippe, die Schwellung war abgeklungen. Er konnte sich wieder unter Menschen wagen. Er zog sich um und stand auf. Ihm war schwindelig.

Es war eine völlige Fehleinschätzung gewesen. Er wusste nichts über Lkws und ihre Karosserien, und diese Unwissenheit hatte ihn zurückgeworfen, er hatte versagt.

Saleem ging nach draußen, und er musste seine Augen vor der hellen Sonne schützen. Er machte sich auf den Weg zum Markt, wo er etwas Brot und eine Flasche Milch kaufte. Der Ladenbesitzer betrachtete ihn mit hochgezogenen Augenbrauen, aber Saleem hielt den Kopf gesenkt und bezahlte stumm für seine Einkäufe. Er wollte so schnell wie möglich wieder verschwinden.

Beim Essen bekam er Magenkrämpfe, aber dann fühlte er sich allmählich besser, und sein Kopf wurde klarer. Bei Sonnenuntergang kehrte er zurück auf die Baustelle. Unterwegs kaufte er noch etwas zu essen und fand sich schließlich in seinem staubigen, vertrauten Unterschlupf wieder.

Er hatte keine Wahl, entweder würde ihm das hier gelingen, oder er musste getrennt von seiner Familie in diesem Land vor die Hunde gehen. Seine Wunden würden heilen. Er musste nur aus seinen Fehlern lernen.

Erneut begann er, das Hafengelände aus sicherer Entfernung zu beobachten. Er ließ die Fähren nicht aus den Augen, versuchte, irgendwo eine Öffnung zu entdecken. Blauweiß gekleidete Besatzungsmitglieder kontrollierten die Passagiere, die an Bord gingen. An ihnen kam niemand vorbei.

Sollte er es also noch einmal mit einem der Lkws probieren? Vielleicht musste er versuchen, von hinten auf den Lkw zu gelangen. Aber dann erinnerte er sich daran, dass einer der Jungen von Attiki ihm erzählt hatte, einer seiner Freunde sei nach dem Einatmen von Auspuffgasen gestorben.

Also wandte er seine Aufmerksamkeit wieder den Containern zu, aber auch das war einfach nur entmutigend. Saleems Hoffnungen schwanden. Langsam begann er sich mit dem Gedanken an einen Schleuser vertraut zu machen, er musste lediglich einen von ihnen finden. Morgen, so nahm er sich vor, würde er durch die Stadt gehen und Ausschau nach Flüchtlingen halten. Irgendwer kannte bestimmt einen Schleuser. Saleem kehrte zum Hafen zurück, um vor der einbrechenden Nacht noch einmal alles in Augenschein zu nehmen.

Die letzte Fähre nach Athen sollte planmäßig in fünfzehn Minuten ablegen. Als er sich dem Schiff näherte, sah Saleem, wie einer der Fahrer seinen Lkw verließ und zur Laderampe ging, wo zwei blau-weiß gekleidete junge Frauen miteinander schwatzten.

Als er sicher war, dass ihn niemand beobachtete, bückte er sich und warf einen Blick auf das Fahrgestell. Er sah nichts, woran er sich hätte festhalten können, ohne seinen Fehler von vergangener Woche zu wiederholen. Er richtete sich auf und betrachtete das Vorhängeschloss unten an der hinteren Tür des Aufliegers. Es gab keine Möglichkeit, hineinzukommen. Doch plötzlich fiel ihm an der Tür etwas auf.

Dort war eine kleine Plattform und außerdem eine Art kleiner Bolzen an der Seite der Tür.

Saleem stieg auf die Plattform und hielt sich an der Seite des Lkws fest. Es gelang ihm, den rechten Fuß auf den Bolzen zu setzen. Sein Atem ging schnell und heftig. Dann stieß er sich von dem Bolzen ab, wobei er beinahe abgerutscht wäre, und reckte seine Arme so weit wie möglich über das Dach des Lkws. Doch er schaffte es nicht, sich dort festzuhalten. Und dann sah er, dass der Fahrer zurückkehrte. Hinauf oder hinunter – irgendwo musste er hin.

Mit einer letzten Anstrengung verlagerte Saleem sein gesamtes Gewicht auf seinen rechten Fuß und schwang sein linkes Bein auf das Dach. Metall schnitt in seine Finger. Sein linker Fuß landete mit einem dumpfen Aufschlag auf dem Dach. Saleem streckte sich, um sich ganz hinaufzuziehen.

Sein Bizeps brannte vor Anstrengung, aber er schaffte es. So flach wie möglich legte er sich auf den Bauch, drehte den Kopf zur Seite und hoffte, dass sein Rucksack von unten nicht zu sehen war.

Nur wenige Augenblicke später wurde der Lkw angelassen, und Saleem wusste, dass man ihn nicht gesehen hatte. Als der Wagen über die Rampe fuhr, polterte es, und Saleems Wange prallte unsanft auf das kalte Metall.

Der Fahrer manövrierte den Lkw an eine Stelle, wo bereits andere Laster standen. Immer mehr Trucks fuhren in den Bauch der Fähre. Die Luft wurde wärmer und stank nach Abgasen. Saleem zog sein Hemd über Mund und Nase. Er hörte, wie eine Tür zugeschlagen wurde und

Schritte sich entfernten. Die Stimmen hallten im Schiffsrumpf, es war schwierig, festzustellen, woher sie kamen. Saleem hob seinen Kopf ganz kurz und sah Gestalten, die über die Rampe das Schiff verließen. Auch die Gangway konnte Saleem erkennen. Reisende mit Gepäck stiegen hinauf. Es war noch gar nicht so lang her, dass er und seine Familie die Fähre ebenso zivilisiert betreten hatten.

Er konnte kaum fassen, wie weit er gekommen war.

Nur Minuten später erklang die Schiffssirene, die Rampen wurden eingezogen und die Türen geschlossen. Saleem klammerte sich im Schiffsbauch an das Dach des Lkws. Einen kleinen Erfolg hatte er errungen, doch er wagte nicht, sich dazu zu beglückwünschen. Als er sich sicher sein konnte, dass auf dem Wagendeck niemand herumlief, setzte er sich und blickte sich um. Es war zu dunkel, um etwas zu erkennen, aber das gab ihm auch die Sicherheit, dass er nicht entdeckt werden konnte.

Der nächste Hafen, den die Fähre anlaufen würde, war Chios, und soweit Saleem sich erinnerte, dauerte die Überfahrt bis dort höchstens eine Stunde. Von Chios nach Athen brauchte die Fähre erheblich länger. Waren es neun Stunden? Die Frage war, wie Saleem von seinem Laster herunterkam, wenn sie in Piräus anlegten. Er konnte nur darauf hoffen, dass man ihn nicht entdeckte und er oben auf dem Auflieger bleiben konnte, bis es irgendwann eine Möglichkeit gab, unbemerkt hinunterzugleiten.

Als er eine Veränderung im Stampfen der Maschinen feststellte, schloss er, dass die Fähre sich Chios näherte. Er rollte sich wieder auf den Bauch und blickte auf seine Armbanduhr.

So weit bin ich gekommen, Padar-jan.

Nicht lange danach erklang erneut die Sirene. Die Fähre legte wieder ab. Längst war tiefste Nacht. Die Passagiere würden in ihren weichen Sitzen dösen. Saleem öffnete seinen Rucksack und freute sich, dass er eine Tüte Chips und eine Flasche Saft gekauft hatte. In Piräus würde er Energie brauchen.

Er dachte an seine Familie und wo sie wohl sein mochte. In einem Zug? In einem Auffanglager? Schlafend im Park? Saleem tröstete sich damit, dass sie gut gemachte Papiere besaßen und damit sicher durchkommen würden.

Er tastete nach dem Bündel Geldscheine in seiner Tasche. Ekin. Er erinnerte sich daran, welche Gefühle sie in ihm aufgewühlt hatte – Gefühle, die ihn gleichermaßen beschämten und neugierig machten. Vielleicht hätte er es laufen lassen sollen … einfach, um die Erfahrung zu machen.

Und Roksana. Er würde nach ihr suchen, sobald er wieder in Athen war. Sie wusste vielleicht, was aus seiner Mutter und seinen Geschwistern geworden war. Saleem schloss die Augen und stellte sich Roksanas Gesicht vor. Er vermisste sie. Er vermisste es, mit jemandem reden zu können. Langsam dämmerte er in einen leichten Schlaf hinüber. In seinen Träumen vermischte sich Reales mit Irrealem. Es war Roksana, nicht Ekin, die sich an seine Wange lehnte. Seine Hände umschlangen ihre Taille. Ihre Lippen berührten sich, und dieses elektrisierende Gefühl weckte Saleem.

Bis auf das Stampfen der Motoren war das Schiff ruhig. Saleems Traum hing ihm nach. Er bemühte sich, das Gefühl der Nähe mit Roksana zu bewahren, denn er wollte nicht, dass es sich einfach in Luft auflöste, wie es bei angenehmen Träumen so häufig geschah.

Im Dunkeln hatte Saleem jegliches Zeitgefühl verloren und wusste nicht, wie lang es noch dauern würde, ehe sie Piräus erreichten. Erneut schloss er die Augen und versuchte zu schlafen.

Er schreckte auf, als in unmittelbarer Nähe Stimmen laut wurden. Sofort drehte er sich auf den Bauch und machte sich flach.

Piräus. Die Fahrer kehrten zu ihren Lkws zurück und

warteten darauf, das Schiff verlassen zu können. Die Passagiere holten ihr Gepäck ab und gingen in Richtung Ausgang. Saleem hatte Kopfschmerzen – vielleicht von den Abgasen. Er ignorierte es und konzentrierte sich.

Das Schiff legte an. Als sich die Tore öffneten und die Mondsichel in Sicht kam, hörte Saleem, wie die Tür der Fahrerkabine geöffnet und wieder geschlossen wurde. Der Motor erwachte zum Leben. Schließlich fuhr der Laster rumpelnd von Bord. Es war kurz vor Tagesanbruch. Der Lkw rollte auf den Kai und blieb stehen.

Saleem hob vorsichtig den Kopf. Passagiere mit müden Gesichtern verließen das Schiff und gingen zur Hauptstraße oder zum wenige Meter entfernten Taxistand. Wachsam hielt Saleem Ausschau nach Uniformierten oder Sicherheitskräften. Er war der Meinung, dass der Lkw sich noch zu nah am Pier befand, um ihn verlassen zu können, legte sich wieder flach hin und hoffte, dass der Lastwagen noch einmal anhalten würde, ehe er auf die Hauptstraße fuhr.

Fünfhundert Meter weiter bremste der Wagen tatsächlich plötzlich ab. Die rote Ampel war Saleems Chance. Er schulterte seinen Rucksack und ließ sich hinten am Auflieger hinuntergleiten. Mit dem Fuß tastete er nach dem Bolzen. Als er ihn fand, setzte sich der Lkw gerade wieder in Bewegung. Sein linker Fuß landete unsanft auf der Plattform, seine Hände glitten an den metallenen Seiten ab. Die Autos hinter ihm blendeten auf und hupten. Saleem ließ sich fallen und verschwand in einer Seitengasse, ehe der Lkw-Fahrer etwas bemerkte.

Er blieb nicht stehen, bis die Sonne aufgegangen war. Sein Weg führte ihn vorbei an vertrauten Orten, dem Hotel, wo sie sich gleich zu Beginn eingemietet hatten, dem Café, in dem sie am Tag ihrer Ankunft etwas zu essen gekauft hatten, der Metrostation, von der aus Saleem zu seinen Abenteuern in Athen gestartet war.

Roksana. Er musste sie finden. Sie war die Einzige, die vielleicht wusste, wo sich seine Familie jetzt aufhielt und was mit seinem Pass geschehen war. Aber er wollte ihr nicht so entgegentreten, wie er im Moment aussah. Er hatte mindestens eine Woche lang nicht mehr gebadet. Das Haar klebte ihm am Kopf, und seine Kleider waren staubig und zerrissen. Die Zeit am Hafen und in dem Neubau hatte Spuren hinterlassen. Zunächst suchte Saleem nach einer öffentlichen Toilette. Er wusch sich, so gut es ging, und zog frische Kleidung an.

Dann nahm er die Metro nach Athen. Da es ein Werktag war, bestand die Möglichkeit, dass Roksana nach der Schule nach Attiki kam. Eine andere Möglichkeit, Kontakt mit ihr aufzunehmen, gab es nicht.

Am Attiki Square berichtete er Jamal und Abdullah von seiner Abschiebung in die Türkei und der Trennung von seiner Familie. Zwar schüttelten sie traurig die Köpfe, waren aber keineswegs überrascht. Als er sich das letzte Mal hier aufhielt, hatte er sich anders als diese Jungen gefühlt. Überlegen. Doch das war längst vorbei. Inzwischen war er allein und einer von ihnen. Er erkannte sich in ihren Gesichtern, in ihren zerlumpten Kleidern und in den Plastiktüten, in denen sich ihr Besitz befand.

In dieser Nacht schlief er in Attiki. Aus Angst vor Saboor versteckte er sein Bargeld in seiner Unterwäsche und wickelte sich den Riemen seines Rucksacks um das Handgelenk. Nach den einsamen Tagen und Nächten in Izmir fühlte es sich gut an, unter Menschen zu sein und die Stimmen und Scherze der anderen Jungen zu hören.

Der zweite Tag in Athen brach an. Saleem hätte sich gern etwas zu essen besorgt, fürchtete aber, Roksana zu verpassen. Er saß mit dem Rücken an einen Baum gelehnt und hörte Abdullah zu, der Geschichten aus seiner Kindheit erzählte. Er hatte Wassermelonenkerne in den Bach hinter seinem Haus gespuckt und seine jüngeren Vettern mit Geschichten von Dschinns erschreckt. Abdullah zeichnete das Bild eines Afghanistan, das niemand jemals hätte verlassen wollen. Aber er sprach nur von den guten Zeiten. Saleem wusste es besser, und alle anderen ebenfalls.

Und dann kam sie endlich. Beim Anblick der violetten T-Shirts sprang Saleem auf die Füße. Abdullah lachte laut auf und klatschte sich auf die Schenkel.

»Deswegen bist du also zurückgekommen! Hast du gedacht, sie nimmt dich auf und bietet dir Asyl?«

»Halt den Mund, Abdullah. Darum geht es doch gar nicht.«

Saleem war nervös. Er hielt den Atem an, während sich vier Gestalten näherten. Roksana trug eine große Kiste. Obwohl er am liebsten gerannt wäre, näherte er sich ihr nur langsam. Nicht, dass die anderen noch aufmerksam wurden!

Leise sagte er ihren Namen.

Überrascht riss Roksana die Augen auf.

»Saleem?«

Sie stellte die Kiste auf eine Bank und legte eine Hand auf seinen Arm.

»Wo bist du gewesen, Saleem? Was ist passiert?« Sie betrachtete ihn. Er hatte ziemlich viel Gewicht verloren. »Ist alles in Ordnung?«

»So weit schon«, antwortete Saleem, der ihre Berührung sehr bewusst wahrnahm. Als sein Körper sich anspannte, wich sie zurück. Sie sah weicher aus als zuvor. Er musste den Wunsch bekämpfen, sie in die Arme zu schließen.

»Sag schon«, drängte Roksana und setzte sich auf eine der Betonstufen. Saleem gesellte sich zu ihr, und die Fragen sprudelten nur so aus ihm heraus.

»Wo ist meine Mutter? Haben sie und meine Geschwister den Zug genommen? Wo sind sie jetzt?«

Sie waren am Tag nach dem Telefonat abgereist. Roksana war bereits am Freitag am Bahnhof gewesen, wo sie gewartet und gehofft hatten, dass Saleem vielleicht noch kommen würde. Roksana hatte sie gefunden, obwohl sie sie noch nie gesehen hatte und obwohl Saleem nicht dort war. Sie hatte es ihren Gesichtern angesehen, die aussahen, als vermissten sie jemanden. Roksana erzählte nicht viel über Saleems Mutter und verschwieg, wie sie wirklich ausgesehen hatte. Sie half ihnen, einen späteren Zug nach Patras zu finden, wusste aber nicht, was sie danach vorhatten. Das alles war über einen Monat her.

»Hast du nichts mehr von ihnen gehört?«, erkundigte sich Roksana.

»Nein. Ich hoffe, sie sind in England bei meiner Tante.« Er seufzte.

»Kann man deine Tante anrufen?«

Saleem kannte die Telefonnummer seiner Tante nicht. Im Eifer des Gefechts hatte er vergessen, seine Mutter danach zu fragen. Er konnte sich mit seinen Verwandten nicht in Verbindung setzen, wusste also nicht, wie er seine Familie wiederfinden sollte, wenn er erst einmal in London war.

Roksana wollte alles ganz genau wissen. Madar-jan hatte etwas über Probleme mit der Polizei berichtet, mehr aber nicht.

Saleem erzählte ihr alles, und Roksana hörte ihm aufmerksam zu. Als er beschrieb, wie die Polizisten ihn getreten hatten, ehe sie ihn in der Türkei freiließen, biss sie sich auf die Lippen und schüttelte den Kopf. Er tat Saleem gut, endlich jemanden zu haben, mit dem er reden konnte – jemanden, der zuhörte und nicht insgeheim dachte, dass er es habe kommen sehen.

»Das ist wirklich übel, Saleem. Du musst unbedingt etwas tun. Du kannst nicht hier versauern wie die anderen Jungen«, warnte Roksana und warf einen Blick zu den anderen Afghanen hinüber, die ziellos durch den Park wanderten. »Es muss einen anderen Weg geben. Wenn du doch wenigstens deinen Pass bekommen hättest. Ich habe ihn dir geschickt. Bestimmt wurde er gestohlen. Leider wird die Post nur allzu oft geöffnet.«

»Er ist aber nun einmal nicht da, und ich werde also ohne Pass nach Italien einreisen müssen, was sicher nicht leicht wird.«

»Nicht nur das – es ist auch sehr gefährlich.« Roksana dachte nach. »Vielleicht kannst du einen anderen Pass bekommen. Es ist ein Risiko, aber ...«

»Einen Pass? Woher denn?« Saleem blickte sie neugierig an.

»Ich fürchte, sie sind recht teuer. Für einen europäischen Pass zahlt man sicher mehrere Hundert Euro«, sagte sie unsicher. »Ich weiß nicht wirklich Bescheid, bestimmt aber einige der Jungen hier.«

Saleem erzählte Roksana von dem Geld.

»Das solltest du unbedingt gut verstecken, Saleem. Und sag den Jungen hier bloß nichts davon«, warnte sie ihn und nickte in die Richtung der anderen. »Außerdem nützen falsche Papiere nicht immer.«

Plötzlich dachte Saleem, dass ein Mädchen wie Roksana besser nichts mit einem Ort wie Attiki Square zu tun haben sollte, diesem von Häusern und trügerisch heiteren Bäumen umgebenen Dschungel aus Beton und Unkraut, in dem Männer auf Pappkartons schliefen. Hier sah es aus wie in einer Ecke des vom Krieg gebeutelten Afghanistan und nicht nach einem friedlichen, europäischen Land. Eigentlich hätte Roksana diesen Platz meiden sollen, aber sie tat es nicht. Seltsam.

»Warum machst du das alles hier, Roksana?«, fragte Saleem nachdenklich. Sie antwortete nicht.

Saleem blickte sie an. Was sah sie überhaupt? Sah sie seine Kleidung oder sein strähniges Haar? Sah sie einen Freund oder nur einen weiteren Fall? Saleem hatte nicht gewusst, was ihn in Europa erwarten würde, aber an so etwas hatte er sicher nicht gedacht. Er hatte nicht erwartet, umhergestoßen zu werden und sich bei jedem Schritt bedroht zu fühlen. Falls Roksana glaubte, gutmachen zu können, was man ihm und seiner Familie angetan hatte, dann lag noch viel Arbeit vor ihr.

Ehe sie seine Frage beantworten konnte, wurde sie von einem der anderen Ehrenamtlichen herbeigewinkt. Man brauchte ihre Hilfe.

»Wo schläfst du heute Nacht?« Die Schärfe in ihrem Tonfall kehrte zurück. Sie wurde wieder geschäftsmäßig. »Gehst du wieder ins Hotel?«

Saleem schüttelte den Kopf. Vielleicht war Roksana ja nur hier, weil er derjenige war, dem sie das Gefühl verdankte, selbstlos und freigiebig zu sein. Vielleicht hatte es gar nichts mit ihm, sondern eher mit ihr zu tun. Ein bitteres Gefühl stieg in ihm auf. Er wusste nicht recht, warum, und war auch nicht besonders stolz darauf.

»Nein, ich bleibe hier.«

Roksana nickte, stand auf und klopfte sich den Staub vom Hosenboden. Vielleicht hatte sie sich die Frage, warum sie das alles auf sich nahm, auch schon gestellt. Warum tat sie etwas für einen Flüchtling, während bereits Tausende andere auf dem Weg nach Griechenland waren?

Sie hätte einfach weggehen, ihn wie all die anderen behandeln können. Aber offensichtlich sah sie mehr in ihm.

Kapitel 39

Fereiba

Ich habe meine beiden Kinder hinter mir hergeschleppt, von Bahnhof zu Bahnhof, von Land zu Land. Bei jeder Zollstelle und jeder Kontrolle warte ich auf den Moment, in dem alles auffliegt. Es ist zugleich meine schlimmste Angst und meine größte Hoffnung, dass ich von meinen Kindern getrennt werde. Ich frage mich, ob ich Saleem je wiedersehe, ob er nicht vielleicht der Einzige von uns sein wird, der es schafft. Samira ist bald eine junge Frau, und das ist kein gutes Alter, um allein zu reisen. Aziz ist schwach, wie eine Blume, die sofort verwelkt, wenn man sie pflückt. An manchen Kontrollstellen bete ich, dass man meinen Kindern Asyl gewährt, auch wenn ich zurückgeschickt werden sollte. An anderen Kontrollstellen bete ich, dass wir nicht getrennt werden, wenn man uns zurückschickt. In die Enge getriebene Mütter beten für seltsame Dinge.

Als die Bombardierungen zu Hause ihren Höhepunkt erreichten, traf eine befreundete Lehrerin jeden Abend aufs Neue solch verrückte Entscheidungen. In einer Nacht ließ sie die Kinder bei sich und ihrem Mann schlafen, in der nächsten Nacht brachte sie jedes Kind in einem anderen Raum unter. Jede Nacht ein Glücksspiel. So hätten alle überleben können, oder alle wären im selben Raum gestorben. Oder sie gingen das Risiko ein, dass einer oder zwei von ihnen überlebten. Jede Nacht betete sie darum, dass Gott sie auf keinen Fall verschonen sollte, wenn ihre Kinder ihr genommen würden. Solche Bitten konnte sie nur in Gedanken an Gott richten, denn hätte sie sie ausgesprochen, wäre ihre Zunge schwarz geworden.

Im letzten Jahr, als ich mich bemühte, meinen Kindern ein sicheres Leben zu bieten, fühlte ich mich oft, als würde ich etwas Verwerfliches tun, denn auch Rechtschaffenheit kann ein zweischneidiges Schwert sein.

Von Griechenland nach Italien, von Italien nach Frankreich. Wir befinden uns jetzt auf dem letzten Teil unserer Reise. Von Paris nach London reisen wir in einem silbriggelben Zug, der wie eine Rakete aussieht, die sich ihren Weg durch ein unterirdisches Gewölbe bahnt. Auf dieser letzten Reise überlasse ich Aziz Samiras Obhut, nehme unsere belgischen Pässe an mich, stecke sie in meine schwarze Lederhandtasche und nehme sie mit in die Zugtoilette, einen winzigen quadratischen Raum aus Edelstahl. Einen nach dem anderen zerreiße ich die Pässe in winzige Schnipsel und lasse sie wie Schneeflocken in die Toilette fallen. Ich zerreiße sie und mit ihnen unsere falsche Identität. Nun bin ich wieder Fereiba, und meine Kinder sind wieder Samira und Aziz.

Menschen, die mir geholfen haben, so weit zu kommen, hatten mich gewarnt.

Sie dürfen eure Pässe nicht finden. Niemand darf erfahren, wie ihr gekommen seid. Sage ihnen nur, dass du Asyl beantragst. Erzähle ihnen, warum du geflohen bist. Erzähle ihnen, wie Mahmood abgeholt wurde, denn das, was ihm widerfahren ist, könnte das Einzige sein, was eure Sicherheit garantiert.

In London wird alles anders sein als zuvor. Dieses Mal werden wir ehrlich sein und uns damit verletzlich präsentieren. Bisher haben wir uns angesichts von Beamten immer zusammengekauert und geduckt und sie angelogen. In einer knappen Stunde wird sich das ändern.

Mit zitternden Händen stehe ich vor dem Toilettenbecken und sehe jedem Schnipsel hinterher, um ganz sicherzugehen, dass er auch wirklich im Wasserwirbel verschwindet. Ich lehne mich an die Wand und stütze mich am Waschbecken ab, es fühlt sich erfrischend kühl an.

Metall. Es ist überall. Die Züge, die Gleise, die Bahnhöfe. Jeder Bahnhof, durch den wir hindurchrauschen, ist ein Monument der Ewigkeit; solide konstruiert, strahlt er den Geist der Moderne aus. Das Waschbecken, die Schienen, die Bahnhofsdächer zeigen den wahren Unterschied zwischen Afghanistan und diesem Teil der Welt. Dieser Teil der Welt ist stark, glänzend und leistungsfähig. Von unseren Häusern bis hin zu unseren Familien besteht Afghanistan aus Lehm und Staub und ist so unbeständig, dass man es einfach wegblasen kann. Und das ist geschehen, immer und immer wieder.

Ich wünsche mir ein Leben, das nicht zwischen meinen Fingern zerbröckelt. Eines Tages werde ich wieder zu Staub, aber bis dahin möchte ich, dass meine Kinder und ich bestehen können.

Ich muss an meinen Vater denken, der allein in seinem verwelkten Obstgarten, in diesem Wäldchen zwischen Bruchsteinmauern, schläft. Ich weiß nicht, ob er noch lebt oder schon tot ist. Es ist lange her, dass ich seine Stimme das letzte Mal hörte. Ich weiß, warum er es ablehnte, mit uns zu fliehen. Er hat gelernt, die Vergänglichkeit der Dinge zu lieben, eine Einsicht, zu der wir nur dann kommen, wenn sich das Ende unseres Weges nähert. Ob dieses Ende heute oder morgen kommt, spielt für ihn keine Rolle. Er ist bereit, zur Erde zurückzukehren. Er wird den Staub der Gartenmauern und des Bodens so lange ein- und ausatmen, bis sich seine Lungen wie ein Stundenglas damit füllen und seine Zeit endet.

Es ist einfacher, meinen Vater aus der Ferne zu lieben. Von hier aus erkenne ich seine Schwächen und Fehler nicht, sondern denke nur an die schimmernden Augenblicke, in denen er mich als sein bestes und kostbarstes Kind sah, jene

Momente, in denen er über meine Mutter sprach und ich mich wieder als vollkommenes Ganzes spüren konnte. Der Rest meiner Kindheit … nun, vielleicht ist es das Beste, wenn sie zu einem Nichts zerfällt.

Ich sehe mein Gesicht im Spiegel. Ich sehe viel älter aus als in meiner Erinnerung. Ich berühre meine Haut. Sie fühlt sich rau an, und ich bin fast glücklich darüber. Ich war nie eine zarte Person. Mit jedem Tag wird meine Haut dicker, und ich tue Dinge, die ich mir nie hätte träumen lassen – nicht einmal mit der Hilfe meines Mannes. Je stärker ich bin, desto besser stehen unsere Überlebenschancen.

Ich habe meine Kinder schon viel zu lang allein gelassen. Und doch brauche ich diese Momente der Besinnung, in denen ich meine Einzelteile wieder zusammensetzen und ihnen wieder als Mutter gegenübertreten kann.

Die Sekunden vergehen. Ich muss zurück zu meinen beiden Kindern. Der Moment, auf den wir so lange hingearbeitet haben, ist fast gekommen.

Kapitel 40

Saleem

Drei Tage später kam Roksana wieder. Saleem überlegte, wie er ihr begegnen sollte. Es hatte ihm nicht gefallen, wie ihr letztes Gesprächs ausgegangen war, und er hoffte, dass sie seinen hässlichen Verdacht nicht bemerkt hatte. Ehe sie zu Saleem hinüberkam, verteilte sie mit ihren Kollegen wie üblich die Hilfsgüter.

»Können wir uns heute Abend gegen acht auf dem Spielplatz treffen, wo du mit deiner Mutter geschlafen hast?« Saleem nickte und wollte sich entschuldigen, aber sie war schon weitergegangen. Ehe er ein Gespräch mit ihr beginnen konnte, verschwanden die Ehrenamtlichen bereits wieder.

Auf keinen Fall wollte Saleem das Treffen mit ihr versäumen. Er verbrachte den Nachmittag damit, Abdullah und Hassan zuzuhören, die wieder einmal ihre müden Mullah-Witze rissen, die sie schon tausendmal zum Besten gegeben hatten. Den mit dem Mullah und dem Kürbis. Oder den mit dem Mullah und dem einäugigen Esel. Afghanen lieben es, ihre Geistlichen auf die Schippe zu nehmen.

»Ein Mann geht an einem Fluss entlang und sieht auf der anderen Seite einen Mullah. Er ruft ihm zu: ›Heda, wie komme ich auf die andere Seite?‹ Der Mullah antwortet: ›Was für eine dumme Frage! Du bist schon auf der anderen Seite!‹«

Hassan kicherte. Über einen Witz zu lachen, über den

er schon als Kind in Afghanistan gelacht hatte, war, als würde man die guten alten Zeiten heraufbeschwören. Die skurrilen Geschichten verströmten einen Hauch süßer Nostalgie. Wäre Saleem nicht so besorgt gewesen, seine Verabredung zu versäumen, hätte er sie vielleicht noch mehr genossen.

Er drehte seine Armbanduhr um sein Handgelenk. Dem Sonnenstand nach zu schließen, ging es gegen sieben.

»Tja, Freunde.« Saleem gähnte, stützte die Hände auf die Knie und stand langsam auf. Er bog seinen Rücken durch und stöhnte leise. »Mein Rücken ist total steif … Ich denke, ich sollte noch ein paar Schritte laufen.«

»Willst du wirklich laufen? Wenn du willst, leihe ich dir meinen Chauffeur für eine Rundfahrt.«

Saleem zwang sich zu lächeln.

»Nächstes Mal vielleicht.«

Im Park schaukelten drei kleine Mädchen. Zwei Jungen im Grundschulalter kletterten eine Holzleiter hinauf und überquerten eine Spielbrücke. Ihre Eltern sahen zu und streiften Saleem mit misstrauischen Seitenblicken.

Sie fühlten sich durch ihn verunsichert. Vielleicht hätte es sie interessiert, dass sie ihm eine Heidenangst einjagten.

Er setzte sich auf die am weitesten entfernte Bank und blickte die Kinder bewusst nicht an. Zunächst überlegte er, noch ein wenig spazieren zu gehen und erst wiederzukommen, wenn die Eltern ihre Kinder nach Hause brachten, aber er wollte keinesfalls das Risiko eingehen, Roksana zu verpassen. Sie hatte ihm ein Gefühl von Menschlichkeit geschenkt, und darauf wollte er nicht verzichten. Auf der benachbarten Bank lag eine Zeitung. Saleem nahm sie an sich, kehrte an seinen Platz zurück und tat so, als ob die griechischen Buchstaben für ihn einen Sinn ergäben.

Schließlich kam Roksana. Sie stand plötzlich hinter ihm.

Die Kinder waren längst zu Hause. Möglicherweise war sie zu spät gekommen, aber wahrscheinlich wusste sie, dass Saleem auch die ganze Nacht auf sie gewartet hätte.

»Saleem!«

Beim Klang ihrer Stimme wirbelte er herum. Warum fühlte es sich so verkehrt an, sich hier mit ihr zu treffen? Warum war es ihm so peinlich? Es waren der Zeitpunkt und die Umstände – die Heimlichtuerei.

»Hier, probier das«, sagte sie, reichte ihm ein in Wachspapier gehülltes Päckchen und setzte sich neben ihn auf die Bank.

»Was ist das?«, erkundigte er sich, während er es öffnete.

»Kebab. Meine Mutter macht wunderbaren Kebab. Ich dachte, du würdest es vielleicht gern einmal probieren.« Der Kebab war noch warm. Beim Duft des Hackfleischs und der Gewürze lief Saleem das Wasser im Mund zusammen. Roksana schob die Zeitung beiseite. »Kannst du inzwischen etwa Griechisch lesen?«

Grinsend biss Saleem in das Fleisch. Der erste Bissen zerschmolz unter seinen Zähnen und schmeckte köstlicher als alles, woran er sich erinnerte.

»Schmeckt es dir?«

»Hm! Es schmeckt wie … es schmeckt wie zu Hause.« Saleem leckte sich die Lippen und schloss die Augen. »Danke!«

Roksana lachte.

»Gerne. Ich dachte mir schon, dass es dir schmecken würde«, sagte sie. »Ich wollte mit dir darüber reden, wie du am besten wieder zu deiner Familie kommst.«

Saleem seufzte.

»Ich weiß es auch nicht.« Ein Teil von ihm fühlte sich nach seiner Überfahrt von Izmir noch immer verletzt und zerschlagen an.

»Ich habe mich umgehört, aber niemand scheint etwas darüber zu wissen, wie man an einen Pass kommt. Sie haben Angst, mit mir darüber zu reden. Es tut mir wirklich leid, Saleem. Ich wünschte, ich könnte eine größere Hilfe sein.«

Saleem war zwar enttäuscht, aber Enttäuschung war ein Gefühl, an das er sich allmählich gewöhnte.

»Immerhin hast du es probiert. Schon gut. Dann muss ich eben eine andere Möglichkeit finden.«

Die Arbeit auf dem Bauernhof, das Leben auf der Straße, Hunger und Schläge hatten ihren Tribut gefordert. Saleems Körper reifte nicht, sondern alterte durch den Stress, und Saleem war sicher, dass Roksana genau das sah, als sie ihn anblickte.

»*Ela*, ich habe eine Idee. Ich habe an deine Tante und deinen Onkel gedacht. Was wirst du tun, wenn du nach England kommst? England ist groß, und ohne Adresse bist du aufgeschmissen. Wenn du mir ihre Namen verrätst, kann ich dir vielleicht helfen, sie über das Internet zu finden. Natürlich kann ich nichts versprechen, aber einen Versuch ist es sicher wert.«

»Würdest du das tun?« Saleem wischte sich das Fett von den Lippen. »Meine Tante und ihre Familie leben in London in einer Wohnung.«

Roksana nahm einen Stift und ein Stück Papier aus ihrer Schultertasche.

»Schreib mir ihre Namen auf. Den von deiner Tante, ihrem Mann und von deinen Vettern. Schreib einfach alles auf, dann sehe ich, was ich tun kann.«

»Meine Tante heißt Najiba und ist die Schwester meiner Mutter. Ihr Mann heißt Hameed Waziri und ist der Cousin meines Vaters. Die Namen habe ich auf den Briefen gesehen, die sie uns nach Afghanistan geschickt haben.«

»Gut«, meinte Roksana und steckte das Papier ein. »Da ist noch etwas, Saleem.«

Was auch immer, dachte er. *Hauptsache, du bleibst noch ein wenig und sprichst mit mir.*

Saleem war es zufrieden, ihr zuzuhören, die Bewegungen ihrer Lippen zu sehen, zuzuschauen, wie sie ihr Haar aus der Stirn strich und wie sich ihre langen Wimpern über ihre Augen senkten.

»Ich weiß, dass es nicht leicht ist, in Attiki zu leben.« Attiki zu sagen war eine nette Art, das Wort Obdachlosigkeit zu umgehen. »Ich dachte … Also, ich wollte sagen … Wenn du magst, kannst du an diesem Wochenende zu mir nach Hause kommen und duschen. Ich dachte, du fühlst dich dann vielleicht besser.«

Strahlend wandte Saleem sich zu ihr um. Im Licht der Straßenlaterne sah er, wie sie errötete.

»Meine Eltern sind dieses Wochenende unterwegs. Wenn du willst, kannst du für eine Stunde kommen.«

Saleem überlegte, ob er ihr Angebot annehmen sollte. Ihre Eltern würden von seinem Besuch nichts wissen. Was, wenn sie unerwartet nach Hause kamen? Wollte er dieses Risiko eingehen? Erneut blickte er Roksana an, den perfekten Schwung ihrer Lippen und die sanfte Rebellion in ihren Augen. Ja, er wollte das Risiko eingehen.

»Oh, das wäre sehr nett. Ja, vielen Dank.«

Roksana nickte und zeigte auf ein Gebäude mit einer grünen Markise ein Stück weiter die Straße hinunter, wo er am Samstagnachmittag hinkommen sollte. Sie schrieb die Nummer der Wohnung auf, gab Saleem den Zettel und stand auf.

»Es ist spät.« Sie drehte sich noch einmal zu ihm um. »Bitte sag den anderen in Attiki nichts davon. Meine Organisation sieht es nicht gern, wenn wir privaten Kontakt zu den Flüchtlingen aufnehmen. Unsere Arbeit soll sich auf Attiki beschränken. Verstehst du?«

Saleem nickte. Er hatte nicht die Absicht, den Jungen im Park auch nur ein Sterbenswörtchen zu verraten.

Er sah ihr zu, wie sie den Gurt ihrer Tasche richtete und davoneilte. Er konnte den Blick nicht von dem Schwung ihrer Haare und ihrer Hüften – ihrer sanften Weiblichkeit – abwenden.

Bis Samstag waren es noch drei Tage. An diesem Abend legte Saleem sich hin und stellte sich vor, wie es wäre, Roksanas Wohnung zu betreten. Er schloss die Augen und träumte.

In seinem Traum befand er sich in ihrem Bad. Warmes Wasser rann ihm über Kopf und Schultern. Seine Haut fühlte sich leicht an. Mit den Händen fing er Wasser auf und hob es an seine Lippen. In ein Handtuch gehüllt betrat er einen großen, leeren Raum, in dem es so dunkel war, dass er die Wände nicht sehen konnte. Roksana kam ihm in einer engen Jeans entgegen, die jede ihrer jugendlichen Kurven betonte. Sie lächelte, berührte seine feuchten Schultern, wischte Wassertropfen von seiner Brust und zog ihn an sich.

Saleem erwachte unsanft und setzte sich erschrocken auf. Es war stockfinster.

Er erinnerte sich daran, dass er auf den Stufen eines alten Gebäudes im Park schlief. Kaum einen Meter entfernt schnarchte Abdullah. Saleem hatte nur geträumt. Er spürte das vertraute, aber immer noch unangenehme Gefühl der plötzlichen Angst, die ihn erfasst hatte, lehnte den Kopf zurück und wartete, dass es vorüberging.

Plötzlich aber bemerkte er noch etwas anderes.

Als seine Augen sich an die Finsternis gewöhnt hatten, sah er die unförmige Gestalt eines Mannes, der sich über seine Füße beugte. Saleem erkannte ihn sofort. Es war Saboor.

»Was machst du da?«, fuhr Saleem ihn an.

»Du hattest wohl einen angenehmen Traum«, flüsterte Saboor. Saleem konnte an seiner Stimme erkennen, dass er grinste.

Saleem wich zurück. Zunächst vergewisserte er sich, dass sein Geld noch an Ort und Stelle war. Er hatte die

Geldscheine in ein Stück Stoff gewickelt und mit einer Sicherheitsnadel an seiner Unterhose befestigt. Eine sicherere Stelle war ihm nicht eingefallen. Er spürte den leichten Druck des Bündels in seiner Leiste.

»Was willst du?«, fauchte Saleem.

Abdullah schnarchte unbeirrt weiter.

Saboor roch nach abgestandenem Schweiß. Saleem bemerkte, wie die fleischige Hand des Mannes sein Schienbein streichelte und schließlich zu seinem Knie hinaufglitt. Er sprang auf. Sie standen einander gegenüber und starrten sich in die Augen.

»Ich wollte nur sichergehen, dass du gut schläfst, mein lieber Junge«, kicherte Saboor. »Du kannst ruhig wieder zu deinen Träumen zurückkehren und ich zu meinen.« Saleem beobachtete ihn dabei, wie er sich in der Dunkelheit zwischen den ruhenden Körpern hindurch zu seinem Behelfszelt davonmachte.

Danach konnte Saleem nicht mehr einschlafen. Er starrte in die Dunkelheit, lauschte auf das Geräusch von Schritten und haderte mit Abdullah, der während des ganzen Vorfalls durchgeschlafen hatte. Wie lang mochte Saboor sich neben ihm aufgehalten haben? Hatte er Saleem noch an anderen Stellen berührt?

Der letzte Gedanke erschreckte Saleem ganz besonders. Er hatte gehört, dass Saboor dann und wann kleine Diebstähle beging, aber mehr auch nicht. Die ganze Sache war so verrückt, dass er beinahe überzeugt war, sich alles nur eingebildet zu haben. Aber selbst unter dem Deckmantel der Nacht war das Erlebnis so real und so frisch, dass seine Haut kribbelte.

In der Morgendämmerung wurden Saleems Augenlider schwer. Doch selbst in der relativen Sicherheit des Tageslichts konnte er dem Drang kaum widerstehen, sie zu schließen.

Als Abdullah aufwachte, sah er, wie Saleem blinzelte.

»Was, du bist schon wach? Guten Morgen mein Freund. Willkommen zu einem weiteren Tag in Attiki. Ich wünschte, ich könnte dir ein vernünftiges Frühstück anbieten, aber andererseits wäre das der wahren Attiki-Erfahrung abträglich«, flachste er.

Saleem starrte ihn mit grimmigem Gesicht an. Sein Schlafbedürfnis wich dem Wunsch, über die nächtliche Begegnung zu sprechen.

»Letzte Nacht ist mir etwas Merkwürdiges passiert, Abdullah«, begann Saleem mit angespannter Stimme. Er wusste nicht, wie sein Freund reagieren würde. Vielleicht klang es für ihn so, als hätte er sich alles nur ausgedacht.

»Alles halb so wild. Das passiert vielen Jungen. Willkommen im Reich der Männer, kleiner Bub.« Abdullah setzte sich auf und reckte die Arme.

»Hör mir bitte eine Minute lang zu. Ich bin mitten in der Nacht aufgewacht, und Saboor saß genau dort über meinen Füßen.« Saleem zeigte auf die Stelle, wo Saboor gekauert hatte.

»So ein Arsch! Bestimmt wollte er uns bestehlen!« Abdullah drehte sich um und warf einen Blick auf die Plastiktüte mit seinen Habseligkeiten. Als alles noch an Ort und Stelle war, entspannte er sich sofort.

»Ich weiß nicht, warum er hier war, aber ich glaube nicht, dass er etwas stehlen wollte. Er hat sich sehr seltsam verhalten.«

»Seltsam? Wie meinst du das?«

»Als ich aufwachte, saß er einfach nur da und sah mich an.« Saleem wischte sich den Schlaf aus den Augen. Es fiel ihm schwer, die richtigen Worte zu finden. »Und dann hat er mein Bein angefasst.«

Abdullah blickte seinen Freund erschrocken an.

»Er hat dein Bein angefasst? Warum hast du mich nicht geweckt?«

Saleem schüttelte den Kopf. Er wusste selbst nicht, warum er es nicht getan hatte.

»Ich habe ihn zweimal gefragt, was er will, und dachte, es würde dich wecken. Irgendwann stand er wieder auf und ging. Keine Ahnung, was er sonst noch gemacht hat.« Saleem fühlte sich an diesem Morgen besonders schmutzig und hasste das Gefühl, dass sich Saboor nur wenige Meter entfernt aufhielt.

Abdullah rieb sich nun ebenfalls die Augen und senkte die Stimme.

»Letzten Monat war ein Junge hier. Fast noch ein Schulkind, erinnerst du dich? Er war mit seinem großen Bruder unterwegs. Eines Nachts wachte der Kleine so erschrocken auf, als wären alle Dschinns über ihn hergefallen. Er übergab sich, und als sein Bruder mit ihm reden wollte, schrie er sich nur die Seele aus dem Leib. Wir hatten keine Ahnung, was mit ihm los war, aber zufällig wurde ich selbst Zeuge, wie der Kleine zweimal zu Saboor hinüberschaute. Dieser setzte die eisigste Miene auf, die ich je gesehen habe. Ich habe richtig Angst bekommen. Zwei Tage später rannte der Junge über eine belebte Straße, wurde angefahren und war sofort tot.«

Abdullah schüttelte den Kopf, als könne er so die Erinnerung loswerden.

»Sein Bruder war am Boden zerstört. Die Polizei kam und nahm ihn mit. Wir haben nichts dazu gesagt. So, wie er sich verhielt, hätte er ohnehin nicht mehr lang überlebt. Ich wusste zwar nicht, was geschehen war, aber ich fragte mich sofort, ob Saboor mit alledem etwas zu tun hatte. Der Blick des Jungen war sehr seltsam, und für mich sah es so aus, als hätte Saboor den Jungen mit seinen eisigen Augen zum Schweigen gebracht.«

Saleem schnürte es die Kehle zu.

Abdullah hatte die Knie an seine Brust gezogen und wippte mit dem rechten Fuß.

»Es ist schon schlimm genug, hier gestrandet zu sein, aber hier gestrandet mit ihm … Gott möge sich unser erbarmen. Ich werde auf jeden Fall wenigstens Hassan und Jamal warnen. Wenn du die Geschichte erzählst – wer weiß, was dir dieses Vieh dann antut. Jeder muss auf sich selbst und auf seine Freunde aufpassen, Saleem. Nur so können wir an einem Ort wie diesem überleben.« Saleem nickte. Irgendwie musste er sich schützen. Plötzlich wurde ihm klar, wie allein und wehrlos er war. In den Monaten vor seinem Verschwinden hatte Padar-jan begonnen, ein Messer unter seiner Matratze zu verstecken. Er dachte, seine Kinder wüssten nichts davon, aber Saleem hatte es gesehen und sich gefragt, wovor sein Vater solche Angst hatte. Trotzdem war er noch kindlich genug gewesen, nachts ruhig zu schlafen, weil er überzeugt gewesen war, dass sein Vater ihn vor jeder Gefahr beschützen würde. Vielleicht war der Augenblick, in dem ein Junge zum Mann wurde, derjenige, in dem das eigene Wohlergehen nicht mehr in der Verantwortung eines anderen Menschen lag.

Ab jetzt musste er eben auf sich selbst aufpassen, genau wie Abdullah es gesagt hatte.

Er würde sich ein Messer kaufen, genau wie Padar-jan. Und zwar ein richtig schweres und tödliches – kein Kinderspielzeug.

Zwar hätte er jetzt endlich schlafen können, aber er zog es vor, herumzulaufen. Er streunte über den Markt, betrachtete Schaufensterauslagen und betrat einige vielversprechende Geschäfte. Er fand ein paar Küchenmesser, einen antiken Dolch mit ziselierter Klinge und ein mit der griechischen Flagge verziertes Taschenmesser. Keines dieser Messer kam infrage.

Schließlich fand er in einem kleinen, abgelegenen Laden genau das Richtige. Das Schaufenster war ein wildes Durcheinander unterschiedlichster Waren und ließ auf das Tohuwabohu im Innern schließen: Nähmaschinen, Stühle,

Bücherstapel, Küchenutensilien, Kinderkleidung, Arbeitsschuhe und ein Globus. Als Saleem das Geschäft betrat, läutete eine Türglocke. Vielleicht fand er hier, wonach er suchte. Und er behielt recht.

Der Inhaber war ein älterer Herr mit Drahtbrille, der einen winzigen Schraubenzieher in der Hand hielt. Vor ihm auf der Theke lagen die Einzelteile des Uhrwerks einer antiken Uhr. Hinter ihm lagen noch viele weitere alte Uhren, die offenbar noch repariert werden mussten. Saleem begrüßte den Mann und streifte suchend durch die schmalen Gänge.

Schüsseln, die auf Kissen standen, eine von Kassetten umgebene Thermoskanne, benutzte Lesebrillen neben einer Schachtel mit Glühbirnen – in diesem Laden war alles ohne Sinn und Verstand zusammengewürfelt. Unter einem Stapel Tischläufer entdeckte Saleem einen Bronzegriff. Er zog ihn hervor. Es war ein Messer, das in einer dekorierten Bronzehülle steckte. Er zog das Messer aus der verzierten Hülle. Das Messer hatte eine fünfzehn Zentimeter lange, etwas rostige Klinge. Es war alt, aber schöner als jedes andere Messer, das Saleem je gesehen hatte, und genau das, wonach er suchte. Beeindruckend und einschüchternd lag es in seiner Hand, und die Klinge war scharf genug, dass er sich schnitt, als er darauf drückte. Er steckte das Messer zurück in die Scheide und hielt es an seinen Hosenbund. Es würde in seine Jeans passen. Zwar war es schwer, aber er konnte es sichern. Mit dem Messer kehrte Saleem zur Ladentheke zurück, wo der alte Mann noch immer an der Uhr arbeitete.

»Ich würde dieses Messer gern kaufen. Wie viel soll es kosten?«

Der alte Mann blickte auf. Seine Brille drohte ihm von der Nase zu gleiten. Er betrachtete zunächst den Dolch und dann Saleem.

»Zwanzig Euro«, knurrte er und wandte sich wieder seiner Arbeit zu. Saleem überlegte, wie viel ihm das Messer wert war.

»Ich gebe Ihnen zehn.«

»Zwanzig.«

»Bitte. Zehn.« Erneut blickte der Mann auf, musterte Saleem, nahm seine Brille ab und legte sie auf den Tresen.

»Achtzehn.«

Saleem dachte nach. Die vergangene Nacht, die Hand auf seinem Knie fiel ihm wieder ein.

»Fünfzehn«, bot er an. Der Mann nickte, streckte die Hand aus und Saleem zählte die Geldscheine hinein. Anschließend steckte er das Messer in seinen Gürtel. Als er gerade wieder gehen wollte, hielt er inne.

»Sie reparieren Uhren?«, erkundigte er sich.

Der Ladenbesitzer widmete sich bereits wieder seiner Arbeit. Er blickte nicht auf, sondern nickte nur.

»Könnten Sie sich bitte meine Armbanduhr einmal ansehen?«

Bei der Erwähnung der Uhr hob der Mann sofort den Kopf und streckte erwartungsvoll die Hand aus. Saleem nahm die Uhr ab und gab sie ihm.

Der Ladenbesitzer drehte sie um, schüttelte sie vorsichtig und hielt sie an sein Ohr. Er murmelte etwas, kramte in einem Plastikbehältnis, bis er das richtige Werkzeug fand, und öffnete die Uhr. Mit einer winzigen Pinzette machte er sich vorsichtig an den Zahnrädchen zu schaffen. Die einzelnen Teile waren so klein, dass Saleem nicht erkennen konnte, was der Mann genau tat. Kurz darauf drückte er die Rückseite wieder zu, drehte die Uhr um und zog sie auf.

Ohne weitere Umstände reichte er Saleem die tickende Uhr.

»Sie ist wieder okay. Die Zeit kannst du selbst einstellen.«

Saleem nahm die Uhr. Sein Herz jauchzte, als er den Sekundenzeiger vorwärtslaufen sah. Die Uhr seines Vaters lief wieder.

»Vielen Dank. Danke. Ganz herzlichen Dank!« Saleem lehnte sich über den Tresen und schlang seine Arme um den verblüfften Ladenbesitzer.

»Schon gut.« Der Mann befreite sich aus Saleems Griff, der in bester Laune den Laden verließ. Hinter einer Schneiderei fand er einen Stoffstreifen. Ein Ende wickelte er um den Griff des Messers, schlang das andere um seine Taille und knotete es fest, um das Messer griffbereit an seinem Platz zu haben.

Links ging es zu ihrem früheren Hotel, rechts zu dem Markt, auf dem er zum ersten Mal Nahrungsmittel gestohlen hatte. Noch immer schämte er sich für die Menge, die er entwendet hatte. So etwas würde er nie wieder tun, schwor er sich. *Ein Mann*, so dachte er, *muss bessere Möglichkeiten finden, seine Familie zu ernähren.* Es wollte sich nicht mehr so verzweifelt fühlen, dass er kriminelle Dinge tun musste.

Und es gab noch etwas, das er tun wollte, um die Familie wieder zu vereinen. Madar-jan hätte ihn vielleicht davor gewarnt, so unüberlegt zu handeln, aber Saleem entschied sich, noch einmal an einen Ort in der Stadt zurückzukehren, der von hier aus ostwärts lag. Er hätte diesen Entschluss ohnehin nicht mit Madar-jan diskutiert. Vielleicht lag es daran, dass er so lange mit leeren Taschen überlebt hatte, dass Saleem den Mut fand, diesen leichtsinnigen Schritt zu tun.

Mit einem kühnen Plan im Kopf, machte er sich entschlossenen Schrittes auf den Weg, lauschte dem tröstlichen Ticken seiner Uhr und grinste.

Kapitel 41

Saleem

»Schnell.« Roksana zupfte Saleem am Ellbogen. »Wir haben neugierige Nachbarn.«

Nervös betrat Saleem Roksanas Wohnung. Er mochte sich nicht vorstellen, was geschehen würde, wenn ihr Vater heimkam und einen afghanischen Flüchtling in seinem Wohnzimmer vorfand.

»Vielleicht sollte ich …«, murmelte er.

»Schon gut. Komm einfach rein.«

Sie schloss die Tür hinter ihm, nachdem sie sich noch einmal kurz im Flur umgeblickt und sichergestellt hatte, dass alle anderen Türen geschlossen waren. Zufrieden führte sie ihn vom Flur ins Wohnzimmer.

Saleem sah sich um. Hübsche, beigefarbene Sitzgelegenheiten standen um einen Couchtisch mit Espressoflecken, auf dem einige Bücher lagen. Alte Fotos hingen an der Wand. Lampenschirme aus Stoff verliehen dem Raum etwas Heimeliges. Die Wohnung war ungefähr genauso groß wie die Wohnung der Waziris in Kabul, wirkte aber auf Saleem viel moderner und auch geräumiger.

»Meine Eltern sind nur heute Nachmittag unterwegs, daher müssen wir uns beeilen. Du solltest zumindest duschen können.«

Ihre Stimme klang anders als sonst. Sie war nicht das coole Mädchen, als das sie sonst erschien. Sie wirkte nervös und wandte die Augen ab. Saleem wusste nicht, ob Roksana sich mit ihm allein unbehaglich fühlte oder ob sie sich Sorgen machte, dass ihre Eltern unerwartet zurückkommen könnten.

»Vielleicht sollte ich lieber wieder gehen …«

»Nein«, sagte sie, als sie begriff, wie wenig einladend sie klang. Sie holte tief Luft und fuhr fort: »Alles ist in bester Ordnung.« Sie straffte den Rücken und lächelte. Saleem war beeindruckt. Insgeheim beneidete er sie. Er selbst ließ sich immer wieder von seinen Ängsten überwältigen, dachte er.

Vom Wohnzimmer aus führte Roksana Saleem einen schmalen Flur entlang und zeigte auf eine Tür. »Das ist die Dusche, und hier hast du ein Handtuch. Shampoo und Seife findest du dort. Ich warte nebenan auf dich, okay?«

Es war mehr als okay, es war einfach nur wundervoll. Die Dusche sah anders aus, als er es kannte. Zitronengelbe Wände sorgten für eine helle, fröhliche Atmosphäre. Das Waschbecken bestand aus einer in der Wand verankerten Glasschüssel. Auf einem frei tragenden Regal stand eine Reihe von mintfarbenen, winzigen Behältern, und die Dusche hatte eine Schiebetür aus Mattglas.

Saleem fühlte sich irgendwie fehl am Platz in diesem herrlichen Bad. Etwas Schöneres hatte er noch nie gesehen. Er berührte den Wasserhahn, zog sich aus, verstaute sein Geld und seinen Dolch in seinen gefalteten Jeans und stellte sich unter das heiße Wasser. Im Abfluss verschwand eine bräunliche Brühe. Saleem schrubbte sich, bis das Wasser klar wurde, und wusch sein Haar drei Mal, ehe er widerstrebend den Wasserhahn schloss. Einen Augenblick blieb er noch genüsslich in der feuchten Wärme stehen.

Wasser ist bestimmt *roshanee*, dachte er.

Er trocknete sich ab, zog sich an und kehrte zurück in den Flur. Zu seiner Linken stand eine Tür halb offen. Sie führte in ein Büro. Mitten im Raum stand ein schwerer Holzschreibtisch, drei Seiten des Zimmers bestanden aus

Bücherregalen von der gleichen rötlichen Holzfarbe. Hier standen unglaublich viele Bücher! Saleem erinnerte sich, dass sein Vater ihn einmal mit in das Ministerium genommen hatte, wo sie die Bibliothek bewunderten. Auch dort hatten sich in den Regalen eine Menge Papier, handgeschriebene Texte und staubige Folianten getürmt. Saleem war sich deutlich bewusst gewesen, dass es keinem anderen Fünfjährigen gestattet wurde, durch diese Regalreihen zu gehen. Damals fand er diesen Umstand viel interessanter als die Bücher in dem riesigen Raum.

Noch Jahre später erinnerte ihn sein Vater manchmal grinsend an den einprägsamsten Teil dieses Tages.

Und dann kam der Chefingenieur und fragte dich, ob du eines Tages vielleicht Lust hättest, in diesem Gebäude zu arbeiten, und du sagtest: Nein, Sir. Meine Mutter ärgert sich manchmal, weil sie sagt, dass Padar-jan sich in seinen Büchern verliert. Ich möchte nicht, dass sie sich auch über mich ärgert.

Saleem wunderte sich, wieso Padar-jan diese kindliche Bemerkung nie vergessen hatte. Gleichzeitig jedoch hörte er die Geschichte selbst immer wieder gern. Seufzend kehrte er in die Gegenwart zurück.

Vermutlich ist es das Arbeitszimmer von Roksanas Vater, dachte er und ging ein paar Schritte hinein, um die Bücher zu bewundern. Vorsichtig berührte er ihre Einbände. Es waren vor allem englische, aber auch griechische Bücher. Soweit Saleem die Titel verstand, handelten sie hauptsächlich von Medizin und Philosophie. Das unterste Regal hinter dem Schreibtisch jedoch erregte seine besondere Aufmerksamkeit. Die gesamte Reihe war mit Büchern in Farsi bestückt.

Saleem beugte sich vor, um besser zu sehen. Tatsächlich standen dort Bücher wie *Afghanistan, die Geschichte einer Nation*, *Afghanistan, das gefallene Reich* und eine Sammlung afghanischer Poesie. Warum besaß die Familie so viele Bücher über Afghanistan? Sprach Roksanas Vater etwa Dari?

Saleem dachte an Attiki, wo die Jungen oft abfällige oder sogar obszöne Bemerkungen über Roksana machten, und an die eisigen Blicke, die sie ihnen zuwarf – ganz so, als hätte sie alles verstanden. Verwirrt blickte Saleem sich weiter um. In einem Regal entdeckte er eine kleine, nicht einmal fünfzehn Zentimeter hohe Statue. Sie stellte einen aus Lapislazuli geschnittenen Adler dar. Lapislazuli war der afghanischste aller Steine und so blau wie die blauen *chadri*.

»Bist du fertig?« Roksana stand an der Tür.

Saleem wirbelte herum. Er schämte sich, seine Befugnisse überschritten zu haben.

»Entschuldige. Ich habe die Bücher gesehen und war neugierig, weil es so viele sind. Aber … Roksana, spricht dein Vater Dari?«

»Was?« Sie erstarrte sichtlich.

»Dort stehen so viele Bücher über Afghanistan, und sie sind alle in Dari geschrieben. Und dieser Adler hier ist aus einem afghanischen Stein gemacht. Warum …« Saleems noch nicht ganz ausgeformte Gedanken überstürzten sich. »Meine Mutter. Hast du nicht mit meiner Mutter gesprochen? Sprichst du vielleicht Dari? Und dein Vater … hat er in Afghanistan gearbeitet?«

Roksana schüttelte den Kopf, seufzte und lächelte schüchtern.

»*Ela*, Saleem, mein Vater … nein, mein Vater hat nicht in Afghanistan gearbeitet«, sagte sie.

»Aber wieso …«

»Er hat dort gelebt. Er ist dort geboren. Mein Vater ist Afghane.«

Saleem starrte sie mit offenem Mund an, als sähe er sie zum ersten Mal. Wenn Roksanas Vater Afghane war, dann musste Roksana …

»Ich bin halb Afghanin, halb Griechin«, erklärte Roksana mit einer Hand auf der Brust. »Meine Mutter ist Griechin. Mein Vater kam als junger Mann nach Griechenland, um

Medizin zu studieren, machte aber später dann etwas ganz anderes. Er heiratete meine Mutter und blieb hier. Von ihm habe ich ein wenig Dari gelernt. Nicht viel, aber immerhin genug, um eine einfache Unterhaltung zu führen.«

Saleem klatschte in die Hände und grinste breit.

»Du bist Afghanin!«, rief er auf Dari. »Ich wusste doch, dass irgendetwas Besonderes mit dir war, nur konnte ich mir nicht erklären, was. Setzt du dich deswegen für die Flüchtlinge ein? Dein Vater ist sicher nicht begeistert, dass du dich um Afghanen kümmerst, vor allem um Jungen wie …«

Roksana ersparte ihm, es auszusprechen.

»Mein Vater weiß nicht, wie ich meine Freizeit verbringe. Wahrscheinlich wäre er nicht begeistert, aber es ist nicht so, wie du glaubst. Es ist ein bisschen komplizierter. Ich rede nie darüber, weil ich genau weiß, dass es Probleme gäbe. Ich möchte gern helfen, aber du kannst dir sicher vorstellen, wie schwierig es für mich würde, wenn die Jungen wüssten, dass mein Vater Afghane ist.«

Saleem verstand sofort. Solange Roksana als Griechin durchging, maß man sie an griechischen Standards. Keiner der Männer in Attiki würde sich über ihre Kleidung oder ihr Verhalten aufregen. Sobald sie jedoch wüssten, dass sie eine halbe Afghanin war, würde man die afghanische Messlatte anlegen und nicht mehr so nachsichtig sein. Vielleicht würde man ihr auch nachsteigen. Männer würden sie aus den unterschiedlichsten, aber immer falschen Gründen verfolgen. Allein schon deshalb hätte Saleem sie am liebsten aus Attiki ferngehalten.

»Du hast recht. Ich sage ganz bestimmt nichts.«

»Danke. So, und jetzt essen wir etwas, danach müssen wir auch schon los.«

Saleem folgte ihr in die Küche, wo sie eine Spinatpita, gebratenes Hähnchen und einen Salat auf den Tisch gestellt hatte. Saleem aß, bis er glaubte, platzen zu müssen. Roksana lachte, als sie ihn so sah.

»Es scheint dir ja wirklich geschmeckt zu haben.«

»Und wie. Es war sehr, sehr lecker. Ich habe mindestens für drei Tage gegessen«, lachte Saleem und tätschelte seinen flachen Bauch.

»Gut. So, nun lass mich noch schnell spülen, dann können wir gehen. Wenn du magst, kannst du nebenan warten.«

»Nein, ich bleibe bei dir. Ich kann dir helfen«, bot er an. Roksanas Augen leuchteten auf. Gemeinsam beseitigten sie alle Spuren ihrer geheimen Mahlzeit. Dann griff Roksana nach ihrem Pulli, und sie verließen die Wohnung.

»Wir gehen jetzt zur Akropolis. Bist du schon einmal dort gewesen?«

»Akro... wie?«

»Akropolis«, wiederholte sie langsam. »Komm mit, ich zeige sie dir.«

An diesem Tag fühlte sich Saleem wie ein Tourist mit eigenem Führer. Zusammen mit Roksana wanderte er durch die geschäftigen Straßen von Athen, durch die unterschiedlichsten Viertel bis hin zu den Stufen zur Akropolis, dieser antiken Ruine auf dem Hügel mit der majestätischen Aussicht über die ganze Stadt. Saleem hatte die Gebäude schon mehrmals aus der Ferne gesehen, sich aber noch nie in ihre Nähe gewagt. Heute erzählte ihm Roksana, dass der Tempel der Göttin Athene geweiht sei und dass die Anlage auf dem Hügel im Verlauf der Geschichte von mehreren verschiedenen Völkern beherrscht und auch schon einmal von den Osmanen besetzt worden war. Sie zeigte ihm auch das Amphitheater und erklärte ihm, wie es in früheren Zeiten ein Treffpunkt für die Bevölkerung gewesen war.

Saleem war fasziniert. Sie setzten sich auf die Begrenzungsmauer, um sich auszuruhen. Saleem trat mürrisch gegen einen Stein.

»Woran denkst du, Saleem?«

»Ich habe gerade darüber nachgedacht, dass diese Gebäude hier, so uralt sie auch sein mögen, immer noch besser aussehen als die modernsten Häuser in Kabul.« Die Errungenschaften aus zweitausend Jahren Frieden konnten in einem Monat Krieg vollständig vernichtet werden. Roksana verstand ihn.

»Leider sind Menschen sehr geschickt darin, Dinge zu zerstören. Auch wirklich gute Dinge.«

»In Kabul sieht es alles andere als gut aus. Alle wollen nur noch fort. Sogar in Kabul leben wir Afghanen wie Flüchtlinge.« Er warf Roksana einen raschen Seitenblick zu, ehe er wieder auf den Boden starrte. »Und nur das sehen die Menschen, wenn sie einen Afghanen anschauen.«

»Saleem«, sagte Roksana freundlich, »wenn ich dich anschaue, sehe ich keinen Flüchtling. Ich sehe jemanden, der in meine Klasse gehen sollte. Jemanden, mit dem ich Bücher tauschen, Sport treiben und im Café sitzen sollte. Ich sehe dich.«

Sie berührte seine Hand und drückte sie kurz.

»Vermisst dein Vater Afghanistan? Immerhin ist er schon sehr lange fort. Ich weiß nicht, aber vielleicht kehre ich eines Tages zurück. Manchmal vermisse ich mein Zuhause.«

»Nein, mein Vater vermisst es nicht. Er liebt sein Land, aber manchmal sagt er, dass Afghanistan einer viel zu schönen Frau ähnelt. Sie wird nie sicher sein, nicht einmal vor ihren eigenen Leuten. Mein Vater verließ das Land, als dort noch Normalität herrschte, und ich glaube, seine Beweggründe waren andere. Er sagt, dass es nach den Kriegen nicht mehr das gleiche Land war. Er hört Nachrichten und telefoniert mit seiner Familie, aber das macht ihm nur noch mehr zu schaffen.«

»Aber so lange in einem fremden Land zu leben! Niemand hier spricht Dari, man isst ganz anders, und eine Moschee, wo man beten kann, gibt es auch nicht.«

»Eine Moschee? Mein Vater ist alles andere als religiös. Er

glaubt, dass die Menschen die Religion zerstört haben und die Religion die Menschen zerstört. Er sagt, dass er zwar an Gott, aber nicht an die Menschen glaubt.«

Möglicherweise hatte der Mann recht. Saleem hatte noch nie von einem Afghanen gehört, der sich nicht als Muslim bezeichnete.

Er erkundigte sich, wie Roksana Dari gelernt hatte.

»Von meinem Vater und meiner Großmutter, die vor ihrem Tod einige Jahre bei uns lebte. Mein Vater liebt die Sprache. Vor allem die Poesie. Zu schaffen macht ihm all das andere. Ich glaube schon, dass er hier in Griechenland glücklich ist, aber manchmal sehe ich, wie er in seinen Büchern liest oder alte Fotos betrachtet. Ich glaube, ein Teil seines Herzens ist in Afghanistan zurückgeblieben, und das macht ihn traurig.«

Roksana stand auf und klopfte den Staub von ihren Jeans. Offensichtlich verursachte es ihr Unbehagen, die Gedanken ihres Vaters mit Saleem zu diskutieren. »Es ist spät, ich sollte jetzt nach Hause gehen.«

Saleem hatte den Augenblick der Trennung gefürchtet.

»Vielen Dank, Roksana. Danke für alles. Heute war ein wirklich schöner Tag.« Er stand ebenfalls auf und schulterte seinen Rucksack.

»Bitte. Gern geschehen.« Sie liefen die Treppen hinunter und bemühten sich, einander nicht in den Massen der geführten Touristen zu verlieren, die sich alle in unterschiedlichen Sprachen verständigten. Am Fuß des Hügels drehte sich Roksana plötzlich um.

»Ach, beinahe hätte ich es vergessen: Ich habe gute Nachrichten für dich«, sagte sie und nahm ein Stück Papier aus der Tasche. »Ich glaube, ich habe die Adresse deines Onkels in London gefunden.«

Saleem machte große Augen.

»Ich habe im Internet gestöbert. Ich glaube, das hier ist seine Adresse. Zwar konnte ich keine Telefonnummer finden, aber zumindest weißt du, wo du hingehen musst, wenn du erst einmal in London bist.«

Saleem nahm den Zettel und blickte ungläubig auf die Zahlen und den Straßennamen. Plötzlich fühlte er sich seinem Ziel, seine Familie wiederzufinden, wieder näher. Roksana hatte ihm den Weg gewiesen.

»Roksana, du hast mir geholfen, und du hast meiner Mutter geholfen. Ich möchte dir von ganzem Herzen danken.«

Saleem war den Tränen nahe. Roksana wandte den Blick ab. Sie fühlte sich unbehaglich.

»Bis bald.« Sie berührte seinen Arm. »Pass auf dich auf, Saleem.«

Erschöpft von seinem Tag als Tourist kehrte Saleem in den Park zurück. Abdullah neckte ihn. Obwohl Saleem die gleiche Kleidung trug wie zuvor, hatte die Dusche ihn doch deutlich erfrischt.

»Na, wen haben wir denn da? Ist das unser alter Saleem oder ein Filmstar? Hast du etwa geheiratet? Wie ist dein Haar so sauber geworden?« Er zauste Saleems Haar. Saleem duckte sich und grinste.

»Ich habe eine Flasche Shampoo gefunden, bin in eine öffentliche Toilette gegangen und habe meinen Kopf ins Waschbecken gesteckt. Du hättest mal sehen sollen, wie die Leute mich angeglotzt haben«, flunkerte er.

»Kann ich mir lebhaft vorstellen.«

Es war dunkel geworden. Die meisten der Jungen hatten sich irgendwo verkrochen, um zu schlafen. Saleem, Abdullah, Hassan und Jamal hatten ihre Kartons nebeneinandergelegt. Der Wunsch nach Sicherheit wurde sorgfältig gegen den Wunsch nach persönlichem Freiraum abgewägt. So lautete das ungeschriebene Gesetz des Parks. Saboor war den ganzen Tag unterwegs gewesen und schien sehr erschöpft zu sein, als er zurückkehrte. Er war einer der Ersten, der sich auf seinen Platz unter einem Baum zurückzog.

Gut, dachte Saleem. *Schlaf einfach, und lass uns in Frieden.*

Wieder träumte er von Roksana. Sie ging mit Madar-jan, Samira und Aziz in einem Park spazieren. Aziz lief, seine Wangen waren dick und rosig, und er schaffte es kaum, auf seinen kurzen Beinchen mit den anderen Schritt zu halten. Alle lachten miteinander. Samira sprühte vor Lebenslust. Sie hielt Roksanas Hand. Und dann drehte sich Roksana mit blitzenden Augen zu ihm um.

Plötzlich erwachte Saleem. Es war stockfinster. Man sah nicht die Hand vor Augen, aber alle seine Sinne waren geschärft. Er roch etwas … war es Schweiß? Saleem konzentrierte sich darauf, absolut still zu sein. Er hörte und sah nichts.

Du bildest es dir ein, sagte er sich. *Schlaf lieber weiter.*

Saleem schloss die Augen und versuchte, sich in seinen Traum zurückzuzwingen. Gerade begann er, einzuschlafen, als er eine Hand auf seinem Oberschenkel fühlte. Er strampelte mit den Füßen, doch das änderte gar nichts. Saleem fuhr erschrocken zusammen. Die andere Hand lag über seinem Gesicht. Saleem bekam das Handgelenk mit beiden Händen zu packen.

»Still, mein Junge. Sei still. Wenn du dich entspannst, können wir gute Freunde werden.« Während Saboor sich an Saleems Gürtel zu schaffen machte, versuchte Saleem sich aus seinem Griff zu befreien, aber Saboors Schwergewicht hielt ihn so fest, dass er kaum noch Luft bekam.

»Sei still, sonst bereust du es!«

Nein, nein, nein. Saleem bemühte sich, die Hand von Nase und Mund zu schieben. Er trat, traf aber nur ins Leere. Er packte nach der Hand, aber die war schwer und rührte sich nicht von der Stelle. *Nein, nein, nein.* Saleem spürte, wie eine Hand in seinen Hosenbund fuhr. Es drehte ihm fast den Magen um.

Saleem griff an seine Seite und tastete nach dem Griff seines Messers, das er schließlich zu fassen bekam. Die Gestalt auf seinem Körper konnte er kaum sehen, aber er roch den schlechten Atem, der über sein Gesicht strich.

Er hielt den Griff ganz fest. Mit einer einzigen Bewegung riss er das Messer aus der Scheide und jagte es blindlings in die dunkle Masse über ihm. Er hörte ein Stöhnen. Etwas drängte sich gegen ihn. Die Hand über seinem Mund lockerte sich, die in seinem Schritt zog sich zurück.

»Lass mich los! Lass mich los! Lass mich los!«, schrie Saleem.

Er sah, wie sich der Schatten aufrappelte, taumelte und nach hinten stolperte. Die anderen Jungen wachten auf.

»Was ist passiert?«

»Wer schreit da so? Alles in Ordnung?«

»Was ist los?«

Saleem war auf die Füße gesprungen. Seine Augen hatten sich inzwischen an die Dunkelheit gewöhnt. Er sah, wie Saboor davonhumpelte und sich die linke Seite hielt. Jemand griff nach Saleems Arm. Der Junge zuckte zurück.

»Hey, hey, Saleem. Ich bin es, Abdullah. Was war da los?«

Was geschehen war? Saleem fragte sich inzwischen, ob das alles überhaupt real gewesen war. Was hatte er da gerade angerichtet? Er fühlte sich wie vor den Kopf geschlagen. Als er an sich herunterblickte, erkannte er das Messer, das er immer noch mit eisernem Griff umklammert hielt.

»Oh Gott. Oh mein Gott. Oh Gott«, stöhnte Saleem. »Er war wieder da. Er lag auf mir.«

»Hey, es ist Saboor. Saboor ist verletzt«, rief jemand aus der Dunkelheit.

»Er blutet.«

»Was ist mit ihm? Wer war das?«

Abdullah stand neben Saleem. Er zog ein Feuerzeug aus der Tasche, und im Licht der kleinen Flamme war die rostige Klinge in Saleems Hand zu erkennen. Von ihrer Spitze fiel ein Tropfen herab.

»Hast du auf ihn eingestochen?«, fragte Abdullah ungläubig.

»Ich … ich … er lag auf mir, und seine Hände waren …«

Die Stimmen in der Entfernung klangen verwirrt und panisch.

»Er ist verletzt. Jemand muss etwas unternehmen.«

Saleems Finger fühlten sich feucht und klebrig an. Er warf einen Blick auf seine rechte Hand.

»Stopp, Saleem! Wo willst du hin? Bleib stehen, Saleem!«

Aber Saleem rannte. Er rannte durch schmale Straßen und kleine Gassen, stolperte über lose Steine und fiel hin. Kein Zweifel – an seiner rechten Hand klebte Blut, das jetzt langsam trocknete. Er spürte es. Er roch den metallischen Geruch des Lebens. Saleem dachte an Intikal. Er sah den Bruder der Braut vor sich, seine blutige Kleidung und sein schmerzverzerrtes Gesicht.

Am liebsten wäre er jetzt in die Arme seiner Mutter gelaufen, hätte sein Gesicht an ihrer Schulter geborgen und ihrer sanften Stimme gelauscht, die ihm sagte, dass er das Richtige getan hatte. Er wünschte, sein Vater hätte neben ihm geschlafen, sodass Saboor nie gewagt hätte, in seine Nähe zu kommen. Gleichzeitig aber war Saleem dankbar, dass seine Eltern ihn in diesem Moment nicht sehen konnten – ihren Sohn, der mit Blut an den Händen durch die Nacht floh.

Kapitel 42

Saleem

Saleem hielt den Aluminiumtopf über den provisorischen Herd aus Ziegelsteinen, in dem ein paar Holzspäne brannten. Die Griffe waren heiß und wurden immer heißer. Flammen leckten am geschwärzten Boden. Saleem kroch näher an das Feuer heran. Die Luft war kühl und seine Jacke zu dünn.

Das Wasser begann zu kochen.

»Ist es so weit?«, rief Ali von drinnen.

»Ja, gerade in diesem Moment.« Ali kam nach draußen, schaute in den Topf, öffnete einen Teebeutel und ließ die Hälfte des Inhalts in den Topf rieseln.

»Nimm den Topf jetzt vom Feuer. Ich hole noch schnell das Brot, dann können wir frühstücken. Es sieht aus, als bekämen wir heute noch Regen – was meinst du?«

Saleem zog sich den Ärmel über die Hand und benutzte das Bündchen als Topflappen. Er ging nicht auf Alis letzte Bemerkung ein, denn Ali sagte seit zwei Wochen jeden Tag das Gleiche, ohne Rücksicht darauf, wie der Himmel tatsächlich aussah. Am ersten Tag war es Saleem noch nicht aufgefallen, aber am zweiten, als sie drinnen saßen und den Regentropfen lauschten, die auf die Zeltplane prasselten. Auch an diesem Tag sagte Ali voraus, dass es nach Regen aussähe. Saleem dachte zunächst, er scherze, aber Alis Gesicht sah ernst und nachdenklich aus.

Ali war vermutlich in Saleems Alter, allerdings ein gutes

Stück kleiner. Er war Saleem im Lager der Afghanen in Patras sofort aufgefallen, weil er jung war und nicht bedrohlich wirkte. Er war ein Hazara, gehörte also einer anderen Ethnie an als Saleem. In Kabul wäre das von Bedeutung gewesen. Im Flüchtlingscamp von Patras jedoch, wo alle Männer in den gleichen elenden Umständen aßen und schliefen, spielte es keine Rolle. Das Flüchtlingslager in Patras unterschied sich sehr vom Attiki Square. Attiki war ein abgelegenes Stadtviertel. Um den Park standen Häuser, und man befand sich nur wenige Meter von einer gewissen Normalität entfernt. Patras war ein Slum – in einiger Hinsicht war es besser, in anderer schlechter. Statt Pappkartons, dünnen Decken und Einkaufswagen gab es hier Wände und Dächer. Ein Mann, der irgendwo einen Stuhl und eine Schere aufgetrieben hatte, betätigte sich sogar als Frisör. Dicke Zeltplanen boten denen Schutz, die keine festeren Materialien hatten finden können. Und die vielen Hundert Menschen, die hier lebten – zumeist Afghanen, aber auch einige Roma und Afrikaner – machten sich kleine Herde aus Steinen und kochten sich einfache Mahlzeiten. Die Unterkunft war zwar besser, aber auch größer und zog damit den Unmut der angrenzenden Nachbarn auf sich. Für sie war das Lager ein Makel in ihrer Stadt, ein Ort, wo sich Landstreicher in Schmutz und Unordnung zusammendrängten. Die Griechen fragten sich, wie sie mit dem Lager in Patras umgehen sollten – sollten sie es dem Erdboden gleichmachen oder vielleicht doch lieber verbessern, weil die Flüchtlinge ohnehin wieder zurückkommen würden?

Eigentlich war Patras nur eine Übergangslösung. Vor den Afghanen waren bereits andere Flüchtlinge auf dem Weg nach Italien oder in andere Länder Europas hier gestrandet. Es gab eine lange Tradition, sich entweder auf Lkws oder Frachtschiffen nach Italien einzuschleusen. Saleem war nur ein weiterer Flüchtling, der das Schicksal der anderen teilte.

Als er in Patras ankam, war er bereits ein erfahrener Reisender, und inzwischen lebte er bereits viele Monate hier und hatte nicht einmal an seinen Geburtstag gedacht – aber irgendwann kam eben der Punkt, an dem solche Festtage keine Rolle mehr spielten. Tage und Wochen vergingen.

Ich muss fort aus Patras, dachte er, während er zusah, wie der Tee zog und sich das heiße Wasser braun färbte.

Häufig musste er an Attiki denken, tagsüber und noch öfter in der Nacht. Die Erinnerung an die letzte Nacht dort wollte nicht nachlassen. Saboors Hand über seinem Mund. Abdullahs Verblüffung, als er das Messer sah. Wie er durch die Nacht davongejagt war, weg, einfach nur weg, so weit wie möglich. Saleem hatte das Blut von seinen zitternden Händen gewaschen und sich bis zum Tagesanbruch in einer Gasse versteckt. Er hatte sich von niemandem verabschiedet, nicht einmal von Roksana. Er hatte sich nicht einmal die Mühe gemacht, seinen Rucksack zu holen, denn der enthielt ohnehin nur ein wenig zusätzliche Kleidung. Er war schnurstracks zum Busbahnhof gegangen und nach Patras gefahren, wo es ihm nicht schwergefallen war, das Flüchtlingslager zu finden.

Er fragte sich, ob Saboor noch lebte. Nicht, dass er es bereuen würde, wenn er ihn getötet hätte, aber es würde ihn zu einem anderen Menschen machen. Ob er jedoch dem Mann nur eine Fleischwunde oder eine tödliche Verletzung beigebracht hatte, würde wohl für immer ein Geheimnis bleiben. Obwohl er sich fern von Afghanistan aufhielt, verfolgten ihn Krieg und Blutvergießen noch immer. Flüchtlinge liefen nicht einfach davon. Sie flohen vor tausend Erinnerungen, bis sie eines Tages genügend Zeit und Abstand zwischen sich und ihr Elend brachten und in ein besseres Leben starteten.

Saleems Nächte waren eine Qual. Häufig wachte er auf und sah Gestalten im Schatten. Er fühlte sich wieder wie ein kleines Kind, kehrte in die Zeit zurück, als sein Gehirn sich gerade so weit entwickelt hatte, dass es in der Lage war, gefährliche Kreaturen aus dem Dunkel entstehen zu lassen. Von Tag zu Tag fühlte er sich rastloser und spürte, wie er sich veränderte. Vor anderen Menschen hatte er entweder Angst, oder sie machten ihn aggressiv.

»Hast du Wahids Bein gesehen?«, fragte Ali. »Sie haben ihn zusammengenäht wie einen Sack Reis. Zwar humpelt er herum und erzählt allen, es hätte nicht wehgetan, aber ich habe selbst gehört, dass er geschrien hat wie ein Baby, als es gemacht wurde.«

»Ja, ich habe es gesehen.«

Man hatte Wahid von einem der Lastwagen auf dem Weg nach Italien verjagt. Er war über einen Zaun geklettert und hatte sich dabei eine tiefe Schnittwunde zugezogen. Sanitäter einer Menschenrechtsorganisation, die in der Nähe des Lagers Posten bezogen hatte, kümmerten sich um ihn. Wahids Verletzung war kein Einzelfall.

»Weißt du eigentlich, was heute für ein Tag ist?«, fragte Ali. »Heute ist *Da-Muharram*. Ich habe Zucker und Reis aufbewahrt. Heute Abend machen wir uns *sheerbrinj* und beten.«

Da-Muharram, der Tag, an dem der Enkel des Propheten Mohammed als Märtyrer in der Schlacht starb. Alis Familie folgte der afghanischen Tradition, an diesem Tag Reispudding – *sheerbrinj* – zu essen, die Armen zu speisen und viel zu beten.

»Heute? Tatsächlich?« Interessanter als der Feiertag erschien Saleem die Aussicht auf *sheerbrinj*. Beim Gedanken an die cremige Süßspeise, die Madar-jan mit gemahlenen Pistazien zu bestreuen pflegte, lief ihm das Wasser im Mund zusammen. »Weißt du überhaupt, wie man Reispudding macht?«

Ali wusste es, und zwar wirklich gut. An diesem Abend teilten sie das *sheerbrinj* mit drei anderen jungen Männern, die in der Nachbarunterkunft lebten. Sie saßen zusammen, lachten, neckten sich und nahmen sich auch ein paar Minuten Zeit für ein Gebet. Keiner von ihnen bekam mehr als ein paar Löffel Pudding, aber es genügte für einen süßen Geschmack im Mund.

»Ihr wisst ja, wie man sagt«, scherzte Ali. »In der Wüste sind selbst die ältesten Sandalen ein Segen.«

Abgesehen von Feiertagen wie diesem hielt Saleem sich meist fern von den anderen. Er hatte kein Interesse daran, Freundschaften zu schließen, sondern zog sich zurück und hörte zu. Jeder in diesem Lager hatte eine Geschichte, aber Saleem war nicht daran interessiert, seine eigene zum Besten zu geben. Nomaden durften keine Freundschaften schließen, sagte er sich.

Patras erinnerte Saleem an Izmir. Die Stadt lag an der Küste, war auch ein Ort des Aufbruchs über die gleichen gefährlichen Passagen zum nächsten Festland. Saleem hatte bereits mehrmals versucht, sich auf einem Lkw zu verstecken, aber es war jedes Mal missglückt, und einmal wäre er um Haaresbreite erwischt worden. Er beobachtete die anderen und versuchte, aus ihren Fehlern zu lernen.

Das Einzige, was ihm Schutz bieten konnte, behielt er ganz nah bei sich am Körper: sein Geld und seinen Dolch. Er war so vorsichtig, es niemanden sehen zu lassen, und er behielt beides auch in Reichweite, wenn er unter der provisorischen Dusche stand. Er begegnete jedermann mit Misstrauen. Da er aber auf den Schutz des Lagers angewiesen war, war der bescheidene Ali unter den gegebenen Umständen der beste Mitbewohner. Ali redete gern, stellte aber so gut wie nie Fragen. Sie waren ein gutes Team.

Saleem hatte vor, zu verschwinden, ehe irgendetwas Schlimmeres geschah. Selbst die griechischen Sanitäter wurden für ihre Kritik an der Haltung der Regierung angegriffen. Die Flüchtlinge waren mit den Nerven am Ende, denn die Polizei war ständig vor Ort und fragte immer häufiger nach Dokumenten. Die Tage glichen sich. Wenn Saleem aufwachte, tastete er nach seinem Geld und seinem

Messer. Anschließend nahm er die Ladestationen unter die Lupe, um eine Möglichkeit zu finden, nach Italien zu gelangen.

Wieder dämmerte ein Morgen herauf. Saleem hörte, wie Ali hinausging und sich hinter dem Zelt erleichterte. Grinsend kehrte er zurück.

»Du bist ja wach. Guten Morgen erst einmal. Ich hatte letzte Nacht einen wunderbaren Traum. Du und ich, wir gingen eine Straße mit Hochhäusern entlang. Wie im Film. Die Leute waren schick gekleidet und fuhren große Autos. Wir fragten, in welchem Land wir uns befanden, und dreimal darfst du raten, was sie gesagt haben: Amerika. Kannst du dir das vorstellen? Vielleicht landest du, wenn du nur weit genug gehst, irgendwann in Amerika.« Ali kicherte.

»Vergiss Amerika«, sagte Saleem müde. »Es ist schon schwierig genug, nach Italien zu kommen.«

»Das stimmt«, lachte Ali. »Heute ist ohnehin kein guter Tag für eine lange Wanderung. Es sieht aus, als würde es bald regnen.« Er öffnete die Tür, streckte den Kopf hinaus und blickte in den klaren, blauen Himmel.

Saleem hatte keine Lust, ihm so früh am Morgen zu widersprechen. Er wusch sich hastig mit dem Wasser, das in der kühlen Nachtluft kalt geworden war. Das Lager bestand aus dicht nebeneinanderstehenden Einzelunterkünften. Wäscheleinen spannten sich wie Spinnennetze von einer Unterkunft zur nächsten. Offiziell gab es weder Wasser noch Strom, aber einige Flüchtlinge hatten die Leitungen zu einem nahegelegenen Häuserkomplex angezapft. Eine einzelne Wasserpumpe versorgte so die gesamte Anlage. Zwar nur sporadisch, aber man freute sich trotzdem darüber.

Saleem kehrte zum Hafen und dem vertrauten Reigen von Lkws, Schiffen und Passagieren zurück. Er sah einigen Männern zu, die über schwarze Metallzäune kletterten und sich vorsichtig den Lastern näherten. Sie inspizierten die

Fahrwerke, hielten Ausschau nach Möglichkeiten, die Füße aufzusetzen, und bewegten Handgriffe, um zu sehen, ob man die Auflieger auf diesem Weg erklimmen konnte.

Saleem beobachtete die Aktivitäten aus einigen Metern Entfernung. Drei Trucks standen hintereinander. Kein Fahrer war zu sehen. Seine Füße juckten. Er wollte es probieren.

Mit trockener Zunge und pochendem Herzen blickte er sich noch einmal um, flitzte über die Straße, kletterte über den Zaun und näherte sich den unbeaufsichtigten Lkws. Einige Jungen aus dem Lager waren bereits da. Sie suchten nach der besten Möglichkeit, auf einen der Lkws zu gelangen.

Ein Junge machte sich an einem Schloss des Aufliegers zu schaffen. Zwei andere befanden sich unter dem Wagen und machten sich ein Bild vom Fahrgestell. Saleem sah ihre Füße. Sie bereiteten sich bereits auf die kurze Fahrt in den Frachtraum vor.

Saleem bückte sich, um herauszufinden, woran sie sich festhielten. Einer der Jungen mochte ungefähr so alt sein wie er selbst. Sein kaum behaartes Gesicht war rot vor Anstrengung, sein Körper durfte den Boden nicht berühren. Als er Saleem entdeckte, sagte er:

»Geh weg, Bruder. Hier ist nur Platz für einen.«

Saleem nickte verständnisvoll. Er sah sich nach einem anderen Lkw um, einem anderen Mauseloch, durch das er hindurchkriechen konnte, fand aber keines. Enttäuscht kehrten er und vier andere Jungen zum Zaun zurück.

»Polizei!«, schrie plötzlich eine panische Stimme. »Schnell weg!«

Saleem drehte sich um. Ein Polizeiauto kam die Straße entlang. Hastig kletterten sie über den Zaun. Das Polizeifahrzeug blieb stehen, die Türen öffneten sich und zwei Beamte stiegen aus.

Saleem und die anderen Jungen sprangen. Der Aufprall war so hart, dass Saleems Knöchel schmerzte. Er rappelte sich auf und lief in eine andere Richtung als die anderen beiden. Die Polizisten pickten sich zwei der Jungen heraus, die sie halbherzig eine Weile verfolgten – gerade lange genug, um den Schein zu wahren. Saleem bog ab und versteckte sich hinter dem Müllcontainer eines Wohnhauses. Er keuchte, und seine Brust brannte.

Zehn Minuten später machte er sich auf den Weg zum Lager. Ali saß mit vier Männern vor der Unterkunft. Als Sitzgelegenheit dienten ihnen umgedrehte Eimer und Sperrholzkisten.

»Wo warst du, Saleem?«, rief Ali.

»Am Hafen«, antwortete Saleem und setzte sich zu den anderen. Niemand war überrascht. Man konnte in Patras nirgendwo anders hingehen, seit den Flüchtlingen so feindselig begegnet wurde.

»Kein Glück gehabt?« Saleem kannte die Jungen, konnte sich aber nicht an ihre Namen erinnern. War es Fareed? Oder Faizal?

»Nein, die Polizei kam und hat uns verjagt.«

Haris schüttelte den Kopf. Mit seinen dreißig Jahren war er einer der Ältesten in dieser Gemeinschaft von Jugendlichen, und seine Ansichten unterschieden sich ein wenig von denen der anderen.

»Können wir es ihnen verübeln? Schaut euch doch nur dieses Lager an. Keiner will aus seinem Fenster schauen und so etwas hier sehen.«

Keiner sagte etwas. Haris hatte recht, aber Wut fühlte sich einfach besser an. Verbitterung war ein Gefühl, das die Flüchtlinge einte. Es war angenehm, zusammenzusitzen und zuzustimmen, einen gemeinsamen Feind zu haben und einen gemeinsamen Kampf zu kämpfen. Es fühlte sich gut an, verstanden zu werden. Haris' Rationalität verhalf ihnen jedoch nicht zu der Wut, die sie brauchten.

Ali blickte zum Himmel hinauf. »Sieht aus, als würde es gleich regnen.«

»Verdammt noch mal, was hast du nur mit deinem Regen?«, explodierte Saleem. Das Gespräch über das Lager und die Flucht am Morgen hatten ihn so gereizt, dass der arme Ali jetzt alles abbekam. »Immer und jeden Tag!«

Die anderen schwiegen. Saleems Ausbruch hatte sie überrascht. Alis Gesicht fror ein. Er errötete, und seine Haut wurde fleckig. Saleem bereute seine Worte sofort, aber es war zu spät. Beschämt senkte er den Blick.

Ali stand auf und ging hinein.

»Du weißt wohl gar nichts über ihn, was?«, fragte Hakeem in kritischem Tonfall.

Saleem blickte auf.

»Hast du nicht den geringsten Respekt für diesen Jungen, der seine Unterkunft mit dir teilt?«

»Ich wollte doch …«

»Ich kann dir gern erklären, was mit ihm los ist. Ali hat in meiner Straße in Kabul gewohnt. Er spielte draußen, als seine Mutter nach ihm und seinem Bruder rief. Sie meinte, es sähe nach Regen aus und sie sollten besser hereinkommen. Sein Bruder gehorchte, Ali nicht. Er sagte, er wolle noch spielen, und rannte die Straße entlang. In diesem Moment trafen die Raketen sein Haus. Seine ganze Familie starb. Ali rannte zurück. Sein Bruder kam brennend aus dem Haus. Ali versuchte noch, die Flammen zu löschen, aber es war zu spät.

Daran ist er zerbrochen. Er erinnert sich nur noch an die Warnung seiner Mutter, er solle ins Haus kommen, weil es nach Regen aussähe. Er hört ständig ihre Stimme und wiederholt, was sie sagt. Ich glaube, er wünscht sich, er wäre ins Haus gegangen und wie die anderen gestorben, anstatt mit der Erinnerung zu leben, wie sie gestorben sind.«

Saleem starrte auf den Boden. Sein Gesicht brannte vor Reue.

»Also lass ihn mit seiner Spinnerei in Frieden.«

»Ich wusste ja nicht …«

»Natürlich nicht. Aber glaubst du wirklich, dass hier irgendwer eine glückliche Vergangenheit hat?«

Hakeem und die anderen standen auf. In der Nähe sammelte sich eine Menschenmenge. Ein paar Männer kamen angerannt und riefen die anderen.

Saleem fühlte sich plötzlich wie ein Außenseiter.

»Was ist?«, rief Hakeem.

»Holt Akbar!«, rief einer der Männer. »Es ist Naeem. Er hatte am Hafen einen Unfall. Sie bringen gerade seine Leiche.«

Kapitel 43

Saleem

Akbar war kein echter Mullah, hatte keine religiöse Ausbildung, gehörte aber zu den ältesten Bewohnern des Camps und kannte viele Suren auswendig. Noch wichtiger war jedoch, dass er beruhigend und beschwichtigend mit Menschen sprechen konnte, allein das machte alles andere wett.

Als die Leiche ins Lager gebracht worden war, hatte Saleem gesehen, dass Naeem der Junge war, der unter dem Lkw gehangen und Saleem gedrängt hatte, sich ein anderes Auto zu suchen.

Er hatte es fast ins Schiff geschafft, als er den Halt verlor und aus dem Fahrgestell rutschte. Vermutlich hatten die Auspuffgase ihn betäubt. Der Fahrer bemerkte einen Widerstand und hörte, wie Stimmen laut wurden. Als er Naeems zermalmten Körper unter seinen blutigen Reifen fand, schrie er entsetzt auf.

Die wenigen Afghanen, die noch dort gewesen waren, hatten das alles aus einiger Entfernung beobachtet. Wie der Junge stürzte und sich dann unter den Reifen krümmte. Sie waren zu weit entfernt, um noch helfen zu können, sie fielen auf die Knie und schrien. Bis sie den Truck erreichten, gab es nichts mehr zu tun, als die Leiche zu bergen.

Naeem war von zwei Männern ins Lager getragen worden. Seine Gliedmaßen baumelten herunter. Erst beim Näherkommen erkannte man die schrecklichen Einzelheiten. Gesicht und Körper waren dunkelrot von den Abschürfungen. Der linke Unterarm hing auf absurde Weise vom Ellbogen.

Saleem wandte den Blick ab. Sein Magen revoltierte. Er schloss die Augen. Plötzlich sprang er auf und rannte zu den Latrinen am entgegengesetzten Ende des Lagers, wo sich sein Magen ein, zwei und schließlich drei Mal entleerte. Er atmete tief durch und erinnerte sich an Naeems entschlossenen Blick. Der Junge hatte es beinahe geschafft. Beinahe.

Akbar traf die Anordnungen. Man würde den Jungen noch am selben Abend beerdigen. Die Eile hatte nicht nur mit den islamischen Geboten zu tun, sondern auch mit der Sorge, dass sich die örtlichen Behörden einmischen würden. Naeems unbeweglicher Körper wurde gewaschen und in ein weißes Tuch gehüllt, wie man es zu Hause zu tun pflegte. Der Junge sollte in einem Wald in der Nähe des Lagers begraben werden.

Im Lager hielt sich zwar das Gerücht, dass die Polizei noch kommen würde, aber das geschah nie. Die Beamten hatten kein Interesse daran, durch die Zeltstadt zu wandern, sie kümmerten sich nur um die Flüchtlinge, wenn sie für Chaos in Patras sorgten.

Akbar wies die Männer an, sich nebeneinander aufzustellen. Alle blickten in Richtung Mekka. Naeems Leiche lag vor ihnen. Saleem gesellte sich dazu, obwohl er lieber weit fort gewesen wäre. Neben ihm stand Ali, dem Tränen über die Wangen liefen. Feierlich folgten sie Akbar. Insgesamt waren es etwa fünfzig Männer, die sich in Reihen aufgestellt hatten, um mit gesenkten Köpfen und gefalteten Händen dem Toten die letzte Ehre zu erweisen. Akbar stimmte das Totengebet an. Gemeinsam intonierten sie die Verse. Synchron bewegten sie ihre Hände zu ihren Ohren und wieder zurück.

Seit dem Tod seines Vaters hatte Saleem nicht mehr gebetet, aber das *dua* ging ihm noch immer flüssig über die Lippen. Es war ein Flüstern, das er als Kind Tausende Male gesprochen hatte, Worte, die von einer verbindenden Erfahrung sprachen und einen gemeinsamen Weg zur Heilung wiesen. Er spürte die Verbundenheit mit den Fremden, die neben ihm standen. Das Gebet war wie eine Reise, die ihn mit ihren ruhigen Versen nach Hause brachte. Er bewegte sich mit den anderen, und plötzlich begriff er. Zwischen ihnen und Naeem stand nichts als ein einzelner Atemzug. Ein einziger, verheerender Augenblick konnte jeden von ihnen zu dem Staub werden lassen, aus dem sie gemacht waren. Naeem lag so dicht vor ihm, dass er ihn jederzeit hätte berühren können, und doch war er unerreichbar weit entfernt.

Saleem betete bei den sterblichen Überresten des jungen Mannes. Voller Respekt. Voller Schuldgefühle. Und voller Furcht. Er selbst hätte unter diesem Lkw liegen können. Es hätte seine Leiche sein können, die hier vor fremden Menschen aufgebahrt lag.

Dann hatte er sich abdrängen lassen. Angestrengt lauschte er über Alis Schniefen hinweg dem geflüsterten Gebet seiner Nachbarn.

Mein eigener Vater hat nicht eine solche Beerdigung bekommen. Gott allein weiß, wie man seine Leiche zugerichtet hatte. Niemand war da, um ihn zu waschen, bei ihm zu beten oder um ihn in einer kleinen Zeremonie zu seinem Ruheplatz zu tragen. Ich hätte ihn tragen sollen. Hätte ich es gewusst, ich hätte all das getan. Ich hätte nach seiner Leiche suchen sollen. Jetzt werde ich nie an seinem Grab beten können.

Saleem konnte sich nicht konzentrieren. Seine Gedanken wirbelten wild durcheinander. Er dachte an den Krieg, an seinen Vater, an die Familie und daran, wie lange man überleben konnte, wenn man den Boden unter den Füßen verloren hatte. Irgendwann würde er abstürzen.

Ali begann zu jammern. Laut rief er Naeems Namen und bedeckte sein Gesicht mit den Händen. Sein Gebet wurde von Schluchzern durchbrochen. Saleem bemühte sich, nicht auf Alis Stimme zu hören und sich auf sein eigenes Gebet zu konzentrieren.

Hakeem und Alis Vetter traten aus der Reihe der Männer heraus, ergriffen Ali am Ellbogen und führten ihn schweigend davon, um die Gebete der *jenaaza*, des Begräbnisrituals, nicht zu stören. Alis Stimme verklang. Saleem verstand jetzt besser: Manchmal wütete der Sturm im Kopf eines Menschen zu heftig.

Gemeinsam trugen sie Naeems Leiche. Alle Männer wollten helfen, sein Gewicht zu schultern. Als Akbar bemerkte, dass Saleem abseits stand, rief er ihm zu, er solle sich beteiligen.

»Es ist unsere Pflicht, unseren Bruder zu tragen, *bachem*. Komm und mach mit.«

Saleem hörte nur *bachem. Mein Sohn*. Seine Schultern entspannten sich. Seit Monaten schon hatte ihn niemand mehr *bachem* genannt. Seine Seele schien danach gehungert zu haben.

»Solche Taten werden mit *sawaab* belohnt.«

Saleem trat vor. Vielleicht nützte ihm der Segen einer guten Tat. Also machte er, was Akbar ihm aufgetragen hatte. Naeems Leiche wurde von zwei Reihen Männern hochgehoben. Saleem drängte sich dazwischen, hob die Hand und berührte Naeems Knie. Seine Hand zitterte, und er konzentrierte seinen Blick auf die Füße des vor ihm gehenden Mannes.

Nicht denken. Einfach mitgehen.

Aber es war schwer, nicht zu denken. Saleem meinte zu ersticken, als die Männer sich aneinanderdrängten, um die Leiche zu tragen. Seine Brust wurde eng. Ein Atemzug. Nur ein Atemzug trennte ihn von Naeem.

Andere drängten sich hinzu, um ebenfalls an die Reihe zu kommen. Erleichtert überließ Saleem ihnen seinen Platz und stellte sich an den Rand der Menge. Akbar warf ihm einen Blick zu und nickte anerkennend.

Sie legten Naeems Leiche in die Grube, die sie mit bloßen Händen, Metallstücken und brüderlich vereint ausgehoben hatten. Einen Sarg gab es nicht – lediglich zwei Stücke Pappkarton. Mehr hatten sie nicht tun können, und es war das Beste, worauf sie selbst hoffen konnten für den Fall, dass auch sie wie Naeem endeten. Ein provisorisches Grab am Ende eines provisorischen Lebens.

Kapitel 44

Saleem

Es dauerte länger, als er zugeben mochte, aber irgendwann war Saleem wieder so weit, er kehrte zum Hafen zurück. Auch die anderen wollten es wieder versuchen. Von den Sanitätern und den ausländischen Hilfskräften in Patras hatten sie erfahren, dass niemand im Hafen mitbekommen hatte, dass Naeem gestorben war. Einige behaupteten, der Junge sei wieder aufgestanden und weggegangen, andere sagten, dass Freunde ihn fortgebracht hätten. Jedenfalls hatte es nicht viele Fragen gegeben.

Saleem war entmutigt, aber er hatte keine Wahl. Er trieb sich am Hafen herum und beobachtete Lkws und Passagiere aus sicherer Entfernung. Wenn er die Augen schloss, sah er Naeems Gesicht. Er fühlte sich versucht, zum Lager zurückzukehren. Aber er besaß nur dreihundert Euro. Wenn er Italien jemals erreichen wollte, um von dort aus weiterreisen zu können, musste er das Risiko eingehen.

Also versuchte er weiter, die Zeitpläne von Fähren und Lkws zu entschlüsseln. Es konnte sich jederzeit eine Gelegenheit ergeben, sagte er sich. Er hielt die Augen offen und spielte dasselbe Spiel, das er schon in Izmir gespielt hatte. Es war immer noch möglich.

Als sich die Gelegenheit schließlich bot, war es ein ganz normaler Moment – ebenso normal wie jeder andere.

Saleem stieg über den Zaun und näherte sich den Trucks. Er befand sich zwischen zwei Stückgutcontainern, als er hörte, wie ein Lkw sich näherte, bremste und dabei eine dicke schwarze Abgaswolke ausstieß. Ein massiger Fahrer mit dicht behaarten Armen stieg aus und öffnete die hintere Tür des Aufliegers. Saleem kauerte sich auf den Boden und beobachtete alles sehr genau.

Die folgenden Ereignisse spielten sich in Windeseile ab. Das Handy des Fahrers klingelte schrill. Der Mann nahm das Gespräch an, grüßte fröhlich und begann ein freundliches Gespräch, in dessen Verlauf er sich immer weiter vom Truck entfernte. Saleem war keine drei Meter entfernt. Der Fahrer telefonierte weiter, hatte sich inzwischen eine Limo besorgt und machte Anstalten, sich in seine Kabine zu setzen.

Saleem dachte nicht lange nach. Er öffnete die Tür des Aufliegers gerade weit genug, um seine schmale Gestalt hindurchzuzwängen.

Und dann war er im Truck. In tiefster Dunkelheit presste er sich fest an etwas, das sich anfühlte wie aufeinandergestapelte Kisten. Während er darauf wartete, dass sich seine Augen an die Dunkelheit gewöhnten, tastete er sie mit den Händen ab. Draußen blieb alles ruhig. Zumindest vorläufig. Saleem schlüpfte zwischen zwei Kistenstapel, duckte sich und schob die Behälter so zurecht, dass sie ihn verbargen. Angespannt und reglos wartete er.

Ein Schweißtropfen glitt seinen Rücken hinunter.

In diesem Augenblick dachte er weder an seine Mutter noch an Samira oder Aziz. Hätte er sich eingestanden, wie unendlich gern er wieder bei ihnen wäre, wie er ihre Arme um seinen Hals fühlen und ihre Augen bei seinem Anblick aufleuchten sehen wollte, hätten ihn seine Nerven im Stich gelassen. Stattdessen konzentrierte er sich auf kurze, leise Atemzüge.

Die Stimme des Fahrers näherte sich. Während er weiter telefonierte, kehrte er zurück zur hinteren Tür. Saleem senkte den Kopf auf die Brust und kauerte sich zusammen.

Die Tür wurde noch weiter geöffnet. Ein Lichtstrahl drang in den dunklen Raum. Saleem hielt den Atem an. Der Fahrer öffnete eine der Kisten, durchwühlte ihren Inhalt und schloss sie wieder. Glasflaschen stießen aneinander. Der Fahrer lachte. Sein fröhliches Gespräch dauerte an. Die Tür wurde zugeschlagen und mit einem stählernen Klick verriegelt.

Schwärze.

Er war allein.

Er atmete.

Kapitel 45

Fereiba

Ich habe Afghanistan mit drei Kindern verlassen, die an meinem Kleiderzipfel hingen. Jetzt halte ich die Hand meiner Tochter. Samira und ich ertragen es nicht, uns anzusehen, aber wir können es auch nicht lassen. Vor mir steht eine Tasse Tee neben einem Stapel Zeitschriften und einer Schachtel Papiertaschentücher. Der Tee ist längst kalt geworden. Auf den eselohrigen Zeitschriften sind Bilder von Menschen, die anders aussehen als ich und die keine Ahnung von meinem Leben haben. Bleiben die Taschentücher. Ein Tuch hat sich halb aus der Box gelöst und bietet sich mir an.

Aber ich lehne ab.

Die Wände sind hellblau gestrichen – die Farbe eines *chadri*, den man in der Sonne hat liegenlassen. Ich frage mich, ob ich diese Farbe je wieder sehen und dabei an Vogeleier oder lichtdurchflutetes Wasser denken kann. Zumindest im Moment führt sie mich in die Vergangenheit und nicht nach vorn.

Samiras Hände sind warm. Sie trägt einen Pulli, der Najibas Tochter zu klein geworden ist. Meine Tochter sieht darin wie ein ganz anderes Mädchen aus. Ihr Gesicht ist schon ein wenig rundlicher geworden. Ihr Haar hat sie mit dem neuen Schildpatt-Reifen gebändigt, den ihre Tante ihr geschenkt hat, auch das verändert sie. Es ist ein großer Luxus, an Kleidung und Frisuren denken zu dürfen. Ich erinnere mich an die Kleidung, die ich in meinen ersten Jahren mit Mahmood trug, inzwischen spielt das für mich keine Rolle mehr … obwohl die Kleidung manchmal das Leben verändern kann.

Wahrheit kann sehr widersprüchlich sein. Schwarz und Weiß existieren gleichzeitig und nebeneinander.

Inzwischen sind zwei Stunden vergangen. Die Gesichter um uns herum waren freundlich und ohne Vorurteile. Man sprach langsam und geduldig mit uns. Die Krankenschwestern lächelten Samira an, und sie lächelte zurück. Das machte es mir leichter, zuzusehen, wie mein jüngstes Kind fortgebracht wurde. Aziz blickte mich an, als man ihn davonrollte. Seine nervös zappelnden Fingerchen zerrten an meinem Herzen. Die Schwester legte eine Hand auf meinen Arm, drückte ihn sanft und erklärte mir so ohne Worte, dass auch sie Mutter ist und gut für meinen Sohn sorgen würde.

Wenn sie sein Herz heilen können, gibt es noch Hoffnung für mich.

In den wenigen Wochen seit unserer Ankunft ist viel geschehen. Das Schwierigste war der erste Schritt: uns den Beamten zu nähern und nichts als die reine Wahrheit zu präsentieren, ihnen zu sagen, warum wir hier waren, und auf ihr Mitgefühl zu setzen. Der Beamte runzelte die Stirn, verzog das Gesicht und führte uns fort. Die anderen in der Reihe sahen zu, waren dankbar, nicht in unseren Schuhen zu stecken, und reckten den Hals, um jedes Wort mitzubekommen. Wir waren eine Kuriosität. Ich richtete meinen Blick auf den Beamten, weil ich mich nicht in der Lage fühlte, den Augen der Gaffer zu begegnen.

Viele Stunden verbrachten wir in einem Raum, ehe wir in einen anderen gebracht wurden. Irgendwann riefen sie einen Iraner zu Hilfe. Er übersetzte meine Worte trocken und mechanisch ins Englische. Er lächelte nicht ein einziges Mal und sprach uns auch nicht an. Er war nicht gekommen, um uns als Freund oder Anwalt zu helfen, und stellte sicher, dass dies keinesfalls missverstanden würde.

Dann ging alles seinen Gang. Man brachte uns in eine Unterkunft mit kleinen Zimmern und Gemeinschaftsbädern. Hier wohnten andere Flüchtlinge, die sich alle im gleichen Verfahren befanden. Menschen der unterschiedlichsten Hautfarben und Sprachen. Da wir uns nicht verständlich machen konnten, beäugten wir einander nur misstrauisch, als wetteiferten wir miteinander, ganz so, als könne es nur einen Sieger geben. Wir fragten uns, wer die überzeugendste Geschichte zum Besten geben konnte. Wer von uns war das Mitgefühl dieses Landes wert? Es war eine beunruhigende, schweigende Rivalität.

Erneut wurden wir verhört. Ich berichtete jede Einzelheit. Ich erzählte ihnen von meinem Mann, seiner Arbeit und den Feinden, die er sich irgendwie gemacht hatte. Ich erzählte von dem Abend, als die Männer kamen und ihn mitnahmen. Samira starrte auf den Boden und hörte zu. Wir hatten nie mehr über diesen Abend gesprochen. Der Übersetzer gab unsere Geschichte an eine Frau weiter, die sich Notizen machte, nickte und zur nächsten Seite mit Fragen überging. Ich erzählte ihnen von Saleem und wie er unterwegs verschwunden war. Ich tat dies bewusst, damit es Aufzeichnungen über ihn gibt, wenn er zu uns kommt. Sie überprüften Namen, Geburtsdaten, die Namen von Familienangehörigen, Adressen und alle möglichen anderen Einzelheiten. Immer wieder wurde ich nach den gleichen Dingen gefragt, bis ich unsicher wurde und Angst bekam, über meine eigenen Aussagen zu stolpern, obwohl sie der Wahrheit entsprachen.

Meine Schwester Najiba bekam die Erlaubnis, uns zu besuchen. Ich fiel ihr um den Hals. In der Nähe der Familie spürte ich die Hoffnung, vielleicht wieder Wurzeln schlagen zu können. Als sie nach Saleem fragte, sank mein Herz. Insgeheim hatte ich gehofft, dass er es schon vor mir nach

England geschafft hätte und bei seiner Tante darauf wartete, dass wir endlich hier herauskommen würden. Meine Schwester umarmte mich fest. Ihre Familie, Hameed und die Kinder, waren mitgekommen. Es war ein bittersüßes Treffen, weil Mahmood nicht dabei sein konnte. Hameed vergoss ein paar Tränen, als er mich ohne meinen Ehemann – seinen Cousin – sah. Alles, was bisher zwischen uns gestanden hatte, und die verdrehte Art, wie er in unsere Familie eingeheiratet hatte, spielte zumindest in diesem Moment keine Rolle. Ich hatte ganz andere Sorgen. Saleem war noch nicht wieder aufgetaucht. Meine Schwester tat ihr Möglichstes, uns aufzuheitern.

»Er wird sicher bald hier sein, Fereiba-jan. Er war immer ein schlauer Junge. Schließlich ist er der Sohn seines Vaters.«

Oh ja, das ist er.

Inzwischen wohnen wir in einer kleinen Wohnung mit einem Schlafzimmer und einer kleinen Küche. Es ist bescheiden, aber trotzdem herrlich. Während unsere Anträge bearbeitet werden, wurden uns vorläufige Papiere und einige Pfund pro Woche für Nahrung bewilligt. Aber besonders dankbar bin ich dafür, dass sie Aziz untersucht haben. Der nette Arzt in der Türkei behielt recht: Aziz hatte ein Loch im Herzen und musste dringend operiert werden. Man versprach uns, die Kosten für die Behandlung zu übernehmen, während wir darauf warteten, dass unser Fall erneut verhandelt wird. Trotz Übersetzer fand ich keine Worte, meine Dankbarkeit auszudrücken.

Wenn ich nur Saleem von alldem erzählen könnte! Wohin wir auch gehen, halte ich Ausschau nach ihm. Ich sehe Jungen seiner Größe oder mit seiner Haarfarbe und bete, dass einer von ihnen auf mich zugelaufen kommt. Ich höre seine Stimme in der Menschenmenge und drehe mich oft und manchmal sehr plötzlich um, weil ich mich frage, ob ich gerade an ihm vorüberlaufe, ohne ihn zu bemerken. Was, wenn er hier ist, uns aber nicht findet? Samira kennt mich und wundert sich nicht über mein Verhalten. Ihr geht es ähnlich. Das Schlimmste ist, nicht zu wissen, wo er sich aufhält.

Ich wage es wieder, mir eine perfekte Welt vorzustellen. Ich wage zu träumen, dass die Frau, die meine Geschichte auf so vielen Seiten niederschreibt, plötzlich innehält, weil ihr einfällt, dass ein Junge namens Saleem Waziri hier ist und nach seiner Familie sucht. Ich träume, dass ich ihm berichten kann, dass es seinem Bruder gut geht. Ich träume, dass wir einen Brief erhalten, in dem steht, dass man uns nicht fortschickt, dass ich eine Arbeitsgenehmigung bekomme, dass die Kinder zur Schule gehen dürfen und dass wir in diesem Land bleiben können, wo die Luft klar und das Leben eher wie Metall als wie Staub ist.

Während ich über diese Dinge nachdenke, kommt eine Frau in grüner Krankenhauskleidung auf mich zu. Ihr Haar ist unter einem blauen Netz verborgen – es ist von dem gleichen Blau wie die Wände. Während sie näher kommt, nimmt sie ihre Maske ab. Voller Angst starre ich sie an. Welche Nachricht wird sie mir bringen? An ihren Augen kann ich nichts ablesen. Ich wage nicht, aufzustehen, weil sie mich mit ihrer Nachricht ins Wanken bringen könnte. Ich habe keine andere Wahl, als abzuwarten und zuzuhören.

Und es wird jetzt nicht mehr lange dauern.

Kapitel 46

Saleem

Wieder eine neue Sprache und wieder ein neues Volk.

Aber dennoch war es wie immer – das vertraute Gefühl des Verlorenseins. Und es waren die gleichen Dinge, die ihm Schweißausbrüche und einen trockenen Mund verursachten: Uniformen, Flüchtlinge, Kontrollstellen, Züge und der Anblick von Nahrungsmitteln.

Nach einer gefühlten Ewigkeit hatte Saleem gespürt, dass das Schiff sich nicht mehr bewegte und die Lkws ausgeladen wurden. Sein Laster war über die Rampe in den Hafen von Bari an der Ostküste Italiens gerollt. Der schwierigste Teil war gewesen, den Lkw wieder zu verlassen. Saleem hatte warten müssen, bis der Fahrer zum ersten Mal anhielt und die Tür des Aufliegers öffnete. Er reckte seinen gekrümmten Körper, sprang von der Plattform, stieß den Fahrer dabei beinahe um und rannte los wie eine ertappte Maus.

Lauf! Lauf einfach weiter.

Die Sonne blendete ihn. Er lief auf die Straße zu. Hinter ihm wurden Rufe laut. Er rannte noch schneller und wandte sich nach links, als er eine Lücke zwischen zwei Häusern entdeckte. Nachdem er weit genug gelaufen war, ließ er sich zwischen zwei Müllcontainer sinken und wartete.

Es dämmerte bereits, als sich Saleem wieder in Bewegung gesetzt hatte. Er ging zielstrebig, ohne jedoch zu wissen, wohin. Noch immer staunte er darüber, wie weit er gekommen war.

Die Häuser hier waren viele Stockwerke hoch, und Saleem wanderte weiter durch den dichten Verkehr. Einmal sah er eine Familie, die Mutter schob einen Kinderwagen, der Vater trug einen kleinen Jungen auf den Schultern. Saleem wandte den Blick ab. Trotz der vielen Meilen und der langen Monate, die zwischen ihm und Kabul lagen, war der Schmerz noch ganz nah. Würde er je einen Vater und seinen Sohn anschauen können, ohne dass Gift durch seinen Körper schoss? Bis zu der Nacht, als sie Padar-jan abgeholt hatten, waren ihm Väter mit ihren Söhnen nie aufgefallen. Jetzt aber zogen sie seine Blicke geradezu magisch an, als könnte er nicht anders, als sich selbst zu bestrafen, weil er wie jeder Junge, der nicht akzeptieren konnte, dass er verloren hatte, immer noch hoffte, dass eines Tages er der Sieger sein würde.

Genauso erging es ihm bei Müttern, Mädchen in Samiras Alter und bei gesunden Kleinkindern. Immer öfter musste Saleem den Blick abwenden, wenn er in die Welt hinausschaute. Er war einsamer, als er gedacht hatte.

Mit aller Macht musste er sich zusammennehmen, um einen kleinen Laden zu betreten, wo er für ein paar Euros ein Sandwich und einen Saft kaufte. Der Verkäufer packte seine Einkäufe ein, ehe er sich dem nächsten Kunden zuwandte.

Saleem kam an einen schlecht beleuchteten Spielplatz, wo er vorbei an Schaukeln, Sandkasten und Rutschbahn zu einem bunten Karussell ging, das er anstieß, bis es sich drehte. Es wackelte und quietschte. Die Nacht verwandelte Spielplätze in Geisterstädte, in denen das Lachen der spielenden Kinder fehlte. Saleem lebte in dieser Leere. Er lebte in den unbewohnten Räumen der Nacht, wo es keine hellen, fröhlichen Gesichter gab. Er lebte in verborgenen Ecken zwischen den Dingen, die von den Menschen zur Hintertür hinausgeworfen wurden.

Zusammengekauert schlief er in dieser Nacht unter dem Kinderkarussell und wurde erst wach, als die Sonne aufging. Autos hupten. Die Stadt erwachte zu neuem Leben. Saleem machte sich auf den Weg. Heute würde er Pläne schmieden.

Frauen mit Einkaufstaschen und kleinen Kindern gingen vorüber. Die Läden wirkten vertraut, die Sprache klang fremd. Alles war anders und doch gleich. Saleem ging allen Uniformen aus dem Weg. Um sein Ziel zu erreichen, musste er die beste Route nach England finden. In der Türkei war es ihm gelungen, mit Bussen weiterzukommen, das wollte er auch hier versuchen. Mutig näherte er sich einer älteren Frau mit gekrümmtem Rücken und fragte in einem Kauderwelsch aus Griechisch und Englisch nach dem nächsten Busbahnhof. Die Frau wirkte verärgert und scheuchte ihn mit ihrem Gehstock davon. Saleem ging mit den Händen in den Hosentaschen weiter.

Er entdeckte einen grauhaarigen Mann, der allein vor einem Café saß. Er hatte gerade seine Zeitung zusammengefaltet und unter den Arm geklemmt, als Saleem auf ihn zutrat und seine Frage so gut wie möglich aufs Neue stellte.

Der Mann trug einen breitkrempigen Hut. Er nickte und antwortete mit rauer Stimme:

»La stazione?«

Mit vielen Gesten wies der Mann Saleem den Weg zu einer Hauptstraße, von der er links abbiegen sollte. Er wiederholte es mehrmals und sprach ganz langsam, bis er sicher sein konnte, dass Saleem das Wichtigste verstanden hatte.

Saleem legte die Hand auf die Brust, verneigte sich, um sich zu bedanken, und fühlte sich dabei wie Padar-jan.

Straßenschilder halfen ihm nicht weiter. Er kam an eine Kreuzung und überlegte, ob er hier links abbiegen sollte. Nach einigen Schritten kam ein langes Gebäude in Sicht, dessen gesamte Fassade aus bogenförmigen Öffnungen und geschmückten Fenstern bestand. Zwei Busse wendeten auf dem Vorplatz. Als er einen Polizisten entdeckte, der in aller

Ruhe seinen Kaffee trank, bog Saleem panisch in eine Seitenstraße ab. Erst zwei Querstraßen später kehrte er wieder zurück zur Hauptstraße und betrat schließlich den Busbahnhof.

Innen wirkte das Gebäude wie eine belebte Stadt. Saleem schlängelte sich an Reisenden vorüber, bis er eine Informationstafel mit Landkarten fand. Vier Karten in unterschiedlichen Maßstäben waren hier angeschlagen. Die erste war eine Darstellung der nationalen Busverbindungen, darunter eine Karte von Italien.

Wo mag ich wohl sein?

Irgendwo nah am Meer. Und irgendwo in der Nähe von Griechenland. Er konzentrierte sich auf einen roten Punkt an der Ostküste Italiens.

Hier also. Und wie komme ich am schnellsten nach England?

Saleem drehte sich um, um ganz sicherzugehen, dass er keine Aufmerksamkeit erregte. Zurück zur Karte. Über Frankreich würde er auf dem direktesten Weg nach England gelangen. Aber wie sollte er das anstellen?

Saleem dachte über seine bisherige Reise nach.

Immer ein Schritt nach dem anderen. In großen Städten kann man sich leichter verstecken. Nicht in die Falle einer Kleinstadt geraten.

Roma. Nordwestlich von seinem Standort fand er die mit den größten Lettern markierte Stadt, die aussah, als führten eine Menge Wege hinein und hinaus. Von Rom aus würde er nach Norden weiterreisen, Frankreich durchqueren und dann versuchen, über den Ärmelkanal zu gelangen. Saleem tastete nach der Kordel um seine Taille und seiner Geldbörse. In der Börse steckte das Papier mit der Adresse, die Roksana für ihn herausgesucht hatte. Ein Ziel. Es war alles, was er besaß. Keine Telefonnummer, keine Karte, keine Bilder. Lediglich eine Adresse.

Saleem ging zu der Reihe von Schaltern, hinter deren Fenstern Beamte saßen, und suchte sich eine ältere Frau aus, die kaum von ihrem Computer aufblickte. Saleem verstand kein Wort von dem, was sie sagte.

»Ich hätte gern eine Busfahrkarte nach Rom«, sagte er und hoffte, dass die Frau Englisch verstand.

»Rom?«, wiederholte sie und schaute über ihre Brillengläser.

Saleem versuchte, sie einzuschätzen, und bereitete sich darauf vor, fortzulaufen.

»Nach Rom nehmen Sie aber besser den Zug.« Saleem nickte. Sie klang zwanglos und schien keinen Verdacht zu hegen. Saleem folgte ihren Gesten, die zum Bahnhof wiesen, der genau gegenüberlag.

Auch im Bahnhofsgebäude sicherte er sich sorgfältig ab, dass keine Polizisten in der Nähe waren, ehe er sich an den Fahrkartenschalter wagte und eine Fahrkarte für einen Zug erstand, der bereits zwei Stunden später fuhr.

Es war fast zehn Uhr abends, als der Zug in Rom einfuhr. Ehe er es wagte, die nächtliche Stadt zu betreten, musste Saleem seinen ganzen Mut zusammennehmen. Obwohl er wieder einen Schritt weitergekommen war, wusste er nur allzu gut, wie schnell man wieder zwei Schritte zurückgeworfen werden konnte.

Kapitel 47

Saleem

Saleem stellte die Uhr seines Vaters nach der Bahnhofsuhr und trat in die vertraute Nacht in der unvertrauten Stadt hinaus, um einen Schlafplatz zu finden.

Es war kühl. Saleem steckte die Hände in die Taschen, hielt den Kopf gesenkt und die Augen offen.

Menschen zwängten sich mit Rollkoffern durch die engen Zugänge. Saleem entschied sich für eine gut beleuchtete, aber wenig benutzte Straße.

Nachdem er zehn oder fünfzehn Minuten gelaufen war, sah er sie. Vor den Schaufenstern standen drei Frauen. Sie trugen Röcke, die kaum ihren Po bedeckten, und ihre Tops schienen an ihren Körper geklebt zu sein. Zwei von ihnen waren dunkelhäutige Afrikanerinnen. Das Haar der einen leuchtete im Licht der Straßenlaterne fast orange. Die dritte Frau war hellhäutiger als Saleem und hatte kastanienbraunes Haar. Sie traten von einem Fuß auf den anderen und gingen dann und wann mit verschränkten Armen ein paar Schritte auf und ab, um sich warm zu halten. Saleem wurde langsamer und sah ihnen zu.

Vorbeifahrende Autos wurden langsamer. Die Mädchen stellten einen Fuß vor den anderen und blickten die Fahrer mit schräg gelegtem Kopf an. Saleem beobachtete das hellhäutige Mädchen. Als sich das nächste Auto näherte, blickte sie über ihre Schulter und fuhr sich mit der Hand durch die Haare.

Saleem erkannte die allzu vertraute Aura der Verzweiflung, die sie umgab.

Ein Kleinwagen blieb stehen. Eines der afrikanischen Mädchen ging zur Beifahrerseite, lehnte sich an das Auto und setzte eine Hand auf ihre Hüfte. Sie schüttelte den Kopf, und das Auto brauste davon, ohne Rücksicht auf sie zu nehmen. Wütend schimpfte sie hinter ihm her.

Die Jungen in Patras hatten von Stadtvierteln berichtet, wo Männer dafür bezahlten, mit Frauen zusammen zu sein. Saleem hatte sich an ihrem Lachen und ihren Scherzen darüber beteiligt, hatte aber noch nie selbst einen solchen Ort oder eine solche Frau zu Gesicht bekommen. Aber sogar ein naiver Junge wie er wusste, dass es sich hier um genau das handelte, worüber in Patras gesprochen worden war. Allerdings waren die Mädchen hier jung. Sehr jung. Saleem fragte sich, ob er vielleicht falschlag. Neugierig ging er auf sie zu, um sich nach dem Weg zu erkundigen.

Das Mädchen mit dem Kastanienhaar sah ihn kommen, trat einige Schritte zurück und lehnte sich an eine Hauswand. Die beiden anderen Mädchen schwatzten miteinander und ließen sich nicht stören.

Unwillkürlich starrte er das Mädchen an. Sein Blick wanderte von ihren schwindelerregenden Zehn-Zentimeter-Absätzen über ihre nackten Schenkel bis zu der Stelle, wo das schwarze Kleid je nach Blickwinkel begann oder endete. Das Kleid schmiegte sich an ihren dünnen Körper und wurde über Brust und Rücken von einem Gewirr aus Spaghettiträgern gehalten.

»Buona sera«, sagte sie. Die Straßenlaterne erhellte ihre zarten Züge und warf verspielte Schatten auf ihr Gesicht. Sie hatte eine schmale Nase, blassgrüne Augen, die sogar im Abendlicht noch schimmerten, und grell rot geschminkte Lippen. Trotz ihrer Schminke sah sie nicht älter aus als siebzehn.

»Allo«, antwortete Saleem schüchtern. Er suchte nach Worten. Sie wirkte ungeduldig.

»Allo«, gab sie zurück. Sie begann zu ahnen, dass er kein vielversprechender Kunde war. Sie stellte ihr neckisches Gehabe ein.

»Ich brauche Hilfe. Wie komme ich am besten nach England?«, erkundigte er sich mutig.

Sie rollte die Augen und wandte ihm ihren Rücken zu. Saleem gab nicht auf.

»Bitte. Ich muss nach England«, flehte er. »Und ich brauche eine Unterkunft für diese Nacht. Weißt du etwas?«

»Ich kann dir nicht helfen«, erklärte sie schnippisch. Sie sprach Englisch mit einem schwerfälligen Akzent. Als ein Auto heranfuhr, entfernte sie sich einige Schritte von ihm, doch das Auto gab Gas und fuhr davon. Verärgert blickte das Mädchen Saleem an.

»Geh weg«, zischte sie ihn an. »Steh hier nicht rum.«

»Bitte. Ich komme aus Afghanistan. Weißt du, wo ich andere Afghanen finden kann?«

»Keine Ahnung.«

»Wo kommst du her?«, fuhr er fort.

»Albanien«, sagte sie, und für den Bruchteil einer Sekunde blitzte Wehmut in ihren Augen auf. »Und jetzt hau ab.«

Saleem hatte noch nie von Albanien gehört. Er ließ sich nicht beirren. Sie waren einander altersmäßig so nah. Vielleicht war es die Erinnerung an Roksana, die ihn hoffen ließ, dass auch dieses Mädchen ihm weiterhelfen würde – obwohl sie nicht viel gemeinsam hatten.

Aber sie wandte ihm demonstrativ den Rücken zu, und so gab Saleem schließlich auf. Er lief weiter durch die Straßen auf der Suche nach jemandem, der ihm helfen konnte. Inzwischen war es fast Mitternacht geworden, und er war sehr müde. Also kehrte er zurück zu den Mädchen, die noch an der gleichen Stelle standen. Sie erkannten Saleem schon von Weitem und gingen kopfschüttelnd auf die andere Straßenseite. Das albanische Mädchen warf einen Blick in seine Richtung und wandte verärgert den Kopf ab.

»Es tut mir leid, aber ich wollte nur fragen ... Bitte. Ich muss unbedingt schlafen. Irgendwo, wo es sicher ist. Und bitte keine Polizei.«

»Bitte geh. Ich bekomme sonst große Probleme.« Als hätte Saleem es heraufbeschworen, zeigte sich in einiger Entfernung ein Blaulicht. Die Mädchen huschten davon.

»Ist das die Polizei?«, fragte Saleem, der dem hellhäutigen Mädchen folgte.

»Ja«, flüsterte sie, ohne sich umzudrehen.

Saleem drückte sich näher an ein Haus, doch die Lichter bewegten sich nicht mehr. Er blickte ihren hellen Beinen in der Dunkelheit hinterher. Mit den hohen Absätzen konnte sie nicht schnell laufen, und plötzlich knickte sie um. Mit wedelnden Armen taumelte sie noch zwei Schritte weiter, ehe sie stürzte. Saleem rannte zu ihr. Sie hatte sich beide Knie böse aufgeschlagen und hielt sich mit schmerzverzerrtem Gesicht den Knöchel. Sie versuchte aufzustehen, aber als sie ihren rechten Fuß belasten wollte, stöhnte sie.

Saleem stützte sie. Sie zog den Schuh aus. Der Absatz war abgebrochen. Sie sah aus, als kämen ihr gleich die Tränen. Mit dem Schuh in der Hand begann sie, die Straße hinunterzuhumpeln. Saleem ließ ihren Arm los, eilte ihr aber sofort wieder zu Hilfe, als er sah, wie schwer ihr das Laufen fiel. »Ich helfe dir«, bot er an und streckte ruhig die Hand aus. Voller Verzweiflung sah sie ihn an und nickte.

»Hier entlang«, sagte sie einfach und wies ihm den Weg. Nach einigen Kreuzungen erreichten sie eine verrostete Limousine, die in einem Hinterhof parkte. Das Mädchen nahm einen Schlüssel aus ihrer Handtasche, schloss den Wagen auf und ließ sich auf den Rücksitz fallen.

»Setz dich«, forderte sie Saleem auf und wies auf den Sitz neben ihr. Er gehorchte, achtete aber darauf, ihr nicht zu nah zu kommen. Zwar wirkte sie jetzt weniger reserviert, aber Saleem fühlte sich plötzlich unbehaglich dabei, ganz allein mit ihr in einem Auto zu sitzen.

»Wie heißt du?«, fragte sie.

»Saleem. Und du?«

»Mimi.«

Sie schwiegen eine Weile. Mimi massierte ihren Knöchel. Mit gerunzelten Brauen betrachtete sie Saleem.

»Warum bist du hier?«

»Hier?«

»Hier in Italien. Warum bist du nach Italien gekommen?«

»Ich will nach England. Meine Familie ist in England.«

»Deine Familie?«

»Meine Mutter, meine Schwester und mein kleiner Bruder.«

Mimi starrte aus dem Autofenster. Leise fielen ein paar Regentropfen auf die Windschutzscheibe.

»Und wo ist deine Familie?«, fragte Saleem. Mimi rieb sich die Arme und rutschte auf dem Sitz herum.

»Ich habe keine«, sagte sie schließlich knapp.

»Oh!«

Ihre Antwort warf für Saleem viele weitere Fragen auf.

»Seit wann bist du in Italien?«

»Seit zwei Jahren.«

»Und willst du hierbleiben?«

Sie presste die Lippen zusammen. »Hier gibt es doch nichts.«

»Wo willst du dann hin?«

Mimi blickte auf, als hätte ihr noch nie jemand diese Frage gestellt. Es war dunkel, was ihrem Gespräch eine angenehme Anonymität verlieh.

»Ich weiß nicht.« Es regnete jetzt stärker. Eingelullt vom Prasseln des Regens und der Dunkelheit begann Mimi, Saleem ihre Geschichte zu erzählen.

Sie entstammte einer armen albanischen Familie und war die dritte von fünf Töchtern. Als sie fünfzehn wurde, arrangierten ihre Eltern eine Ehe mit einem doppelt so alten Mann. Ihr Protest wurde ignoriert. Fast drei Monate lebte sie mit ihrem Ehemann, sammelte die von ihm geleerten Flaschen ein und litt unter seinen Wutausbrüchen. Nach drei Monaten kehrte sie zu ihren Eltern zurück, aber die weigerten sich, sie wieder aufzunehmen. Und so zog Mimi zu einer Tante.

Dort verliebte sie sich in einen Jungen aus dem Dorf, der sie bat, mit ihm nach Italien zu ziehen, ihn zu heiraten und gemeinsam ein neues Leben aufzubauen. Er besorgte Tickets für das Schnellboot nach Italien. Mimi erzählte weder ihrer Tante noch irgendjemand anderem von ihrem Entschluss, fortzugehen. In Italien zogen sie und ihr Freund in eine kleine Wohnung, und ein oder zwei Wochen lang glaubte Mimi ernsthaft an das schöne Leben, das er ihr versprochen hatte. Bald jedoch begann der junge Mann sich zu beklagen, dass sie Geld brauchten. Er behauptete, er könne keine Arbeit finden, glaubte aber, dass seine Verlobte hübsch genug sei, um genug für beide verdienen zu können. Er versprach Mimi, dass sich zwischen ihnen dadurch nichts ändern würde.

Saleem unterbrach Mimi nicht.

Der junge Mann nahm Mimi alles Geld ab, das sie nach Hause brachte, gab es für Drogen aus und verbrachte die Zeit, in der sie arbeitete, mit Freunden. Eines Tages führte er sie in eine Wohnung und verkaufte sie ohne große Umstände an einen anderen Mann. Sie flehte ihren Freund an, erinnerte ihn an seine Versprechungen und an alles, was sie für ihn getan hatte, aber er drehte sich um, und sie sah ihn nie wieder. Auch der neue Mann schickte sie zur Arbeit. Als sie sich weigerte, verprügelte er sie und sperrte sie zusammen mit zwei anderen Mädchen ein, bis ihnen keine andere Wahl blieb, als zu tun, was man von ihnen verlangte.

Das war jetzt sieben Monate her. Von anderen Mädchen hatte sie inzwischen erfahren, dass es keine Möglichkeit gab, sich vor diesem Mann in Sicherheit zu bringen.

»Ich kann nirgends hingehen. Ich habe keine Papiere. Meine Familie will mich nicht. Und wenn ich weglaufe, findet er mich.«

Saleem fand keine Worte, sie zu trösten oder ihr Mut zu machen, und war dankbar, dass sie in der Dunkelheit sein Gesicht nicht sehen konnte. Sie war ein benutztes Mädchen, eine Peinlichkeit, über die höfliche Menschen in Kabul nie sprechen würden.

Er hatte nur eine einzige Frage, die Mimi ihm bereitwillig beantwortete, ohne dass er sie stellen musste.

»Ich weiß gar nicht, warum ich dir das alles erzähle. Du sagst, du brauchst Hilfe. Aber du bist ein Junge. Du bist frei. Du brauchst keine Hilfe.«

Ihre Unterstellung ärgerte Saleem. Nur allzu gern hätte er sie gehasst, und ein Teil von ihm tat es vielleicht sogar. Er hasste sie, weil sie ihm so schreckliche Dinge erzählt hatte, dass seine eigenen Sorgen davor verblassten. Er hasste sie, weil sie ihm leidtat und ihm so das Selbstmitleid genommen hatte. Und er hasste sie, weil er sich so hilflos fühlte – hilflos und nutzlos für andere Menschen.

Aus dem Augenwinkel beobachtete Saleem das Mädchen. Kein Wunder, dass die Familie nichts mehr mit ihr zu tun haben wollte. Eine junge Frau, die ihrem Ehemann davonlief und sich mit einem anderen Mann einließ, um schließlich als Prostituierte zu enden. In Afghanistan hätte man sie wegen der Schmach, die sie über ihre Familie gebracht hatte, längst getötet.

Saleem blickte aus dem Fenster. Er folgte einem Regentropfen, der an der Scheibe entlanglief und in der Dunkelheit verschwand. Er konnte sie nicht hassen. Trotz ihrer kurz angebundenen Art und ihrem grellen Äußeren war sie nur ein Mädchen. Am besten sagte er nichts.

»Du hast keine Papiere?«, erkundigte sie sich.

»Nein.«

»Hm.«

Saleem spielte mit seiner Uhr und fragte sich, ob es hier bei ihr sicher war. Draußen regnete es jetzt heftig, und er hatte keine Lust, sich eine andere Unterkunft zu suchen.

»Deine Uhr ist hübsch.«

Saleem hörte sofort auf, daran herumzuspielen, und richtete sich auf. Sekunden später hörte er sich sagen:

»Es war die Uhr meines Vaters.«

Er betrachtete die Zeiger und begann, seine Geschichte zu erzählen – kurz und knapp. Überrascht registrierte er, wie die Tage und Jahre überhaupt keine Rolle mehr spielten. Seine Geschichte war in ein paar Minuten erzählt. Der Rest war eine leere Straße, eine Strecke, die lediglich die Reise von einem Punkt zum anderen verlängerte.

Er sprach von seinem Vater. Er sprach von der Flucht und erzählte, wie er Polats Bauernhof in der Türkei verlassen hatte. Mit weicher Stimme berichtete er von Madarjans Sorgen, Samiras Schweigen und von Aziz' krankem Herzen. Er erzählte von Attiki, ließ jedoch Saboor und seinen Angriff auf ihn aus, weil er damit selbst noch nicht fertigwurde. Und er sprach über Patras und Naeems zerschundenen Körper.

»Du bist noch ein Junge«, sagte Mimi schließlich. »Deine Familie wartet auf dich. Dort musst du hingehen.«

»Kann ich denn nach Frankreich reisen?«

Mimi dachte nach.

»Vielleicht weiß ich etwas, aber das könnte möglicherweise auch eine schlechte Idee sein.«

»Sag es mir«, bat Saleem. Jede Idee konnte hilfreich sein.

»Jeden Tag fahren Leute nach Frankreich, und manche nehmen ein zusätzliches Gepäckstück mit. Die Arbeit ist leicht. Wichtig ist nur, dass man nicht von der Polizei erwischt wird, denn sonst wandert man ins Gefängnis.

»Nur wegen eines Gepäckstücks? Das schaffe ich«, meinte Saleem hoffnungsvoll.

»Ich weiß es nicht. Ich bringe dich zu dem Mann. Er kennt sich aus. Ich frage ihn für dich.«

Saleem und Mimi verabredeten sich für den folgenden Abend. Als der Regen nachließ, sagte Mimi, es wäre das Beste, wenn er sich einen Schlafplatz suchen würde. Saleem verstand. Er stieg aus und wanderte in die Nacht hinaus. Er war dankbar, die Mädchen-Frau Mimi getroffen zu haben.

Kapitel 48

Saleem

Saleem verbrachte den Tag damit, in den Straßen von Rom umherzuwandern. Er beobachtete die Touristen, denen Kameras um den Hals baumelten. Sie hielten bunte Heftchen in den Händen und bewegten sich auf eine besondere Weise vorwärts. Anhalten, lesen, Foto, ein paar Schritte gehen, dann von vorne: anhalten, lesen, Foto.

Saleem merkte sich den Weg. Hupende Autos und die Geräusche der Großstadt ertränkten seine verdrießlichen Gedanken.

Als er um eine Ecke bog, stand er plötzlich vor einer erdfarbenen Ruine, die sich hoch über die Straße erhob. Das etwas schief stehende Gebäude war oben offen und wirkte auf ihn, obwohl er sich erst seit einem Tag im Land befand, verblüffend vertraut. Er ging darauf zu. Plötzlich kamen alte Erinnerungen auf.

Er war höchstens sieben oder acht Jahre alt gewesen und hatte es sich im Wohnzimmer seiner Tante bei seiner Familie gemütlich gemacht. Sie waren eine der wenigen Familien gewesen, die einen Videorekorder besessen hatten. Einer seiner Cousins hatte sich von einem Freund einen alten Kung-Fu-Film ausgeliehen. Wie hatte er noch geheißen? Irgendetwas mit einem Drachen. Eine der Kampfszenen, die den kleinen Saleem dazu gebracht hatten, die Fäuste zu ballen und tagelang seinen kleinen Bizeps anzuspannen, hatte am Kolosseum gespielt.

Von Erinnerungen und Neugier getrieben ging er auf die Sehenswürdigkeit zu und folgte der Menschenmenge, die das Gebäude umrundete. Einige Leute kauften Tickets, um auch das Innere zu besichtigen. Saleem setzte sich auf eine Bank gegenüber. Den Eintritt konnte er sich nicht leisten, aber weggehen mochte er auch nicht. Er stellte sich die Männer mit ihren nackten Oberkörpern vor, deren Muskeln von glänzendem Schweiß überzogen waren und die kämpften, sich duckten und durch die Luft flogen.

Dann dachte er an die Lkw-Fahrer, die Polizeibeamten und an Saboor. Seine eigenen Kämpfe waren ganz anders als die im Film.

Er fragte sich, was Roksana wohl jetzt gerade tat. Wahrscheinlich saß sie im Klassenzimmer und lauschte ihrem Lehrer. Er erinnerte sich an den Tag, als sie ihn mit nach Hause genommen hatte, und sah sie vor sich, wie sie ihn ins Wohnzimmer begleitet und beim Essen mit ihm gesprochen hatte. Ihre weiche Hand, die ihm die Adresse seiner Tante reichte. Ihr T-Shirt, das an der Taille eng angelegen hatte.

Seine Gedanken wanderten zu Mimi, dem Mädchen, das so ganz anders war, zu ihrer Haut, ihren Beinen, ihrer Brust. So viel hatte er noch nie zuvor von einer Frau gesehen. Von einer unschuldigen und schamhaften Frau. Hinter dem verlaufenen Lidschatten, dem Zigarettengeruch ihrer Kleider und ihrem ständig wechselnden Gesichtsausdruck erkannte Saleem eine gewisse Anmut. Sie spiegelte sich in der Art, wie sie ihre Lippen schürzte oder mit aufgestütztem Kinn dasaß.

Saleem hatte noch nie Mädchen dieser Art kennengelernt. Wenn er jetzt über sie nachdachte, fühlte er sich plötzlich viel männlicher, auch wenn das natürlich keinen Sinn ergab.

Als es Abend wurde, kehrte Saleem in die Straße zurück, in der er Mimi getroffen hatte, aber er konnte sie nicht entdecken. Er sah andere Mädchen, Mädchen in allen Farbschattierungen, die Shorts oder Röcke trugen und ihre Langeweile hinter koketten Posen verbargen. Vorsichtshalber hielt er sich fern von ihnen und setzte sich auf die Treppenstufen eines leer stehenden Gebäudes.

Seine Uhr zeigte neun. Langsam fuhren einige Autos vorüber. Von seinem Standort aus konnte er die Straßenlaterne sehen, unter der sie sich getroffen hatten, und er beschloss, weiter zu warten.

Eine halbe Stunde später hielt ein Auto. Die Beifahrertür wurde geöffnet, und zum Vorschein kam Mimi, ein helles Bein nach dem anderen. Sie warf die Tür zu, und der Wagen fuhr weiter. Sie strich ihren Rock glatt und betrat vorsichtig den Gehsteig. Ihr Knöchel schien noch zu schmerzen.

An diesem Abend trug sie ein grünes Oberteil und einen weißen Rock, der im Licht der Straßenlaterne schimmerte. Saleem stand auf und ging auf sie zu. Sie sah ihn schon von Weitem, gab sich aber sehr zurückhaltend.

»Mimi«, begrüßte Saleem sie nervös. Er behielt die Hände in den Hosentaschen, weil er sonst nichts mit ihnen anzufangen wusste.

»Du bist tatsächlich gekommen.«

So, wie sie es sagte, ahnte Saleem, dass sie eigentlich nicht damit gerechnet hatte und offenbar auch nicht besonders erfreut darüber war.

»Ja. Wie geht es deinem Fuß? Besser?«

Sie nickte. Vielleicht bereute sie es inzwischen, dass sie ihn aufgefordert hatte, zurückzukommen.

Hastig, ehe sie auf den Gedanken kommen konnte, ihn wieder wegzuschicken, sagte Saleem: »Kannst du mich zu diesem Mann bringen? Dem Mann, der mich nach Frankreich schicken soll?«

»Es war keine gute Idee, tut mir leid. Du solltest deinen eigenen Weg finden.« Aber das Fünkchen Hoffnung, das sie am Vorabend in ihm entzündet hatte, war längst zu einem lodernden Feuer geworden. Sie zögerte vielleicht, Saleem aber nicht.

»Bitte, ich brauche Hilfe. Ich muss nach England zu meiner Familie. Zu meiner Mutter, meiner Schwester und meinem Bruder.«

Bei der Erwähnung seiner Familie zuckte Mimi zusammen. Sie stützte eine Hand auf die Hüfte und blickte sich rasch um.

»Ich weiß nicht, wie es genau funktioniert. Diese Leute leben oft in gefährlichen Vierteln. Du hast es allein bis Italien geschafft, dann findest du auch deinen eigenen Weg, so wie alle anderen. Du schaffst das. Dich beobachtet niemand oder hält dich hier fest.«

»Bitte, Mimi«, flehte er.

»Es wäre keine gute Idee«, sagte sie sanft.

»Ich besitze überhaupt nichts«, erklärte Saleem. »Ich bin auf diese Chance angewiesen.«

Aber Mimi schien zu wissen, dass er mehr besaß als sie. Wahrscheinlich beneidete sie ihn um die Chancen, die ihm offenstanden und die ihr, wie einem Vogel im Käfig, für immer verwehrt blieben. Aber schließlich ließ sie sich doch erweichen.

»Gut, ich erkläre es dir. Aber du darfst meinen Namen auf keinen Fall erwähnen.«

Saleem versprach es. Ein Telefon klingelte. Mimi griff in ihre kleine Handtasche und holte ihr Handy heraus. Hastig wechselte sie einige Worte mit dem Anrufer. Ihre Augen suchten gehetzt die Straße ab. Sie klang nervös und unterwürfig.

»Lass uns schnell gehen.«

Er folgte ihr. Sie sagte, sie würde ihn zu einem Wohnhaus bringen. Von dort aus müsse Saleem sich dem Mann auf eigene Faust nähern und um Hilfe bei der Weiterreise nach Frankreich bitten.

Endlich geht es weiter, dachte Saleem.

Aber seine Erleichterung war nur von kurzer Dauer.

Nur wenige Meter entfernt schoss ein stahlgrauer Wagen um die Ecke und blieb mit kreischenden Reifen vor ihnen stehen. Sie wichen zurück. Mimi stürzte. Ihr Knöchel war noch zu schwach. Saleem streckte die Hand aus, um ihr zu helfen. Sie griff danach.

»Du bist ein Kunde«, flüsterte sie ihm hastig zu.

»Was?«

Für Erklärungen blieb nicht genügend Zeit. Ein Mann in einer schwarzen Lederjacke stieg aus und knallte die Fahrertür zu. Er riss Mimi am Arm hoch und fragte sie etwas in einer Sprache, die Saleem nicht verstand. Ihre Antwort schien den Mann nicht zu überzeugen, denn er fasste ihren Arm noch fester und versuchte, die Wahrheit aus ihr herauszuschütteln. Sie flehte ihn an.

»Was hast du mit diesem Mädchen zu schaffen?«, herrschte der Mann Saleem an. Seine kalten, dunklen Augen wurden schmal. Er war einige Zentimeter größer und bestimmt dreißig Pfund schwerer als Saleem. Sein unrasiertes Gesicht schüchterte den Jungen ein.

»Wir haben geredet«, stotterte er, ehe ihm einfiel, was Mimi gesagt hatte.

»Worüber geredet?«

»Ich habe sie nur gefragt … Also, ich wollte …«

»Willst du sie?«, fragte der Mann lässig.

»Ja. Ja«, erklärte Saleem so überzeugend wie möglich. Mimi blickte ängstlich zwischen den beiden hin und her.

»Gut. Dann zeig mir dein Geld.«

Saleem geriet in Panik. Sein Geld befand sich in dem Beutel, den er am Gürtel trug. Er konnte kein Geld herausnehmen, ohne dass der Mann sah, dass er noch mehr hatte. Und alles zu verlieren durfte er nicht riskieren.

»Ich habe kein …«

Der Mann ließ Mimi los und packte Saleems Kinn und Wangen mit eisernem Griff.

»Kein Geld?«

»Nein«, presste Saleem zwischen den zusammengepressten Lippen hervor. Der Griff des Mannes wurde noch fester.

»Kein Geld, wie?« Er wandte sich zu Mimi um und schrie etwas. Ehe sie zu einem Erklärungsversuch ansetzen konnte, schlug er sie ins Gesicht. Sie drehte sich um die eigene Achse. Saleem reckte ihr die Arme entgegen, aber schon konzentrierte sich der Mann wieder auf ihn.

»Willst du die Zeit meines Mädchens verschwenden?«, fauchte er und schlug Saleem ebenfalls ins Gesicht. Saleem taumelte und bemühte sich, wieder ins Gleichgewicht zu kommen, aber der zweite und dritte Schlag folgten zu schnell.

Gegen diese Wut war nicht anzukommen.

Spitze Stiefel landeten auf Saleems Rippen, Rücken und Bauch. Er hörte Mimi schreien. Er versuchte, sich zusammenzukrümmen und wenigstens seinen Bauch vor den Tritten zu schützen. Der Schmerz verschlug ihm fast den Atem. An seinen Wangen spürte er den kalten, rauen Asphalt. Und dann hörte es plötzlich auf.

Hustend und spuckend kroch Saleem auf allen vieren davon. Mimis Schreie wurden leiser. Saleem schleppte sich bis zu einer Ecke, wo er hinter einem Stapel Kartons zusammensackte.

Bitte lass es vorüber sein.

Saleem schloss die Augen und gab sich der Dunkelheit hin.

Kapitel 49

Saleem

Warum habe ich mich nicht gewehrt? Was stimmt nicht mit mir?

Saleem war fast so wütend auf sich selbst wie auf Mimis Zuhälter. Es war Morgen. Sein Körper schrie protestierend auf, als er sich mühsam zu einem Laden schleppte und etwas kaufte, das er zwischen seinen aufgeplatzten und angeschwollenen Lippen hindurchschlürfen konnte. Der Ladenbesitzer hielt ihn für einen Hooligan, nahm sein Geld mit größter Verachtung und schüttelte enttäuscht den Kopf darüber, dass sein Land mit diesen Krawallmachern nicht kurzen Prozess machte.

Saleem kehrte zum Bahnhof zurück und studierte die Fahrpläne und Routen für seinen Weg nach Frankreich. Plötzlich spürte er die Augen eines Polizeibeamten im Rücken. Innerhalb von Sekunden verschmolz der Junge gekonnt mit der Menschenmenge. Der Beamte schüttelte verwirrt den Kopf und kehrte zur anderen Seite des Bahnhofs zurück.

Jeden Tag musste Saleem sich mit der Möglichkeit auseinandersetzen, dass er es nicht nach England schaffen würde. Er wusste, dass er etwas unternehmen musste, aber er war müde – so erschöpft, als flösse in seinen Adern Blei statt Blut. Er war es leid, nichts zu essen zu haben und sich ständig Sorgen um Geld machen zu müssen. Auch war er es leid, ständig über seine Schulter zu blicken. Vielleicht war es ja doch ein Fehler gewesen, Kabul zu verlassen. Wer weiß – möglicherweise hätte sich ja alles zum Besseren gewendet.

Saleem hörte das Klappern der näher kommenden Absätze nicht. Er hatte sich mit dem Rücken an eine Wand gelehnt und war eingenickt. Aber in den Seitenstraßen der italienischen Hauptstadt hatte jemand sein misshandeltes Gesicht erkannt.

»Saleem.«

Er öffnete die Augen und sah sich zwei aufgeschürften Knien gegenüber. Mimi hockte neben ihm.

»Alles okay?«, erkundigte sie sich mit gedämpfter Stimme.

»Mir geht es gut.« Seine Stimme war leise und unehrlich. Er blickte sich um.

»Bist du allein?«

»Ja«, antwortete sie. »Burim ist nicht da.«

Burim hieß er also.

»Bist du schlimm verletzt? Oje, dein Mund!«

»Schon gut. Es ist schon besser geworden.« Saleem musste zugeben, dass es eine große Dummheit gewesen war, zu riskieren, Burim in die Arme zu laufen. Er war schuld daran, dass Mimi weggeschleppt worden war. Wie es aussah, war Burim auch mit ihr nicht zimperlich umgesprungen. Unter ihrem linken Auge war ein bläulicher Fleck, und ihre Lippe war aufgeplatzt.

»Es tut mir leid, Mimi«, sagte er. »Ich wollte nicht, dass er dir weh tut.«

Mimi setzte sich neben ihn auf den Boden. »Ich weiß. Burim ist verrückt. Ich kenne ihn. Das ist nichts Neues.«

»Du musst unbedingt weg von ihm.« Für Saleem schien das die natürlichste Sache der Welt zu sein. Warum blieb sie, wenn sie ihr Geld nicht behalten durfte und in ständiger Furcht leben musste? Warum floh sie nicht?

»Ich kann nichts daran ändern. Jedenfalls jetzt noch nicht. Eines Tages vielleicht, aber jetzt … im Moment habe ich keine Wahl.«

Stumm saßen sie nebeneinander.

»Ich werde dich doch zu diesem Mann bringen«, sagte sie. »Vielleicht gelingt es dir ja. Du hast jedenfalls größere Chancen als ich.«

»Und was ist mit Burim? Wenn er uns wieder schnappt?«

»Er ist unterwegs zu zwei neuen Mädchen. Heute trifft er sich mit ihnen, und deshalb haben wir Zeit.«

Saleem nickte und folgte ihr. Obwohl ihm der Gedanke an das Treffen nicht behagte, wollte er Rom unbedingt so schnell wie möglich verlassen. Mimi führte ihn durch die Straßen und achtet darauf, dass er mit ihr Schritt hielt. Sie erreichten ein Wohnhaus, dessen Türknauf kaputt war. Die Fenster im Erdgeschoss wurden mit Klebeband zusammengehalten. Saleem schüttelte den Kopf. Er würde dieses Haus nur gegen seinen Instinkt betreten können.

»Drinnen drückst du den Knopf von Appartement B3«, wies Mimi ihn an. »Ein Mann wird sich melden. Du sagst, wie du heißt und dass Mimi dich geschickt hat. Und du sagst ihm, dass du nach Frankreich willst, und fragst, ob er vielleicht einen Job für dich hat.«

»Ich soll deinen Namen nennen?«

»Ja, der Mann gehört nicht zu Burims Freunden. Und du musst alles tun, was er sagt. Alles, verstehst du? Er ist gefährlich, aber vielleicht bringt er dich nach Frankreich. In zwei Tagen sollst du dich bei ihm melden«, fügte sie hinzu.

Saleem fühlte sich erleichtert, dass er noch eine Galgenfrist hatte, ehe er Mimis Bekannten treffen sollte. Aber gleichzeitig war es eine Enttäuschung, dass es noch zwei Tage dauern sollte, ehe er diese Stadt verlassen durfte.

»Wie heißt der Mann?«, erkundigte er sich, während Mimi ihn den gleichen Weg zurückführte.

»Keine Namen«, sagte sie streng. »Und keine Fragen. Er redet nicht gern.«

»Kennst du ihn?«

»Er hat einmal ein Jahr lang mit Burim zusammengearbeitet, doch dann gab es Streit um Geld. Inzwischen reden sie nicht mehr miteinander, aber ich weiß, dass der Mann von hier aus Leute in andere Länder schickt. Er wird dir sagen, was du zu tun hast.«

Saleem nickte nur. Alles hatte er nicht verstanden. Mimi steckte bis zum Hals in einer zwielichtigen, halbseidenen Welt, und Saleem fragte sich, ob er jetzt irgendwie dazugehörte.

Vielleicht bin ich ja so wie sie. Wie die Leute, die sie kennt. Vielleicht bin ich längst kein unschuldiger Junge mehr, der nur auf der Flucht ist. Wenn ich das akzeptiere, geht es mir möglicherweise besser.

Mimi lief vor ihm her. Ihr wippender, dünner Pferdeschwanz lockte ihn, ihr zu folgen. Saleem, dem es noch nicht wirklich gut ging, schlug vor, sich hinzusetzen, um das halbe Sandwich zu essen, das er noch in der Tasche hatte. Mimi nickte.

»Komm mit«, sagte sie. Er gehorchte.

Sie ging mit ihm in eine düstere Ein-Zimmer-Wohnung in einem Mietshaus unweit der Stelle, wo sie sich kennengelernt hatten. Ein einfaches Laken bedeckte eine große Matratze auf einem Metallbett. Auf einem Holzstuhl stand eine Nachttischlampe, an der Wand waren zwei weitere Stühle aufgereiht. Die Wände waren in einem ehemals sicher inspirierenden Rotton gestrichen, die Farbe bröckelte jedoch an vielen Stellen. Hauptraum und Küchenzeile waren mit einer halbhohen Wand abgetrennt, die Küche sah unbenutzt und rostig aus. Die Tür zum Bad stand halb offen, und Saleem konnte ein angeschlagenes Waschbecken und eine enge Dusche mit unsauberen Fugen sehen.

Die Wohnung war in einem traurigen Zustand. Hätte Saleem sie vor seiner Abreise aus Kabul gesehen, hätte er vermutlich die Nase gerümpft. Aber seine Perspektive hatte sich verändert. Wie Padar-jan oft betont hatte, ist im Reich der Blinden der Einäugige König.

Aber war es wirklich eine so gute Idee, dass er sich hier aufhielt? Mimi sah ihn an und las seine Gedanken.

»Er wird nicht kommen. Burim hat neue Mädchen. Heute Nacht bleibt er bei ihnen und kommt erst morgen zurück. Die erste Nacht ist sehr, sehr schlimm.« Mimi saß auf dem Bett. Saleem zog sich einen der Stühle heran, um sich ihr gegenüber hinzusetzen. Er nahm das Sandwich, das ein wenig plattgedrückt war, aus der Tasche, wickelte es aus und bot ihr die Hälfte an. Sie nahm es und bedankte sich leise.

»Wohnst du hier?«

Tatsächlich war es ihr Appartement. Ihre knappen Kleider und sexy T-Shirts hingen schlaff im Schrank und sahen so müde aus wie sie selbst. Mimi holte ein Glas Wasser aus der Küche, trank einen Schluck und reichte es an Saleem weiter.

Die Lampe hatte eine schwache Birne und vom einzigen Fenster aus blickte man auf das gegenüberliegende Gebäude. Die Wohnung war alles andere als hell. Saleem rutschte auf seinem Stuhl ein Stück nach vorn. Sein Knie berührte Mimis.

»Es tut mir so leid, Mimi. Burim hat dir wehgetan. Du hattest mir gesagt, dass ich fortgehen sollte, aber ich … es tut mir so leid.«

Mimi starrte auf den Boden.

»Schon gut. Vergiss es einfach. Er wird sich nie ändern. Er hat mir versprochen, mich gehen zu lassen, wenn ich genügend Geld eingebracht habe. Ich habe versucht, das Geld für ein Ticket nach Albanien zusammenzusparen, damit ich nach Hause gehen kann. Aber inzwischen bin ich schon sieben Monate hier, und nichts ist passiert. Einige seiner anderen Mädchen arbeiten schon zwei oder sogar drei Jahre, aber keine bringt genügend Geld nach Hause, dass er sie gehen lässt. Das ist jetzt eben mein Leben. Ob du da bist oder nicht, spielt keine Rolle.«

Sie blickte auf. Zwei Tränen liefen ihr über die geschminkten Wangen. Wie die Regentropfen, die er vom Auto aus beobachtet hatte.

»Du hingegen kannst gehen, wohin du willst. Deine Familie wartet auf dich und freut sich auf dich.« Sie deutete mit ausgebreiteten Armen an, wie sie Saleem willkommen heißen würden, wischte sich die Tränen ab und lächelte traurig.

Saleem wollte ihr Mut machen und ihr die gleiche Freundlichkeit zukommen lassen, die sie ihm schenkte. Nach kurzem Zögern legte er ihr eine Hand auf das Knie.

»Du bist stark, Mimi. Du wirst sicher einen Weg finden. Auch für dich wird es noch schöne Dinge geben. Viele Leute haben mir geholfen, es bis hierher zu schaffen. Du hast mir geholfen. Gott wird dir deine Hilfe vergelten, und irgendjemand wird auch dir helfen.« Saleem hörte selbst, wie leer und hohl seine Worte klangen.

»Es gibt niemanden, der mir helfen kann. Er nimmt mir alles Geld weg. Ich weiß genau, dass er mich nicht gehen lässt. Er hat alles unter Kontrolle.«

Saleem spürte, wie sein Körper sich straffte. Trotz ihrer Zerbrechlichkeit konnte Mimi etwas mit ihm teilen. Und auch er konnte mehr für sie sein als vorher. Leere Taschen waren nicht gleichbedeutend mit einer leeren Seele.

»Mich kontrolliert er nicht«, sagte er. »Hilf mir, Burim zu finden, Mimi.«

Sie legte ihre Hand auf seine und blickte ihn an. Sie schien sich danach zu sehnen, ihm Glauben zu schenken, jedes seiner Worte glauben zu dürfen, und wenn es nur für einen Moment war. Sie berührte Saleems Wange. Ihre kühlen, dünnen Finger auf seiner Haut verunsicherten ihn. Sie berührte seine andere Wange. Er schloss die Augen und stellte sich eine längst vergangene Mimi vor, ein junges Mädchen, das lächelte und mit seinen Schwestern lachte. Ein unbeflecktes Mädchen. Er sah Mimi als das Mädchen vor sich, das sie einst gewesen war, ehe die Welt sie niedergeschmettert hatte.

Mimi griff nach seinen Händen. Saleem setzte sich neben sie auf das Bett. Er ließ zu, dass ihre Finger sich verflochten. Er streichelte ihre Arme. Er berührte ihre Schultern und die weiße Haut ihres Halses. Sie zog sein Gesicht zu sich heran. Ihr Atem spielte leicht über seine Wangen. Dann legte sie ihre Lippen auf seine.

Sie führte, Saleem folgte. Er war schüchtern und nervös, doch sie beruhigte ihn mit ihrem Flüstern und ihren zarten Berührungen. Sie umschmeichelte ihn. Er spürte, wie er ein Mensch wurde, der zu überraschenden Dingen fähig war. Vorsichtig liebkoste er die Schürfwunden auf ihren Rippen. Ihre Augenlider flatterten. Er fand noch mehr Verletzungen, die zuvor unter ihren Kleidern verborgen waren. Am liebsten hätte er sich tausendmal entschuldigt. Er drückte sein Gesicht an ihre Brust und hörte ihr Herz langsam und stetig schlagen. Sein eigenes Herz pochte ungezähmt und begierig.

Ihr Körper zog ihn magisch an. Er zögerte. Seine Hände suchten nach der richtigen Antwort. Aber seine Unerfahrenheit schien sie nicht zu stören. Sie hieß ihn willkommen und vermittelte ihm das Gefühl, dass es eine Möglichkeit gab, etwas anderes zu empfinden als Einsamkeit und Schmerz.

Saleem drehte sich zur Seite und fuhr mit dem Finger an ihrem Arm entlang. Mimi, das Mädchen, das gerettet werden musste, hatte ihn gerettet. Doch erst, als sein Atem wieder kühler und flacher ging, als sich seine Muskeln entspannten, wanderte sein Blick hinauf zu ihrem ausdruckslosen, passiven Gesicht. Und erst in diesem Moment wurde Saleem klar, dass die frohe, hoffnungsvolle Mimi, die er sich mit geschlossenen Augen vorgestellt hatte, nicht existierte und vermutlich nie existiert hatte.

Kapitel 50

Saleem

Er wartete im Dunkeln und hielt flüchtigen Augenkontakt mit Mimi, die auf der gegenüberliegenden Straßenseite stand. Er wartete darauf, dass sie an ihrem Rock zupfte. Das hatten sie als Signal vereinbart. Sie stand ein Stück entfernt von den anderen und ignorierte die Autos, die bei ihrem Anblick abbremsten. Nicht heute Abend.

Zwei Stunden später sah er das abgesprochene Zeichen.

Sie hatten es am Abend zuvor geplant, als Saleem noch halb nackt und wie verzaubert von ihrer Berührung war. Es musste schnell geschehen, und wie so viele Dinge, die Saleem in Angriff nahm, bei Nacht.

Das Signal. Adrenalin schoss durch Saleems Körper. Burim schlenderte die Straße hinunter auf Mimi zu. Saleem wartete noch einen Moment lang, ehe er aus seinem Versteck trat. Schließlich lief er leichtfüßig die Straße hinunter und überquerte sie einen halben Block hinter Burim.

Du bist kein Feigling.

Saleem wiederholte diese Worte immer und immer wieder und feuerte sich so selbst an. Es war seine Idee gewesen, daher konnte er jetzt keinen Rückzieher mehr machen. Er war es leid, dass ihm immer irgendwelche Dinge passierten, als wäre er ein Objekt und kein Mann. Aber jetzt war der Augenblick gekommen. Genau wie Mimi geahnt hatte, kam Burim, um sie zu kontrollieren.

Saleem ging hinter ihm, vermied die Straßenlaternen

und blieb im Dunkel der Häuserfassaden. Burim sprach mit Mimi. Sie war nervös, ihre Augen bewegten sich hastig, und sie hatte die Schultern hochgezogen.

Genau so schwach habe ich auch ausgesehen. Aber das ist vorbei.

Saleem verbarg sich hinter einem leeren Zeitungskiosk. Seine Finger verkrampften sich um ein Stück rostiges Eisenrohr, das er in der Hand hielt. Er hörte Burim mit Mimi sprechen. Seine Stimme wurde lauter. Er schien sich zu ärgern. Mimi antwortete ihm. Burim kicherte.

Saleem atmete tief durch, sprang hinter dem Kiosk hervor, holte aus und ließ das Rohr gegen Burims Rippen krachen. Burim wirbelte herum und stolperte nach vorn. Ehe er jedoch etwas unternehmen konnte, holte Saleem erneut aus und versetzte ihm einen Schlag von hinten ans linke Knie. Burim stürzte und heulte vor Wut auf.

Mimi drängte sich mit leerem Gesicht an die Häuserwand. Stöhnend wälzte Burim sich herum. Über ihm stand Saleem, das Rohr in beiden Händen, selbstsicher und bereit. Seine Brust hob und senkte sich mit jedem Atemzug. Mimi kam näher und stellte sich neben Saleem.

»Du … du … Miststück!«, fauchte Burim, griff mit der rechten Hand in seine Jackentasche und zog eine kompakte, schwarze Pistole hervor. Ehe er jedoch zielen konnte, hatte Saleem sie ihm bereits aus der Hand geschlagen. Burim fluchte und hielt sich die getroffene Hand.

»Du bist so gut wie tot! Du machst einen Riesenfehler!«

Burim versuchte sich aufzurichten, warf Mimi einen Blick zu und zischte etwas auf Albanisch, und Mimis Blick, der bisher völlig ausdruckslos gewesen war, glühte vor brennender Wut.

»Du wirst schon sehen, was ich mit dir mache.« Burim kauerte noch auf der Straße, war aber schon wieder fast auf den Beinen.

Saleem sah Mimis ausgestreckte Arme. Mit zitternder

Stimme sagte sie ein paar Worte und spuckte ihren Zuhälter an.

Burim stürzte knurrend auf sie zu. Jetzt erst wurde Saleem klar, was gerade passierte. Das Rohr fiel ihm klirrend aus den Händen.

»Mimi!«, schrie er.

Es machte Plopp. Burim hielt abrupt inne, drehte sich um die eigene Achse und schaute genau in Saleems erschrockene Augen.

Saleem wich zurück. Sein Blick glitt zwischen Burim und Mimi hin und her.

Sie zitterte, ließ die Pistole fallen, schlug die Hände vor den Mund und starrte Saleem an.

Die Straße war leer. Nur in der Ferne fuhren einige Autos. In den Fenstern der umliegenden Häuser waren zwei oder drei Lichter angegangen. Einige Leute schienen einen leichten Schlaf zu haben und begannen sich zu regen. Mimi erholte sich als Erste. Sie ging vor Burim in die Knie, kramte in seinen Taschen, nahm seine Geldbörse an sich und riss die Goldkette von seinem Stiernacken. Er stöhnte, wehrte sich aber nicht.

Hastig blickte sie sich um.

»Lass uns gehen.«

Im Zickzack rannten sie durch dunkle Gassen und bemühten sich, so viel Abstand wie möglich zwischen sich und Burim zu bringen.

Sie flohen schweigend. Keuchend. Dann und wann blickten sie sich um.

»Warte«, sagte Mimi schließlich. Sie stützte die Hände auf die Knie und bückte sich, um wieder zu Atem zu kommen. »Ich kann nicht mehr.«

Im gelben Licht der Laterne sah sie geradezu geisterhaft bleich aus. Saleem ahnte, dass es um ihn nicht besser bestellt war. Alles war falsch gelaufen. Burim hätte seinen Angreifer niemals sehen dürfen. Mimi hätte hilflos und überrascht zuschauen sollen. Aber Burim hatte Saleem erkannt und begriffen, dass sie sich gegen ihn verbündet hatten.

»Wir müssen uns verstecken, Mimi.«

Sie gingen in ihre Wohnung, wo sie hastig ein paar Sachen zusammensuchte und sie in einen Seesack warf.

Sie hatte ganz offensichtlich nicht vor, nach diesem Abend noch hierzubleiben.

Kapitel 51

Saleem

Saleem und Mimi warteten bis zum Nachmittag, ehe sie zu dem Wohnblock gingen, den Mimi ihm gezeigt hatte.

»Ich warte hier auf dich«, sagte sie und zeigte auf eine etwas weiter entfernt stehende Bank. Sie zog die Ärmel ihres Pullovers herunter und hauchte ihre Hände an. Die Sonne schaffte es nicht mehr, sie zu wärmen.

Saleem betrat das Gebäude, in dem eine wenig einladende Atmosphäre herrschte. Überall lagen Zigarettenkippen herum, die Handläufe der Treppen waren defekt, und das Licht im Flur flackerte. Hinter verschlossenen Türen hörte man Radios und Fernseher, Menschen waren nicht zu sehen.

Saleem suchte nach der Wohnungsnummer, atmete tief durch und klopfte. Hastig wich er einen Schritt zurück und wartete. Es klickte. Der Spion wurde geöffnet und einen Augenblick später auch die Tür. Vor Saleem stand ein Mann etwa Ende dreißig in Jeans und offenem Hemd. Seine silberne Gürtelschnalle wirkte wie ein stolzes Emblem auf seinem Bauch, und von seiner Lippe hing eine Zigarette. Er musterte Saleem von oben bis unten und war offenbar wenig beeindruckt.

Saleem schluckte.

»Ich bin auf der Suche nach Arbeit.«

»Wer bist du?«

»Ich will nach Frankreich. Ich kann arbeiten.«

Der Mann griff mit zwei Fingern nach seiner Zigarette, nahm einen tiefen Zug und schnipste sie in den Flur. Durch die Rauchwolke hindurch, die er ausblies, sah er Saleem an.

»Wer hat dich geschickt?«

»Mimi«, sagte Saleem leise. Sie hatte ihn angewiesen, ihren Namen zu nennen, weil sie befürchtete, dass er sonst nicht weit kommen würde.

»Mimi, ja?«

»Ja.« Saleem hielt sich an ihren Rat, seine Antworten so kurz wie möglich zu halten. Der Mann öffnete die Tür ein wenig weiter und bat Saleem mit einem Kopfnicken in die Wohnung.

Die Wohnung war größer als die von Mimi, aber viel schmutziger. Überall lagen Kleidung und fettige Fast-Food-Tüten herum. Auf dem Couchtisch stapelten sich benutzte Teller und mehrere Mobiltelefone. Der Fernseher plärrte. Saleem musste sich ermahnen, auf keinen Fall zu starren. Der Mann schloss die Tür.

»Wo kommst du her?«

»Afghanistan.«

»Afghanistan?« Die dichten Augenbrauen des Mannes hoben sich überrascht. »Warum suchst du Arbeit?«

»Meine Familie ist in London. Da möchte ich hin.«

Plötzlich bekam Saleem es mit der Angst zu tun. Zwischen den Kissen auf dem Sofa lugte der Kolben einer Handfeuerwaffe hervor. Er konzentrierte sich genau auf den Mann vor ihm.

»Hast du Papiere?«

»Nein.«

»Du kennst Mimi?«

»Ja.«

»Alle Männer kennen Mimi.« Der Mann kicherte, zwickte mit zwei Fingern in Saleems Bizeps und murmelte etwas vor sich hin. Seine Hände glitten abwärts, fuhren an Saleems Oberkörper entlang und befühlten seine Taille. Als er die harte Scheide des Messers ertastete, hielt er inne und warf Saleem einen Blick zu.

»Es ist ein Messer«, erklärte Saleem. Er wagte nicht, sich zu bewegen, und hielt seine Arme ausgestreckt. Der Mann löste das Messer von der Kordel um Saleems Mitte. Die kleine Börse in Saleems Unterhose bemerkte er nicht. Sie war vorläufig sicher.

Der Mann zog die Klinge aus der Schutzhülle und stieß einen beeindruckten Pfiff aus.

»Sehr hübsch. Ein Geschenk für mich, nicht wahr?«

Zunächst wollte Saleem protestieren, aber er zwang sich zur Ruhe.

»Ja«, sagte er.

Der Mann grinste und warf den Dolch auf das Sofa.

»Es gibt da ein Problem«, sagte er kühl. »Du willst nach London, hast aber keine Papiere. Hast du Geld?«

Saleem schüttelte den Kopf.

»Geld hast du auch nicht«, grinste der Mann. »Und Mimi hat dir gesagt, du sollst zu mir kommen?«

»Ja. Ich möchte Ihnen helfen.«

»Oh, du willst mir helfen?«, witzelte der Mann und neigte den Kopf in gespielter Dankbarkeit. Saleem fühlte sich immer kleiner.

»Du *hilfst* mir nicht, du *arbeitest* für mich.«

Saleem nickte.

Aus dem Zimmer nebenan kam ein zweiter Mann. Er hatte die Ärmel hoch über seine tätowierten Arme aufgerollt und starrte Saleem neugierig an. Dann sagte er etwas zu seinem Kumpel, ehe er sich auf das Sofa fallen ließ.

»Du willst also für mich arbeiten, Herr *Af-ghan-i-stan?*«, hakte der erste Mann nach und zog dabei die Silben grotesk in die Länge.«

»Ja.«

»Was hältst du davon, Visar?« Er wandte sich an den Mann auf der Couch.

Visar zuckte die massigen Schultern. Er bemerkte das Messer auf dem Sofa, nahm es in die Hand, drehte es und bewunderte es genau wie Saleem, als er es das erste Mal gesehen hatte.

»Gefällt es dir, Visar? Es ist ein Geschenk von diesem Jungen.«

Er bedeutete Saleem, sich an den Küchentisch zu setzen. Saleem gehorchte und wartete. Der Mann griff in einen Schrank und stellte eine viereckige Schachtel auf den Tisch.

»Mach sie auf.«

Saleem schälte das Klebeband ab und öffnete die Schachtel. Drinnen lag ein großer Plüschbär, ein Kinderspielzeug, fast so groß wie ein Neugeborenes. Verwirrt drehte er den Teddy um.

»Den bringst du nach Frankreich. Ich gebe dir Papiere und eine Zugfahrkarte von Rom nach Paris. Du redest bis zu deiner Abreise mit niemandem. In Paris wartet ein Mann auf dich. Du gibst ihm das Plüschtier. Verstanden?«

»Ja, ich habe verstanden.«

»Gut. Und nun schau hierhin.« Er zeigte auf ein kleines rundes Objektiv auf dem Tisch und griff nach seinem Laptop. Saleem starrte das runde Ding an, ohne zu wissen, wozu und warum. Der Mann drückte ein paar Knöpfe, grunzte und drehte das Objektiv wieder um.

»Der Zug fährt heute Abend um acht vom Bahnhof Termini. In Mailand musst du umsteigen, von dort fährst du weiter nach Paris. Hast du Reisegepäck?«

Saleem schüttelte den Kopf. Er hatte nichts.

Der Mann stand auf, ging zu einem Schrank im Flur, kramte einen leeren Rucksack hervor und warf drei Hemden, eine Hose und eine Zeitschrift aus dem Durcheinander in der Wohnung hinein.

»Nimm das hier. Du musst den Rucksack tragen wie ein Tourist. Und der hier muss auch mit«, fuhr er fort und stopfte den Teddybären ebenfalls in das Gepäckstück. »Du verschwindest jetzt. In zwei Stunden kommst du zurück und holst deine Papiere und den Rucksack ab. Und sei pünktlich.«

Saleem griff nach dem Rucksack.

»Ich habe gesagt, du sollst gehen.«

Saleem gehorchte. Er merkte sich die Uhrzeit, um keinesfalls zu früh oder zu spät zu kommen, und trat hinaus in den sonnigen, aber kühlen Nachmittag. Mimi saß nicht mehr auf der Bank. Saleem ging einmal um den Block, spähte in jeden Winkel, sogar in den Waschsalon an der Ecke. Mimi war fort.

Ob sie es so geplant hatte? In den letzten beiden Tagen war viel zwischen ihnen vorgefallen, und seit der vergangenen Nacht hatte sie sich nach allem, was passiert war, sehr distanziert gegeben. Sie hatte weder schockiert noch verstört gewirkt. Ihre Stimme war melancholisch und ruhig gewesen.

Zumindest hat sie das Geld, dachte er. Am Ende ihrer wilden Flucht hatte Mimi die Goldkette und die Banknoten aus ihrer Tasche geholt und nachgezählt: Es waren vierhundertzwanzig Euro. Sie warf Saleem einen fragenden Blick zu.

»Nimm es«, hatte er ihr geraten. »Er hat dir auch genug genommen.«

Sie hatte ihm direkt in die Augen geschaut, als wollte sie abschätzen, ob er es ernst meinte. Als Saleem ebenso direkt zurückschaute, hatte sie das Geld eingesteckt und schützend die Hand über die Tasche gelegt. Es gab keine Familie, die auf ihre Rückkehr wartete. Es gab niemanden, der lächelte, wenn sie einen Raum betrat. Wo wollte sie hingehen? Saleem schüttelte den Kopf. Er wusste jetzt, dass weder die Freiheit noch die vierhundert Euro sie retten würden.

Wie vereinbart kehrte er um halb acht zu der Wohnung zurück. Visar machte sich nicht die Mühe, ihn hereinzulassen, sondern reichte Saleem den Rucksack und einen Umschlag.

»Hallo Kleiner. Dein Zug geht in einer halben Stunde. Verspäte dich nicht.«

»Okay«, versprach Saleem.

Kurz bevor Visar die Tür wieder schloss, packte er Saleem plötzlich am Nacken. Seine Finger bohrten sich schmerzhaft in sein Fleisch.

»Wenn du nicht bei dem Mann ankommst, der in Paris auf dich wartet, findet er dich und bringt dich um. Hast du das verstanden?« Sein Ton war eisig.

Saleem schluckte schwer und nickte.

Visar ließ ihn los.

Hastig ging er die Straße hinunter, doch zwei Blocks weiter fiel ihm auf, dass er die falsche Richtung eingeschlagen hatte. Er blickte auf die Uhr. Noch zwanzig Minuten bis zur Abfahrt. Er öffnete den Umschlag, der einen sehr echt aussehenden griechischen Pass mit seinem Foto und einem falschen Namen enthielt. Schnell steckte er den Ausweis zurück in den Umschlag, der außerdem eine Zugfahrkarte enthielt. Er blickte sich um und hoffte, dass niemand ihn gesehen hatte. Dann sprintete Saleem los. Ihm blieb nicht mehr viel Zeit.

Als er den Bahnhof erreichte, waren ihm neue Bedenken gekommen. Er besaß echt aussehende Papiere, eine Handvoll Klamotten und ein Plüschtier, in dem irgendetwas Illegales steckte. Wenn man ihn anhielt und durchsuchte, würde der Bär sicher auffallen.

Noch fünf Minuten.

Saleem verglich die Fahrkarte in seiner Hand mit den auf der Abfahrtstafel angezeigten Bahnsteigen. Jemand tippte ihm auf die Schulter. Saleem wirbelte herum. Ein

Polizist blickte ihn an. Saleems Atem stockte. Ehe er jedoch davonspurten konnte, fragte der Beamte:

»Wo willst du denn hin?«

»Ich habe eine Fahrkarte«, platzte Saleem heraus.

»Zeig mal her.« Er nahm Saleem das Ticket aus der zitternden Hand, blickte zur Anzeigetafel hinauf und zeigte nach links. »Bahnsteig sieben. Aber beeil dich.«

Saleem murmelte ein hastiges Dankeschön und bemühte sich, zum angegebenen Bahnsteig zu gehen und nicht zu rennen, obwohl er fast sicher war, jeden Moment angehalten zu werden.

Noch eine Minute.

Saleem stieg in den Zug und fand die auf dem Ticket angegebene Sitzplatznummer. Gerade noch rechtzeitig.

Er nahm den Plüschbären aus dem Rucksack. Eine Frau, die auf der anderen Seite des Gangs saß, lächelte ihn warm an. Ob er nicht komisch aussah? Ein fast Erwachsener, der mit einem Plüschspielzeug reiste? Er drückte den Bären an sich. In seinem Innern befand sich etwas Eckiges, Hartes. Vorsichtig steckte er den Teddy wieder in den Rucksack. Bloß nicht zu neugierig werden.

Der Zugführer gab das Signal zur Abfahrt. Der Zug auf dem Nebengleis sah aus, als bewege er sich vorwärts. Dann sah er Bäume und Tunnel. Grün und grau. Lebendig und tot. Saleem befand sich zugleich in Sicherheit und in großer Unsicherheit.

Als er dem Kontrolleur seine Fahrkarte reichte, erwartete er einen misstrauischen Blick oder eine Frage. Aber mit seinem Rucksack sah er aus wie einer der vielen Studenten, die diesen Zug benutzten und ein paar Reihen hinter ihm saßen, laut lachten und Zeitschriften austauschten. Der Kontrolleur ging weiter in den nächsten Waggon. Einer nach dem anderen steckten sich die Studenten Kopfhörer in die Ohren oder schliefen an der Schulter ihrer Sitznachbarn ein. Was blieb, war das Rattern des Zuges.

Saleem musste an die Freunde aus seiner Kindheit in Afghanistan denken. Wären sie alle ohne ständigen Raketenbeschuss aufgewachsen, wären sie sicher heute ebenso fröhlich und aufmüpfig. Aber der Krieg hatte sie gezähmt. Die Kinder von Kabul hatten keine lange Kindheit.

Roksana war anders als diese Studenten gewesen. Sie schien etwas von der Ernsthaftigkeit ihrer afghanischen Landsleute zu haben, obwohl sie nie einen Fuß in das Land gesetzt hatte. Die Unnahbarkeit ihres Vaters hatte sie dazu gebracht, sich mit dem Kampf ihres Volkes zu beschäftigen. Saleem bewunderte sie dafür, auch wenn er bezweifelte, dass er selber ein solches Interesse entwickelt hätte.

Er überlegte, was geschehen wäre, wenn er Roksanas Leben hätte leben dürfen. Zwei Elternteile, Schule, ein friedliches Land. Er wäre zu einem anderen Saleem geworden. Dieser Saleem hier war die Summe einer ganzen Serie schrecklicher Ereignisse.

Er drehte die Uhr an seinem Handgelenk. Das Glas hatte inzwischen noch ein paar Kratzer mehr, vermutlich aus der vergangenen Nacht.

Sieh doch, was aus uns geworden ist, Padar-jan.

Hätten Saleem und seine Familie Kabul früher verlassen, wäre es vielleicht besser gelaufen. Sie hätten friedlich in London leben können, vielleicht sogar in der Nähe von Khala Najibas Familie. Saleem und Samira würden die Schule besuchen, Hausaufgaben machen und vielleicht eine weitere Sprache lernen. Diese Vorstellung war so perfekt, dass sie wie ein Film in Saleems Kopf ablief.

Aber Padar-jan hatte beschlossen, mit seiner Familie in Kabul zu bleiben und auf bessere Zeiten zu hoffen – trotz der zunehmenden Unruhe, der ungeklärten Todesfälle und der schlechten Versorgungslage.

Warum hast du es so gewollt? Was hat es gebracht, dass wir geblieben sind, nachdem alle anderen geflohen waren?

Saleem schreckte auf. Der Zug stand. Er blickte sich um und sah neue Passagiere einsteigen. Ein Mann hob seinen Koffer ins Gepäcknetz.

»Entschuldigen Sie – Milano?«, fragte er und zeigte aus dem Fenster.

»Sì«, nickte der Mann.

Saleem griff nach seinem Rucksack und drängte sich vor zur Tür. Auf dem Bahnsteig hätte er beinahe ein älteres Ehepaar umgerannt, aber er hob nur kurz die Hand, um sich zu entschuldigen. Die Männer in Rom hatten ihm gesagt, dass er nur eine halbe Stunde Zeit haben würde, um seinen Anschlusszug nach Paris zu finden. Saleem hoffte, dass sein Zug noch nicht allzu lang gestanden hatte. Er nahm die Fahrkarte aus dem Umschlag und verglich sie mit der Anzeigetafel.

Paris, Bahnsteig vier. Zehn Minuten.

Saleem flitzte los. Er befand sich auf Bahnsteig siebzehn. In wilder Hast schlängelte er sich zwischen Reisenden und Gepäckstücken hindurch und betete, dass er nicht angehalten wurde.

Kapitel 52

Saleem

In den Morgenstunden fuhr der Zug in Paris ein. Saleem hatte es nach Frankreich geschafft. Ehe er aber seine Reise fortsetzen konnte, musste er sein Päckchen in die richtigen Hände abliefern. Er hoffte, dass es nicht zu schwierig werden würde, den Empfänger zu finden.

Er ging am Bahnsteig entlang, hielt nach Uniformen Ausschau und suchte eine Person, die den Albanern ähnelte, die er in Rom kennengelernt hatte.

Plötzlich griff jemand nach seinem Arm. Saleem versuchte, sich loszureißen, aber es war ein eiserner Griff. Als er sich umblickte, wusste er, dass sein Kontaktmann ihn gefunden hatte.

Er hatte gelbe Zähne, dunkle, stechende Augen und trug ein Polyester-Jackett über einem T-Shirt mit einem schräg verlaufenden, goldenen Schriftzug. Seine Jeans waren künstlich verwaschen und sehr eng.

»Du bist der Junge aus Rom?«

Saleem nickte. Vielleicht war es auch hier besser, den Mund zu halten.

»Gut. Hast du mir etwas mitgebracht?«

Er ließ Saleems Arm los. Saleem ließ den Rucksack von der Schulter gleiten und wollte den Reißverschluss aufziehen, doch der Mann hielt ihn davon ab.

»Nicht hier, Idiot! Komm mit!«

Saleem ließ sich durch die Menge führen. Lautsprecheransagen dröhnten durch die Halle und gaben den Reisenden Anweisungen. Sie steuerten eine Bank vor der Gepäckaufbewahrung an und setzten sich, als würden sie auf die Ankunft eines Freundes warten.

»Mach die Tasche auf.« Saleem hatte den Rucksack auf dem Schoß. Langsam öffnete er ihn, holte den lächerlichen Plüschbären heraus und gab ihn dem Mann.

Der Mann drückte auf dem Teddy herum und untersuchte die Nähte, um sicherzugehen, dass sich niemand daran zu schaffen gemacht hatte. Zufrieden nahm er den Rucksack von Saleems Schoß und wühlte darin herum.

»Wo ist der Pass?«

Saleem griff in seine Gesäßtasche und holte das Büchlein hervor. Der Mann nahm es, schaute sich Saleems Foto an und warf den Rucksack wieder auf dessen Schoß. »In Ordnung. Du kannst gehen.«

»Aber der Pass … bitte«, stammelte Saleem nervös.

»Was ist?«, grunzte der Mann. Er stand bereits und wollte gehen.

»Ich brauche den Pass, um nach England zu kommen.«

»Diesen Pass?« Sein Akzent klang so schwerfällig wie der seiner Freunde in Rom. Sein hässliches Lachen war Antwort genug. »Kannst du denn dafür bezahlen?«

»Ich habe kein Geld. Aber ich muss zu meiner Familie«, bettelte Saleem. Wie konnte er mit dem Mann verhandeln? Der Pass befand sich in der Tasche des Mannes – so nah, dass Saleem ihn fast greifen konnte.

»Achthundert Euro«, sagte der Mann mit höhnischem Grinsen. »Für achthundert kannst du ihn haben. Ein echter Freundschaftspreis.«

Saleems abgespeckte Geldbörse enthielt keine achthundert Euro. Dafür enthielt sie etwas anderes, das er im letzten Moment noch in Athen gekauft hatte. Aber das würde er niemals eintauschen.

»Bitte, Sir, ich habe nicht so viel. Achthundert ist zu teuer. Können wir uns auf weniger einigen?«

»Wie viel hast du denn?«

Sollte er wagen, den Inhalt seiner Börse preiszugeben? Das kleine Büchlein mit seinem Foto und dem falschen Namen konnte ihn nach London zu seiner Familie bringen. Saleem beschloss, dass dies seinen ganzen Besitz wert war.

»Hundertfünfzig Euro.«

»Hundertfünfzig?«, spottete der Mann. »Du spinnst wohl!«

Der Pass war weg. Der Mann hatte sich bereits umgedreht und war ein paar Schritte gegangen, als Saleem ihm noch einmal hinterherrief.

»Können Sie mir vielleicht sagen, wie ich am besten nach London komme?« Der Mann betrachtete Saleem einen Moment lang, ehe er sich halb zu ihm umdrehte.

»London?«

Saleem nickte.

»Geh nach Calais. Leute wie du gehen alle nach Calais. Dort gibt es einen Tunnel.« Er kicherte. Saleem begriff, dass er ihn auf einen wenig aussichtsreichen Weg schickte. »Wer weiß, vielleicht hast du ja Glück.«

Kapitel 53

Saleem

Eine ältere Dame mit freundlichem Gesicht half Saleem, Calais auf der Karte zu finden. Die Stadt lag im Nordwesten an der Küste, England genau gegenüber. Zwischen den beiden Ländern befand sich ein nicht allzu breiter Kanal. Saleem kaufte sich sofort eine Fahrkarte. Er hatte keine Lust, mehr von Paris zu sehen, er wollte so schnell wie möglich weiterkommen. Schon am nächsten Morgen kam er ohne Zwischenfälle in Calais an.

Stundenlang wanderte er durch die Stadt. Vom Bahnhof aus machte er sich durch die bunt gemischte Menge auf den Weg zum Hafen. Er passierte wuchtige Häuser mit dicken, hohen Säulen und bodentiefen Fenstern. Selbst die kleineren Häuser hatten verzierte Fenster mit pausbäckigen Gestalten neben den Einfassungen.

Der Geruch nach Meer war Saleem vertraut. Er folgte dem salzigen Duft bis zum Hafen. Der Anblick der Piers tröstete ihn, weil er den Rhythmus des Be- und Entladens, die Bewegungen der Lkws und der Passagiere inzwischen nur allzu gut kannte.

Den Hafen von Calais fand Saleem besonders schön. Wie Finger wiesen Landzungen in das Wasser des Ärmelkanals. Die vertikalen Masten der Segelboote unterbrachen die horizontale Ausdehnung von Wasser und Himmel. Ein Stück weiter lagen riesige Schiffe vor Anker, die sich genau wie Saleem auf ihre nächste Reise vorbereiteten.

Saleem verließ die Straße und ging über einen Kiesstreifen näher an die Schiffe heran. In einiger Entfernung sah er zwei dunkelhaarige Männer, die auf dem Pier entlangschlenderten. Auf ihren Gesichtern spiegelte sich der typische missmutige Ausdruck der Niederlage, den er bei allen Flüchtlingen gesehen hatte.

Wahrscheinlich sehe ich ganz genauso aus. Ich will es nur nicht wahrhaben.

Sein Instinkt täuschte ihn nicht. Es handelte sich um Afghanen, die ihn sofort erfreut in ihr Lager einluden. Schon begann Saleem, sich wohler zu fühlen. Er begleitete sie in das Camp, das in Calais nur »der Dschungel« genannt wurde.

Der Dschungel war wie das Camp in Patras, nur in einer anderen Umgebung – eine Brache in fußläufiger Entfernung von der Küste. Von den Zäunen aus konnte man England und seine steilen, weißen Klippen sehen.

Die Flüchtlinge im Dschungel richteten ihre Augen sehnsüchtig auf den Horizont mit seinem Versprechen von einem besseren Leben. Im Dschungel schlug man keine Wurzeln.

Die Anlage war eingezäunt, ringsum standen hohe Bäume, ein Camp unter freiem Himmel. Saleem betrat das Lager über einen Trampelpfad, der von drei Männern bewacht wurde. Er hatte Bedenken, die die anderen jedoch nicht teilten. Einer der Männer – er hieß Ajmal – merkte, wie neugierig Saleem war, und erklärte ihm alles mit der Zufriedenheit eines Menschen, der etwas mitzuteilen hat.

»Sie tun uns nichts. Sie sind nur hier, damit keine Verbrechen geschehen. Wir können kommen und gehen, wie es uns gefällt. Ganz anders ist es am Hafen oder am Tunnel. Dort hält man Ausschau nach uns und nimmt uns fest.«

»Was für ein Tunnel?« Saleem hatte sich ganz auf den Hafen konzentriert, aber Ajmal sprach von einem Tunnel, genau wie der Mann in Paris.

»Ja klar, der Tunnel. Mensch, du bist ja wirklich noch

ganz neu hier.« Er lachte. »Der Tunnel führt von hier nach England und ist ungefähr fünfzig Kilometer lang. Viele sind durchgekommen, manchmal auf Lkws, im Kofferraum von Autos oder einfach zu Fuß. Aber es gibt dort jede Menge Polizei. Ich kenne einen, der ist schon zweimal durch den Tunnel gelaufen und hat sich beide Male erwischen lassen, als er ihn gerade verlassen wollte. Wirklich Pech! Und das gleich zweimal.« Der andere Mann lachte mit ihm.

Inzwischen konnte Saleem den Dschungel sehen. Es war eine Kolonie aus selbst zusammengezimmerten Baracken mit Blechdächern und Wänden aus blauen Zeltplanen, umgeben von einer Müllgrube. Es stank zum Erbarmen. Man erzählte Saleem, dass hier mehrere Hundert Afghanen neben einigen Irakern und Iranern lebten. Einmal am Tag kamen Helfer und verteilten einfache Mahlzeiten. Einige der Männer hatten Kochstellen errichtet, obwohl es selten vorkam, dass sie etwas zu kochen hatten. Es war schlimmer als in Patras.

Der zweite Mann ging und überließ es Ajmal, Saleem in die armseligen Bedingungen des Lagers einzuweisen. Die verstreut herumstehenden Toiletten liefen über von menschlichen Exkrementen, und es wimmelte vor Fliegen. Auf den Wänden standen Parolen in englischer Sprache:

WE WANT FREEDOM

NO LIFE IN THE JUNGLE

RESPECT FOR HUMANS

»Die französische Regierung hat vor, das Camp zu schließen, aber die meisten Leute hier wollen einen Asylantrag stellen, und wir hoffen, dass man uns nicht zurückschickt. Hast du Familie in England?«

»Die Familie meiner Tante wohnt dort. Und inzwischen sollten meine Mutter, meine Schwester und mein Bruder ebenfalls dort sein. Zumindest hoffe ich das.«

»Du hoffst es?«

»Wir wurden auf dem Weg von Griechenland nach London getrennt.«

»Und deine Mutter war allein mit zwei Kindern?«

»Ja, allerdings hatten sie Pässe«, entgegnete Saleem. »Ich hoffe nur, dass man sie nicht unterwegs erwischt hat.«

»Und du bist auf demselben Weg gekommen wie wir anderen auch«, nickte Ajmal verständnisvoll. »Du kannst froh sein, dass deine Familie Papiere hatte. Der Weg hierher ist alles andere als angenehm und mit Sicherheit nichts für eine Mutter mit zwei Kindern. Gott schütze unsere Mütter.«

Sie schwiegen einen Moment, ehe Saleem sich erkundigte:

»Hast du auch jemanden in England?«

»Ja, meine Schwester mit ihrem Mann und den Kindern. Außerdem ein paar Vettern. Ich bin jetzt seit fünf Monaten hier. Ich bin über den Iran und die Türkei gekommen, wurde aber in Griechenland aufgegriffen und in ein Auffanglager gesteckt. Man sagte mir, ich müsse zurück in den Iran, und gab mir dreißig Tage Zeit, aber da habe ich nicht mitgemacht. Nicht nach allem, was mich diese Reise gekostet hat! Aber jetzt sitze ich hier fest, genau wie alle anderen auch.«

»Hast du schon versucht, hinüberzukommen?«, erkundigte sich Saleem.

»Der Hafen ist mit meterhohen Metallzäunen gesichert. Die hast du heute gesehen, oder? Durch den Tunnel geht es am besten, aber ich bin schon zweimal erwischt worden. Es ist nicht einfach.«

Saleem verstand. Er hatte die Zäune am Hafen gesehen. Dieser Hafen wurde deutlich strenger geschützt als die anderen Häfen, über die er gekommen war. Er nahm sich vor, von Ajmals Erfahrungen und denen der anderen zu lernen. Nur fünfzig Kilometer Tunnel lagen noch zwischen ihm und England. Saleem musste bei dem Gedanken, seinem Ziel endlich so nah zu sein, unwillkürlich lächeln.

»Du kannst diese Nacht bei mir bleiben. Wir leben zu fünft zusammen, aber wir werden schon eine Stelle für dich finden. Morgen schauen wir dann, ob jemand mehr Platz hat. Wir teilen hier alles – so leben wir. Willkommen im Dschungel, mein Freund.« Ajmal streckte scherzhaft die Arme aus, und Saleem musste lachen. Er schulterte seinen Rucksack und folgte Ajmal zu seiner Hütte.

Saleem hatte Hunger, aber es gab nichts zu essen, und er war zu müde, um lang zu suchen. Ajmals Mitbewohner waren freundlich und zwischen dreizehn und einundzwanzig Jahre jung. Ajmal lag im Alter irgendwo dazwischen. Sie taten alles, um Platz für Saleem zu machen, und boten ihm ein ziemlich mitgenommen aussehendes Stück Karton als Lager an. Eingelullt von ihrem Schnarchen schlief er recht gut.

Am folgenden Morgen machten Nachrichten von außerhalb des Camps die Runde.

»Das Lager soll plattgemacht werden. Zumindest wird das behauptet. Alle sollen woanders hingebracht werden.«

»Was sollen wir tun?«

»Umziehen. Wir müssen hier raus, ehe sie kommen und uns nach Afghanistan zurückschicken.«

»Bist du verrückt? Wo sollen wir denn hin?«

»Wir gehen durch den Tunnel. Wenn wir alle auf einmal gehen, erwischen sie nicht jeden, und unsere Chancen stehen besser. Bald ist ein Feiertag, vielleicht sind dann weniger Sicherheitsleute da.«

»Als ob nicht schon eine Person genügend Aufmerksamkeit auf sich ziehen würde! Findest du wirklich, wir sollten alle zusammen der Polizei in die Arme laufen?«

Sie debattierten fast zwei Stunden. Ebenso wie die Stadt Patras ihr Schandmal hatte loswerden wollen, waren auch die Bürger von Calais des Dschungels müde. Saleem saß dabei, lauschte ihrem Gespräch und schaute sich um. Auf einem umgedrehten Eimer saß ein Mann mit weißem Bart. Er lauschte der Debatte, ohne sich zu beteiligen. Merkwürdig, dachte Saleem. Es kam selten vor, dass ein Mann vorgerückten Alters Afghanistan noch verließ. Wenn sie keinen legitimen Weg aus dem Land heraus fanden, ließen sich Leute wie er lieber in Afghanistans blutgetränkter Erde begraben.

Der Mann sah seltsam vertraut aus, obwohl Saleem nicht sagen konnte, warum. Er starrte ihn an und wartete, ob es ihm einfiele. Der Mann erwiderte seinen Blick und neigte den Kopf zur Seite. Saleem schaute kurz weg, doch dann glitten seine Augen wieder zu ihm hinüber, und er lächelte dem Alten schüchtern zu.

Kennt er mich? Oder ist ihm bloß aufgefallen, dass ich ihn anstarre?

Saleem senkte den Kopf. Als er wieder aufblickte, war der alte Mann fort.

Einige Männer zogen los, um einen anderen Teil der Stadt zu erkunden. Vielleicht würde man den Dschungel auflösen, das hieß aber nicht, dass man den Heimatlosen dann einen neuen Platz anbot, wo sie ihre Zelte aufschlagen konnten. Einige behaupteten, die Polizei warte nur auf den richtigen Augenblick, das Lager zu stürmen und die Flüchtlinge zu vertreiben. Saleem war nicht zum besten Zeitpunkt im Dschungel angekommen.

Am frühen Abend beschlossen zwei von Ajmals Mitbewohnern, den Dschungel zu verlassen und ihr Lager an einer anderen Stelle neu aufzubauen. Sie glaubten denen, die sagten, dass die Tage des Dschungels gezählt seien, packten ihre verrosteten Bratpfannen, ihre Becher und ihre Wechselkleidung in Plastiktüten und verschwanden. Zwar war Ajmal enttäuscht, dass sie gingen, aber er bot ihren Platz Saleem an, der dankbar annahm.

Am folgenden Morgen war Saleem auf dem Weg zu den mit Fliegen verseuchten Latrinen. Im Camp war es noch ruhig. So kurz nach Sonnenaufgang schliefen die meisten der Männer noch. Als Saleem um eine Ansammlung von Zelten herumging, lief er dem alten Mann vom Vortag geradewegs in die Arme. Der Mann lächelte.

»*Sohb-bakhair, bachem.*«

»Ich wünsche Ihnen auch einen guten Morgen. Entschuldigen Sie, ich hatte Sie nicht gesehen.«

»Wir Alten werden früher unsichtbar, als wir es uns erhoffen«, entgegnete der Mann immer noch lächelnd.

»Nein, keineswegs. Ich war nur unaufmerksam«, erklärte Saleem. Der Mann musste mindestens siebzig sein, hatte eine dünne, olivfarbene Haut und einen schneeweißen Vollbart. Seine Augen blinzelten unter dichten, ebenfalls weißen Brauen hervor. Er trug eine lange, beigefarbene Tunika und weite, etwas dunklere Hosen.

»Du bist erst vor Kurzem angekommen«, stellte der Mann fest. »Wie heißt du, und wo kommst du her?«

»Mein Name ist Saleem Waziri. Meine Familie hat in Kabul gelebt.«

»Hier behauptet jeder, aus Kabul zu stammen. Aber an deinem Akzent kann ich hören, dass du tatsächlich dort aufgewachsen bist. Geh ein Stück mit mir. Ich möchte mehr über dich erfahren.«

Saleem gehorchte. Die sanfte Stimme des Mannes zog ihn in ihren Bann. Sie gingen zum anderen Ende des Lagers, von wo aus man die Kalkfelsen der englischen Küste sehen konnte.

Ich habe den Eindruck, Sie zu kennen, hätte Saleem gern gesagt. Aber er widerstand dem Wunsch und folgte dem Mann. Sie schlenderten den Hauptweg entlang, der mitten durch den Dschungel führte.

»Deine Familie stammt also aus Kabul. Wie heißt dein Vater?«

»Mahmood Waziri.« Saleem befingerte das abgenutzte Armband der Uhr an seinem Handgelenk.

»Waziri. Mahmood Waziri. Der Name kommt mir sehr bekannt vor. Handelt es sich etwa um den Ingenieur Mahmood Waziri? Der für das Wasser- und Energieministerium gearbeitet hat?«

Saleems Herz tat einen Sprung.

»Ja, genau der! Kannten Sie meinen Vater?« Saleem blieb stehen und schaute in das Gesicht des alten Mannes. Der lächelte ihn an.

»Siehst du nicht mein weißes Haar, mein Freund? Ich bin alt genug, um mehr als nur ein paar Männer zu kennen. Ich kenne Generationen von Männern. Ich wage zu behaupten, dass sich zwischen meinen Ohren ein großer Teil der Geschichte Kabuls befindet.«

Saleem grinste.

»Natürlich kannte ich deinen Vater. Aber er ist nicht mit dir hier.« Es war eher eine freundliche Feststellung als eine Frage.

»Nein. Er wurde … fortgebracht.« Saleem sprach rasch, um den Worten nicht zu viel Zeit zu geben.

»Es ist eine Schande, wirklich eine Schande. So ein intelligenter Mann. Und deine Mutter? Sie war Lehrerin. Wo ist sie?«

»Sie ist bei meiner Schwester und meinem jüngeren Bruder. Ich glaube, sie sind in London. Wir wurden während der Flucht getrennt.«

»Verstehe. So Gott will, ist sie in London in Sicherheit und wartet sehnsüchtig auf deine Ankunft. Du bist sehr mutig, dass du ganz allein gereist bist. Sicher hast du unterwegs einige Schwierigkeiten gehabt.«

»Nicht mehr und nicht weniger als alle anderen auch«, sagte Saleem und musste an Ali, Naeem, die Jungen in Attiki, an Patras und Lesbos denken. An jene, deren Reise im Meer endete. Und an jene, die es gar nicht erst aus Kabul herausgeschafft hatten.

»Du scheinst sehr weise zu sein, wenn du es so siehst. Wir

alle müssen hundert Berge erklimmen, um so weit zu kommen. Und es wird noch mehr davon geben, ehe wir unser Ziel erreichen. Gott bestimmt unser Schicksal.«

»Ich mache mir Sorgen um das Schicksal meines kleinen Bruders«, gestand Saleem und bohrte die Schuhspitze in den Boden. »Er ist schwer herzkrank. In der Türkei konnten wir ihm ein Medikament besorgen, aber danach war es uns nicht mehr möglich, ihn zu einem Arzt zu bringen.«

»Es gibt Dinge, die entziehen sich unserer Kontrolle, aber dem Ganzen liegt ein Sinn zugrunde, ob man es nun glaubt oder nicht. Komm, setzen wir uns.« Der Mann führte Saleem zu ein paar dicken Steinen. »Und jetzt lass uns von angenehmeren Dingen als dem Schicksal des Dschungels plaudern. Saleem-jan, ich habe deinen Vater gekannt, sein guter Ruf eilte ihm voraus. Er war ein hervorragender Ingenieur und eines von Kabuls größten Talenten. Warst du mit seiner Arbeit vertraut?«

»Nein, Onkel«, entgegnete Saleem respektvoll. Er errötete, weil er die Projekte seines Vaters nicht gekannt hatte. »Ich weiß nur, dass es etwas mit Wasser zu tun hatte.«

Der Mann gab sich nachsichtig.

»Du warst sicher auch noch sehr jung. Die Aufgabe deines Vaters war es, Wasser in die Außenbezirke von Kabul und darüber hinaus zu bringen. Er hatte ein paar ausgezeichnete Bewässerungsprojekte, die er gegen ganze Berge bürokratischer Hindernisse durchfocht. Und das war noch in den guten Zeiten. Später standen seine Projekte sehr viel größeren Hindernissen gegenüber. Selbst der Versuch, irgendetwas mitten in Kabul zu erreichen, machte damals keinen Sinn. Die Leute hatten Angst. Nichts bewegte sich. Man versuchte, irgendwie am Leben zu bleiben. Nachdem dein Vater tot war, haben deine Mutter und du euch um die jüngeren Kinder gekümmert?«

»Ja. Wir hatten kein Geld. Wir waren auch nicht sicher,

ob sie nicht auch uns abholen würden, und fühlten uns wie in einer Falle. Wir mussten Kabul verlassen.«

»Es ist nicht leicht, die Heimat zu verlassen, vor allem, wenn es ringsum nur geschlossene Türen gibt.«

»Mein Vater hat uns mit nichts zurückgelassen. Es machte keinen Sinn mehr zu bleiben. Der größte Teil unserer Familie war bereits fort. Meine Tante und mein Onkel lebten schon ein ganz normales Leben in London. Nicht so wie hier. Meine Vettern mussten nie miterleben, wie es in Kabul immer schlimmer wurde. Eigentlich hätte das auch unser Leben sein können.«

Es war nicht Saleems Absicht gewesen, derart nachtragend zu klingen. Es war ein Gefühl, das er in sich zu begraben versuchte, das aber immer wieder an die Oberfläche zurückdrängte – vor allem, wenn er von der Reise erschöpft war.

»Es ist durchaus möglich, dass deine Geschichte ganz anders verlaufen wäre, wenn dein Vater euch früher aus Kabul herausgeführt hätte. Vielleicht würdet ihr als Asylanten irgendwo in Europa leben. Aber nur, wenn das euer Schicksal gewesen wäre, das Allah euch vorbestimmt hatte. Und es gibt noch etwas anderes, das du bedenken solltest. Du glaubst, es war sinnlos, dass dein Vater in Kabul geblieben ist und seine Arbeit fortgeführt hat, aber es gibt Hunderte von Menschen, die dir darin nicht zustimmen würden.«

»Wie meinen Sie das? Welche Menschen?«

»Welche Menschen? Nun, die vielen Hundert Menschen, die ihm ihr Wasser zu verdanken haben. Die seinetwegen überleben konnten. Er war der Einzige, der diese Projekte immer wieder vorangetrieben hat. Andere Leute kümmerten sich nur um ihre eigenen Interessen, um Geld und Gewehre und darum, sich selbst den Bauch vollzuschlagen, anstatt den Einwohnern von Kabul zu helfen. Dein Vater war anders. Er veränderte das Leben der Leute. Er kannte keinen von ihnen, aber er hat ihnen das Leben gerettet.«

»Das wusste ich nicht«, presste Saleem beschämt hervor.

»Wie solltest du auch«, entgegnete der alte Mann freundlich.

Saleem starrte auf seine Schuhspitzen und kämpfte gegen die Tränen an.

Es dauert ein Leben lang, seine Eltern kennenzulernen. Für Kinder sind Eltern das Größte. Sie sind starke Arme für kleine Kinder, warme Schöße für müde Köpfe, sie nähren und sie lehren. Es ist, als würden Eltern am selben Tag geboren wie ihre Kinder, als hätten sie zuvor noch nicht existiert. Werden die Kinder älter, verändern sich auch die Eltern. Sie werden zur Autorität, sie geben Antworten, und sie schelten und bestrafen. Je nach Laune grollt man ihnen, eifert man ihnen nach, man befragt sie, oder man widersetzt sich.

Erst als Erwachsener kann sich der Sprössling seine Eltern als komplette Persönlichkeit vorstellen, als Ehepartner, Bruder, Schwester, Sohn oder Tochter. Erst dann erkennt ein Kind, wie die Eltern in der Welt jenseits der vier Wände des Elternhauses agieren. Saleem kannte nur wenige Züge seines Vaters. Sie entstammten seiner Erinnerung als kleiner Junge. Jetzt wusste er, dass er den Rest seines Lebens damit verbringen würde, das Bild von seinem Vater Stück für Stück aus den Schnipseln seines Gedächtnisses und vielleicht aus Erzählungen seiner Mutter wieder aufzubauen.

Zunächst aber musste er zugeben, dass die Erinnerungen des letzten Jahres von einem heimlichen Ärger darüber getrübt worden waren, dass Padar-jan sie in Kabul zurückgehalten hatte, anstatt mit ihnen zu fliehen. Jetzt hatte Saleem erfahren, dass sein Vater sich so verhalten hatte, weil er wusste, wie wichtig seine Arbeit war. Erst als ihm klar wurde, dass seine Familie in Gefahr war, schmiedete er Fluchtpläne – doch da war es bereits zu spät.

Fahre eine prächtige Ernte ein, mein Sohn.

»Ich … ich habe meinen Vater sehr geliebt«, stammelte Saleem.

»Natürlich hast du das. Du stellst Fragen, und du willst

Antworten. Das ist ganz natürlich. Es ist genau das, was dein Vater getan hätte.«

Aber da war noch etwas, was der alte Mann gesagt hatte.

»Sie haben auch meine Mutter gekannt?«, fragte Saleem.

»Deine Mutter, ja. Sie heißt … oh, mein Gedächtnis lässt mich im Stich. Wie heißt sie noch?«

»Fereiba.«

»Richtig. Fereiba-jan.« Für Saleem klang es, als kannte er ihren Namen schon seit Ewigkeiten. »Eine wunderbare Frau. Wie schon gesagt, ich erinnere mich an die Zeit, als sie Lehrerin war. Jeder Schüler und jede Lektion war ihr wichtig. Weißt du, als sie jung war, behandelte die Welt sie mit Härte. Aber sie ließ sich von diesem ungerechten Beginn nie beeinflussen. Solltest du je einen ihrer Schüler kennenlernen, wirst du voller Stolz hören, welch freundliche Lehrerin sie war.«

»Woher kennen Sie sie?«

»Ich war ein Freund deines Großvaters. Er besaß einen wunderschönen, üppigen Obstgarten, um den er in ganz Kabul beneidet wurde. Als sie zu einer jungen Frau heranreifte, sah ich sie seltener, aber ich freute mich, als ich von ihrer glücklichen Ehe mit deinem Vater hörte. Ihr Erfolg machte mich stolz. Du, mein Sohn, kannst dich glücklich schätzen, denn in dir erkenne ich deine beiden Elternteile.«

Glücklich war nicht unbedingt das Wort, das Saleem gewählt hätte, um sich selbst zu beschreiben. Im letzten Jahr hatte er sich alles andere als glücklich gefühlt.

»Nun, mein Junge, ich sehe an deinem Gesicht, dass dein Weg nicht gerade leicht war. Wie willst du jetzt nach England kommen?«

»Ich weiß es noch nicht genau, aber dieser Tunnel scheint mir der beste Weg zu sein. Am Hafen war ich schon, aber die Zäune kann man nicht überwinden. Beinahe alle, die es versucht haben, wurden erwischt.«

Der alte Mann stand auf und blickte auf den Kanal hinaus. Von hier aus konnte man die tiefer liegenden Strömungen sehen, dort hatte das Wasser eine andere Farbe als der Rest des Meeres – sie wirkten wie geheime Passagen in der Tiefe.

»Ganz gleich, wie hoch der Berg ist, mein Sohn«, sagte der alte Mann, »es gibt immer einen Weg auf die andere Seite.«

Kapitel 54

Saleem

Zwei Wochen lebten die Dschungelbewohner in Ungewissheit. Die Zeit verging unendlich viel langsamer als die Monate, die sie im Verborgenen gereist waren. Der alte Mann schien verschwunden zu sein. Saleem erkundigte sich bei Ajmal nach ihm, doch der zuckte nur die Schultern und sagte, er könne nicht jeden der mehreren Hundert Afghanen im Lager kennen.

Jeden Tag kamen Männer in Windjacken und mit sorgfältig gebügelten Hosen ins Camp. Aus sicherer Entfernung zeigten sie auf Dinge, machten sich Notizen und fotografierten, ehe sie einander die Hände schüttelten und in unterschiedliche Richtungen davongingen. Irgendetwas bahnte sich an.

Eine Gruppe junger Männer hatte den Plan, gemeinsam durch den Tunnel zu gehen, wieder aufgegriffen. In wenigen Tagen war in Frankreich ein Feiertag, und um die Männer hatte sich eine Gefolgschaft von etwa zweihundert Flüchtlingen geschart. Sie wollten die Tatsache ausnutzen, dass an diesem Feiertag nur eine Notbesatzung an Wachpersonal anwesend sein würde.

Sie sprachen jeden Tag darüber, und allmählich nahm der Plan feste Formen an.

»Wenn wir alle gleichzeitig durchbrechen, wie viele können sie schon erwischen? Ein paar vielleicht, aber die meisten von uns würden es schaffen.«

»Siehst du. Selbst du gibst zu, dass ein paar geschnappt werden.«

»Jeden Tag versuchen einige Leute, auf die andere Seite zu kommen. Und wie viele schaffen es tatsächlich? Die Chancen stehen so viel besser. Den Dschungel wird es nicht mehr lang geben, und das ist vielleicht die beste Gelegenheit seit Langem.«

Saleem überlegte hin und her und fand den Plan überzeugend, aber er konnte sich nur schwer darauf einlassen, den Tunnel mit Hunderten Flüchtlingen gemeinsam zu stürmen. Bisher hatte er alle Grenzen allein überwunden, um so wenig Aufmerksamkeit wie möglich zu erregen.

Saleem hörte den Debattierenden zu und wünschte sich, die Meinung von jemandem zu hören, dem er vertrauen konnte. Die Stimmen jedoch, die er am liebsten gehört hätte, waren zu weit fort.

Entscheide dich. Die Zeit läuft davon. Das Geld reicht nicht mehr lang.

Bei Sonnenuntergang machte sich Unruhe breit. Die Leute wurden nervös und liefen ziellos herum. Saleem und Ajmal schauten sich alles aus einer gewissen Entfernung an.

»Die bringen sich noch in Teufels Küche«, sagte Ajmal. »Eine verrückte Idee.«

Saleem biss sich auf die Lippen und lief auf und ab. Obwohl er sich immer noch nicht entschieden hatte, ob er mitgehen wollte, gaben auch seine Beine keine Ruhe.

»Mag sein. Aber vielleicht auch nicht«, wandte er ein. Einer plötzlichen Eingebung folgend ging er in die Hütte, die er mit Ajmal teilte, holte seinen Rucksack und schulterte ihn.

»Wünsch mir Glück, Bruder. Wer weiß, vielleicht komme ich ja wieder zurück. Aber ich muss es zumindest versuchen.«

Um Viertel nach elf machten sich etwa hundert Menschen auf den Weg zum Tunnel. Ein blasser, orangefarbener Mond hing tief am Himmel. Man teilte sich in mehrere kleine Gruppen auf. Flüsternde Gespräche und dann und wann ein Lachen halfen, die Anspannung zu überbrücken, aber die meisten schwiegen grimmig.

Saleem beeilte sich, den anderen zu folgen. Der Weg war ihm bekannt. Schon oft hatte er auf der Hügelkuppe gesessen und den Eingang zum Tunnel beobachtet, aber noch nie hatte er gewagt, sich ihm zu nähern. Die Männer erreichten einen Metallzaun, dessen Verbindungsstücke an mehreren Stellen aufgebrochen waren. Wie alle anderen kroch auch Saleem hindurch. Der Zaun krallte sich schmerzhaft in seinen Rücken.

Der Eingang zum Tunnel, ein Betonbauwerk, das in der Sohle einer Grasebene im Boden verschwand, befand sich in einer von grünen Abhängen umgebenen Senke. Die zwei Einfahrten für die Züge aus beiden Richtungen wurden als große schwarze Löcher sichtbar. Die Senke war eine Vertiefung aus Metall und Beton, die im Licht etlicher Reihen gelber Natriumlampen erglühte.

Saleem ließ die anderen vorausgehen. Es war ein langer Weg gewesen. Er rieb die Hände aneinander, um sie zu wärmen, und war dankbar für den Parka, den ihm einer der Männer im Lager überlassen hatte. Dunkle Schatten huschten auf die Tunnelöffnung zu und hielten Ausschau nach Sicherheitskräften, Scheinwerfern oder Sirenen. Doch die Nacht war ruhig.

Geh mit ihnen. Sie sind bald in England. Das ist die Chance.

Immer zu zweit oder zu dritt betraten sie den Tunnel und verschwanden. Saleem hielt eine Zeit lang inne und beobachtete das Treiben. Er war sehr nervös.

Schluss jetzt. Ich gehe mit.

Gerade als er beschloss, seine Ängste zu ignorieren und die Gelegenheit beim Schopf zu ergreifen, wurden Rufe laut. Weiße Scheinwerfer zerrissen den orangefarbenen Nebel. Drei Polizeifahrzeuge jagten mit Blaulicht heran und hielten mit kreischenden Reifen vor den Tunneleingängen.

Saleems Herz wurde schwer. Es waren zu viele. Stundenlang wurden enttäuscht dahinschlurfende Männer mit auf dem Rücken gefesselten Händen aus dem Tunnel geholt. Zwar hatte man einkalkuliert, dass einige Flüchtlinge geschnappt werden würden, aber es war viel schlimmer gekommen. Nach Saleems Berechnungen war mindestens die Hälfte der Männer in die Falle gelaufen. Alles, was sie durchgemacht hatten, das viele Geld, das sie bezahlt hatten, die Risiken, die sie eingegangen waren, und die kalten Nächte, die sie hatten ertragen müssen – das alles war umsonst gewesen.

Die anderen würden vermutlich auf der anderen Seite von den britischen Behörden in Empfang genommen werden. Was wohl aus ihnen werden würde? Gäbe man ihnen die Möglichkeit, Asyl zu beantragen, oder würde man sie sofort nach Frankreich zurückschicken?

Diese Nacht war nicht die richtige gewesen, um nach den Sternen zu greifen. Als die Polizeifahrzeuge davongefahren waren, drehte Saleem sich um und wanderte zurück in den Dschungel.

Kapitel 55

Fereiba

Najiba-jan ist gut zu uns, aber der Gesichtsausdruck ihres Ehemannes entgeht mir nicht. Hameed wäre nichts lieber, als uns so schnell wie möglich wieder loszuwerden. In Deutschland erhalten Flüchtlinge deutlich mehr Leistungen, sagt er, bleibt jedoch die Erklärung dafür schuldig, warum er nicht selbst dort hingezogen ist.

Erst nach und nach wird mir klar, dass meine Schwester nicht geahnt hat, dass er uns nicht in England haben wollte. Sie hingegen hat sogar Geld gespart und zur Seite gelegt, damit wir Kleidung und Essen kaufen können, bis über unseren Asylantrag entschieden wird.

Ihr Ehemann empfindet mich als Eindringling. Er wünscht, wir würden verschwinden. Er kann mir nicht in die Augen blicken und geht selbst den einfachsten Gesprächen aus dem Weg.

Ich würde ihm gern sagen, dass er keine Angst zu haben braucht. Die Tage, in denen seine süßen Worte und romantischen Versprechungen meine Welt erfüllten, entstammen einer Zeit, an die ich mich kaum noch erinnere. So viel ist inzwischen geschehen.

Obwohl mein *hamsar* Mahmood nicht mehr an meiner Seite steht, sind meine Jahre mit ihm wichtiger als meine Mädchenträume. Ich bin ihm dankbar für die gemeinsame Zeit, so kurz sie auch war, und für unsere Kinder.

Hameed, der Junge aus dem Obstgarten, hat eine wichtige Rolle dabei gespielt, Mahmood und mich zusammenzubringen. Der Verrat, den ich damals empfand, schmolz dahin, nachdem ich Mahmood kennengelernt hatte. Es war kein gerader Weg, aber er hat mich nach Hause geführt.

Hameed versteht das nicht. Und ich kann es ihm nicht erklären, weil er der Ehemann meiner Schwester ist und ich keine Türen öffnen möchte, die schon vor langer Zeit für immer geschlossen wurden. Najibas Herz ist liebevoll und groß. Ich möchte keinen Groll heraufbeschwören.

Sogar KokoGul muss ich dankbar sein, denn sie war es, die Najiba vor Shireen-jans Nase setzte. Sie war es, die der Meinung war, dass ihre hübscheste und vor allem leibliche Tochter die Hand des geschätzten Nachbarn verdiente. Ich verstehe, warum Hameed, nachdem seine Mutter ihm von Najibas Schönheit erzählt hatte, schnell seine Meinung änderte und nicht mehr in den Obstgarten kam. Aber er verheimlichte mir seine Entscheidung. Er war zu feige, es mir selbst zu sagen.

Ich weinte tagelang, obwohl ich das nicht hätte tun sollen. Wir sind zu kurzsichtig, um uns der Augenblicke zu erfreuen, die es wirklich wert sind.

Khala Zeba, Mahmoods geliebte Mutter, konnte erkennen, was andere nicht sahen. Und mein Mann hat seiner Mutter vertraut. Wie glücklich war ich doch, dass ich sie beide kennenlernen durfte. Allah hat mir mein *naseeb* weise ausgesucht. Auf unserem Hochzeitsfoto sehe ich ebenso feierlich wie verunsichert aus. Khala Zeba hob meinen grünen Schleier und schenkte mir einen warmen, mütterlichen Blick.

An diesem Tag reichten Mahmood und ich uns die Hände. An meinem Handgelenk klirrten die Armreife meiner Mutter leise ihren eigenen Glückwunsch. Mein Vater starrte düster vor sich hin.

Du siehst genau aus wie sie, meine Tochter.

Ich erinnere mich daran, wie sich mir die Kehle zuschnürte, als ich an meine Mutter dachte, die ich nie kennenlernen durfte, an meinen Großvater, der mich nie aus den Augen ließ, und an den alten Mann im Obstgarten, der mir versprochen hatte, mir auf meinem Weg zu leuchten. Ich war nervös wegen des Mannes an meiner Seite, meines frisch angetrauten Gatten. Aber all jene, die ich so schmerzlich vermisse und deren Gesichter ich nur in meinen Träumen sehe, flüstern mir zu, dass alles richtig und gut war.

Najibas Kinder haben die hübschen Züge ihrer Mutter und ihr gutes Herz geerbt. Von ihrem Vater stammt lediglich die rastlose Art. Ich sehe ihnen im Park zu, wenn sie auf Spielgeräte klettern und auf den Po fallen, oder wenn sie die Rutschbahn hinuntergleiten. Samira fühlt sich zu alt, um mit ihren Vettern und Cousinen zu spielen. Sie ist jetzt bald eine junge Frau. Die einzigen Spielplätze, die sie in ihrer Kindheit kennenlernte, dienten uns als Verstecke in Regennächten. Ich frage mich, was in ihr vorgeht, wenn sie den Kindern beim Schaukeln zusieht.

Inzwischen spricht sie wieder. Es sind nur kurze Sätze, aber es geht langsam vorwärts. Ebenso wie ich wartet sie darauf, dass Saleem zu uns zurückkehrt. Ich weiß, dass sie, wenn er wieder bei uns sein wird, eine vollständige und perfekte Tochter sein wird.

Aziz ist noch zu unsicher, um sich weit von mir zu entfernen. Er sieht den anderen Kindern beim Spielen zu und imitiert sie von hier aus. Seine Beine sind stärker geworden und können sein Gewicht gut tragen. Er ist noch dünn, aber er lächelt mit rosigen Lippen und so strahlenden Augen, dass mir fast die Tränen kommen. Danke, Gott. Danke.

Etwas sagt mir, dass mein Sohn ganz nah ist. Ich warte weiter auf ihn, und mir fällt auf, dass es das ist, was Muttersein bedeutet. Man wartet darauf, dass der gerundete Leib bereit ist, man lauscht auf das hungrige Weinen in der Nacht, man hört die ersehnte Stimme selbst im dichtesten Verkehr, bei lauter Musik und bei Maschinenlärm. Dieses

Gefühl lauert an jeder Tür, neben jedem Telefon und bei jeder sich nähernden Gestalt, es ist die wunderbare Empfindung und der Lockruf der Möglichkeit, endlich wieder Mutter zu sein.

Letzte Nacht habe ich im Traum Saleem gesehen. Er schwamm über einen glänzenden, blauen Ozean, dessen kleine Wellen unter der warmen Sonne glitzerten. Ich sah ihm zu, und der Wind wehte salzige Gischt in mein Gesicht. Rings um Saleem herum war Wasser. Er glitt mit weichen, starken Bewegungen hindurch, als ob das Meer ihn stützte. Aus der Ferne konnte ich sein verschmitztes Grinsen sehen, den stolzen Triumph eines Jungen, der seinen eigenen Weg nach Hause gefunden hat.

Es war ein guter Traum für eine Mutter, und ich erwachte so beschwingt wie schon lange nicht mehr. Gott, ich danke dir für das Wasser. Wasser ist *roshanee*. Wasser ist Licht.

Kapitel 56

Saleem

»Wie viele haben sie erwischt? Wurden sie geschlagen?«

»Ich weiß es nicht. Vielleicht fünfzig oder sechzig. Und was am anderen Ende des Tunnels passiert ist, weiß ich natürlich auch nicht.«

Schon zum zweiten Mal erzählte Saleem seinem Mitbewohner, was er gesehen hatte. Zwar hatte er gleich nach seiner Rückkehr in der Nacht Bericht erstattet, aber Ajmal wollte bei Tageslicht alles noch einmal hören.

»Ich wusste, dass es keine gute Idee ist.« Ajmal schüttelte den Kopf. »Mich hätten sie ganz bestimmt geschnappt. Ich habe kein Glück in Sachen Polizei.«

»Aber wir sind auch nicht gerade in Bestform. Schau uns doch an. Was glaubst du, wie lange wir hier leben können? Die Leute werden krank. Die Stadt will den Dschungel loswerden. Sogar die Leute vom Roten Kreuz sagen, dass es nicht mehr lang so weitergeht.«

»Aber wo sollen wir hin, Saleem? Wir haben keine Papiere, und wir haben kein Geld.« Ajmal saß mit angezogenen Knien auf dem Boden. Seine Stirn ruhte auf seinen Armen. »Hätte ich gewusst, wie es hier ist, hätte ich Afghanistan nicht verlassen. Glaube ich zumindest. Vielleicht wäre es besser gewesen, in der Heimat zu sterben, als überall verjagt zu werden wie ein streunender Hund.«

Saleem hatte den gleichen Gedanken gehabt, ihn aber rasch vertrieben.

»Du redest wie die Alten. Wir mussten gehen. Wenn wir die Zukunft nicht planen, wird es keine geben.«

Ajmal blickte auf. Die Sicherheit in Saleems Stimme machte ihm Mut.

Die Aufregung begann weniger als eine Stunde später. Ajmal und Saleem gingen hinaus, um zu sehen, was los war. Vor dem Lager hatte sich eine Menschenmenge versammelt. Es waren junge französische Demonstranten. Einige sangen. Andere reckten ihre Fäuste hoch in die Luft. Wieder andere trugen Transparente.

WEG MIT DEN GRENZEN

KEIN GEFÄNGNIS FÜR IMMIGRANTEN

WIR FORDERN MENSCHENRECHTE

»Jetzt sieh dir das an!«, rief Ajmal.

Es mussten mehrere Hundert sein. Männer und Frauen. Saleem sah auch mindestens dreißig Polizisten mit Helmen in schwarzen Uniformen, die sich bemühten, die Gruppe zusammenzuhalten und das Chaos zu kontrollieren. Es war eine merkwürdige Situation. Die Polizei war wegen der Demonstranten gekommen. Und die Menschenmenge demonstrierte für den Dschungel.

»Franzosen, die zu uns halten!«

Aber Saleem sah noch mehr. Die Leute schienen mehr zu wissen als sie. Vielleicht hatten sie irgendwo etwas gehört. Mehr Aktivisten stießen zu der Menge, immer zwei oder drei auf einmal.

»Ajmal, das sieht nicht gut aus. Wir sollten verschwinden.«

»Jetzt? Wir haben gerade Hunderte Freunde gewonnen. Sicher wird jetzt alles besser. Lass uns abwarten und zuschauen.«

»Ich will das nicht sehen. Wir stecken gleich mitten in etwas drin, was auch immer es sein mag. Genau wie in Afghanistan.«

Ajmal seufzte.

»Vielleicht sollten wir unser Lager lieber irgendwo anders in der Stadt aufschlagen, wie die anderen es getan haben.«

»Nein«, sagte Saleem. »Ich glaube, wir sollten uns schleunigst auf den Weg zum Tunnel machen.«

»Zum Tunnel? Sag mal, spinnst du?«

»Ich weiß … aber sieh doch mal, wo die Polizei jetzt ist. Hier vor dem Lager. Vielleicht ist das die perfekte Ablenkung.«

Ajmal war ebenso verzweifelt wie Saleem. Sein Schweigen sagte alles.

»Hör zu, Ajmal. Lass es uns versuchen.«

»Du meinst, wir gehen über die Eisenbahngleise?«

»Genau die.«

»Das ist doch ein Todesurteil. Einige Leute haben versucht, im Vorbeifahren auf die Züge aufzuspringen. Sie wurden durch Stromschläge getötet. Und weißt du, wie schnell die Züge hier durchfahren? Wenn du von einem erwischt wirst, erkennt nicht einmal deine Mutter mehr deine Leiche.«

»Ich glaube, es ist einen Versuch wert. Der Zaun ist noch offen, wir können uns also selbst ein Bild machen. Einen anderen Weg sehe ich nicht. Es ist so gut wie unmöglich, auf die Lkws aufzuspringen, und die Fähren werden extrem gut bewacht. Es ist hier nicht so wie in anderen Häfen. Ich will probieren, an den Gleisen entlang durch den Tunnel zu laufen.«

Ajmal atmete tief durch.

»Und wann soll es losgehen?«

»Heute Abend bei Sonnenuntergang. Im Dunkeln ist es einfacher.«

Ajmal dachte über Saleems Vorschlag nach. Schließlich nickte er.

»Beten wir zu Gott, dass es funktioniert.«

Saleem versuchte, nicht daran zu denken, wie heuchlerisch es war, nur in äußerster Verzweiflung zu beten, und hoffte, dass Gott es verstehen würde.

Saleem und Ajmal sagten den anderen nichts. Sie packten alles Essbare zusammen, das sie in der Hütte fanden, und stopften es in ihre Taschen. Auf den fünfzig Kilometern, die sie zu Fuß zurücklegen mussten, würden sie die Nahrung brauchen. Schließlich machten sie sich auf den Weg. Demonstranten kamen und gingen mit ihren Transparenten. Saleem verstand nicht, was sie skandierten, und wandte die Augen ab. Es war seltsam, gerade in dieser Situation davonzulaufen, aber die Stimmung war aufgeladen, und sie mussten ihre Chance nutzen.

Sie erreichten den Tunneleingang. Saleem zeigte Ajmal die Öffnung im Sicherheitszaun. Entweder hatte die Polizei die Stelle noch nicht gefunden, oder sie hatte noch keine Zeit gehabt, sie zu reparieren. Sie versteckten sich hinter einem Stromkasten und schauten, ob Sicherheitskräfte in der Nähe waren, und warteten, bis es ganz dunkel war. Es machte keinen Sinn, etwas zu überstürzen.

Eine Stunde später war von der Sonne nur noch ein tiefrotes Leuchten am Horizont geblieben. Die Jungen schlichen den Abhang hinunter zu den Gleisen.

Der erste Blick in den Tunnel war entmutigend. Der Abstand zwischen Schienen und Tunnelwand betrug höchstens einen halben Meter auf beiden Seiten. Wenn ein Zug vorbeikam, würden sie sich fest an die Wand pressen müssen. Sollten sie auch nur kurz ins Schwanken geraten oder das Gleichgewicht verlieren, würde das ihren Tod bedeuten.

»Drinnen ist es stockfinster«, warnte Saleem. »Wir sollten eng zusammenbleiben und auf die Geräusche der Züge achten.«

»Klar. Zusammenbleiben. Und auf die Züge achten.« Saleem hörte das Zittern in Ajmals Stimme.

»Ajmal, wenn du nicht willst, musst du es nicht tun«,

sagte Saleem sanft. Er wollte nicht dafür verantwortlich sein, wenn Ajmal unterwegs die Nerven verlor.

»Alles in Ordnung, Saleem. Ich will gehen.«

Die beiden Jungen traten in die Dunkelheit. Noch einmal fühlte Saleem, ob die Adresse von Khala Najiba auch sicher in seiner Tasche verstaut war.

Als sie ungefähr zwei Kilometer gelaufen waren, spürten sie ein leichtes Beben der Gleise.

»Saleem.«

»Immer dran denken: an die Wand drücken und nicht bewegen! Auf keinen Fall bewegen!«, rief Saleem. Er presste die Wange gegen die kalte Tunnelwand, machte sich so flach, wie es nur ging, schloss die Augen und hatte Angst. Angst um Ajmal und Angst um sich selbst.

Schon raste der Zug mit grellen Scheinwerfern heran. Der Luftzug seiner fast hundertsechzig Stundenkilometer traf die Jungen wie eine Faust.

Eins … zwei … drei … vier … Saleem zählte mit, während seine Finger sich in die Betonwand krallten. Es nahm kein Ende. Vierzehn … fünfzehn … sechzehn … Endlich verlor sich der ohrenbetäubende Lärm in der Ferne.

Ohne sich zu bewegen, atmete Saleem aus. Erst nach und nach begriff sein Körper, dass er noch intakt und unbeschädigt war. Es konnte klappen.

»Ajmal?«

Keine Antwort.

»Ajmal? Bist du okay? Sag etwas!« Saleem tastete hinter sich in die Dunkelheit.

»Ja, ja, alles in Ordnung. Ich bin nur … Mensch, Saleem, das war nah!«

»Aber du bist okay?«

»Absolut.«

»Kannst du weiterlaufen?«

»Lieber Freund, jetzt haben wir den Esel schon fast auf dem Berg, da werden wir doch nicht wieder umkehren!«

Saleems Lachen hallte durch den dunklen Tunnel und breitete sich aus wie das Licht eines Leuchtturms in der Finsternis. Er musste ihm nur noch folgen.

Saleem berührte seine Tasche und tastete nach der Börse. Er dachte daran, wie er in das Pfandhaus in Athen zurückgekehrt war, und an den überraschten Blick des Ladenbesitzers, als er ihm das Geld überreichte, das er kaum hatte entbehren können.

Madar-jan, ich bin nur noch ein paar Kilometer entfernt. Ich werde dir zur Seite stehen und Padar-jan beweisen, dass ich der Mann sein kann, den meine Familie braucht … der Mann, der ich sein will. Und ich bleibe nicht stehen, ehe ich diese Armreife wieder an deinem Handgelenk sehe, Madar-jan.

Und mit dem süßen Geschmack dieses Versprechens rief Saleem seinem unsichtbaren Freund zu:

»Los, Ajmal, mein Freund, lass uns weitergehen!«

Danksagung

Mein tiefer Dank gilt meinen Eltern, die mir eine echte Lovestory vorleben und immer meine größten Helden waren. Ebenso meinem *hamsar*. Ohne dich und deinen Glauben daran, dass ich es schaffe, würde diese Geschichte nicht existieren. Zoran, Zayla und Kyrus, ihr seid meine ehrlichsten Kritiker. Ihr lasst das Erzählen einer Geschichte zur Herausforderung werden, und ich liebe euch von ganzem Herzen. Fawod und Familie, euer besonderes Lob nährt meine Seele. Dir, Fahima, danke ich dafür, dass du mich so gut kennst, dass du mir die richtigen Eingebungen übermittelst. Du hast meinen Posteingang glücklich gemacht. Ich danke meinem Onkel Isah und den anderen Familienmitgliedern für ihre Großzügigkeit und dafür, dass sie mich an den herzzerreißenden Erlebnissen auf ihrer Flucht haben teilhaben lassen. Dein kreativer Input, Emine, meine talentierte türkische Beraterin, war äußerst wertvoll, und ich hoffe, dass eines Tages die ganze Welt die wichtigen Momente, die du festgehalten hast, sieht (www.eminegozdesevim.com). Meiner griechischen Führerin Laura schicke ich ein *efxaristo koukla mou*. Ich danke meiner weisen Lektorin Rachel Kahan dafür, dass sie meine imaginären Freunde zu ihren gemacht und sich so gut um sie gekümmert hat. Meiner klugen Agentin Helen Heller danke ich, dass sie für diese Geschichte ein Zuhause gefunden hat, und dafür, dass sie dem Titel (wieder einmal) Poesie eingehaucht hat. Dem gesamten Team bei William Morrow/HarperCollins danke ich für seine Kreativität, Hingabe und Begeisterung. Und all den Freunden, die mein Schreiben auf kreative Weise unterstützt haben, bin ich auf ewig dankbar: den LadyDocs, der Queens Crew, Professor Holly Davidson, den Warwickians und anderen.

Diese Geschichte wurde inspiriert von den vielen Menschen, die auf der ganzen Welt unterwegs sind, um irgendwo ein Zuhause zu finden. Es handelt sich um einen fiktionalen Roman, der das Dilemma der Vertriebenen im Kleinen beleuchten soll. Es gibt viele andere, die die wahren Erfahrungen dieser Menschen dokumentieren, und ich bin dankbar für die wichtige Arbeit, die sie leisten. Was ich mir wünsche? Weil ich zu einem Teil Träumerin und zu zwei Teilen Realistin bin, wünsche ich mir eine Welt, in der es keine Flüchtlinge mehr gibt – aber bis es so weit ist, begnüge ich mich mit der Menschlichkeit in jedem von uns, die es möglich macht, diese wichtigen Zeugnisse zu hören und zu verbreiten.

Glossar

Ameen	Amen
aroos	Braut
aush	Nudelsuppe
azaan	Gebetsruf
b'isme-Allah	im Namen Allahs
bachem	mein Sohn/mein Kind
Bibi-jan	liebe Großmutter
Boba-jan	lieber Großvater
chadar	Kopf- und Schultertuch
chador	großes halbkreisförmiges Tuch, das Kopf und Körper bedeckt
chadri	meist blaue Ganzkörperverschleierung mit Gesichtsgitter
dokhtar	Tochter/Mädchen
dua	Gebet
Eid	Feiertag am Ende des Ramadan
espand	Räucherwerk zur Abwehr des bösen Blicks
fateha	Totenwache
hamsar	Ehepartner
iftar	abendliches Fastenbrechen im Ramadan
inshallah	so Gott will
-jan/-janem	lieb/mein(e) liebe(r)
jenaaza	Begräbnisritual
Jumaa	Freitag

Kaka	Onkel
Khala	Tante
Khanum	Dame
khastgaar	Verehrer
khormaa	Datteln
Madar-jan	liebe Mutter
mahram	naher Verwandter (männlich)
mantu	mit Hack gefüllte Teigtaschen
masjid	Moschee, Gebetshaus
moallim	Lehrer
nakhod	Kichererbsen
nam-e-khoda	Gott sei gelobt
naseeb	Schicksal
nazar	böser Blick
nikkah	Hochzeitszeremonie
noosh-e-jan	auf deine Gesundheit
Padar-jan	lieber Vater
purdah	Schleier/Zurückgezogenheit
qandem	meine Süße
roshanee	Licht/Glück
sawaab	geistige Belohnung
sheerbrinj	Reispudding
shirnee	Süßigkeiten/symbolische Annahme einer Brautwerbung
tasbeh	Gebetskette
wa-alaikum	auch mit dir

Zwei afghanische Frauen und ihr Kampf um die Freiheit. Eine unvergessliche Geschichte.

Nadia Hashimi
HINTER DEM REGENBOGEN
Roman
Aus dem amerikanischen Englisch von Rainer Schumacher
560 Seiten
ISBN 978-3-431-03950-4

Unter dem strengen Regime der Taliban dürfen Rahima und ihre vier Schwestern weder zur Schule gehen noch auf der Straße spielen. Da ihnen ein Sohn fehlt, beschließen die Eltern, aus Rahima einen *Bacha Posh* zu machen, ein Mädchen in Jungenkleidung. Fortan wird sie wie ein Sohn behandelt und genießt eine ungeahnte Freiheit – bis sie mit dreizehn an einen mächtigen Warlord verheiratet wird. Doch die Hoffnung auf ein selbstbestimmtes Leben gibt Rahima niemals auf. Ihr großes Vorbild ist ihre Vorfahrin Shekiba, die hundert Jahre zuvor als Mann lebte und zum Wächter des königlichen Harems aufstieg …

Bastei Lübbe